Dunkler Rauch am Horizont

I0660571

Phillip Kordes wuchs im Hochsauerland auf. Er studierte in Dortmund Pädagogik und war bis 2001 Lehrer an der Realschule. Bisher sind vier Kriminalromane von ihm erschienen. »Mord in acht Tagen« und »Windvögel« spielen im Hochsauerland. »Maske des Schweigens« und »Zeit der Sühne« sind im Ruhrgebiet angesiedelt. Darüber hinaus veröffentlichte Phillip Kordes nahezu 400 Kurzkrimis bzw. Kurzromane sowie zwei Fortsetzungsromane.

Für meinen Großvater

Geschichten schreiben ist eine Art,
sich das Vergangene vom Halse zu schaffen.

Johann Wolfgang von Goethe

Phillip Kordes

DUNKLER RAUCH AM HORIZONT

*Historischer Roman
aus dem Sauerland*

Bibliografische Information der Deutschen Nationalbibliothek
Die Deutsche Nationalbibliothek verzeichnet diese Publikation in der
Deutschen Nationalbibliografie, detaillierte bibliografische Daten sind
im Internet über dnb.dnb.de abrufbar.

TWENTYSIX – Der Self-Publishing-Verlag
Eine Kooperation zwischen der Verlagsgruppe Random House und
BoD– Books on Demand

© 2017 Kordes Phillip

Herstellung und Verlag
BoD – Books on Demand, Norderstedt

ISBN 9 783740 731021

1

Die vier Glocken läuteten bereits seit fünf Minuten. Der durchdringende Klang blieb an den Mittelgebirgen hängen und schwang wie eine Woge zurück über den Ort Züschen, dessen Häuser in dem kleinen Tal des Hochsauerlandes lagen. Eine strahlende Sonne schien von einem blauen, fast wolkenlosen Himmel auf die Wiesen und Wälder. Es würde ein schöner Tag werden, warm und angenehm und nicht so schwül und drückend wie in der letzten Woche. Da hatte es fast jeden Tag ein kräftiges Gewitter gegeben mit dröhnendem Donner und grellen Blitzen, die in Bäume eingeschlagen waren, die so nahe an manchen Holzhäusern standen, dass man das Schlimmste befürchtet hatte.

Der Junge zog an der Hand der Frau. Er war elf Jahre alt und ungeduldig, wie Kinder in seinem Alter waren. Seine lange, schwarze Hose war frisch gebügelt, sein Hemd blühend weiß und seine dunkle Jacke zwar etwas groß, aber neu. Er hatte sie zum Geburtstag erhalten und heute zum ersten Mal angezogen. Die blonden, krausen Haare waren sorgfältig gekämmt und mit einem geraden Scheitel versehen.

»Nun sei doch nicht so eilig, Benedikt. Wir kommen noch früh genug zur Messe.«

Benedikt verlangsamte sofort seinen Schritt. Er warf einen raschen Blick in das Gesicht seiner Mutter. Elisabeth Halbach war eine eher klein geratene Erscheinung, aber sie war eine auffallend schöne Frau, wenn auch die Falten in ihrem aparten Gesicht ihr Alter von zweiundvierzig Jahren nicht verbergen konnten. Benedikt liebte seine Mutter über alles. Ihre Stimme war sanft und nie aufbrausend, ob sie lobte, tadelte oder ungehalten war.

Je näher sie der Kirche kamen, desto mehr Menschen strömten von allen Seiten auf das Gebäude zu. Elisabeth grüßte jeden, und auch Benedikt sagte hin und wieder artig »Guten Morgen«. Er kannte sie alle oder vielmehr: Alle kannten ihn.

Etwa drei Schritte vor ihnen ging sein Vater Robert. In dem schwarzen Gehrock, der gestreiften Hose und dem Zylinder auf dem Kopf sah er wie eine hohe Persönlichkeit aus. Er unterhielt sich angeregt mit einem etwas älteren Mann, der fast die gleiche

Kleidung trug. Die beiden schienen ihre Umwelt vergessen zu haben, denn mit jedem Schritt entfernten sie sich weiter von Benedikt und seiner Mutter.

Endlich drehte sich Robert um. Er blieb stehen und wartete, bis die beiden ihn erreicht hatten. Sein Gesicht, das etwas zu hohlwangig und zu oval war, wirkte verkniffen, seine ohnehin schmalen Lippen waren zu einem feinen Strich zusammengezogen. Die Augen unter den dicken, fast buschigen Augenbrauen blickten ernst und unruhig zugleich. Seine Miene drückte große Sorge aus, und sein Blick verweilte eine Zeit lang auf dem Bauch seiner Frau. Er reichte ihr seinen Arm.

»Danke.« Sie hakte sich bei ihm ein. »Es geht schon.«

Elisabeth war im neunten Monat schwanger. Es war für Robert eine große Überraschung gewesen, als sie ihm sagte, dass sie noch einmal ein Kind erwartete. In Elisabeths Alter war das mehr als ungewöhnlich, aber sie hatten sich schnell damit abgefunden. Inzwischen freuten sie sich auf ihr Kind. Es war das sechste, wenn man die Todgeburt nicht mitzählte. Robert hätte seiner Frau gerne verboten, in ihrem Zustand noch zur Kirche zu gehen, aber bei diesem Thema stieß er auf Granit. Elisabeth ging jeden Sonntag zur heiligen Messe.

Das Gotteshaus war wie immer zum Bersten voll. Vor sieben Jahren war die Kirche völlig renoviert worden, aber das machte den Innenraum auch nicht angenehmer. Das Mauerwerk wirkte nackt und strömte trotz des warmen Wetters ungemütliche Kälte aus.

In der Kirche saßen links die Frauen und rechts die Männer. Während die Frauen auch rechts Platz nehmen durften, war es den Männern verwehrt, sich auf die Seite der Frauen zu setzen. Es gab dafür kein Gesetz, es war einfach so üblich. Und jeder hielt sich daran. Seit Benedikt die heilige Kommunion empfangen hatte, gehörte er zu den Männern. Das machte ihn wie jeden Gleichaltrigen stolz, und so löste er sich von der Hand seiner Mutter, um rechts einen Platz zu suchen. Am Rand einer Bankreihe kniete er nieder, sprach kurz ein Vaterunser und machte das Kreuzzeichen. Am Tag zuvor hatte er gebeichtet. Er beichtete alle vier Wochen. Nicht weil er so oft gesündigt hatte, sondern weil jeder Katholik so handelte.

Mindestens einmal im Monat musste man zur Beichte gehen,

hatte ihnen der Pastor im Kommunionunterricht eingetrichtert, und manch einer saß sogar jeden Samstag im Beichtstuhl. Benedikt fragte sich immer wieder, was die Person wohl zu beichten hatte.

Er selbst wusste gar nicht mehr, was er dem Pastor alles sagen sollte. Deshalb hatte er sich einen Zettel zurecht geschrieben, der in seinem Nachttisch lag und den er immer dann zur Hand nahm, wenn seine Mutter ihn an seine Pflicht erinnerte. Auf dem Zettel standen etwa fünf bis sieben Sünden, die er im Beichtstuhl mit flüsternder Stimme erzählte. Manchmal strich er in Gedanken einen mutmaßlichen Fehltritt, dann fügte er wieder einen anderen hinzu. Und das nur, um dem Pastor einen Gefallen zu tun. Benedikt hatte nämlich von Matthäus, seinem besten Freund gehört, dass der Pastor ihn einmal arg ausgeschimpft hatte, weil Matthäus nur zwei winzige Vergehen gebeichtet hatte. Seitdem blieb Benedikt bei fünf bis sieben sogenannten »Missetaten«.

Aber Benedikt war sich sicher, nicht zu sündigen. Nun ja, manchmal gab es zwar Streit zwischen ihm und Bruno Seibert, aber musste man das denn wirklich beichten? Er war überzeugt, dass Bruno dem Pastor davon nichts sagte.

Er zuckte ein wenig zusammen, als das Orgelspiel begann und hob den Kopf, um über die anderen Menschen nach vorne zu blicken. In den vorderen Bänken zappelten die jüngeren Kinder, die im nächsten Jahr zu Ostern die heilige Kommunion empfangen sollten.

Benedikt sah verstohlen nach links zu den Frauen. Zwischen seinen Schwestern Magdalena und Helene entdeckte er seine Mutter, und zwei Bänke davor hockte seine dritte Schwester Eva. Er atmete erleichtert auf. Alle drei Mädchen waren älter als er und konnten ein wachsames Auge auf seine Mutter halten.

Die Menschen strömten an der Wandseite entlang weiter nach vorn, einige ließ Benedikt in die Bank an sich vorbei. Er wollte außen sitzen, dort saß er am Liebsten, denn dann hatte er einen Nebenmann weniger. Plötzlich drückte jemand gegen seine Schulter. Benedikt schaute zur Seite und erschrak. Bruno Seibert grinste, wobei er eine Reihe gelber Zähne entblößte.

»Nun rück ein Stück!«, fuhr Bruno ihn an.

Benedikt rührte sich keinen Zentimeter. Er wollte nicht über eine Stunde neben jemandem sitzen, der sich nur selten wusch und sich auch sonst nicht viel aus dem Gottesdienst machte. Im Gang neben Bruno stand dessen Mutter. Hermine Seibert hatte ihren Sohn ganz offenbar zur Messe gezwungen.

»Lass deine Mutter sitzen«, zischte Benedikt. »Dann rutsche ich.«

Aber Bruno dachte gar nicht daran. Er schob rücksichtslos gegen Benedikts Schultern, sodass dieser automatisch zur Seite rücken musste. Aus den Augenwinkeln bemerkte Benedikt ein frisches Hemd bei Bruno, und auch seine Haare waren frisiert. Ganz offensichtlich hatte seine Mutter dafür gesorgt, dass Bruno einigermaßen ordentlich in die Kirche ging. In der Schule war das häufig anders. Da kam es vor, dass noch etwas Marmelade vom Frühstück in seinem Mundwinkel klebte, und dass seine Haare wirr um den breiten Kopf lagen. Benedikt hatte sich bereits gleich zu Anfang einen Platz ausgesucht, der weit entfernt von Bruno lag. So vermied er die Nähe zu diesem Jungen. Und jetzt saß er ausgerechnet neben ihm.

»Dominus vobiscum!«

»Et cum spiritu tuo!«

Der Pastor hatte die Messe eingeleitet.

Um sich abzulenken, folgte Benedikt angestrengt dem Gottesdienst. Aber es fiel ihm schwer, denn Bruno knirschte andauernd mit den Zähnen oder wackelte unruhig in der Bank herum. Dabei machten ihm auch die missbilligenden Blicke der anderen Gläubigen nichts aus.

Benedikt schaute wieder zur Frauenseite hinüber. Seine Mutter hatte sich hingesetzt. Trotz der Entfernung konnte er ihr blasses Gesicht erkennen.

»Deiner Mutter geht's wohl nicht gut, was?«, feixte Bruno mit leiser Stimme.

»Halt dein Maul. Sie kriegt einen Jungen«, zischte Benedikt ebenso leise zurück.

»Jungen? Niemand kann wissen, ob es ein Mädchen oder ein Junge wird. Du kannst meine Mutter ja mal fragen, ob das möglich ist. Da staunst du, was?«

Die Tatsache, dass er einmal mehr wusste als Benedikt, zeigte Bruno deutlich mit einem spöttischen Grinsen im Gesicht. »Ich kann dir noch viel mehr erzählen. Ich -«

Der Junge erhielt unverhofft einen Stoß von seiner Mutter, und schlagartig wurde er still.

Benedikt atmete auf. Wie die Erwachsenen, so plapperte auch er gehorsam die lateinischen Verse nach, die kaum einer verstand und dennoch jeden Sonntag brav aufgesagt wurden. Das Evangelium war heute kürzer als sonst, was alle verwunderte, und schon kurz darauf betrat der Pastor die Kanzel.

»In nomine Patris et Filii, et Spiritus Sancti.«

»Amen«, antwortete die Gemeinde.

Hermine Seibert zog Bruno aus der Bank und setzte sich an seine Stelle. Benedikt sah sie an. Wieder wunderte er sich, dass ihr Gesicht aussah, als wäre sie über fünfzig, dabei war sie nicht älter als fünfunddreißig. Aber es ist beruhigend zu wissen, dass sie hier ist, dachte Benedikt. Hermine Seibert war die Hebamme. Sie wohnte mit ihrem Mann Lorenz und ihrem Sohn Bruno im Oberdorf in einem alten Haus, das ihr einmal die Bewohner aus Dankbarkeit geschenkt hatten, weil Hermine immer dann zur Stelle war, wenn sie gebraucht wurde. Der nächste Arzt wohnte zwar nur sieben Kilometer entfernt in Winterberg, aber selbst mit einem schnellen Pferdewagen benötigte man über eine Stunde hin und zurück. Benedikt suchte ihren Blick, aber sie sah stur hinauf zur Kanzel.

Pastor Huhnold war ein ernster Mann von Ende sechzig mit schütterem Haar, gedrungener Gestalt und einem Gesicht, in dem man Güte von Strenge nicht unterscheiden konnte. Nun würde er mit seiner langweiligen und langatmigen Predigt anfangen.

»Ich werde heute ein Edikt unseres Heiligen Vaters, Papst Pius IX, vortragen«, sagte der Pastor zur allgemeinen Verwunderung.

Papier raschelte auf der Kanzel.

»Der Heilige Vater hat auf den Syballus Errorum reagiert und die Thesen als falsch verurteilt. Heute, im September im Jahr des Herrn 1864 hat der Heilige Vater auf die schwerwiegenden Irrtümer des Syballus Errorum wie folgt reagiert ...«

Benedikt hatte keine Ahnung, was der Syballus war. Auch wusste er nicht, was das Wort Thesen bedeutete, und so verfiel er wie fast immer bei einer Predigt in eine Phase leichten Dämmerzustandes. Die sonore Stimme des Pastors eignete sich gut, um einzuschlafen. Die Augenlider wurden ihm schwer, und kurz darauf hörte er hinter sich jemanden schnarchen. Nicht nur ihn hatte es also erwischt.

2

Plötzlich schreckte Benedikt auf. Mit verwirrtem Blick sah er umher. Seine Banknachbarn schauten neugierig nach links in die Richtung, wo die Frauen saßen. Mehrere Köpfe beugten sich dort über eine Person, die offenbar in der Bank zusammengebrochen war. Nur die Kinder in der ersten Reihe schienen von der Unruhe nichts mitbekommen zu haben, denn sie steckten weiterhin die Köpfe in ihre Gebetbücher.

Dass jemandem in der Kirche übel wurde, geschah nicht das erste Mal. Dann wurde man unter den neugierigen Blicken der Menschen sorgsam hinausgeführt. Aber jetzt schien dort drüben etwas Schlimmeres passiert zu sein.

»Mama!«

Benedikt wusste nicht, ob er das Wort nur gedacht oder laut ausgestoßen hatte, aber er hatte erkannt, dass es seine Mutter war, die auf der harten Kirchenbank lag. Er sah Evas blonde Haare und Magdalenas angespanntes Gesicht, und ohne auf die anderen Männer und Frauen in der Bank zu achten, hangelte er sich über Knie und Beine hinweg zum Mittelgang. Eine Frau schimpfte, ein Mann fluchte, ein anderer stöhnte vor Schmerz, weil Benedikt ihn unabsichtlich gegen das Schienbein getreten hatte. Als er die andere Kirchenseite erreichte, sah er, dass jemand seiner Mutter eine Jacke unter den Kopf geschoben hatte. Ihr Gesicht konnte er nicht sehen, denn Eva versperrte ihm den Blick. Dafür entdeckte er seinen Vater. Robert Halbach drehte den Zylinder aufgeregt mit seinen Fingern, den steifen Hemdkragen hatte er geöffnet. Er schwitzte, sein Gesicht war gerötet und die dunklen Haare, auf die er so stolz war und sie immer sorgfältig frisierte, fielen ihm ungeordnet in die Stirn. Er legte den Zylinder auf die Bank, kniete sich nieder und nahm die Hand seiner Frau. Dabei sprach er leise auf sie ein.

Jemand fasste Benedikt an die Schultern. Er hob den Kopf. Es war sein Onkel Ludwig.

»Du kannst jetzt nicht zu deiner Mutter, Benedikt«, sagte er.

»Was ist denn passiert?«

Sein Onkel Ludwig druckste herum. »Ich – ich glaube, das Baby kommt ...«

»Jetzt? Hier in der Kirche?«

»Ja.«

»Aber ...«

Ludwig legte ihm den Finger auf den Mund. »Es ist alles in Ordnung. Wir brauchen nur Hilfe, richtige Hilfe meine ich.«

Ohne Benedikt loszulassen, drehte er sich um, reckte sich und winkte Hermine Seibert hastig zu. Aber sie rührte sich nicht von der Stelle. Mit bewegungslosem Gesicht blickte sie zu Ludwig, der wutschnaubend die Lippen zusammenpresste. Seine eng nebeneinanderstehenden Augen wurden noch schmaler, und Benedikt befürchtete, dass er gleich explodieren würde. Ludwig war sieben Jahre jünger als Benedikts Vater und manchmal sehr aufbrausend. Jetzt war er aber nur verzweifelt und hilflos. Enttäuscht wollte er sich abwenden, als Hermine ihren Platz plötzlich verließ und sich zwischen den Bänken hindurchquetschte.

»So rutscht doch endlich«, stieß sie dabei ungeduldig und fast wütend aus.

»Es ist soweit«, sagte Ludwig zu ihr, als sie ihn erreicht hatte. Seine Verbitterung war totaler Erleichterung gewichen. »Wir brauchen deine Hilfe. Wir können Elisabeth nicht mehr nach Hause bringen. Sie wird wohl hier in der Kirche gebären.«

Hermine warf einen raschen Blick zur Kanzel. Der Pastor stand noch immer dort oben und verfolgte alles verständnislos. Er wusste nicht, was er tun sollte. So etwas war ihm noch nie passiert. Der Gottesdienst war noch nicht beendet, und er schwankte zwischen Pflicht und Anteilnahme hin und her. Schließlich wurde ihm die Entscheidung abgenommen. Unter Anleitung des Küsters Gustav Nelle hatten ein paar beherzte Männer vom Kirchenvorstand damit begonnen, das Kirchenschiff zu räumen. Als Letzte verließen die kleinen Kinder die Kirche. Sie reckten dabei ihre Hälse und versuchten, einen Blick auf das Geschehen zu werfen, aber andere Frauen hatten sich in den Mittelgang gestellt und Elisabeth Halbach abgeschirmt.

Ludwig zog Benedikt nach draußen. Auf dem großen Kirchplatz hatten sich die Menschen in kleinen Gruppen versammelt und redeten aufgeregt miteinander.

Neben Ludwig tauchte Benedikts Cousin Jakob auf. Benedikt hatte ihn in der Kirche weiter vorn sitzen sehen. Jakob strich sich fahrig mit der rechten Hand über seine dunkelblonden Haare, die mit viel Wasser glatt frisiert worden waren und ihm auf dem Kopf klebten. Obwohl er ein Jahr jünger als Benedikt war, überragte ihn Jakob bereits fast um einen halben Kopf.

»Was ist denn passiert, Papa?«, fragte er seinen Vater. »Muss Tante Elisabeth sterben?«

»Unsinn«, entgegnete Ludwig ungehalten. »Es geht ihr gut.«

»Mama bekommt ein Baby«, sagte Benedikt.

»In der Kirche?«, fragte Jakob überrascht.

»Nun haltet mal euren Mund«, fuhr Ludwig gereizt dazwischen. »Was sollen denn diese Fragen? Bleibt hier und rührt euch nicht von der Stelle. Ich will sehen, ob ich helfen kann.«

Er ging auf die Kirchentür zu. Dort standen inzwischen drei weitere Frauen und versperrten den Eingang. So sehr Ludwig auch bitten und drohen konnte, sie ließen sich nicht erweichen. Er hatte keine Chance, hineinzugehen.

Nach einigen Minuten lösten sich die ersten Gruppen auf. Da der Gottesdienst offenbar nicht fortgeführt wurde, gingen sie nach Hause. Die meisten waren sogar froh darüber. Sie hatten ihren guten Willen gezeigt und waren folgsam wie immer zur Kirche gegangen. Dass der Gottesdienst nicht beendet worden war, störte kaum jemanden.

Benedikt trat unschlüssig von einem Bein auf das andere. Wenn doch wenigstens eine seiner Schwestern aus der Kirche kommen und ihm sagen würde, was er tun solle. Die teilweise neugierigen oder mitfühlenden Blicke einiger Erwachsener und Kinder ruhten auf ihm, und plötzlich kam er sich völlig hilflos vor. Er wäre am liebsten im Erdboden versunken, aber bevor er sich weitere Gedanken machen konnte, öffnete sich knarrend die schwere Kirchentür. Vier Männer hielten eine einfache Trage, auf der seine Mutter lag. Man hatte sie mit Mänteln zugedeckt und unter ihren Kopf ein Kissen aus Jacken geformt, auf dem ihr schmaler Kopf mit dem nunmehr bleichen Gesicht ruhte. An ihrer linken Seite war eine Ausbuchtung. Ein dünner Schal verdeckte den kleinen Körper, aber das durchdringende Geschrei darunter hallte über den breiten Platz.

Die Augen der meisten Männer und Frauen, die noch auf dem Vorplatz warteten, begannen zu leuchten, und fast alle eilten zu der Trage, um Elisabeth Halbach zu gratulieren.

In der Kirchentür erschien der Pastor. Er sah immer noch verwirrt aus, aber er hörte nicht auf, mit seiner rechten Hand das Kreuzzeichen über Elisabeth und dem Jungen zu machen, der am 25. September 1864 in seiner Kirche zur Welt gekommen war, und der auf den Namen Paul getauft werden sollte, zu Ehren des Heiligen Apostel Paulus.

3

Benedikt Halbach war zwar das vierte Kind seiner Eltern, aber der erstgeborene Sohn. Deshalb nahm er innerhalb der Familie eine Vorrangstellung ein. Während sich seine drei Schwestern ein Schlafzimmer teilen mussten, bis Magdalena als älteste einen separaten Schlafraum erhielt, besaß Benedikt seit seinem zehnten Lebensjahr eine eigene Kammer. Er brauchte sie nicht einmal mit seinem fünf Jahre jüngeren Bruder zu teilen, weil Johannes nachts panische Angst hatte und deshalb neben seinen Eltern in einem schmalen Bett schlafen durfte.

In vielen Häusern waren die Zimmer sehr klein und eng. Bei großen Familien mussten sich sogar zwei bis drei Kinder ein Bett teilen. Auch wurden die Schlafzimmer nie geheizt. Sie befanden sich meistens im Obergeschoss, und da der Ofen in der Küche stand, reichte die Wärme niemals bis in die erste Etage.

Benedikts Zimmer war karg eingerichtet, mit einem einfachen Bett und einem kleinen Schrank. Es war ein Geschenk seines Onkels Ludwig, der die Möbel vom Schreiner Saalfeld hatte zimmern lassen. Über Benedikts Bett hing ein Kreuz. Es war selbst geschnitzt, rau und ungehobelt. Solch schlichte Kreuze gefielen ihm besser als die verzierten, lackierten oder bunt bemalten.

Benedikt schaute zum Fenster hinaus in den Himmel. Irgendwo dort oben sollte Gott wohnen, hatten ihn seine Mutter und auch der Pastor gelehrt. Und ganz automatisch faltete Benedikt die Hände und begann zu beten.

»Lieber Gott, ich danke dir für meinen Bruder. Aber ganz

besonders danke ich dir dafür, dass Mama gesund geblieben ist.«

Das war nämlich nicht selbstverständlich. Schon mehrmals hatte Benedikt mitbekommen, dass eine Frau bei der Geburt ihres Kindes gestorben war, und jetzt wurde ihm so richtig bewusst, dass das seine größte Angst gewesen war. Ein paar Tränen der Erleichterung rannen ihm plötzlich über die Wangen.

Bald jedoch hörte er auf zu beten. Er sagte sich, dass es genug war. Länger konnte man nicht mit jemandem sprechen, den man gar nicht sehen konnte und der nicht antwortete.

Benedikt schaute über den breiten Hof vor dem Haus. Männer in schwarzen Anzügen und Frauen in langen Kleidern stiegen von ihren kleinen Pferdewagen und gingen auf die Haustür zu. Andere Personen kamen zu Fuß. Fast jeder wollte zur Familie Halbach, denn allen war klar, dass die Geburt eines Kindes in einer Kirche etwas ganz Besonderes war. Ihre Blicke huschten dabei bewundernd über den mit Bruchsteinen ausgelegten Vorhof. Das war ein Privileg, das sich nur besser betuchte Landbesitzer leisten konnten.

Gegenüber befand sich das Stallgebäude. Statt eines Spitzdaches hatte es ein Flachdach. Ein Nachteil, denn bei Regen tropfte es unablässig hinein. Schon seit Tagen waren drei Tagelöhner damit beschäftigt, die alten Schindeln, mit denen das Dach gedeckt war, gegen Ziegel auszuwechseln, aber noch immer gab es große Lücken im Dach. An Sonntagen ruhte zwar die meiste Arbeit, aber das Vieh musste stets versorgt werden. Das übernahmen der alte Knecht Karl, der schon ewig für Benedikts Vater arbeitete, und zwei Tagelöhner.

Links und rechts standen je zwei Leiterwagen. Eine Schubkarre, Forken, Schaufeln und zwei Besen lehnten auf der rechten Seite an der Wand. Schweine grunzten, ein Kalb schrie und zwei Katzen hetzten aus der Tür über den Hof. Benedikt lachte, als der Knecht Karl mit einem hoch erhobenen Besen ein paar Schritte hinter ihnen herrannte, dann aber stehen blieb und wieder zurück in den Stall ging. Dabei warf er immer wieder einen scheuen Blick über die Schulter. Benedikt vermutete, dass er nicht von den vielen Menschen, die zu Besuch kamen, angesprochen werden wollte.

Am Ende des Vorplatzes spielte sein jüngerer Bruder mit einem dünnen Stock. Benedikt wollte das Fenster aufreißen, um

Johannes zu rufen, aber dann hätte er die Menschen unten auf der Straße auf sich aufmerksam gemacht und das wollte er nicht.

Vor seinem Zimmer erklangen plötzlich Schritte. Wenig später stand seine Schwester Eva in der Tür. Es war, als würde die Sonne aufgehen. Sie war ihrer Mutter wie aus dem Gesicht geschnitten. Eva war etwa eins siebzig groß und schlank. Ihre Wangenknochen waren etwas zu hoch, aber sie passten gut zu ihrer schmalen Nase und zu den sinnlichen, wohlgeschwungenen Lippen. Eva hatte ihre langen blonden Haare nicht zu Zöpfen zusammengebunden, sondern über die Schulter fallen lassen. Sie glänzten wie Gold.

Da Benedikt noch in der Nähe des Kreuzes stand, deutete sie darauf. »Hast du gebetet?«

Benedikt biss sich auf die Unterlippe und schüttelte schweigend den Kopf. Eva merkte nicht, dass er verlegen geworden war. Sie hatte auf ihre Frage keine Antwort erwartet. Das tägliche Leben im Sauerland bestand sowieso hauptsächlich aus Beten, Arbeit oder Alkohol trinken.

Eva sprang auf Benedikts Bett. Das Holzgestell knarrte verdächtig.

»Pass nur auf, dass Papa das nicht sieht.«

»Was?«

»Deine offenen Haare.«

Wenn es nach Robert Halbach gegangen wäre, hätte Eva immer Zöpfe tragen müssen. Mit ihren vierzehn Jahren war Eva bereits zu einer Schönheit herangewachsen. Die jungen Männer des Dorfes verfolgten sie, immer in gebührendem Abstand natürlich, denn sie hatten Angst vor ihrem Vater, denn jeder wusste, dass er sie wie seinen Augapfel beschützte. Als Eva zwölf wurde, befahl Robert ihr, die langen blonden Haare abzuschneiden.

»Warum gönnst du ihr nicht diese schönen Haare?«, hatte Elisabeth gefragt. Sie begehrte selten auf, deshalb war Robert überrascht gewesen.

»Ja, hast du denn noch nicht bemerkt, wie die Männer hinter ihr her starren? Nicht nur die jungen Burschen, auch die alten Böcke. Ich will nicht, dass man Eva wie Freiwild anstiert.«

Sie einigten sich schließlich darauf, dass Eva zumindest immer dann, wenn sie das Haus verließ und wenn sie Besuch erhielten, Zöpfe trug.

»Pah.« Sie winkte ab. »Der hat jetzt ganz andere Sorgen. Der ist doch nur mit der Geburt beschäftigt.«

»Sie sind alle im Wohnzimmer, nicht?«

»Genau. Du müsstest sie mal hören. Alle schmieren sich bei Papa ein. Ich hoffe nur, dass der das merkt und seine wirklichen Freunde erkennt.«

»Bestimmt«, antwortete Benedikt.

»Weißt du eigentlich, dass er unbedingt noch einen Sohn haben wollte?«

Benedikt nickte.

»Einen richtigen Sohn hat er mal gesagt.«

»Wie meint er denn das?«, fragte Benedikt verständnislos.

»Nun, du interessierst dich doch gar nicht für den Hof und die ganze Landwirtschaft. Und Johannes ...? Der ist erst sechs und hat nur Flausen im Kopf. Der wird niemals ein Bauer. Aber Vater braucht einen richtigen Jungen, jemanden, der einmal sein Erbe antritt.«

»Papa lebt ewig.«

Eva lachte laut. »Du Einfaltspinsel, aber du bist ein lieber Kerl und mein Bruder. Von mir aus bleib, wie du bist.« Sie beugte sich vor. »Soll ich dir mal ein Geheimnis verraten?«

»Was denn?«

»Sobald ich alt genug bin, gehe ich fort.«

»Fort? Wohin denn?«

»Weiß ich noch nicht. Auf jeden Fall nach Süden. Bayern soll sehr schön sein.«

Benedikt sah seine Schwester ein wenig neidisch an. Eva würde bald einen Mann kennenlernen, heiraten und irgendwo anders hinziehen, während er wohl hier in diesem kleinen Ort bleiben musste. Es stimmte, was Eva gesagt hatte: Johannes war ein Träumer, der viel zu häufig in der Bibel blätterte und die Bilder darin betrachtete. Einmal hatte er gesagt, dass er Priester werden wolle, was seinen Vater zur Weißglut getrieben hatte. Also blieb alles an ihm, Benedikt, hängen. Vielleicht, und das war seine große Hoffnung, würde Paul einmal ein richtiger Bauer werden. Jemand, dem die Landwirtschaft Spaß machte. Man müsste ihn nur richtig darauf vorbereiten.

»Kommst du mit?«

Benedikt drehte sich um. Eva stand in der Tür.

»Ich habe gefragt, ob du mit hinunterkommst?«

Benedikt schüttelte den Kopf. »Ich bleibe lieber hier oben.«

»Wie du willst.« Und schon war sie weg.

Als es im Haus ruhiger wurde, schlich sich Benedikt hinaus. Er hatte kein Ziel, er wollte einfach nur dem Trubel entfliehen. In wenigen Minuten war er bei dem Haus seines Onkels Ludwig angekommen.

Benedikt klopfte an die Tür, aber sein Cousin Jakob war offenbar nicht zu Hause. Enttäuscht wandte Benedikt sich ab und stiefelte über einen unebenen Weg zur Hauptstraße. Während sie in der Woche von Pferdefuhrwerken, Ochsenwagen, Zweispännern und ganzen Kuhherden überfüllt war, lag sie an diesem Sonntag verlassen vor ihm. Er bemühte sich, nicht schmutzig zu werden, aber das war angesichts des Staubes, den der Wind aufwirbelte, nicht einfach.

»He, Benedikt, was macht denn dein Bruder?«, rief ein älterer Mann hinter ihm her. »Warum bist du nicht bei ihm?«

Benedikt drehte sich nicht um, sondern ging einfach weiter. Er spazierte an Gebäuden vorbei, die fast alle zweistöckig waren mit einem spitzen Dach aus Schindeln oder Stroh. Hohe Holzhaufen, Ackergeräte, Reste zerstörter Leiterwagen oder wie achtlos hingeworfene Bretter säumten die Vorderseiten. Er hätte jetzt gern mit einigen Schulfreunden gespielt, aber niemand ließ sich blicken.

Er passierte die Schreinerei Saalfeld, die Bäckerei und Gärtnerei, eine der drei Schmieden, das Metzgergeschäft und das Gebäude, in dem der Schneider sein Geschäft hatte. Nach einer Weile blieb er stehen. Vor ihm lag der Eisenhammer seines Onkels Ernst Lettmann. Ganz automatisch war er hierhin gegangen, als wolle er Aufmunterung für seine trübe Stimmung bei seiner Tante Adelheid suchen. Aber sie lebte schon lange nicht mehr, und sein angeheirateter Onkel kam selten zu ihnen zu Besuch. Auch jetzt sah das Gebäude, in dem es sonst von dem Krach eines schweren Fallhammers fauchte, knatterte und dröhnte, wie verlassen aus. Kein Fenster war geöffnet und niemand ließ sich sehen.

Traurig ging Benedikt zurück.

Bald kam sein Elternhaus wieder in Sicht, und er verlangsamte seinen Schritt. Das Haus war das größte in der näheren Umgebung. Es bestand aus zwei Etagen, einem Dachboden und einem Keller. Die Balken waren schwarz gestrichen, das Gefach zwischen den Holzbalken bestand aus schneeweißen Lehmsteinen. Dies hatte den Vorteil, dass sie sich den Verformungen des Holzes viel besser anpassen konnten als Backsteine, denn das Holz zog sich im Winter zusammen, und in den wenigen heißen Sommermonaten dehnten sich die Holzbalken um mehrere Millimeter aus.

Quer über der robusten Eingangstür aus stabilem Eichenholz stand auf dem Balken der Spruch »Gott schütze dieses Haus«. Das Gebäude war von Benedikts Großvater, Albert Halbach, erbaut worden. Zwanzig Jahre lang hatte er mit seiner Frau Annamaria, den Söhnen Robert und Ludwig und der Tochter Adelheid in dem Haus gewohnt, das er immer wieder in liebevoller Kleinarbeit renoviert hatte. Als Albert 1854, ein Jahr nach Benedikts Geburt starb, jammerte sich seine Frau regelrecht zu Tode. Annamaria überlebte ihren Mann nur ein paar Monate.

Aus Erzählungen seines Vaters und seiner Mutter hatte Benedikt sich ein Bild von seinen Großeltern machen können. Sie mussten großartige Menschen gewesen sein, er hätte sich mit ihnen ganz bestimmt gut verstanden, besonders mit seiner Großmutter. Auf ihren Wunsch hin wurde er auf den Namen Benedikt getauft, nach dem Heiligen Benedikt von Nursia, der um 529 das erste Benediktinerkloster gründete. Seine Großmutter hatte ihn oft um Beistand und Hilfe für die gesamte Familie gebeten. Sie war überzeugt, dass der Heilige Benedikt ihre Gebete erhörte und sie alle beschützte.

In der Haustür erschien seine Schwester Magdalena. Sie blieb überrascht stehen, als sie ihn erblickte. »Benedikt? Wo kommst du denn her? Ich dachte, du wärst in deinem Zimmer.«

»Ich – ich wollte zu Jakob.«

Magdalenas Gesicht glühte vor Aufregung. »Sie haben alle nach dir gefragt. Willst du deinen Bruder sehen?«

Ohne eine Antwort abzuwarten, ergriff sie seine Hand und zog ihn ins Haus zum Bett seiner Mutter. Elisabeth war blass, aber sie lächelte Benedikt glücklich zu, und mit einem leichten Kopfzeichen deutete sie zu der Wiege hinter der Tür. Langsam trat Benedikt näher. Ehrfurchtsvoll betrachtete er seinen Bruder

Paul, der tief und fest schlief, und dabei wie ein Engel aussah.

»Freust du dich, Benedikt?«, fragte eine andere Stimme. Er drehte sich um. Lydia Halbach, Onkel Ludwigs Frau und Jakobs Mutter, stand hinter der Tür und war von Benedikt bisher gar nicht gesehen worden. Ihre Gestalt steckte in einem dunklen, fast schwarzen Kleid, ihre vollen Backen waren gerötet. Benedikt hatte sie einmal als viel zu dick bezeichnet, woraufhin Jakob nur lapidar sagte, seine Mutter sei korpulent. Vermutlich wusste er nicht, was das Wort korpulent bedeutete, sondern hatte es von irgendjemandem aufgeschnappt. Lydia war gerade mal eins fünfundsechzig groß, und trotz ihres gewaltigen Körperumfangs war sie den ganzen Tag auf den Beinen, kochte, wusch und buk fast unaufhörlich. »Freust du dich denn nicht?«, fragte sie noch einmal.

Benedikt nickte schweigend, sagen konnte er nichts. Er drehte sich wieder zu seiner Mutter hin, aber die war bereits vor Erschöpfung eingeschlafen.

Eine gute halbe Stunde später lag Benedikt in seinem Bett. Durch das geöffnete Fenster hörte er die lauten Stimmen aus der Stube. Immer noch waren viele Einwohner des Dorfes bei ihnen. Die meisten blieben bis in die späten Abendstunden. Es wurde gegessen, getrunken und geraucht. Sie redeten sich die Köpfe heiß über Themen, die zum größten Teil mit der Arbeit und der Politik zu tun hatten. Wie immer gab es die verschiedensten Ansichten, aber niemand wollte von seiner Meinung abrücken. Bald stieg der Alkohol den Männern zu Kopf, und viele waren schon nicht mehr Herr ihrer Sinne. Da drängten die Frauen endlich zum Aufbruch. Sie wollten vermeiden, dass es zu handfesten Auseinandersetzungen kam, die alle am nächsten Tag bereuten, um sich dann bei einer weiteren Alkoholsause wieder zu vertragen.

4

Die Volksschule war ein unansehnlicher Bau, mit einer grauen Fassade, dunkelgrünen Türen, an denen die Farbe abblätterte, und mit einer Treppe, deren Stufen große Löcher aufwiesen und vollkommen schief im bröselnden Zement lagen.

Die Jungen und Mädchen hatten diese Unebenheit jedoch schon einverleibt, denn niemand stolperte. Sie gingen schweigend hinauf, so wie es ihnen der Lehrer und die Lehrerin eingetrichtert hatten. Was die beiden sagten, war sowieso Gesetz.

Lehrer Franz Obermann war einundsiebzig. Eigentlich zu alt, um zu unterrichten, aber es gab ja kaum neue Pädagogen. Die Jungen und Mädchen kamen und gingen, wie sie wollten, und nur in den Wintermonaten waren die beiden Klassenräume bis auf den letzten Platz belegt. In dieser Zeit brauchte niemand auf den Feldern zu arbeiten, und in der Schule war es schön warm. Die Ausbildung der Lehrer war schlecht und die Bezahlung miserabel. Diejenigen, die das Glück hatten, auf dem Land eine Stelle zu ergattern, hatten es gut. Sie wurden von den Bauern mit Essen und Trinken versorgt, und nicht selten sah man Lehrer Obermann an den Sonntagen bei dieser oder jener Familie am Mittagstisch sitzen. Natürlich gab niemand zu, dass man das nur tat, um wenigstens einigermaßen gute Noten für seine Sprösslinge zu erhalten.

Um ihren Lohn zu verbessern, hatten sich Obermann und seine Kollegen aus den Nachbardörfern zusammengeschlossen und verkauften in der Weihnachtszeit kleine Bücher mit selbst verfassten Gedichten. Der Preis schwankte zwischen dreißig Pfennig und einer Mark, je nach den Vermögensverhältnissen der Eltern. Auch Schreib- und Zeichenhefte verkauften die Lehrer, sowie Radiergummi und Löschblätter. Für die ärmeren Kinder waren diese Utensilien jedoch umsonst.

Obermanns größte Leidenschaft bestand darin, mit den Schülern durch die Wälder zu wandern und ihnen dort die Natur zu erklären. Dabei ließ er die Fichten einer Tannenschonung zählen oder die Vögel eines Vogelschwarms oder die dunkelgrünen Felder mit den hellgrünen vergleichen und die gelben von den braunen abziehen, um so in der Natur Mathematikaufgaben zu stellen. Am Tag nach einer Wanderung mussten alle einen Aufsatz schreiben und Bilder von den verschiedenen Blumen, Bäumen und Tieren malen.

Eine weitere Lehrkraft war die Lehrerin Anneliese Graf. Ihr Alter war nur schwer zu schätzen. Man munkelte, dass sie sicher schon fünfzig oder sechzig Jahre alt war. Niemand kannte sie ohne ihren Haarknoten. Sie musste sogar darauf schlafen, was sicher unangenehm war, aber er saß jeden Tag exakt so wie am Tag zuvor. Ihr Gesicht war grauweiß wie ihre Kleidung, ihr Mund hatte ganz bestimmt noch nie gelacht oder gelächelt. Sie war – wie eine der Schülerinnen einmal äußerte – ein alter Drachen, und es würde nicht mehr lange dauern, bis sie Feuer ausspucke. Irgendjemandem hatte sie mal erzählt, dass sie am Liebsten ins Kloster gegangen wäre.

Während Herr Obermann die Jungen unterrichtete, lehrte Fräulein Graf die Mädchen. Alle Jungen des Dorfes gingen in einen Klassenraum, alle Mädchen ebenfalls in einen anderen. So wurden Kinder vom ersten bis zum achten Schuljahr gemeinsam unterrichtet.

Benedikt saß neben Matthäus Roth, einem schlaksigen hochgewachsenen Jungen, der ein Dreivierteljahr älter war. Matthäus' Gesicht war hohlwangig, seine Nase schmal. Die dunklen Augen blickten stets hellwach, und sie schienen jedes Detail um sich herum wahrzunehmen.

»Was macht dein Bruder?«, fragte Matthäus flüsternd und fast ohne die Lippen zu bewegen.

»Schreit, isst und schläft.«

»Alle reden nur von ihm.«

»Hm, ich weiß.«

»Er soll etwas Besonderes sein.«

»Besonderes? Was meinst du damit?«

»Keine Ahnung. Auf jeden Fall sagen das die Erwachsenen.«

»Blödsinn. Paul ist ein Baby, genauso wie wir es waren.«

Jetzt hatte der Lehrer die Schwätzerei der beiden bemerkt. Er klopfte mit seiner dünnen Gerte aus Haselnuss heftig auf den Tisch. Benedikt und Matthäus verstummten sofort. Sie hatten keine Lust, mit dem Stock Bekanntschaft zu machen. Beide waren zwar noch nie geschlagen worden, aber sie hatten aus Erzählungen der anderen Jungen gehört, dass es kein Vergnügen war, wenn die Gerte mit voller Wucht auf ihrem Gesäß landete. Obwohl – wenn Bruno Seibert dran war, und das war er oft, mussten sie sich schon bemühen, nicht aus Schadenfreude zu lachen.

»Kommst du nach der Schule mit zu uns?«, fragte Benedikt hastig.

»Nein, Mama hat heute selbst etwas gekocht. Sie ist zu Hause geblieben.«

Matthäus lebte mit seinen Eltern in einem kleinen Haus neben der Kirche. Sein Vater war Schäfer und oft wochenlang mit seiner Herde unterwegs. Seine Mutter verdiente sich als Putzhilfe etwas Geld nebenbei und hatte so eine Beschäftigung, die ihr zwar nicht gefiel, die aber Abwechslung und vor allem etwas Geld einbrachte. Außerdem strickte sie für ihr Leben gern, am meisten für die ärmeren Bauern. Sie war glücklich und froh, dass ihr Sohn Matthäus in Benedikt einen guten Freund gefunden hatte.

Obermann hob die Hand, und alle richteten ihre Oberkörper auf. Sie saßen, als hätten sie einen Stock verschluckt. Obermann lächelte zufrieden. Er hielt sich für einen guten Lehrer. Unterricht bedeutete hauptsächlich strenge Erziehung, und die Jungen hatten auf jeden Wink zu reagieren.

Die erste Klasse – das waren sieben Jungen – erhielten eine Zeichenaufgabe, die zweite Klasse – neun Schüler – begannen eine kleine Schreibarbeit, die dritten und vierten Jahrgänge – das waren insgesamt zwölf Knaben – mussten rechnen. Zur fünften Klasse zählten Matthäus und Benedikt. Im kommenden April würden sie mit sieben anderen Jungen in die sechste Klasse aufsteigen und hatten dann nur noch drei Schuljahre vor sich. Wie alle in ihrem Alter konnten sie das Ende der Schulzeit gar nicht erwarten.

Lehrer Obermann war heute gnädig mit dem fünften Schuljahr. Sie durften in einem Buch lesen. Bei der Geschichte handelte es sich um das Leben des Heiligen Florian, der offenbar der Lieblingsheilige des Lehrers war, denn mindestens einmal in der Woche wurde aus dem Buch laut vorgelesen. Benedikt kannte die Geschichte bereits auswendig, und er fand sie stinklangweilig. Die Klassen sechs bis acht erhielten schwere Rechenaufgaben, wie Obermann genüsslich lächelnd äußerte.

Die Zeit schlich dahin. Obermann ging durch die Reihen. Manchmal schlug er mit dem Stock auf einen Tisch.

»Sitz gerade, Emil«, fuhr er einen Jungen an. »Deine Füße müssen mit ihrer ganzen Sohle den Boden berühren und deine Oberschenkel mit dem größten Teil ihrer Länge auf der Bank liegen. Hast du das immer noch nicht begriffen?«

»Doch, ja«, beeilte sich Emil zu sagen.

»Na also.«

Zwei Reihen weiter griff er mit harter Hand den Kopf eines Jungen. »Du sollst den Kopf gerade halten. Wie oft habe ich dir das schon eingetrichtert. Deine linke Schulter ist höher als deine rechte. Merkst du das denn nicht?«

Der Junge war den Tränen nahe, denn diese Haltung war recht unbequem. Aber Obermann kannte kein Erbarmen. Es war schon eine Gnade von ihm, wenn er nach einer Stunde zum Aufstehen befahl. Dann durften die Jungen sich ein paar Minuten auf der Stelle frei bewegen.

Zu aller Überraschung beendete Obermann an diesem Vormittag den Unterricht zehn Minuten früher. Die Jungen rührten sich nicht. Erwartungsvoll schauten sie den Lehrer an, damit er ihnen die Erlaubnis geben würde, zu gehen, aber Obermann stellte sich hinter sein Pult und reckte sich, sodass er größer als in Wirklichkeit aussah.

»Wir haben heute etwas zu feiern«, sagte er mit seiner näselnden Stimme, wobei er sich bemühte, einen strengen Ton anzuschlagen. Das misslang ihm immer öfter. Die Jüngeren hatten mal gewagt, darüber zu lachen, worauf Obermann alle, vom ersten bis zum achten Schuljahr, eine Schulstunde lang abschreiben ließ. Dabei konnten die Jungen aus der ersten Klasse überhaupt noch nicht schreiben, aber das war Obermann egal. Er war so wütend und rot im Gesicht gewesen, dass die Kleinen einfach drauflos kritzelten, ohne zu wissen, was sie verbrochen hatten. Inzwischen lachte niemand mehr über Obermanns Aussprache.

»Wie ihr alle wisst, wurde am Sonntag während der heiligen Messe in der Kirche ein Junge geboren«, sprach er weiter. »So etwas ist in ganz Westfalen, ja vermutlich in ganz Preußen und ganz Europa noch nie vorgekommen. Es ist eine Fügung unseres Lieben Gottes, dass so etwas in unserem Dorf geschehen konnte.« Er hob seine Stimme ein wenig. »Damit hat er dem neugeborenen Kind eine Sonderstellung zugedacht.«

In der Reihe vor Benedikt hörte man ein heiseres Lachen. Da der Lehrer etwas schwerhörig war, bekam er es nicht mit. Benedikt wusste sofort, wer dort gelacht hatte.

»Deshalb«, fuhr Obermann fort, »lasst uns für Paul Halbach beten.« Sofort begann er ein »Vaterunser« zu murmeln, in das die meisten Jungen einfielen. Nur Bruno Seibert und einige in seiner nächsten Umgebung beteten nicht mit.

»Der macht das nur, um sich bei den Halbachs einzuschleimen«, flüsterte Bruno. »Dafür kriegt er wieder Speck und Wurst und Käse umsonst.«

Ein paar Jüngere, die Brunos Worte offenbar mitbekommen hatten, grinsten breit und wären sie nicht unter dem strengen Blick des Lehrers gewesen, hätten sie Beifall geklatscht.

Benedikt biss sich mühsam beherrscht auf die Lippen.

Als das Gebet beendet war und der Lehrer das Zeichen für das Ende des Unterrichts gab, stürmte alles nach draußen. Benedikt verließ mit Matthäus als Letzter den Klassenraum. Der Schulhof war bereits leer, als sie aus dem Gebäude hinaustraten.

»Dieser dämliche Bruno«, presste Benedikt wütend hervor.

»Mach dir doch nichts aus dem«, entgegnete Matthäus. »Das ist er doch gar nicht wert.«

»Ich weiß, aber trotzdem ...«

Bald trennten sich ihre Wege und schon war jeder aus dem Blickfeld des anderen verschwunden.

In diesem Moment bemerkte Benedikt die drei Mädchen. Sie folgten ihm. Das war ganz offensichtlich. Denn wenn er seine Schritte beschleunigte, gingen auch sie schneller, blieb er langsamer, hielten auch sie sich zurück. Normalerweise war der Unterricht der Mädchen immer etwas eher beendet als der der Jungen, damit sich die verschiedenen Geschlechter auf dem Heimweg nicht begegneten. Heute hatte Lehrer Obermann wegen Pauls Geburt den Unterricht zehn Minuten gekürzt und Fräulein Graf nicht daran gedacht. Deshalb trafen sich die Jungen und Mädchen nun auf der Straße.

Benedikt schaute sich verstohlen um. Alle anderen Jungen waren verschwunden. Er biss sich auf die Unterlippe. Er hatte nichts gegen die Drei, aber er wollte nicht, dass man ihn mit den Mädchen zusammen sah.

Er begann zu laufen. Damit konnten sie mit ihren langen Kleidern nicht mithalten. Aber er hörte noch ihr Kichern, bevor er um die Kurve bog und sein Elternhaus in Sicht kam. Genau das – seine Flucht – hatten sie beabsichtigt. Vor Wut traten ihm die Tränen in die Augen.

Als Benedikt in die Küche kam, war seine Schwester Magdalena dort allein. Sie rührte in einem Topf Suppe.

Benedikt setzte sich auf einen Stuhl am Fenster und schaute hinaus. Da er kein Wort sagte, warf Magdalena ihm einen prüfenden Blick zu.

»Was ist mit dir, Benedikt?«

»Nichts«, knurrte er.

»Wirklich?«

»Ja.«

Benedikt wusste, dass seine Schwester keine Ruhe geben würde, und deshalb sagte er: »Lehrer Obermann hat heute für Paul und Mama gebetet.«

»Ich weiß«, sagte Magdalena.

Benedikt sah sie überrascht an.

»Er hat mit uns darüber gesprochen. Er hat gefragt, ob uns das recht sei. Papa und Mama waren zuerst nicht erfreut darüber, aber dann haben sie zugestimmt.«

»Warum? Nur, weil Paul an einem Sonntag in der Kirche geboren ist?«

»Das auch«, nickte Magdalena, »aber in erster Linie wegen Mama. Weißt du, Benedikt, Mama ist zwar noch rüstig und fidel, aber um ein Baby zu bekommen schon recht alt. Deshalb hat er aus Dankbarkeit für sie und Paul gebetet.« Sie stockte, weil sie Benedikts verständnislosen Blick bemerkte. »Du kannst das noch nicht verstehen. Dazu bist du noch etwas zu jung. Aber mach dir keine Sorgen. Mama und Paul geht es sehr gut. Er wird mal ein kräftiger Junge.«

Sie wollte sich wieder ihrer Arbeit zuwenden, als sie bemerkte, dass Benedikt sein Gesicht an die Fensterscheibe gepresst hatte und angestrengt hinausblickte. Seine Augen huschten umher, so, als suche er etwas vor dem Haus. Magdalena fragte sich erneut, was mit ihrem Bruder los war. So kannte sie ihn gar nicht.

»Gibt es noch etwas, Benedikt? Hast du Probleme in der Schule?«, fragte sie leise.

Bisher gab es noch nie Schwierigkeiten mit Benedikt. Er war ein recht guter Schüler und ging regelmäßig zum Unterricht. »Nun sag schon, Benedikt, was los ist. Es ist doch etwas los, nicht? Ich habe dich eben gesehen, wie du wie vom Teufel gehetzt angerannt kamst. Das hast du noch nie gemacht. Da muss etwas passiert sein.«

Magdalena ergriff ihn an beiden Armen und sah ihm in die Augen. Er konnte ihrem Blick nicht standhalten, und er kniff die Lippen fest zusammen. Schon wollte er den Kopf schütteln, als er sich besann und langsam nickte. »Diese Mädchen ...«, stammelte er.

»Mädchen?« Magdalena runzelte die Stirn.

»Sie haben mich verfolgt. Sophia, Luise und Gundula. Ich hasse sie. Ich bin ganz schnell gelaufen, da konnten sie nicht mithalten ...« Seine Stimme überschlug sich förmlich, und er konnte gar nicht schnell genug erzählen, wie sehr er sich darüber geärgert hatte.

Ganz langsam begriff Magdalena, und ein Schmunzeln huschte um ihren Mund. »Du solltest eigentlich stolz darauf sein«, sagte sie warm. »Sie mögen dich. Alle. Deshalb folgen sie dir, darum suchen sie deine Nähe und wollen mit dir zusammen sein.«

Sie nahm ihn in den Arm und drückte ihn ganz fest an sich. Bald würde er das kleine Abenteuer, wie sie es im Stillen nannte, wieder vergessen haben.

Sie blickte über seinen blonden Schopf hinaus auf den Bach vor ihrem Haus, und sie dachte mit klopfendem Herzen an ihre eigene große Liebe.

5

Magdalena Halbach verließ um fünfzehn Uhr das Haus. Zuvor hatte sie noch zusammen mit ihrer Mutter die Küche in Ordnung gebracht, den kleinen Paul versorgt und Helene beauftragt, ihn im Auge zu behalten, weil sich ihre Mutter seit der Geburt jeden Mittag für ein bis zwei Stunden hinlegte. Magdalena hatte Helene gesagt, dass sie Besorgungen zu erledigen habe, und dass es länger dauern könnte. Sie hatte Helene nicht die Wahrheit gesagt, denn in Wirklichkeit war Magdalena eingeladen.

Sie ging zuerst am Bach entlang, dann bog sie zur Hauptstraße ab, um gleich darauf einen steilen und schmalen Weg hinaufzusteigen. Nach etwa hundert Metern erreichte sie ein Fachwerkhaus. Es stand mit drei anderen einsam auf der Höhe.

An der Haustür klopfte sie vorsichtig gegen das alte, zerbrechliche Holz. Wenig später erschien ein Mann in ihrem Alter mit rotblondem dichten Haarschopf. Ein Strahlen lief über sein markantes Gesicht mit den schmalen Lippen, als er sie sah.

»Lena ... Komm herein.«

Er reichte ihr eine Hand, die sie fest und zärtlich drückte. »Tag, Hubert.«

Sie kamen sich sehr nahe, ohne sich zu berühren, obwohl sich beide nach einem Kuss sehnten. Aber im Hintergrund war Huberts Mutter aufgetaucht und beobachtete sie beide mit argwöhnischem Blick.

»Tag, Lena«, sagte Frieda Bruhner. »Du kommst spät. Wir haben schon angefangen.«

Magdalena biss sich auf die Unterlippe. Sie besuchte die Bruhners sehr selten, aber stets gab Huberts Mutter irgendetwas Ungereimtes von sich, nur um zu zeigen, dass sie gegen die Verbindung mit ihrem Sohn war. Ein Wunder, dass Hubert die Beziehung noch nicht beendet hatte. Er musste sie offenbar doch sehr lieben. Dieser Gedanke ließ ihr Herz unerwartet lauter schlagen.

In der Küche hockten auf klapprigen Stühlen und in alten Sesseln Huberts Geschwister an einem ebenso alten, aber mit einer blumigen Decke bedeckten Tisch. Er hatte drei Brüder und zwei Schwestern. Magdalena hatte sich einmal darüber lustig gemacht, dass alle Bruhnerkinder fast genau zwei Jahre auseinander waren.

»Meine Eltern sind halt fruchtbare Personen«, hatte Hubert geantwortet und dafür gesorgt, dass Magdalena über das ganze Gesicht puterrot vor Scham geworden war.

Arno, der Jüngste von Huberts Brüdern, stand auf und schob einen weiteren Stuhl an den Tisch. Magdalena warf Frieda Bruhner einen raschen Blick zu, und als diese ein wenig hochmütig nickte, nahm sie Platz. Aus ihrer Tasche holte sie ein kleines Päckchen hervor, das mit feinem Papier umwickelt und mit einer rosaroten Schleife versehen war. Sie reichte es dem neben ihr sitzenden Mädchen.

»Herzlichen Glückwunsch zum Geburtstag, Gertrud. Ich hoffe, es gefällt dir.«

»Bestimmt«, strahlte das junge Mädchen über das ganze Gesicht. Wann bekam sie schon mal ein Geschenk? Hatte sie sich nicht deshalb auch gewünscht, dass Magdalena zu ihrem achten Geburtstag kommen solle? Gertrud hatte Hubert gefragt, ob sie Magdalena einladen dürfe. »Sie ist doch deine Freundin, nicht?«

Hubert hatte lächelnd genickt und geantwortet: »Du willst ja nur ein Geschenk haben.«

»Ich bekomme ja sonst nichts«, hatte sie ganz traurig geantwortet.

Hubert hatte sie in den Arm genommen und gedrückt. »Natürlich darfst du Magdalena einladen. Und wenn sie dir was mitbringt, dann musst du dich auf jeden Fall riesig freuen.«

Jetzt fasste Gertrud das Päckchen ganz vorsichtig an, während Magdalena ihr aufmunternd zunickte. Aus den Augenwinkeln bemerkte sie, dass Frieda Bruhner mit verkniffenem Gesicht zusah. Es gefiel ihr nicht, dass eines ihrer Kinder beschenkt wurde. Aber sie wagte auch nicht, etwas dagegen zu unternehmen. Zu augenscheinlich war die Freude bei ihrem jüngsten Kind, und die wollte sie ihm nicht nehmen.

Alle sahen gespannt zu, wie Gertrud das Päckchen öffnete. Und dann stieß sie einen kleinen Jubelschrei aus. Vor ihr lag eine wunderschöne Puppe.

»Magdalena ...«, stammelte sie. »Woher hast du gewusst, dass ich mir schon so lange eine Puppe wünsche?«

»Das verrate ich nicht«, schmunzelte Magdalena. Sie bemerkte, dass Gertruds Schwester Elfriede die Puppe traurig ansah. Ihre Lippen wurden ganz schmal, bis sie sich schließlich abwandte und auf den Tisch blickte. Magdalene legte ihr rasch eine Hand auf den Arm. »Du musst nicht traurig sein, Elfriede. Vielleicht – vielleicht kriegst du auch mal eine Puppe.«

»Ich will gar keine«, sagte die Vierzehnjährige trotzig. »Ich bin viel zu alt dafür.«

»Sicher«, nickte Magdalena. »Sicher. Dann bekommst du eben ein anderes Geschenk. Was wünschst du dir denn am meisten?«

Das Mädchen zuckte die Schultern.

»Naja, du kannst es dir ja noch überlegen. Wann hast du Geburtstag?«

»In fünf Monaten.«

»Bis dahin weißt du es bestimmt.«

»Jetzt wollen wir aber endlich Kaffee und Kakao trinken«,

mischte sich Frieda Bruhner ein, der das Ganze doch zu peinlich wurde.

Es gab nur einen festen Kuchen. Magdalena aß aus Rücksicht auf die hungrige Familie Bruhner, und weil es sich für eine Dame in ihrem Alter so schickte, nur ein kleines Stück.

Nach dem Essen erzählten die Jungen, was sie an diesem Tag gemacht hatten. Jeder wollte sich dabei übertrumpfen. Magdalena hörte ihnen geduldig und immer wieder lächelnd zu. Hubert Bruhner schwieg die ganze Zeit über. Schließlich wandte sich Magdalena ihm zu. Sie war zwar zum Geburtstag seiner Schwester Gertrud eingeladen, aber eigentlich war sie seinetwegen gekommen.

»Wie war denn dein Tag heute, Hubert?«

Er winkte knapp ab. »Wie immer«, sagte er leise. Dabei sah er zum Fenster hinaus. Magdalena biss sich auf die Unterlippe. Sie hätte es nicht fragen sollen. Sie wusste doch, dass die Bruhners wie die meisten der ärmeren Bauern im Dorf jeden Tag ums Überleben kämpften. Dabei war Hubert ein guter Handwerker. Erst kürzlich hatte er begonnen, für Hausierer, Knechte und Tagelöhner Schuhe zu reparieren. In einem dunklen, muffig riechenden Raum im Keller hatte er sich eine kleine Werkstatt eingerichtet. Seine Mutter wies jetzt auch sofort darauf hin. Dabei klang ihre Stimme richtig stolz.

»Hubert arbeitet von früh bis spät an den Schuhen seiner Kundschaft. Er hat so viele Aufträge, dass er uns auf den beiden Feldern gar nicht mehr helfen kann. Wir -«

»Wir helfen doch«, unterbrach Arno seine Mutter, wofür er einen tadelnden Blick von Frieda erhielt. Es schickte sich nicht, dass ein Kind seine Eltern beim Reden unterbrach. Magdalena war sich sicher, dass Frieda ihn geohrfeigt hätte, wäre sie nicht dabei gewesen.

Frieda Bruhner rieb sich über die Stirn. Ein paar Schweißperlen hatten sich dort gebildet. »Der Kaffee treibt den Schweiß raus«, sagte sie verlegen, aber es war wahrscheinlicher, dass sie sich über Arno ärgerte.

»Eure Hilfe ist für die Katz«, sagte Frieda. »Seht euch eure Hände an. Sie sind immer noch blutig von der schweren Arbeit, vom Pflügen, Säen, Ernten. Sie heilen nie. Das ganze Jahr über schuften wir. Ach, wenn doch Simon noch leben würde.«

Die Kinder senkten betreten den Kopf. Simon, ihr Vater, war vor nunmehr fast zwei Jahren von einem Leiterwagen gestürzt, mit dem Kopf auf den harten Boden geprallt und an seinen Verletzungen gestorben. Das ganze Dorf hatte Mitleid mit den Bruhners gezeigt, auch wenn jeder wusste, dass Simon total betrunken gewesen war. Aber darüber wurde kein Wort mehr verloren.

Magdalena hatte schon auf der Zunge, dass ihr Vater ihnen helfen würde, wenn Frieda es nur wolle, aber sie verkniff sich die Worte. Schon mehrmals hatte Robert Halbach den Bruhners seine Hilfe angeboten, und immer wieder wurde sie von Frieda brüsk abgelehnt. »Du hättest uns helfen können, als Simon noch lebte«, hatte sie Robert vorgeworfen. »Jetzt brauchst du es auch nicht mehr.«

Magdalena wurde unruhig. Die Unterhaltung steuerte in eine Richtung, die sie nicht gewollt hatte. Sie sah zu Hubert. Er schien das auch zu ahnen und stand auf. Als neunzehnjähriger Mann, der die Führungsrolle in der Familie übernommen hatte, konnte er es sich leisten, zuerst den Tisch zu verlassen.

»Komm mal mit, Lena. Ich will dir etwas zeigen.«

Ohne auf den brummigen Blick seiner Mutter zu achten, folgte Magdalena ihm.

Hubert führte sie die steile, dunkle Kellertreppe hinunter. Es war ihr richtig unheimlich, mit ihm allein zu sein. Wenn einer von seinen Geschwistern sich verplapperte ...? Nicht auszudenken, was dann in diesem kleinen Dorf für Gerüchte entstehen würden. Doch trotz dieser Bedenken folgte sie ihm weiter.

Hubert Bruhner zündete eine Petroleumlampe an und hielt sie leuchtend vor sich. Der Raum wurde in ein diffuses Licht gehüllt, aber dennoch konnte Magdalena alles erkennen, was sich darin befand. Auf mehreren Regalen an der Wand standen die unterschiedlichsten Schuhe: klobige halbhohe Stiefel, Arbeitsschuhe aus hartem Leder, Galoschen und unzählige Sandalen.

»Die meisten davon muss ich neu besohlen oder benageln«, erklärte Hubert. »Sie sind schon seit Jahren, manchmal seit Jahrzehnten im Besitz der Familien und werden immer wieder weitervererbt.«

»Aber die können doch nicht jedem passen«, sagte Magdalena.

»Nein, natürlich nicht. Oft sind den Kindern die Schuhe zu groß, was nicht so schlimm ist, aber wenn sie zu klein sind, laufen sie sich blutige Zehen. Dann ziehen die meisten es vor, barfuß zu gehen, besonders im Sommer. Hier!« Er nahm ein paar Schuhe in die Hand. »Die sind aus Holz. Die tragen die Arbeiter, weil sie sich keine anderen leisten können.«

Magdalenas Blick ging automatisch zu Huberts Füßen. Er bemerkte es und lächelte schief. »Ich habe etwas bessere Schuhe, aber auch die müsste ich neu besohlen. Doch das Material reicht nicht für alle. Deshalb kommen erst die anderen dran, damit ich etwas dazuverdienen kann.«

»Warum hast du mich hier runter geführt?«, fragte Magdalena.

»Weil ich mit dir allein sein wollte«, antwortete Hubert, fügte aber rasch, weil er ihr Erschrecken sah, hinzu: »Ich wollte dir etwas zeigen.«

Er stellte die Arbeiterschuhe zurück und griff nach einem anderen Paar, das hinter ihnen gestanden hatte und nicht sofort zu sehen gewesen war. Es waren halbhohe vorn abgerundete Schuhe aus feinem Rinderleder und mit einem kleinen Absatz. Magdalena war begeistert, aber am meisten faszinierte sie die Farbe der Schuhe: Rot!

»Wie hast du das hinbekommen?«, fragte sie immer noch staunend und ein wenig angstvoll in Erwartung seiner Antwort. »Wo hast du die Farbe her?«

»Ein Hausierer aus Bayern hat sie mir mal gegeben, sozusagen als Bezahlung für ein halbes Pfund Butter. Als ich anfing, diese Schuhe zu machen, habe ich mich wieder an die Farbe erinnert. Sie war ein wenig hart geworden, aber ich habe sie einfach mit Wasser verdünnt und dann das Leder darin gebadet. Es hat lange gedauert, bis es die gewünschte Farbe angenommen hat, aber wie du siehst, ist es gelungen. Gefallen sie dir?«

»Was?«, fragte Magdalena verwirrt.

»Die Schuhe – ob dir die Schuhe gefallen.«

Sie nickte. »Und wie. Sie sind wunderschön.«

Hubert räusperte sich. »Ähm, sie – sie sind für dich.«

Sie schaute ihn mit offenem Mund völlig perplex an. »Für ... mich ...?«, stammelte sie.

»Ja, ich habe sie extra für dich gemacht. Sie haben genau deine Größe.«

»Woher weißt du das?«

Er lächelte verschmitzt. »Als wir vor einigen Wochen barfuß durch den Regen liefen und hier gerade noch vor dem nächsten Guss Unterschlupf fanden, haben deine nassen Füße einen wunderschönen Abdruck hinterlassen. Den habe ich ausgemessen.«

Sie konnte es nicht fassen. Einige Zeit bekam sie kein Wort heraus. Beschämt, aber auch glücklich stand sie vor dem Regal und starrte die roten Schuhe nur an – einfach nur hinsehen – sich nicht sattsehen können. Denn sie wusste, was das bedeutete: Hubert liebte sie. O ja, er musste sie unendlich lieben, denn warum sonst hätte er für sie so schöne Schuhe angefertigt? Ihr nächster Impuls war, ihm einfach die Arme um den Hals zu legen, ihn zu küssen und alle Vorbehalte fallenzulassen, sich nicht darum scheren, dass eine junge Frau nie die Initiative ergreifen dürfe. Dann fiel ihr Blick zufällig auf die offene Tür. Und dort standen Huberts Brüder und sahen neugierig zu ihnen hin. Wie lange sie schon dort verharrt hatten, war ihnen beiden nicht bewusstgeworden, vermutlich hatten sie die letzten Worte gehört. Sie kicherten nämlich.

Magdalena konnte nicht verhindern, dass sie rot wurde. Sie war froh, in diesem diffusen Licht zu stehen, und dass keiner der Jungen ihre Verlegenheit sehen konnte.

»Was macht ihr da?«, herrschte Hubert seine Brüder an. »Verschwindet.«

Sie rührten sich kaum vom Fleck. »Schön hast du das gesagt«, sagte der Älteste. »Wenn das dein Papa erfährt, Lena, bist du erledigt. Er sieht es nicht gern, dass Hubert und du -«

»Halt deinen Mund«, herrschte Hubert seinen Bruder an. »Und mäßige deine Ausdrücke in Gegenwart einer Frau. Hast du in der Schule nicht gelernt, was Anstand ist? Soll ich dich übers Knie legen?«

»Das wagst du nicht.«

»Nein?« Hubert machte ein paar schnelle Schritte nach vorn, worauf sein Bruder sich umdrehte und die Treppe hinauf hetzte. »Ihr verschwindet jetzt auch«, sagte er etwas ruhiger zu den beiden anderen. »Wehe, ihr petzt. Dann gibt es ein paar saftige

Ohrfeigen. Darauf könnt ihr euch verlassen.«

Sie zogen den Kopf ein und liefen nach oben. Hubert wandte sich wieder Magdalena zu. »Mach dir nichts daraus, Lena.«

»Schon gut.« Sie hob die Hand. »Ich bin ihnen nicht böse. Kinder in ihrem Alter sind neugierig.«

Er nickte, nahm die Petroleumlampe und führte sie zur Tür. »Es dauert noch einige Zeit, bis die Schuhe fertig sind. Eigentlich wollte ich dich damit überraschen, aber ich konnte einfach nicht warten. Ich musste deine Reaktion sehen. Verstehst du das?«

»Ja«, antwortete sie mit leuchtenden Augen.

»Tu einfach so, als wärst du überrascht, wenn ich sie dir überreiche.«

Sie lachten beide laut. Hubert legte ganz kurz seinen Arm um ihre Schultern, ließ sie dann aber wieder los, als habe er eine heiße Kartoffel angefasst. »Wir sollten wieder nach oben gehen«, krächzte er heiser. »Mama wird sicher schon ungeduldig.«

Mit immer noch geröteten Wangen betrat Magdalena vor Hubert wieder die gute Stube. Seine drei Brüder saßen am Tisch und schauten sie nicht an. Frieda sah brummig aus. »Hast du wieder über deine Arbeit gestöhnt oder wolltest du nur angeben?«

»Mama, bitte.« Hubert ballte die Hände zu Fäusten. Magdalena bewunderte ihn, dass er sich so beherrschen konnte. »Ich habe Lena die Schuhe gezeigt, ja, was ist denn dabei, wenn ich ihr zeige, woran ich arbeite. Oder brauchen wir das Geld nicht? Kann ich damit aufhören und mich nur um unsere Kühe kümmern?«

Ein betretenes Schweigen trat ein. Jeder wusste, dass Hubert mit der Reparatur von Schuhen die ganze Familie über Wasser hielt. Seine Brüder arbeiteten zwar auch nebenbei, aber ihre Beschäftigung beschränkte sich auf Handlangerdienste mal beim Müller, beim Bäcker oder beim Schmied. Das brachte wenig, aber immer noch mehr als gar nichts.

Magdalena war froh, dass die Zeit so schnell vorübergegangen war. Als sie sich verabschiedete, war außer Hubert seine Schwester Gertrud die Einzige, der es leidtat. »Warum kommst du nicht öfter zu uns, Lena. Wir würden uns immer freuen, nicht wahr Mama?«

Frieda Bruhner wandte sich schweigend ab.

Hubert brachte sie zur Tür. »Ich würde dich gern nach Hause bringen, aber du weißt, wie die Leute reden. Das möchte ich dir nicht zumuten. Du würdest rasch in ein schlechtes Licht gerückt werden.«

»Ist schon in Ordnung.« Sie drückte seine Hand länger als nötig. »Bis bald, Hubert.«

»Ja, bis bald, Lena.«

Als sie schließlich die Hauptstraße wieder erreicht hatte und kurz darauf vor ihrem Elternhaus stand, war ihr Herz angefüllt von solcher Freude, dass sie glaubte, es würde zerspringen. Sie hatte in Hubert den Mann fürs Leben gefunden, und würde um ihn kämpfen – ganz gleich, was seine Mutter und ihr Vater sagen würden.

6

Vor dem Haus stand eine kleine Kutsche, als Benedikt wieder von der Schule nach Hause kam. Das gezügelte Pferd war schwarz, wirkte schwerfällig und schon recht alt. Benedikt erkannte die Kutsche sogleich. Sie gehörte dem Pastor. Benedikt hatte schon längst mit seinem Besuch gerechnet. Schließlich war Pastor Huhnold unmittelbarer Zeuge der Geburt Pauls gewesen, die noch dazu in seinem Haus, wie er die Kirche nannte, geschehen war.

Magdalena fing Benedikt im Flur ab.

»Du kannst jetzt nicht ins Wohnzimmer.«

»Wann ist der Pastor gekommen?«

»Vor zehn Minuten. Sie sprechen über Pauls Taufe. Geh in dein Zimmer und wasch dich. Dann komm in die Küche. Das Essen ist gleich fertig.«

Es gab Steckrübengemüse und Kartoffelsuppe mit dickem Speck. Seine beiden Schwestern Helene und Eva saßen schon am Tisch, ebenso sein Bruder. Benedikt setzte sich neben Johannes und schaute verstohlen auf das Buch, in dem dieser blätterte. Die Bibel. Wie immer. Benedikt wollte schon eine ironische Bemerkung machen, als aus dem Nebenraum Pastor Franz Huhnold und sein Vater traten. Beide setzten sich zu ihnen. Der

Pastor lächelte Johannes zu. »Das ist brav, dass du in der Bibel liest. Sehr schön, wirklich.«

»Ich kann doch noch gar nicht lesen«, sagte Johannes. »Ich -«

»Das lernst du schon noch«, unterbrach ihn der Pastor.

Nachdem er das Tischgebet gesprochen hatte, begannen sie schweigend zu essen. Die Löffel klimperten auf den hellen Tellern, und der Topf mit der Suppe war im Nu geleert.

Der Pastor tupfte sich die Lippen ab und sah zufrieden satt zu den Anwesenden. »Ich und Robert«, sagte er im Predigerton, »sind übereingekommen, euren Sohn beziehungsweise Bruder am Sonntag zu taufen, damit er dem römisch-katholischen Glauben zugeführt wird.«

Robert Halbach schien es nicht zu stören oder er ließ es sich nicht anmerken, dass der Pastor sich selbst zuerst nannte. Das tat er immer dann, wenn er sich ins rechte Licht rücken und äußerst wichtig nehmen wollte.

»Somit ist alles geklärt.« Der Pastor lächelte zufrieden und stand auf. Er gab zuerst Elisabeth und dann Robert die Hand. »Vielen Dank für das vorzügliche Essen. Es war ausgezeichnet wie immer.«

»Sie müssen Magdalena danken«, erwiderte Elisabeth. »Sie hat gekocht.«

»Schön, das freut mich.« Der Pastor sah Magdalena dabei aber nicht an. Er wandte sich vielmehr an Benedikt und Johannes und legte ihnen kurz die Hand auf den Kopf. Die Mädchen beachtete er nicht. Benedikt hasste die Berührung durch den Pastor, und er war froh, dass Huhnold sich so schnell verabschiedete. Meistens blieb er noch lange sitzen, besonders wenn es nach dem Essen einen starken Kaffee und eine dicke Zigarre gab. Die lehnte der Pastor zwar wie immer überschwänglich ab, ließ sich aber dann doch gern überreden und verbrachte die nächste Zeit mit Robert im Wohnzimmer.

Benedikt setzte sich nach dem Mittagessen an den Bach, der nahe am Haus vorbeifloss. In diesen Tagen, Anfang Oktober, führte er nicht viel Wasser mit sich. Dicke Steine und Grasbüschel schauten heraus, ein paar Forellen suchten förmlich tiefere Stellen. Ihre kleinen Rückenflossen blitzten manchmal völlig aus dem niedrigen Wasser. Benedikt schaute ihnen eine Weile zu. Er konnte stundenlang über das ruhige, glitzernde Wasser blicken, seinen Träumen freien Lauf lassen und darüber nachdenken, was wohl hinter den Sternen am Himmel oder hinter den hohen Bergen im Süden war.

Der Bach war an dieser Stelle etwa drei Meter breit. Man hatte ihm den Namen Sonneborn gegeben, nach dem Tal, durch das er gleich nach der Quelle floss. Etwa zweihundert Meter weiter rechts, nur wenig vom Haus seines Onkels Ludwig entfernt, traf die Sonneborn auf die Ahre. Auch dieser Bach war nach der Gegend seines Ursprungs benannt worden.

Die Vereinigung der beiden Bäche sah aus wie ein Dreieck. Wenn es im Frühjahr nach der Schneeschmelze Hochwasser gab, kam es hier nicht selten zu Überschwemmungen, sodass die angrenzenden Wiesen unter Wasser standen und die Keller der Häuser überflutet wurden. Sonneborn und Ahre waren die Quellflüsse der Nuhne, wie der Fluss von dort an hieß. Er gab dem Gebiet, durch das er floss den Namen »Nuhnetal«. Woher der Name stammte, wussten die Züschener nicht. Es interessierte sie auch nicht. Selbst als beim Bau der Hauptstraße mitten durch das Dorf von Freiherr von Vincke im Jahre 1834 viele Messungen durchgeführt wurden und ein wissbegieriger Historiker begann, Recherchen über das Nuhnetal zu sammeln, blieben sie teilnahmslos. Dieser Mann fand jedoch heraus, dass Nuhne ein neudeutscher Name war und sich von Nornen ableitet, was so viel hieß wie »bestehend aus zwei Bächen«. Aber auch das war den meisten egal.

Vor einiger Zeit hatte Benedikt seinen Vater gefragt, woher das Wasser kommt. Irgendwann müsste es doch aufhören, zu fließen.

»Der Bach wird niemals verschwinden«, hatte sein Vater geantwortet. »Die Erde in den Bergen saugt sich im Winter, wenn es schneit und im Sommer bei Regen mit Feuchtigkeit voll. Und da es immer regnen wird, fließt das Wasser länger als du leben kannst.«

»Ist das in anderen Ländern auch so?«

»Natürlich.«

Nach einigen Minuten erschien Matthäus Roth, kurz darauf Benedikts Cousin Jakob und nach einer weiteren halben Stunde tauchte sogar Bruno Seibert auf. Während Matthäus und Jakob sich neben Benedikt setzten, blieb Bruno in einiger Entfernung stehen. Er suchte zwar häufig den Kontakt zu den Dreien, wagte aber nicht, sich dieser »Überzahl«, wie er sie in Gedanken nannte, zu nähern.

Benedikt legte sich auf den Rücken und verschränkte die Arme im Nacken.

»Was ist los? Woran denkst du, Benedikt?«, fragte Matthäus.

»An so vieles. Hast du eigentlich schon mal über andere Länder als Preußen nachgedacht und über andere Erdteile als Europa?«

»Das erfahren wir doch in der Schule.«

»Ich möchte mal dahin.«

»Wohin?«, fragte Jakob. Das eine Jahr, das er jünger als die beiden anderen war, machte sich doch manchmal bemerkbar.

»Irgendwohin«, sagte Benedikt. »Vielleicht nach Amerika oder Australien.«

Bruno hörte das und lachte verächtlich prustend auf.

»Wie willst du denn dahin kommen, Benedikt?«, fragte Matthäus, ohne auf Brunos Reaktion zu achten.

Benedikt zuckte die Schultern. »Mit dem Schiff oder mit der Postkutsche. Wir wissen viel zu wenig davon.«

»Wovon?«, fragte Jakob wieder irritiert.

»Von den anderen Erdteilen«, sagte Benedikt. »Was erfahren wir denn schon in der Schule?«

»Mir reicht es«, rief Bruno dazwischen, und nur, um auf sich aufmerksam zu machen.

Benedikt lachte verächtlich auf. »Für dich ist es schon zu viel.«

Bruno starrte ihn wütend an. »Vielleicht bist du schlauer als ich, aber ich kann eine Staumauer bauen, nur aus Gras und Ästen.«

Schon zog er seine Schuhe und Strümpfe aus und stieg in das Wasser der Sonneborn. Bruno riss am Ufer mehrere Grasbüschel aus und legte sie sorgfältig an den Rand. Im Laufe der Zeit hatte der Bach viele Zweige angeschwemmt. Er packte die Äste und rammte die stärksten mit einer Kraft, die ihm Benedikt gar nicht zugetraut hätte, in den Grund des Baches. Die drei Jungen sahen schweigend und jetzt doch interessiert zu. Bald ragten vier armdicke Äste senkrecht aus dem Wasser. Nun nahm Bruno dünne Zweige und legte sie quer davor. Dabei befestigte er sie mit dicken Grashalmen. Die Grasbüschel, die er vorher ausgerissen hatte, steckte er in die verbliebenen Lücken. Mit großer Verblüffung sahen Benedikt, Matthäus und Jakob, wie das Wasser der Sonneborn immer höher stieg.

Bruno lächelte hochmütig. Endlich konnte er mal zeigen, was er draufhatte. Plötzlich zuckte er zusammen und stieß einen Fluch aus.

»Was ist?«, rief Jakob erschrocken.

»Ein Scherwatz!«

»Ein was ...?«

»Na, diese kleinen Fische«, schrie Bruno. »Hier ist ein ganzer Schwarm. Verdammt, verdammt.«

So schnell er konnte, wollte er aus dem gestauten Wasser hinaus. Dabei achtete er nicht auf den inzwischen breiig gewordenen Untergrund. Ehe er sich versah, verlor er das Gleichgewicht. Er ruderte mit den Händen in der Luft herum, suchte nach einem Halt und griff reflexartig nach der selbst gebauten Staumauer, aber die konnte sein Gewicht nicht halten. Krachend stürzte sie zusammen, und Bruno fiel der Länge nach ins Wasser. Die Äste trieben vom Sog des gestauten Wassers schnell davon. Einen Augenblick herrschte Schweigen zwischen den Jungen, dann grölten sie laut los. Sie konnten sich kaum beherrschen.

»Bleib doch noch ein bisschen im Wasser«, lachte Jakob vergnügt.

»Jetzt weißt du wenigstens, dass Wasser zum Waschen da ist«, rief Benedikt.

Bruno schrie wie am Spieß. Aber nicht, weil er nass geworden war, er brüllte, weil die Scherwatze ihn an allen möglichen Stellen der Füße bissen. Und sie hatten spitze Zähne, das ahnten jetzt auch die drei anderen, und schlagartig wurden sie still. Matthäus stand rasch auf und hielt Bruno eine Hand hin. Benedikt half mit, und gemeinsam zogen sie Bruno an Land, wo er sich einfach auf den Boden fallen ließ. Seine Füße bluteten aus unzähligen kleinen Wunden.

»Das kann eine Blutvergiftung geben«, meinte Jakob.

»Meine Mama heilt das schon wieder«, sagte Bruno leise. Seine vor einigen Minuten noch hochnäsige Art war vollends verschwunden. »Habt – habt ihr gewusst, dass der Bach von

38

Scherwatzen nur so wimmelt?«

Die Jungen schüttelten die Köpfe.

Bruno triefte vor Nässe. Er zog seine Schuhe nicht an. Barfuß schlurfte er davon, eine kleine Blutspur hinter sich herziehend.

»Ich gehe besser nach Hause«, sagte Jakob. »Wenn Seibert kommt, möchte ich nicht hier sein.«

»Er ist nicht da«, wusste Benedikt. »Er ist gestern mit einer riesigen Kiepe in die Postkutsche gestiegen. Er wird wohl erst heute Abend zurück sein.«

»Dann wird er morgen in der Schule erscheinen und sich beschweren«, sagte Matthäus. »Das gibt Hiebe für uns.«

Obwohl Bruno ganz allein für sein Missgeschick verantwortlich war, würde sein Vater Lorenz wie immer die Schuld bei anderen suchen. Ganz egal, was Bruno anstellte, er war immer unschuldig.

Am selben Abend noch kam Lorenz Seibert von seiner Reise zurück. Bis Samstag warteten Benedikt, Jakob und Matthäus darauf, dass er in die Schule kam, aber als nichts geschah, war die Angst vorbei. Bruno hatte geschwiegen.

Am Samstagmittag, kurz vor Schulende, fragte Benedikt Lehrer Obermann bei einer günstigen Gelegenheit, was eigentlich ein Scherwatz sei. Der Lehrer lächelte gütig und legte ihm eine Hand auf die Schulter.

»Mein lieber Benedikt. Diesen Namen gibt es nur in Züschen. Woher er kommt, kann ich dir nicht sagen. Bei einem Scherwatz kann es sich um eine Groppe, einen Elritz oder um eine Bachschmerle handeln. Das sind die Fische, die hier in den drei Bächen leben, außer den Bachforellen natürlich. Sie sind im Allgemeinen sehr friedlich.«

»Aber sie beißen?«, hakte Benedikt nach.

»Das kann schon mal vorkommen, aber nur, wenn sie sich bedroht fühlen. Warum fragst du danach?«

»Nur so. Ich – ich glaube, ich habe einen in der Sonneborn gesehen.«

Der Lehrer nickte. »Das ist gut möglich. Ich sagte ja, dass sie hier leben.«

Benedikt war froh, dass Lehrer Obermann nicht weiter fragte. Für Benedikt stand fest, dass sich die Groppen, Elritze oder

Bachschmerlen von Bruno bedroht gefühlt und deshalb zugebissen hatten. Bei diesem Gedanken musste er schmunzeln, und als er Matthäus auf dem Heimweg davon erzählte, brachen beide in lautes Lachen aus, das nicht einmal an der Wegegabelung endete, an der sie sich wie immer trennten.

7

Sophia Bertram konnte sich nicht mehr halten vor Vergnügen. Sie hatten es geschafft, Benedikt Halbach auf dem Schulweg aus der Fassung zu bringen. Wann hatte es das schon mal gegeben? Bisher war er immer gleichgültig gewesen, wenn sie es gewagt hatte, sich ihm mit ihren beiden Freundinnen Luise Redlich und Gundula Holzner zu nähern und sogar abweisend, wenn sie allein bei den Halbachs zu Besuch war. Und das war Sophia oft, denn sie mochte die gemütliche Atmosphäre dort, das deftige Essen und die Wärme, die vor allem die drei Halbachmädchen ihr gegenüber ausstrahlten. Benedikt und Johannes machten sich dann immer aus dem Staub. Überhaupt hatte Sophia den Verdacht, dass gerade Benedikt ihr keinerlei Beachtung schenkte. Dabei hätte sie doch so gerne auch mit ihm geredet, mit ihm gespielt oder ihn nur einfach angehimmelt. Er war aber auch ein verflixt hübscher Junge – und dazu noch reich. An ihrem letzten Geburtstag hatte Sophias Großmutter sie zur Seite genommen. »Warum hast du Benedikt nicht eingeladen? Weißt du denn nicht, dass er einmal das Land und die Wälder seines Vaters erben wird, und dass er dann der wohlhabendste Mann des Sauerlandes ist?«

Nein, das hatte ihr noch niemand erzählt. Aber es war ihr auch egal. Sie war doch erst zehn Jahre alt.

»Sophie, du musst sehen, dass Benedikt Halbach dich heiratet. Dann hast du ausgesorgt.« Ihre Großmutter war die Einzige, die sie mit Sophie anredete, alle anderen, selbst ihre Eltern, riefen sie stets Sophia.

Sie hatte der alten Dame schweigend zugehört und eifrig genickt, um ihr einen Gefallen zu tun. Ihre Großmutter war schon immer etwas seltsam gewesen, ein wenig verwirrt, wie alle behaupteten. Einige Wochen später war sie gestorben.

»Es ist wie eine Befreiung«, hatte Sophia ihre Mutter Anna flüstern gehört. »Sie war eine große Belastung.«

Das verstand sie nicht so recht. Zu ihr war Großmutter immer nett gewesen.

Nach fast einer Woche war die Euphorie bei Sophia dem stupiden Alltag gewichen. Bisher hatte sie auch keine Gelegenheit mehr gehabt, mit Luise oder Gundula zu reden. Die beiden waren die ganze Woche über nicht zur Schule gekommen. Ihr Fehlen war kaum registriert worden. Außerdem lernten sie ja doch nur hauptsächlich Nähen, Stricken und Stopfen. Wenn man einmal den Bogen raushatte, konnte man das zu Hause auch gut üben. Schreiben und rechnen war für die Mädchen Nebensache.

An diesem Samstagnachmittag ging Sophia über den gepflasterten Vorhof vor ihrem Haus. Aus dem Stall hörte sie die laute Stimme ihres Vaters. Es schien, als spräche Walter Bertram wieder mit sich selbst oder mit den Kühen. Sophia schmunzelte. Als wenn das Vieh einen verstehen würde. Aber das machten alle Bauern. Vermutlich nur, um sich Luft zu machen und den Ärger abzulassen, den ihnen die Viecher bereiteten.

Sophia öffnete die breite Holztür und trat in den dunklen Stall. Im Hintergrund entdeckte sie zwei Personen. Ihr Vater war doch nicht allein, Mutter war bei ihm. Anna Bertram saß auf einem einbeinigen Schemel und molk eine der vier Kühe, während Walter eine Forke in der Hand hielt und den Stall ausmistete. Durch das Knarren der Holztür aufmerksam geworden, drehten sie sich um.

»Sophia«, rief Walter. »Gut, dass du kommst. Dann kannst du gleich die Milch zum Bäcker bringen. Und sag ihm, dass er nächste Woche frische Butter zum Backen kriegt.«

»Vergiss nicht, Brot und ein paar Brötchen dafür zu erhalten«, warf ihre Mutter ein. »Fritz vergisst das manchmal. Ich glaube, er wird alt.«

Sophia antwortete nicht. Sie wusste, dass der Bäcker jünger als ihre Eltern war, aber aufgrund seiner Arbeit älter und sehr verhärmt aussah. Jeden Tag nachts um drei Uhr aufzustehen, war eine Tortur.

Diese Tauschgeschäfte waren für ein Mädchen in ihrem Alter eine harte Arbeit. Die Milchkübel waren schwer, und die Eier, die sie von anderen Bauern dafür bekam, manchmal alt. Sie wurden dann immer hart gekocht.

»Und geh auch bei den Halbachs vorbei«, sagte ihr Vater. »Robert hat für uns mehrere Würste und sogar einen Schinken. Morgen ist zwar die Taufe von Paul, und wir könnten dann alles mitnehmen, aber es soll niemand sehen, dass wir Lebensmittel von den Halbachs kriegen.«

Sophia frohlockte. Das war ein guter Grund, wieder in die Nähe von Benedikt zu kommen.

»Warum hast du dich so fein angezogen?« Erst jetzt hatte Anna bemerkt, dass ihre Tochter das beste Kleid anhatte.

»Ich wollte in die Kirche. Heute ist eine Andacht.«

Anna Bertram senkte beschämt den Kopf. Daran hatte sie nicht gedacht. Normalerweise schickte es sich nicht, dass ein zehnjähriges Mädchen allein den Gottesdienst besuchte, aber wie so oft in den letzten Wochen ging es Anna nicht gut. Schon das Melken strengte sie mehr an, als sie zugeben wollte. Sie war froh, dass Sophia für ihr Alter schon sehr selbstständig war. So brauchte sie nur ihre drei jüngeren Töchter im Auge zu behalten. Zum Glück half ihr meistens Sophia dabei und auch Annas Schwester Dorothea, die als unverheiratete Jungfer im Oberdorf wohnte, war fast ständig mit der Aufsicht der drei Kleinen beschäftigt.

Fast alle Mädchen des Dorfes in Sophias Alter wagten kaum, allein irgendwo hinzugehen. Sie waren ängstlich und verschüchtert, würden wohl nie eigenständig werden und irgendwann hinter einem Herd in einer ungewollten Ehe versauern, in der es für sie nur Kochen, Handarbeiten und Waschen gab. Nein, da war Sophia doch ganz anders!

Walter Bertram arbeitete schweigend weiter. Er hielt nicht viel von der Vorliebe seiner Tochter, fast jede Messe zu besuchen, aber er verbot es ihr auch nicht. Walter war nicht sehr religiös. Das durfte natürlich niemand im Dorf wissen, denn wer nicht regelmäßig am Gottesdienst teilnahm, galt als Heide und wurde mit bösen und geradezu verächtlichen Blicken bedacht. Deshalb sagte Walter Bertram bei jeder Gelegenheit, dass er sich um sein Vieh kümmern müsste. Diese Ausrede wurde von allen akzeptiert, denn Walter hatte keine Knechte und musste sich allein um sein kleines Anwesen kümmern.

Sophia sah sich um. Außer den vier Kühen stand noch ein Pferd im Stall. Es war der ganze Stolz ihres Vaters. Er hegte und pflegte es jeden Tag mehrere Stunden lang.

»Komm aber nach der Andacht sofort nach Hause«, gab Anna ihrer Tochter mit auf den Weg. »Dann kannst du immer noch die Milch zum Bäcker bringen.«

»Ja, Mama.«

»Und trödele nicht herum.«

»Ist gut, Mama.«

8

Nach der Kirche zog Sophia ihr gutes Kleid aus und dafür ein graues Baumwollkleid an. Ihre Schuhe tauschte sie mit schwarzen Gummistiefeln. Es kam immer wieder vor, dass die Milch aus den überfüllten Eimern schwappte, und dann waren die Gummistiefel gerade richtig. Ihre Mutter schlief, und ihre Schwestern waren immer noch bei Tante Dorothea. Sophia lief zum Stall und trat ein. Unter dem milchig trüben Fenster gegenüber stand ihr Vater und rieb natürlich wieder einmal das Pferd ab.

»Ich geh dann«, sagte sie.

»Ist gut«, antwortete ihr Vater.

Sophia nahm zwei randvoll gefüllte Milcheimer und schleppte sie nach draußen. Schon die kurze Strecke von knapp dreißig Metern ließ ihre Arme schmerzen. Gut, dachte sie, dass der Bäcker nicht weit entfernt wohnt.

Er war hocherfreut, als Sophia erschien, und er gab ihr mehr Brot und Brötchen als sonst. »Die sind zwar von gestern, aber immer noch gut«, sagte er lächelnd dabei. »Zwei bis drei Tage halten sie sich noch, wenn ihr sie kühl lagert. Sag das deiner Mutter.«

Sophia nickte artig und verschwand wieder. Zuhause legte sie alles in den Vorratsschrank. Danach warf sie einen Blick ins Schlafzimmer und bemerkte, dass ihre Mutter immer noch im Bett lag. Obwohl sie die Augen geschlossen hatte, war Sophia nicht sicher, ob sie schlief, deshalb zog sie die Tür so leise wie möglich wieder zu. Durch die offene Stalltür rief sie ihrem Vater zu, dass sie nun zu den Halbachs gehen würde.

Sie wusste nicht, ob er sie verstanden hatte. Aber da er nickte und ihr zuwinkte, verschloss sie wieder die Tür.

Sie hatte es nicht weit, aber sie machte einen kleinen Umweg. Sie wollte bei Luise Redlich vorbei, vielleicht würde sie mit zu den Halbachs kommen. Das wäre ein Spaß, denn dann könnte Benedikt ihnen nicht so einfach ausweichen.

Die Redlichs bewohnten ein kleines Haus mit einem Stall, der den Namen kaum verdiente. Als Sophia näherkam, sah sie ihre Freundin vor dem Haus auf einer Bank sitzen und Kartoffeln schälen. Luise war ein Jahr älter als Sophia aber entwicklungsmäßig bereits auf dem Weg zur Frau. Eine leichte Wölbung zeichnete sich unter ihrer dunkelblauen Bluse ab. Auch ihr Gesicht mit den sinnlichen Lippen wirkte reifer als das vieler Gleichaltriger. Luise Redlich war ein wildes Kind. Oft kam es vor, dass sie mit hochgerafftem Kleid durchs Dorf rannte oder die Berge hinaufstieg, um sich dann von dort oben auf nassen Wiesen in Purzelbäumen hinunterzurollen. Die älteren Frauen schüttelten fassungslos die Köpfe, wenn sie das sahen und sagten: »Wie soll das mit dem Kind nur mal weitergehen?« Luise kümmerten solche Worte nicht, und ihre Eltern waren machtlos. Sie waren froh, dass Luise auf ihren kleinen Feldern schuftete wie ein Junge. Ohne ihre Hilfe hätten sie ihre Äcker nicht bestellen können.

Sophias Eltern ahnten nicht, dass ihre Tochter ihre Selbstständigkeit von Luise abgeschaut hatte, denn dann hätten sie ihr den Umgang mit ihr verboten. Deshalb beherrschte sich Sophia auch und übernahm nicht alles, was Luise tat. Denn die Freundschaft zu ihr wollte sie auf keinen Fall aufs Spiel setzen. Luise lächelte jetzt erfreut, als sie Sophia sah.

»Warum warst du nicht in der Schule?«, fragte Sophia.

»Ich musste auf Siggi aufpassen.« Siegfried war Luises vierjähriger Bruder.

»Konnten das nicht deine Eltern?«

»Nee. Mama tut der Rücken weh und Papa ist auf den Feldern. Sie müssen für den Winter fertiggemacht werden. Das ist viel Arbeit. Gab es denn etwas Wichtiges?«

»Nö«, sagte Sophia. Sie setzte sich neben Luise. »Weißt du, wohin ich gerade gehen will?«

»Nein.«

»Zu den Halbachs.«

Luise sah Sophia überrascht an.

»Willst du nicht mitkommen?«

Luise deutete mit dem Kopf auf den Korb in ihrem Schoß, in dem unzählige Kartoffeln lagen. »Die muss ich alle schälen. Auch sonst habe ich noch eine Menge zu tun, aber ich würde schon gerne mitkommen.« Sie lachte verhalten. »Sag mir nachher, wie er reagiert hat, ja?«

»Natürlich. Hast du was von Gundula gehört?«

Luises Gesichtsausdruck wurde ernst. »Es geht ihnen nicht sehr gut. Sie haben kaum was zu essen. Ihr Vater hat keine Arbeit.«

»Er ist doch ein guter Zimmermann. Aber niemand gibt ihm einen Auftrag. Dabei sind viele Dächer undicht. Verstehst du das?«

Luise schüttelte den Kopf.

»Kommst du Montag wieder in die Schule?«, fragte Sophia.

»Ich glaube schon.«

Sophia stand auf. »Gut, ich gehe dann mal.«

Etwa fünf Minuten später erreichte sie das Haus der Halbachs. Schon von Weitem hörte sie laute Stimmen und Hammerschläge. Bei den Halbachs ist immer etwas los, dachte Sophia amüsiert. Langeweile kennen die offenbar nicht. Sie bog um die letzte Kurve und entdeckte als Erstes Benedikt. Er stand neben dem Knecht Karl und sah ihm zu, wie er einem Kalb einen Eimer frisch gemolkener Milch einflößte.

»Die Mutter hat es verstoßen«, sagte der alte Knecht dabei keuchend zu Benedikt. »Deshalb müssen wir es aufpäppeln. Aber das verdammte Ding will einfach nicht trinken.«

»Was willst du denn?«

Sophia erschrak. Benedikt hatte sie bemerkt und kurz und knapp mit deutlich abweisend klingender Stimme gesprochen. Im ersten Moment fand Sophia keine passende Antwort und stand schweigend neben ihm.

»Was ist?«, fragte er gereizt. »Wo sind denn deine Freundinnen? Sie trauen sich wohl nicht, herzukommen, wie?«

»Luise hilft ihrer Mutter und Gundula geht's nicht gut.«

»Warum habt ihr mich am Montag von der Schule aus verfolgt?«, maulte Benedikt, ohne auf Sophias Worte einzugehen. Er hatte das Ereignis immer noch nicht verkraftet. »Das habt ihr doch getan, nicht? Streite es erst gar nicht ab.«

»Das tu ich auch nicht. Wir – wir ...« Sophia brach ab. Ja, was hatten sie damit eigentlich bezwecken wollen? Sie wusste es selbst nicht mehr, und plötzlich tat Benedikt ihr leid.

Ein Tagelöhner, der am Dach der Scheune arbeitete, ließ einen Ziegel fallen und beide sahen zu ihm hin.

»Das könnte Gundulas Vater besser«, meinte Sophia.

»Als wenn du eine Ahnung davon hättest.«

»Habe ich aber«, sagte sie bestimmt. »Er hat vor einem halben Jahr unser Dach repariert. Er war schnell fertig. Und er hat nicht mal was dafür genommen. Wir haben ihm Milch und Butter und etwas Käse gegeben. Damit war er zufrieden. Warum macht ihr das nicht? Dein Vater ist doch reich.«

»Das geht dich nichts an.«

Das hörte sie von allen Leuten immer wieder. Mädchen waren dumm und hatten von nichts Ahnung. Wenn sie doch nur den Mund gehalten hätte. Der Knecht Karl war so mit dem Kalb beschäftigt, dass er den beiden gar nicht zuhören konnte. Endlich schien das Tier genug getrunken zu haben, und er setzte den Eimer ab. Sein Gesicht war schweißüberströmt, sein Atem ging schwer. »Hallo, Sophia«, stieß er aus. »Kann ich dir helfen?«

»Ich soll Würste von euch holen und Speck – hat Mama gesagt.«

»Gut«, nickte Karl. »Ich bringe dir alles.« Er verschwand im Stall.

Aus dem oberen Stockwerk erklang auf einmal Pauls laute Stimme.

»Paul schreit«, sagte Sophia. »Ich gehe mal zu ihm, bis Karl alles geholt hat.«

»Von mir aus«, brummte Benedikt.

Er schob die Unterlippe vor. Der Kleine schrie aber auch viel, besonders nachts und ließ das ganze Haus kaum zur Ruhe kommen. Er starrte Sophia nach, bis sie im Haus verschwunden war. Plötzlich verstummte Paul. Als kurz darauf Helene aus dem Haus trat und einen Eimer mit Abfallresten in den Stall bringen wollte, lief Benedikt auf sie zu.

»Was ist mit Paul?«, fragte er.

Helene sah ihn verständnislos an. »Was soll mit ihm sein?«
»Er schreit nicht mehr.«

»Ach so ...« Sie lachte. »Er wird von Sophia gefüttert. Deshalb ist er ruhig. Sie macht das ganz gut.«

Sie drehte sich um und verschwand im Stall.

Mädchen, dachte Benedikt verächtlich. Mädchen und Kinder!

Den restlichen Tag verbrachte er bei Karl im Stall und in der Scheune. Er wollte auf keinen Fall mehr Sophia Bertram begegnen, er nahm auch nicht wahr, dass sie nach fast einer Stunde ihren Hof verließ. Am Abend war er nur froh, dass ihn keiner seiner Freunde mit Sophia zusammen gesehen hatte.

Als Benedikt endlich in seinem Zimmer war, schaute er zum Fenster hinaus auf das Dorf, das friedlich und ruhig vor ihm lag. Der Bach Sonneborn vor dem Haus rann träge zu Tal, und darüber hinweg konnte Benedikt am Rande der Hauptstraße schemenhaft ein paar Personen ausmachen. Tagelöhner vermutlich, die dort rauchten und tranken. Aber es befanden sich auch Handlungsreisende unter ihnen, denn die hohen Kiepen auf ihren Rücken waren trotz der Dämmerung nicht zu übersehen. Diese Händler würden sich heute wohl nicht mehr in Richtung Winterberg aufmachen, sondern sich hier in Züschen eine Bleibe für die Nacht suchen. Normalerweise zog es die meisten Handlungsreisende nach Winterberg. Die Kleinstadt lag etwa eineinhalb Stunden Fußweg entfernt und bot mehr Möglichkeiten zum Handeln und Übernachten. Auch gab es dort mehrere Eisenwaren- und Textilgeschäfte, bei denen die Handlungsreisenden ihre Kiepen wieder auffüllen konnten. Aber der Weg bis Winterberg war mühsam, weil er unentwegt bergauf ging, und das wollte sich zu dieser späten Stunde niemand mehr zumuten.

Benedikt legte sich ins Bett. Er träumte mit offenen Augen von einer Zukunft, in der sein kleiner Bruder Paul die Herrschaft über das Anwesen übernommen hatte und Benedikt selbst sich in fremden Ländern sah, die so schön waren, dass sie seine Vorstellungskraft überstiegen. Er musste unbedingt wieder einmal mit einigen Handlungsreisenden sprechen. Sie konnten immer so viel erzählen.

9

Pauls Taufe war nach dem Hochamt am Sonntagmorgen. Nur die engsten Verwandten und Freunde waren in der Kirche geblieben, um der kurzen Zeremonie beizuwohnen. Pastor Huhnold sagte keine ermüdenden oder ausschweifenden Worte, sondern kam schnell zur Sache. Nach knapp zwanzig Minuten war die Prozedur vorbei, und Paul ein Mitglied der Kirchengemeinde.

Die Frauen mit ihren Kindern wurden von Elisabeth zum Mittagessen und anschließendem Kaffee mit Kuchen eingeladen. Robert blieb nicht zu Hause. Die Taufe eines Sohnes musste gehörig gefeiert werden.

In allen Dörfern des Hochsauerlandes gab es mindestens ein Wirtshaus. In Züschen war es das »Grafenau«, nach dem Eigentümer August Grafenau benannt. Es stand in der Ortsmitte. Der Wirt hatte viel Arbeit und Mühe in die Renovierung gesteckt. Das Dach des Gasthauses war mit Schiefer beschlagen. Ziegel oder Schiefer deuteten auf einen gewissen Wohlstand hin. Und es gab im Wirtshaus Gaslicht, was im Jahr 1864 äußerst selten war. In den meisten Häusern leuchteten Petroleumlampen, oder bei armen Familien nur Kerzen.

Im ersten Stock befanden sich fünf Gästezimmer. Eine Einrichtung, auf die August Grafenau stolz war. Im Erdgeschoss war der Gastraum. Hier trafen sich die Männer des Dorfes, plauderten über ihre Arbeit oder ihre Sorgen und tranken zusammen mit Tagelöhnern und Handlungsreisenden.

Vor dem Gasthaus stand Benedikt. Er war seinem Vater heimlich gefolgt. Durch die Scheibe sah er die Männer an den Tischen. Alle trugen entweder einen Vollbart, einen Spitzbart oder Backenbart. Die Jüngeren hatten sich nur einen Schnäuzer wachsen lassen. Die Männer rauchten lange Pfeifen, und Nebelschwaden stiegen langsam bis zur Decke.

»Noch ein Bier?«

Vor August Grafenau auf der Theke stand ein großes Bierfass. Aus einem Holzhahn tropfte unaufhörlich die gelbliche Flüssigkeit in ein Glas, das nur dafür da war, die Tropfen aufzufangen.

»Natürlich gibt Robert noch einen aus«, rief jemand. »Auf

seinen Sohn muss doch angestoßen werden.«

Benedikt kannte sie alle. Da waren der Müller, der Bäcker und der Zimmermann Holzner, der Schreiner Saalfeld mit seinem Sohn Lutz, der erst siebzehn Jahre alt war, schon Bier trank und nur eingeladen worden war, weil er für Paul die Wiege gezimmert hatte. Es gab kaum jemanden im Dorf, dem Saalfeld und sein Sohn kein Teil geschreinert hatten. Weiter abseits hockten vier andere, kleinere Bauern und der Förster. Neben ihm saß der Schmied. Er war ein seltsamer Kauz, der durch seinen langen wallenden Bart auffiel und zu Weihnachten wie der leibhaftige Nikolaus aussah. Weiter abseits entdeckte Benedikt zu seiner Überraschung auch seinen angeheirateten Onkel, den Eisenhammer Ernst Lettmann. Er war also auch erschienen, obwohl ihn Robert Halbach nicht besonders mochte.

Nach Roberts Meinung hatte Ernst Lettmann seine Schwester Adelheid nur geheiratet, um an ein beträchtliches Erbe zu kommen. Da sie aber als Tochter keinen Anspruch auf Land hatte und nur eine kleine Mitgift erhielt, blieb Lettmann ein verhältnismäßig armer Mann.

Er besann sich auf seine Arbeitskraft und seine Tätigkeit als Schmied und übernahm kurz nach der Hochzeit den heruntergekommenen Eisenhammer. Robert musste neidlos eingestehen, dass Lettmann ihn im Laufe der Jahre zu einem ansehnlichen Betrieb geformt hatte und die besten Geräte wie zum Beispiel Pflüge, Schaufeln und Äxte herstellte. Roberts Schwester Adelheid starb nach nur zweijähriger Ehe an Herzversagen. Sie war immer schon ein schwaches Weib gewesen, aber dass es so schnell ging, hatte niemand vermutet. Ernst Lettmann fand Trost in seiner Arbeit, die er über alles liebte. Benedikt kannte ihn nur in seiner derben Arbeitskleidung, die er nie auszuziehen schien. Aber heute hatte er sich richtig schick gemacht, einen Anzug angezogen und sich sogar rasiert. Benedikt mochte Onkel Lettmann – der Name hatte sich im Hause Halbach so eingeprägt –, wusste dieser doch immer die tollsten Geschichten zu erzählen.

Zuerst konnte Benedikt seinen Vater nicht sehen, dann entdeckte er ihn in einer großen Menschentraube. Robert sprach heftig gestikulierend auf einen Mann mit einem kahlen Kopf und wallenden Vollbart ein. Es war Lorenz Seibert, der Vater von Bruno. Das wunderte Benedikt. Niemand im Dorf konnte die Familie Seibert richtig leiden, aber da Hermine die Hebamme war und man sie oft brauchte, wurden sie stillschweigend geduldet.

»Auf Paul«, rief Lorenz Seibert. Der fette, rotgesichtige Mann hatte bereits zu viel getrunken.

Andere stimmten ein, ein lebhaftes Lachen und Gejohle folgte. Walter Bertram legte seine Hand auf Roberts Arm. Benedikt konnte nicht verstehen, was Walter zu seinem Vater sagte, aber dieser nickte lächelnd.

»He, was machst du da?«

Jemand fasste Benedikt unsanft an die Schulter. Er drehte sich um. Hinter ihm stand Bruno. Er schob Benedikt zur Seite und presste sein breites Gesicht gegen die Fensterscheibe.

»Dein Vater ist ganz schön blau.«

»Er feiert halt eben meinen Bruder.«

»Feiern?« Bruno kicherte. »Na klar. Endlich hat er einen richtigen Jungen, nicht so einen Weichling wie dich.«

»Halt dein Maul!« Benedikt ballte die Hände zu Fäusten. »Noch ein Wort, und ich schlage zu.«

»Du traust dich nicht.«

»Wenn du noch einmal so etwas sagst, doch.«

Die drohende Haltung verfehlte ihre Wirkung nicht. Bruno sah sich rasch um. Aber da war keiner seiner Kumpane, die ihm bei einer Auseinandersetzung beigestanden hätten.

Im Inneren des Gasthauses rief jemand »Hoch, Hoch, Hoch«, und Benedikt war für einen Moment lang abgelenkt. Als er sich wieder Bruno zuwenden wollte, war dieser verschwunden. Benedikt atmete erleichtert auf. Er wollte sich nicht mit Bruno prügeln und ärgerte sich über seine voreilig ausgestoßene Drohung. Um sein Gesicht zu wahren, hätte er aber bei einer weiteren gemeinen Bemerkung von Bruno zuschlagen müssen.

Noch etwa zehn Minuten verharrte Benedikt vor dem Gasthaus, dann ging er langsam nach Hause. Er hatte durch die Fensterscheibe mehr gesehen, als er gewollt hatte und eines festgestellt: Sein Vater trank entschieden zu viel.

Auf dem Vorplatz vor ihrem Haus blieb Benedikt stehen und sah zur Scheune hin. Die Tagelöhner, die vor Wochen damit begonnen hatten, das Dach neu zu decken, waren keine erfahrenen Zimmerleute. Deshalb verzögerte sich die Vollendung des Daches. Bis zum Einbrechen der Herbststürme im November musste es aber fertig sein. Doch Benedikt bezweifelte, dass die Männer es schaffen würden.

Laute Stimmen auf der Straße hinter ihm ließen ihn aufhorchen. Jemand schimpfte ununterbrochen. Als die Männer um die Ecke bogen, erkannte Benedikt sie.

Walter Bertram und Onkel Ludwig hatten seinen Vater in die Mitte genommen und hielten ihn fest, weil er sich kaum noch auf den Beinen halten konnte. Dabei redete er mit einer nörgelnden Stimme wirres Zeug.

Walter und Ludwig ließen Robert Halbach reden. Sie sagten nur manchmal »ja« und »ist gut, Robert«, sonst nichts.

Sie gingen an Benedikt vorbei, ohne ihn zu bemerken. Die Männer brachten seinen Vater die Treppe hinauf. Dort oben war noch eine einzelne Kammer. Jetzt war sie der richtige Ort für Robert, um seinen Rausch auszuschlafen.

Benedikt ging in die Küche. Magdalena stand am Herd und kochte Windeln aus. »Männer!«, stieß sie verächtlich aus. »Immer müssen sie trinken, trinken, trinken. Das ist alles, was sie können. Zum Glück hat Paul den Krach nicht gehört. Er schläft endlich. Mama auch.«

10

Bruno Seibert war übel gelaunt. Am meisten ärgerte er sich über sein eigenes Verhalten, als er ins Wasser gefallen war. Da hatte er wirklich keine gute Figur abgegeben. Aber war das denn auch ein Wunder? Das Wasser der Sonneborn war bereits kalt, und die Bisse dieser verdammten kleinen Scherwatze taten höllisch weh. Auch seine Hose und sein Hemd hatten sich blitzschnell mit Wasser vollgesogen, sodass er frierend nach Hause gekommen war. Zum Glück war seine Mutter gerade bei einer schwangeren Frau gewesen, und Bruno konnte seine nasse Kleidung schnell wechseln und in den dampfenden Kessel zu der anderen Wäsche werfen. Seine Mutter hatte nichts gesagt oder gar nicht bemerkt, dass eine Hose und ein Hemd mehr in der Lauge lagen. Die kleinen Wunden waren kaum zu sehen gewesen. Er hatte ein wenig von der übel riechenden Salbe draufgeschmiert, die seine Mutter immer im Haus hatte, und schon nach ein paar Minuten waren die Schmerzen weg.

Doch immer noch hatte er das grinsende Gesicht Benedikts vor Augen, und nun hatte er sich ein weiteres Mal von ihm eine Abfuhr geholt. Zum x-ten Male schwor er sich, Benedikt beim nächsten Mal das Gesicht zu polieren. Bruno wäre Benedikt überlegen gewesen, aber dennoch hinderte ihn stets etwas daran, diesen Kerl anzugreifen.

Lustlos löffelte Bruno in seiner Suppe herum. Ein paar Fettaugen hatten sich darin verirrt, aber sonst war sie dünn wie jeden Tag.

Es gibt immer dasselbe zu essen, dachte er. Erbsensuppe, Bohnensuppe oder Graupensuppe, dazu hartes Brot und alte Wurst. Aus den Augenwinkeln blickte er zu seiner Mutter. Sie stand am Herd und rührte in einem Topf. Was sie kochte, wusste Bruno nicht. Vermutlich machte sie aus halb verfaulten Äpfeln Marmelade oder kochte Pflaumen oder Birnen ein. Und ganz sicher hatte man ihr das Obst wieder einmal geschenkt, weil sie doch so hilfsbereit war.

Bruno hätte fast höhnisch gelacht. Hilfsbereit! Seine Mutter war die Hebamme, die einzige im Dorf, die ein wenig von ärztlicher Hilfe verstand.

»Warum isst du nicht, Bruno?«

Er zuckte zusammen. »Ich habe keinen Hunger.«

»Was auf den Tisch kommt, wird gegessen«, herrschte ihn sein Vater an. Lorenz Seibert saß Bruno gegenüber. Als er jetzt sprach, wehte eine dicke Alkoholfahne zu Bruno herüber. Er wunderte sich, dass sein Vater trotz des vielen Alkohols noch so klar reden konnte. »Obwohl – so gut ist sie wirklich nicht.«

»Eben«, bemerkte Bruno.

»Dann schüttet sie doch in den Ausguss«, sagte Hermine wütend. »Du hast dich ja genug gestärkt.«

»Rede keinen Unsinn, Frau«, erwiderte Lorenz. »Es gab nur Bier. Sollte ich die Gelegenheit nicht nutzen?« Er lachte auf. »Robert Halbach muss man schädigen, wo man nur kann.«

Hermine verzog angewidert den Mund. In den nächsten Minuten war nur das Schlürfen der beiden zu hören und Lorenz Seiberts schweres Atmen. Hermine betrachtete ihren Mann nachdenklich. Sie ahnte, dass er an einer Herzkrankzeit leiden musste, die Symptome deuteten eindeutig darauf. Aber sie sagte nichts dazu, Lorenz würde ihre Meinung doch nur wieder als völligen Unsinn abtun.

»Wir brauchen unsere Äcker im nächsten Jahr wohl nicht zu bewirtschaften«, sagte er plötzlich.

Was waren das denn für Töne? Bruno horchte auf. Er hasste die Feldarbeit. Zum Glück besaßen sie nur wenige Äcker, das meiste Geld verdiente Lorenz Seibert als Handlungsreisender.

»Wegen des Krieges.«

»Krieg?« Hermine Seibert wirbelte herum. »Fängst du wieder davon an? Hör endlich auf damit, Lorenz. Du weißt ganz genau, dass es keinen Krieg geben wird, jedenfalls nicht hier bei uns.«

»Wer weiß, wer weiß. Jedenfalls wird unterwegs von nichts anderem mehr geredet. Bismarck wartet nur auf einen Vorwand.«

»Und dann? Ich meine, wenn wir die Äcker nicht bewirtschaften? Wovon sollen wir denn leben?«

»Vielleicht gibt uns Robert was.« Er wusste, dass das ein Scherz war und lachte meckernd.

Wieder hörte Bruno den verächtlichen Ton in der Stimme seines Vaters. Den hatte er stets, wenn er von Robert Halbach sprach.

»Und wie war deine letzte Woche?«, fragte Lorenz unvermittelt seinen Sohn. »Nun erzähl mal. Warst du in der Schule?«

Normalerweise interessierte es ihn wenig, was sein Sohn Bruno so machte. Heute war er allerdings bester Laune, der kostenlose Alkohol hatte ihn versöhnlich gestimmt.

»Ich war jeden Tag in der Schule«, antwortete er seinem Vater.

»Oh. Wirst wohl noch ein Streber, was?« Lorenz Seibert lachte schallend. Er hielt die Schule für Zeitverschwendung. Wenn es nach ihm ginge, würde Bruno mit ihm auf die beschwerlichen und leider oft ergebnislosen Reisen gehen. Ein Kind würde das Mitleid der Kunden wecken. Da war sich Lorenz Seibert sicher.

Bruno kannte die Gedanken seines Vaters, aber er wollte auf keinen Fall so werden, wie die Händler, die durch Züschen kamen. Sie alle sahen abgearbeitet, übermüdet und alt aus. Dann doch lieber die kleinen Felder beackern, auch wenn die kaum

Erträge abwarfen.

»Kann der Obermann euch überhaupt noch was beibringen? Ich meine, so alt wie der ist, sollte er sich doch aufs Altenteil setzen.«

»Er ist immer noch gut«, meinte Hermine. »Und außerdem gibt es keinen anderen. Was der sagt, hat Hand und Fuß.«

»Obermann!« Lorenz machte eine abwertende Handbewegung. »Der soll sich mal nicht so aufspielen.«

»Er ist ein strenger und gerechter Lehrer«, sagte seine Frau.

Lorenz kniff die Augen zusammen und sah Bruno scharf an. Dadurch sah sein ohnehin schon dickes Gesicht noch aufgeblasener aus. »Hat er dich wieder zurechtweisen müssen?«

»Nein. Ich habe die ganze Woche nichts gemacht. Aber Benedikt und Matthäus haben geradezu unverschämt miteinander geredet. Das muss selbst der schwerhörige Obermann mitbekommen haben. Aber er hat die beiden nicht zurechtgewiesen. Ich finde es ungerecht, dass ...«

Bruno brach ab. Er wollte nicht zugeben, dass er von Obermann schon häufig verdroschen worden war.

»Benedikt, Jakob, Matthäus und einige wenige können sich alles erlauben.«

»Das stimmt«, nickte sein Vater. »Im Dorf wird immer mit zweierlei Maß gemessen. Es wird Zeit, dass das geändert wird.«

»Und wie stellst du dir das vor?«, mischte sich Hermine ein.

»Ich weiß es noch nicht. Ach, Frau, lass mich damit doch in Ruhe. Ich bin müde. Ich muss mich hinlegen. Wir reden ein anderes Mal weiter.«

Er stand auf und verließ mit schlurfenden Schritten die Küche. Bruno sah ihm erleichtert nach. Er war froh, dass sein Vater ihn nicht weiter über die Schule ausgefragt hatte. Vielleicht hätte er dann zugeben müssen, dass Obermann ihn schon wieder nach Hause schicken wollte, um sich eine saubere Hose anzuziehen.

Bruno fragte seine Mutter, ob er in sein Zimmer gehen dürfe. Hermine nickte. Es war ihr sehr recht.

Sein Bett quietschte und knarrte, als er sich daraufsetzte. Am liebsten würde er mit dem Fuß dagegentreten, aber dann würde es womöglich zerbrechen, und er müsste auf dem Fußboden schlafen. Etwas Neues zu kaufen war nicht möglich. Geld hatten sie nicht. Und mitleidsvolle Geschenke wollte er nicht annehmen. Wieder dachte er wutschnaubend an Benedikt. Wenn der etwas zerstörte, würde er es bestimmt sofort ersetzt bekommen. Da war sich Bruno sicher.

Obwohl er hier geboren und aufgewachsen war, fühlte er sich in Züschen manchmal nicht wohl. Es war alles so ungerecht. Diese verdammten Holzköpfe hier im Dorf behandelten sie wie Aussätzige. Oh, Bruno haderte mit seinem Schicksal. Dabei wusste er gar nicht, warum man sie und noch viele andere aus dem Dorf nicht in ihre Gemeinschaft einbezog. Aber er schwor sich, das irgendwann herauszufinden.

11

Die beiden Männer waren so verschieden, wie es kaum zwei Menschen sein konnten. Der Ältere war fast sechzig, von gedrungener Gestalt mit schmerzenden Schultern, hervorgerufen durch das jahrelange Tragen schwerer Lasten und mit einer Gesichtshaut, die wie Leder wirkte. Er ging stets nach vorn gebeugt, schon aus reiner Gewohnheit, auch wenn er nichts tragen musste. Der andere war gerade einmal zwanzig Jahre alt, über eins achtzig groß und schlank. Er strotzte vor Kraft und Energie, hatte aber keine feste Arbeit und suchte eine sinnvolle Tätigkeit. Im Herbst 1864 begegneten sich die beiden zum ersten Mal in einer Kneipe in Witten, einer kleinen Stadt von circa siebentausend Einwohnern. Der Wirt hatte Geburtstag und gab großzügig für alle eine Runde aus, und da die beiden zufällig nebeneinanderstanden, prosteten sie sich zu. Irgendwie fanden sie sich auf Anhieb sympathisch, und der Jüngere fragte den Älteren – mehr aus Höflichkeit, und um ein Gespräch anzufangen – was er beruflich mache.

»Ich bin Handlungsreisender. Aber ich habe bald genug davon. Vielleicht noch drei, vier Jahre oder auch fünf.« Der Ältere verzog den Mund. »Das kann man nie so genau voraussagen.«

»Ich heiße übrigens Jonathan«, stellte sich der Jüngere vor. »Jonathan Thoma.«

»Ein schöner Name. Ich bin Leuthger Michels. Ulkig, was? Vergiss den Vornamen gleich wieder. Nenn mich einfach Michels und sag du zu mir. Alle sagen das.«

»Wo handeln Sie – handelst du hauptsächlich?«

»Angefangen habe ich in Südfrankreich. Dort bin ich geboren und aufgewachsen. Das lag daran, dass mein Vater Deutscher und meine Mutter Französin war. Aber wir gehörten weder zu dem einen noch zu dem anderen Land. Als ich vier Jahre alt war, sind wir weggezogen, und als ich in deinem Alter war, wollte ich meinen Geburtsort wiedersehen und habe mich dort als Handlungsreisender niedergelassen. Aber der Handel war eine herbe Enttäuschung.« Er machte eine wegwerfende Handbewegung. »Wo ich jetzt handele, kommt immer darauf an, was ich verkaufe. Eisenwaren sind gut für Holland, Tabak für Württemberg, Baden und Bayern, Wollsachen verkauft man am besten in Ostfriesland. Aber inzwischen ist mir das zu weit geworden. Ich sehe mich in letzter Zeit hauptsächlich im Münsterland um.«

Es wurde ein langer Abend, und als sie sich schließlich mit schwerer, vom Alkohol benebelter Stimme verabschiedeten, versprachen sie, sich schon bald wieder zu einem kleinen Plausch zu treffen. Es vergingen fünf Tage, bevor sie sich wiedersahen. Jonathan hatte gerade bei einem Schreiner vorgesprochen, war erneut abgelehnt worden und wollte seinen Kummer im Alkohol ertränken. Michels hatte dem Wirt vier Holzbecher für seinen Ausschank verkauft und verhandelte mit ihm über die Kosten für eine Nacht.

»Jonathan, das ist eine Freude. Schön, dich zu sehen. Was ist los? Du siehst so alt aus, wie ich mich fühle.« Michels hatte gleich erkannt, dass der Junge Probleme hatte, und wollte ihn aufrütteln. Aber sein Versuch misslang, Jonathans Gesichtsausdruck änderte sich nicht eine Spur.

»Ich habe heute meine zehnte Absage in einer Woche erhalten«, brummte er. »Ich weiß nicht mehr weiter. Ich habe nur noch etwas Geld, um mich zu besaufen.«

Michels gab dem Wirt ein Zeichen, und kurz darauf standen ein frisches Bier und zwei belegte Brote vor Jonathan auf dem Tresen. Er rührte sie nicht an. »Ich will keine Almosen, Michels«, sagte er heiser, ohne den alten Handlungsreisenden anzusehen. »Ich will arbeiten, verstehst du? Richtig arbeiten.« Er hob seine Hände in die Höhe. »Ich bin gesund, habe starke Arme und kräftige Hände. Warum, verdammt noch mal, gibt es keine

Arbeit für mich.«

»Was hast du gelernt?«

»Nichts.«

Michels nickte. Das hatte er befürchtet. Es gab viele junge Leute, die auf der Straße standen und betteln mussten, um überhaupt leben zu können. Kaum jemand konnte einen vernünftigen Beruf erlernen, weil es nicht genügend Lehrstellen gab.

Er blickte den Jungen von der Seite her an. Der Wirt, der unaufhörlich Gläser abtrocknete, beobachtete ihn. »Hättest du Lust, mit mir zu kommen?«, fragte Michels.

Die Frage kam so überraschend, dass Jonathan fast sein Glas umstieß. Völlig perplex schaute er Michels an. Dieser grinste.

»Ich will ehrlich sein, Jonathan. Ich will nicht mehr allein reisen, verstehst du? Wie schnell kann mir was passieren und dann ist niemand in der Nähe. Ich könnte mich zwar anderen Handlungsreisenden anschließen, aber denen muss man vertrauen können.«

»Und du meinst, mir kannst du vertrauen?«, fragte Jonathan.

»Ja.«

Die einfache Antwort war klar und deutlich und machte Jonathan stolz. Ohne zu überlegen, schlug er in Michels dargebotene Hand ein.

»Dann lass uns alle Vorbereitungen treffen«, sagte dieser. »Wir haben eine Menge zu tun.« Schnell tranken sie ihre Gläser aus. Michels winkte dem Wirt zu, der wohlwollend lächelte, dann gingen sie hinaus.

Michels knöpfte seine Jacke zu. »Als Erstes besorgen wir dir einen ›Jack‹ ...«

»Einen was?«

»Einen Gewerbeschein, einen ›Jack‹ eben. So heißt er in der Sprache der Handelsleute. Du musst deine Einnahmen nämlich versteuern und die Höhe ist an einen Gewerbeschein gebunden.«

Jonathan nickte.

»Für das Ausland brauchst du keinen«, erklärte Michels weiter. »Das hat natürlich einen enormen Vorteil. Du löst dort eine Konzession und sparst dabei Steuern. Aber dort wird man als Ausländer nicht immer gut aufgenommen, deshalb bleiben wir hier. Das Wichtigste ist nun mal der Gewerbeschein. Natürlich erwirbt den nicht jeder Händler, weil die Kontrollen vom Staat nur schwer durchzuführen sind. Aber ich will keine Scherereien haben. Die Gerichte sind unerbittlich, wenn sie einen erwischen. Es gibt zahlreiche Vorladungen für Hausierer, die beim Handeln kontrolliert wurden und keinen gültigen Gewerbeschein hatten. Am meisten musst du dich vor deinen sogenannten Kollegen in Acht nehmen. Sie schwärzen jeden an, der ihnen verdächtig vorkommt. Dann bist du erst mal weg von der Straße, und es dauert einige Zeit, bis du wieder einen Kundenstamm erworben hast.«

Er deutete über die Schulter zum Wirtshaus. »Das ist von nun an ein >Uskes<. So nennen wir eine Wirtschaft. Gewöhn dich schon mal langsam an die Sprache der Handlungsreisenden.«

Jonathan lachte. »Ulkig, wirklich sehr komisch. Gibt's noch mehr davon?«

»Jede Menge. Du bist ein >Masematte<, ein Handelsmann eben.«

»Oh Gott«, stöhnte Jonathan auf. »Das kann ja heiter werden.«

»Bestimmt nicht. Du wirst dich noch wundern. Die wichtigste Rechtsform für Handlungsreisende ist die der Einzelhausierer. Es sind sogenannte Einzelgänger, die manchmal mit einem Gehilfen reisen – das bist du jetzt für mich, Jon.« Er nannte Jonathan von nun an nur noch Jon, und dieser hatte nichts dagegen. Im Gegenteil. War das doch ein weiterer Vertrauensbeweis. »Wenn du genug Erfahrung und vor allen Dingen Mut hast, dann kannst du selbst wieder ein Einzelhausierer werden.«

»Ist das denn wichtig? Ich meine, Mut zu haben?«

»Schon«, nickte Michels. »Du musst so auftreten, als wärest du der Beste. Und dazu gehört eben Mut, vor allem, wenn man noch gar nichts verkauft hat. Nur wer forsch, aber auch höflich ist, rennt nicht nur die Türen ein, ohne etwas zu verkaufen. Am Anfang hatte ich mich Kompanien angeschlossen. Das sind Zusammenschlüsse selbstständiger und vor allem gleichberechtigter Hausierer. Wir waren immer mehr als sechs Personen. Da gab es nur Reibereien. Das wollte ich mir nicht mehr zumuten. Deshalb war ich schon lange auf der Suche nach einem Gehilfen. Jetzt werden wir erstmal alles Nötige für dich kaufen.«

Es gab drei Einzelhandelsgeschäfte in Witten, die Ausrüstung für Handlungsreisende anboten. Sie entschieden sich für eine etwa einen Meter hohe Kiepe, das traditionelle Transportmittel des Handelsmannes. Sie bestand aus einer Anzahl von Schubladen, Einsätzen und Auszügen, in denen die unzähligen Waren Platz hatten.

»Du bist jung und stark«, sagte Michels. »Du schaffst das schon, die Kiepe zu tragen, meine ich.«

Jonathan schmunzelte.

»Mit dem Verkauf lassen wir uns Zeit«, sprach Michels weiter. »Noch ist das Wetter recht gut. Sonne, Regen und Wolken wechseln zwar in gleichmäßigem Rhythmus, aber es ist noch angenehm warm. Zu warm für uns. Die Beamten, Lehrer, Ärzte und Pfarrer, die wegen der besonders guten Qualität der Waren zu unseren Hauptkunden zählen, sind noch nicht in Kaufstimmung, und die Bauern sind noch dabei, ihre Felder und Tiere auf den Winter vorzubereiten und haben keine Zeit, sich um Handlungsreisende zu kümmern. Die beste Zeit des Handelns, der lange und meistens strenge Winter, kommt noch.«

»Dann verdienst du im Sommer nichts?«, fragte Jonathan erstaunt.

»Doch«, entgegnete Michels. »Aber wenig. Man kommt soeben über die Runden. Aber ein guter Handlungsreisender will nicht mit den Bettelhausierern über einen Kamm geschoren werden. Bettelhausierer versuchen stets, ihre Waren wann immer möglich loszuwerden. Meistens sind das alte, gebrechliche Personen, manchmal auch Kinder, die mit Kram-, Holz- oder irdenen Waren herumziehen. Wir dürfen auf keinen Fall den Eindruck erwecken, dass wir zu ihnen gehören. Dann würde niemand etwas von uns kaufen. Wir machen es so, dass wir dir eine kleine Eingewöhnungszeit geben. Also bleiben wir erst einmal in dieser Gegend. Später dann ziehen wir ins Münsterland.«

Wie die meisten Handlungsreisenden gingen auch Michels und Jonathan zu Fuß. Ein eigenes Fuhrwerk war zu kostspielig und wegen der überwiegend schlechten Wege unwirtschaftlich. Am ersten Tag wanderten sie elf Kilometer, übernachteten in einer alten, verfallenen Scheune, die Michels kannte, wuschen sich am nächsten Morgen in einem kleinen Bach, aßen Brot und tranken dazu etwas Wasser. Nach Verrichtung der Notdurft gingen sie weiter. Jonathan wunderte sich über Michels Kondition. Er zeigte keine Spur von Müdigkeit. Wenn sie ein Dorf erreichten, trennten sie sich, sodass jeder von ihnen einen Teil des Ortes abdeckte. Jonathan stellte sich sehr geschickt an. Meistens verkaufte er mehr als Michels, was der alte Handlungsreisende mit großem Interesse sah und ihm bestätigte, dass er sich in seinem jungen Kollegen nicht getäuscht hatte.

Ihr Sortiment bestand hauptsächlich aus Kurzwaren, also Schnallen und Bändern sowie Tabak, Schnupftabak und Kaffee. Michels hatte auch einige Holzwaren in seiner Kiepe, aber die blieben Ladenhüter, weil sie zu schlicht aussahen und schlecht geschnitzt waren. Reich wurden sie durch ihren Handel nicht, das wurde Jonathan schnell klar, aber es machte ihm Spaß und er hatte endlich eine sinnvolle Beschäftigung.

»Vor Jahren habe ich auch mit Fasskränen für Gastwirte, Winzer und Brauereien gehandelt«, sagte Michels eines Abends zu ihm, »und sie auf einem alten Handkarren hinter mir hergezogen. Aber da war ich noch jung und kräftig. Jetzt sind mir diese Waren zu schwer und zu unförmig.« Er sah zum Himmel. »Es wird bald Winter, Jon. Ende November fahren wir ins Münsterland. Dann geht es richtig los.«

»Ich kann es kaum erwarten«, antwortete Jonathan, legte sich auf die Seite und war kurz darauf eingeschlafen.

12

In der Innenstadt von Witten stand ein schlichtes Fachwerkhaus, an dessen Vorderfront groß das Schild »Poststation« befestigt war. An einem kalten Morgen trafen Michels und Jonathan dort ein. Sie hatten länger als vorgesehen in der Umgebung der Stadt verbracht, und nun waren ihre Kiepen fast leer.

Michels deutete auf einen Aushang neben der Tür. »Der Fahrplan.« Er beugte sich näher heran. »Die Postkutsche fährt bis Münster. Die nehmen wir.«

Sie mussten lange warten, und je länger es dauerte, bis sie in die Postkutsche einsteigen konnten, desto mehr Passagiere kamen hinzu. Es waren Reisende aller möglichen Stände und von unterschiedlichem Alter. Um sie herum spielten sich die rührseligsten Abschiedsszenen ab. Frauen umarmten ihre Männer, und Kinder küssten ihre Mütter und Väter. Der Livree geschmückte Kutscher brachte zwei Helfer mit, die das Gepäck verfrachteten. Michels achtete darauf, dass sie ihre Kiepen sorgfältig festzurrten.

Die Postkutschen waren das Reisemittel für Überlandreisen schlechthin. Die meisten waren einachsig und schlecht gefedert. Diese hier war ein moderneres Fuhrwerk mit zwei Achsen, das von vier Pferden gezogen wurde. Zu acht saßen sie in der Kutsche. Dazu hockten noch zwei schmale Kerle vorne beim Fuhrmann.

Die Pferde liefen bald in flottem Trab, und die Kutsche schaukelte so heftig hin und her, dass Jonathan befürchtete, sie würde jeden Moment umkippen. Mehrmals wurde er wie von einer unsichtbaren Hand aus seinem Sitz gehoben und nach vorn geschleudert, und zweimal wäre er fast auf dem Schoß seiner ihm gegenübersitzenden Mitfahrerin gelandet, hätte Michels ihn nicht festgehalten.

Jonathan hatte geglaubt, in der Kutsche etwas schlafen zu können, aber daran war nicht zu denken. Als sie nach fast vier Stunden einen Vorort von Münster erreichten, glaubte er, kein Knochen wäre mehr heil in seinem Körper. Wie musste man sich erst nach einer Fahrt in den älteren Kutschen fühlen?, fragte er sich.

»Hier ist für uns die Reise vorerst zu Ende, Jon«, sagte Michels. »Wir müssen jemanden aufsuchen.«

Sie stiegen aus, und bogen bald von einer der unzähligen Chausseen auf einen einsamen Waldweg ab. Die Landschaft wurde immer flacher, aber auch einsamer. Weit und breit war kein einziges Haus zu sehen. Endlich, gegen Abend, erreichten sie einen alleinstehenden Bauernhof. Michels klopfte, und wenig später erschien ein gedrungener Mann mit breitem Schädel und wirren Haarschopf. Jonathan schätzte ihn auf Ende vierzig.

»Michels!«, stieß er freudig aus. »Da bist du ja endlich wieder. Ich habe dich schon längst erwartet. Wer ist denn das?« Der Mann deutete mit einem Kopfnicken zu Jonathan.

»Mein neuer Gehilfe, Jon. Jon, das ist Alfons Grohnen.«

»Guten Tag«, sagte Jonathan.

»Hallo«, erwiderte Grohnen. »Es wird auch Zeit, dass du dir Verstärkung suchst.«

Grohnen bat sie herein, holte eine Flasche Schnaps aus dem Schrank, einen Laib Brot, Butter, Käse und einen Schinken. Jonathan sah fassungslos zu. Grohnen grinste.

»Michels ist immer hungrig, wenn er zu mir kommt. Meistens ist er seit Wochen unterwegs. Wie lange ist es diesmal?«

»Einen Tag«, rutschte Jonathan heraus.

»Oh. Dann braucht ihr ja eigentlich noch nichts. Dann kann ich es ja wieder wegstellen.«

»Untersteh dich«, rief Michels und tat, als wollte er alles in seine Taschen stecken. Die drei lachten.

»Was machen meine Waren?«, fragte Michels.

»Liegen alle ordentlich im Schuppen«, antwortete Grohnen mit vollem Mund. »Es fehlt nichts.«

Michels winkte ab. »Das brauchst du nicht extra zu betonen. Ich vertraue dir wie keinem Zweiten, das heißt, meinem jungen Freund hier vertraue ich ebenso wie dir.«

Michels griff noch einmal zum Schinken. Während er sich eine weitere dicke Scheibe abschnitt, erklärte er Jonathan: »Als Fußgänger kann man nur einen geringen Teil seiner Waren mitnehmen. Deshalb ist es wichtig, ein Warenlager in der Nähe der Gegend zu haben, in der man handeln will. Alfons hat mir seinen Schuppen angeboten. Er holt die Waren im Frühsommer mit seinen Pferdewagen und bringt sie hierher. Natürlich nicht umsonst, dabei ist er ein richtiger Halsabschneider. Seit drei Jahren handhaben wir das so, und wir beide sind bisher nicht schlecht dabei gefahren. Wir können unsere Kiepen morgen früh bis an den Rand auffüllen.«

In den nächsten Minuten aßen und tranken sie mit mächtigem Appetit, und Jonathan erfuhr, dass Alfons Grohnen mit seiner Frau und seinen drei Söhnen den Bauernhof allein bewirtschaftete. Grohnen baute Mais, Hafer, Hirse und Roggen an, buk Brot und verkaufte alles ins nahe gelegene Holland. Manchmal kamen auch Soldaten des preußischen Regiments, um Lebensmittel zu erstehen.

»Aber die zahlen nicht gut«, sagte Grohnen. »Die sind geizig. Ich glaube, der Staat Preußen hat wenig Geld und hält seine

Soldaten sehr kurz.« Er zeigte auf die Kiepen in der Ecke. »Was habt ihr heute noch dabei?«

Michels öffnete die oberste Klappe der Kiepe und holte zwei Holzfiguren heraus. »Einen Bauern und eine Bäuerin. Das und noch ein paar andere Holzsachen. Mehr leider oder Gott sei Dank nicht. Die Geschäfte gingen recht gut.« Die beiden Figuren waren bunt bemalt und etwa so groß wie Jonathans Hand.

»Holzfiguren?«, fragte Grohnen erstaunt. »Weißt du denn nicht mehr, dass Holzwarenhändler als minderwertige Handlungsreisende gelten?«

»Doch«, nickte Michels und zu Jonathan erklärte er: »Unsere Vorgänger sind daran schuld. So haben die Wittgensteiner Handlungsreisende zu Beginn dieses Jahrhunderts billige Holzwaren vertrieben. Sie gründeten Vertriebsorganisationen und stellten nur Ramsch her. Aber diese Zeit ist vorbei. Wir gehören zur obersten Hierarchie der Händler.«

Grohnen nahm die Figuren in die Hand und betrachtete sie lange. »Wo hast du sie her?«

»Von einem Schreiner aus Witten. Ein armer Hund, wenn ich das sagen darf. Hat keine Aufträge und hält sich mit Figurenschnitzereien über Wasser.«

Grohnen nickte. »Ich nehme sie. Meine Frau hat bald Geburtstag. Was willst du dafür haben?«

»Einen Taler für beide.«

»Einverstanden.« Grohnen stellte die Figuren auf die Kommode und holte Tabak und Pfeifen aus dem Schrank. Dann setzte er sich zu ihnen an den Tisch. Mit flinken Fingern stopfte er für jeden eine Pfeife.

»Ich habe von einigen Soldaten gehört, dass Ludwig Freiherr von Vincke, der erste Oberpräsident der Provinz Westfalen, viele neue Straßen gebaut haben soll«, sagte Grohnen nach den ersten kräftigen Zügen.

»Warum sagst du uns das?«, fragte Michels erstaunt.

»Weil ich meine, dass du deine Handelsroute ausweiten solltest. Die Gegend in der Eifel ist ausgezeichnet für Handelsleute.«

»Wir bleiben lieber hier.«

»Das ist Unsinn, Michels.« Grohnen beugte sich vor und sah ihn fast hypnotisierend an. »Sei doch nicht so dumm. Bald kommen hier immer mehr Händler vorbei. Viele Kunden sind dir doch schon abgesprungen. Die meisten widerstehen den Überredungskünsten deiner Konkurrenten, weil sie wissen, dass sie sich auf dich verlassen können. Aber reicht dir das?«

Michels zuckte die Achseln.

»Bei den neuen Straßen ist das ein Kinderspiel. Überleg doch mal selbst. Die Postkutsche fährt fast überall hin und kostet nicht viel. Selbst wenn du ein paar Tage nichts verdienst, kannst du dich über Wasser halten. Du bist doch nicht mehr ein Fremdhausierer.«

»Was ist denn das?«, wollte Jonathan wissen.

»Ein Fremdhausierer ist jemand, der seine Waren von einem Kaufmann erworben hat«, sagte Michels. »Der Hausierer verkauft ausschließlich Artikel, die noch im Besitz des Kaufmanns sind. Das bedeutet eine gewisse Abhängigkeit des Handlungsreisenden. Er wird am Umsatz beteiligt. Wenn er nichts verkauft, verdient er auch nichts.«

»Du bist ein Einzelhausierer, Michels«, sagte Grohnen. »Du bezahlst die Waren bei den Herstellern und verkaufst sie mit Gewinn. Und du hast sogar einen Gehilfen.« Er sah Jonathan von der Seite her prüfend an. »Der Übergang zum selbstständigen Handelsmann ist nur möglich, wenn man Talent zum Verkaufen hat. Nicht jeder hat das Geschick dazu. Aber du siehst mir so aus, als könntest du es schaffen.«

»Danke«, knurrte Jonathan, aber im Inneren war er sehr stolz auf diese Einschätzung.

Michels war sehr nachdenklich geworden. Er musste sich eingestehen, dass die Idee, seine Handelsroute auszuweiten, nicht reizlos war, aber konnte er Jonathan, diesen Neuling, gleich mit in eine unbekannte Gegend nehmen?

Am nächsten Tag erfuhr Jonathan, dass Michels eine feste Reiseroute hatte. So kam er jedes Jahr zur gleichen Zeit in das gleiche Gebiet, wo ihn die meisten Kunden schon sehnlich erwarteten. Manchmal begegneten sie anderen Handlungsreisenden. Sie grüßten sich nicht. Sie waren Konkurrenten und alle ließen es den anderen deutlich spüren.

»Es gibt so gut wie keine weiblichen Wanderhändler«, sagte Michels zu Jonathan, als sie eine Rast einlegten. »Meistens ergreifen die Söhne von Händlern wieder den Beruf des Vaters und übernehmen bei dessen Tod den gleichen Handelsbezirk. Dabei sind sie aber zum Unterhalt für ihre Mutter und die anderen Familienmitglieder verpflichtet, sofern die kein eigenes Einkommen haben.«

»Und die können davon leben?«

Michels nickte. »Fast alle haben ein eigenes Haus und sogar eine kleine Landwirtschaft. Aber die allein reicht nicht. Als Wanderhändler haben sie eine beträchtliche Nebeneinnahme und das ermöglicht es ihnen, ihren Besitz zu halten.«

Mitte Dezember schleppte sich das Geschäft plötzlich dahin. Obwohl Weihnachten bevorstand, verdienten sie weniger als geplant. Nicht selten überstiegen die Ausgaben die Einnahmen. Michels sah das mit großer Sorge. Nach zehn Tagen nahm er Jonathan zur Seite.

»Weißt du noch, was Alfons Grohnen uns geraten hat, Jon?«

»Natürlich. Dass wir in die Eifel gehen sollen.« Jonathan hatte in den letzten Tagen, als sie kaum etwas einnahmen, oft daran gedacht.

»Hättest du Lust dazu?«, fragte Michels. »Wir können immer wieder hierher zurück in unser altes Absatzgebiet. Na, wie ist es?«

Jonathan brauchte nicht lange zu überlegen. »Ich bin einverstanden.«

»Dann lass uns nach Münster in die Innenstadt gehen. Dort fahren täglich mehrere Postkutschen in alle Richtungen ab. Eine davon fährt sicher auch in Richtung Köln. Dort müssen wir hin, von dort aus kommen wir schnell in die Eifel.«

13

Münster hatte etwa zwanzigtausend Einwohner, davon waren die meisten Katholiken. Die Stadt war bedeutend als Sitz der königlich-preußischen Regierung für Westfalen und Behörden- und Garnisonstadt. Das merkten die beiden sogleich, als sie die Stadt erreichten. Überall liefen Soldaten der preußischen Armee herum und Männer in steifen Anzügen mit hohen Zylindern auf den Köpfen. Michels und Jonathan fühlten sich hier wie verlo-

ren und fremd und wollten so schnell wie möglich mit der Postkutsche fahren.

Aber Michels´ Blick folgte einer Menschenmenge, die mit
schnellen Schritten in östliche Richtung ging. Hin und wieder
kam von dort ein gellender, schriller Pfiff. Michels fasste einen
Mann am Arm. »Was ist dort los? Warum gehen alle dahin?«

»Dort ist doch der Bahnhof«, antwortete der Mann, als wäre
es das Selbstverständlichste der Welt, ließ Michels stehen und
eilte den anderen hinterher.

»Sehen wir uns das mal an, Jon.«

Sie hoben die Kiepen auf ihre Rücken und gingen los. Die
lange Straße machte bald darauf eine Biegung, und dann standen
sie zwischen vielen anderen Menschen auf dem Vorplatz eines
Bahnhofs. Es stank entsetzlich nach Russ und Rauch, aber das
schien den Männern und Frauen nichts auszumachen. Auch der
Dampf, der zischend aus dem Schornstein einer Lokomotive
stieg und sich feucht auf alle niederlegte, störte niemanden. Jonathan kam das schwarze Ungetüm aus Stahl etwas unheimlich
vor.

»Damit soll man fahren können?«, fragte er ungläubig.

Michels antwortete nicht. Er stiefelte auf ein kleines Häus-
chen zu, das die vorderen Läden geöffnet hatte und so etwas wie
eine Verkaufstheke darstellte. Dahinter stand ein kleiner unter-
setzter Mann mit einer roten Schirmkappe auf dem Kopf. Seitlich und hinter ihm hingen unzählige Zeichnungen von Loko-
motiven und Waggons. Daneben klebte ein Fahrplan.

»Hallo«, grüßte Michels.

»Guten Tag«, erwiderte der Mann. Ein Schild neben einer
einfachen Glocke auf der Theke zeichnete ihn als Konrad Bender, Bahnbeauftragter, aus. Er lächelte freundlich und entgegen-
kommend.

»Sie wollen sich sicher auch über die Eisenbahn informieren,
nicht wahr?«, begann er gleich, bevor Michels noch ein Wort
gesagt hatte. »Wir haben heute bereits über fünfzehntausend
Kilometer Eisenbahnschienen in Deutschland. In absehbarer
Zeit wird man in jedem Dorf einen Bahnhof haben.« Seine
Stimme klang nicht ohne Stolz. Er deutete auf die Kiepe. »Sie
sind Handlungsreisende?«

Michels nickte.

»Wo wollen Sie hin?«

»In die Eifel. Wir haben gehört, dass die Eifel eine Goldgrube für Handlungsreisende sein soll. Deswegen wollen wir nach Köln. Von dort kommen wir am einfachsten in die Eifel.«

»Interessant. Wirklich sehr interessant.« Bender zog aus einer Schublade unter der Theke ein kleines Buch heraus und kritzelte etwas hinein. »Ich notiere mir die Ziele fast aller Reisenden, damit wir uns ein Bild machen können, wo als nächstes Eisenbahnschienen verlegt werden sollten.«

Er blätterte in seinem Buch und zuckte dann bedauernd die Schultern.

»Eine durchgehende Eisenbahnstrecke bis Köln gibt es leider noch nicht. Sie können aber über Lippstadt bis Warburg fahren. Dann müssten Sie allerdings die Postkutsche nehmen. Oder Sie fahren von Warburg aus nach Kassel.«

»Das liegt doch im Kurfürstentum Hessen«, warf Michels ein. »Das Fürstentum gehört nicht zu Preußen, sondern sympathisiert mit Österreich.«

»Schon«, nickte Bender. »Aber die Österreicher sind auch für den Fortschritt. Schon seit der Fertigstellung der Bahnstrecke am 28. März 1851 ist der Eisenbahnverkehr bedeutender als die Schifffahrt geworden. Dadurch wurde die Bahnstrecke Kassel–Warburg zur Hauptbahn. Ja, und noch mehr, die Bahnstrecke hat auch eine strategische Bedeutung: Sie stellt die Verbindung von Berlin zu den preußischen Westprovinzen dar, und somit kann das Staatsgebiet des Königreichs Hannover umfahren werden.«

Es war klar, dass Bender mit seinem Wissen und den bereits vorhandenen Bahngleisen angeben wollte.

»Eine Strecke in die Eifel ist in Planung«, sprach er unbeirrt weiter. »Auch die Obere Ruhrtalbahn von Warburg bis Hagen steht auf dem Programm. Aber das hilft Ihnen jetzt wohl nicht weiter. In Hagen wird einmal der bedeutendste Eisenbahnknotenpunkt Preußens entstehen. Schon 1848 wurde die Stadt im Zuge der Industrialisierung an das Bergisch-Märkische-Eisenbahnnetz angeschlossen. Haben Sie noch nie davon gehört? Sie kommen doch als Handlungsreisende weit rum.«

Michels schüttelte den Kopf. »Scheint sich wohl noch nicht bis Münster rumgesprochen zu haben.«

»Warum gerade Hagen?«, wollte Jonathan wissen.

»Man vermutet, dass Hagen bald von ihrer Bevölkerung und Wirtschaftskraft alle führenden Städte in Südwestfalen überholt. Sie wird mal der kulturelle und wirtschaftliche Mittelpunkt der südlichen Grafschaft Mark werden. Von dort müssten Sie noch mit der Postkutsche in Richtung Köln. Eine scheußliche Strecke durch das Bergische Land. Ich rate Ihnen, steigen Sie in Warburg in den Zug nach Kassel. Ob Hessen oder Eifel, wo ist der Unterschied? Ihre Waren können Sie überall verkaufen. Sie kommen nur sehr viel bequemer an Ihr Ziel, wenn sie die Eisenbahn nehmen. Aber Sie müssen es wissen.«

Michels sah Jonathan an. »Was meinst du?«

»Ich weiß nicht so recht ...«

»Ach Unsinn. Komm! Wir fahren erstmal bis Warburg.« Michels bedankte sich bei Bender und machte sich auf den Weg zum Zug.

Er überließ Jonathan den Platz am Fenster. Es war ein berauschendes Erlebnis für Jonathan, als die Landschaft draußen vorbeiflog. So bequem hatte er sich die Reise auf den Holzbänken nicht vorgestellt. Während sie sich zurücklehnten, besprachen sie, womit sie hauptsächlich handeln sollten. Sie würden sich zunächst für Kleinwaren entscheiden, um zu sehen, welche Waren die Einwohner bevorzugten. Aber der Verkauf würde nicht leicht werden, denn sie waren fremde Handlungsreisende, die in die Bereiche der Einheimischen eindrangen und ihnen Käufer wegnahmen. So etwas sah man nicht gern. Aber nun hatten sie sich einmal entschieden, eine neue Gegend aufzusuchen und wollten nicht gleich am Anfang aufgeben.

Bald wirkte das eintönige Rattern der Bahn einschläfernd, und Jonathan fiel in einen leichten Schlummer, aus dem er erst wieder erwachte, als der Zug ruckartig anhielt.

»Wo sind wir?«, fragte er Michels.

»In Warburg. Wir müssen aussteigen.«

Im Sog der anderen Reisenden betraten sie den Bahnsteig. Jonathan sah auf die Uhr an der Wand. »Stimmt das wirklich?«, fragte er perplex. »Wir sind erst vier Stunden unterwegs?«

»Ja.«

»Das Reisegerät der Zukunft«, rief Jonathan begeistert aus. »Nur vier Stunden für eine Strecke von hundertsiebzig Kilometern. Wie geht`s jetzt weiter?«

»Mit der Postkutsche nach Hagen«, antwortete Michels. Er studierte schon den Fahrplan. »Sie fährt übermorgen wieder. Jon, bis dahin sollten wir versuchen, ein paar Waren günstig zu erwerben und wieder zu verkaufen. Wir haben nicht mehr viel Geld.«

Jonathan stimmte ihm zu. Sie fanden eine Eisenwarenhandlung, die Kurzwaren und Tabak verkaufte, und das sogar recht günstig, wie Michels fand. Mit ihrem letzten Geld konnten sie ihre Kiepen bis an den Rand füllen.

»Es ist kurz vor Weihnachten«, sagte Michels zu Jonathan. »Da gehen die Geschäfte in der Regel gut. Ich denke, das wird hier nicht anders sein. Also – mein Freund – auf geht´s, bevor wir uns auf die weitere Reise in die Eifel machen.«

14

Auch mehr als acht Wochen nach Pauls Geburt hatte Elisabeth Halbach noch nicht wieder ihre schlanke Figur erreicht, aber das verbarg sie geschickt mit langen, weiten Kleidern. Die Geburt schien nicht sehr leicht für sie gewesen zu sein. Auf ihrem bisher schmalen Gesicht mit den feinen, fast majestätisch wirkenden Zügen zeichneten sich stärkere Falten ab, und auch ihr Mund wirkte herb und schmal.

Robert Halbach bemerkte die Veränderung bei seiner Frau nicht. Er hatte in den letzten Wochen von morgens früh bis spät abends gearbeitet, um die Felder für den Winter fertigzustellen und war zufrieden, wenn das Essen pünktlich auf dem Tisch stand. Nur Magdalena sah, dass ihre Mutter manchmal, wenn sie sich unbeobachtet glaubte, ihre Hand in die rechte Hüfte stützte und leicht humpelte.

»Du musst dich schonen, Mama«, sagte sie gerade.

»Es geht schon«, wehrte Elisabeth ab. »Sobald Paul laufen kann, habe ich mehr Zeit für mich.«

»Das ist richtig. Aber die andere Arbeit solltest du mir überlassen.«

»Ach, Magdalena.« Elisabeth seufzte. »Was sollte ich nur ohne dich tun?«

Von draußen drangen einige laute Stimmen herein. Magdalena sah zum Fenster hinaus.

»Karl schimpft wieder. Die Tagelöhner machen es ihm nie recht.«

»Dein Opa hat mir mal erzählt, wann Karl zu uns kam«, sagte ihre Mutter. »Er reiste mit einer Schaustellerfamilie durch Züschen. Ich glaube, es war 1819. Karl war siebzehn. Den Schaustellern ging es damals sehr schlecht, und dein Opa suchte gerade Knechte. Karl hat noch am selben Tag bei uns angefangen. Aber er ist alt geworden.«

Magdalena nickte. »Ja, er kann sein Altwerden nicht verkraften. Immerzu möchte er die schweren Arbeiten machen. Aber das geht nicht. Gut, dass wir genug Tagelöhner haben.«

Robert Halbach hatte neben seinen Knechten, die eine regelmäßige Arbeit bei ihm hatten, auch stets etwa fünf Tagelöhner beschäftigt. Sie wurden morgens ausgesucht und für ein paar Stunden eingestellt. Aber wehe, sie arbeiteten nicht so, wie Karl es sich vorstellte. Dann schimpfte er wie ein Rohrspatz.

Während Magdalena in der Küche half, machte sich Helene im Stall nützlich. Eva dagegen hatte keinen Sinn für den elterlichen Hof übrig. Einmal kam sie völlig mit Schlamm bedeckt nach Hause.

»Hast du keine Angst, dass Papa dich versohlt?«, fragte Benedikt sie.

»Nö, das macht er nicht. Er hat uns Mädchen noch nie geschlagen. Das wäre unter seiner Würde. Und sollte er sich doch mal vergessen, dann denke ich eben an was Schönes.«

»Und an was?«, wollte Johannes neugierig wissen. Er kaute an einer Möhre.

»Na, an was Schönes eben.«

»Wo warst du denn?«, fragte Helene. Sie war ein stilles Mädchen und stand völlig in Evas Schatten. Helenes Gesicht war stets blass, sodass Elisabeth schon mehrmals darauf angesprochen worden war, ob Helene krank wäre. Sie war schlank, fast schmal und ihre glatten Haare gingen ihr bis auf die Schultern. Sie hätte sie abschneiden lassen sollen, wie ihr Eva immer wieder riet, aber Helene war mit ihrem Aussehen offenbar zufrieden. Die Frage hatte sie gar nicht stellen wollen, sie wusste doch, dass Eva ihr nur selten antwortete.

Eva reagierte auch nicht, sondern zog sich den Pullover über den Kopf. Im Unterkleid betrachtete sie sich im Spiegel. Benedikt wandte sich ab.

»Ich geh nach draußen«, sagte er, um seine Verlegenheit zu verbergen.

Kurz darauf saß er wieder an der Sonneborn, diesmal auf einer Bank und nicht auf der Erde. Es war Dezember. In den Bergen hatte es den ersten Schnee gegeben, und nachts war es inzwischen lausig kalt. Der Winter würde bald über den Ort hereinbrechen. Auf der Wasseroberfläche tanzten schon Eiskristalle. Sie wurden vom Sog mitgerissen und zersprangen in der nächsten Wasserrinne. Benedikt sah so interessiert zu, dass er die Schritte nicht wahrnahm. Erst als Sophia Bertram neben ihm stand, drehte er den Kopf.

»Was willst du denn schon wieder?«

»Ich muss mit deinem Papa sprechen.«

»Warum?«

»Unser Pferd frisst nicht richtig. Papa hat Angst, dass es eingeht.«

»Und was soll mein Papa da tun?«

Darauf wusste Sophia auch keine Antwort. Sie hatte nur den Befehl ihres Vaters ausgeführt. In der Vergangenheit hatte Robert Halbach immer wieder Lösungen für dieses oder jenes Problem gefunden, vielleicht wusste er auch diesmal eine Erklärung für das seltsame Verhalten ihres Gaules.

»Papa ist noch nicht da«, sagte Benedikt. »Willst du auf ihn warten?«

»Ich weiß nicht ...« Sophia sah zum Haus empor. »Dann gehe ich zu Paul.« Sie liebte den Kleinen über alles. Ihre Augen begannen auch jetzt wieder zu strahlen, als sie daran dachte, wie schön es war, wenn sie ihn füttern durfte.

Benedikt schob die Unterlippe vor. »Paul schläft. Du darfst ihn auf keinen Fall wecken.«

Sophia zögerte. »Das werde ich auch nicht. Aber vielleicht kann ich Helene oder Eva oder Magdalena helfen.«

Der Junge presste die Lippen zusammen. Sophia ließ sich offenbar nicht abwimmeln. Er war stets zwiegespalten, wenn sie kam. Einerseits freute er sich, andererseits wollte er aber nicht, dass jemand annahm, sie käme seinetwegen. Auf jeden Fall bewirkte ihr Kommen immer wieder, dass Paul ruhig wurde. Wieso gelang ihr etwas, was seine Mutter und seine Schwestern nicht schafften? Schließlich nickte er einfach und wandte sich wieder dem Wasser zu.

Sophia ging ins Haus. Magdalena, Helene und Eva befanden sich mit ihrer Mutter in der Küche.

»Hallo, Sophia«, rief Eva. Sie schrubbte ein paar Möhren und stellte sich dabei sehr ungeschickt an. »Komm setz dich zu uns. Wenn du willst, kannst du mit uns essen. Was machen deine Geschwister?«

»Die sind wieder bei Tante Dorothea.«

»Na, dann habt ihr ja mal wieder ein bisschen Ruhe«, lächelte Elisabeth. Sie wusste, was die drei Kleinen für Arbeit machten.

»Kann ich zu Paul?«, fragte Sophia.

»Ja, sicher«, antwortete Elisabeth. »Er wird sowieso gleich wach und verlangt nach seinem Essen. Solange hätten wir ihn aber gerne noch ruhig.«

Sophia stieg vorsichtig die Treppe in den ersten Stock hinauf, dabei immer bedacht, dass das Holz der Stufen nicht knarrte. Sie öffnete die Tür und sah ins Zimmer hinein. Das Kinderbett stand links an der Wand, weit genug entfernt vom Fenster, damit der Kleine keinen Zug abbekam. Auf Zehenspitzen schlich sie näher. Paul lag auf dem Rücken, das rundliche Gesicht ihr zugewandt. Er sah aus wie ein Engel, so ruhig, so sanft, so ...

Sophia beugte sich vor, berührte Pauls Wange und zuckte zurück. Seine Haut war kalt, und – er atmete nicht.

Obwohl sie erst zehn Jahre alt war, wusste sie sofort, dass das etwas Schlimmes zu bedeuten hatte. Sekundenbruchteile später schrie sie wie am Spieß.

Ihr Geschrei alarmierte die im Haus versammelte Familie. Augenblicke später riss Elisabeth die Tür auf. Als sie ihren regungslosen Sohn erblickte, war sie so geschockt, dass sie wie erstarrt stehen blieb. Helene schlug die Hände vor den Mund und begann zu weinen. Nur Eva und Magdalena handelten. Während Magdalena laut nach Hermine Seibert rief und sich sofort auf dem Absatz herumdrehte und aus dem Haus lief, rannte Eva wieder die Treppen hinunter in die Küche. Sie befeuchtete einen Lappen und war wenig später wieder im Schlafzimmer. In der Zwischenzeit hatte Elisabeth ihren Sohn aus dem Bett gehoben. Leblos lag er in ihrem Arm, und verzweifelt blickte sie ihre Töchter an, weil sie nicht wusste, was sie tun sollte.

»Er hat gerade nach Luft geschnappt«, stammelte sie mit tränenerstickter Stimme. »Glaube ich wenigstens. Aber jetzt höre ich keinen Atem.«

Eva knöpfte Pauls Leibchen auf und begann, seinen nackten Oberkörper einzureiben. Sie rieb so fest sie konnte. Dabei rief sie: »Atme, verdammt, atme, nun komm schon.«

Dass sie fluchte und schimpfte, nahm ihr niemand übel. Schließlich nahm Eva Paul auf den Arm, schüttelte ihn wie wild und schrie mit hochrotem Kopf. »Willst du wohl atmen. Herrgott nochmal.«

In der Tür erschien Magdalena mit Hermine. Die Hebamme hatte Magdalenas Gestammel unvorstellbar rasch richtig eingeschätzt. In ihrer gesamten Laufbahn war ein plötzlicher Kindstod leider oft vorgekommen. Und obwohl sie sich geschworen hatte, das Haus Robert Halbachs nie mehr zu betreten, hatte sie alles liegen und stehen lassen und war Magdalena in Windeseile gefolgt.

Hermine riss Paul aus Evas Händen, legte ihn auf das Bett und drückte mit beiden Händen in rhythmischen Abständen auf den kleinen Brustkorb. Im nächsten Moment beugte sie sich zum Entsetzen der Anwesenden über Paul und verschloss seinen Mund mit ihrem. Elisabeth stieß einen Schreckensschrei aus, aber Hermine ließ sich nicht beirren. Mehrmals wiederholte sie die Prozedur.

Plötzlich, ganz unerwartet, hustete Paul. Hermine hob ihn hoch, klopfte auf seinen Rücken, und dann ergoss sich eine breiige Flüssigkeit aus Pauls Mund direkt über Hermines Schulter. Kurz darauf fing Paul an zu schreien. Aber das war den Frauen egal. Sie lachten und weinten in einem. Elisabeth nahm Hermine den Kleinen ab, wischte ihm über das Gesicht und drückte ihn fest an sich. Magdalena gab Hermine ein Handtuch und half ihr, das Erbrochene abzuwischen. Es stank entsetzlich, aber auch das war ihnen völlig gleichgültig.

Sophia hatte die ganze Zeit über regungslos in der Ecke auf einem Stuhl gesessen. Eva kam zu ihr, nahm sie in den Arm und drückte sie so fest, dass sie fast selbst erstickte.

»Danke, Sophia«, sagte Eva unter Tränen. »Danke, danke. Ohne dich wäre Paul ...« Sie brach ab, sie wollte das Endgültige nicht aussprechen.

Sophia verstand nicht so genau, was um sie herum vor sich ging. Aber dass Paul lebte, und dass sie es war, die ihn gerettet hatte, das wusste sie und das spürte sie, denn jede kam zu ihr, drückte sie fest und küsste sie auf die Wangen. Sophia strahlte.

Auch Hermine wurde nicht vergessen.

Wenig später saßen sie in der Küche. Helene hatte Kaffee gekocht, Magdalena holte ein paar Plätzchen hervor, die sie bereits vor Tagen gebacken hatte.

»Woher wusstest du, was zu tun ist, Hermine?«, fragte Elisabeth die Hebamme.

Hermine zögerte und wurde sogar etwas verlegen. »Ich war in den letzten Monaten oft bei Doktor Kluse in Winterberg. Ich – ich habe ihm assistiert. Er war froh über meine Hilfe. Diejenigen, die bis dahin bei ihm gearbeitet hatten, stellten sich alle zu ungeschickt an – sagte er. Ich habe viel bei ihm gelernt. Bereits vor fast hundert Jahren hat der Großherzog von Sachsen-Weimar eine Anweisung herausgegeben, in der es heißt, dass ein Mensch mit einer gesunden Lunge seinen Mund auf den Mund eines Ertrunkenen legen und ihm dann Luft in den Mund blasen soll. Gleichzeitig soll man die Brust mehrmals drücken. Bei Paul war es ähnlich wie bei einem Ertrunkenen. Er hatte im Schlaf aufstoßen müssen und sich dabei verschluckt. Wenn man dabei liegt, kommt immer etwas Essen mit hoch. Das ist bei Paul passiert. Und dann hat er keine Luft mehr bekommen.« Sie zuckte die Schultern. »Ich habe ohne zu überlegen gehandelt. Es hätte auch falsch sein können.«

»War es aber nicht«, sagte Eva mit einem Kloß im Hals.

»Wir sind dir unendlich dankbar, Hermine«, flüsterte Elisabeth. »Können wir noch etwas für dich tun?«

Die Hebamme schüttelte den Kopf. »Ist schon in Ordnung, Lisa.« Sie stand auf. »Passt mir gut auf Paul auf. Gebt ihm nicht zu viel und zu schnell seinen Brei. Babys schlucken einfach. Und dann kommt ihnen vieles wieder hoch.« Sie deutete auf ihr Kleid.

»Ich werde es waschen«, sagte Magdalena. »Bring es mir. Du wirst es sauber und wie neu zurückkriegen.«

»Danke.«

Hermine wollte gehen, als Helene mit einem großen Korb hereinkam. Er war gefüllt mit Wurst, Schinken, Brot, Butter, Käse und Gemüse.

»Nimm das«, sagte Elisabeth. »Wir hoffen, dass es euch schmecken wird.«

Hermine senkte den Kopf. »Ganz bestimmt wird es das. Vielen Dank.«

Die Erleichterung war allen anzumerken. Hermine Seibert kam am nächsten Tag noch zweimal vorbei, um sich nach Paul zu erkundigen und war erst beruhigt, als Elisabeth ihr versicherte, dass alles mit dem Kind in Ordnung sei. Selbst Frieda Bruhner und Hubert schauten herein. Natürlich hatte jeder im Dorf von Hermines Heldentat gehört, und die meisten lobten die Hebamme in den höchsten Tönen.

Nur Robert Halbach lehnte es entschieden ab, Hermine Seibert als Retterin seines Sohnes anzusehen. Für ihn war Sophia die Heldin. Seitdem wurde sie im Hause Halbach wie die eigene Tochter angesehen. Das einzige Pferd Walter Bertrams war nur zwei Tage später eingegangen, und Robert hatte es sich nicht nehmen lassen, ihm ein neues Pferd zu schenken.

»Ich nehme doch nichts umsonst«, wehrte Walter entrüstet ab. »Nie und nimmer. Auch wenn du es gut meinst, Robert. Aber das geht nicht.«

»Dann gib mir zwei Taler.«

Damit war Walter Bertram einverstanden, und Robert Halbach gab ihm sogar zwei Pferde, eines für jeden Taler.

Benedikt war darüber sehr erfreut. Hatte sein Vater doch endlich mal sein gutes Herz gezeigt. Aber dennoch war er unzufrieden. Er wusste, dass sein Bruder Paul ohne Hermine Seiberts Eingreifen erstickt wäre. Warum nur wehrte sich sein Vater so sehr dagegen, auch sie zu loben und ihr etwas zu schenken?

15

Michels und Jonathan hatten sich länger als beabsichtigt in der Gegend um Warburg aufgehalten. Drei Wochen waren sie von einem Ort zum anderen mit der Postkutsche über das Land gefahren, über holprige Straßen voller Schlaglöcher und Morast. Noch immer spürte Jonathan das Rütteln und Schütteln der Fahrten am ganzen Körper. Das einzig Gute war, dass sie hervorragende Geschäfte gemacht hatten. Nun ließ der Verkauf allerdings gewaltig nach, was aber um diese Zeit ganz natürlich war.

Am 5. Januar 1865 bestiegen Michels und Jonathan die Postkutsche in Richtung Hagen.

Das Land versank unter meterdickem Schnee. Das letzte Mal, so sagte ihnen der Postexpediteur sei so viel Schnee im Jahr 1837 gefallen, und das am 6., 7. und 8. April. Alle Postverbindungen seien mehrere Tage gesperrt gewesen. Da es aber im April schon recht warm war, konnte der Verkehr schnell wiederaufgenommen werden. Jetzt aber, im Januar, sei mit noch mehr Schnee und Behinderungen zu rechnen.

Im Inneren der Kutsche war es sehr kalt, und diesmal war es Michels recht, dass sie überfüllt war und jeder sich an seinen Nachbarn lehnte, um mehr Wärme zu bekommen. Der Kutscher, der diesmal nicht Livree bestückt aussah, sondern einen dicken Mantel trug, war übernervös. Geradezu hektisch trieb er die Helfer an und bald fuhren sie über die festgefrorene Schneedecke.

Bis Meschede kam die Postkutsche zügig voran, doch dann fing es unvermittelt wieder kräftig an zu schneien, und der Kutscher hielt an.

»Endstation«, sagte er. »Ab hier geht nichts mehr.«

»Ich muss nach Dortmund«, sagte eine dick eingepackte Dame mittleren Alters. »Ich komme aus Münster. Meine Schwester hat in zwei Tagen ihren fünfzigsten Geburtstag. Ich kann doch nicht so kurz vor dem Ziel aufgeben.«

Der Kutscher schüttelte betrübt den Kopf. »Ich sehe keine Möglichkeit, jedenfalls nicht für die nächsten Tage. Sie können jeden Morgen nachfragen, vielleicht haben Sie Glück, und die Straße wird rasch freigemacht, aber so wie es aussieht, habe ich keine große Hoffnung.« Er zuckte die Achseln.

Michels beschloss, in Meschede und Umgebung ihre letzten Waren für gutes Geld zu verkaufen. Sie übernachteten in einem kalten, aber billigen Hotel. Billig war es, weil noch drei andere

Handlungsreisende im selben Raum logierten. Die fünf Männer grüßten sich nicht. Sie beäugten sich nur gegenseitig.

»Hier herrscht harte Konkurrenz«, flüsterte Michels Jonathan zu, als sie dicht nebeneinandergepresst auf dem Boden lagen.

Am nächsten Tag sollten sie den Kampf um die Kundschaft spüren. Überall, wo sie hinkamen, waren schon andere Handlungsreisende vor ihnen gewesen. Hinzu kam, dass die meisten Menschen ihnen sehr misstrauisch gegenüber eingestellt waren, und das verwunderte Michels. Sie hatten am Abend gerade genug verdient, um sich eine karge Mahlzeit und eine weitere Nacht in dem kalten Zimmer leisten zu können.

»War wohl nichts, wie?«

Sie benötigten einige Augenblicke, bis sie begriffen, dass sie gemeint waren. Einer der anderen drei Handlungsreisenden sah sie an. Es war ein hagerer, auf den ersten Blick unsympathischer Mann. Aber Michels wollte nicht unhöflich sein, und so nickte er stumm. Das hätte er besser nicht tun sollen, denn der Hagere fasste das als Aufforderung auf und rutschte etwas näher.

»Ich bin Julius, Julius Rössgen«, sagte er.

Michels stellte sich und Jonathan zögernd vor.

»Ich habe keinen >Mailocker< verdient, nicht mal einen >Poscher<«, sagte Rössgen.

Jonathan musste sich wieder in Erinnerung rufen, dass »Mailocker« Taler war und »Poscher« Pfennig.

»Die Menschen hier im Sauerland sind sehr eigenbrötlerisch«, sprach Rössgen weiter. »Sie halten sich für ein besonderes Volk, sind zurückhaltend, stur, manchmal sogar abweisend. Das darf man als Händler nicht zu eng sehen. Man muss hartnäckig bleiben. Aber wenn ich euch einen Tipp geben darf. Ihr müsst ins Hessenland. Mit ein bisschen Redekunst habt ihr dort im Nu euer ganzes Sortiment verkauft. Ich fahre jedenfalls dahin. Sobald der Schneefall aufhört.« Er lachte verhalten. »Ich werde bestimmt der Einzige sein. Niemand sonst traut sich jetzt bei diesem Wetter in die Gegend. Das heißt, vielleicht ihr, wenn ihr mitkommt.«

Hessen hatten sie doch schon mal gehört. Michels sah kurz zu Jonathan hinüber. Der junge Handlungsreisende war angespannt und wachsam.

»Warum erzählst du uns das?«, fragte Michels.

»Aus purer Menschenfreundlichkeit. Zu dritt sind wir ein unschlagbares Team. Ich verkaufe Textilien, ihr doch Klein- und Eisenwaren.«

»Woher weißt du das?«

Rössgen grinste. »Geschäftsgeheimnis«, sagte er nur.

Michels war sicher, dass er ihre Kiepen durchwühlt hatte, während sie schliefen. Aber Michels war klug genug, zu schweigen. Er würde von jetzt an nur etwas vorsichtiger sein.

»Der Kutscher aus Warburg ist ein richtiger Angsthase«, sprach Rössgen weiter. »Aber ich wäre sowieso hier ausgestiegen, spätestens in Arnsberg. Zwischen Arnsberg und Gießen gibt es bereits seit 1846 eine Personenpostverbindung, von Meschede fährt viermal in der Woche die Postkutsche über Winterberg bis nach Hallenberg. Die Kleinstadt liegt an der Grenze nach Hessen. In Hallenberg werden die Pferde gewechselt. Wenn man erst mal Winterberg erreicht hat, geht alles ruckzuck. Von dort bis zur Grenze sind es gerade mal fünfzehn Kilometer. Jetzt muss ich nur noch warten, bis die Sauerlandstraße geräumt ist. Sie ist 1833 neu erbaut worden und trifft in Hessen auf den Königsweg.«

»Was ist denn der Königsweg?«, fragte Jonathan.

»Ihr kennt den nicht?«, wunderte sich Rössgen. »Eigentlich heißt er Heidenstraße. Königsweg sagt man nur, weil angeblich bereits Kaiser Otto III. im Jahre 1000 diesen Weg von Leipzig über Kassel bis Köln benutzt haben soll. Auf dem Weg erreichen wir jede Stadt im Handumdrehen. Überlegt es euch. Aber nicht zu lange, sonst müsste ich andere Kollegen fragen.«

Am nächsten Tag verkauften Michels und Jonathan gar nichts, am übernächsten für fünf Taler und am dritten für drei. Rössgen war immer noch da.

»Dieser verdammte Schnee«, schimpfte er. »Die Straßen sind zugeweht, und niemand ist bereit, sie zu räumen, weil es dauernd schneit. Ich habe noch weniger als ihr verdient.«

Er reichte den beiden etwas Kautabak, was Michels zuerst widerwillig, dann aber, als er merkte, wie gut er schmeckte, doch gern entgegennahm.

»Wenn wir in Winterberg sind, können wir uns mit Waren versorgen«, sagte Rössgen. »Die besten Holzwaren werden sowieso im Gebiet um den Kahlen Asten hergestellt. Gerade in den Dörfern im Hochsauerland hat man sich darauf spezialisiert Löffel, Dosen für Butter, Salz und Kaffee, Butterstecher, Salzmörser und Seifentöpfe aus Holz herzustellen. Und in Hessen sind sie ganz wild darauf.«

An Holzwaren waren Michels und Jonathan eigentlich nicht besonders interessiert, aber sie sagten Rössgen nichts davon.

»Wir können uns auch mit Tabak und Kaffee eindecken. In Winterberg gibt es einen sogenannten Tubackspänner, das ist ein Produzent von Zigarren und anderen Tabakwaren.«

»Du bist ja gut informiert«, sagte Jonathan.

»Ja, das kann man sagen«, nickte Rössgen. »Ich bin mal einige Zeit mit einem Hausierer aus der Gegend herumgezogen. Deshalb weiß ich das. Er erzählte mir von Textilien, die im Sauerland hergestellt werden. Bisher hauptsächlich für den Eigengebrauch, aber wer weiß – vielleicht können wir Pullover, Strickjacken und Schals günstig einkaufen und dann für teures Geld in Hessen wieder verscherbeln. Ihr müsst wissen, dass die Menschen im Hochsauerland auch etwas naiv sind und deshalb nur wenig Geld für ihre Waren verlangen. Na? Wie sieht's aus? Immer noch keine Lust?«

16

Am folgenden Dienstag um 9.30 Uhr bestiegen sie die Kutsche der Personenpost von Meschede über Winterberg nach Hessen. Die Reise in die Eifel war erst einmal in weite Ferne gerückt.

Sie waren die einzigen Passagiere. Bei der Abreise herrschte ruhiges Wetter. Je tiefer sie ins Hochsauerland kamen, desto höher wuchsen die Schneeberge am Straßenrand. Jonathan fühlte sich bald wie in einer Röhre, und er bekam Platzangst.

Auf einer Kuppe, an der sich die Straße teilte, hielt der Kutscher schließlich an. Vor ihnen lag in einer Senke die Stadt Winterberg. Ein schmaler Erdwall umsäumte die Fachwerkhäuser, die sich dicht an dicht drängten, als suchten sie gegenseitig Schutz. Im Hintergrund ragte der Turm einer kleinen Kirche wie ein Dornenzweig in den Himmel.

Die vier Pferde, deren Felle schweißtriefend dampften, steckten bis zum Knie im Schnee, und auch die Räder der Kutsche waren fast zu einem Viertel versunken.

»Ihr müsst aussteigen«, sagte der Kutscher. »Wir müssen das Gewicht verringern, sonst schaffen es die Pferde nicht.«

Fluchend verließen sie den Wagen. Der Kutscher ließ die Peitsche knallen, und ächzend setzte sich das Gefährt in Bewegung, aber es schwankte bei jeder Umdrehung der Räder bedrohlich von einer Seite auf die andere. Schließlich gelang es dem Kutscher, das Zentrum Winterbergs zu erreichen. Aber dann ging nichts mehr. Die Pferde waren zu erschöpft, und selbst die helfenden Hände einiger junger Burschen, die gerade durch den Schnee staksten, konnten die Kutsche nicht mehr von der Stelle bewegen.

Plötzlich lief der Fahrer davon.

»Der haut ab«, rief Jonathan.

»Verdammter Mist«, fluchte Rössgen.

»Was machen wir nun?«, fragte Michels.

Sie brauchten gar nichts zu tun. Wenig später kam der Kutscher zurück. In seinem Schlepptau sahen die drei Handlungsreisenden einen untersetzten Mann mit zwei kräftigen Pferden.

»Das ist Walter Bertram«, sagte der Kutscher zu den drei Handlungsreisenden. »Ein Bauer aus dem Nachbardorf. Wir kennen uns. Er hat mir schon ein paar Mal geholfen. Ich hatte mich nicht geirrt, als ich ihn vorhin durch die Stadt ziehen sah.«

Er wandte sich an Bertram. »Wie ist die Straße Richtung Hessen?«

Bertram zuckte mit den Schultern. »Kaum besser als bis hier. Aber wenn du willst, ziehe ich euch bis Züschen. Dann musst du sehen, wie du weiterkommst.«

»Gut. Da ist die Straße eben und liegt erheblich tiefer als hier. Vielleicht habe ich Glück und komme allein weiter. Oder können wir wieder in Züschen übernachten?«

»Ich werde meinen Freund fragen. Er hat bestimmt nichts dagegen«, sagte Walter Bertram.

Der Kutscher sah die drei Handlungsreisenden an. »Kommt ihr mit oder wollt ihr in Winterberg euer Nachtlager aufschlagen?«

Rössgen nickte schon, bevor Michels oder Jonathan antworten konnten. Da der eisige Wind zugenommen hatte, und da Michels und Jonathan müde und erschöpft waren, protestierten sie nicht. Es würde nicht mehr lange dauern, bis die Nacht hereinbrach, und sie wünschten sich eigentlich nur ein warmes Lager. Walter Bertrams Worte klangen daher sehr verlockend.

Interessiert sahen sie zu, wie Bertram seine beiden Pferde geschickt vor dem Gespann der Kutsche einscherte und dann neben dem Kutscher Platz nahm.

Um unterwegs nicht einzuschlafen, fragte Jonathan, ob er sich zu ihnen auf den Bock setzen dürfe. Es war zwar sehr eng für drei erwachsene Männer, aber als der Kutscher nichts dagegen hatte, war auch Bertram einverstanden. Er reichte Jonathan eine dicke Decke.

»Hüllen Sie sich damit ein. Sie werden jeden Windzug spüren.«

Er hatte nicht übertrieben, wie Jonathan bald feststellen musste. Seine Glieder fühlten sich an wie ein Eisberg.

Walter Bertram schnalzte mit der Zunge und knallte mit der Peitsche. Ruckartig zogen die Pferde an, und die Kutsche kam langsam in Bewegung.

»Das Vorspanngeben ist eine interessante Sache«, begann Bertram urplötzlich zu erzählen. »Damit können wir uns im Winter gut über Wasser halten. Normalerweise ziehen wir die Kutschen in umgekehrter Richtung nach Winterberg hinauf. Aber im Augenblick ist die Straße so mit Schnee verweht, dass ohne Vorspann selbst beim Hinunterfahren nach Züschen die Räder stecken bleiben würden. Bis 1833 war die Hauptstraße aus Lehm. Viele Händler aus dem Hellweg oder aus den anderen Dörfern, die ihre Waren in Hessen verkaufen wollten, mussten über diese Straße. Sobald es aber anfing zu regnen, verwandelte sich die Hauptstraße in einen unbefahrbaren Weg. Die Pferdewagen blieben stecken. Seit aber der Oberpräsident Preußens, dieser Vincke, die Straße neu bauen ließ, ist das Vorspanngeben nicht mehr nötig. Nur im Winter, da werden wir noch hin und wieder gebraucht.«

»Wir?«

»Na klar, es gibt noch andere Bauern, die davon leben. Die Winter im Sauerland sind hart und lang. Oft fällt tagelang Schnee, und der Wind sorgt dafür, dass es meterhohe Schneeverwehungen gibt. Keine Kutsche hat dabei eine Chance. In jedem Dorf finden Sie Bauern, die des Vorspanngebens kundig sind. In Züschen gibt es allein drei.«

»Züschen!«, stieß Jonathan belustigt durch die Zähne aus. »Ich habe noch nie eine seltsamere Bezeichnung für einen Ort gehört.«

»So?«

»Ja«, nickte Jonathan. »Wie kommt man nur immer auf die ulkigsten Namen?«

»Das ist bei uns im Grunde genommen ganz einfach.« Bertram war sichtlich froh an einer Unterhaltung während der eintönigen Fahrt durch die Serpentinen. »In den Tälern des Sauerlandes haben sich in den letzten Jahrhunderten viele Menschen niedergelassen. Die Siedlungen wurden von Rittern gegründet, die den Dörfern ihre Namen gaben. In den ersten Jahrhunderten standen die Bewohner unter der Schutzherrschaft eines oder mehrerer Ritter. Erst im Laufe der letzten Jahrzehnte wurden die Bauern frei und somit konnten sich die Orte zu modernen Dörfern entwickeln mit selbstständigen Bauern und mit einer eigenen Gemeinde. Einer der Ritter soll Tuskena geheißen haben. Das muss so um das Jahr 1200 gewesen sein.«

»Tuskena klingt aber gar nicht wie Züschen.«

Bertram lächelte. »Der Name wurde in der ersten Zeit stets abgewandelt von Tuskena über Tuschka bis zu Tüsken. Sie müssen wissen, dass die Leute hier nuscheln oder sich auf Platt unterhalten. Dabei werden ganze Silben verschluckt oder verstümmelt und Endungen einfach geändert. Irgendwann dann wurde aus Tüsken der Name Züschen.«

»Interessant«, murmelte Jonathan. »Dann ist Züschen also ungefähr 650 Jahre alt?«

»Na ja, so genau kann man das natürlich nicht sagen. Es gibt zwar in den alten Kirchenbüchern Aufzeichnungen, aber die sind mehr als ungenau. Die Alten behaupten immer, dass der Ort schon seit tausend Jahren besteht. Vermutlich kommen sie damit der Wahrheit sehr nahe.«

Die weitere Fahrt legten sie schweigend zurück. Sie erreichten den unter weißem Schnee liegenden und wie verschlafen wirkenden Ort. Walter Bertram lenkte das Gespann zielsicher durch die engen Gassen. Vor einem großen Haus nahe an einem zugeschneiten Bach hielt er an und sprang vom Bock. Er spannte seine beiden Pferde aus und trieb sie zu einem flachen Gebäude. Dort rieb er die Tiere ab, öffnete die große Holztür und zog die Gäule hinein. Wenig später kam er zurück. Der Kutscher hatte inzwischen seine Pferde ebenfalls ausgespannt, ihnen etwas Heu zu fressen gegeben und den Schweiß von den Rücken abgerieben. Nun legte er ihnen eine Decke über.

»Herzlichen Dank«, sagte er zu Bertram und sah zum dunklen Himmel. »Das Beste wäre schon, ich könnte über Nacht hierbleiben. «

»Warten Sie. Dies sind nicht mein Haus und mein Stall. Ich kann meine beiden Pferde aber hier abstellen, weil er größer ist als meiner. Ich werde sehen, was sich machen lässt.«

Walter Bertram klopfte an die Tür des Hauses. Kurz darauf wurde sie geöffnet und ein Mann tauchte im Eingang auf. Bertram sprach leicht gestikulierend auf ihn ein, während er immer wieder zu dem Kutscher und den drei Handlungsreisenden wies. Der Mann in der Haustür nickte und deutete auf die Scheune neben dem Stall.

Bertram kam zurück.

»Robert Halbach ist einverstanden«, sagte er zu den Wartenden. »Ihr könnt in der Scheune bleiben. Deine Gäule können in den Stall.«

»Na, das nenne ich doch eine Freude«, rief Rössgen und ging schon auf die Scheunentür zu. Ein alter Mann öffnete das eiserne Schloss der Scheune und zog quietschend die hohe Tür auf.

»Ich bin Karl«, sagte der Alte. »Wenn ihr etwas braucht, wendet euch an mich.«

»Danke«, sagte Michels. Zu mehr war er zu müde.

Sie hüllten sich in ihre Decken, die nicht mehr wärmten, weil sie seit Tagen nicht gewaschen waren. Das trockene Heu war angenehmer und Jonathan schob seine Decke zur Seite und legte etwas Heu unter seinen Kopf. Einige Kleintiere krabbelten über sein Gesicht, aber er wischte sie einfach weg. Michels neben ihm rekelte sich und seufzte tief. Seit sie in Meschede losgefahren waren, ging es ihm nicht so gut. Seine Augen tränten und seine Glieder schmerzten. Er spürte, dass er sich eine saftige Erkältung eingefangen hatte. Jonathan schob ihm schweigend ein Stück Brot und etwas Blutwurst zu. Sie war mit dicken Fettaugen durchzogen, roch gut und schmeckte noch besser. Michels biss ein Stück ab. Rössgen rührte sich nicht, entweder schlief er schon oder er tat nur so. Jonathan wollte es nicht herausfinden. Er hatte keine Lust, sich mit ihm zu unterhalten.

Sie erwachten am nächsten Morgen, weil es in der Scheune kalt geworden war. Draußen wurde es gerade hell. Jonathan erhob sich langsam und öffnete die Scheunentür einen Spaltbreit. Er drehte sich nicht um, als hinter ihm Stroh und Heu raschelten. Seine beiden Gefährten waren wach geworden. Rössgen stellte sich neben ihn und schaute ebenfalls hinaus. Auf seiner Stirn lagen tiefe Furchen, als er den vielen Schnee sah, der sich wie eine zweite Schilfschicht auf die Dächer der Häuser gelegt hatte. Die Wege waren mit tiefen Eisrillen gezeichnet, in denen das Gehen sichtlich schwerfiel, wie man an dem unsicheren Gang einiger Knechte und Mägde erkennen konnte.

Zu ihrer Überraschung waren die beiden Kutschpferde schon angespannt. Der Kutscher kam zu ihnen. »Ich muss weiter. Wenn Sie mit bis Hallenberg wollen, müssen Sie sich beeilen.«

Michels hustete plötzlich und musste sich setzen. »Mir geht es nicht so gut«, sagte er mit krächzender Stimme. »Fahr du allein mit, Jon.«

»Nein«, entschied dieser. »Ich bleibe bei dir.«

Rössgen war damit nicht einverstanden.

»Du musst allein fahren«, beharrte Jonathan. »Ich lasse meinen Gefährten nicht im Stich.«

Rössgen brummte irgendetwas vor sich hin, das fast wie ein Fluch klang, aber er stieg wortlos in die Kutsche. Der Kutscher nahm die Zügel in die Hand und ließ kurz die Peitsche knallen. Bald darauf bog die Kutsche um die Straßenecke und war verschwunden.

»Ich bin froh, dass Rössgen fort ist. Es ist wie eine Erleichterung«, sagte Michels. Er mochte den Mann nicht besonders.

Wenig später konnten sie sehen, wie groß die Scheune und das Haupthaus waren. Im Haupthaus wohnte Robert Halbach mit seiner Frau Elisabeth, drei Töchtern, zwei Knaben von elf und sechs Jahren und einem Säugling. Die jüngste Tochter war eine Schönheit. Als Jonathan ihr zum ersten Mal gegenüberstand, verschlug es ihm die Sprache. Er war so verdattert, dass er sie nicht mal grüßte, und er errötete wie ein Puter, als sie ihm lächelnd und ohne jegliche Scheu die Hand reichte und sagte:

»Ich bin Eva.«

Er vergaß, sich vorzustellen und holte das am nächsten Tag nach, als Eva ihm und Michels zu essen brachte. »Ich – ich bin ein Trottel gewesen«, stammelte er. »Ich heiße Jonathan, Jonathan Thoma, aber alle nennen mich nur Jon.«

»Jon ...«, wiederholte Eva langsam. »Ein schöner Name.« Dann drehte sie sich um und lief rasch ins Haus zurück.

Michels Erkältung verstärkte sich. Elisabeth Halbach, die Hausherrin, überlegte, ihn im Haupthaus in ein warmes Bett zu legen, aber Michels blieb stur. Er gehöre nicht in das Haus, er sei nur ein einfacher Handlungsreisender, und in der Scheune auf dem Heu sei es warm und gemütlich. Jedes weitere Wort war zwecklos. Michels ließ es nur zu, dass der kleine Benedikt ihm warme Decken und ein flauschiges Kopfkissen brachte und dass Eva dafür sorgte, dass er dreimal am Tag eine warme Suppe aß.

In der nächsten Zeit half Jonathan den Halbachs auf dem Hof. Obwohl tiefster Winter herrschte, gab es immer etwas zu tun. Besonders der Knecht Karl war dankbar für jede Hilfe. Benedikt gesellte sich immer öfter zu ihnen und lauschte wie gebannt ihren Erzählungen.

»Hätte nie gedacht, dass wir so freundlich empfangen würden«, sagte Michels zu Karl, als es ihm wieder besserging, und er langsam zu Kräften kam.

»Das kann sich schnell ändern, wenn ihr loszieht. Die Sauerländer sind im Allgemeinen Fremden gegenüber sehr zurückhaltend, fast stur.«

Nachdem der strenge Frost nachgelassen hatte, zogen die beiden wieder los. Bald merkte Jonathan, dass der Ort geografisch sehr günstig lag. Die Straße zog sich von Nordwest nach Südost zwischen den Hügeln in einem Tal entlang und verband somit Westfalen mit Hessen. Sie bereisten zunächst die umliegenden Dörfer und richteten es immer so ein, dass sie abends in Robert Halbachs Scheune schlafen konnten.

Von Julius Rössgen hörten sie nichts mehr.

17

Robert Halbach musterte die beiden Handlungsreisenden. Als Menschen gefielen sie ihm. Sie benahmen sich wohl erzogen und die Ausdrücke, die sie gebrauchten, wenn sie mit seinen Kindern, seiner Frau und ihm selbst redeten, zeigten, dass sie etwas Besseres verdient hätten, als Handlungsreisende zu sein. Nur eines machte ihm Sorgen: Sie erzählten Benedikt zu viel und zu oft, wie es in anderen Teilen Deutschlands und der Welt aussah. Robert kannte die Flausen seines Sohnes, und er wollte nicht, dass sie durch die beiden noch verstärkt wurden. Aber er konnte Michels und Jonathan auch nicht vom Hof weisen. Zuviel hatten sie bereits in den Wintermonaten für die Familie getan.

Sie waren geschickter als die meisten Knechte. Michels hatte in wenigen Tagen einen Handwagen repariert, das Zaumzeug der Pferde geflickt und einen neuen Verschlag für die Hühner gebaut. Jonathan hatte Äxte geschliffen, wie es der Schmied nicht besser hätte machen können und Kettenglieder gerichtet.

Michels brachte den Kindern ein bisschen Französisch bei, was in Roberts Augen zwar Zeitverschwendung war, aber die Einwohner im Dorf in großes Erstaunen versetzte. Wer konnte schon französisch sprechen? Es war die Sprache des Adels, das wusste man, aber mehr nicht. Robert hatte Michels gefragt, wieso er französisch beherrschte.

Michels war richtig verlegen geworden. »Ich – ich habe vor zwanzig Jahren lange Zeit in Frankreich verbracht. Ich habe dort gehandelt. Ich glaubte, die Franzosen wären gute Kunden. Zuerst liefen die Geschäfte auch gut, bis ich merkte, dass sie mich übers Ohr hauten, weil ich sie nicht richtig verstand. Da beschloss ich, Französisch zu lernen. Meine Mutter war Französin. Leider starb sie viel zu früh, sonst hätte ich die Sprache eher gekonnt. Es fiel mir nicht schwer, vielleicht bin ich ein Sprachtalent.« Er lachte wie über einen guten Witz. »Aber ich tat weiter, als könne ich sie nur schwer verstehen. Sie glauben gar nicht, was ich da alles erlebt habe. Jedenfalls hat mich seitdem niemand mehr betrogen. – Möchten Sie, dass ich mit dem Unterricht aufhöre?«

»Nein«, erwiderte Robert. »Die Mädchen und vor allem Benedikt würden es mir nie verzeihen.«

Für ihre Arbeit durften Michels und Jonathan kostenlos auf dem Hof übernachten und wurden mit Essen und Trinken versorgt. Den ganzen Winter über kamen weitere Handlungsreisende durch Züschen. Viele sahen abgearbeitet und ausgemergelt aus, einige von ihnen blieben vor Erschöpfung dort, schliefen in alten, zugigen Hütten oder in wärmeren Scheunen, wenn die Bauern gnädig mit ihnen waren.

Michels und Jonathan waren die Einzigen, die in Züschen blieben und von hier aus ihre Verkaufstouren unternahmen. Jonathan war das sehr recht. Er wollte Evas Nähe und Gesellschaft nicht mehr missen.

Robert Halbach trat müde und erschöpft aus dem Stall. Er hatte so viele Entscheidungen zu treffen, dass er manchmal nicht mehr wusste, wo ihm der Kopf stand. Aber die Knechte taten nichts ohne seine Zustimmung. Wie so oft hoffte er nun auf einen gemütlichen Feierabend. Als er die Tür schloss, hörte er auf der Hauptstraße hinter der Sonneborn laute Stimmen. Normalerweise hätte er sich nicht darum gekümmert, denn die meisten Bauern redeten ungewöhnlich laut, als seien alle schwerhörig, aber dieser Disput war anders. Er klang bedrohlich.

Schnell lief er über die Holzbrücke und dann den kleinen Pfad zur Straße hinauf. Dort hatte sich eine Menschenmenge angesammelt, die im Kreis um zwei andere Personen standen und diesen immer näher rückten.

»Wo ist er?«, rief jemand aus der Mitte der Menschen. Robert erkannte Lorenz Seiberts Stimme sofort.

»Wen meinst du?«, fragte ein anderer – ohne Zweifel Michels.

Lorenz lachte laut. »Jetzt stellt er sich dumm. Aber nicht mit mir. Wir wollen wissen, wo dieser Rössgen ist.«

»Wir haben keine Ahnung«, antwortete Jonathan. »Seit er uns im Januar verlassen hat, haben wir nichts mehr von ihm gehört.«

»Ihr lügt«, schrie Lorenz. »Ihr steckt mit ihm unter einer Decke. Rössgen hat Eugen Falkenheim, einen kleinen Bauern aus Hallenberg betrogen und bestohlen. Es geht nicht um eure Waren, nein, Rössgen hat Fleisch, Wurst und Schinken mitgenommen, ohne dafür zu bezahlen.«

Robert Halbach begriff schlagartig, dass das kein Scherz war.

Jetzt hatte er die ersten Personen zur Seite geschoben und konnte die beiden Handlungsreisenden und Lorenz Seibert sehen. Michels und Jonathan wichen immer weiter zurück, aber da war die Wand der anderen Menschen, die ihnen den Fluchtweg versperrte.

»Hört zu, Leute«, versuchte Michels die Menge zu beruhigen. »Wir haben damit nichts zu tun. Glaubt mir!«

Lorenz Seibert winkte einem hageren Mann zu, der bisher im Hintergrund gestanden hatte. »Das ist Eugen Falkenheim. Erkennt ihr ihn?«

»Sicher«, nickte Michels. »Er hat ja von uns gekauft.«

»Sag, was geschehen ist«, forderte Lorenz den Bauern auf.

Falkenheim drehte seinen speckigen Hut in den Händen wie eine Scheibe. »Ein Mann namens Rössgen kam zu mir. Ich brauchte aber nichts. Darauf war er etwas mürrisch, bat mich aber, ihn im Stall übernachten zu lassen. Warum sollte ich ablehnen? Ich hatte keinen Grund, ihm zu misstrauen.«

»Und dann?«, fragte Lorenz.

»Ich habe mich nicht weiter um Rössgen gekümmert. Am nächsten Morgen fehlten vier Würste, zwei Schinken und dazu noch vier frischgebackene Brote. Warum sollte ein einziger Mann so viel mitnehmen?«

»Eben«, sagte Lorenz triumphierend. Er drehte sich wieder zu Michels und Jonathan um, öffnete schon den Mund, als er mitten in der Bewegung innehielt. Jetzt hatte er Robert Halbach gesehen. Auge in Auge standen sie sich gegenüber, bis Lorenz den Kopf hastig zur Seite drehte und seine Kumpane hilfesuchend ansah. Aber niemand ergriff für ihn Partei.

»Michels«, sagte Robert Halbach in die eingetretene Stille. »Kannst du schwören, dass ihr beide nichts mit dem Diebstahl zu tun habt?«

»Ich schwöre es«, sagten Michels und Jonathan gleichzeitig.

»Und du, Falkenheim«, wandte sich Robert an den Bauern. »Kannst du schwören, dass die beiden in dieser besagten Nacht bei dir geschlafen haben?«

Der Bauer aus Hallenberg schüttelte kaum merklich den Kopf. »Ich – ich weiß es nicht. Meine Scheune steht immer offen. Jeder kann nachts hinein. Normalerweise weiß ich, wer kommt und bei mir schläft, weil sie morgens ein gutes Frühstück erwarten und auch erhalten. Ich habe an diesem Abend nur Rössgen gesehen, sonst niemanden. Am Morgen war er verschwunden und mit ihm all die Lebensmittel. Er hat nicht mal auf das Frühstück gewartet.«

»Du hast also keine Ahnung, ob die beiden – Michels und Jonathan – bei dir übernachtet haben und trotzdem beschuldigst du sie?«, hakte Robert Halbach nach.

Falkenheim senkte den Kopf.

»Es gibt kein größeres Verbrechen«, sagte Robert Halbach, »als jemandem die besten Vorräte zu stehlen. Nur ein Schwein zu töten, ist ein noch schlimmeres Vergehen. Händler dieser Sorte gehören zu den Abenteurern, denen man eine Bleibe im Stroh oder ein Stück Brot verweigern möchte. Diese beiden jedoch gehören nicht zu solchen Abenteurern. Was ist nur in dich gefahren, Falkenheim?«

Dieser streckte ruckartig die rechte Hand aus und zeigte auf Lorenz Seibert. »Er – er hat mich dazu angestiftet. Ich weiß nicht, was er damit bezwecken wollte, aber -«

»Genug!«, unterbrach ihn Robert Halbach. »Ich habe Michels und Jonathan in den letzten Wochen als ehrliche Händler kennengelernt, die niemals ein derartiges Verbrechen begehen würden, dessen man sie hier beschuldigt. Warum sollten sie bei Falkenheim etwas stehlen, wenn sie wochenlang dafür bei mir Gelegenheit gehabt hätten? Warum?«

Lorenz zuckte die Schultern. »Vielleicht trauten sie sich bei dir nicht.«

»Quatsch. Michels und Jonathan haben mir beim Schlachten und Wursten geholfen. Es wäre leicht für sie gewesen, eine Wurst, einen Schinken oder ein Stück Speck einzustecken. Aber nichts fehlt. Ich sage euch, diese beiden sind so unschuldig wie ihr alle. Aber eines solltest du noch wissen, Lorenz: Genauso schlimm wie jemanden zu bestehlen ist das Verbrechen, Unschuldige dieser Tat anzuklagen.«

Als Robert Halbach endete, trat peinliches Schweigen ein. Die meisten waren keine Freunde von Lorenz Seibert. Sie hatten sich nur aufwiegeln lassen, weil endlich mal etwas Abwechslung in das tägliche Einerlei kam. Jedoch hatten Roberts Worte wie so oft Hand und Fuß. Es gab keinen Grund, die beiden Handlungsreisende weiterhin zu verdächtigen. Nur eines war klar:

Den Namen Rössgen würden sie sich bis ans Lebensende merken.

Nach und nach löste sich die Menschenmenge auf, und Lorenz Seibert schlich mit gesenktem Kopf davon.

»Kommt«, sagte Robert Halbach zu den beiden Handlungsreisenden.

Michels und Jonathan folgten ihm schweigend.

18

Es regnete und schneite abwechselnd den ganzen März, deshalb konnte man auf den Feldern noch nicht arbeiten. Bruno Seibert ging jetzt sogar gerne in die Schule, konnte er doch so seinem unberechenbaren Vater entkommen. Seit Lorenz von Robert Halbach vor allen Leuten gemaßregelt worden war, benahm er sich unausstehlich. Seine Ausbrüche nahmen manchmal bizarre Formen an, und denen wollte Bruno nicht ausgesetzt sein. Zum anderen war es in der Schule stets schön warm.

Lehrer Obermann wirkte wie abwesend. Er ließ viel mehr durch als sonst, was die Jungen natürlich ausnutzten. Bruno wollte Benedikt ein Bein stellen, als dieser von der Tafel an seinem Platz vorbeikam. Im letzten Moment konnte Benedikt ausweichen. Er drohte Bruno mit der Faust und zischte: »Das wirst du bereuen!« Der höhnische Blick, den Bruno Benedikt zuwarf, verhieß nichts Gutes.

Nach den ersten beiden Stunden wurde Obermann strenger. Er rief mehrere Schüler zur Tafel und gab ihnen eine Ohrfeige, wenn sie ihr Geschriebenes durch Spucken auf die Schiefertafel wieder abwischten.

»Meine Aufgabe ist es, euch zur Disziplin zu erziehen«, schimpfte er dabei. »Und dazu gehört, dass ihr eine saubere Handschrift bekommt und sorgfältig die Tafel säubert. Seht ihr nicht die Wischläppchen an der Seite? Soll ich sie euch vor die Nase halten, damit ihr sie benutzt?«

Alle senkten den Kopf, um ja nicht dem Zorn des alten Mannes ausgesetzt zu sein.

Obermann nahm es mit den Vorschriften sehr ernst, manche behaupteten, zu ernst. Sein Augenmerk galt der Sauberkeit nicht nur des Geschriebenen, sondern auch der Kleidung der Schüler. Alte Sachen waren in Ordnung, aber sie durften weder von Staub, Dreck oder womöglich Kuhmist befallen sein.

Neben der Erziehung zum gläubigen Christen – manchmal tat das der Pastor – und gehorsamen Untertanen sollte den Jungen vor allem Lesen, Rechnen und Schreiben beigebracht werden. Stundenlang ließ Obermann das ABC nachplappern oder lange Wörter buchstabieren. Auch das Kopfrechnen stand bei ihm an oberer Stelle und wehe, einer der Jungen hätte sich beim Abfragen der Hausaufgaben vertan. Dann zückte er mit freudiger Genugtuung den Haselnussstock.

Obermann gab jetzt einem der älteren Schüler ein Zeichen, in dem er auf den Ofen neben dem Katheder deutete. Der Junge stand sofort auf und lief nach vorn. Schnell öffnete er die Ofentür und warf drei, vier Holzscheite hinein. Dann ging er rasch wieder an seinen Platz zurück. Obermann lächelte zufrieden. Er war stolz auf den Respekt, den man ihm zollte.

Die Jungen in der ersten Reihe stöhnten unterdrückt auf. Sie saßen dem Ofen am nächsten, und die Hitze, die er ausstrahlte, traf sie mit voller Wucht. Unter den harten Hemden und dicken Hosen waren sie schweißnass. Dennoch ging es ihnen besser als denjenigen, die am Fenster oder an der Tür saßen und somit der kalten Zugluft ausgesetzt waren.

Seit einigen Wochen gab es in der Schule Vertiefungen in den Schulbänken. Dort waren Tintenfässer eingelassen. Aus einer großen Flasche verteilte Obermann die Tinte.

»Seid vorsichtig damit«, ermahnte er immer wieder. »Die Tinte ist zu kostbar. Wer nur einen Tropfen davon verschmiert, muss nachsitzen bis heute Abend. Ich habe die Tinte aus rostigen Nägeln und Gallen selbst hergestellt. Bestimmt habt ihr die Beulen an Bäumen, vor allem an Eichen, schon mal gesehen. Die nennt man Gallen.«

Das sagte er mit einiger Genugtuung. Und in der Tat war die Herstellung von Tinte eine mühselige Arbeit. Aber Lehrer Obermann hielt sich an die Vorschriften, und die besagten, dass die Lehrer für die Tinte selbst zu sorgen hatten.

Den weiteren Unterricht verfolgten die Jungen schweigsam. Matthäus warf nur hin und wieder sorgenvolle Blicke auf seinen Freund Benedikt, der gewissenhaft zu schreiben schien. In der

Pause wich Matthäus nicht von seiner Seite.

»Sieh dir Bruno an. Ich glaube, der hat was vor.«

In einer Ecke des Schulhofes stand Bruno Seibert. Bei ihm waren drei andere Jungen, deren Armut sich deutlich an ihrer Kleidung zeigte. Sie trugen Hosen, die sie bereits seit einem Monat jeden Tag anhatten. Benedikt verspürte so etwas wie Mitleid, wollte es aber nicht zeigen.

Im selben Moment traf ihn ein großer, matschiger, tropfender Schneeball im Nacken. Es tat nicht weh, es kam nur überraschend. Benedikt wirbelte herum. Bruno und die drei Jungen bei ihm lachten schallend. Alle pressten gerade neue Schneebälle. Benedikt zögerte keine Sekunde, bückte sich und nahm eine ganze Handvoll Schnee. Auch Matthäus tat es ihm nach. Weitere Jungen sahen das, kamen jauchzend auf sie zu und begangen ebenfalls, Schneebälle zu formen. Im nächsten Moment war die schönste Schneeballschlacht im Gange. Jakob war natürlich auch dabei. Aufseiten Benedikts befanden sich nun sechs Jungen, auf der anderen Seite acht. Sie warfen, was das Zeug hielt, beziehungsweise der Schnee hergab. Irgendwann wurde Lehrer Obermann auf die Balgerei aufmerksam.

»Halt!«, schrie er.

Schlagartig hörte die Schneeballschlacht auf. Dem ersten Jungen, den er erwischte, gab Obermann eine schallende Ohrfeige. Alle anderen liefen weg, sodass seine Wut und sein Ärger verraucht waren, als er sie zur Ordnung rief.

»Drei Stunden Nachsitzen«, befahl er. »Ich werde euch helfen. Seid ihr verrückt geworden? Wisst ihr denn nicht, dass so ein Schneeball schnell ins Auge gehen kann? Ihr schreibt alle einen Aufsatz darüber, wie gefährlich das Schneeballwerfen ist. Und wehe, einer kann weniger als fünf Seiten schreiben.«

Sie blieben bis um fünf Uhr am Nachmittag in der Schule. Ihre Finger schmerzten. Ununterbrochen hatten sie alles aufgeschrieben, was ihnen einfiel. Manchmal waren es auch Wiederholungen, aber das schien Obermann nicht zu stören. Er war nur zufrieden über seine Maßnahme und über die fünf bis sieben Seiten Strafarbeit, die jeder reumütig bei ihm ablieferte.

Den ganzen Tag über war der Schnee das einzige Thema im Hause Halbachs. Matthäus, den Benedikt zum Essen mitgebracht hatte, musste immer wieder bestätigen, dass Benedikt nicht angefangen hatte, und endlich beruhigten sich Robert und Elisabeth.

Nach dem Essen gingen Benedikt und Matthäus in Benedikts Zimmer. »Warum kann man sich nicht vertragen, Matthäus? Wir beide streiten uns doch auch nicht.«

»Die anderen sind nur neidisch, Benedikt.«

»Wenn du dich auf meine Seite schlägst, dann müssen dich doch Bruno und seine Kumpane auch ablehnen.«

Matthäus schüttelte den Kopf. »Nein. Ich werde wohl niemals deren Freund, aber sie akzeptieren mich. Mein Vater ist Schäfer. Deswegen lassen sie mich in Ruhe. Und weißt du warum? Weil mein Vater mit seinen Schafen kostenlos Dung liefert. Er treibt sie über die Felder, lässt sie dort kacken und nimmt nichts dafür. Würden sie mich verdreschen, würde er das sofort einstellen. Deshalb lassen sie mich in Ruhe.«

»Ja, das stimmt.« Benedikt seufzte. »Vielleicht – wenn wir älter sind, dann wird sich das geben, dann werden wir alle Freunde.«

Matthäus antwortete nicht. Sein Gesichtsausdruck zeugte jedoch von einer einzigen großen Skepsis.

Einige Tage später traf Benedikt seine Schwester Magdalena allein in der Küche an. Er setzte sich an den Tisch und stützte sein Gesicht in beide Hände. Mehrere Minuten ließ er sich Zeit, um die richtigen Worte zu finden. »Magdalena, warum – warum hassen uns die Seiberts?«

Sie schaute ihn bestürzt an. Darauf war sie nicht vorbereitet.

»Sie hassen uns doch nicht, Benedikt«, sagte sie schnell.

»Doch, doch. Ich habe es in der Kirche deutlich gesehen, als Paul geboren wurde. Auch Bruno ist nie nett zu mir.«

»Benedikt!«, rief Magdalena fassungslos. »Die Familie Seibert mag uns nicht, das ist richtig. Aber Hass ...? Nein, Hass ist es nicht.« Sie zögerte und holte tief Luft. »Ich glaube, ich kann dir das nun erzählen, du bist jetzt alt genug. Vor vielen Jahren – du warst noch gar nicht geboren – erwartete unsere Mutter ein Baby. Ich war damals sechs Jahre alt, aber genau wie Helene und Eva viel zu klein, um alles verstehen zu können. Mama hat es mir später einmal erzählt. Es war – wie soll ich dir das nur erklären? – es war eine schwierige Geburt. Wir hätten einen Arzt gebraucht. Aber da war niemand. Der Arzt aus Winterberg war bei einem Schwerkranken. Also mussten wir Hermine Seibert holen.«

»Sie war damals schon die Hebamme?«

»Ja. Doch sie war so nervös, dass sie alles falsch machte an diesem Tag.« Magdalenas Stimme wurde immer leiser. »Ich habe Mama noch nie so schreien gehört, Benedikt. Sie hatte solche Schmerzen, solch entsetzliche Schmerzen. Und dann – dann war das Baby tot. Es hat nicht mal eine Stunde gelebt. Papa gab Hermine die Schuld. Monatelang hat sie danach bei keiner Geburt mehr helfen dürfen. Niemand wollte sie dabeihaben. Zum Glück vergessen die Menschen vieles. Inzwischen ist Hermine eine gute Hebamme und eine Geburt kann sich jetzt ohne sie niemand mehr vorstellen. Nur bei uns, bei dir und bei Johannes, da hat sie es abgelehnt, zu kommen.«

»Aber in der Kirche, als Paul geboren wurde, hat sie doch geholfen.«

»Ja, aber zuerst auch nicht. Zum Glück hat sie sich rechtzeitig besonnen. Und auch als er fast erstickt wäre, war sie zur Stelle. Wir sollten Gott dafür danken.«

»Ja«, sagte Benedikt, und es klang wie »Amen« – so sei es …

Ende März endlich, bei den ersten wärmeren Sonnenstrahlen, gingen die Arbeiten am Dach der Scheune weiter. Robert Halbach half nun selbst mit. Tagelang verfolgte Benedikt die Arbeiten, und obwohl sich die Tagelöhner gar nicht so ungeschickt anstellten, dauerte es für Benedikt unendlich lange, bis er einen Fortschritt erkennen konnte. Am Tatkräftigsten verhielt sich dabei Jonathan. Während Michels in dieser Zeit allein auf Wanderschaft ging, schuftete er von morgens früh bis abends spät am Dach. Niemandem fiel dabei auf, dass sich Eva über mehrere Stunden am Tag in seiner Nähe aufhielt, dass sie sich in den wenigen Pausen neben ihn setzte und mit ihm lachte. Die beiden verstanden sich gut, besser als Robert und Elisabeth Halbach ahnten.

Bald war das Dach der Scheune fertig.

»Ich wusste doch, dass wir es alleine schaffen würden«, meinte Robert am Abend. Er hockte auf der Bank neben dem klobigen Holzofen an dem eckigen Holztisch und stopfte seine Pfeife. Seine Frau saß neben ihm und strickte. In der anderen Ecke hielt Magdalena den kleinen Paul auf dem Schoß, während Eva die Beine angezogen hatte und gedankenverloren zum Fenster hinausschaute. Ihre Haare hatte sie zu zwei gleichmäßigen Zöpfen gebunden. Johannes war schon im Bett und Helene beim Pastor. Sie half dort oft und gerne.

»Aber Kurt Holzner hätte sich gefreut«, sagte Benedikt zu seinem Vater. »Er ist der Zimmermann.«

»Gefreut?« Robert sah nicht einmal auf. »Du weißt nicht, was du redest, mein Sohn. Du musst ihn dir schon genau ansehen. Er ist doch nur noch ein Wrack.«

Natürlich trank Kurt Holzner hin und wieder gern ein Bier und einen Schnaps, aber das taten alle. Das konnte ihm sein Vater nicht vorwerfen, vor allem dann nicht, wenn er Tagelöhner einstellte, die jeden Abend sturzbetrunken im Heu schliefen.

Benedikt wollte erwidern, dass Kurt Holzner den Bertrams das ganze Dach repariert hatte, aber der warnende Blick seiner Mutter hielt ihn zurück. Es war wohl besser, zu schweigen. Sein Vater sah nicht so aus, als könnte er heute Kritik ertragen.

19

Benedikt hatte Gundula Holzner seit Wochen heimlich aus der Ferne beobachtet, vor allem dann, wenn sie mit ihren Freundinnen Sophia Bertram und Luise Redlich von der Schule nach Hause ging. Gundula war so ganz anders als Sophia und Luise. Sie war schlank, fast dünn, und die Haut spannte sich in einem schmalen Gesicht und um einen sinnlichen Mund. Sie lachte und scherzte wie Sophia und Luise, aber manchmal glaubte Benedikt, Ernst und Sorge in ihren noch so jungen Augen erkennen zu können. Natürlich war sein Vater nicht dafür da, jedem im Dorf zu helfen, aber er hätte dennoch einem Zimmermann wie Kurt Holzner einen Auftrag geben können.

Als Benedikt an diesem Nachmittag bei dem Zimmermann vorbeikam, saß Gundula auf einem Holzpflock vor der Tür. Sie lief schnell ins Haus hinein.

Er zögerte, doch weil es nicht ungewöhnlich war, dass die Kinder einfach jemanden besuchten, ging er hinter ihr her.

Kurt Holzner hatte das Haus vor drei Jahren allein gebaut.

Damals lebte seine Frau noch, und Kurt war ein gewissenhafter und sorgfältiger Arbeiter. Dann aber starb Josefa Holzner an Schwindsucht. Es war ein harter Schlag für Kurt gewesen. Seitdem ging es mit seiner Arbeitsmoral bergab. Er nahm Aufträge an, kam aber zu spät oder gar nicht. Robert Halbach hatte also schon einen Grund, Kurt nicht an das Dach seiner Scheune zu lassen.

Das Erste, was Benedikt unangenehm in die Nase stieg, war der Geruch von verbrauchter Luft und angebranntem Essen. Dann sah er Kurt. Der Zimmermann stand vor dem einfachen Herd, dem ein Bein fehlte und deshalb von einer Holzkiste gestützt wurde. Er sah Benedikt an, schien aber nicht überrascht zu sein, ihn hier zu sehen. Kurts Blick war eher gleichgültig.

»Was willst du?«

Seine Stimme war nicht feindlich oder barsch, sondern eher tonlos.

Auf der bunten Eckbank saß die einjährige Hanna Holzner. Sie rutschte von der Bank, als sie Benedikt sah und tappte tollpatschig auf ihn zu.

»Pielen ... pielen ...«, brabbelte sie immer wieder und betatschte ihn mit ihren Händen, an denen noch Reste von Milch und Marmelade klebten. Benedikt bemühte sich, sie zurückzuschieben, ohne dass er zu abweisend wirkte.

»Jetzt nicht, Hanna, jetzt nicht.«

Da Benedikt nicht wusste, warum er eigentlich gekommen war, zuckte er die Achseln und sagte:

»Ich wollte euch besuchen.«

»So?« Kurt runzelte die Stirn. Dabei wirkte sein ohnehin mattes Gesicht noch eingefallener als es mit seinen einunddreißig Jahren war.

»Es ist das erste Mal seit Langem, dass jemand von euch sich blicken lässt.«

»Mein Vater wird bestimmt bald kommen«, sagte Benedikt hastig.

»Der kommt nie«, knurrte Kurt. »Warum auch.«

Darauf konnte Benedikt nichts erwidern. Es waren für die nächste Zeit keine weiteren Arbeiten am Haus oder am Stallgebäude vorgesehen.

»Du bist ein guter Junge, Benedikt«, sagte Kurt Holzner leise.

»Ich glaube, aus dir wird mal ein gerechter Bauer. Aber weißt du, ich kann ohnehin nicht mehr so arbeiten wie früher. Ich wäre auch längst Reisender. Die verdienen gut, aber ich kann die Mädchen nicht allein lassen.«

Du kannst bei uns arbeiten, wollte Benedikt sagen, aber er ließ es, weil er seinen Vater kannte. Der wäre niemals einverstanden gewesen. Da gerade Gundula hereinkam, war das Gespräch erst einmal unterbrochen.

»Die Milch ist fertig«, sagte Kurt zu ihr.

Gundula setzte sich auf die Bank und zog Hanna neben sich. Die Kleine kuschelte sich an die Knie ihrer Schwester, die ihr eine Hand auf die Schulter legte, als wolle sie sie trösten.

Kurt nahm die Milch vom Herd und stellte sie auf den Tisch neben die Wurst und das Brot. Das Brot sah hart aus, die Wurst war schon fast grün.

»Das kann man doch nicht essen«, sagte Benedikt entsetzt.

Kurt sah ihn nur achselzuckend an.

Gundula griff nach dem Brot, brach ein Stück ab, tauchte es in die Milch und steckte es dann in den Mund.

Benedikt drehte den Kopf zur Seite, weil ihm übel wurde. Er konnte nicht weiterzusehen und ging unter dem Vorwand, noch etwas besorgen zu müssen, schnell hinaus.

Am Abend sah Benedikt zu, wie seine Mutter Paul fütterte. Er bekam frische Milch, und in der Küche bereitete Magdalena eine breiige Masse zu.

»Was ist das?«, fragte Benedikt.

»Brot mit Milch und Honig«, sagte Helene, die neben ihrer Schwester stand. »Willst du probieren?«

Benedikt nickte. Es schmeckte sehr süß.

Magdalena lächelte. »Du solltest mal sehen, wie gerne Paul das isst.«

Benedikt deutete auf die Milchkanne. »Was passiert eigentlich mit der Milch?«

»Die trinken wir.«

»Alle? Trinken wir die ganze Milch, die die Kühe geben?«

»Nein, natürlich nicht. Ein Teil wird verkauft, und den Rest bekommen die Schweine. Aber warum fragst du danach?«

Er erzählte ihr von Kurt Holzner, Gundula und Hanna.

»Tja«, nickte Magdalena mitfühlend. »Denen geht es nicht so

gut wie uns, Benedikt.«

»Kann man ihnen nicht helfen?«

Früh am Morgen, als es gerade anfing zu dämmern, stand Benedikt aus seinem Bett auf. Wenig später war er wieder bei Kurt Holzner. In der Hand hielt Benedikt eine Blechkanne. Sie war bis zum Rand mit frischer Milch gefüllt.

»Für euch«, sagte er zu Kurt. »Ich habe sie von Magdalena bekommen«, fügte er noch hinzu, bevor er sich eilig davonmachte.

Drei Tage später ging Benedikt wieder zu den Holzners. Er hatte von Jonathan eine Schokolade geschenkt bekommen. Er aß selbst gerne Schokolade, aber diese wollte er Gundula geben.

Als er das Haus des Zimmermanns erreichte, war die Tür verschlossen. Er klopfte und rief, aber niemand öffnete, nicht eine Bewegung konnte er hinter der Fensterscheibe ausmachen.

Über die Straße kamen Hermine Seibert und Bruno. Sie blieben vor Benedikt stehen.

»Wenn du zu den Holzners willst, die sind nicht mehr hier«, sagte Hermine Seibert.

»Die kommen nicht mehr«, sagte Bruno zynisch, worauf er einen bösen Blick seiner Mutter erntete.

»Kurt hat Hanna zum Arzt nach Winterberg gebracht. Der hat sie bei sich behalten, wie ich gehört habe.«

Benedikt nickte unwillkürlich. »Vergiftung?«

»Wie kommst du darauf?«

»Sie haben verschimmeltes Brot gegessen und alte Milch getrunken.«

»Ja. Das könnte es sein. Wir müssten dringend ein Krankenhaus im Sauerland haben. Dringend.«

Sie ging davon und zog Bruno einfach mit sich.

Die Schokolade knisterte in Benedikts Hosentasche. Er wollte sie jetzt selber essen, aber er konnte es nicht. Und eine Woche später schimpfte Magdalena über die dunklen, braunen Flecken, die aus Benedikts Hose nicht herauszukriegen waren.

20

Wenn Robert Halbach neue Geräte benötigte, dann ließ er sie immer im Dutzend anfertigen. Für jede einzelne Axt zum Eisenhammer Ernst Lettmann zu gehen, hielt er für Zeitverschwendung. Obwohl er Lettmann einmal als Erbschleicher bezeichnet hatte, suchte er ihn doch jedes Jahr im Frühling auf. Er sei halt sein Schwager, rechtfertigte er sich, und die Familie müsse zusammenhalten. Dass Lettmann die besten Geräte machte, erwähnte er nie. Ernst Lettmann war nach dem Tod seiner Frau noch einige Male bei den Halbachs gewesen. Diese Besuche vergaß Benedikt nie, denn Onkel Lettmann erzählte trotz seiner Trauer um den Verlust von Tante Adelheid immer die schönsten Geschichten. Vielleicht wollte er sich damit ablenken, aber das war Benedikt egal.

Dieses Mal bat Benedikt seinen Vater, ihn mitzunehmen. Robert war überrascht, aber er registrierte Benedikts Wunsch mit großer Freude. Endlich zeigte sein Sohn mal Interesse an der Arbeit eines Bauern. Robert ahnte nicht, dass Benedikt nur eine neue Geschichte von seinem angeheirateten Onkel hören wollte.

Es stank nach Kohle, altem Eisen, Werkzeug und Staub. Vor allem Staub. Benedikts Augen tränten bereits, bevor er einige Schritte in den Raum gemacht hatte. Und es war sehr heiß. Sein Blick fiel sofort auf den riesigen Ofen in der Ecke mit der offenen Tür, in der ein Feuer loderte. Er konnte nicht begreifen, dass es hier jemand länger als drei Minuten aushielt, ohne einen Hustenanfall zu bekommen.

Eisenräder, Hacken, Pflüge und Ketten lagen wild durcheinander. Dazwischen hatte Lettmann leere Säcke geschichtet, wahrscheinlich zum Schutz, damit sich die Teile nicht berührten und so beschädigt wurden. Der Raum bestand nur aus drei Wänden. Dort, wo eigentlich die vierte Wand sein musste, stand ein großer, fast drei Zentner schwerer Fallhammer. Er wurde mit Wasserdruck angetrieben und bewegte sich ächzend und knarrend. Mit diesem Fallhammer walzte Lettmann Eisenblöcke zu Stabeisen und Radreifen.

Lettmann trug ein dünnes, kragenloses Hemd und eine dicke Hose. Er war groß, über eins achtzig. In seinem Gesicht standen die Spuren langjähriger harter Arbeit. Mit einem wuchtigen Hammer schlug er pausenlos auf ein Stück Eisen. Neben ihm standen seine zwei Gehilfen.

»Tag, Ernst«, sagte Robert Halbach.

Lettmann nickte herüber, ohne das Werkzeug aus der Hand zu legen. Ob er seinen Schwager verstanden hatte, war kaum zu glauben, denn der Lärm des Fallhammers machte so gut wie jede Unterhaltung zunichte.

Robert bückte sich etwas und hielt seinen Mund dicht an Benedikts Ohr. »Das hier ist die schwerste Arbeit, die man sich denken kann, mein Sohn. Sieh dir nur Onkel Lettmann an! Er ist achtundvierzig Jahre, aber wie alt würdest du ihn schätzen?«

Mein Gott, dachte Benedikt entsetzt. Er sah die beiden anderen Männer an. Sie mussten erheblich jünger sein.

»Fritz ist dreiundzwanzig, Markus sechsundzwanzig«, schrie sein Vater ihm ins Ohr.

Benedikts Blick wanderte zu dem tiefen Wassergraben, der von der Nuhne her direkt zu dem Fallhammer führte. Sein Vater hatte ihm, als Lettmann seine Tante Adelheid heiratete, gesagt, dass Lettmann diesen Graben auf eigene Kosten hatte anlegen lassen. Wasser war unbedingt nötig, und deshalb wurden Eisenhämmer immer in die Nähe von Flüssen oder Bächen gebaut.

»He, Kleiner, was treibt dich denn hierher?«

Benedikt zuckte zusammen. Er hasste es, wenn ihn jemand Kleiner nannte, aber seinem Onkel konnte er nicht böse sein. Ernst Lettmann war noch nie mit jemandem in Streit geraten, und er liebte Benedikt und seine Geschwister.

»Ich bin freiwillig mitgekommen«, schrie Benedikt.

»Du brauchst nicht zu schreien«, antwortete Lettmann. »Ich bin diesen Lärm gewohnt, ich höre sogar die Flöhe husten.«

Er drehte sich um, als ein Windstoß unverhofft durch ein kleines Loch im Dach pfiff.

»Da habe ich endlich einen Fachmann für mein Dach gefunden, und dann verschwindet Holzner über Nacht wie ein Dieb«, schimpfte Lettmann. »Was ist nur in ihn gefahren? Er hätte sich bei mir eine Menge Geld verdienen können.«

»Es geht um Hanna«, sagte Benedikt zögernd. »Hermine Seibert sagt, dass sie eine Vergiftung hat, und dass Kurt mit ihr zum Arzt gefahren ist.«

»Das ist zwar schlimm, aber deshalb lässt man doch nicht alles liegen und stehen. Wenn ich das machte, dann würde niemand mehr Geräte kriegen.« Benedikt hatte ihn noch nie so in Rage gesehen.

»Was brauchst du heute, Robert?« Ernst Lettmann hatte sich wieder etwas beruhigt. So war er: Aufbrausend, verärgert aber schnell wieder versöhnt.

»Fünf Äxte, drei Sensen, einen Pflug, vier Hacken und zwei Schaufeln. Wie lange brauchst du dafür?«

»Zwei bis drei Wochen. Die Rohlinge habe ich vorrätig.«

»Gut. Lass die Äxte und Sensen zum Schmied bringen. Er soll sie schleifen und schärfen. Ich will nicht, dass sich einer meiner Arbeiter quälen muss.«

»Was denkst du denn, Robert?« erwiderte Lettmann beleidigt. »Hast du jemals halb fertige Sachen gekriegt?«

Robert schüttelte den Kopf. »Entschuldige, war nicht so gemeint.«

»Gut, gut«, nickte Lettmann. Er wollte wieder an die Arbeit, als er den aufmerksamen Blick Benedikts bemerkte, der einen kleineren Hammer betrachtete.

»Interessiert dich das?«, fragte Lettmann.

Benedikt nickte.

»Das ist ein sogenannter Schwanzhammer. Er heißt so, weil Nocken auf den Schwanz des Hammerstiels drücken. Dadurch hebt sich der Hammer und kann kräftig zuschlagen. So kann man in schneller Folge viele Hammerschläge ausführen. Der Hammerkopf ist leichter als der große Fallhammer. In manchen Betrieben werden damit bis zu vierzigtausend Pflüge jährlich hergestellt.«

Benedikt verstand rein gar nichts, aber brav fragte er: »Wie viele machst du?«

Lettmann lächelte. »Vierhundert im Jahr, wenn es hochkommt. Ich mache ja nicht nur Pflüge, sondern auch Messer, Sensen, Spaten und Schaufeln.« Sein Grinsen wurde noch breiter. »Das verstehst du noch nicht. Dafür bist du noch etwas zu jung.«

»Ich will aber alles wissen«, erwiderte Benedikt trotzig.

Lettmann schaute Robert an. Als dieser bedeutungsvoll nickte, sagte der Eisenhammer: »Weißt du, wie lange es schon Eisenverarbeitung gibt, Benedikt?«

Der Junge schüttelte den Kopf.

»Seit dem 12. Jahrhundert. Man fand damals rotbraune Steine, diese waren das Eisenerz. Das Eisenerz wurde auf hohe Berge gebracht. Das machte man, weil man Wind brauchte, starken Wind, und wo ist der Wind stürmischer als auf einem Berg?«

Benedikt schob die Unterlippe vor. Das wusste doch jeder.

Lettmann ließ sich nicht beirren. »Durch den Wind brannte das Feuer besonders gut. Man schichtete dann Holz auf, legte die Steine darauf und wartete, bis das Eisen flüssig wurde und schmolz.«

»Aber das dauerte doch lange.«

»Und wie«, nickte Lettmann. »Man brauchte Wochen und Monate, aber eine andere Möglichkeit hatte man nicht. Aus diesem flüssigen Eisen schmiedeten die Leute dann Hufeisen, Nägel, Äxte und Stangen. Eben alles, was sie brauchten.«

Er zog Benedikt zu dem Ofen. »Das Rohmaterial wird aus dem Bergischen Land bezogen. Die Eisenstücke werden dann in solchen Öfen erhitzt. Die Hitze wird durch ein Gebläse erreicht, das ebenfalls durch Wasserkraft betrieben wird. Deshalb ist der Wassergraben äußerst wichtig.«

»Hast du keine Angst, dass das Haus mal abbrennt?«

»Nee, das Gebäude ist aus feuerfestem Material gebaut. Ziegel, Schiefer und Lehm.«

»Auch deine Wohnung nebenan?«

»Die nicht. Aber die Wand dazwischen. Die Wohnung wäre mir zu teuer geworden.«

»Onkel Lettmann wollte sich kein Geld von mir leihen«, sagte Robert.

Lettmann erwiderte nichts darauf. »Ich muss weitermachen. Die Leute wollen ihre Geräte haben.«

»Oh«, machte Benedikt enttäuscht.

Lettmann sah ihn an. »Was ist?«

Benedikt druckste herum. »Hast du keine neue Geschichte für mich?«

Fritz und Markus lachten glucksend auf. Lettmann warf ihnen einen amüsierten Blick zu. »Du hörst mir gerne zu, wie?«, fragte er Benedikt.

»Nur, wenn du eine Geschichte erzählst. Das letzte Mal ist

lange her.«

»Ja, das stimmt«, nickte Lettmann. Er legte den Zeigefinger an die Nase und kniff kurz die Augen zu. »Na schön. Es war vor drei Jahren. Da kam der Sohn eines Bekannten aus Hallenberg zu mir. Er hatte eine beschädigte Axt dabei und den weiten Weg zu Fuß zurückgelegt, um sie reparieren zu lassen. Die Schneide war auf einer Länge von etwa drei Zentimetern abgebrochen. Als ich ihn fragte, ob es sich um eine Wurfaxt oder eine Spaltaxt handelt, wurde der Junge unsicher. Eine Wurfaxt hat nämlich zwei Schneiden. Ich schickte ihn also nach Hallenberg zurück, damit er nachfragen konnte. Als er endlich wieder bei mir auftauchte, sagte ich ihm, dass ich schon selbst die richtige Lösung gefunden hätte. Es sei eine Spaltaxt.«

»Aber das sieht man doch«, rief Benedikt.

»Eben.« Onkel Lettmann nickte. »Der arme Junge. Er war den ganzen Weg bis nach Hallenberg und wieder zurück völlig umsonst gegangen.«

»Und was hat er gesagt?«

»Nichts. Er hat gar nicht gemerkt, dass ich ihn auf den Arm genommen hatte.«

Benedikt lachte, aber sein Vater fand das gar nicht lustig.

»Ich habe noch eine Geschichte«, sagte Lettmann. Er lehnte sich mit dem Gesäß an einen Hauklotz, verschränkte die Arme vor der Brust und holte tief Luft. »Vor ungefähr fünfundzwanzig Jahren machte ich einen Spaziergang über den Ikesberg. Es war ein schöner, warmer Tag. Ich sprang über Gräben, Wege und niedrige Büsche.« Er grinste vergnügt, als Benedikt ihn ungläubig ansah. »Es stimmt, ich erzähle dir keine Märchen. Und unter einem der Büsche, über die ich sprang, sah ich es.«

»Was? Was hast du gesehen?«, fragte Benedikt aufgeregt.

Lettmann genoss die Spannung in den Augen des Jungen. »Unter dem Busch lag ein weißes Reh.«

»Nee!«, entfuhr es Benedikt. »Das gibt es nicht. Rehe sind braun.«

»In aller Regel«, nickte Lettmann. »Aber dieses Reh war weiß, schneeweiß, ein Albino. So nennt man Tiere, die keine Farbe haben. Es war ein Kitz, noch ganz jung, erst wenige Tage alt.«

»Und was hast du gemacht?«

»Ich habe es beobachtet. Es rührte sich nicht von der Stelle.

Das ist der Instinkt. Die Mutter legt ihr Kitz ab und dieses bleibt bewegungslos liegen, bis die Mutter zurückkommt.«

»Hast du es nicht auf den Arm genommen oder gestreichelt?«

»So etwas darf man nie tun«, sagte Lettmann ernst. »Sobald ein Kitz Menschengeruch annimmt, lässt die Mutter es im Stich. Es würde jämmerlich verhungern. Ich habe es nur beobachtet und mich dann ganz vorsichtig davongeschlichen.«

»Hast du nicht gewartet, bis die Rehmutter zurückkam?«, wollte Benedikt immer noch atemlos wissen.

»Nein. Das wäre zwecklos gewesen. Ein Reh wittert einen Menschen schon auf großer Entfernung.«

»Was geschah mit dem weißen Reh? Hast du es noch mal gesehen?«

Lettmann schüttelte betrübt den Kopf. »Einige Wochen später fand ich es nicht weit von dem Busch entfernt. Es war tot. Richtig zerfleischt, vermutlich von einem Fuchs. Leider haben wir seitdem nie wieder ein weißes Reh hier gesehen.«

Benedikt beobachtete ihn aufmerksam. Onkel Lettmann hatte ihn noch nie belogen, und auch jetzt war das Gesicht des Eisenhammers ernst und offen.

»Tja, das ist eine traurige Geschichte. Ich wollte sie dir nie erzählen, aber jetzt bist du groß genug, um auch ernste Geschichten verkraften zu können.« Etwas abrupt beendete er das Thema, als sei es ihm peinlich. Lettmann wandte sich an Benedikts Vater. »Ach übrigens, Robert, habe ich mich entschlossen, mich nach einem Nachfolger für meinen Eisenhammer umzusehen.«

»Wie bitte?«, machte Robert Halbach entsetzt.

»Ja. Ich bin zu alt für die harte Arbeit. Und Fritz und Markus haben kein Interesse, Verantwortung zu übernehmen. Soll sich doch ein anderer mit der Plackerei herumschlagen. Keine Angst, das wird noch ein paar Jahre dauern, aber man kann nie früh genug mit der Suche nach einem Nachfolger anfangen.«

»Darüber reden wir noch«, sagte Robert. Er griff Benedikt am Arm und zog ihn zur Tür. »Komm, mein Sohn. Wir müssen gehen. Wir waren schon viel zu lange hier. Onkel Lettmann verdirbt sonst noch deinen Charakter.«

Lettmann zwinkerte Benedikt zu, als der sich an der Tür noch einmal zu ihm umdrehte.

Robert Halbach ging mit schnellen Schritten davon. »Es stimmt, was Onkel Lettmann erzählt hat«, sagte er dabei. »Das mit dem weißen Reh meine ich. Viele andere haben es auch gesehen.«

Bald kamen sie an einer der drei Schmieden vorbei, die es in Züschen gab. Robert wollte Benedikt mit hineinziehen, aber der Junge wehrte sich.

»Ich möchte nach Hause, Papa. Ich habe genug von diesem Krach.«

Robert zögerte. »Gut«, sagte er dann. »Sag deiner Mutter Bescheid, dass ich bald heimkomme.«

Benedikt ging rasch davon, bevor sein Vater es sich anders überlegte.

21

Magdalena Halbach würde im Herbst zwanzig Jahre alt werden. Das war für eine unverheiratete Frau ein verhältnismäßig hohes Alter, denn wenn man nicht aufpasste, würde man ewig eine alte Jungfer bleiben. Zum Glück für sie gab es aber Hubert Bruhner. Er war zwar ein Jahr jünger als sie, aber das besagte nichts.

Durch die Arbeit im Haus und mit dem kleinen Paul kam Magdalena gar nicht mehr dazu, die Bruhners zu besuchen. Als sie feststellte, dass sie Hubert zuletzt nach der Weihnachtsmesse ganz kurz nur gesehen und gesprochen hatte, bekam sie ein wenig Angst. Was war, wenn er sie vergessen hatte? Aber dann sagte sie sich, dass er bestimmt keine roten Schuhe für sie gemacht hätte, wenn er sie nicht auch lieben würde. Bestimmt hatte er vor, ihr die Schuhe zum Geburtstag zu schenken. Das wäre der richtige Anlass, und darauf freute sich Magdalena riesig.

Gut, sie war keine sonderlich hübsche Frau, eher unscheinbar und bescheiden, aber genau das würde doch zu ihm passen.

Magdalena war nur eins fünfundsechzig groß. Sie hatte ein rundes Gesicht. Ihre Lippen waren schmal und blass, manchmal sogar ein wenig bläulich. Vielleicht hatte sie kein gesundes Herz, denn hin und wieder hielt Magdalena in ihrer Arbeit inne und schnappte nach Luft. Aber sie klagte nie, sie hatte für jeden immer ein offenes Ohr. Um ihr Aussehen attraktiver zu gestalten, kleidete sie sich dezent aber nicht zu hausbacken, frisierte ihre fast schwarzen Haare, die ihr bis auf die Schultern fielen, regelmäßig zu kleinen Locken, da sie sonst glatt und spröde gewesen wären. Außerdem war sie stets auf Reinlichkeit bedacht. Alles Kriterien, die einem jungen Mann gefielen – gefallen mussten. Da wäre auch Hubert keine Ausnahme. Er war zwar ein Handwerker, aber er wusch sich nach der Arbeit sorgfältig die Hände mit Kernseife. Sie hatte ihm sogar vor gar nicht langer Zeit zwei Stücke geschenkt – eins für ihn und eins für den Rest der Familie. Dennoch blieb die Befürchtung, dass er sie nicht mehr beachten würde. Es gab im Dorf junge Mädchen, die auch in ihrer einfachen Tracht viel begehrenswerter aussahen.

Umso erfreuter war sie, als Hubert eines Tages bei ihnen auftauchte. Er half gerade dem Schreiner Saalfeld bei Treppen und Kommoden, und Lutz Saalfeld, der siebzehnjährige Schreinerjunge, hatte für Paul einen neuen Schrank gezimmert. Hubert und Lutz kamen nun, um aus den einzelnen Teilen den Schrank aufzubauen.

Hubert sah müde aus.

»Geht es dir nicht gut?«, fragte Magdalena besorgt. Sie machte sich um alles und jeden stets ihre Gedanken, was manchmal lästig sein konnte, denn zu viel Fürsorge wollten die meisten auch nicht, sondern einfach nur in Ruhe gelassen werden.

»Ein bisschen viel Arbeit«, antwortete Hubert.

Das war die Standardantwort der meisten Männer.

Sie fragte auch nicht weiter, denn die beiden hatten alle Hände voll zu tun. Außerdem schwänzelte die ganze Zeit Helene um Lutz herum, stupste ihn hier in die Seiten, stieß ihn dort an, damit er das Gleichgewicht verlieren sollte, was er natürlich nicht tat, denn Lutz war ein wendiger Junge und durchtrainiert. Magdalena wunderte sich nur, dass er bei Helenes Attacken stets lachte und sich sogar darüber zu freuen schien.

Aus irgendeinem Grund verhielt sich Hubert heute sehr zurückhaltend, und Magdalena wollte unbedingt erfahren, warum. Vielleicht gab es wieder größere Sorgen in der Familie. Sie hatte gehört, dass Huberts Brüder den ganzen Winter über keine Arbeit gehabt hatten, und dass die Kühe mehrere Tage nur auf dem Boden gelegen hatten, was kein gutes Zeichen war.

Wenn sie ihn genau betrachtete, so war Hubert seit Gertruds Geburtstag dünner geworden.

Sie ging in die Küche und kam bald darauf mit einem Tablett zurück, auf dem es nach Schinken, Käse und Wurst roch. Hubert und Lutz hielten abrupt in ihrer Arbeit inne.

»Stärkt euch erstmal«, sagte Magdalena zu ihnen. »Danach geht alles leichter.«

Die beiden sahen sich an, dann nickten sie gemeinsam. »Ein gutes Essen kann man immer gebrauchen«, antwortete Lutz, während er eine Haarlocke aus der Stirn strich. Er sah nicht so aus, als müsse er hungern. Als Schreiner hatten Lutz und sein Vater immer gut zu tun.

Helene setzte sich neben ihn und bestrich ihm wie selbstverständlich ein Brot. Dann legte sie zwei dicke Scheiben Schinken und noch ein Stück Käse darauf und schob es Lutz zu.

»Danke«, sagte er fröhlich. »Meine Güte, wie wird man hier bedient. Hoffentlich braucht ihr bald wieder einen Schrank oder ein Bett.«

»Auf keinen Fall«, rief Elisabeth. Es war klar, dass Paul ihr letztes Kind sein würde.

Magdalena wollte gerade Helenes Beispiel folgen, als Hubert schon zu einer Kante Brot und Schinken gegriffen hatte und ein großes Stück abbiss. Sie kniff enttäuscht die Lippen zusammen. Die Gelegenheit, ihm zu zeigen, wie gut sie für ihn sorgen könne, war verpasst.

Wenig später arbeiteten die beiden Männer schnell und zielsicher weiter, und bald stand der Schrank für Paul fix und fertig an seinem Platz. Helene war die ganze Zeit über im Zimmer geblieben, und Magdalena war nur zweimal für kurze Zeit aus dem Raum gegangen, weil Paul geschrien hatte. Als sie jetzt zurückkam, machten sich Hubert und Lutz gerade daran, zu gehen.

»Wollt ihr nicht noch zum Abendessen bleiben?«, fragte Magdalena. »Papa kommt gleich. Wir haben genug für alle. Er gibt euch auch das Geld für die Arbeit.«

»Oh ja«, rief Helene mit leuchtenden Augen, wobei sie nur Lutz anblickte.

Doch Hubert schüttelte den Kopf. »Mama und die anderen warten auf mich. Ich muss noch etwas besorgen.«

»Das Geld kann dein Vater in den nächsten Tagen vorbei-bringen«, sagte Lutz. »So eilig ist das nicht. Ich weiß ja, dass ich es kriegen werde.«

»Ganz bestimmt«, nickte Elisabeth Halbach.

Hubert setzte seine Kappe auf und ging zur Tür. Magdalena folgte ihm dichtauf. »Hubert – was ist los mit dir?«

Er drehte den Kopf und sah sie fragend an. »Was meinst du?«

»Du bist so anders – so ...« Da ihr kein passendes Wort ein-fiel, brach sie ab.

»Ich sagte doch schon, ich bin etwas müde.«

»Ja, das erwähntest du. Sehen wir uns bald?«

Er zögerte. »Ich weiß nicht, Lena. Vielleicht. Ich – ich melde mich bei dir.«

»Versprochen?«

»Versprochen.«

Er ging hinaus. Lutz Saalfeld folgte ihm, und wenig später fuhren sie mit dem Pferdewagen davon.

»Du liebst ihn, nicht?«

Magdalena drehte sich um. Hinter ihr stand ihre Mutter. »Du liebst ihn und verstehst nicht, dass er noch nicht um deine Hand angehalten hat.«

»Ich habe ihn sehr gern. Würdet ihr mir denn erlauben, Hu-bert zu heiraten?«

»Aber natürlich.«

»Er hat nicht viel Geld, und -«

»Du musst nichts sagen, Lenchen.« Immer wenn ihre Mutter sie Lenchen nannte, klang es wie Samt in ihren Ohren. Der Name war weich, zärtlich und liebevoll.

»Aber Papa wird nicht erfreut sein.«

»Das lass mal meine Sorgen sein. Hubert ist ein charmanter Junge. Weißt du eigentlich, dass ich mal mit seiner Mutter Frieda befreundet war?«

Magdalena war überrascht. »Das hast du mir nie erzählt.«

»Weil es schon lange her ist. Unsere Freundschaft kühlte ab, als ich deinen Vater heiratete.« Ein flüchtiges Lächeln huschte um ihren Mund. »Vielleicht war sie auch mal hinter ihm her.« Magdalena wunderte sich über die Ausdrucksweise ihrer Mutter. So hatte sie noch nie gesprochen. »Jaja, du hast schon richtig gehört. Sei ruhig entsetzt über deine Mutter. Aber wir waren alle in Robert vernarrt, die ganzen Mädchen. Und mich – mich hat er genommen.«

»Ich bin überhaupt nicht entsetzt, Mama«, schmunzelte Magdalena. »Jetzt redest du mal wie eine Bauersfrau.«

Sie lachten beide verhalten.

»Weißt du, als dein Vater und ich heirateten, veranstaltete dein Großvater ein Dorffest. Alle Einwohner, Tagelöhner, Handlungsreisende und alle, die aus der näheren Umgebung kommen konnten, waren eingeladen. Es gab Freibier und Essen in Mengen. Dein Großvater war immer schon ein freigebiger Mensch gewesen. Und Robert? Der war gutaussehend, charmant, und er verstand sich aufs Küssen – in dunklen Winkeln selbstverständlich. Wenn uns jemand erwischt hätte, wären wir nie verheiratet.«

Magdalena konnte es nicht fassen.

»Wir sind sehr glücklich geworden. Und deshalb möchte ich, dass auch du es wirst. Habt ihr denn schon von Heirat gesprochen?«

Magdalena schüttelte den Kopf. »Ich glaube aber, Hubert wird mich an meinem Geburtstag fragen und euch um Einwilligung bitten.«

»Du hast ihn schon eingeladen?«

»Bis dahin sind es noch ein paar Monate. Nein, Mama, aber er hat mir schon sein Geschenk gezeigt.«

»So?« Elisabeths Gesicht verfinsterte sich. Das ist nicht gut, dachte sie. So etwas bringt meistens Unglück. Aber sie sagte nichts.

»Hast du bemerkt, wie Helene sich verhalten hat?«, fragte sie stattdessen, und auch, um vom Thema abzulenken.

»Nein. Was meinst du denn?«, fragte Magdalena.

»Nun ja, sie ist doch kaum von Lutz Saalfelds Seite gewichen. Der arme Junge konnte gar nicht richtig arbeiten.«

»Helene ist siebzehn, Mama.«

»Ja, und Lutz auch. Das ist ein gefährliches Alter.«

»Glaubst du, dass die beiden ...?«

»Nein.« Elisabeth schüttelte heftig den Kopf. »So weit wird es wohl noch nicht gekommen sein. Das hoffe ich wenigstens. Komm, lass uns Abendbrot machen. Papa müsste längst hier sein. Wahrscheinlich hat ihn Ludwig wieder aufgehalten. Die haben immer was zu besprechen. Außerdem wird es hier draußen ein wenig zu kalt.«

Sie zog die Strickjacke enger über ihre Schultern und ging ins Haus. Magdalena folgte ihr wenig später. Während des Abendessens ließ sie ihre Schwester Helene nicht aus den Augen, aber sie konnte keine Veränderung bei ihr feststellen. Helene verhielt sich so wie immer.

22

Im Frühsommer beschloss Robert Halbach, Benedikt auf das Leben eines Landwirts vorzubereiten. Das unerwartete Interesse seines ältesten Sohnes beim Eisenhammer Ernst Lettmann hatte in ihm die Hoffnung geweckt, dass Benedikt doch ein geeigneter Erbe sei. Auch war es in Roberts Augen nun endlich Zeit und die Aufgabe eines Vaters, seinem Sohn die Geschichte Züschens zu erklären. Benedikt war in Roberts Augen alt genug. Johannes hatte er abgeschrieben und auf Paul zu warten, dauerte ihm zu lange. Robert wurde im nächsten Jahr fünfzig, ein hohes Alter in dieser Zeit.

Es war ein klarer Tag, als sie frühmorgens loszogen. Robert trug einen schweren Rucksack mit Essen und Trinken sowie Kleidung zum Wechseln. Sie würden mindestens zwölf Stunden unterwegs sein und nicht vor Einbruch der Dunkelheit zurückkommen.

Robert hatte sich die Strecke genau überlegt. Sie gingen zunächst über den Bach Ahre ins Bentheim und folgten dann dem Weg in die Ausläufer des Hackelberges. Bald erreichten sie den Kreuzweg und die ersten Kreuzweghäuschen.

»Als unsere Kirche in den Jahren von 1853 bis 1857 aus Naturstein neu erbaut wurde, Benedikt, haben Familien aus Züschen aus dem Abbruchmaterial der alten Kirche die Stationshäuschen errichtet«, sagte Robert. Er deutete auf die dritte Station. »Diese hier haben wir gebaut, die sechste Onkel Ludwig und die zehnte Walter Bertram. Es gibt insgesamt vierzehn Stationen, die das Leiden Christi auf dem Weg zum Berg Golgatha zeigen, wo er gekreuzigt wurde.«

Benedikt wusste das. Jedes Jahr wurden sie von Pastor Huhnold während der Osterzeit darüber unterrichtet, und mehr als einmal waren sie mit dem Pastor diesen Kreuzweg hinaufgegangen. Die in die Steine eingemeißelten Bilder waren sehr anschaulich. Sie zeigten unter anderem wie Jesus zum ersten Mal unter dem Kreuz fällt, wie Maria Magdalena Jesus das Handtuch reicht und wie Simon Jesus hilft, das Kreuz zu tragen.

Der Weg wurde immer steiler und unebener und war mit vielen Felsbrocken übersät, die spitz aus dem Boden ragten und das Gehen erschwerten. Aber Robert verlangsamte seine Schritte nicht. Er atmete ruhig und gleichmäßig und kam nicht aus der Puste. Auf der Höhe der zehnten Station bog er nach rechts auf einen schmalen, grasbewachsenen Pfad ab. Trockene Zweige lagen auf dem Boden. Sie knackten laut, wenn die beiden darauf traten.

Die Luft zwischen den Bäumen war klar, und wenn der Wind in den Ästen rauschte und die Zweige hin und her schwangen, fühlte Benedikt ein seltsames Gefühl in sich, das er nicht beschreiben konnte.

Auf halber Strecke blieb Robert zum ersten Mal stehen. Vor ihnen im Talkessel zwischen den Bergen Hellenkopf, Niggenberg und dem Hackelberg lag das Dorf. In der Mitte, auf einem Hügel, ragte die neugotische Kirche St. Johannes Baptist mit einem schmalen Westturm empor. Sie wirkte wie eine Wächterin über die zahlreichen Fachwerkhäuser, die alle aus reifem Stammholz gebaut worden waren und ohne jegliche Ordnung kreuz und quer dicht beieinanderstanden.

Das Dorf sieht aus wie ein Dreieck, dachte Benedikt.

Hinter der Hauptstraße erstreckten sich im Norden zwei sanft ansteigende Bergrücken mit unzähligen Äckern und Weiden, die alle rechteckig, teils quadratisch angelegt waren.

Robert deutete mit dem ausgestreckten Arm darauf. »Dort ist die Hardt und dahinter der Ikesberg, mein Sohn. Die Felder gehören zu den fruchtbarsten Äckern von ganz Züschen.«

»Aber das ist Norden, Papa«, sagte Benedikt. »Wir haben gelernt, dass im Norden niemals die Sonne scheint. Wie ist es möglich, dass dort die besten Äcker liegen?«

»Ich werde es dir erklären. Der Hackelberg, diese Seite also, liegt vom Dorf aus gesehen im Süden. Hinter dem Hackelberg zieht die Sonne entlang, aber sie steht die meiste Zeit, außer in den Sommermonaten, nur eine Handbreit über dem Horizont. Der Schatten des Hackelbergs ist so groß, dass die Sonnenstrahlen nur den untersten Teil des Hackelberges erreichen können. Die gegenüberliegende Seite, der Teil, der geografisch im Norden ist, liegt vom Frühjahr bis zum Herbst in der warmen Sonne.«

»Sind die Wiesen des Hackelbergs deshalb nur mit Büschen und Dornenhecken bedeckt, weil die Sonne nicht dahin kommt?«

»Das auch. Der eigentliche Grund liegt darin, dass der Hackelberg zu steil ist. Keiner von uns kann Getreide dort anbauen. Manchmal lässt man eine wild wachsende Wiese stehen, treibt ein paar Rinder darauf, aber das ist auch selten. Dort drüben im Norden kann Roggen angebaut werden. Es ist sehr wichtig, dass du das weißt, Benedikt. Roggen gedeiht nur an den vorteilhaftesten Stellen. Am besten wächst Hafer, aber wir brauchen nun auch mal Roggen.«

Links von ihnen im Westen lag die Ebenau und dahinter der sechshundertsechsundzwanzig Meter hohe Hellenkopf. Auch dort befand sich fruchtbares Ackerland. Kleine, dunkle Punkte bewegten sich wie Ameisen: Es waren Knechte und Tagelöhner.

»Ein Teil des Hellenkopfes wird ebenfalls mit Roggen angebaut«, erklärte Robert seinem Sohn weiter. »Die anderen Parzellen Land bleiben für Hafer, Gerste, Kartoffeln, Flachs und Rüben.«

Er legte die Hand schützend über die Augen und schaute angestrengt hinüber. Schließlich nickte er.

»Sie arbeiten gut und schnell. Die Äcker, die dem Dorf am nächsten liegen, gehören Onkel Ludwig und mir. Die Bestellung der Felder ist mühselig. Du musst wissen, Benedikt, dass wir kaum mehr als einhundertzwanzig Tage im Jahr haben, in denen wir säen, ernten, neu pflügen und die Felder wieder winterfest machen können.«

Sie gingen weiter und erreichten die Grenze zum Nachbarort Hallenberg am Berg Radenstein.

»Über diese Grenze gibt es eine schöne Sage«, sagte Robert. »Ein ehemaliger Vorsteher – das ist so etwas gewesen wie heute der Bürgermeister – habe den Grenzstein eigenmächtig versetzt.

Darüber haben sich Hallenberger Bürger aufgeregt und Klage erhoben. Aber der Vorsteher war rechtzeitig geflohen. Doch Handlungsreisende wollen gesehen haben, wie er zur mitternächtlichen Stunde den schweren Grenzstein wieder an Ort und Stelle gerollt habe. Dabei sei er offenbar zusammengebrochen und gestorben. Sein Gerippe will man an der Stelle gefunden haben, wo der Grenzstein ursprünglich gestanden hat.«

Obwohl die Geschichte grausam klang, musste Benedikt lachen. Er hielt nicht viel von den alten Erzählungen.

Sie betraten wieder Züschener Gelände und erreichten nach einer weiteren halben Stunde die Ziegenhelle, die höchste Erhebung. Hinter einer breiten freien Fläche stand dichter Tannen- und Mischwald. Die Bäume waren dunkelgrün von der Spitze bis fast zum Boden.

»Dieser Wald ist Gemeindeeigentum, Benedikt. Der gesamte Waldbestand beträgt 1688 Hektar, wovon der Gemeinde 1138 Hektar gehören. An Land besitzt Züschen insgesamt 8915 Morgen, davon gehören 4893 Morgen der Gemeinde, der Rest ist Privatbesitz, also etwa die Hälfte. Und davon gehören ein Drittel Onkel Ludwig und mir. Der Rest ist unter den Bauern des Dorfes aufgeteilt.«

Die Zahlen rasselten an Benedikt vorbei. Er verstand nichts davon, er wusste nur, dass ihnen eine große Anzahl an Ländereien gehörte.

Robert zog den Kragen seines Mantels höher. Es war kälter geworden, seit der Weg im Schatten lag. Unterhalb der Ziegenhelle führte ein schmaler Pfad parallel zur Ahre entlang. Diesen schlug Robert ein. Die Wiesen zu beiden Seiten waren grün und wirkten gesund. Felder an Felder mit tiefen Furchen reihten sich aneinander. Neben den Weiden war ein breiter Acker. Die Konstellation Wiese an Weide, Weide an Acker, Acker an wildwachsende Parzelle war typisch für die Vegetation im Hochsauerland. Im Tal graste eine Rinderherde. Einige Knechte und Tagelöhner liefen um die Tiere herum, um sie zusammenzuhalten. Benedikt zählte sieben Tagelöhner und vier Knechte. Sie trugen Hacken, Schaufeln oder hielten einen Pflug fest, den ein starkes Pferd zog. Auf einem Pferdewagen saß Karl. Er sprach mit einem jungen Mann und gab ihm Anweisungen. Als er Robert und Benedikt sah, hob er die Peitsche, trieb die Pferde an und kam auf sie zu.

»Tag, Herr Halbach«, grüßte er. Obwohl Karl schon bei Benedikts Großvater gearbeitet und Robert und Ludwig aufwachsen gesehen hatte, siezte er Robert. Karl war der Meinung, dass sich das für einen Untergebenen gehöre, und obwohl ihm Robert immer wieder das Du angeboten hatte, blieb Karl beim Sie.

»Tag, Karl. Gibt´s was Neues oder Schwierigkeiten?«

»Nein. Nur ein Rad ist gebrochen.«

»Ich werde beim Stellmacher vorbeigehen und ein neues Rad bestellen. Wo kommen die Tagelöhner her?«

»Aus der näheren Umgebung. Sie schlafen in der Scheune oder gehen abends zurück und kommen am Morgen wieder.«

»Haben Sie genug zu essen?«

»Natürlich. Frisches, dick belegtes Brot, Tee und Suppe. Es fehlt nichts. Soll ich Sie mit zurücknehmen, Herr Halbach?«

Robert schüttelte den Kopf. »Wir wollen noch weiter. Hast du Ludwig gesehen?«

»Ja. Er ist nur gut zweihundert Meter weiter im Ahretal.«

»Danke.«

Robert und Benedikt kamen bald darauf in die Ebene, in der der Bach Ahre entsprang. Er schlängelte sich durch das Land und gab ihm das nötige Wasser, das die Bauern brauchten, um ihre Äcker zu bewässern. Je weiter sie kamen, desto mehr Menschen sahen sie auf den Feldern. Auch einige Frauen waren darunter. Fast alle schrien sich Anfeuerungsrufe zu. Manche sangen, um sich die Arbeit leichter zu machen. In den kurzen Pausen gab es Brote, die mit dicker Wurst oder mit selbst gemachter Marmelade belegt waren.

Nach einer weiteren Wegkrümmung erreichten sie Ludwig Halbach und Jakob. Jakob hielt einen modernen Pflug mit gewundenen, eisernen Streichblechen in der Hand. Zwei Pferde zogen ihn mit so rasender Schnelligkeit, dass Jakob Mühe hatte, den Pflug festzuhalten. Und obwohl die Arbeit sehr anstrengend war, jauchzte er vor Freude, stieß kleine Schreie aus, die die Pferde noch mehr antrieben.

»He, Benedikt!«, rief er. »Komm her zu mir! Ich kann Hilfe gebrauchen.«

»Nee, hab keine Lust.«

»Natürlich hilfst du ihm«, sagte Robert. »Sofort.«

Sein Sohn gehorchte wortlos. Mit leicht gerunzelter Stirn sah Robert ihm nach. Über die unebene Wiese kam Ludwig näher. Er hatte die letzten Worte seines Bruders gehört.

»Du bist zu streng mit Benedikt«, sagte Ludwig leise. Er lehnte sich an einen Baumstumpf und steckte sich eine Pfeife an.

»Meinst du?«, fragte Robert.

»Ja, ich denke schon. Du kannst ihn nicht mit Jakob vergleichen. Die Jungen sind zu unterschiedlich.«

»Eben. Warum ist Benedikt anders? Hast du dich mal gefragt, warum das so ist? Benedikt ist wie seine Mutter, nachgiebig, weich.«

»Das ist kein Fehler, Robert.«

»In meiner Situation doch. Sieh dir meine Kinder an, Ludwig. Die Einzige, die arbeitet, ist Magdalena.«

»Das habe ich ja noch nie von dir gehört«, spottete Ludwig.

»Mach dich nur lustig. Aber du weißt genau, dass ich recht habe. Mit Helene weiß ich gar nicht umzugehen, und Eva ...? Ich frage mich, ob sie wirklich meine Tochter ist. Manchmal wünschte ich, ein Mann käme und würde sie heiraten.«

»Sie ist erst fünfzehn«, gab Ludwig zu bedenken.

»Ja ...« Robert richtete sich etwas auf. »Und weißt du, wovon Johannes dauernd redet?«

»Hm?«

»Er will Priester werden. Immer öfter betont er es. Ich glaube bald, er meint es ernst. Zum Glück ist er noch jung, in seinem Alter ändern sich die Wünsche täglich. Die Einzige, die sich darüber freut, ist Lisa. Ich habe Johannes zur Abkühlung zum Ausmisten in den Stall geschickt.«

»Meinst du, das hilft?«

Robert zuckte die Achseln.

Eine Zeit lang schwiegen sie. Robert beobachtete Jakob und Benedikt. Je länger er ihnen zusah, desto zufriedener wurde er. So dumm stellte sich Benedikt gar nicht an. Er hatte den Pflug fest in der Hand, und es machte ihm offenbar keine Mühe, mit dem schnellen Trab der Pferde Schritt zu halten.

»Vielleicht sollte ich ihm wirklich noch Zeit lassen«, murmelte er.

23

Das nächste Ziel von Robert Halbach und Benedikt war der Herrengrund. Er lag weit hinter dem Ahrekopf in einer Senke. Der Pfad führte sie in stetigem Wechsel zwischen Steigung und Gefälle weiter. Die beiden rutschten mehr als sie gingen. Einige Male sah es so aus, als würde Robert den Halt verlieren, aber er fing sich immer wieder im letzten Moment. Benedikt sah seinem Vater an, dass er nicht zum ersten Mal über diesen Weg ging.

Der Herrengrund lag völlig im Schatten. Auf einem Feld, das etwa siebzig Meter lang und fünfzehn Meter breit war, arbeiteten fünf Menschen. Es waren Max Redlich, seine Frau Karla, seine Schwägerin Irene, ein älterer Tagelöhner und Luise. Ihr kleiner Bruder Siegfried spielte abseits in einer Rainfurche.

Die Frauen und der Tagelöhner arbeiteten in gebückter Haltung und steckten dabei in gleichmäßigem Abstand kleine Knollen in den Boden. Es war eine mühselige Arbeit, von der ihnen der Rücken schmerzte, denn immer wieder richteten sich die beiden Frauen auf und stießen die Fäuste in ihre Seiten, als könnten sie dadurch etwas Linderung erhalten. Nur Luise arbeitete unentwegt in dieser gebeugten Stellung. Ihr Gesicht war gerötet, ihre blonden, halblangen Haare waren schweißnass. Benedikt beobachtete sie genau und dachte: Jetzt sieht sie fast wie ein Junge aus.

Max Redlich hatte einen dreikrempigen, speckigen Hut auf dem Kopf und trug ein zerknittertes Hemd. Seine robuste Hose war staubig. Mit der linken Hand hielt er ein Säblech gegen seine Hüfte gepresst. Die rechte Hand griff unaufhörlich in das Blech hinein, holte den Samen heraus, den er mit einer schwungvollen Bewegung in den frisch gepflügten Boden warf.

»Was pflanzen sie?«, fragte Benedikt seinen Vater.

»Ich bin mir nicht ganz sicher, aber so wie es aussieht, sät Max Hafer und Gerste. Die Frauen pflanzen wohl Rüben, Kartoffeln und Klee.«

»Auf diesem kleinen Stück?«

»Ja.«

»Warum Klee, Vater?«

»Als Viehfutter. Die Rüben und Kartoffeln sind für Redlichs selbst, der Klee ist für ihre drei Kühe, damit sie im Winter was zu fressen haben und Milch geben können, wovon Redlichs wiederum Butter und Käse machen können.«

»Reicht die Ernte für alle?«

»Nein. Der Boden hier ist zu hart. Ich frage mich, warum Max das macht.«

Die Frauen stockten mit ihrer Arbeit und richteten sich auf, als die beiden näherkamen.

»Hallo«, grüßte Robert freundlich.

Max drehte sich um.

»Robert, du?«

Er legte das Säblech ab. Karla ließ sich auf einen Stein nieder. Ihre Schwester Irene kauerte sich neben sie, während Luise zu Siggi lief und dem Jungen Schafsdung aus den Händen riss.

»Du hast dieses Land viele Jahre brachliegen lassen und als Weideland genutzt. Warum fängst du jetzt an, es zu bebauen?«, fragte Robert.

Max sah vor sich auf den grauen Boden. »Sieben Jahre waren es, Robert. Genau sieben Jahre habe ich es brachliegen lassen. Jetzt können wir es nicht mehr als Weide halten. Ich habe drei armselige Kühe. Wir brauchen eine Stunde, um sie hierher zu treiben. Das, was sie sich anfressen, verlieren sie auf dem Weg zurück, und die Milch, die sie geben, reicht gerade für einen von uns. Damit die Kühe nicht so weit getrieben werden müssen, habe ich mich entschlossen, diese Weide aufzugeben und die Kühe zur Helle zu treiben.«

»Soll das heißen, dass du eine Parzelle am Hellenkopf, an der fruchtbarsten Stelle des ganzen Dorfes, als wildwachsende Weide brachliegen lassen willst, um dort deine Kühe weiden zu lassen?«

Max nickte heftig. »Alle beiden Parzellen, Robert, auch die am Ikesberg. Was bleibt mir anderes übrig. Ich bin in wenigen Minuten mit den Kühen dort. Sie können sich gut ernähren und werden dann mehr Milch geben als bisher. Die kann ich verkaufen und mir vielleicht weiteres Vieh zulegen. Diesen Acker brauche ich nur zwei bis dreimal im Jahr zu bearbeiten.« Max stieß ein kurzes, ironisches Lachen aus. »Vielleicht habe ich ja Glück, Robert. Du kennst doch den Bibelspruch. Sieben dürren Jahren folgen sieben fette Jahre.«

»Es tut mir leid, dass ihr euch so quälen müsst«, sagte Robert mitfühlend.

»Ein planmäßiger Futteranbau ist kaum möglich«, sprach Max bekümmert weiter. »Es liegt an der Zersplitterung der Parzellen. Ein Stück Land auf dem Hellenkopf, eines auf dem Ikesberg, das dritte hier. Das ist doch keine gute Basis für einen erfolgreichen Ackerbau.«

»Mein Angebot gilt noch immer, Max.«

»Welches meinst du?«

»Ich kaufe dir deine drei Ländereien ab.«

»Und dann? Was soll ich tun? Als Handlungsreisender tätig sein? Nein, Robert.« Max schüttelte energisch den Kopf. »Ich bin ein Solstätter, ein Züschener Solstätter, und ich will es bleiben.«

Karla und Irene holten Brote aus einer Tasche und schnitten ein paar Kanten ab. Karla bot Robert eine an, doch der lehnte ab, weil er sah, dass sie selbst nicht genug für sich hatten.

»Wir müssen weiter«, sagte Robert. »Tut mir leid für euch, Max. Denk noch einmal über mein Angebot nach. Ich halte es aufrecht.«

»Vater?« Sie waren eine ganze Zeit lang schweigend weitergegangen. Robert sah seinen Sohn an. Benedikt sagte immer »Papa« zu ihm, nur, wenn er über etwas angestrengt nachdachte, nannte er ihn »Vater«.

»Ja, Benedikt?«

»Was genau ist das, wovon Max Redlich gesprochen hat: Solstätter? Vor einigen Jahren hat es Lehrer Obermann im Unterricht mal durchgenommen, aber da war ich noch zu jung, um alles zu begreifen. Vielleicht verstehe ich jetzt, was damit gemeint ist.«

»Das will ich dir gerne erklären. Wie du sicher weißt, war Züschen einmal eine Grafschaft. Der Graf übernahm im Namen des Königs die Schutzherrschaft. Seit dem dreizehnten Jahrhundert stand Züschen unter dem Schutz der Herren von Winter.«

»Winter?«, fragte Benedikt. »Davon hat Lehrer Obermann uns auch erzählt.«

Robert nickte. »Die Herren von Winter waren Ritter, bewachten das Dorf und sahen sich so als die Eigentümer von Züschen an. Die Bauern zahlten diesen Schutz mit der Abgabe von ihrer Ernte und mit Arbeitsdiensten. Mehr und mehr jedoch wurden die Bauern frei. Sie waren aber erblich an das Grundstück, das ihnen die Herren von Winter zugewiesen hatten, gebunden. Dies nannte man die Solstätte. In Züschen gibt es seit damals 40 Solstätter, 39 Bauern und den Pastor. Jeder Solstätter hatte eigenen Grundbesitz, den er im Laufe der Jahrhunderte vergrößern konnte. Vor achtzig Jahren, im Jahre 1784, wurden in Züschen über vierzehn Häuser durch einen Brand vernichtet, darunter auch das von Wintersche Ritterhaus. Dadurch wurde eine bedeutende Wende eingeleitet.«

»Das Rittergut wurde von der Gemeinde aufgekauft.«

Robert lächelte. »Du hast gut aufgepasst, Benedikt«, sagte er stolz. »Einige der Solstätter beschlossen den Ankauf der Adelsgüter. Die Kaufgelder wurden von jedem der neununddreißig nach gleichen Teilen aufgebracht und bezahlt. Die Solstätter betrachteten nun die erworbenen Güter als ihr Eigentum und beanspruchten auch weitgehend alle Rechte. Wurde zum Beispiel Wald verkauft, so wurde am Ende des Jahres der Gewinn unter den Solstättern aufgeteilt.«

»Was war mit den anderen Einwohnern? Wir haben doch jetzt mehr als nur neununddreißig Häuser?«

»Richtig. Am 23. Oktober 1841 vertrat Richter Knipschild aus Medebach die Meinung, dass die vom Rittergut Winter erworbenen Güter Gemeindeeigentum seien und daher auch von jedem benutzt werden durften. Somit konnten die Nicht-Solstätter Land von der Gemeinde pachten und bebauen.«

Benedikt blickte nachdenklich zu Boden.

»Papa, wenn es stimmt, was du sagst, dann würde das aber doch bedeuten, dass alle Solstätter gleich reich und groß sind.«

»So war es auch einmal. Starb ein Solstätter, so wurde sein Vermögen immer dem ältesten Sohn vererbt. Dieser musste seine Geschwister anteilmäßig auszahlen. So blieben immer nur neununddreißig Solstätter.«

»Und was ist mit Max Redlich? Warum ist er nicht so reich wie wir?«

»Weil er etwas Pech hatte, Benedikt. Max Redlich war der zweitälteste Sohn, Julius hieß sein älterer Bruder. Als ihr Vater starb, wurde Julius automatisch der neue Solstätter. Julius Redlich lernte dann irgendwann auf einer Fahrt ins benachbarte Hessen die Tochter eines evangelischen Pastors kennen. Da

Julius aber wusste, dass er als Katholik niemals eine evangelische Frau nach Züschen bringen konnte, beschloss er, seine Ländereien zu verkaufen. Die Rechte des Solstätters und einen Teil seiner Länder vermachte er seinem Bruder Max, die restlichen Weiden, Wiesen und Wälder aber verkaufte er. Julius brauchte Geld. Und dein Großvater, Benedikt, konnte am meisten bieten. Julius verkaufte ihm die besten Parzellen bis auf die drei, die Max Redlich heute noch gehören. Er war zwar jetzt ein Solstätter, aber er besitzt nicht viel, wie du gesehen hast.«

Benedikt schwieg. In seinem Kopf wirbelte alles durcheinander. Es war so viel, was er verarbeiten musste und bis zu einer großen freien Fläche, die sich bald vor ihnen ausbreitete, brachte er kein Wort mehr heraus.

Dort setzte sich Robert auf den Boden und öffnete seinen Rucksack. Magdalena hatte für sie dicke Butterbrote mit Leberwurst und Schinken geschmiert und eine Kanne mit Tee eingepackt. Robert gab seinem Sohn zuerst zu trinken und dann ein Brot mit Schinken. Benedikt war hungrig und durstig und froh, dass sie eine Pause einlegten.

Sein Vater zündete sich eine dicke Zigarre an, machte ein paar tiefe Züge und deutete dann mit einer ausholenden Handbewegung auf die breite Fläche vor sich, die sich bis zum nächsten Waldrand ausbreitete. »Das ist der Freie Stuhl, Benedikt. Der Name leitet sich aus den Freigerichten des Mittelalters ab. Diese Gerichtsstätte zählte einmal zu den berüchtigtsten des gesamten Mittelalters. Jemand hat die Fläche einmal abgemessen und ist auf zweihundertzwanzig Schritte in der Breite und dreihundertsieben in der Länge gekommen. Alles hier wächst wild durcheinander. Niemand fühlt sich für den Freien Stuhl verantwortlich, also lassen sie alles so, wie es kommt. Eine vorzügliche Weidelandschaft für Schweine und Ziegen.«

Robert zog einige Male kräftig an seiner Pfeife. »Vor fast vierhundert Jahren wurden die Freien Stühle eingerichtet. Hier fand das Femgericht statt. Die Freigrafen hatten den Vorsitz. Sie saßen in der Tat auf einem Stuhl und sprachen Recht oder Unrecht über die Bevölkerung. Es war eine Sitte, die im dreizehnten Jahrhundert vom Erzbischof Wilhelm von Köln eingeführt wurde. Er war gleichzeitig der Herzog und Herr über das Sauerland.«

»Und das haben die Menschen mitgemacht?«, fragte Benedikt.

»Was blieb ihnen anderes übrig. Sie hatten keine Wahl. Jedenfalls nicht bis zum Jahre 1700. Dann wurden die Freien Stühle abgeschafft. Die Züschener nannten diese Gegend Holenor, weil dort drüben zwischen den Buchen einmal ein alter Ahornbaum gestanden hat. Die Menschen damals haben die Wörter einfach verbunden. Hohl war der Baum und aus Ahorn, also eigentlich Hohlahorn. Später ist dann eben Holenor daraus geworden. Selbst Bürger aus fernen Orten wurden hier verurteilt. Wer vorgeladen wurde, hatte nie eine Chance, freizukommen. Fast immer lautete das Urteil Tod durch den Strang. Es wurde umgehend vollstreckt. Bäume gibt es ja hier genug.«

Benedikt fröstelte. Er hörte einen Moment mit dem Kauen auf und glaubte, die Schreie der Hingerichteten förmlich zu hören, aber dann wurde ihm bewusst, dass es nur das Blöken von Schafen war. Er schüttelte sich und stand auf. Hinter der freien Fläche tauchte die Herde auf. Sie war groß, mit starken Böcken und prächtigen Lämmern. Die Tiere standen dicht beieinander, weil drei Hunde dafür sorgten, dass sie nicht auseinanderlaufen konnten. Immer wieder rannten sie laut bellend um die Herde herum.

Am Ende erschien der Schäfer. Gemächlichen Schrittes, wie bei einer Prozession, folgte er seinen Tieren. Wie alt Viktor Roth war, konnte niemand genau sagen. Er hatte einen langen, zotteligen Vollbart, trug dazu immer einen breitkrempigen Hut, der mit der Zeit speckig geworden war, den er aber so gut wie nie absetzte. Viktors langer, dunkelgrüner Wollumhang schützte ihn im Herbst vor dem kalten Wind und im Sommer vor der heißen Sonne.

»Hallo, Robert«, rief Viktor schon von Weitem.

Lächelnd kam der Schäfer näher, umarmte Robert und klopfte dann dem Jungen mit seiner mächtigen Pranke auf die Schulter. Benedikt kniff die Augen zusammen und sah über die Schafherde. Er war lange nicht mehr mit Matthäus zusammen gewesen und hatte geglaubt, sein Freund sei bei seinem Vater.

»Ist Matthäus nicht hier?«

Viktor lachte herzhaft. »Der hat es nur zwei Tage ausgehalten. Ist heute Morgen schon wieder ins Dorf gegangen. Hast du ihn nicht gesehen?«

Benedikt schüttelte den Kopf.

»Wir sind seit den frühen Stunden unterwegs«, sagte Robert.

Viktor nickte. »Lasst euch beim Essen nicht stören. Du rauchst eine Zigarre, Robert? Willst du etwas Tabak für deine Pfeife?« Viktor hielt Robert seinen Tabaksbeutel hin.

»Später vielleicht.«

»Ist guter Tabak. Hab ihn von Redlichs.« Viktor zog tief an seiner Pfeife. »Für den Dung der Schafe. Er ist der beste Dünger für die Außensiedler.«

Robert schwieg.

Benedikt beobachtete einen der Hunde, der gerade ein Schaf zurückholte. Es war ein Bock, und er stellte sich mit gesenktem Kopf dem Hund entgegen. Aber der Hund war schlau. Er griff von den Seiten an, stürzte sich auf den Bock, um kurz vor ihm abzudrehen. Der Bock machte das einige Male mit, dann gab er auf und ordnete sich wieder der Herde ein.

»Ein gerissener Bursche«, sagte Viktor. »Er weiß, wann es Zeit ist, seinen Widerstand aufzugeben.«

Die ganze Zeit über war Viktor sehr gelassen geblieben. Ein Schäfer musste ruhig und konsequent sein, sonst machten die Schafe, was sie wollten. Während er mit Robert sprach, ließ er die Tiere nicht aus den Augen. Die Hunde hetzten die Flur auf und ab, um die Schafherde zusammenzuhalten. Der Leithund kam zu ihnen. Willig ließ er sich von Benedikt streicheln, als Belohnung dafür, dass er das Schaf eingefangen und die Herde im Griff hatte.

Robert erhob sich.

»Mach keinen Unsinn, Robert.«

»Was meinst du damit?«

»Lass Redlichs das letzte Stück Land, das sie noch haben.«

»Hat Max dir von meinem Angebot erzählt?«

»Er spricht nur noch davon.«

»Bei mir wirkte er abweisend.«

»Was hast du erwartet, Robert? Dass er dir um den Hals fällt?«

Robert Halbach winkte nur mürrisch ab, lüftete kurz seinen Hut zum Abschied und war bereits einige Meter davongegangen, bevor Benedikt sich aufrappelte und ihm folgen konnte.

24

Der Weg führte nun weiter abwärts bis fast ins Tal hinunter. Zu beiden Seiten wuchsen dornige Sträucher und verkrüppelte Bäume, deren Stämme vom Wild angenagt worden waren.

»Hier kann sich Viktor eine goldene Nase verdienen«, meinte Robert nach einiger Zeit. »Wenn wir keine Solstätter wären, Benedikt, dann müssten wir Schäfer werden. Die verdienen viel Geld, leben gesund und kommen viel umher.«

»Hier war er schon«, sagte Benedikt.

»Wie kommst du darauf?«

»Riechst du es nicht, Papa?«

Tatsächlich. Es stank nach Kot.

»Das kommt nicht von den Schafen, Benedikt.«

Bald darauf sahen sie auf einer kleinen Parzelle Hermine Seibert und Bruno. Der Junge schob einen alten Hakenpflug vor sich her. Solche Pflüge wurden bereits in der Vorzeit verwendet. Sie waren schwerfällig und blieben oft im Erdboden stecken, ganz im Gegensatz zu dem Pflug, mit dem Jakob Halbach gearbeitet hatte. Hermine hielt eine breite Schaufel in der Hand, mit der sie dunkle, tellergroße Kotschichten in die Erde stampfte. Der getrocknete Dung der Kühe wurde von den ärmeren Bauern meistens von der Straße eingesammelt und als Dünger für ihre Felder benutzt.

»Sind Seiberts auch Solstätter, Papa?«, fragte Benedikt. Es wäre ihm sehr unangenehm gewesen, zusammen mit Bruno als einer der Alt-Eingesessenen zu gelten.

»Nein. Seiberts nicht.« Fast hätte Robert hinzugefügt: zum Glück. »Seiberts sind Beilieger. So nennt man die Nicht-Solstätter. Es gibt zwei Arten von Beiliegern. Max Redlich war ein Beilieger, bevor er das Recht des Solstätters von Julius zurückbekam. Die zweite Art von Beilieger sind die Pächter, die entweder Land von der Gemeinde oder von einem großen Bauern, der sein eigenes Land nicht allein bewirtschaften kann, gepachtet haben. Diese Beilieger haben keinerlei Einfluss innerhalb der Gemeinde und sind zudem verpflichtet, jährlich einen bestimmten Pachtpreis an die Gemeinde zu zahlen.«

»Dazu gehören Seiberts?«

»Ja. Diese Parzelle liegt weit vom Dorfkern entfernt. Als Lorenz Seibert nach Züschen kam, hat die Gemeinde ihm dieses Land zugewiesen. Ich muss zugeben, dass es sehr unwirtschaftlich ist und man oft mehr Arbeit benötigt als Lohn zu ernten. Aber es war damals das einzige Land, das die Gemeinde verpachten konnte.«

Bruno hatte Benedikt inzwischen entdeckt.

»Guck nicht so blöd«, schrie er Benedikt an. Bruno fühlte, dass ihre Arbeit in den Augen der Solstätter ein schwaches Bild abgab, und Wut und Ärger trieben ihm die Tränen in die Augen. »Hast du nicht gehört? Du sollst mich nicht so anstarren. Hau ab! Hau endlich ab.«

Hermine Seibert blickte kaum auf, als Robert und Benedikt auf gleicher Höhe mit ihr waren. Im ersten Moment wollte Robert einfach weitergehen, aber dann besann er sich. Es wäre unhöflich gewesen, nicht ein paar Worte mit Hermine Seibert zu sprechen. Immerhin hatte sie mitgeholfen, Paul zu retten. »Ihr seid allein?«

Hermine nickte stumm.

»Wo ist Lorenz?«

Sie hielt kurz in der Arbeit inne. »Unterwegs.«

»Und? Was machen seine Geschäfte?«

Sie stieß die Luft zwischen den zusammengekniffenen Lippen aus. »Es geht so. Wir kommen gerade über die Runden. Ohne seine Verkäufe würden wir glatt verhungern. Dabei können wir froh sein, dass es uns nach der Beiliegerordnung gestattet ist, noch andere Berufe auszuüben.«

Robert schwieg.

»Warum sagst du nichts, Robert?«

»Was sollte ich darauf sagen?«

Sie bückte sich, drückte ein Stück Kot in den Boden und ließ Robert und Benedikt stehen, als wären sie Luft.

Robert kniff wütend die Lippen aufeinander. Er warf noch einen kurzen Blick auf Hermine und Bruno Seibert, bevor er sich abwandte. Es brachte nichts, weiter mit ihnen zu reden. Die gegenseitige Abneigung schien offenbar zu groß zu sein.

Bald befanden sie sich in einem dichten Wald, und Benedikt hatte die Orientierung verloren. Nur gut, dass sein Vater bei ihm war. Irgendwann hielt Robert vor einem mannshohen Stein an. Deutlich waren die im unterschiedlichen Stil eingehauenen Initialen »Z« auf der einen und »WB« auf der anderen Seite zu sehen.

»Was ist das, Papa?«

»Ein alter Grenzstein. >Z< bedeutet Züschen und >WB< heißt Wittgenstein-Berleburg. Es war bis 1817 die Grenze zwischen Westfalen und Sayn-Wittgenstein. Seitdem gehört Sayn-Wittgenstein zu Westfalen. Die Fürsten von Wittgenstein wohnen heute noch in ihrem Schloss in Berleburg. Über diese Grenze gibt es sehr viele Aufzeichnungen. Sie berichten über Grenzverletzungen wie Diebstahl von Holz, verbotenes Jagen, ja sogar bis zum Mord. Obwohl wir immer ein gutes Verhältnis zu den Bewohnern der angrenzenden Dörfer hatten und noch haben, so ist dies doch eine Religions- und Sprachgrenze. In Sayn-Wittgenstein sind die meisten evangelisch und sie haben viele andere Ausdrücke für die gleichen Wörter wie wir.«

Nach wenigen weiteren Metern lichtete sich allmählich der Wald und gab den Blick auf einen Weg frei, der von Westen nach Osten führte. Ein Langholzwagen, der von vier Pferden gezogen wurde, holperte dort durch tiefe Löcher und über festgefahrenen Schotter. Die Holzstämme hatten eine Länge von fast fünfzehn Metern. Der Fuhrmann hielt die Zügel der führenden beiden Pferde fest in der Hand und ging neben dem Wagen her. Ein zweiter Mann hielt vorsorglich seine Hand an der Bremse am Ende des Wagens. Die schwarzen Hosen waren dreckbeschmiert und wurden nur von Hosenträgern gehalten. Ihre klobigen Schuhe waren staubbedeckt, die Absätze schief. Über einer dunklen Weste trugen sie eine blaue, verwaschene Jacke.

Benedikt kannte die beiden gut.

Hinter dem holprigen Weg, auf einem sehr steilen Abhang, bearbeiteten sieben Männer mit Äxten die gefällten Fichten. Zwei andere Gehilfen entdeckte Benedikt etwa dreißig Meter oberhalb. Sie hielten das Ende einer Blattsäge in den Händen und sägten knapp über der Erde eine weitere Fichte ab. Einer der beiden schrie »Achtung«, worauf alle anderen in Deckung gingen. Mit einem Ächzen und Stöhnen brach die zwölf Meter hohe Fichte ab, streifte im Fallen andere Bäume, riss deren Äste mit und schlug dann dumpf auf den Boden auf. Die Männer hoben die Fäuste und jubelten.

Ein Arbeiter holte ein starkes Pferd. Andere legten eine

schwere Kette um die Spitze der Fichte, schlangen sie um das obere Geäst und befestigten das andere Ende der Kette an der Deichsel des Pferdes.

»Hüh!«, schallte es laut bis zu Benedikt herüber. Das Pferd zog an. Langsam rutschte der Stamm den steilen Abhang hinunter. Wenn er an einer Wurzel oder einem abgesägten Baum hängen blieb, wurde er von den Männern mit großen Haken wieder gelöst. Es war nur eine schmale Gasse, durch die der Stamm gezogen werden konnte, und sie war aufgeweicht und schlammig.

»Die Arbeit grenzt fast an ein Wunder«, sagte Robert leise. »Wenn der Stamm ins Rutschen kommt und dem Pferd oder den Arbeitern in die Hacken prallt, hat es schon mal Tote gegeben.«

»Tote Pferde?«

»Ja, aber auch tote Holzarbeiter. Besonders im Frühjahr und Herbst, wenn der Boden glitschig ist, kann das passieren. Trotz dieser Gefahren arbeiten viele unserer Jungs gern als Holzhauer und Holzrücker, Fuhrleute oder einfache Handlanger im Wald. Die hiesigen Waldarbeiter sind weit über die Grenzen des Dorfes hinaus bekannt, und da sie stets mit Holz zu tun haben, werden sie scherzhaft die >Tüscher Holteböcke< genannt.«

Benedikt sah ihn ungläubig an.

»Ja«, lachte sein Vater. »Das ist wirklich so. Zuerst war es ein Schimpfwort, aber schon bald waren die Männer stolz auf diese Bezeichnung. Inzwischen ist mehr als die Hälfte der jungen Männer aus Züschen im Wald beschäftigt, und die, die keine Arbeit haben, sehnen sich nichts mehr herbei, als zu ihnen zu gehören. Aber auch die Waldarbeiterstellen sind begrenzt.«

Sie beobachteten das Schauspiel weiter, und atmeten erst auf, als der Stamm am Rande der Straße lag.

»Wie viele Fichten werden denn abgesägt, Papa?«

»Bis der Wagen voll ist. Das können zwischen zehn und fünfzehn Bäume sein.«

»Und jedes Mal muss das Pferd den Stamm herunterziehen?«

Robert nickte.

Plötzlich hörten sie Hufschlag, und schon tauchte ein Reiter auf, der kurz vor ihnen sein Tier zügelte. Es war der Förster. Er trug eine grüne, derbe Hose und eine dicke Jacke, dazu bedeckte ein brauner Hut seinen blonden Haarschopf.

»Hallo Robert.«

»Tag Gottfried.«

»Was macht ihr hier?«

»Wir befinden uns auf einem Rundgang«, antwortete Robert. »Wir sind seit heute früh unterwegs. Benedikt soll alles über seine Heimat erfahren.«

»Das ist gut. So habe ich auch mal angefangen.« Ein Lächeln huschte über das braun gebrannte Gesicht des noch jungen Mannes. »Interessiert es dich, Benedikt?«

Der Junge nickte heftig.

»Prima«, sagte der Förster.

»Und was treibt dich her?«, wollte Robert wissen.

Der Förster deutete mit dem Kopf auf die andere Straßenseite. »Ich habe die Stämme gekennzeichnet, die abgeholzt werden sollen. Manche sind krank, vom Borkenkäfer befallen.«

Robert betrachtete den jungen Förster. »Du scheinst Sorgen zu haben, Gottfried.«

»Ich befürchte, dass wir den Waldbestand zu sehr strapazieren. Wir holzen ab, ohne neu zu pflanzen. Irgendwann wird sich das rächen, Robert.«

»Du siehst das zu schwarz.« Robert machte eine ausladende Handbewegung in die Runde. »Wir sind von Wäldern umgeben. Wir haben eine lukrative Holzwirtschaft. Sie garantiert uns eine hohe Beschäftigungszahl und einen vollen Gemeindesäckel. Du bist noch nicht lange hier, erst zwei Jahre, Gottfried. Hör auf uns und mach dir keine Sorgen.«

Der Förster Gottfried nickte. »Das habt ihr mir schon oft gesagt. Vielleicht hast du sogar recht, Robert. Naja, ich muss weiter.« Er tippte an seinen Hut und gab dem Pferd die Sporen.

Benedikt blickte zum Himmel. Die Sonne hatte ihren höchsten Stand längst überschritten. Bald würde es anfangen zu dämmern und sein Vater machte keine Anstalten, umzukehren. Im Gegenteil. Er ging wieder schneller. Nach einem weiteren halben Kilometer bog Robert auf einen schmalen, kaum sichtbaren Pfad ab. Tannen und dichte Büsche reichten bis auf den Weg. Benedikt musste sich immer öfter ducken oder mit den Händen die Zweige zur Seite schieben, damit sie ihn nicht im Gesicht trafen.

»Dieser Feldweg ist die Grenze zu Mollseifen.«

»Gehören die Wälder uns?«, fragte Benedikt.

»Nein.« Robert schüttelte den Kopf und zeigte in die Runde. »Alles, was du hier siehst, gehört der Gemeinde.«

»Warum gehen wir dann hierher?«

»Ich will dir noch etwas zeigen.«

Sie erreichten eine unebene Wiese. Das hohe Gras deutete darauf hin, dass sie von niemandem bearbeitet wurde. Im Hintergrund, in etwa fünfzig Metern Entfernung, standen fünf dicke, etwa zwei Meter hohe Steinbrocken, die so aussahen, als hätte sie jemand dort hingelegt. Der linke Stein lief spitz nach oben zu, der mittlere blieb gleichmäßig, der Stein dahinter war kleiner und sah wie eine Kugel aus, während die beiden rechten von bizarrer Form waren.

»Dies hier ist der Hohle Graben«, erklärte Robert in fast feierlichem Ton. »Dies ist ein mystischer Ort. Die Felsbrocken dort nennt man die >Opfersteine<. Sie liegen bestimmt schon Millionen von Jahren auf diesem Platz.«

»Warum heißen sie so?«

»Es gibt da eine Begebenheit aus der Züschener Geschichte. Ob sie stimmt, weiß niemand. Es heißt, dass zu Weihnachten im Jahre 1811 die Bewohner Züschens hierher geflohen sind, weil sie Schutz vor den Soldaten Napoleons suchten.« Er senkte seine Stimme und sprach plötzlich flüsternd weiter. »Dies war ein geheimer Schlupfwinkel. Solange es Menschen gibt, suchen sie bei Gefahr ein nur ihnen bekanntes Versteck auf. Wer es verriet, wurde getötet.«

Benedikt fröstelte plötzlich.

»Man munkelt, dass es einen Verräter gab. Er wurde aufgefordert, ein Vaterunser zu beten, und dann hat man ihn bei lebendigem Leib verbrannt.«

»So etwas machten die Menschen?«, stieß Benedikt entsetzt aus.

Sein Vater nickte ernst. Er streckte seine Hand aus und deutete mit dem Finger auf die Felsbrocken. »Die Steine wurden als Altar benutzt. Hier fand das heilige Messopfer statt. Deshalb heißen sie heute >Opfersteine<.«

Wie hypnotisiert starrte Benedikt die fünf Steine an. Er konnte kaum glauben, was ihm sein Vater erzählt hatte.

Robert schaute zum Himmel. Im Westen wurde es dunkel, und Wolken kündigten Wind und Regen an. »Wir gehen nur noch bei den Bertrams vorbei. Walter kann uns mit seinem Wagen mitnehmen.«

Am Flachengrund vorbei folgten sie einem Weg entlang eines Baches, den man die Bergmecke nannte. Er mündete kurz danach in die Ahre. Links, hinter der holprigen Schotterstraße, erstreckte sich ein stetig ansteigender Hügel.

»Dort oben ist der Dannenberg«, sagte Robert. »Und dahinter liegt die Haumecke. Du kannst sie von hier aus nicht sehen. Die Felder auf dem Dannenberg, Benedikt, gehören zur Hälfte der Gemeinde, zum Teil uns und anderen Solstättern. Es sind wie der Hellenkopf fruchtbare Äcker. Siehst du dort die Männer?«

Fünf Personen konnte Benedikt ausmachen, die dabei waren, Geräte auf einen der beiden Leiterwagen zu verladen.

»Das ist Walter Bertram mit einigen Tagelöhnern. Die Tagelöhner habe ich ihm geschickt, weil er sie sich nicht leisten kann. Aber das darfst du in seiner Gegenwart nie erwähnen oder es jemandem erzählen. Komm!«

Sie mussten die Bergmecke über Holzplanken überqueren. Die dicken Bretter dienten als Brücke, aber sie waren einfach in den Bachlauf geworfen worden. An manchen Stellen verfault, hielten sie kaum noch mehrere erwachsene Männer aus, und um ein Haar wäre Benedikt ins Wasser gefallen.

Sein Vater aber hielt ihn an den Händen fest. Wenig später hatten sie Walter Bertram erreicht.

Die beiden begrüßten sich per Handschlag. Robert blickte an Walter vorbei über das Feld. Es sah nicht so aus, als wäre Walter Bertram mit seiner Arbeit fertig geworden.

Robert zog die Stirn kraus. »Alles in Ordnung?«

»Ja, natürlich.«

Ein dritter Wagen kam über das Feld auf sie zu. Aus einer breiten Röhre floss Gülle. Es stank entsetzlich, aber die Jauche war der beste Dünger für einen Acker.

»Ich habe mich übrigens entschlossen, keine Gerste anzubauen«, sagte Walter.

Er sagte es leise, so, als habe er Angst, eine eigene Entscheidung getroffen zu haben.

Robert runzelte auch sogleich die Stirn. »Warum?«

»Wächst zu langsam, Robert. Ich werde Gerste aus dem Hellweg kommen lassen.«

»Kein schlechter Gedanke, Walter«, nickte Robert.

»Eben. Ich habe mir alles genau überlegt. Ich habe meine Pferde, meine Wagen. Und ich kenne die Sauerlandstraße wie meine Westentasche. Du weißt, dass ich beim Vorspanngeben oft genug fast bis zum Hellweg gekommen bin. Vielleicht kann ich mich dann revanchieren und dir Gerste mitbringen, Robert.«

»Schon möglich.«

Walter Bertram wandte sich an die Knechte und Tagelöhner. »Schluss für heute. Lasst den Wagen mit der Gülle stehen und spannt die Pferde vor die beiden anderen Wagen.«

»Könnt ihr uns mitnehmen?«, fragte Robert. Es war eine rein rhetorische Frage, aber er war zu höflich, um einfach aufzusteigen.

»Natürlich«, antwortete Walter. »Wir haben Platz genug.«

Sie kamen gleichzeitig mit Onkel Ludwig und Jakob zu Hause an. Da fiel Benedikt wieder ein, was ihn die ganze Zeit über noch beschäftigt hatte.

»Papa, du hast mir doch alles über die Solstätter erzählt. Wieso aber ist Onkel Ludwig ein Solstätter?«

»Onkel Ludwig ist durch Heirat Solstätter geworden, Benedikt. Tante Lydia war das einzige Kind ihrer Eltern. Onkel Ludwig wollte damals gerade Züschen verlassen, als er und Tante Lydia sich ... naja, als sie eben heirateten. Ich bin froh, dass er hiergeblieben ist.«

»Ich auch«, sagte Benedikt, und er meinte es wirklich so.

Er ging ins Haus. Die Wärme war erquickend, und jetzt merkte er, wie erschöpft er war. Jemand legte eine Decke um seine Schultern. Als er sich herumdrehte, stand Gundula Holzner vor ihm.

»Gundula!«, sagte er völlig perplex. »Was machst du denn hier?«

»Helene und Karl haben mich abgeholt.«

Im Hintergrund erschien Helene. Ihr Gesicht glühte, aber ihre Augen blickten sehr ernst. »Gundis Vater ist mit Hanna nach Köln gereist«, sagte sie. »Doktor Kluse aus Winterberg hat ihm dazu geraten. Hanna geht es immer noch nicht besser, und der Arzt in Köln könnte ihr helfen.« Helene verzog traurig die Mundwinkel. »Für alle drei reichte ihr Geld nicht aus, deshalb ist Gundula hiergeblieben. Wir haben nur durch Zufall davon gehört und Gundula in Winterberg abgeholt. Sie wird bei Eva und mir schlafen.«

»In dem kleinen Zimmer?«, wunderte sich Benedikt.

»Warum nicht? Wir rücken alle ein bisschen zusammen.«

»Es ist doch nur, bis Papa und Hanna zurück sind«, sagte Gundula leise.

25

In Züschen gab es die drei Schmieden Wuchtemeier, Harms und Kuster sowie die Stellmacherei Hauborn. Wenn auf einem Hof ein neuer Wagen gebraucht wurde, dann war nicht nur der Stellmacher, sondern auch ein Schmied gefordert, denn der Wagen wurde immer auch mit Eisenteilen beschlagen.

Die Stellmacherei Hauborn lag in der Mitte des Dorfes, genau dort, wo Ahre und Sonneborn zusammenflossen und den Fluss Nuhne bildeten. Vier bis fünf Arbeiter waren in der Regel in der Stellmacherei täglich von sechs Uhr morgens bis sechs Uhr abends damit beschäftigt, Speichenräder für Kutschen, Pferdekarren und Handkarren, aber auch Pflüge, Schubkarren, Handwagen, Schlitten und Eggen herzustellen. Fritz Hauborn war mit Leib und Seele Stellmacher. Nach der Lehre war er fünf Jahre durch fast ganz Preußen gereist und hatte dann den Betrieb von seinem Vater übernommen.

Vor dem Eingang der Stellmacherei zählte Benedikt sieben Wagen, mit gebrochenen Speichen, abgerissenen Naben oder losen Eisenreifen. Sie gehörten den Solstättern, denen er auf seinem Weg begegnet war, denn an jedem Wagen befand sich das Zeichen des Eigentümers. Auch von seinem Onkel Ludwig entdeckte Benedikt einen Leiterwagen. Das linke Rad hing fast quer zur Fahrtrichtung. Derjenige, der den Wagen geführt hatte, musste über dicke Steine und durch tiefe Schlaglöcher gefahren sein. Bestimmt Jakob, dachte Benedikt spöttisch.

Auf dem Hof wurden sie von Hauborns Hund stürmisch begrüßt. Es war ein Mischling aus Schäferhund und Spitz. Johannes, der es sich nicht hatte nehmen lassen, mitzukommen, bekam Angst und suchte hinter Benedikt Schutz.

»Der beißt nicht«, sagte ein Tagelöhner, der hier kurzfristig Arbeit gefunden hatte. »Ich kenne ihn. Der hält einem Einbrecher noch die Kerze, so brav ist er.«

»Wie heißt er denn?«, fragte Johannes zaghaft.

»Lotte. Es ist ein Weibchen.«

»Und warum sagst du dann >er< zu ihr?«, wollte Benedikt wissen.

Der Mann zuckte die Achseln. »Sagen alle hier. Weil es ein Hund ist, deshalb.«

Johannes streichelte Lotte den Kopf. Sie oder er knurrte wohlig. »Ich möchte auch einen Hund«, sagte er zu Benedikt.

»Frag Papa.«

Sie gingen hinter ihrem Vater und Karl in die Stellmacherei hinein. Lotte folgte ihnen auf dem Fuß. Sie wich keinen Schritt mehr von Johannes´ Seite.

Benedikt hatte noch den rostigen Geruch aus dem Eisenhammer seines Onkels in der Nase und war angenehm überrascht, als er in der Stellmacherei den Duft von frischem Holz spürte. Es gab zwei Werkräume. Durch eine offene Tür konnte Benedikt drei Männer im hinteren Raum sehen. Sie ließen sich durch ihren Besuch nicht irritieren, sondern arbeiteten gewissenhaft weiter. Fritz Hauborn stand im vorderen Arbeitsraum. Er trug eine Lederkappe auf dem Kopf, ein Holzfällerhemd, eine Hose aus leichtem Stoff, die ihm bei jedem Gang um die Beine flatterte und darüber eine Lederschürze. Bei ihm waren zwei Arbeiter. Die Männer schauten kaum auf, als Benedikt und Johannes mit ihrem Vater und dem Knecht Karl den Raum betraten.

Hauborn wischte sich schnell die Hände an seiner Lederschürze ab und kam ihnen entgegen.

»Robert, Tag.« Er gab ihnen alle die Hand. »Ich habe schon gehört, dass ein Rad gebrochen ist. Jetzt, während der Aussaat brechen viele. Dabei verwenden wir nur das beste Holz.«

Der größere der beiden anderen Männer trug einen Hut. Die Krempe hatte er tief ins Gesicht gezogen, und er tat so, als würde er sie ignorieren, aber Benedikt bemerkte, dass er sie unter dem Hut hervor beobachtete. Er hieß Josef, aber alle nannten ihn nur Jupp. Jupp war ein arroganter Fatzke, der sich auf seine Arbeit etwas einbildete. Benedikt wandte ihm demonstrativ den Rücken zu.

Hauborn führte Robert und Karl zu dem zweiten Mann. Er war schmal, fast schroff und lächelte freundlich.

»Erich ist schon dabei, die Radnabe zu fertigen«, sagte Hauborn.

Erich hob das Holzstück an. »Gut, gut«, sagte Robert.

»Was für Holz hast du genommen?«, fragte Karl.

»Buche«, antwortete Erich. »Buche ist stabil und vielseitig. Das Holz eignet sich zwar eher für Wagenachsen, aber ich hatte nichts Anderes vorrätig.«

»Normalerweise verwenden wir Ulme«, erklärte Hauborn. »Wenn du warten willst, Robert, kann ich morgen oder übermorgen mit dem Förster nach einer geeigneten Ulme sehen.«

Robert Halbach winkte ab. »Das mit der Buche ist schon in Ordnung. Ich muss den Wagen schnellstens fertighaben. Wenn du Ulmenholz hast, machst du mir einen neuen.«

»Gut«, nickte Hauborn.

Benedikt zupfte am Rock seines Vaters. »Warum wollen wir eine Radnabe aus Ulmenholz haben, Papa?«

Bevor Robert antworten konnte, sagte Karl: »Weil das Holz der Ulme zäh ist, Benedikt. Außerdem ist es spaltfest und sehr unempfindlich gegen Feuchtigkeit. Es reißt nicht.«

»War die kaputte Nabe nicht aus Ulme?«

Karl schüttelte den Kopf. »Nein. Die war aus Esche. Weißt du, es wachsen hier nicht viele Ulmen, deshalb verwendet Hauborn das Holz, was wir vorrätig haben. Esche ist fast so gut wie Ulme. Daraus werden Schalen, Heugabeln und eben Radspeichen gemacht.«

Hauborn grinste. »Ich hätte es nicht besser erklären können.«

»Entschuldige«, sagte Karl rasch.

»Unsinn.« Hauborn winkte ab. »Ist schon in Ordnung.«

Benedikt folgte Erich, der mit der halbfertigen Radnabe zu einer Hobelbank ging. Erich beugte sich nieder, kniff ein Auge zusammen und sah kritisch über das Holzstück. Dabei rieb er immer wieder mit der Hand darüber.

»Ich muss prüfen, ob irgendwo noch ein Aststück oder eine Einkerbung ist«, sagte er zu Benedikt. »Dann ist die Nabe wertlos. Dazu muss man aber ein perfektes Augenmaß haben und Geschick und Erfahrung. Die Herstellung einer Nabe ist ein recht komplizierter Vorgang, musst du wissen.«

Erich beugte sich nach vorn. Benedikt nahm an, dass er besser sehen wolle, aber Erich flüsterte: »Jupp darf nur die Speichen drechseln. Das ist eine einfache Arbeit. Für eine Radnabe ist er zu blöd. Aber er glaubt, er sei ein richtiger Stellmacher.«

Benedikt musste an sich halten, Jupp nicht einen spöttischen Blick zuzuwerfen. Das gönnte er dem Kerl.

»Weißt du, Benedikt, was man für den Beruf des Stellmachers lernen muss?«

»Nein.«

»Das ist sehr viel. Zum Beispiel muss man mit einem Beil, einem Hobel, mit Handbohrern und Stemmeisen, Zangen und Hämmern umgehen können. Jede Nabe braucht ein genaues Maß.«

Erich widmete sich wieder seiner Arbeit. Benedikt sah interessiert zu, verstand aber zu wenig von der recht komplizierten Arbeit eines Stellmachers.

Jupp stieß einen Fluch aus. Benedikt und Erich schauten zu ihm hinüber. Er hatte sich einen Finger geklemmt und fluchte immer noch laut vor sich hin.

»Hat Jupp auch Eichen- oder Buchenholz?«

»Nein. Für Radspeichen wird Esche bevorzugt.«

Erich ging zu einer Drehbank, befestigte das Holzstück und nahm einen kleinen Bohrer in die Hand. Vorsichtig begann er, durch die Nabe ein Loch zu bohren. Als er fertig war, schaute er Jupp an. Dieser nickte hochmütig.

Erich zwinkerte Benedikt zu. »Er ist mit den Speichen soweit. Jetzt brauchen wir nur noch die nötigen Einstecklöcher für die Speichenanzahl auszustemmen und dann die Speichen auf dem Radstock einzuschlagen. Das kann Jupp machen, das ist eine einfache Angelegenheit. Wo ist eigentlich dein Vater?«

Benedikt sah sich um. Hauborn und sein Vater waren nicht zu sehen.

»Die trinken sich einen, wie?«, meinte Erich. »Hauborn ist froh, endlich Gesellschaft zu haben. Naja, lassen wir die beiden.«

Durch die Tür kam Johannes mit Lotte im Schlepptau. Der

Hund schaute immer wieder zu ihm hoch.

»Hast du ihm was zu fressen gegeben?«, fragte Erich.

»Nur einen Kanten Brot.«

»Dann wirst du ihn nicht mehr los. Der kann rund um die Uhr betteln.«

»Die«, sagte Benedikt.

Erich war verwirrt. »Was?«

Benedikt und Johannes lachten. »Lotte ist ein Weibchen.«

Erich lachte mit. »Für mich ist und bleibt er ein Hund.«

Johannes trat an Erichs Drechslerbank. »Warum liegen denn so viele Räder in der Nuhne?«

»Die sind für den Schmied Wuchtemeier. Holz reagiert ganz unterschiedlich auf Hitze oder Nässe. Wenn es nass ist, zieht es sich zusammen. Um die Nabe wird ein Eisenband geschmiedet, und um das Rad kommt noch der Eisenreifen. Den hat Wuchtemeier vorher schon nach unseren Maßen angefertigt. Im Wasser wird der Eisenreifen auf den Rädern festgeschweißt. Wenn sich das Holz nun beim Trocknen wieder ausdehnt, sitzt der Reifen felsenfest.«

»Toll«, machte Johannes.

Benedikt sah ihm an, dass er eine derartige ausführliche Erklärung gar nicht erwartet hatte. Johannes verstand sie auch nicht. Er ließ Lotte auf den Hinterbeinen tanzen und hielt ihr abermals etwas Brot hin. Der Hund schnappte danach und hätte Johannes fast in den Finger gebissen.

»Ich will doch keinen Hund«, schimpfte er.

»Morgen haben wir Vollmond«, sagte Erich. »Wenn du willst, kannst du mit mir in den Wald gehen und Holz schlagen. Das ist das sogenannte Mondholz.«

»Was?«, fragte Benedikt mit offenem Mund.

»Ja. Man sollte es kaum glauben, aber dieses Mondholz ist tatsächlich widerstandsfähiger als alles andere.«

Wenn ich das in der Schule erzähle, wird mir kein Mensch glauben, dachte Benedikt, und Bruno und seine Freunde lachen mich aus.

Erich nahm noch mehrere fertige Radnaben und legte sie zusammen auf einen Haufen. Jede einzelne Nabe war von unterschiedlicher Größe und für verschiedene Fahrzeuge bestimmt. Sie alle würden in den nächsten Tagen in der Nuhne landen, damit sich das Holz zusammenzog.

Wenig später kamen Robert Halbach und Fritz Hauborn zurück. Beide rochen nach Alkohol, und Benedikt vermied es, in die Nähe seines Vaters zu kommen. Aber die Schnäpse hatten Robert offenbar heiterer gestimmt, denn er schlug ausgerechnet Jupp fröhlich auf die Schultern und lobte seine Arbeit. So etwas hatte er noch nie getan.

Beim Hinausgehen raunte er seinen Söhnen zu: »Man muss immer gut zu den Handwerkern sein, sonst versauen sie einem noch die Geräte. Jupp ist zwar dämlich, aber ein Dummkopf kann auch hinterhältig sein. Und dann brechen uns die Räder im Nu. Das möchte ich vermeiden.«

Er sah sich nach dem Hund um, der heftig bellte. »Was ist denn mit Lotte los?«

»Johannes hat sie gefüttert«, verriet Benedikt. »Er will auch einen Hund.«

»Jetzt nicht mehr«, rief Johannes laut.

»Dann ist es ja gut«, brummte ihr Vater.

26

Die Sommermonate waren eine einzige Schinderei für die Bauern. Abends fielen sie todmüde ins Bett, um am nächsten Morgen bereits mit dem Morgengrauen wieder aufzustehen.

Die jüngeren Kinder hatten es noch relativ gut. Sie konnten mit auf die Felder fahren und dort spielen. Ab zwölf, spätestens ab dreizehn Jahren war man jedoch alt und kräftig genug, um bei der Arbeit mit anzupacken. Nur die Mädchen wurden geschont. Sie wurden hauptsächlich für die sogenannten Frauenarbeiten herangezogen, wie Waschen und Bügeln, Brote schmieren, Schinken zuschneiden, Tische decken und wieder abräumen und abwaschen. Eine der wenigen Ausnahmen bildete Luise Redlich. Da ihr Vater kein Geld für Tagelöhner und Knechte hatte und sich aus Stolz weigerte, von einem anderen Solstätter Hilfe anzunehmen, war sie gezwungen, auf den Feldern ihrer Eltern mitzuhelfen. Aber das tat sie gerne.

Die Schule war in dieser Zeit Nebensache, was weder die Lehrer noch die Eltern störte. Die Lehrer hatten so mehr Ruhe und fast schon Erholung und die Eltern Hilfe durch ihre Kinder.

Die Tage verliefen immer nach dem gleichen Schema.

Auf dem Hof vor Robert Halbachs Haus standen zwei Leiterwagen. Über der Ladefläche von einem Wagen war eine Ablage konstruiert worden, die vollgestellt war mit Körben und Säcken mit Vorräten. Auf dem zweiten Wagen lagen mehrere Matratzen. Sie dienten als Ruhelager. Robert achtete peinlich darauf, dass die Ruhezeiten eingehalten, aber nicht überzogen wurden. Vor vielen Jahren gab es keine Pausen. Als Elisabeth davon erfuhr, machte sie ihrem Unmut Luft und bestand darauf, regelmäßige Pausen einzuführen.

Benedikt hörte seine Eltern oft darüber diskutieren. Seine Mutter wollte, dass sein Vater mit den anderen Solstättern des Dorfes darüber sprach und auf sie einwirkte, die Tagelöhner anständig zu behandeln.

Bei der Heuernte kam es vor allem auf den richtigen Zeitpunkt an. Wenn man das Heu zu früh erntete, war der Nährstoffgehalt für das Vieh noch nicht voll entwickelt. Mähte man das Gras jedoch zu spät ab, konnte man zwar einen höheren Ertrag erzielen, aber die Qualität war nicht mehr gut genug.

»Ich zahle achtzig Pfennig die Stunde«, sagte Robert Halbach zu den Männern, die seit dem frühen Morgen am Ufer der Sonneborn standen und darauf warteten, dass sich ein Solstätter blicken ließ.

Einer der Tagelöhner sah zu seinen vier Kameraden. Achtzig Pfennig waren mehr als sie bisher verdient hatten.

Es war, als ahne Robert dessen Gedanken. »Die Arbeit ist nicht leicht. Die Wiesen liegen an unübersichtlichen und steilen Stellen. Ich brauche dafür starke und mutige Männer.«

Die Tagelöhner zögerten noch immer. Sie waren um die dreißig, muskulös und von der täglichen Arbeit im Freien braun gebrannt. Seit Tagen hatten sie auf eine Anstellung gewartet. Bisher waren es leichte Arbeiten gewesen, ohne große Mühe, aber für sehr viel weniger Geld. Dieser Verdienst lockte, und so stimmten sie schließlich zu.

»Gut«, sagte Robert. Er deutete zur Scheune. »Ihr könnt euch dort hineinsetzen und frühstücken. In einer halben Stunde fahren wir los. Zu Essen und zu trinken gibt es genug, nur keinen

Alkohol. Den dulde ich während der Ernte nicht. Wer sich nicht daran hält, kann sofort gehen. Verstanden?«

Sie nickten schweigend und trotteten auf die Scheune zu. Das Frühstück bestand aus frischen Eiern, Milch, gepökeltem Schinken und heißen Brötchen.

Benedikt interessierten Lohnverhandlungen nicht. Die Tagelöhner waren auf Arbeit angewiesen, und ihr Zögern bei der Lohnangabe war nur eine Masche, die die Leute liebten. Am Ende gab sowieso der Bauer, in diesem Fall sein Vater, den Ausschlag. Nur manchmal, wenn es schnell gehen musste, war Robert Halbach barsch und ließ keine Diskussion zu.

Die meisten Tagelöhner waren Ortsansässige, die von Hof zu Hof gingen, um den besten Lohn auszuhandeln. Seit einiger Zeit kamen aber auch junge Männer aus den umliegenden Orten. Es waren die dritten oder vierten Söhne ihrer Eltern, besaßen somit kein eigenes Land und wollten keine Wanderhändler werden. Eine Berufsausbildung war aus Kostengründen nicht möglich, weil ihre Eltern selbst sehr arm waren. Deshalb waren sie froh, bei reichen Bauern Arbeit zu finden. Manchmal kamen die Tagelöhner sogar aus dem Münsterland und aus Hessen, hin und wieder sogar noch weiter aus dem Süden: Baden, Bayern und sogar aus Österreich. Viele von ihnen waren Abenteurer und suchten eine relativ leichte Tätigkeit. Deshalb auch hatten sie gezögert. Sie wollten keine Schwerstarbeit verrichten. Aber sie brauchten das Geld, und Robert benötigte alle Tagelöhner, die er bekommen konnte.

Für die Jungen war die Heuernte stets ein großes Erlebnis. Es war herrlich, mit bloßen Füßen im frischen Heu zu stampfen. Johannes war für manche Tätigkeiten noch zu jung und zu schwach. Aber er konnte bereits das Heu auf den Wagen festtreten, und deshalb musste er auch mit auf die Felder. Da kannte sein Vater kein Pardon.

Die beiden Jungen saßen auf der Ladefläche des Leiterwagens, der mit den Körben und Säcken voll beladen war. Benedikt sah zu, wie der Staub hinter dem Wagen aufwirbelte und dünne Wolken bildete, obwohl die Pferde nur in leichtem Trab zogen. Karl ließ ab und zu die Peitsche knallen, ohne allerdings die Tiere zu treffen.

Je weiter sie kamen, desto mehr Bauern sahen sie auf ihren

Feldern. Deutlich war der Unterschied zwischen Solstättern und Beiliegern zu erkennen. Während die Solstätter mit mehreren Knechten und Tagelöhnern ihre Heuernte einbrachten, waren die Beilieger allein. Nur ihre Familie, die meistens aus bis zu acht Personen bestand, half mit. Aber da die Kinder zu jung und unerfahren waren, blieb meistens ein Teil ihres Ertrages zurück auf den Feldern.

Benedikt sah Onkel Ludwig und Jakob mit ihren Knechten und Tagelöhnern. Ludwig hob kurz die Hände zum Gruß, ließ sich aber weiter nicht von seiner Arbeit ablenken.

In der Nähe der Bergmecke sahen sie Seiberts. Bruno mühte sich ab, das geschnittene Gras zusammen zu harken. Es war wenig und würde gerade mal für eine Kuh einige Tage reichen. Aber mehr war in dieser Gegend nicht zu erwarten. Als Bruno merkte, dass er von Benedikt und Johannes beobachtet wurde, stieß er einen Fluch aus und hob drohend die Faust in ihre Richtung. Was er dabei sagte, konnten die beiden nicht verstehen, dazu war er zu weit entfernt. Aber es war bestimmt nichts Erfreuliches.

»Blödmann«, zischte Johannes, während Benedikt auf seiner Unterlippe kaute, sich hinter das Gestänge des Leiterwagens duckte und durch die Ritzen Bruno und seine Eltern weiter beobachtete. Bruno war ihr einziges Kind. Auch Jakob war ein Einzelkind. Seltsam, dachte Benedikt. Fast alle Familien hatten vier oder noch mehr Kinder. Nur Seiberts und sein Onkel nicht.

Karl hielt unvermittelt an. Sie hatten ihr erstes Ziel erreicht. Benedikt schaute zu dem Hang hinauf, auf dem das Gras geschnitten werden sollte. Er war wirklich sehr steil.

Auf der Wiese rechts neben dem Weg hatte Karl mit einigen Helfern das Gras bereits am Wochenende gemäht und in den letzten Tagen mehrmals zum Trocknen auseinandergezogen und gewendet. Nun konnte es auf die Leiterwagen gepackt werden.

Die Tagelöhner, die Robert eingestellt hatte, ergriffen jeder eine Sense und stiefelten damit den steilen Hang hinauf. Jeden Schritt setzten sie mit Bedacht. Sobald sie eine sichere Stelle erreicht hatten, begannen sie mit dem Mähen. Sie mussten oft ihr Gewicht verlagern, damit sie bei der Arbeit nicht stürzten.

Drei andere Tagelöhner hielten lange Rechen in den Händen und zogen das Gras zu Wellen zusammen. So konnte es über

Nacht liegen bleiben, und nur die äußere Schicht wurde vom Tau befeuchtet. In den nächsten Tag würden sie das Gras immer wieder zu neuen Wellen formen, bis es zu Heu geworden war.

Einer der Tagelöhner verhielt sich sehr geschickt. Benedikt beobachtete ihn interessiert. Er warf den Rechen wie eine Angel aus, ließ den Holzgriff durch seine Hände gleiten und zog ihn dann über den steilen Boden zu sich zurück. Wenn der Rechen an Wurzeln oder Grasnarben hängenblieb, zog er mit seiner gesamten Kraft, bis der Rechen wieder frei war. Der Mann schien Muskeln aus Stahl zu haben, denn er wurde nicht müde.

Neben dem steilen Hang befand sich ein Rapsfeld. Aus Raps wurde zwar in den großen Städten Öl gewonnen, doch viel zu selten wurde der Raps geerntet. Die Erträge fraßen den langen Transport in die Städte fast vollständig auf. Also ließ man den Raps einfach wachsen und benutzte ihn als zusätzliches Viehfutter.

Die Pflanzen standen so dicht, dass sie in einer Reihe miteinander verflochten waren. Benedikt blickte einen Augenblick auf das endlose Rapsfeld, um dann in den gelben Blüten, die inzwischen größer als er gewachsen waren, zu verschwinden.

Niemand beachtete ihn, jedenfalls glaubte er das. Wenn einer der Tagelöhner ihn beobachtet hatte, so war das auch nicht weiter schlimm. Er war ein Halbach und deswegen in der Lage, seinen eigenen Kopf zu haben. Niemand verlor ein Wort darüber, was Benedikt oder Johannes taten.

Endlich war er allein. Er fühlte sich wie ein Kind, zurückgelassen von denjenigen, die mit flinken Händen und kräftigen Muskeln den Roggen und den Hafer schnitten und verschnürten. Auf dem Rücken liegend betrachtete er den vollkommen klaren Himmel. Die Sonne war ein leuchtend orangefarbener Ball, der rasch am Himmel emporstieg.

»Benedikt!«, durchdrang eine strenge Stimme seine Gedanken. In der Nähe raschelten die Rapspflanzen.

So schnell er konnte, rappelte er sich auf und griff nach dem Rechen, den er vorsorglich neben sich gelegt hatte. Plötzlich stand sein Vater vor ihm. »Was tust du hier?«

»Ich musste mal«, sagte Benedikt.

»Das hat aber lange gedauert«. Er klang nicht überzeugt. »Los komm. Du kannst auf den Wagen steigen und das Heu festtreten. Johannes ist bereits erschöpft.«

Um Punkt zwölf wurde die erste Pause eingelegt. Es gab dünn geschnittene lauwarme Bratkartoffeln, Brot, ein Gemüsegemisch aus Kohlrüben und Möhren und etwas Fleisch – Bauchspeck. Elisabeth kochte gern Bauchspeck, und Robert und die Knechte aßen reichlich davon, gab er ihnen doch die nötige Kraft, die sie täglich bei der Arbeit brauchten. Auch die Tagelöhner freuten sich über die herzhafte Mahlzeit.

Am Nachmittag gönnte man den Jungen eine Pause. Während Johannes in einer stillen Ecke wieder in der Bibel blätterte, entfernte sich Benedikt immer mehr von seiner Gruppe. Bald hatte er einen Platz erreicht, von dem aus man weit über das grüne Land mit den Wäldern, Wiesen und Feldern blicken konnte. Er setzte sich in das Gras. Im selben Moment sah er Jakob. Sein Cousin hatte sich ebenfalls von seiner Familie loseisen können.

»He, Benedikt.« Jakob hatte ihn entdeckt. »Hast du auch keine Lust mehr gehabt?«

»Doch«, antwortete Benedikt. »Aber die Arbeit ist für uns zu schwer geworden. Den Rest erledigen die Knechte und Tagelöhner.«

»Für dich ist sie vielleicht zu schwer. Aber nicht für mich.«

»Und warum bist du dann nicht bei deiner Familie?«

»Weil ... weil ... ach, verdammt, weil ich mal 'ne Pause brauchte.« Jakob ließ sich neben Benedikt auf die Erde fallen. Eine Zeit lang schwiegen sie und sahen hinunter ins Tal. Etwa dreihundert Meter entfernt von ihnen werkelten die Familien von Georg Auer, Franz Stiegel und Gustav Nelle. Während Auer ein Solstätter war, waren die beiden anderen Beilieger. Sie gehörten zu den wenigen, die sich mit ihrer Rolle innerhalb der Dorfgemeinschaft abgefunden hatten. Die Felder lagen direkt nebeneinander und man benötigte schon einen geübten Blick, um zu erkennen, dass die drei Familien nicht zusammengehörten. Alle Arbeiter – Tagelöhner, Knechte und Familienmitglieder Auers, Stiegels und Nelles – halfen sich gegenseitig.

Franz Stiegel hatte drei Söhne und ein Zwillingsmädchenpaar. Gustav Nelles Familie bestand aus vier Töchtern und zwei Söhnen. Die Vornamen im Dorf schienen auf ein Minimum begrenzt zu sein. Es gab gefühlsmäßig Hunderte Johannes und ebenso viele nannten ihre Kinder Franz oder Martha. Das war alles sehr einfallslos, aber niemanden kümmerte es. Auch Stiegels und Nelles älteste Söhne hießen Johannes und die ältesten Töchter Martha.

Auers Land maß gewiss tausend Quadratmeter, während Stiegels und Nelles zusammen etwa fünfhundert betrug. Sie teilten die Ernte mit der Gemeinde, von der sie die Felder gepachtet hatten.

»Träumst du?« Jakob stieß Benedikt in die Seite.

»Nee, natürlich nicht.«

»Glaubst du, dass unsere Papas ihnen auch geholfen hätten?«, fragte Jakob. Es war klar, dass er Stiegel und Nelle meinte.

»Ganz sicher.«

»Ich mag die Stiegels und Nelles.«

»Ich auch«, sagte Benedikt.

»Komm, lass uns gehen. Die warten sicher schon auf uns. Ich will keinen Ärger mit Papa kriegen.«

Robert und Ludwig Halbach waren noch nicht zu sehen, als die beiden Jungen Benedikts Elternhaus erreichten. Aus einem der oberen Fenster hörten sie die Stimmen Helenes und Gundulas. Die beiden Mädchen lachten und schienen sich zu amüsieren.

»Jetzt hast du ja noch ein Mädchen im Haus«, meinte Jakob mit verhaltenem Glucksen. »Pass nur auf, dass du nicht untergebuttert wirst.«

»Das wird schon nicht passieren«, antworte Benedikt trotzig.

27

Die Tage und Wochen vergingen in stupider Gleichmäßigkeit. Im Juli wurde das restliche Gras eingefahren. Danach begann die Roggenernte und bald wurde auch der Hafer geschnitten.

Abwechslung brachten die Wettkämpfe, die Benedikt und Jakob regelmäßig ausführten. Wenn ihre Felder direkt nebeneinanderlagen, konnten sie sich gegenseitig beobachten. Bald hatte Benedikt vier Bund Hafer zusammen, kurz darauf zeigte Jakob stolz auf fünf. So ging es stetig weiter. Mal lag der eine in Führung, mal der andere. Benedikt war schweißnass und durstig, und seine Finger waren geschwollen von den Stoppeln der abgeschnittenen Halme. In seinem Eifer hatte er darauf nicht geachtet.

Wenn für die Jungen die Schinderei beendet war, jagten sie mit den Hunden um die Wette, besuchten andere Solstätter mit ihren Tagelöhnern und schauten auch bei Stiegel und Nelle vorbei. Um Seiberts machten sie einen großen Bogen.

Irgendwann hatten Benedikt und Jakob den Homberg erreicht und starrten auf eine dichte Tannenschonung. Die Bäume waren fast kerzengerade gewachsen und schienen bis zum Himmel zu reichen.

»Wer zuerst bei den Tannen ist und die Zapfen pflückt«, rief Jakob und rannte los.

Benedikt zögerte keine Sekunde. Schon nach wenigen Metern hatte er Jakob eingeholt und lief an ihm vorbei. Benedikt war viel schlanker als sein Cousin. Deshalb fiel es ihm leicht, das schnelle Tempo beizubehalten. Jakob dagegen keuchte bald. Das breite Gesicht mit der kleinen, rundlichen Nase war hochrot, und es sah so aus, als würde er mit seinem gedrungenen Körper jeden Moment schlappmachen. Die Luft flirrte. Es war eigentlich kein ideales Wetter für Laufleistungen. Aber Jakob forderte seinen älteren Cousin immer wieder zu Wettkämpfen auf.

Die beiden erreichten die Tannenschonung, und Benedikt blieb plötzlich stehen. Da Jakob nicht darauf vorbereitet war, rannte er gegen ihn. Beide stolperten und stürzten.

»Aua«, stieß Benedikt hervor. »Kannst du nicht aufpassen?« Er rieb sich das rechte Knie.

»Warum bist du denn auch stehen geblieben?«, keuchte sein Cousin.

»Weil ich gewonnen habe, Jakob. Ich bin vor dir bei den Tannen angekommen.«

»Noch hast du nicht gewonnen.« Jakob rappelte sich auf und zeigte nach oben. »Wir haben abgemacht, die Tannenzapfen zu holen.«

Benedikt hob den Kopf und blinzelte zu den Tannenspitzen empor. Dort oben hingen unzählige, dicke braune Zapfen. Sie leuchteten wie Bronze in der tief stehenden Sonne.

Ehe Benedikt noch etwas sagen konnte, war Jakob schon auf

den untersten Ast geklettert.

»Komm hoch, Benedikt«, rief er. »Hier hast du eine wunderbare Aussicht.«

Mit gekonnten Bewegungen hangelte er sich höher und höher hinauf. Bald war Jakob nur noch einen Meter von der dünnen Spitze entfernt, und er begann, wie wild zu schaukeln. Die Tanne bog sich von der einen zur anderen Seite, immer tiefer, immer schneller. Jakob juchzte.

»Das macht Spaß, Benedikt. Willst du es nicht auch mal ausprobieren?«

Benedikt wollte in den Augen seines Cousins nicht als Feigling gelten, sah sich nach einer anderen geeigneten Tanne um und kletterte hinauf. Jakob hatte recht: Man hatte eine wunderbare Sicht nach allen Seiten, und das Schaukeln war ein wirkliches Vergnügen.

»Wer am tiefsten schwingt, hat gewonnen«, schrie Jakob.

Durch sein Gewicht hatte er einen gewaltigen Vorteil. Außerdem schien es Benedikt, als wäre Jakobs Tanne dünner als seine. Er wippte wie ein Wilder, der Wind ließ seine Haare flattern und seine Augen tränen. Der Stamm des Baumes ächzte und stöhnte, und die Zweige knackten.

Plötzlich stieß Jakob einen Schrei aus. Benedikt hielt abrupt mit dem Wippen inne. Da die Tanne aber noch ein paar Mal nachschwang, konnte er nicht sofort erkennen, was geschehen war. Der Ast, auf dem Jakob hockte, war abgebrochen, und die Beine seines Cousins hingen in der Luft. Mit den Armen hatte sich der Junge gerade noch festhalten können.

»Benedikt!«

Es war ein Schrei in höchster Not.

Benedikt ließ sich einfach an seinem Stamm herabrutschen, ohne Rücksicht darauf, dass seine Arme und Hände von der harten Rinde aufgeschrammt wurden. Dann kletterte er den Stamm hinauf, auf dem Jakob hing. Sein Gesicht war vor Anstrengung rot angelaufen, und es war nur noch eine Frage von Sekunden, wann ihn die Kräfte verlassen würden. Hilflos, als hinge er in den letzten Zügen am Galgen, strampelten seine Füße durch die Luft. Und dabei schrie er aus Leibeskräften.

»Sei ruhig!«, rief Benedikt. »Das kostet nur Kraft. Ich bin gleich bei dir.«

Endlich hatte er Jakob erreicht, ergriff einen von seinen Füßen und drückte ihn auf den dicken Ast, der nur ein paar Zentimeter tiefer hing, aber von Jakob in seiner Not nicht gesehen worden war. Jakob atmete hörbar auf. Sein Körper entkrampfte sich, aber die Tränen schossen ihm wie ein Wasserfall aus den Augen. Benedikt nahm ihn in den Arm.

»Wir müssen runter. Kannst du das?«

Jakob nickte mit zusammengebissenen Lippen. Er schämte sich.

»Ich hätte es vielleicht selbst geschafft«, sagte er halb schluchzend, halb trotzig, »wenn ich nur den Ast gesehen hätte.«

Benedikt antwortete nicht. Er sah auf seine Handflächen. Sie waren mit dicken schwarzen Harzflecken bedeckt, und sie klebten seine Hand zusammen, sobald er sie schloss. Das ekelte ihn, und das machte ihn wütend. Außerdem waren seine Arme bis zu den Ellenbogen blutig.

»He, willst du da oben übernachten?« Jakob hatte inzwischen den Boden wieder erreicht. »Oder hast du jetzt Angst, runterzukommen?« Vergessen war, dass Benedikt ihm das Leben gerettet hatte.

Wenig später hatte auch Benedikt den Boden wieder erreicht. Ein Blick zu Jakob zeigte ihm, dass dessen Hände noch schwärzer vom Harz und Dreck waren als seine eigenen. Aber Jakob schien das nichts auszumachen. Er rieb sie einfach mehrmals an seinem blau karierten Hemd ab, ohne allerdings Erfolg zu haben.

»Lass uns zurückgehen«, sagte Benedikt.

»Meinetwegen.«

Sie liefen den Berg hinunter, über Wiesen, die abgegrast und schon gelb wurden, vorbei an Kuhherden, die auseinanderstoben, sobald die Jungen näherkamen. Sie schlugen Purzelbäume und lachten, wenn sie auf steilen Abhängen nicht sofort zum Halten kamen, sondern weiter und weiter rollten und erst in einem Dornenstrauch oder unter einem kleinen Busch stecken blieben. Der Wettkampf und die gefährliche Situation, in der sich Jakob vor einigen Minuten noch befunden hatte, waren vergessen. So wie Kinder waren, wechselten Ehrgeiz und Spiel von einem Moment zum anderen.

Wie immer empfing ihn seine Schwester Magdalena. Benedikt konnte offenbar tun und lassen, was er wollte, stets war sie in der Nähe. Auch jetzt schaute sie ihn strafend an und deutete auf die schwarzen Flecken in seinen Handflächen.

»Was ist das? Das kommt doch nicht von der Ernte, oder?«

»Es ist nichts. Gar nichts.«

Mit einem barschen, aber nicht zu harten Griff nahm sie seine rechte Hand. »Harz also! Du warst wieder in den Tannen? Haben wir dir das nicht oft genug verboten? Du weißt doch, wie gefährlich das Klettern ist.«

»Ich habe nur Jakob geholfen. Er war bis in die Spitze gestiegen.«

Sie zog die Stirn kraus. »Ich bring dir Butter und Wasser«, sagte sie. »Damit kannst du das Harz abwaschen.«

Benedikt atmete auf. Er war froh, dass Magdalena seine blutigen Arme nicht beachtete und auch keine weiteren Fragen stellte.

Nur eines wusste Benedikt: Er würde sich nie wieder von Jakob zu einem Wettkampf überreden lassen.

Als Benedikt in sein Zimmer gehen wollte, stand zu seiner Überraschung Kurt Holzner, der Zimmermann, in der Haustür.

»Hallo, Benedikt«, sagte er. Er war schmal geworden, aber er strotzte vor Energie und sein Gesicht strahlte, als habe er gerade eine wunderbare Entdeckung gemacht.

Aus der Küche kamen Elisabeth und Magdalena. Sie hatten die Stimmen gehört und freuten sich, dass Kurt wieder zurück war.

»Erzähl doch!«, sagte Elisabeth aufgeregt. »Wie ist es dir ergangen?«

»Ich war mit Hanna in Köln beim Arzt. Sie hatte eine Blutvergiftung durch eine Stechmücke.«

Magdalena zog ihn in die Küche. Kurt Holzner setzte sich und nahm seinen Hut ab. »Ich habe viel Glück gehabt. Ich konnte in einer Zimmerei anfangen. Der Meister war froh, denn er war schwer krank. Er hatte kurz vorher den Auftrag eines Arztes für ein neues Dach angenommen, konnte die Arbeit aber nicht seinen Gesellen allein überlassen. Ich übernahm die Leitung. Es war ein ganz neues Gefühl für mich. Endlich durfte ich wieder zeigen, was ich konnte. Ich brauchte Hannas Behandlung nicht einmal zu bezahlen. Der Arzt belohnte mich sogar noch mit Zusatzgeld, weil er mehr als zufrieden war.«

»Aber das ist doch wunderbar«, sagte Elisabeth erfreut.

»Ja«, nickte Kurt. »Das ist es. Deshalb geht es mir jetzt auch recht gut. Ich danke euch, dass ihr euch um Gundula gekümmert habt.«

Elisabeth winkte ab. »Das war doch selbstverständlich. Sie kann immer wieder zu uns kommen.«

Gundula verließ die Familie Halbach noch am selben Tag. Benedikt hatte sich so an ihre Anwesenheit gewöhnt, dass er ganz traurig hinter ihr hersah. Auch Gundula drehte sich mehrmals um und winkte ihm zu, bis sie seinen Blicken entschwunden war.

In der Nacht träumte er von ihr.

28

Sie hockten in der Scheune auf weichem, warmen Stroh. Michels, Jonathan, Benedikt und Eva. Michels hätte sich gern eine Pfeife angesteckt, aber Robert Halbach hatte ihnen strengstens verboten, im Stall zu rauchen. Michels verstand das. Das Heu war trocken, und das gesamte Gebäude aus Holz gebaut. Ein Funken hätte genügt, um es lichterloh brennen zu lassen.

Die Spannungen zwischen Preußen und Österreich hatten die beiden Handlungsreisenden zurückgebracht. Sie waren lange in Hessen gewesen und hatten versprochen, später noch einmal vorbei zu kommen. Die Hausfrauen waren von ihren guten Waren, besonders von den Holzfiguren und Textilien aus dem Sauerland sehr angetan gewesen.

Benedikt sah zu Jonathan, der sehr schweigsam war. »Was ist los mit dir, Jon?«

»Er macht sich Sorgen«, sagte Michels an Jonathans Stelle. »Jon glaubt, dass es zum Krieg kommt, und dann sitzen wir hier genau an der Grenze. Aber ich kann mir nicht vorstellen, dass es gefährlich ist, im Hessenland zu handeln. Allerdings ...« Michels zögerte, »allerdings sympathisiert Hessen-Darmstadt mit den Österreichern. Deshalb sind sie ein Dorn in den Augen der Preußen und umgekehrt. Als wir mit der Eisenbahn in Warburg ankamen und dort handelten, trafen wir einen Mann, der nicht gut auf die Hessen zu sprechen war.«

»Und warum nicht?«, fragte Eva. Sie hatte sich neben Jonathan gesetzt und ihren Kopf gegen seine Schulter gelehnt. Ihre goldgelben Zöpfe verschmolzen mit dem trockenen, hellen Stroh.

Michels zuckte die Achseln. »Er muss schlechte Erfahrungen mit ihnen gemacht haben. Dieser Mann erzählte uns, dass das Sauerland von 1802 bis 1816 unter hessischer Herrschaft stand. Es waren zwar nur vierzehn Jahre, aber in dieser Zeit haben die hessischen Beamten durch Arroganz und übermäßigen Verwaltungsapparat die Bevölkerung schikaniert. Sie führten extrem hohe Steuern ein. Hinzu kommt, dass das Sauerland nahezu ausschließlich katholisch ist, die Hessen aber Protestanten sind. Das trägt nicht gerade zur Verständigung bei.«

»Gehörten wir schon immer zu Preußen?«, fragte Eva.

»Nein, nicht immer«, erklärte Michels geduldig. »Erst seit 1813.«

»Was ist da passiert?«

»In der Völkerschlacht bei Leipzig 1813 hatten sich Russen, Preußen, Österreicher und Schweden gegen Napoleon I, den französischen Kaiser, verbündet.«

»Von dem haben wir auch in der Schule gehört«, rief Benedikt. »Er wollte ganz Europa besiegen.«

»Genau. Die Verbündeten konnten ihn bis nach Paris zurückdrängen. Hier zwangen sie ihn zur Abdankung und verbannten ihn auf die Insel Elba. Aber Napoleon wäre nicht Napoleon gewesen, wenn er sich so schnell geschlagen gäbe. Er kam zurück und wurde in der Schlacht von Waterloo in Belgien endgültig geschlagen. Von diesem Zeitpunkt an spielte Napoleon keine Rolle mehr in Europa. Preußen war die aufkommende Macht, denn sie waren den fast schon unterlegenen Engländern gerade noch rechtzeitig zur Hilfe gekommen. So gab man Preußen als Lohn sozusagen neben der Rheinprovinz auch Westfalen. Züschen wurde also preußisch.«

»Und die Hessen nicht?«

»Nein, die blieben eigenständig. Sie sind aber sehr wankelmütig und wissen nicht immer, wem sie ihre Gunst geben sollen. Wie gesagt, im Augenblick ist ihre Sympathie bei Österreich.«

Benedikt sah zu den Ritzen in den Wänden, durch die letzte

helle Strahlen des Tages hereinkamen. In der Scheune war es trotzdem schon fast völlig dunkel, und Michels, Jonathan und Eva nur noch als schemenhafte Gestalten zu erkennen.

Michels zog seine Kiepe näher heran. Benedikt hörte ein Ratschen, Schieben und Schaben. Er kniff die Augen zusammen, aber er konnte nicht sehen, was Michels tat.

»Wir werden morgen früh noch mal losgehen«, hörte Benedikt die Stimme Michels, »bevor es zur kriegerischen Auseinandersetzung kommt.«

Wieder blieb es eine Zeit lang still. Irgendwo war ein Rascheln zu hören, ein Quieken antwortete. Ein paar Mäuse liefen um die Wette. Auf dem Dach breitete ein Habicht seine Flügel aus und flog davon. Sonst waren da nur die vertrauten Geräusche der Tiere aus dem Stall zu hören.

»Wann kommt ihr wieder?«, fragte Eva leise.

»Wir nehmen uns nur die nächsten Dörfer vor«, antwortete Michels.

»Und wie lange braucht ihr dafür?«, wollte Benedikt wissen.

»Nun – zwei Stunden bis Bromskirchen, Allendorf, ein paar Stunden Aufenthalt, dann zurück. Acht bis zehn Stunden etwa.«

»Wenn ihr also morgens früh losgeht, dann seid ihr am Abend zurück?«

»Ja.«

Benedikt räusperte sich umständlich. »Michels, kann ich mit?«

Die Frage kam für den Handlungsreisenden völlig unerwartet. In der Nähe von Eva hörte Benedikt Stroh rascheln. Offenbar setzte sie sich ruckartig auf.

»Ich glaube nicht, dass dein Vater das erlaubt.«

»Er braucht es doch gar nicht zu wissen.«

»Nein, nein, das geht nicht, Benedikt. Du kannst nicht ohne die Einwilligung deines Vaters mit uns reisen.«

Damit war für Michels das Thema beendet.

Eva und Benedikt blieben noch eine halbe Stunde bei den beiden, dann gingen sie ins Haus. Nach einem kurzen Abendessen zogen sie sich zurück auf ihre Zimmer. Benedikt lag noch lange wach, aber irgendwann überwältigte ihn die Müdigkeit.

Er wurde unsanft aus einem unruhigen Schlaf aufgeweckt. Müde öffnete er die Augen und riss sie dann weit auf, weil Eva neben ihm stand.

»Benedikt, steh auf. Zieh dich an. In einer Stunde gehen sie los. Jon hat es mir gestern noch zugeflüstert. Wenn wir bereits am Dorfrand sind, kann Michels uns nicht mehr zurückschicken.«

Benedikt verstand immer noch nicht.

»Mensch, nun begreif doch endlich. Wir gehen mit den beiden. Ich will mal was erleben.«

Im Nu war Benedikt hellwach und in Windeseile angekleidet. Eine Viertelstunde später schlichen sich die beiden wie Diebe aus dem Haus. Im Dorf war alles dunkel und ruhig, nur hin und wieder bellte ein Hund.

Eva hatte ihr Haar zu einem dicken Knoten zusammengebunden und eine strapazierfähige Hose, alte Stiefel und eine dicke Jacke angezogen. Auf dem Kopf trug sie einen zerknautschten Hut, den sie mit einer Hutnadel befestigt hatte. Sie zog Benedikt regelrecht mit sich, bis sie das Ende des Dorfes erreicht hatten und allein auf der Straße standen. Sie begegneten keinem Menschen. Benedikt war etwas mulmig zumute.

»Hast du Angst?«, fragte Eva.

»Ein bisschen.«

»Ich auch. Deshalb habe ich dich auch geweckt. Ich wollte allein mit, aber ich traute mich nicht. Bist du mir böse?«

Er schüttelte den Kopf. Inzwischen freute er sich auf das Abenteuer. Plötzlich fiel ihm etwas ein.

»Wir haben überhaupt nichts zu essen und trinken mitgenommen.« Sein Magen meldete sich.

»Jon hat genug.«

»Hoffentlich.«

In diesem Moment schlug die Kirchenuhr vier Uhr morgens. Ob Jon sein Wort hält?, fragte sich Eva aufgeregt. Was ist, wenn Michels die Route geändert hatte und gar nicht über diesen Weg kommt? Das wäre eine große Enttäuschung. Sie könnte dann nicht einmal Jonathan dafür verantwortlich machen.

Sie mussten eine weitere Stunde warten, bis sich aus der Dunkelheit zwei Gestalten schälten und langsam näherkamen. Eva zog Benedikt hinter einen Baum. Noch konnte sie nicht sicher sein, dass es die Handlungsreisenden waren und nicht doch preußische Soldaten.

Aber es waren die beiden vertrauten Personen. Jonathan hatte Michels unterwegs von Evas Wunsch erzählt. Der Ältere war nicht begeistert gewesen, aber er hatte schließlich auf Jonathans Bitten zugestimmt.

»Wir nehmen aber keine Rücksicht auf euch«, sagte Michels jetzt und setzte seinen Marsch Richtung Hallenberg zügig fort.

Benedikt und Eva hielten mühelos mit. Sie hatten im Gegensatz zu den beiden Handlungsreisenden keine Kiepe zu tragen.

Bald erreichten sie Hallenberg. Direkt hinter dem Ort verlief die Preußisch-Hessische Grenze. Am Ortsende von Hallenberg verließ Michels die Hauptstraße und kurz darauf schälten sich aus dem Morgendunst fünf Häuser heraus.

»Somplar«, raunte Michels. Er hielt sich seit einiger Zeit immer im Schutz von Büschen oder Bäumen auf, niemals auf dem freien Gelände. Er zeigte auf die vorbeifließende Nuhne. »Innerhalb von nur sechs Kilometern grenzen vier deutsche Kleinstaaten an die Nuhne. Rechts von uns verläuft die Grenze zwischen Hessen-Kassel und Hessen-Darmstadt, links liegen die Fürstentümer Kur-Köln und Waldeck.«

Sie strengten ihre Augen an, denn durch den Dunstschleier sah alles grau in grau aus.

»Dort!« Eva streckte den Arm aus.

Michels legte sofort einen Finger an die Lippen. »Kein Wort«, flüsterte er.

In einer Entfernung von etwa hundert Metern stand ein kleines Holzhaus. Nach rechts und nach links war ein tiefer Graben gezogen, der sich, soweit ihr Auge reichte, hinzog und im Wald verschwand.

»Dort drüben liegt das Großherzogtum Hessen-Darmstadt. Das Herzogtum gehört zum Deutschen Bund, das ist ein Staatenbund, dem sich die Fürsten und freien Städte Deutschlands angeschlossen haben. Aber Hessen-Darmstadt gehört nicht zu Preußen, deshalb gibt es hier eine Grenze.«

Dünner Rauch stieg aus dem Holzhäuschen zum Himmel.

»Wenn sie uns erwischen, können sie uns tagelang festhalten, einfach so, bis jemand kommt, der über uns richtet.«

»Und welche Strafe könnten wir kriegen?«

»Schwer zu sagen.« Michels zuckte die Achseln. »In der jetzigen Zeit, wo alle nervös sind, vielleicht sogar Gefängnis, sonst eine Geldstrafe. Das wäre dann noch das Beste. Die Preußen zahlen ihre Soldaten nicht gut. Die brauchen immer Geld. Da kann es schon mal vorkommen, dass die Soldaten einen gegen viel Geld freilassen. Lass uns weitergehen.«

Sie schlichen an dem Grenzhäuschen vorbei, dabei immer wieder den Blick darauf gerichtet. Schließlich hatten sie es weit hinter sich gelassen und waren in Hessen.

So weit im Süden waren Eva und Benedikt noch nie gewesen. Das Dorf Bromskirchen tauchte auf, und dann hatten sie den Ort Allendorf erreicht. Die Häuser waren klein und ärmlich, und die Luft in den schmalen Gassen wurde immer stickiger.

Sie begegneten vielen anderen Handlungsreisenden und französischen Soldaten. Schon kurz nach dem Passieren der Grenze hatte Michels Eva geraten, sich die Haare mit etwas Dreck zu beschmieren, sowie das Gesicht und die Hände. Nun sah sie zwar immer noch hübsch aus, aber doch wie die Tochter eines Hausierers, die einen langen Weg hinter sich hatte.

Gegen Mittag, als sie in einem Gasthaus Rast machten, hatten sie ihre Aufträge erledigt und weitere Dreiviertel aller Waren verkauft.

Das Gasthaus war überfüllt. Sie setzten sich an einen Tisch, an dem drei Männer saßen. Zwei von ihnen schienen einfache Tagelöhner zu sein, denn ihre Kleidung war an vielen Stellen geflickt und ihre klobigen Schuhe abgelaufen. Als sich Michels niederließ, sahen sie neugierig zu der Kiepe hin.

»>Masematten?<«, fragte einer der Tagelöhner.

»Ja«, sagte Michels einsilbig.

»Was verkauft ihr?«

»Alles Mögliche.«

»Stoffe, Knöpfe, Schuhsenkel?«

»Auch«, nickte Michels.

Jetzt mischte sich derjenige ein, der einen warmen Rock, dicke Stiefel trug und einen breiten Hut aufhatte.

»Wo kommt ihr her?«

Michels zögerte, aber dann entschied er sich, die Wahrheit zu sagen.

»Aus Preußen?« Der Mann nickte. »Na ja, warum nicht.« Er warf einen prüfenden Blick auf Eva. »Und wer ist diese junge Dame?«

»Meine Tochter«, sagte Michel sofort.

»Na, dann passen Sie gut auf sie auf. Hier laufen viele französische Soldaten rum. Die sind hinter jedem Rock her.« Er lachte und wandte sich an einen vorbeigehenden Soldaten, den er auf Französisch ansprach. Der Soldat antwortete mit raschen Worten, sah neugierig zu Eva hin und grinste. Benedikt kam dies anzüglich vor. Der Mann an ihrem Tisch winkte dem Franzosen zu und sah Michels wieder an. »Also, dann noch gute Geschäfte.«

»Danke«, sagte Michels freundlich, bezahlte und erhob sich. Plötzlich hatte er es eilig, nach draußen zu kommen. Dort sagte er hastig: »Wir brechen unsere Route ab«.

»Was ist passiert?«

Michels deutete mit einem knappen Kopfdrehen zum Gasthaus hin. »Die beiden wussten nicht, dass ich sie verstehen konnte. Der Mann an unserem Tisch hat den Soldaten auf dich, Eva, aufmerksam gemacht. Du – nun ja, du wärest wohl eine leichte Beute für die Männer.«

Eva schlug erschrocken die Hand vor den Mund.

»Wenn der Soldat seine Kumpane holt, haben wir keine Chance mehr. Also los! Wir müssen sehen, dass wir schnell von hier verschwinden. Wir gehen zurück.«

Kurz darauf hatten sie Allendorf verlassen. Wenn Soldaten in der Ferne auftauchten, duckten sie sich hinter Büschen oder dicken Bäumen, und als die Sonne den westlichen Horizont berührte, erreichten sie wieder Bromskirchen. Hier legte Michels eine kurze Rast ein, in der er als Späher vorausging, um die Grenze zu taxieren. Er kam bald zurück.

»Alles ruhig«, meldete er. »Trotzdem warten wir, bis es völlig dunkel geworden ist.«

Genauso unbemerkt, wie sie nach Hessen gelangt waren, kamen sie wieder nach Preußen. Hier löste sich die Anspannung bei Eva. Sie brach in lautes Weinen aus und konnte sich auch dann nicht beruhigen, als Jonathan sie in die Arme nahm und tröstete. Sie weinte, bis sie den Ortsrand von Züschen erreichten.

Sie ist doch noch ein Mädchen, dachte Benedikt. Sie darf sich so gehen lassen. Dabei hatte er auch mehr Angst gehabt, als er jemals zugeben würde.

Ihr Vater Robert hatte an diesem Tag mit seinem Bruder Ludwig und Walter Bertram die Wiesen inspiziert, die sie im nächsten Jahr neu roden und mit Hafer und Roggen bepflanzen wollten. Dabei wäre ihm sein Sohn auch nur im Weg gewesen, und so hatte er keine Ahnung, was Benedikt an diesem Tag getrieben hatte. Nur ihre Mutter und Magdalena waren fast verrückt vor Sorgen gewesen.

Elisabeth sah ihre beiden Kinder nur stumm an, als sie erfuhr, wo sie gewesen waren, aber dieser Blick war für Benedikt schlimmer als eine Strafpredigt. Dann verließ sie wortlos die Küche.

»Sie hat solche Angst gehabt«, schimpfte Magdalena mit Tränen in den Augen. »Ihr solltet euch schämen ...«

Eva schien das nichts auszumachen, aber Benedikt brauchte Tage, um damit fertig zu werden.

Michels und Jonathan zogen es vor, für längere Zeit aus Züschen zu verschwinden.

29

Tante Lydia hatte Kohlsuppe gekocht. Sie kochte die Suppe fast jeden Samstag, und häufig kam Benedikt zu ihnen, denn er mochte Kohlsuppe sehr. Wann immer es möglich war, begleitete ihn sein Freund Matthäus. Der Duft des Kohls lag im ganzen Haus, und Benedikt konnte es kaum erwarten, bis jeder auf seinem Platz saß. Jeder, das waren Onkel Ludwig, Tante Lydia, Jakob, Benedikt und Matthäus.

Auf dem Tisch dampfte das warme Brot. Lydia Halbach hatte es wie immer selbst gebacken.

»Setz dich ordentlich hin, Jakob«, sagte sie.

»Ja, Mama.«

»Hast du dir die Hände gewaschen?«

»Ja, Mama.«

»Wie siehst du wieder aus? Kannst du nicht ein bisschen Acht auf deine Kleidung geben?«

»Ja, Mama.«

»Sieh dir Benedikt und Matthäus an. Sie haben saubere Hände, einen sauberen Mund.«

Matthäus gluckste leise, Benedikt senkte den Kopf. Er mochte es nicht, wenn er als Vorbild hingestellt wurde, jedenfalls nicht dann, wenn er dabei war. Dass Tante Lydia ihn oft lobte, wusste er.

»Lass den Jungen.« Ludwig Halbach hatte bisher stumm zugehört. Er kannte das. Und um das Thema zu wechseln, fragte er: »Was habt ihr denn heute gemacht?«

»Ich habe einen Fuchs gefangen«, sagte Jakob. »In einer selbst gebauten Falle.«

»Tatsächlich?«, fragte Ludwig.

»Er liegt draußen auf dem Wagen.«

»Jakob!«, stieß Lydia entsetzt aus.

Ludwig lachte.

»Ich habe den beiden den Fuchs gezeigt«, sagte Jakob.

»Und?«

»Benedikt hat Angst gehabt, große Angst.«

»Das stimmt gar nicht«, begehrte Benedikt auf.

»Doch, du hast es selber gesagt. Frag Matthäus.«

Der schlaksige Junge wurde verlegen. »Vielleicht hat Benedikt es gesagt, aber nicht so gemeint.«

»Ich mag es nicht, wenn du Tiere fängst, Jakob«, sagte Lydia. Sie nahm den Topf vom Herd und stellte ihn auf den Tisch. Jakob öffnete sofort den Deckel, ergriff einen Löffel, tauchte ihn in die Kohlsuppe und steckte ihn dann in den Mund. Lydia betrachtete es entgeistert.

»Jakob! Kannst du nicht vernünftig essen, und dir erst etwas Suppe auf den Teller tun?«

Er sah sie verwundert an. »Ich habe aber Hunger.«

Lydia seufzte. »Was soll nur aus dir werden, Jakob?« Sie nahm seinen Teller und füllte ihn mit dampfender Kohlsuppe.

»Was habt ihr heute in der Schule gemacht?«, wollte Lydia wissen.

»Nichts«, antwortete Jakob mit vollem Mund.

»Warst du etwa nicht dort?«

»Hmmm.«

»Jakob!«

Der Vorwurf kam nicht an.

»Pah!« Jakob machte eine wegwerfende Handbewegung. »Ich muss doch nur wissen, wie viel Futter die Kühe brauchen, wann die jungen Kälber geboren werden, oder wann die Schweine ihre Ferkel werfen. Stimmt's, Papa? Das hast du mir doch gesagt.«

»Nun ja ...« Ludwig druckste ein wenig herum. Er wusste, dass Lydia aus Jakob einen intelligenten Jungen machen wollte, und es war ihm nicht recht, dass sie jetzt erfuhr, was er ihm gesagt hatte. »Rechnen und Lesen müsstest du schon können«, sagte er deshalb.

»Habt ihr auch geschwänzt?« Lydia sah Benedikt und Matthäus an. Die beiden schüttelten die Köpfe.

»Na siehst du. Nimm dir mal ein Beispiel an deinen Freunden.«

Lydia warf Ludwig einen vorwurfsvollen Blick zu. Er verstand ihn nur zu gut. Warum unterstützt du mich nicht?, sagten ihre Augen. Warum lässt du mich bei Jakobs Erziehung allein?

»Wenn ich doch nur noch ein Baby bekommen könnte, wäre alles anders«, sagte Lydia. »Ein Mädchen. Dann könntest du dich um Jakob kümmern, und ich mich um meine Tochter.«

Sie sagte es oft, fast jeden Tag, dabei wusste sie genau, dass sie bereits viel zu alt war, um noch mal Mutter zu werden.

Hoffentlich kriegt sie kein Kind mehr, dachte Jakob. Er wusste, dass sich seine Mutter immer viele Kinder gewünscht hatte, und dass sie vor einigen Jahren jeden Tag vor Morgengrauen in die Kirche gegangen war und eine Kerze angezündet hatte. Jakob musste immer mit. Lydia war der Meinung, dass Gott ihre Bitte eher erhören würde, wenn Jakob um eine Schwester oder um einen Bruder beten würde. Aber es hatte nichts genützt.

»Ich habe natürlich gebetet, dass ich keinen Bruder und keine Schwester mehr bekomme«, hatte Jakob zu Benedikt und Matthäus einmal gesagt. »Ich bin doch nicht blöd und teile später einmal alles.«

Nach dem Essen standen die drei Jungen auf.

»Wo wollt ihr hin?«, fragte Ludwig.

»Zur Mühle«, antwortete Jakob.

»Das ist gut«, sagte Ludwig anerkennend. »Sieh dich nur um. Dann wird mal aus dir ein guter Bauer.«

Sie liefen hinaus. Benedikt wäre lieber zu Onkel Lettmann gegangen, weil der immer so lustige Geschichten kannte, aber Jakob war schon weit vorausgeeilt.

Die Mühle lag im Unterdorf an der Hauptstraße. Es war ein langes Gebäude mit einem Schilfdach und einem Schornstein in der Mitte. Albert Sandner und sein Sohn Ralf arbeiteten im Mühlraum. Genau auf sie zu kam das Wasser des breiten Mühlengrabens. Er war ebenso wie der Graben des Eisenhammers Lettmann künstlich angelegt worden. In der ersten Zeit beschimpften sich die beiden, dass sie sich gegenseitig das Wasser wegnehmen würden. Aber dann kam Sandner auf die Idee, ein Wasserrad am Ausgang der Nuhne aufzubauen, das nur dann Wasser zur Mühle schob, wenn man einen Riegel löste. Damit war Lettmann einverstanden gewesen.

Die Mahlmaschine quietschte und gab gleichmäßige, knarrende Geräusche von sich. Ralf hatte eine Schaufel in der Hand, mit der er das gemahlene Korn in einen großen Behälter schaufelte.

Benedikt und Matthäus blieben neben Albert Sandner stehen und sahen ihm zu. Sandner arbeitete schnell, und bald waren die Säcke mit bestem Mehl gefüllt, die Ralf auf seine Schultern hob und hinaustrug.

»Wo ist denn Oskar?«, fragte Benedikt.

Oskar war Alberts zweiter Sohn und mit achtzehn Jahren zwei Jahre älter als Ralf.

»Oskar ist im Lagerraum«, sagte Albert. »Willst du auch mal Müller werden?«

»Nee.«

»Lieber Bauer?«

Benedikt zuckte die Schultern.

»Dazu hat er keine Lust«, warf Matthäus ein. Er drehte sich suchend um. »Weißt du, wo Jakob ist, Benedikt?«

»Vielleicht in einem der Nebenräume«, sagte der Müller. »Wenn er herkommt, verschwindet er immer gleich. Jakob muss wohl alles genau in Augenschein nehmen. Der wird mal ein richtiger Bauer.«

Neben der Eingangstür hing eine breite Landkarte. Jemand hatte die Umrisse mit einem schwarzen Stift nachgezeichnet oder neue Linien hineingemalt. Links auf der Karte war der amerikanische Kontinent, rechts Europa. Die schwarzen Linien liefen kreuz und quer über den Atlantik.

»Das war ich.«

Benedikt hob den Kopf. Sandner deutete auf die Linien. »Ich habe sie hineingezeichnet. Das sind die Schifffahrtswege von Europa nach Amerika.« Er fuhr mit dem Finger eine der Linien entlang. »Hier! Diesen Weg nahm mein Schiff.«

»Dein Schiff?«

»Ich nenne es mein Schiff, weil ich damit nach Amerika wollte. Die Karte ist vom Kapitän. Er hat sie mir geschenkt, als ich meinen Entschluss zurücknahm.«

»Du bist nicht nach Amerika gefahren? Warum nicht?«

»Tja, das weiß ich so recht auch nicht mehr, Benedikt.« Sandner kratzte sich den Nacken. »Vielleicht habe ich kalte Füße bekommen.«

»Ich wäre gefahren.«

»Du interessierst dich wohl sehr für Amerika, nicht? Weiß dein Vater davon?«

Benedikt schüttelte hastig den Kopf.

»Wenn du das Zuhause sagst, kriegst du Ärger«, meinte Matthäus.

»Wenn ich was sage?«

»Dass du nach Amerika gefahren wärst. Du weißt doch, wie dein Vater darauf reagiert.« Matthäus schob sich eine Haarsträhne aus der Stirn.

Sandner legte Benedikt eine Hand auf die Schulter. »Du bist noch jung, Benedikt. Wer weiß, vielleicht kommst du mal nach Amerika.«

»Erzählst du mir, wie es war, als du dich entschlossen hattest? Was für ein Gefühl es war?«

»Gern, wenn du willst.« Sandner setzte sich auf einen prall gefüllten Mehlsack und wies die beiden Jungen an, sich ebenfalls hinzusetzen. Matthäus blieb jetzt still, denn auch er interessierte sich sehr für Albert Sandners Geschichte.

»Es war 1852«, begann dieser. »Ich hatte erst einige Jahre diese Mühle aufgebaut. Unsere Familie konnte davon jedoch nicht leben. Da hörte ich von einem Handlungsreisenden, dass bereits viele Deutsche ausgewandert waren. In Amerika, dem Land der unbegrenzten Möglichkeiten, wollten sie alle ihr Glück versuchen. Wir verkauften unsere Mühle an einen Müller aus Brilon. Der wollte sich hier sesshaft machen. Doch je mehr der Tag der Abreise näher rückte, desto größer wurde unser Heimweh.«

»Ihr ward doch noch gar nicht fort«, sagte Benedikt. »Wie kann man denn da Heimweh kriegen?«

»Tja, das habe ich mich später auch gefragt. Auf jeden Fall haben wir unseren Entschluss rückgängig gemacht.«

»Was hast du da gemacht?«, fragte Matthäus.

»Ich hatte Glück. Ich habe mit dem neuen Besitzer verhandelt, und der willigte ein, dass ich die Mühle pachtete und sie später, wenn er einmal stirbt, wieder in meinen Besitz nehmen kann. So bin ich nun Pächter in meiner eigenen Mühle.«

»Und du hast deinen Entschluss nicht bereut?«

»Nie.«

Sandner ging an die Mahlmaschine. Sein Sohn Ralf sprach auf ihn ein, und Albert sagte ihm wohl, was er mit Benedikt und Matthäus gesprochen hatte, denn die beiden sahen dabei immer wieder zu ihnen hinüber.

Benedikt stellte sich vor die Landkarte. Amerika, dachte er. Wie mag es da wohl aussehen?

»Wo bleibt ihr denn?«, sagte Jakob plötzlich leise neben ihnen. »Kommt mal mit.«

»Wohin?«, wollte Matthäus wissen.

»Wirst du schon sehen.«

Sie gingen hinaus in die Diele. Im Hintergrund lehnte eine Leiter. Jakob zeigte darauf.

»Du willst ins Dachgeschoss?«, fragte Benedikt.

Jakob legte einen Finger an die Lippen. »Psst, nicht so laut. Komm schon!«

Sie kletterten hinauf. Vor ihnen lagen mehrere gefüllte Mehlsäcke, Geräte, die zum Teil verrostet waren und solche, die fein säuberlich aufgestellt waren. Jakob huschte auf einen großen Stein zu und hockte sich dahinter. Von hier aus konnten sie durch einen kleinen Spalt in den Nebenraum blicken. Es war nur ein kleines Lager von Mühlsäcken, alten Kisten und ausrangierten Matratzen.

Auf einer dieser Matratzen lagen ein Mann und eine Frau. Der Mann war Oskar, die Frau hieß Gerda und war eine Magd bei dem Müller. Oskar küsste Gerda, aber nicht auf den Mund oder auf die Wange, sondern auf die Brust. Gerdas volle, dicke Brüste waren nackt. Ihre Brustwarzen leuchteten rosig und waren aufgerichtet, weil Oskar mit seiner Zunge immer wieder darüber leckte. Gerda hatte die Augen geschlossen und stieß kleine Stöhnlaute aus.

»Was machen die?«, fragte Benedikt leise.

»Ich weiß nicht so genau«, raunte Jakob zurück, »aber auf jeden Fall muss es schön sein.«

Sie starrten mit offenem Mund auf das Paar. Gerda hatte die Beine gespreizt, Oskar lag auf ihr. Ganz langsam, dann immer heftiger bewegte sich Oskars Körper auf und ab.

»Fast wie bei unserem Hund«, flüsterte Jakob. »Nur, dass die Hündin anders herumsteht.«

»Lass uns lieber gehen«, meinte Matthäus.

»Warum?«

»Wenn sie uns erwischen, kriegen wir Ärger.«

»Vielleicht hast du recht«, sagte Jakob und robbte zurück.

Als sie die Leiter erreichten, blieben sie stehen. Das Stöhnen der Magd war lauter geworden. Sie stieß gerade einen deutlichen spitzen Schrei aus.

»Hat er ihr was angetan?«, fragte Benedikt.

»Nee, glaube ich nicht.«

»Woher willst du das wissen?«

»Ich habe es schon mal gehört.«

»Warst du schon öfter hier?«, fragte Matthäus. Er hatte ganz rote Ohren bekommen.

Jakob nickte. »Schon zweimal.«

»Und du hast immer dasselbe gesehen?«

»Nee, nicht ganz. Bisher haben sich die beiden nur geküsst und überall angefasst. Aber sie waren nie nackt – bis heute.«

Sie stiegen die Leiter hinab und standen wenig später vor der Mühle. Benedikt wusste nicht so recht, was er von Oskar und Gerda halten sollte. Einerseits hatte er keine Ahnung, was die beiden getrieben hatten, aber andererseits musste es großen Spaß gemacht haben.

Matthäus verabschiedete sich bald von den beiden, und Benedikt und Jakob liefen an der Nuhne entlang, bis sie die Ahre erreichten. Sie kamen an einer Quelle vorbei, tranken davon und aßen etwas Sauerampfer, der am Ufer wuchs. Dann liefen sie weiter, und bald hatten sie das Ereignis mit Oskar und Gerda schon wieder vergessen.

30

Zwei Tage später spürte es Benedikt zum ersten Mal. Das Magenkneifen weckte ihn abrupt, und gleichzeitig spürte er einen übelriechenden Geschmack von Kohl im Mund.

Das ist es also, dachte er. Tante Lydias Suppe war wohl doch nicht so gut, wie sie behauptet hatte. Etwas beruhigter schlief er ein, doch schon bald wurde er wieder wach. Er fühlte sich schlapp und elend, spürte die plötzliche Übelkeit erneut, aber ehe er die Waschschüssel erreichen konnte, hatte er sich schon übergeben.

Die Tränen schossen Benedikt in die Augen. Er hasste es, wenn sein Bett verschmutzt war, und ganz besonders verabscheute er diesen scheußlichen Gestank. Sein Kopf war glühend heiß, obwohl er fror, und er übergab sich zum zweiten Mal. Seine Mutter und seine Schwestern, vor allem Magdalena, sorgten sich um ihn. Magdalena vermutete eine Magen- und Darmgrippe, kochte ihm eine kräftige Hühnersuppe und Tee. Aber sie halfen nicht. Am Abend konnte er kaum noch schlucken, und am nächsten Morgen zeigten sich stecknadelkopfgroße Flecken an seiner Leiste.

Sophia Bertram erschien am Nachmittag. Sie hatte von ihrem Vater den Auftrag erhalten, Wurst und Schinken zu holen.

»Was ist mit Benedikt?«, fragte sie. »Er war heute nicht in der Schule.«

»Er ist krank«, sagte Eva.

»Was hat er denn?«

»Wissen wir nicht genau. Ich muss Hermine fragen.« Sie lief hinaus.

Wenig später schaute Hermine Seibert in Benedikts Mund und tastete seinen Hals ab. »Scharlach«, diagnostizierte sie. »Die Mandeln sind geschwollen und die Zunge wird langsam rosa. Das sind die typischen Zeichen. Hast du bereits irgendwo einen Ausschlag, Benedikt?«

Er wollte schon den Kopf schütteln, besann sich aber dann. »An der Leiste – glaube ich.«

Hermine nickte. Zu Benedikts großer Erleichterung verzichtete sie darauf, sich seine Leiste anzusehen. Sie gingen aus seinem Zimmer.

»Bekommt man Scharlach nicht viel früher?«, fragte Elisabeth in der Küche. »Ich meine, so mit sieben bis zehn Jahren?«

»Schon«, sagte Hermine, »aber manche kriegen Scharlach mehrmals. Ich weiß das von Doktor Kluse aus Winterberg. Wir sollten vorsichtig sein. Vor zehn Jahren sind im Süden Deutschlands viele Kinder an Scharlach gestorben.«

»Was sollen wir tun?«

»Unbedingte Bettruhe, gurgeln mit Salzwasser und kalte Umschläge, damit das Fieber sinkt. Und Brennnesseltee trinken. Der zieht die Gifte aus dem Körper. Wenn es sein muss, dann kannst du auch die Stellen, an denen sich die Pusteln zeigen, mit Brennnesseln auspeitschen.«

»Das mache ich«, rief Sophia, die in der Küche mit Paul spielte.

Eva lachte. »Das würde dir so gefallen, wie?«

»Oh ja«, nickte Sophia mit glühendem Gesicht.

»Nichts da«, sagte Elisabeth resolut. Und zu Hermine gewandt: »Und du meinst, das würde helfen?«

»Auf jeden Fall. Aber es wird höllisch brennen.«

»Wir warten erst mal ab. Ist sonst noch jemand im Dorf krank?«

»Nur noch Jakob. Er zeigt dieselben Symptome wie Benedikt.«

Die nächsten beiden Tage waren die Schlimmsten, seit Benedikt denken konnte. Vom Gurgeln mit Salzwasser bekam er großen Durst und durch die kalten Umschläge um die Waden hatte er nachts Schüttelfrost. Auch die stecknadelgroßen Flecken vermehrten sich auf erstaunliche Art und Weise. Schließlich hatte er sie nicht nur in der Leiste, sondern auch in den Achseln und teilweise am Bauch, aber wenigstens nicht im Gesicht. Zum Glück verzichtete seine Mutter auf das Auspeitschen mit Brennnesseln.

Am vierten Tag seiner Krankheit kam unverhofft Karla Redlich zu Elisabeth Halbach.

»Ein seltener Besuch, Karla. Komm herein.«

Elisabeth bot Karla Kuchen und Kaffee an, was Karla dankend annahm.

»Ich habe lange keinen solch guten Kuchen gegessen«, sagte

sie leise.

»Du bist aber nicht gekommen, um mit mir über Kuchen zu reden.«

»Nein.« Sie holte einige Male tief Luft. Offenbar wusste sie nicht so recht, wie sie beginnen sollte. »Es geht um Benedikt.«

»Er hat Scharlach.«

»Eben. Lisa, unserer Luise geht es auch nicht gut. Sie fühlt sich schlapp, isst kaum und hat keine Kraft mehr. Dabei benötigen wir sie in spätestens drei Wochen dringend auf den Feldern.«

»Hast du schon mit Hermine gesprochen?«

Karla nickte. »Sie meint, es könnte der Anfang einer Epidemie sein. Die Ansteckung bei Scharlach dauert im Durchschnitt zehn Tage, sagt sie, bei manchen kann es auch einige Wochen sein.«

Sie holte tief Luft, bevor sie weitersprach.

»Du weißt, Lisa, dass Luise unsere einzige Hilfe ist. Zwei, drei Tage, eine Woche vielleicht können wir Luise entbehren, aber kaum länger. Warum bricht bei ihr die Krankheit nicht aus? Dann wäre alles viel einfacher. Dann wüssten wir, dass bald alles vorbei wäre. So aber hängen wir in der Luft.«

»Wir können euch Tagelöhner ausleihen. Robert ist bestimmt einverstanden.«

»Max will das auf keinen Fall.«

»Was kann ich dann für dich tun?«

Karla seufzte. »Hermine meint, wenn Luise mit einem Kranken, mit einem wirklich Kranken zusammenkäme und sich richtig ansteckt, würde die Krankheit am nächsten Tag, spätestens nach zwei Tagen ausbrechen.«

»Das ist gut möglich«, stimmte Elisabeth ihr zu.

»Und da dachte ich – kam mir der Gedanke, dass wir Luise zu Benedikt legen. Es wäre nur für eine Nacht, und es wäre eine gute Lösung, Lisa. Luise soll sich richtig anstecken. Je eher bricht die Krankheit bei ihr aus, und je eher wird sie somit wieder gesund.«

Elisabeth starrte Karla einen Moment fassungslos an. »Ist das dein Ernst?«

»Ja.« Karla Redlichs Stimme war kaum zu verstehen.

Elisabeth stand auf und ging zum Herd. Nicht, weil sie Kaffee holen wollte, sondern um Zeit zu gewinnen.

»Was ist mit Siggi?«, fragte sie. »Warum schickst du ihn nicht?«

Karla Redlich verzog geradezu schmerzhaft das Gesicht. »Glaubst du, daran hätte ich nicht gedacht, Lisa? Aber wie lange wollen wir warten? Es kann Tage dauern, bis er sich ansteckt, und dann noch mal eine Woche, bis Luise krank wird.« Ihre Stimme wurde beschwörend. »Lisa, ich habe dich noch nie um einen Gefallen gebeten. Bitte hilf mir nur dieses eine Mal. Ich kann nicht auf einen Zufall warten. Ich weiß, was du denkst. Ein Junge darf nicht mit einem Mädchen in ein Bett. Aber sie sind doch noch Kinder. Benedikt ist elf.«

»Zwölf.«

»Na gut, zwölf. Es ist doch nur für eine Nacht.«

Elisabeth fühlte sich wie benommen. Es war nicht unüblich, dass man kranke Kinder zu anderen ins Bett legte, damit sie sich gegenseitig anstecken sollten. Aber das waren Kinder von vier bis höchstens sieben oder acht Jahren. Benedikt und Luise waren fast doppelt so alt. Nicht auszudenken, was die Dorfbewohner davon halten würden, wenn sie es erführen – oder gar der Pastor. Sie war eine katholisch erzogene Frau, besuchte regelmäßig den Gottesdienst und ging alle vier Wochen zur Beichte. Bei der Kollekte spendete sie mehr als üblich, damit der Pastor die notwendigsten Dinge, wie Reparieren der Orgel, neue Fenster der Kirche, neue Stufen vor dem Altar und noch vieles mehr bezahlen konnte. Sie glaubte an das Evangelium und an die Keuschheit, die immer wieder gepredigt wurde. Das, was Karla Redlich von ihr verlangte, überstieg ihre peinlichsten Gedanken. Nein und abermals nein. Das konnte sie nicht zulassen, und sie wollte nicht glauben, dass diese Frau ihre Bitte ernst meinte. Elisabeth war gerade im Begriff, Karla Redlich eine deutliche Absage zu erteilen, als sie in deren Gesicht blickte. Not und Sorge hatten dort tiefe Furchen hinterlassen, ihre Augen waren glanzlos und stumpf. Eine Welle des Mitleids überkam Elisabeth.

Karla Redlich musste sich alles lange und reiflich überlegt haben, nach einer Kurzschlusshandlung sah es nicht aus. Das wurde Elisabeth klar, und ganz langsam nickte sie. »Vielleicht hast du recht, vielleicht mache ich mir zu viele Gedanken. Ich werde aber mit Robert sprechen müssen. Wann willst du sie bringen?«

»Wenn dein Mann einverstanden ist, noch heute Abend.«

»Gut, bei Dunkelheit. Es muss nicht jeder davon erfahren.«

Benedikt hatte die Augen geschlossen, aber er schlief noch nicht, als er merkte, dass sich seine Zimmertür öffnete. Er blinzelte. Das Licht der Petroleumlampe blendete ihn, und er erkannte nicht sofort, wer hereingekommen war.

»So, hier ist es«, hörte er die Stimme seiner Mutter. »Er schläft.«

»Das ist gut«, antwortete eine andere Stimme, die Benedikt zuerst nicht identifizieren konnte. Aber es musste wichtig sein, dass er schlief, und deshalb rührte er sich nicht.

»Sie hat schon ihr Nachthemd an«, sagte die fremde Stimme wieder. »Komm, gib mir den Mantel.«

Etwas raschelte, dann spürte Benedikt plötzlich, dass sich jemand vorsichtig auf seine Bettkante setzte.

»Schlüpf unter die Decke«, sagte die fremde Stimme wieder, die er nun als die von Karla Redlich erkannte.

Seine Bettdecke wurde angehoben und jemand legte sich neben ihn. Die Körper berührten sich nicht, aber Benedikt spürte die Wärme, die von der fremden Person ausging. Er hielt den Atem an.

»Bis morgen«, sagte Karla, offenbar zu der Person, die in seinem Bett lag. »Ich hol dich morgen früh ab.«

Schritte schlurften zur Tür. Sie wurde geöffnet, und zwei Personen verließen den Raum.

Minuten vergingen. Benedikt atmete ganz flach. Schließlich drehte sich sein fremder Bettgenosse um.

»Schläfst du wirklich, Benedikt?«

Mit einem Ruck saß er aufrecht im Bett. Ihm wurde schwindelig, und als er sich wieder gefangen hatte, starrte er mit offenem Mund und großen Augen auf das Mädchen neben sich.

»Luise ... Wieso bist du in meinem Bett ...?«

»Ich soll mich bei dir anstecken.«

»Was?«

»Hat Mama gesagt. Komische Idee, was? Aber nicht schlecht.«

»Wie meinst du das?«

»Hier ist es schön warm und gemütlich. In meinem Zimmer ist es kalt. Außerdem schläft Siggi noch mit im Zimmer. Hast du immer ein Bett für dich allein?«

»Ja ...« Benedikt wusste nicht, was er machen sollte. »Ja, und so soll es auch bleiben. Geh aus meinem Bett.«

Luise rührte sich nicht.

»Hast du nicht gehört?«

»Doch. Aber willst du deine Mutter blamieren? Sie hat es doch erlaubt.«

Benedikt ließ sich zurücksinken, zog die Beine an und rutschte ganz nach außen an die Bettkante. »Ich habe Scharlach.«

»Ich weiß. Bei mir bricht die Krankheit nicht aus. Aber ich fühle mich schlapp. Deshalb bin ich hier.«

»Dann schlaf.«

Luise legte sich auf die rechte Seite und wandte Benedikt nun das Gesicht zu.

»Was machst du?«, fragte er.

»Ich kann nur auf dieser Seite einschlafen.«

Benedikt hob den linken Arm, legte ihn vor seine Brust und drehte sich zur Wand. So sehr er sich auch bemühte, an der Bettkante zu bleiben, merkte er doch, dass die Matratze in der Mitte mehr und mehr nachgab, und sie somit automatisch näher rutschten. Plötzlich spürte er Luises Brüste ganz deutlich in seinem Rücken. Er erstarrte für einen kurzen Moment und hoffte, dass sie ebenfalls aus Schreck einige Zentimeter zurückrutschen würde, aber sie dachte offenbar nicht daran. Benedikt glaubte gar, Luise würde sich noch fester gegen ihn pressen.

Automatisch fielen ihm Oskar Sandner und die Magd Gerda ein, und der Drang, Luises Brust anzufassen, wurde plötzlich übermächtig. Aber Benedikt beherrschte sich, denn so etwas tat man nicht.

Er begann, ganz langsam zu atmen und versuchte Luise zu ignorieren, aber das war unmöglich. Ihr warmer Atem streifte seinen Nacken und der Duft des Mädchens erfüllte das ganze Zimmer.

Keiner der beiden wagte, sich zu bewegen, und bald verrieten Luises Atemzüge, dass sie eingenickt sein musste. Endlich fielen auch Benedikt die Augen zu.

Als er erwachte, merkte er sofort, dass etwas geschehen war. Seine rechte Hand lag auf Luises Brust. Eigentlich hätte er sie sofort zurückziehen müssen, aber er tat es nicht, sondern er begann ganz automatisch die kleinen Brustwarzen zu reiben, so, wie er es von Oskar Sandner gesehen hatte. Luise war wach. Ihre Augen waren unverwandt auf ihn gerichtet.

»Schön«, flüsterte sie. »Das ist sehr schön. Mach weiter, Benedikt.«

Und er machte weiter. Ihre Erregung schlug auf ihn über. Fass mich an, dachte er, wagte aber nicht, es Luise zu sagen. Fass mich doch an!

Sie schien seine Gedanken zu ahnen. Langsam, fast vorsichtig, glitt ihre Hand über seinen Bauch nach unten.

Das Öffnen der Zimmertür war ein Schock für sie beide. Als hätte er ein heißes Eisen angefasst, riss er seine Hand von Luises Brust zurück.

»Morgen, Benedikt. Morgen, Luise.« Seine Mutter lächelte Benedikt verlegen an. »Wir wollten dich gestern Abend nicht mehr wecken, Benedikt. Luise sollte sich bei dir anstecken ...«

»Ich weiß, Mama«, unterbrach er sie.

»So? Na, sicher. Du hast es ja gemerkt. Dumm bist du ja nicht.«

Benedikt zog die Bettdecke bis zum Kinn. Was für einen Unsinn seine Mutter doch redete.

»Komm, Luise«, sagte Karla Redlich. Sie zog ihre Tochter aus dem Bett und stellte sich zwischen Luise und Benedikt. Er konnte Luises Körper nun nicht mehr sehen, aber das war auch nicht nötig. Fühlen und streicheln war viel schöner als sehen.

»Danke, Lisa«, sagte Karla, während sie Luise zur Tür hinauszog.

Die Krankheit breitete sich unter den Kindern im ganzen Dorf aus, weil man jeden Gesunden zu einem Kranken ins Bett steckte. Die Schule wurde geschlossen, was niemand bedauerte.

Zu Benedikt kam noch Matthäus ins Bett. Darüber freuten sich beide.

»Ich habe dasselbe wie Jakob und du gegessen«, sagte Matthäus. »Wieso bin ich nicht krank geworden?«

»Keine Ahnung. Vielleicht lag es am Wasser. Jakob und ich

haben noch aus der Quelle an der Ahre getrunken. Eine andere Erklärung habe ich nicht.«

Der Drang, Matthäus von seiner Nacht mit Luise zu erzählen, war riesengroß, aber er ließ es sein. Im Stillen fühlte er, dass er seiner Mutter damit einen großen Gefallen tat. Noch blieb es sein und ihr Geheimnis. Das Thema Schule war schnell vorbei, und dann sprach Matthäus plötzlich von seiner Zukunft.

»Ich dachte, du würdest einmal Schäfer wie dein Vater werden.«

»Wenn es nach ihm geht, dann werde ich das auch.«

»Aber du möchtest nicht?«

Matthäus schüttelte den Kopf.

»Was denn?«

»Hast du schon mal etwas von den Brüdern Knecht gehört?«, fragte er. »Die aus Braunshausen?«

»Nein«, antwortete Benedikt.

»Vater selbst hat mich draufgebracht. Wenn der wüsste, was er damit angerichtet hat.«

»Was war denn mit den Knechts?«

»Der Älteste hieß Johann. Er sollte Priester werden. Zunächst erhielt er auch durch einen Priester eine entsprechende Ausbildung. Aber dann wollte Johann nicht mehr.«

»Er widersetzte sich dem Willen seiner Eltern?« fragte Benedikt ungläubig.

Matthäus nickte. »Johann lief davon. Er kam bis Frankfurt.«

»Mein Gott. So weit?«

»Er ist wochenlang gegangen, hatte kaum etwas zu essen und zu trinken und wollte sich das Leben nehmen, als ihn in Frankfurt jemand ansprach. Dieser Fremde war Textilhändler und auch Hoflieferant des Wiener Kaiserhauses. Johann Knecht wurde von ihm als Schreiber eingestellt.«

»Und? Wie ging's weiter?«, fragte Benedikt aufgeregt, als sein Freund eine Pause machte.

»Bald darauf wurde der Textilhändler auf Johann Knechts außerordentliche stilvolle Handschrift aufmerksam. Als der Händler dann von dem österreichischen Kaiser Franz I. den Auftrag erhielt, über politische Fragen schriftlich Stellung zu nehmen, wurde Johann Knecht diese Aufgabe übertragen. Der Kaiser war begeistert. Er stellte Johann Knecht in seine Dienste.«

Damit wurde Knecht zum Vertrauten des österreichischen Kaisers.«

»Toll«, sagte Benedikt. »Der hatte was von seinem Leben. Aber was willst du damit sagen?«

»So etwas möchte ich auch werden.«

»Wie willst du den österreichischen Kaiser kennenlernen?«

»So etwas Ähnliches, meine ich. Schreiber beim preußischen König oder so.« Er drehte sich auf die Seite. »Glaubst du, dass ich so etwas schaffen könnte?«

»Wenn jemand von uns, dann du, Matthäus. Aber ich denke, dass es nicht zweimal denselben Zufall auf der Welt geben wird.«

»Ich auch nicht, Benedikt.«

Als Matthäus wieder nach Hause ging, wurde Johannes zu Benedikt ins Bett gesteckt, am nächsten Abend Eva. Aber sie war seine Schwester, und so schön wie mit Luise würde es nie werden.

31

Mit Benedikt war eine große Veränderung vor sich gegangen. Wenn er jetzt Gundula oder Sophia betrachtete, sah er sie plötzlich mit ganz anderen Augen. Die beiden hatten die Krankheit auch überstanden, aber sie waren zu Benedikts Enttäuschung zu Luise Redlich ins Bett gelegt worden und nicht zu ihm.

Auch Zuhause verhielt sich Benedikt von nun an seltsam. Manchmal ertappte er sich dabei, dass er auf die Busen seiner Schwestern starrte. Aber immer, bevor jemand auf sein Verhalten aufmerksam wurde, konnte er den Kopf zur Seite wenden.

Nach seiner Krankheit kam Matthäus noch einmal zu Benedikt.

»Ich weiß, dass ich noch ins Bett gehöre«, sagte Matthäus, »aber ich soll mit meinem Vater umherziehen. Wir werden uns in den nächsten Wochen nicht sehen, Benedikt.«

»Schade. Was sagt denn deine Mutter dazu? «

»Die ist mit allem einverstanden, was Papa macht. Sie hat im Moment viel Arbeit, hat noch zwei weitere Putzstellen angenommen. Das scheint ihr richtig Spaß zu machen.«

Benedikt warf seinem Freund einen raschen Seitenblick zu. Er wusste nicht, ob Matthäus sich lustig machte oder es ernst meinte.

Inzwischen drehte sich im Hause Halbach alles um Magdalenas zwanzigsten Geburtstag. Es war ein Sonntag, an dem niemand arbeitete. Auf Helenes Bitte hatte sie Lutz Saalfeld eingeladen, und auf Wunsch ihres Vaters die ganze Familie Bertram. Onkel Ludwig mit Lydia und Jakob kamen sowieso immer ohne Einladung zu den Festen. Dafür brachte Tante Lydia aber auch drei oder vier Kuchen mit. Eva hätte gern noch Jonathan und Michels dabeigehabt, aber die beiden befanden sich seit dem Ausflug nach Hessen auf ihrer alten Reiseroute im Münsterland.

Um fünfzehn Uhr waren alle versammelt, und zehn Minuten später gab es den ersten Kaffee für die Erwachsenen und Kakao oder Milch für die Kinder.

Benedikt und Johannes saßen schweigend wie immer am Kaffeetisch, neben ihnen hockte Jakob und kaute ein Stück Kuchen. Der kleine Paul lachte, wenn ihm einer der drei Bertrammädchen den kakaoverschmierten Mund abwischte.

Robert, sein Bruder Ludwig und Walter Bertram tauschten wie immer Erfahrungen über die Landwirtschaft aus. Jakob und Benedikt unterhielten sich fast nur über die Erlebnisse in der Mühle, und die Frauen berieten sich, wie man einen Eintopf zubereitete und Gemüse zuschnitt.

Helene und Lutz Saalfeld hatten sich gleich nebeneinandergesetzt. Immer wieder ließen sie ihre Arme unter den Tisch sinken, um sich mit den Händen zu berühren. Dabei warfen sie sich verliebte Blicke zu, die allen – bis auf Elisabeth – entgingen. Sie mochte Lutz. Er war ein guter Junge, fleißig, strebsam und offen. Einen besseren Mann konnte sie sich für ihre Tochter Helene nicht vorstellen. Deshalb unterband sie die Heimlichkeiten auch nicht.

Nur Magdalena saß traurig am Tisch.

»Wenn ich was für dich tun kann, Lenchen, dann sag es mir«, raunte sie ihrer Tochter zu, als beide neuen Kaffee und Kuchen holten.

»Was willst du denn tun, Mama? Zu Hubert gehen und ihn fragen, warum er nicht gekommen ist?«

»Das wäre eine Möglichkeit.«

»Ach Mama, mach dich nicht noch lustig über mich.« Magdalena war den Tränen nahe.

»Das tue ich nicht. Ganz bestimmt nicht. So etwas würde mir nicht im Traum einfallen. Aber ich sehe doch, wie du leidest.«

»Dabei hat er mir versprochen, zu kommen.«

»So?«

»Ja, das heißt, seine Mutter hat es gesagt. Ich habe ihr die Einladung gegeben. Hubert war nicht zu Hause.« Sie starrte ihre Mutter an. »Glaubst du, dass sie die Einladung nicht weitergegeben hat?«

»Das würde ich Frieda nicht zutrauen«, antwortete Elisabeth, dachte aber gleichzeitig: und ob ich ihr das zutraue. »Vielleicht hat sie sie nur verlegt. Weißt du, ich kenne Frieda gut genug. Sie ist manchmal ein bisschen, wie soll ich sagen, schusselig. Das war sie immer schon, damit haben wir sie früher oft aufgezogen. Wenn du ganz sicher sein willst, dann geh und hol ihn.«

»Das kann ich doch nicht«, stieß Magdalena aus.

»Wieso nicht? Es wird überhaupt nicht auffallen, wenn du für einige Minuten verschwindest. Es geht ja auch gar nicht mehr um deinen Geburtstag, nur um die Unterhaltung.«

Ihre Mutter hatte recht, und so weit war es bis zu den Bruhners auch nicht. Aber was war, wenn Hubert gar nicht kommen wollte? Wenn er absichtlich die Einladung ignoriert hatte? Nein, das konnte sie sich nicht vorstellen.

Unbemerkt schlich sie aus dem Haus, lief an der Sonneborn entlang bis zur Hauptstraße. Und dann sah sie ihn plötzlich.

Mit weit ausholenden Schritten kam er den Berg hinab. Ihr Herz schwoll an vor Stolz, als sie den stattlichen Mann mit den leuchtend roten Haaren beobachtete. Er hat sich nur verspätet, dachte sie glücklich, er ist auf dem Weg zu mir. Aber sie musste noch vor ihm wieder im Hause sein.

Sie rannte los. An der Ecke zur Sonneborn blieb sie stehen, um sich zu vergewissern, dass er auch den Weg zu ihr einschlug. Sie sah ihn auf der Straße stehen und zögern. Dann setzte er zu ihrer Überraschung seinen Fuß ins Gasthaus Grafenau. Was hatte denn das zu bedeuten? Sie konnte ihm nicht nachlaufen, das tat eine Dame nicht, das wäre auch eine Blamage für ihn gewesen.

Zehn Minuten vergingen. Hubert kam nicht wieder heraus.

Enttäuscht und völlig niedergeschlagen schlich Magdalena nach Hause. Dort hatte man sie inzwischen doch vermisst. Ihre Mutter hatte zuerst Ausreden gefunden, aber dann waren ihr keine mehr eingefallen.

»Wo warst du denn, Mädchen?«, fragte ihr Vater Robert. Er hatte schon eine schwere Zunge vom Alkohol. »Komm, setz dich zu uns. Wir wollen doch auf deinen Geburtstag anstoßen. Ludwig«, wandte er sich an seinen Bruder. »Magdalenchen wird heute zwanzig. Oh – das darf ich ja von nun an nicht mehr sagen. Sie ist ja kein Lenchen mehr. Entschuldige, Töchterlein. Ab sofort bist du Magdalena. Hörst du, wie gut das klingt, Ludwig?«

Sein Bruder nickte eifrig, Walter Bertram brummte zustimmend, die Frauen lächelten süffisant. Magdalena war den Tränen nahe. Aber tapfer brachte sie ein Lächeln zustande, das aber ihre Augen nicht erreichte. Ein wenig neidisch sah sie zu Helene und Lutz hinüber, die jetzt auch über dem Tisch ganz offen ihre Hände ineinandergelegt hatten.

»Du bist doch schon eine alte Frau«, sagte Sophia plötzlich. »Wann heiratest du denn, Magdalena?«

»Ja, das stimmt«, pflichtete ihr Onkel Ludwig bei. »Ein Mädchen in deinem Alter sollte verheiratet sein.«

»Wenn du mich fragst, Ludwig«, warf Robert ein und stieß kräftig den Qualm seiner Pfeife aus, »dann bleibt Magdalena allein. Oder Töchterchen? Gibt es denn jemanden, der dir den Hof macht? Ich hätte nichts dagegen, doch -«

Er brach abrupt ab, denn Magdalena war ruckartig aufgestanden und hinausgestürmt.

»Was hat sie denn?«, fragte er stirnrunzelnd, und sah seine Frau verständnislos an. Elisabeth stand rasch auf.

»Ich glaube, sie hat sich den Magen verdorben. Ich schau mal nach ihr.«

»Soll ich mitkommen?«, fragte Lydia.

Elisabeth schüttelte schnell den Kopf. »Bleib nur. Ich vermute, sie hat sich hingelegt. Wahrscheinlich geht es ihr gleich wieder besser.«

»Sie soll mal Brennnesseltee trinken«, rief Johannes. »Wir haben noch Brennnesseln übrig, die für Benedikt gedacht waren. Warum haben wir sie ihm nicht auf die Haut geschlagen?«

»Au ja«, juchzte Sophia. »Das hätte ich gerne gemacht.«

Jakob prustete los und verschluckte sich.

Benedikt wurde ganz rot im Gesicht, und wütend stieß er Johannes an, sodass diesem die Kakaotasse aus der Hand fiel. Normalerweise hätte Elisabeth ihre Jungen jetzt ausgeschimpft, aber heute hatte sie andere Sorgen.

»Eva, sei so lieb und wisch das auf. Ich muss mich um Magdalena kümmern.«

»Ich mache das schon«, sagte Lydia Halbach.

Elisabeth ging hinaus und stieg die Treppe hoch. Magdalena lag auf dem Bett. Ihr Gesicht war tränennass. Elisabeth setzte sich auf die Kante und legte ihrer Tochter eine Hand auf die Schulter. Ganz langsam drehte sich Magdalena auf den Rücken und wischte sich die Tränen aus den Augen.

»Ich habe ihn gesehen«, sagte sie leise. »Er kam den Weg herunter. Ich dachte, er wollte zu mir und habe sich nur verspätet, aber er ging ins Wirtshaus. Er ist vermutlich immer noch dort. Wie kann er mir das nur antun?«

»Männer kann man manchmal nicht verstehen. Willst du nicht wieder runterkommen? Ich habe den anderen gesagt, dass du dir den Magen verdorben hast. Sie werden es glauben, blass genug siehst du aus.«

»Gut«, nickte Magdalena. »Ich kann es ja doch nicht ändern. Gib mir fünf Minuten.«

Elisabeth drückte sie, erhob sich und ging wieder hinunter in die gute Stube.

Niemand der Anwesenden registrierte Magdalenas niedergeschlagene Stimmung. Dass sie so ruhig und in sich gekehrt blieb, schoben alle auf ihre Magenprobleme. Als sie sich endlich verabschiedeten, wünschten sie ihr mit allgemeinen Ratschlägen gute Besserung, ohne es wirklich ernst zu meinen. Es waren Redensarten wie stets in solchen Fällen.

Noch lange stand Magdalena am Fenster und schaute in die Dämmerung hinaus. Dort, am Rande der Straße in einer kleinen Nische entdeckte sie ihre Schwester Helene mit Lutz. Sie tauschten Zärtlichkeiten aus, was sie selbst so gerne mit Hubert Bruhner getan hätte. Ihr Herz blutete, aber ihr Verstand sagte, dass sie ihr Glück nicht einfach davon treiben lassen durfte.

32

Am nächsten Tag war Magdalena entschlossen, die Initiative zu ergreifen. Zwanzig Minuten später hatte sie sich so hübsch gemacht wie noch nie. Jedem im Dorf würde sie auffallen. Bei dem Gedanken daran verließ sie einen Moment der Mut, doch dann sagte sie sich, dass sie eine Halbach sei und tun und lassen konnte, was sie wollte.

Sie ignorierte die verblüfften Blicke der Bauern und Mägde, denen sie begegnete, und bald hatte sie das Fachwerkhaus der Bruhners erreicht. Hinter dem Stall spielten Elfriede und Gertrud, einer der Jungen hackte Holz. Von Hubert oder seiner Mutter war nichts zu sehen. Mit klopfendem Herzen pochte sie an die Tür. Wenig später hörte sie schlurfende Schritte und dann stand Frieda Bruhner vor ihr.

»Lena? Du? Ich habe dich gar nicht erwartet.«

»Ist Hubert zu Hause?« Magdalena versuchte, an Frieda vorbei zu blicken.

»Hubert? Nein.«

»Wo kann ich ihn denn finden?«

»Er – er – äh ... komm doch herein.«

Frieda trat zur Seite. In der Stube wies sie auf einen Stuhl. Als sich Magdalena setzte und den Kopf hob, wich Frieda ihrem Blick aus.

»Hubert ist nicht mehr hier.«

»Wo ist er denn?«

»Fort.« Frieda Bruhner machte dabei ein Gesicht, als habe sie auf eine Zitrone gebissen. »Er hat uns verlassen.« Ihre Stimme war kaum zu verstehen.

»Das verstehe ich nicht«, sagte Magdalena begriffsstutzig.

»Das glaube ich. Ich kann es ja selbst kaum begreifen. Es muss schon länger in ihm gebrodelt haben – dieser Wunsch, meine ich.«

»Wunsch?«

»Ja. Hubert hat gesagt, dass er in diesem Dorf eingehen würde wie eine Primel. Er wolle was erleben. Er ist letzte Nacht aufgebrochen, so gegen zwei Uhr. Er wolle nach Süden, hat er gesagt, bis nach Italien. Was will er denn da? Glaubt er etwa, dort wäre es schöner, dort würde es ihm bessergehen?«

»Aber er hatte doch mich«, stammelte Magdalena fassungslos.

»Ach, Lena ...« Frieda Bruhners Stimme war plötzlich so mitfühlend, so anteilnehmend, wie man es gar nicht von ihr gewohnt war. »Ich habe dir oft Unrecht getan. Ich wollte diese Verbindung nicht, weil ich dachte, es würde nicht gutgehen – die Tochter eines Solstätters und der Sohn einer – einer armen Familie. Ich hätte Hubert ermuntern müssen, vielleicht wäre er dann hiergeblieben.«

Magdalena saß wie vom Donner gerührt regungslos auf dem Stuhl. Alles schien sich um sie zu drehen. Sie glaubte, den Boden unter den Füßen zu verlieren und hatte das Bedürfnis, schreien zu müssen, aber kein Laut kaum über ihre blassen Lippen.

»Willst du ein Glas Wasser?«, fragte Frieda Bruhner besorgt.

Magdalena nickte mühsam beherrscht. Nach einem kleinen Schluck fühlte sie sich etwas besser. Nur der Schmerz in der Brust – der blieb.

»Was ist mit den roten Schuhen?«

»Die hat er mitgenommen. Hubert meinte, dass er sie für gutes Geld verkaufen könne. Damit würde er dann erstmal über die Runden kommen, bevor er eine Arbeit gefunden hat.«

»Dann waren sie überhaupt nicht für mich«, brach es aus ihrem Mund, und die Tränen schossen ohne Vorwarnung aus ihren Augen. Aber es waren Tränen der Wut. Die Linien um ihren Mund wurden unverhofft hart. »Er hat mich also angelogen«, stieß sie zornig hervor. »Das verzeihe ich ihm nie.«

Magdalena stand auf und wankte zur Tür.

»Hubert wird nicht wiederkommen, Lena«, hörte sie die Stimme seiner Mutter im Rücken. »Er hat alles, was ihm gehört, mitgenommen. Du kannst nicht auf seine Rückkehr hoffen.«

Magdalena drehte sich nicht zu ihr um, als sie antwortete: »Das will ich auch für ihn hoffen. Hier im Dorf hätte er nichts mehr zu lachen.«

In ihrem Kopf dröhnte ein dumpfer Schmerz, der auch nicht verschwand, als sie schon wieder die Sonneborn erreichte und ihr Elternhaus in Sicht kam. Alles, was sie denken konnte, war, dass sie doch versprochen gewesen waren, sogar so gut wie verlobt, und nun würde sie zum Gespött des ganzen Dorfes werden.

In den nächsten Tagen ging eine große Veränderung mit Magdalena vor. Sie legte kaum noch Wert auf ihr Äußeres. Die schwarzen Haare fielen ihr glatt und spröde bis auf die Schultern. In ihrem Gesicht zeichneten sich unerwartete tiefe Falten ab, und ihre Lippen wirkten noch bläulicher als bisher.

Mit ihren zwanzig Jahren konnte sie immer noch einen Mann kennenlernen und heiraten. Doch als ihre Mutter sie einmal darauf ansprach, antwortete Magdalena nur, dass sie alles habe, was sie brauche: einen geregelten Tagesablauf, genug zu essen und zu trinken und eine großartige Familie, für die sie von nun an mitsorgen wolle. Eine Ehe passte da nicht in ihre Welt. Es gelang Elisabeth nicht, ihre älteste Tochter umzustimmen, zu tief saß die Enttäuschung.

33

Jakob hatte über das Erlebnis in der Mühle gequatscht, und das ausgerechnet bei Bruno. Zum Glück hielten die Jungen dicht. Bei einem Geschwätz über Sex wären sie von ihren Eltern aufs Gröbste verprügelt worden, weil man darüber nicht sprach.

Aber die Geschichte ließ den Jungen keine Ruhe. Schon kurz darauf kaum Bruno ganz aufgeregt zu Benedikt und Matthäus. In den vergangenen Tagen hatte sich Matthäus nur im Freien aufgehalten, was man ganz deutlich seinem gebräunten Gesicht ansah. Benedikt war ein bisschen neidisch auf das gute Aussehen seines Freundes.

»Ich habe ein Buch«, sagte Bruno mit hochroten Wangen. In seinem Schlepptau befand sich Arno Bruhner. Dessen Haare standen wie Borsten nach allen Seiten ab.

»Tatsächlich?«, machte Benedikt geringschätzig. »Du kannst lesen?«

Bruno ließ sich nicht beirren. Er zog das kleine, gerade mal handgroße Buch aus seiner Weste. Es war bereits sehr abgenutzt, mit Eselsohren und vergilbten Seiten. »Ich habe es meiner Mutter stibitzt. Die hatte das Buch versteckt, aber ich hab´s gefunden.«

»Und?«, fragte Matthäus.

»Naja.« Bruno wiegelte mit dem Kopf. »Ich habe es noch nicht ganz gelesen, nur die ersten Seiten, aber es handelt sich eindeutig um den Unterschied zwischen Mann und Frau.«

Benedikt und Matthäus spitzten die Ohren. Arno Bruhners Gesicht begann zu glühen.

»Lass mal sehen«, sagte Matthäus.

»Nee, doch nicht hier auf der Straße.« Bruno sah sich rasch nach allen Seiten um. »Ich kann das Buch auch nicht ewig behalten. Mama darf nicht rauskriegen, dass ich es ihr weggenommen habe.«

»Gehen wir zum Hackelberg rauf«, riet Matthäus, den die Neugier gepackt hatte.

Die drei anderen nickten. Sie wollten sich gerade in Bewegung setzen, als Jakob erschien.

»He, was ist los? Wo wollt ihr denn hin?«

Benedikt und Matthäus wechselten einen schnellen Blick. Es gab keine Möglichkeit, Jakob außen vorzulassen. Also erklärten sie es ihm.

»Au fein.« Sein rundes Gesicht leuchtete. »Das will ich auch lesen.«

»Dann halt deinen Mund und komm mit.«

Die fünf Jungen liefen den Berg hinauf, bis sie etwa zweihundert Meter vom letzten Haus des Dorfes entfernt waren. Dort duckten sie sich in eine kleine Tannenschonung und ließen sich auf den Boden fallen. Bruno schlug das Buch auf.

»Die ersten Kapitel können wir getrost auslassen. Da steht etwas über Bienen und dass Männer und Frauen zwei völlig verschiedene Wesen sind.« Er lachte verhalten. »Als wenn wir das nicht wüssten.«

»Nun mach schon«, drängte Jakob aufgeregt. »Ich will endlich wissen, was Oskar und Gerda genau gemacht haben.«

»Langsam, langsam«, kicherte Bruno. »Oder hast du schon einen Steifen?«

»Einen was?« Jakob starrte ihn verständnislos an.

Bruno zeigte auf Jakobs Hosenschlitz. »Deinen Schniedelwutz meine ich.«

Jakob schluckte. »Nee, natürlich nicht.«

»Hast du noch nie einen Steifen gehabt? Auch nachts nicht?«

Jakob schwieg erschrocken. Natürlich kannte er die Erektion

seines Penis´, aber so deutlich und fast brutal hatte noch niemand mit ihm darüber gesprochen.

»Lass das Gerede«, sagte Matthäus. »Entweder du zeigst uns, was in dem Buch steht oder wir gehen nach Hause. Wenn ihr mich fragt, dann hätten wir uns sowieso nicht darauf einlassen sollen.«

Benedikt war ganz seiner Meinung. Er fühlte sich nicht wohl in seiner Haut. Ein Blick zu Arno zeigte ihm, dass der Rothaarige mit dem Oberkörper hin und her wackelte. Entweder konnte er nicht abwarten was in dem Buch stand, oder er schämte sich.

Bruno schien von alldem nichts zu bemerken. Er blätterte aufreizend langsam von Seite zur Seite und las dabei laut vor. Aber je weiter er kam, desto länger wurde sein Gesicht.

»So ein Blödsinn«, brummte er. »Das klingt ja wie ein Märchen.« Er schwenkte das Buch hin und her, als könne er die wichtigen und richtigen Ausdrücke herausschütteln. »Habt ihr so einen Quatsch schon mal gehört? Ich will euch was sagen, ich weiß mehr als wir aus diesem Buch lernen können.«

»Und warum hast du es uns nicht gesagt, wenn du alles schon weißt?«, fragte Matthäus gereizt.

»Weil ihr mir nicht geglaubt hättet.«

»Und jetzt sollen wir dir glauben?«

»Na klar.«

»Woher willst du das denn wissen?«, fragte Arno Bruhner.

»Von Mama. Natürlich hat sie mir das nicht erzählt. Die hätte sich wer weiß wie geschämt. Nee, nee.« Er lachte wieder, diesmal klang es in Benedikts Augen dreckig und gemein. »Aber ich habe sie mal belauscht. Das war, als Gunhild, die Tochter des Bäckers schwanger war. Man steckt seinen Penis in die Scheide eines Mädchens. Dann ruckelt man hin und her, und plötzlich, ganz unverhofft, kommt es zum Samenerguss.« Er kicherte. »So hat es Mama gesagt.«

Jakob war unheimlich zumute. Er schwitzte und konnte nicht verhindern, dass sich sein Penis in der Hose regte.

»Ich kenne andere Ausdrücke von Tagelöhnern«, sagte Bruno. »Die reden nicht so geschwollen daher. Bei denen heißt es Schwanz und Fotze und Ficken, und -«

»Lass das!« rief Benedikt erbost.

Bruno sah ihn perplex an. »Was ist denn? Hast du noch nie

etwas davon gehört? Das glaube ich nicht. Ich weiß auch, wie die Dinger heißen, die für Kinder sorgen. Spermien. Das sind winzige Tierchen, die schwimmen durch die Fot- äh, Scheide der Frau und gelangen dann, ich glaube, in die Gebärmutter oder so ähnlich.«

»Ich will nichts mehr davon hören«, sagte Matthäus heiser.

»Also halt dein Maul«, rief Benedikt. Er war heilfroh, nichts von sich und Luise erzählt zu haben.

Doch Bruno war so richtig in Fahrt. Ehe sich die anderen besinnen konnten, hatte er seinen Hosenschlitz geöffnet und seinen Penis herausgeholt. Fassungslos, mit offenen Mündern und großen Augen starrten die Jungen darauf. Bruno begann zu reiben, worauf sein Penis immer mehr anschwoll. Er stöhnte und schloss die Augen.

Benedikt wandte sich ab.

In diesem Moment sah er den Mann. Er stand kaum fünfzig Meter von ihnen entfernt unter einer Fichte. Da er eine grün-braune Jacke und eine dunkle Hose trug, war er von dem Hintergrund kaum zu unterscheiden. Es war ohne Zweifel ein Tagelöhner. Einen fest angestellten Knecht hätte Benedikt gekannt. Der Mann musste sich schon eine ganze Weile dort aufgehalten haben, denn sein breites Grinsen zeigte deutlich, dass er alles gesehen hatte.

Benedikt stieß ein Ächzen aus, und nun sahen alle in Richtung des Tagelöhners. Benedikt und Matthäus wechselten ihre Gesichtsfarbe von Rot auf Weiß und wieder zurück. Sie schämten sich so sehr, wie sie sich noch nie im Leben geschämt hatten. Arno erging es ebenso. Nur Jakob und Bruno schienen sich offenbar nichts daraus zu machen, dass der Mann sie beobachtet hatte.

Bruno steckte rasch seinen Penis wieder ein, verschloss den Hosenstall und rannte plötzlich ansatzlos auf den Tagelöhner zu. Doch der war schneller. Mit flinken Schritten lief er davon. Jetzt konnte man erkennen, dass er noch jung war, höchstens Mitte zwanzig.

»Das gibt Ärger«, flüsterte Arno.

Inzwischen hatten auch Bruno und Jakob den Ernst der Situation begriffen. Bruno kaute auf seiner Unterlippe, Jakob sah hilfesuchend von einem zum anderen. Aber niemand sprach ein

Wort.

Immer noch entsetzt darüber, dass sie bei einer unkeuschen Tat ertappt worden waren, schlichen sie nach Hause wie Diebe und Halunken, die nicht gesehen werden wollten.

Sie saßen in der Küche, und sie hatten kein Licht angemacht. Die Petroleumlampen auf dem Tisch blickten Benedikt wie anklagend an. Der Schein der zwei Kerzen daneben flackerte bei jedem seiner heftigen Atemzüge. Er war froh darüber, dass es dämmrig im Raum war, konnte doch dadurch niemand sein brennendes Gesicht sehen.

Brav hatte er die Hände gefaltet und auf der Tischplatte liegen, aber er bezweifelte, dass diese Reueposition ausreichte, um seine Eltern zu besänftigen. Mehr noch als sie störte ihn die Anwesenheit seiner Schwester Magdalena.

»Du warst also dabei.« Das war keine bloße Feststellung, sondern nur ein Satz, um die Einleitung zu finden.

Benedikt sah seinen Vater nicht an. »Bruno hatte ein Buch bei sich«, begann er leise. Es brachte nichts, etwas zu verheimlichen. »Wir waren neugierig, weil er so geheimnisvoll tat.«

»Aha«, machte sein Vater.

»Wir sind ihm einfach bis zu den Tannen gefolgt. Dann ...«

»Nun?«

»Plötzlich öffnete er seine Hose.«

Elisabeth seufzte, Magdalena grunzte verschämt.

»Es – es ging so schnell, dass wir gar nicht reagieren konnten. Er sagte auch so ekelhafte Dinge.«

»Und du? Hast du auch so etwas – Abscheuliches gesagt?«

Benedikt schüttelte heftig den Kopf. »Nein, nein, ganz bestimmt nicht. Ich – ich war richtig erschrocken, und dann – dann sahen wir ja schon den Mann.«

Robert wechselte einen langen Blick mit seiner Frau und seiner Tochter. Schließlich nickte er leicht. »Gut, wir glauben dir. Aber du wirst deine Strafe bekommen. Deine Mutter und ich werden darüber nachdenken. Aber warum hast du nicht eingegriffen? Warum hast du Bruno nicht sofort zurechtgewiesen, nachdem er seine Hose geöffnet hatte? Du bist ein Halbach, hörst du? Ein Halbach hat immer einen klaren Kopf zu behalten und entsprechend zu reagieren. Du solltest dir das für die Zukunft merken. Heute will ich noch mal Gnade vor Recht walten lassen.«

»Ja, Papa«, flüsterte Benedikt. Er wartete, bis alle drei die Küche verlassen hatten, dann stahl er sich in sein Zimmer, warf sich aufs Bett und weinte sich in einen unruhigen Schlaf.

34

Bruno Seiberts Nase blutete, auch aus seinem rechten Mundwinkel rann Blut über das Kinn. Er hatte es flüchtig abgewischt, aber dennoch war die Spur deutlich zu sehen. Auf dem Schulhof hatte er sich mit einem der Solstätterjungen geprügelt. Nichts war in dem kleinen Dorf im Hochsauerland geheim geblieben, und bereits zwei Tage später war Bruno Seibert das »schmutzigste Schwein« des Ortes.

Dabei hatte er nur das gesagt, was die Tagelöhner, Knechte, Soldaten hinter vorgehaltenen Händen oder unter starkem Alkoholeinfluss tuschelten. Aber Bruno war noch ein Junge, und er wohnte in Züschen, und damit tat man so etwas nicht.

An diesem Morgen hatte ein einziges Wort genügt, um Bruno in Rage zu versetzen. Den Ausdruck »Dreckschwein« durfte niemand zu ihm sagen. Der Solstätterjunge sah noch schlimmer aus. Er musste sogar von zwei Klassenkameraden nach Hause begleitet werden. Die Prügelei war für Lehrer Obermann der willkommene Anlass, Bruno zur Rechenschaft zu ziehen. Im Stillen hatte er bereits intensiv nach einem Grund gesucht, Bruno für seine »unchristliche Entgleisung«, wie er es höflich formulierte, zu bestrafen.

Nun rief er ihn nach vorn.

Die ganze Klasse war totenstill. Alle Augenpaare waren auf Bruno gerichtet, der mit gesenktem Kopf vor Lehrer Obermann stand. Er ahnte, was auf ihn zukam. Nicht nur die Schläge seines Vaters hatte er ertragen müssen, nun würde auch Obermann seine ganze Wut mit Vergnügen an ihm auslassen.

»Bring mir eine Gerte«, sagte der Lehrer zu einem Jungen in der ersten Reihe, ohne diesen anzusehen.

Einige feixten, andere sahen zu Boden. Obermann bemerkte das natürlich. »Ich will, dass ihr zuseht«, befahl er, und niemand wagte, sich zu widersetzen.

Obermann begutachtete die Gerte, bog sie in alle Himmels-richtungen und ließ sie dann genussvoll mit einem scheußlichen Zischen wieder in die Gerade schwingen.

»Bück dich!«

Bruno gehorchte. Es nutzte nichts, wenn er sich weigerte. Dann würden die Schläge nur noch fester werden. Er konnte nur hoffen, dass Obermann es bei fünf Hieben beließ. Das war seine beliebteste Strafe.

»Fass dich an die Knöchel. Wenn du loslässt, prügele ich immer weiter.«

Bruno traten die Tränen in die Augen, aber mehr aus Wut als aus Angst. Seine dicke Hose würde die Wucht ein wenig dämp-fen. Nur dass die ganze Klasse zusah, machte ihn rasend. Er schloss die Augen.

Die ersten beiden Schläge kamen so rasch, dass er vergaß, zu zählen. Obermann war in Fahrt. Die weiteren Hiebe folgten aufeinander wie Gewehrschüsse, schnell und scharf.

»Aufhören!«, schrie Bruno. »Bitte aufhören. Es tut mir leid.«

Der Lehrer schlug weiter zu, über das übliche Maß der Be-strafung hinaus. Erst als ihm der Arm erlahmte, hielt er inne. Plötzlich merkte Obermann wohl, dass er sich vergessen hatte. Sein Gesicht lief rot an, und einen Augenblick lang wollte er über Brunos Kopf streicheln. Doch mitten in der Bewegung hielt er inne. Das ging nicht. Er konnte, nein, er durfte sich nicht bei dem Jungen entschuldigen. Er war doch nicht schuld, dass Bruno eine Schandtat begangen hatte.

Obermann verstaute die Gerte im Schrank. Dann setzte er sich hinter sein Katheder und befahl Bruno, zu seinem Platz zu gehen. Mit gesenktem Kopf schlich dieser davon. Sein Gesicht war tränenüberströmt, und jedem in der Klasse tat er leid. Wäh-rend des gesamten weiteren Unterrichts warteten Benedikt und Matthäus angstvoll darauf, dass auch sie von Obermann zur Rechenschaft gezogen wurden. Aber der Lehrer hatte offenbar genug Dampf abgelassen. Ohne mit der Wimper zu zucken, zog er seinen Unterricht durch, als sei nichts gewesen.

Bruno konnte kaum sitzen. Immer wieder verlagerte er seine Stellung auf dem Stuhl, und er war froh, als der Unterricht end-lich beendet war.

35

»Eigentlich dürfte ich gar nicht mit dir zusammen sein«, sagte Arno Bruhner zu Bruno Seibert.

»Und warum bist du trotzdem hier?«

Darauf wusste Arno keine Antwort. Die beiden Jungen saßen auf einem Bretterzaun an der Hauptstraße. Bruno trat gegen eine der morschen Latten. Sie brach sofort ab, und sein Bein blieb im Zaun stecken. Mit Gewalt und zornrotem Gesicht zerrte er sich wieder los. Dabei machte es ihm nichts aus, dass der Absatz von seinem rechten Schuh halb abriss.

Seit Tagen lungerte er herum. Er war nicht mehr zur Schule gegangen, was offenbar niemandem leidtat, denn keiner fragte nach ihm. Sein Vater war gleich, nachdem die Bestrafung in der Schule bekannt geworden war, auf eine größere Reise gegangen, und seine Mutter verkroch sich im Haus. Zum Glück stand in nächster Zeit keine Geburt bevor.

Bruno wollte nicht, dass er weiterhin als Geächteter im Dorf galt. Geächteter! Bei dem Gedanken musste er auflachen, aber genauso fühlte er sich.

»Du hast verdammtes Glück gehabt, dass dich der Tagelöhner nicht gesehen hat«, sagte Bruno zu Arno. »Sonst hättest du von Obermann auch Senge gekriegt.«

»Der hat dich doch nur verdroschen, weil du Gustav Auer auf dem Schulhof geschlagen hast.«

»Der hat mich beleidigt.«

»Klar, aber musstest du so zuschlagen, dass man ihn nach Hause bringen musste?«

Bruno knirschte mit den Zähnen und schwieg. Die beiden Jungen sahen zur Hauptstraße, über die gerade Helene Halbach im Haus des Schreiners verschwand.

»Die haben etwas miteinander«, meinte Arno.

»Wer?«

»Helene und Lutz.«

»Meinetwegen.« Bruno kniff die Augen zusammen. »Was war eigentlich mit deinem Bruder und Magdalena Halbach?«

»So genau weiß ich das auch nicht«, antwortete Arno. »Auf jeden Fall hat Hubert ihr den Laufpass gegeben.«

»Das gönne ich den Halbachern«, stieß Bruno aus.

»Was willst du denn jetzt machen?«, fragte Arno.

»Was meinst du?«

»Willst du den Ruf des -«

»Schnauze!«, rief Bruno.

»... den Ruf behalten?«

»Glaubst du, dass das jemand vergessen wird? Ich müsste schon auswandern.«

»Oder eine Aufgabe haben, bei der du anerkannt wirst.«

Bruno sah Arno an, als habe dieser den Verstand verloren. »Gibt es denn so etwas hier in Züschen?«

»Nee. Ich weiß jedenfalls keine.«

»Eben.«

Sie schwiegen wieder. Kurz darauf erhob Arno sich. »Ich muss gehen. Ich war schon viel zu lange bei dir.«

»Du meidest mich auch, was?«

»Nein, wäre ich sonst bei dir gewesen?«

Bruno senkte den Kopf. Arno war seit Tagen der erste Junge, der wieder mit ihm sprach. »War nicht so gemeint.«

Er sah hinter Arno Bruhner her, bis er in dem kleinen Pfad gegenüber dem Gasthaus Grafenau verschwunden war.

Natürlich wäre Bruno Seibert am liebsten abgehauen, aber er war noch zu jung, um sich ein Leben in einer fremden Gegend vorzustellen. Doch so konnte es auch nicht weitergehen. Er dachte über Arnos Worte nach. Der Junge hatte recht. Irgendeine Aufgabe müsste er übernehmen, was ihm wieder einigermaßen Ansehen im Dorf einbrachte.

Aus der Schreinerei trat Helene Halbach. Sie ging zügig über die Hauptstraße in Richtung ihres Hauses. Bruno wünschte die ganze Familie Halbach zum Teufel. Warum war Benedikt von Lehrer Obermann nicht bestraft worden? Er war doch auch dabei gewesen, als sie dieses verdammte Buch gelesen hatten. Oder Matthäus? Oder Jakob? Aber nein, den Solstättern und deren Freunden krümmte der Lehrer kein Haar. Es war zum Verrücktwerden!

Bruno stand auf. Wie in den letzten Tagen, so schlenderte er auch jetzt über die staubbedeckten Straßen, wich Pferdewagen aus oder trat zur Seite, um Männern mit Schubkarren oder Frauen auf ihren Spaziergängen aus dem Weg zu gehen. Nur kein Aufsehen erregen, war sein oberstes Gebot.

Bald hatte er einen Garten am Rande des Dorfes erreicht. Bruno blieb stehen.

Maria Schenkers Gemüse war das beste im ganzen Dorf. Irgendwann, bevor Bruno geboren wurde, hatte sie damit begonnen, sich einen Gemüsegarten anzulegen. Er befand sich auf der Ostseite des Hauses, abseits der Küchentür und des Hofes vor der Scheune und den Hühnerställen. Er war mit einem Drahtzaun umgeben, den der Eisenhammer Lettmann aufgestellt hatte. Der Zaun war dazu bestimmt, Hunde und Katzen und auch Rehe und Hasen, die manchmal bis ins Dorf kamen, abzuschrecken. Am Ende des Grundstücks befanden sich die Ställe für Hühner, Enten und Kaninchen. Manche aus dem Dorf hatten Maria Schenker einige Male als Hexe bezeichnet, denn wie konnte es sein, dass bei ihr das beste Gemüse wuchs, während andere fast nur Unkraut ernteten. Das ging doch nicht mit rechten Dingen zu.

Hinter dem Zaun entdeckte er Maria Schenker. Sie arbeitete in gebeugter Stellung, was sehr unbequem sein musste. Bruno sah ihr schmerzverzerrtes Gesicht und nun auch den schweren Korb zu ihren Füßen. Er war voll mit frischem Gemüse.

Irgendetwas ging in Bruno vor, was er später nicht mehr erklären konnte. Ohne zu überlegen, stieg er über den Zaun und ging auf Maria Schenker zu. Als sie ihn hörte, erschrak sie und fuhr herum.

»Was willst du?« Ihre Augen funkelten böse. »Verschwinde.«

Bruno blieb einige Schritte von ihr entfernt stehen. Er nahm sogar seine Kappe ab und drehte sie verlegen in den Händen. »Ich – ich wollte dir helfen ... der Korb ... Ist er nicht zu schwer für dich?«

Maria Schenker kniff die Augen zusammen. Sie kannte Bruno Seibert, wie sie jeden aus dem Dorf kannte, und sie wusste auch, was er unter den Tannen getrieben hatte. Sie sah ihn misstrauisch an.

»Wirklich«, kam Bruno ihr zuvor. »Mehr wollte ich nicht.« Er drehte sich wieder um.

»Warte.«

Ihre Stimme hielt ihn auf. Sie kam etwas näher. »Du meinst es wirklich ehrlich?«

Er nickte.

Es verschlug Maria Schenker für einen Moment regelrecht die Sprache. Dann hatte sie sich wieder gefangen. »Du bist doch nicht so, nicht? Dieses ganze Gerede musst du nicht ernst nehmen.« Sie machte eine abwertende Handbewegung. »Man zerreißt sich gerne den Mund über andere Menschen. Aber das gibt sich. Wenn du den Korb ins Haus tragen würdest, wäre ich dir sehr dankbar.«

Hocherfreut griff Bruno den Korb an beiden Henkeln, stemmte ihn hoch, als wäre er mit Federn beladen und trug ihn in die Küche. Dort stellte er ihn vorsichtig ab und ging sofort wieder hinaus.

Maria Schenker hatte ihn aufmerksam beobachtet. So ganz traute sie ihm offenbar doch nicht über den Weg. Aber nun lächelte sie zufrieden und dankbar.

»Du bist ein guter Junge und hilfsbereit.« Sie legte die Stirn plötzlich in Falten. Bruno zog die Schultern ein, weil er doch noch mit einer Strafpredigt rechnete, aber sie sagte: »Wenn du dich nützlich machen willst, dann hätte ich was für dich. Du kennst doch das alte Hakenshaus im Bentheim.«

Das Hakenshaus wurde so genannt, weil es von einem Emil Hacken erbaut worden war. Aus »Hacken« wurde schnell »Haken«, denn Emil war mit einer großen Nase für sein Leben gezeichnet gewesen. Das Haus stand auf dem Hügel oberhalb des Bentheims. Es hatte nur zwei kleine Fenster im Dachgeschoss, keinen Schornstein, keinen Keller und einen einzigen großen Raum im Erdgeschoss. Hier hatte das Leben von Emil Hacken und seinen Nachkommen stattgefunden. Draußen stand ein kleines Toilettenhäuschen und gewaschen wurde sich an der kleinen Quelle, die aus der Erde hinter dem Haus sprudelte – wenn man sich überhaupt wusch. Seit dem Tode der letzten Nachkommen Emil Hackens war das Haus verwaist.

Bruno wurde vorsichtig. Was sollte das denn jetzt werden?

»Dann weißt du sicher auch, dass die Bauern, die am Ende des Dorfes wohnen, am Abend immer ihr Vieh in dem Haus unterbringen. Sie haben es dann am nächsten Tag nicht mehr so weit bis zu ihrer Weide.«

Bruno nickte.

»Dazu wird Laub und Stroh ausgestreut, das jeden Tag vor Einbruch der Dunkelheit erneuert werden muss. Bisher haben mein Mann Caspar und ich die Aufgabe übernommen. Aber es wird uns langsam zu viel. Willst du das nicht übernehmen? Dann hättest du eine Beschäftigung und könntest dir zusätzlich etwas Geld verdienen.«

Bruno starrte sie mit offenem Mund an. Noch nie hatte ihm jemand etwas zugetraut, noch nie war er um etwas gebeten worden. Und Geld konnten er und seine Eltern immer gebrauchen. Trotzdem sagte er: »Kann ich mir das noch überlegen?«

»Klar«, nickte Marie Schenker. »Aber warte nicht zu lange.«

Zwei Tage rang Bruno mit sich. Er wagte nicht, seinen Eltern von Maria Schenkers Vorschlag zu erzählen. Sie hätten ihn ausgelacht. Deshalb wollte er sie damit überraschen. Am dritten Tag nach dem Gespräch fing Bruno mit der Arbeit an.

Durch seine Tätigkeit als »Strohdecker«, wie er genannt wurde, hatte Bruno Seibert wieder Oberwasser bekommen. Vergessen war sein Fehlverhalten, denn niemand sprach ihn mehr darauf an. Das »Strohdecken« war eine leichte Arbeit für einen kräftigen Jungen wie Bruno. Und es machte ihm Spaß. Endlich hatte er eine Aufgabe, die man gewissenhaft und sorgfältig ausführen musste. Er tat alles, um sie zur Zufriedenheit der Landwirte zu erledigen. Nicht selten erhielt er ein Lob von einem der Bauern, was ihn mit großem Stolz erfüllte. Sein Vater dagegen war zwiespältig. Manchmal schien es, als sehe er Bruno mit Wohlwollen an, dann wiederum winkte er geringschätzig ab, wenn seine Frau Hermine oder Bruno über die Arbeit als »Strohdecker« erzählten. Bald jedoch machte Bruno dieses wankelmütige Verhalten seines Vaters nichts mehr aus. Mit breiter Brust lief er durch Züschen und auch in der Schule hatte er wieder mehrere Jungen, vor allem Söhne der Beilieger um sich versammelt, die ihn bewunderten.

36

Wenn spät am Nachmittag die meiste Arbeit getan war und nur noch Tätigkeiten anstanden, bei denen die Jungen im Wege gewesen wären, saßen sie an einem der drei Bäche Ahre, Sonneborn oder Nuhne. Manchmal aber auch zogen sie noch durch die nahen Wälder – einfach so, ohne Plan. Schon bevor Benedikt von seinem Vater über den Unterschied zwischen Solstättern und Beiliegern informiert worden war, hatte es im Dorf diese beiden Gruppen gegeben. Ganz unbewusst – oder vielleicht doch durch geschicktes Taktieren ihrer Eltern? – gingen die meisten Solstättersöhne und Beiliegerjungen getrennte Wege.

An diesem Tag trafen sich Benedikt, Matthäus und Jakob im Ortskern. Schon bald gesellte sich Gustav Auer zu ihnen. Als Folge von Bruno Seiberts Hieben war Gustavs Nase schief, und seitdem nuschelte er etwas. Hinter ihm, im Abstand von fast fünfzig Metern, schlichen Josef Stiegel und Wilhelm Nelle näher. Sie waren die zweitgeborenen Söhne ihrer Familien und in Benedikts Alter. Als Kinder von Beiliegern trauten sie sich nicht so recht, zu Benedikt und den anderen aufzuschließen. Aber Josef und Wilhelm waren angenehme Kameraden, mit denen die vier anderen häufig und gern zusammen waren. Benedikt winkte sie heran. Die beiden liefen sofort los und strahlten über das ganze Gesicht, als sie bei Benedikt ankamen.

»Warum habt ihr gezögert?«

»Bruno hat uns Schläge angedroht, wenn wir uns mit euch einlassen würden«, sagte Wilhelm.

»Und jetzt seid ihr doch bei uns?«, fragte Matthäus.

»Pah.« Wilhelm machte eine wegwerfende Handbewegung. »Bruno kann uns mal. Wir machen, was wir wollen. Der hat nicht über uns zu bestimmen.«

»Bruno hat jetzt eine Aufgabe, mit der er angibt wie ein König«, sagte Josef abfällig. »Dabei ist das eine Arbeit für einen Tagelöhner. Stroh austauschen! Wenn ich das schon höre. Das kann doch jedes Kind.«

»Sein Vater ist auch nicht froh darüber«, meinte Wilhelm. »Ich habe mal gehört, wie er mit meinem darüber sprach. Lorenz Seibert hält das Ganze für eine abgekartete Sache. Schenkers sind Solstätter, meinte er, da könne nur dein Vater hinter stecken, Benedikt.«

»Was haben wir denn damit zu tun?«, entrüstete sich Benedikt. »Uns schiebt man wohl alles in die Schuhe.«

»Wir sollten nicht so sehr über Bruno herziehen«, sagte Matthäus nachdenklich.

Benedikt sagte nichts. Er war froh, dass ihn seine Eltern nur mit einer Woche Hausarrest bestraft hatten.

»Ihr solltet vorsichtig sein mit dem, was ihr über Bruno sagt«, meinte Benedikt leise. »Ihr seid auch Beilieger, genau wie Seiberts. Ja, wenn ihr euer Land von uns gepachtet hättet, wäre das anders.«

»Wieso?«

»Dann würde ich dafür sorgen, dass ihr es nie verliert, aber ihr habt es von Ortkens und Wallmüllers. Seht euch doch an, wie arm die selbst sind. Irgendwann werden sie ihr Land zurückfordern, und dann?«

Daran hatten weder Josef noch Wilhelm gedacht. Josef kaute auf der Unterlippe. »Dann werde ich eben Schuster oder Sattler oder Schreiner oder Handlungsreisender«, sagte er trotzig.

Sie setzten sich auf einen abgesägten Buchenstamm und sahen dem Geschehen auf der Straße zu. Die meisten Pferdewagen waren mit Holz beladen.

Gustav hob die Hand, als einer seiner Brüder mit einem Handwagen vorbeilief.

»Was hat Franz-Josef vor?«, wollte Jakob wissen.

»Weiß nicht. Vielleicht tauscht er wieder Eier mit dem Bäcker. Unsere Hühner legen jeden Tag so viel, dass wir sie allein gar nicht essen können.«

»Sein Wagen war aber leer«, sagte Matthäus.

»Dann holt er Holz. Irgendetwas hat er schon zu tun. Hier tauschen doch alle.«

Das stimmte. Die Rechnung der meisten Bauern war einfach. Für einen Ballen Stroh erhielten sie zehn Pfennig, für eine Fuhre Hafer einen Taler und für eine Fuhre Roggen zwei Taler. Diejenigen, deren Kühe viel Milch gaben, tauschten mit den Bäckern und Metzgern gegen Brot, Brötchen und Fleisch. Es kam vor, dass eine Familie in einem Monat nicht einen Pfennig verdiente oder ausgab und dennoch über die Runden kam.

Benedikts Vater Robert hatte im letzten Jahr für ihre Ernte so viel verdient, dass es ihm schon fast peinlich gewesen war. Das Geld lag wohl versteckt unter der Matratze von Roberts Bett. Er hatte allen aus der Familie eingeschärft, niemandem etwas von seinem Verdienst zu erzählen. Das Einzige, was Robert tat, war den Schuldnern eine weitere Frist zur Begleichung zu geben. Hiervon sollte Benedikt eigentlich nichts wissen. Aber als sein Vater es Onkel Ludwig erzählte, saßen die beiden auf der Terrasse und Benedikt hatte sein Schlafzimmerfenster geöffnet. Sie glaubten wohl, er schliefe schon, aber es war zu warm an diesem Tag. So hatte er mit angehaltenem Atem gelauscht.

Der Tag neigte sich früh zu Ende. Manchmal hatten die sechs Jungen einige Mädchen in ihrem Alter von Weitem gesehen. Benedikt hatte Sophia, Gundula und Luise unter ihnen ausgemacht. Sie hatten ihre Köpfe zusammengesteckt, getuschelt und dann immer wieder zu ihnen geblickt. Es war klar, dass sie über die Jungen redeten. Es war bestimmt nichts Gutes, was sie sich erzählten. Ob Luise von ihrer Nacht in Benedikts Bett geplaudert hatte? Er hätte es zu gerne gewusst.

Als die Kirchenuhr fünf schlug, standen sie alle fast gleichzeitig auf. Sie hatten nun noch eine Stunde. Um sechs Uhr, nach dem Engel-des-Herrn-Läuten, durfte niemand der Kinder mehr auf der Straße sein.

Josef Stiegel wohnte im Bentheim. Deshalb schlug er sofort diese Richtung ein. Alle anderen folgten ihm automatisch, und dann sahen sie hinauf zum Hakenshaus. Knapp hundert Meter davon entfernt entdeckten sie Bruno Seibert. Er bearbeitete einen Baumstamm mit einer Axt.

»Was macht Bruno da?«, fragte Wilhelm Nelle.

»Das Gelände gehört der Gemeinde«, antwortete Matthäus. »Bruno will sich wohl ein paar Pfennige nebenbei verdienen, indem er den kleinen Baumbestand abholzt.«

»Tüchtig, tüchtig«, frotzelte Jakob und kicherte. »Wisst ihr«, sagte er plötzlich, »dass das Hakenshaus jetzt leer ist.«

»Natürlich«, nickte Gustav. »Warum sagst du das? Hast du etwas vor?«

»Wie wäre es, wenn wir Bruno einen Streich spielen würden?«, fragte Jakob.

»Das wäre großartig«, stimmte Gustav Auer sofort zu. Ihm war immer noch nach Rache zumute. Bruno eins auszuwischen, wäre ganz in seinem Sinne gewesen.

»Ich weiß nicht«, murmelte Matthäus. Er war der Älteste von ihnen und offenbar auch der Vernünftigste. »Wir sollten es mit unserer Abneigung gegenüber Bruno nicht übertreiben.«

»Quatsch«, rief Josef Stiegel. »Der nimmt auch keine Rücksicht auf uns.«

»Das stimmt«, meinte Benedikt. »An was denkst du?«

Jakob deutete zum Hakenshaus. »Wir werden ihm einen Schrecken einjagen, den er nie im Leben vergisst. Wir verstecken uns im Haus. Bestimmt muss Bruno heute noch das Laub und Stroh austauschen. Es ist dunkel, und er wird vor Angst schreien.«

Das gefiel auch Matthäus.

»Wer lenkt ihn solange ab, bis wir im Haus sind?«, fragte Jakob.

»Ich mache das«, sagte Wilhelm.

Die fünf Jungen warteten, bis er Bruno erreicht hatte. Dann huschten sie die steile Böschung hinauf und gelangten unbemerkt in das Haus. Es stank entsetzlich. Obwohl die große Vorhalle, in die man gleich nach der Tür eintrat, leer war, hing überall der Geruch von Vieh. Im Hintergrund befand sich eine steile Holztreppe. Die Stufen waren teilweise morsch und knarrten bei jedem Tritt, als die Jungen nacheinander vorsichtig in die obere Etage stiegen.

Inzwischen war es im Haus stockdunkel geworden. Josef wurde unruhig, weil ihm die Zeit zu langsam verging.

»Still.«

Vor dem Haus erklangen Schritte. Wenig später quietschte die Holztür und ein kurzer hellerer Schein glitt in die Halle. Benedikt linste über die Kante und nickte den anderen zu. Bruno war gekommen.

Er ging jetzt bis zur Treppe, um dort mit dem Aufsammeln des alten Strohs zu beginnen. Plötzlich hielt er inne und hob lauschend den Kopf.

»Ist da jemand?«

Keiner der Jungs antwortete. Wieder knarrte es im Gebälk.

»Wer ist denn da?« Brunos Stimme zitterte plötzlich, aber er blieb tapfer im Raum stehen. Benedikt machte ein leises Geräusch, das wie das Krächzen unverständlicher Wörter klang.

»Hannelore? Bist du das etwa?«

Hannelore Degenkort war die Enkelin Emil Hackens gewesen und seit über einem halben Jahr tot. Brunos Herz begann wie rasend zu schlagen, als er aus dem ersten Stock dumpf die Worte vernahm:

»Ja. Warte, ich komme!«

Bruno rutschte der Eimer aus der Hand. Mit einem scheppernden Knall schlug er auf den Steinboden. In panischer Angst lief Bruno zur Tür, stieß mit dem Kopf gegen den Rahmen, aber er ignorierte den Schmerz. Die Angst, vom Geist der Verstorbenen eingeholt zu werden, war zu groß. Wieder glaubte er, im Haus hinter sich etwas poltern zu hören, und er rannte und rannte, bis ihn Walter Bertram aufhielt. Der Solstätter kam gerade aus seinem Haus und erblickte den völlig verstörten Jungen.

»Bruno, Bruno. Was ist los? Was hast du denn?«

Leichenblass sank Bruno in Walters Arme. Stotternd und nach Worten suchend erzählte er vom Geist der Hannelore.

Walter Bertram lachte ihn nicht aus. Er bat vielmehr seine Frau, Bruno nach Hause zu bringen und machte sich dann auf den Weg, um das Gespenst zu entlarven. Aber das alte Haus war längst leer. Nichts deutete mehr darauf hin, dass sich hier oben vor gar nicht langer Zeit fünf Jungen versteckt und ihren Schabernack mit einem Gleichaltrigen getrieben hatten.

Als Benedikt nach Hause kam, wusste bereits jeder Bescheid. Magdalena schilderte in lebhaften Worten, was sie gehört hatte und schmückte dabei alles nur noch mehr aus. Als Benedikt lachte, holte sie aus, um ihm eine Ohrfeige zu geben. Aber er duckte sich schnell.

»Ihr dummen Jungen könnt über so etwas nur lachen«, schimpfte sie. »Aber ich weiß, dass Hannelore keine Ruhe findet. Sie hatte ein Verhältnis mit ihrem Stiefsohn und erwartete ein Kind von ihm. Sie hat es heimlich geboren und im Stroh versteckt, wo es tot gefunden wurde. Niemand konnte ihr zwar etwas nachweisen, aber ich bin sicher, dass es so war, und dass sie deshalb keine Ruhe findet.«

Viele Wochen kannte die spukende Hannelore im Dorf keine Grenzen. Einige meinten sogar, man solle ihr etwas zu schreiben in das Haus legen, damit sie ihre Sünden aufzeichnen könne. Und auch in der Kirche wurde an mehreren Sonntagen während des Hochamts für Hannelore gebetet.

Die Bauern weigerten sich wochenlang, ihr Vieh in dem Haus abzustellen. Sie hatten Angst, es würde von Hannelore verhext werden.

Benedikt und seine Freunde hielten es für besser, nichts zu sagen. Solch einen Unsinn hatten sie nicht heraufbeschwören wollen.

Und Bruno?

Der tat, als habe er überhaupt keine Angst gehabt. Er prahlte sogar damit, Hannelore mit eigenen Augen gesehen zu haben.

37

Jakob schleppte Benedikt fast täglich zur Mühle. Seit dem unangenehmen Erlebnis mit Bruno waren sie nur noch neugieriger geworden. Benedikt hatte zwar große Angst vor der Strafe seines Vaters, wenn der von seinen Heimlichkeiten erfahren würde, aber er konnte einfach nicht widerstehen. Der Müller wunderte sich über ihr Interesse, wusste aber nicht, dass beide nur wegen Oskar und der Magd Gerda gekommen waren. Benedikt und Jakob konnten stundenlang hinter den Müllsäcken hocken und warten.

»Wahrscheinlich haben sie mitgekriegt, dass wir hier sind und kommen deshalb nicht mehr«, meinte Benedikt.

»Das glaube ich nicht. Dann hätte Oskar uns verdroschen.«

Das stimmte wohl, und so warteten sie geduldig, aber auch vergebens mehrere Tage. Dann gaben sie auf.

Die Rückkehr der beiden Handlungsreisenden Michels und Jonathan glich im Hause Halbach einem Freudenfest. Eva war außer sich, und auch Benedikt konnte es kaum erwarten, die neuen Berichte zu hören.

Zu den Abendessen saß immer die ganze Familie um den Tisch in der Küche. Da Magdalena das Kochen von klein auf von ihrer Mutter gelernt hatte, und nun beide in der Küche standen, hatten sie ein festes Ritual entwickelt. Elisabeth kochte das Gemüse und das Fleisch, Magdalena kümmerte sich um Kartoffeln, Reis oder Nudeln.

Sie falteten die Hände und dankten Gott für die Speisen und beteten für eine weitere gute Ernte. Nach dem Essen ging Robert auf die Terrasse, um sich auf der Bank auszuruhen und um seine Pfeife zu rauchen. Vor der Scheune hockten Michels und Jonathan auf einer Pferdedecke auf dem Boden. Helene hatte ihnen zuvor Essen in die Scheune gebracht, wo Karl einen wackeligen Tisch aufgestellt hatte. Robert winkte sie zu sich heran.

Michels brachte die Decke mit und breitete sie am Rande der Terrasse aus. Er wusste, dass gleich Elisabeth Halbach und die Kinder erscheinen würden, und wollte ihnen genug Platz lassen. Oft wurde auch der Knecht Karl eingeladen. Er gehörte ja quasi zur Familie, aber er war zu höflich und sehr bescheiden und lehnte fast immer ab. Er fühlte sich in seinem kleinen Raum am Rand der Scheune wohl und wollte nicht ins Herrenhaus.

Um Punkt sieben Uhr setzte sich Elisabeth zu ihnen. Kurz darauf tauchten die Kinder auf, und bald trafen auch Onkel Ludwig, Tante Lydia und Jakob ein. Viel war in den letzten Monaten innerhalb Deutschlands geschehen, und Robert Halbach, der sonst stets zurückhaltend war, wenn über die Welt außerhalb des Sauerlandes gesprochen wurde, wollte diesmal alles über den Krieg zwischen Preußen und Österreich wissen.

»Die Bedingungen für einen Krieg standen für Preußen sehr günstig«, begann Michels, »denn Österreich befand sich in einer schweren Finanzkrise und Frankreich erklärte seine Neutralität für den Fall eines deutschen Bruderkrieges. Die entscheidende Schlacht aber war bei Königgrätz in Böhmen. König Wilhelm von Preußen hatte persönlich die Führung übernommen und mit seinem Generalstabschef von Moltke den Österreichern eine verheerende Niederlage zugefügt. Ich habe gehört, dass auf einen toten Preußen sieben tote Österreicher kommen sollen.«

»O mein Gott«, stieß Eva entsetzt aus. Ihre Mutter Elisabeth war blass geworden. Um sich abzulenken, beschäftigten sich Magdalena und Helene mit dem fast dreijährigen Paul. Nur Benedikt hörte angespannt zu, manchmal auch Johannes.

Michels sprach leise weiter: »Otto von Bismarck drängte den preußischen König dazu, den Sieg nicht voll auszunutzen, sondern einen raschen Frieden zu schließen. Das ist bereits im Juli geschehen. Seitdem gehören zu Preußen nördlich des Mains alle Staaten außer Sachsen und Hessen-Darmstadt.«

»Dann liegen wir immer noch an einer Grenze?«, fragte Benedikt.

»Nicht mehr ganz so nahe wie früher. Preußen hat den Norddeutschen Bund gegründet. Die südlichen Staaten sind immer noch selbstständig, sympathisieren aber mit Frankreich. Die Ursache des Krieges lag in der immer größer gewordenen Spannung seit Bestehen des Deutschen Bundes zwischen den

Großmächten Österreich und Preußen. Beide wollten die Vorherrschaft in Deutschland.«

»Warum eigentlich?«, fragte Benedikt. »Es ging uns doch gut.«

»Das ist stets die Frage bei einem Krieg, mein Sohn«, mischte sich sein Vater ein. »Irgendeiner will immer mehr Macht, mehr Einfluss. Die Welt wird niemals ohne Kriege auskommen. Der Anlass zum sogenannten Bruderkrieg war der Besitz Schleswig-Holsteins.«

Michels nickte. »Beide, Österreich und Preußen, verwalteten es gemeinsam. Vor einem Jahr konnten die Gegensätze noch einmal friedlich beigelegt werden. Aber dann besetzte Preußen Holstein. Österreich beantragte daraufhin die Mobilisierung der Armee und Preußen erklärte Österreich den Krieg.«

Robert schlug seine Pfeife aus, Ludwig paffte gehörig. »Ich weiß gar nicht, wem ich die Daumen gedrückt habe«, knurrte Ludwig. »Manchmal wünsche ich mir, dass die Österreicher gewonnen hätten.«

Michels schüttelte den Kopf. »Das war so gut wie unmöglich. Das preußische Militär war dem österreichischen in allen Belangen überlegen. Sie besaßen die sogenannten Zündnadelgewehre, während Österreich noch die veralteten Vorderlader benutzte. Preußen rückte bis Wien vor, und erst durch Vermittlung des französischen Kaisers Napoleon III. kam es zum Frieden. Österreich trat Holstein an Preußen ab und zahlte Preußen eine hohe Kriegsentschädigung. Tja, und nun haben wir halt die Grenze quer durch Deutschland.«

»Dabei wird es nicht bleiben«, meinte Robert. »Bismarck ist nie zufrieden. Er will die ganze Macht.«

»Was meinst du damit, Papa?«, fragte Benedikt.

»Das ist doch klar. Bismarck will die Herrschaft über ganz Deutschland. Und dazu fehlt ihm jetzt nur noch der Süden.«

Michels antwortete nicht darauf. Er glaubte auch nicht, dass dieser Frieden lange halten würde. Aber diese Meinung behielt er für sich.

Eva wollte nichts weiter vom Krieg hören, worauf sie einen dankbaren Blick ihrer Mutter erhielt. Das Thema wurde ab sofort nicht weiter erörtert.

Magdalena brachte Wein und Bier. Die Männer tranken

reichlich davon, während die Frauen nur an ihrem kaum gefüllten Weinglas nippten.

Wenig später kam die Sprache auf den neu eröffneten Markt in Winterberg.

Als Bürgermeister war Ludwig in die Planung eingeweiht worden. »Er ist größer als die Märkte in Brilon, Arnsberg und Meschede. Das Ziel ist es, ihn zum wichtigsten Standpunkt der Region zu machen.«

»Davon haben wir auch gehört«, nickte Michels. »Wir können unsere Waren jetzt viel einfacher als früher ergänzen. Es kommen Produzenten oder ihre Vertreter aus Norddeutschland, aus der Grafschaft Mark und dem Bergischen Land.«

»Sogar aus dem Rheinland und aus Berlin hat man schon Hersteller von Waren in der Nähe von Meschede gesehen«, ergänzte Jonathan. »Wir sind sicher, dass sie auch nach Winterberg kommen. Bei der großen Konkurrenz können wir oft preiswert einkaufen.«

»Ich halte nichts davon«, sagte Robert. »Dort werden nur billige Erzeugnisse angeboten, die den Preis nicht wert sind. Ihr solltet euch woanders umsehen, zum Beispiel in den Geschäften in Winterberg. Die verkaufen gute Waren. Ich muss übrigens auch nach Winterberg. Ludwig, kommst du mit?«

»Klar«, nickte dieser.

»Was ist mit dir, Jakob?«

»Nee«, sagte der Junge.

Zu Benedikts Überraschung reagierte sein Onkel nicht darauf. Normalerweise wurde getan, was Onkel Ludwig sagte. Aber diesmal war er vielleicht sogar froh, dass sein Sohn nicht mitwollte.

»Ich fahre mit«, sagte Benedikt.

Sein Vater sah ihn erstaunt an. Dann nickte er. »Gut. Wir haben einiges zu kaufen, und du sollst den Mann kennenlernen, mit dem wir – dein Onkel und ich – regen Handel treiben.«

38

Die meisten Familien aus Züschen verließen das Dorf nie. Schon die Fahrt mit einem Pferdewagen nach Winterberg oder

Hallenberg war für viele eine Reise ins Ungewisse. Benedikt hatte von einigen seiner Schulkameraden gehört, dass sich ihre Eltern bei dem Besuch einer der beiden Kleinstädte völlig unsicher und unbeholfen gefühlt hatten.

Winterberg hatte als West-Ost-Verbindung für das Gebiet große Bedeutung erlangt. Seit der Besiedelung des Sauerlandes zogen sich die Straßen über die Höhen. Die Niederungen waren zu versumpft und von wildwachsenden Feldern unwegsam geworden. Geplante Straßenbauten gab es im Sauerland nicht. Damals wurden Gehöfte und Dörfer oft von räuberischen Banden geplündert und die Häuser angezündet. Die Bewohner suchten Schutz in den Wäldern oder in einer der nächstgrößeren Städte. Dadurch erhielt Winterberg einen starken Zuzug an Einwohnern. Bereits jetzt, im Jahre 1867 lebten mehr als tausend Menschen in der Kleinstadt.

Durch die Höhenlage konnte sich in Winterberg schon früh reger Handel entwickeln. Hier trafen sich viele Handelsmänner auf ihren Wegen ins ferne Münsterland, Rheinland und nach Norddeutschland. Einmal hatte ihm Jonathan erzählt, dass er sich in Winterberg fast verlaufen hätte. Benedikt hatte es als Scherz aufgefasst, denn so groß war die Stadt nun wieder auch nicht, aber Jonathan hatte ganz im Ernst davon gesprochen.

Robert Halbach machte bereits früh mit den Bauern Winterbergs Geschäfte. Hafer und Gerste wurden von den Winterbergern gern angenommen, auch frisches Gemüse und Kartoffeln aus Züschen waren begehrt. Von dem eingenommenen Geld kaufte er in den kleinen Winterberger Läden notwendige Artikel wie Seife, Bürsten, Fett für die Lederriemen, Salz, Zucker und vieles andere mehr.

Benedikt folgte seinem Vater und seinem Onkel Ludwig in den ersten Laden. Die angebotenen Waren schienen ihn für einen Moment zu erdrücken. Er sah Garn, Hanf, Sättel, Zugseile, Schubkarren, Hacken und Dinge, von denen er die meisten zwar aus ihrem Stall kannte, die er aber noch nie richtig registriert hatte. Dazwischen gab es auch Körbe mit Scheren, Messern und anderen Kleinutensilien.

»Hallo Robert, hallo Ludwig«, sagte der Mann hinter der Ladentheke. Er war untersetzt, mit einer Halbglatze und einem langen, dichten Bart. Seine Lippen darin glänzten feucht.

»Tag Eduard.« Robert und Ludwig gaben ihm die Hand. An der Begrüßung erkannte Benedikt, dass sich die Männer gut kannten.

»Was kann ich für euch tun?«, fragte Eduard.

Robert hatte stets eine Liste bei sich, die er im Laufe einer Woche jeden Abend sorgfältig studierte, durch neue Waren ergänzte, wenn es nötig war oder einen Teil davon strich.

»Ich brauche Nägel, Bürsten, Seife und neues Zaumzeug. Und das, was auf dem Zettel hier steht.«

Der Ladeninhaber warf einen raschen Blick auf das Papier, das Robert ihm reicht. »Prima. Hab alles vorrätig.«

»Dein Geschäft geht gut, Eduard?«

Eduard nickte eifrig. »Und wie. Der zunehmende Handel macht es möglich. Pferde müssen versorgt werden und Reisende brauchen Proviant und Ersatzzeug. Ich kann nicht klagen.«

»Schön für dich«, sagte Ludwig.

»Was ist mit dem Markt?«, fragte Robert. »Gehen dir dadurch keine Kunden verloren?«

Eduard winkte ab. »Das kann ich verkraften. Alle wissen, dass ich gute Waren verkaufe.« Er beugte sich etwas nach links und schaute an den beiden vorbei. »Wen haben wir denn da?«

Robert zog Benedikt näher. »Das ist mein ältester Sohn Benedikt. Ich will ihm endlich mal zeigen, welcher Halsabschneider mir die letzten Pfennige abknüpft.«

Eduard kam um seine Ladentheke herum und gab Benedikt die Hand. »Hallo, junger Mann. Dann wirst du mal das Erbe deines Vaters antreten? Ich freue mich schon jetzt auf unsere Zusammenarbeit.«

»Lass dir von dem alten Zausel nichts gefallen, Benedikt«, sagte sein Vater mit einem schelmischen Seitenblick. »Und noch ist es nicht soweit. Also, Edi, mach voran. Wir haben nicht so viel Zeit.«

»Schön, schön. Wie immer. Was ist mit dir, Ludwig? Brauchst du noch was extra?«

Ludwig schüttelte den Kopf und deutete auf den Zettel, den Robert in der Hand hielt. »Da steht alles drauf. Wir haben eine gemeinsame Liste.«

Benedikts einzige Aufgabe in Winterberg bestand darin, die Einkäufe zum Pferdewagen zu bringen. Er trug die leichteren

Teile, die schweren hoben sein Vater und sein Onkel gemeinsam. Danach gingen Robert und Ludwig regelmäßig in eine kleine Kneipe, und Benedikt war nun frei und konnte sich die Kleinstadt näher ansehen, ohne von den beiden Erwachsenen beaufsichtigt zu werden.

Er schlenderte an vielen Geschäften vorbei, bis er das Ende der Hauptstraße erreichte. Auf einem größeren Platz spielten Straßenmusiker. Benedikt blieb stehen und schaute ihnen eine Zeit lang zu. Die Musik war einschmeichelnd und beruhigend. Die Melodie klang für ihn fremd, aber sie gefiel ihm. Unweit davon saßen zwei Bettler. Sie taten Benedikt leid, aber da er kein Geld hatte, konnte er ihnen auch nichts geben.

Plötzlich sah er eine größere Menschenansammlung vor einer dicken Eiche stehen. Die Leute starrten auf etwas, das an dem Stamm befestigt war. Benedikt schlängelte sich an ihnen vorbei, bis er das Plakat lesen konnte. Er verstand zwar nicht alles, was darauf stand, nur so viel, dass man beabsichtigte, auf dem Kahlen Asten einen Turm zu bauen. Als sichtbares Wahrzeichen der Stadt. Man bat um Unterstützung und um Spenden. Der Kahle Asten war der bekannteste Berg des Sauerlandes und ein Wahrzeichen von Winterberg.

»Bist du nicht der junge Halbach?«, hörte er plötzlich eine Stimme neben sich. Benedikt drehte den Kopf. Der Mann war vielleicht dreißig Jahre alt. Er trug die derbe Kleidung eines einfachen Arbeiters und eine speckige Kappe. Sein Gesicht war schmal und dreckig.

»Klar bist du das. Ich habe dich doch mal auf dem Hof in Züschen gesehen. He, Leute, hier ist einer, der Geld genug hat und sicher bereit ist, für den Turm zu spenden.«

Benedikt wurde rot vor Wut und Scham, als sich ihm alle zuwandten.

»Die sollen sich wirklich an die Reichen halten«, rief ein anderer. »Ich gebe jedenfalls keinen Pfennig.«

»Ein Turm! Wofür brauchen wir denn einen Turm? Die sollen uns lieber das Geld geben.«

Benedikt sah sich nach einer Lücke in der Menge um, durch die er verschwinden konnte, aber die Männer standen zu dicht. Trotz seines jungen Alters erkannte er, dass alle kaum wussten, wie sie die nächsten Tage überstehen würden. Sie waren arm, und es war eine wirkliche Schande, von ihnen auch noch Geld für eine höchst unnötige Sache zu verlangen. Er hätte gern etwas gesagt, ihnen zugestimmt, aber inzwischen waren die aufgeregten Stimmen zu einem Tumult angewachsen. Als sich niemand mehr für ihn zu interessieren schien, konnte er unbemerkt verschwinden.

Bald hatte Benedikt das Plakat vergessen, denn ein Straßenmusiker interessierte ihn. Er spielte auf einer Geige. Dabei lächelte er die ganze Zeit. Manchmal schloss er die Augen, so, als wäre er ganz versunken in sein Spiel. Benedikt hätte auch ihm gern ein paar Pfennige gegeben.

Langsam schlenderte er weiter. Er hatte keine Ahnung, wie lange sich sein Vater und sein Onkel stets in der Kneipe aufhielten, und er wollte auf keinen Fall, dass sein Vater wütend wurde, wenn er herauskam und Benedikt nicht da war. Aber er war zu neugierig geworden. Er wollte unbedingt den »Winterberger Markt« sehen.

Benedikt folgte einfach den meisten Menschen, die offenbar unbeirrt ein Ziel vor Augen hatten. Und dann erreichte er den Platz. So viele Buden und Stände hatte er nicht erwartet. Es gab alles zu kaufen, was das Herz begehrte.

Je weiter er ging, desto mehr unbekannte Waren erspähte er. Auch die meisten Düfte waren ihm fremd, aber es roch gut. Ein noch recht junger Metzger briet über einem Feuer Würstchen und Speck, nur ein paar Meter weiter drehte ein Junge von vielleicht zehn Jahren einen Spieß mit einem Spanferkel. Ein älterer Mann – vermutlich sein Vater – stand hinter einem klapprigen Tisch und verkaufte kleine Fleischstücke.

Benedikt erreichte den Teil, in dem Obst und Gemüse angeboten wurden. Die Stände waren gut besucht, die Lebensmittel sahen frisch aus.

Er vergaß fast völlig die Zeit. Erst als die nahe Kirchenuhr anschlug, erschrak er. So lange hatte er sich nicht auf dem Markt aufhalten wollen. Schnell machte er sich wieder auf den Weg in die Innenstadt von Winterberg. Immer noch bevölkerten unzählige Menschen die Straße. Es schien Benedikt, als hätten sich die Plakate über den Turm auf dem Kahlen Asten auf wundersame Weise vermehrt. An jedem Baum hing so ein Zettel. Immer wieder blieben Personen davorstehen, schüttelten die Köpfe oder nickten. Ja, es gab auch welche, die den Bau eines Turmes befürworteten.

Gerade als Benedikt die Kneipe erreichte, öffnete sich die Tür und sein Vater und Onkel Ludwig kamen heraus.

»Da bist du ja«, rief Robert. Er roch nach Bier, aber er war nicht betrunken. »He, Ludwig, hast du auch die Plakate gesehen?« Er deutete auf einen Baum.

»Klar«, nickte Benedikts Onkel.

»Was hältst du davon?«

»Solange sie uns nicht ans Geld wollen, können sie machen, was sie wollen.«

Robert lachte. »Keinen Pfennig gebe ich dafür. Nicht einen Pfennig.«

»Was hat denn der Wirt nur mit der Lotterie gemeint?«, wollte Ludwig wissen.

Robert winkte unwirsch ab. »Das sind nur Flausen. Die wollen nur den Leuten das Geld aus der Tasche ziehen. Nein, nein, diese Ideen sind von vornherein zum Scheitern verurteilt.«

Sie fuhren im Dunkeln nach Hause, der kühle Wind blies ihnen durchs Haar. Zuerst wollte Benedikt seinem Vater von dem Markt erzählen. Aber dann ließ er es. Er war jedoch entschlossen, seinen Vater von nun an regelmäßig nach Winterberg zu begleiten.

39

Es regnete und der Wind heulte in den Bäumen, als es bei Robert Halbach klopfte. Elisabeth öffnete die Tür.

»Hallo, Max«, sagte sie erfreut. »Schön, dich zu sehen.«

Sie trat zur Seite, um Max Redlich vorbei zu lassen. Der große hagere Mann nahm seinen Hut ab, lächelte etwas verlegen und ging hinein. Eine behagliche Wärme strömte von einem bullernden Ofen in der Ecke, und Max dachte wehmütig daran, wie kalt es bei ihm zu Hause war.

Elisabeth führte ihn in die Stube. Robert Halbach saß in einem breiten Sessel, rauchte eine Pfeife und studierte einige Aufzeichnungen. Max konnte gerade noch erkennen, dass es sich um Zahlen für Gerste, Hafer und Kartoffeln handelte, bevor

Robert die Kladde schloss. Max nickte unwillkürlich. Robert machte also wieder Inventur. Es musste ein schönes Gefühl sein, seine Gewinne zu betrachten und dabei zu wissen, dass man keine Sorgen hatte. Robert deutete auf einen Stuhl.

»Ich habe sehr lange über dein Angebot nachgedacht, Robert. Ich bin gekommen, um mit dir darüber zu reden«, begann Max.

»Wäre dafür nicht eine andere Zeit besser geeignet als jetzt um neun Uhr abends?«

»Ja, sicher, bestimmt sogar. Aber ich kann damit nicht länger warten. Ich würde die ganze Nacht wieder kein Auge zu tun. Ich schlafe sowieso schon seit Tagen kaum noch. Heute haben Karla und ich einen Entschluss gefasst.« Er holte tief Luft. »Ich werde aufgeben ...«

Robert sah ihn einige Minuten schweigend an. »Und was willst du dann tun?«

»Ich weiß es nicht genau«, antwortete Max mit rauer Stimme. »So einfach davon gehen kann ich nicht. Wir wohnen seit einer Ewigkeit in Züschen. Wohin soll ich denn auch? Nach Süden können wir nicht, seit es den Norddeutschen Bund gibt. In Hessen, Bayern oder Baden würde man uns zum Teufel jagen, wenn sie erfahren, dass wir aus Preußen kommen.« Er fuhr sich über die Stirn. »Gilt dein Angebot noch? Dass du mir die drei Felder abkaufst?«

»Natürlich«, antwortete Robert.

Max schaute zu Boden. »Vielleicht – gibt es noch einen anderen Weg ...«

»Ja?«

»Wenn – wenn du mir wiederum hilfst.«

Max Redlich fiel diese Bitte nicht leicht. Er war schon oft bei Robert oder Ludwig Halbach gewesen und hatte sie um Hilfe gebeten – nein, regelrecht angefleht. Aber jetzt fühlte sich Max erbärmlicher denn je.

»Möchtest du einen Schnaps?«, fragte Robert leise.

Max schüttelte den Kopf. »Nein. Karla wartet auf deine Antwort.«

»Sag ihr, dass ich es mir überlege. Ich lasse euch nicht im Stich. So oder so.«

Max sah ihn eine Weile nachdenklich an, aber Roberts Miene blieb ausdruckslos. Max stand auf. »Danke, Robert. Danke dafür, dass du mir zugehört hast.«

Er nickte noch einmal und ging dann schnell hinaus. Die kalte Luft brachte seine klaren Gedanken einigermaßen zurück. Er brauchte sich für seine Entscheidung nicht zu schämen. Er musste an seine Familie denken, besonders an seine Kinder.

Robert Halbach sah der gebeugten Gestalt lange nach. Dann steckte er sich wieder die Pfeife an, die während des Gesprächs mit Max Redlich ausgegangen war. Als er vor der Tür ein Geräusch hörte, hob er den Kopf und wartete. Es war Benedikt, der zögernd eintrat.

»Du hast gelauscht?«, fragte Robert.

Benedikt schüttelte den Kopf. »Nein, ich stand zufällig vor der Tür. Entschuldige bitte, Papa.«

Robert winkte ab. »Ich bin froh, dass du weißt, wie es um Redlichs steht.«

»Hilfst du ihnen?«

»Ich weiß nicht.«

»Wir könnten ihnen Getreide abgeben, Kartoffeln, Milch.«

»Das ist nicht das, was Max Redlich braucht«, entgegnete sein Vater.

Am nächsten Morgen sagte Benedikt: »Ich hätte vielleicht eine Lösung, wie wir Redlichs helfen können, Papa.«

»So? Da bin ich aber gespannt.«

»Ich habe die ganze Nacht wach gelegen und nachgedacht, Papa.« Und dann erzählte er seinem Vater, welchen Vorschlag sie den Redlichs machen könnten.

Gleich nach dem Frühstück gingen sie los. Unterwegs sagte Robert zu Benedikt: »Ich bin sehr stolz auf dich, mein Sohn. Du bist jetzt in einem Alter, in dem du schon Verantwortung übernehmen kannst. Auch wenn es den Anschein hat, als würde ich ewig leben, muss ich mein Erbe rechtzeitig regeln. Und deshalb bin ich froh, dass du eine Entscheidung getroffen hast.«

Benedikt erschrak. So hatte sein Vater noch nie mit ihm gesprochen. Ob er krank war? Benedikt warf einen raschen Blick zu ihm. Sein Vater sah eigentlich noch kerngesund und robust aus. Aber wie schnell sich das ändern konnte, hatte er erst kürzlich bei der Beerdigung eines Solstätters erlebt. Der Mann war im Alter von siebenundvierzig Jahren im Stall einfach umgefallen und auf der Stelle tot gewesen. So etwas kam leider viel zu oft vor.

Benedikt hatte noch keine große Lust, in die Fußstapfen seines Vaters zu treten, aber ganz offiziell zu den Redlichs gehen zu können, gefiel ihm sehr. Endlich konnte er wieder einmal mit Luise sprechen. Seit sie bei ihm im Bett gewesen war – wie sich das anhörte – war sie ihm aus dem Weg gegangen.

Luise war nicht im Haus, als sie ankamen. Max und Karla Redlich wurden von dem Besuch völlig überrascht. Max kam gerade aus dem Stall, als Robert und Benedikt seinen kleinen Vorplatz betraten.

»Ist das ein gutes oder schlechtes Zeichen, dass du bei mir aufkreuzt, Robert?«, fragte Max.

»Eher ein gutes«, erwiderte Robert Halbach.

Max ging vor ihnen her ins Haus und deutete in der kargen Küche auf zwei harte Stühle. »Setzt euch.«

Aus der Stube nebenan kam Karla. Sie hatte sich schnell die Schürze abgelegt und die Hände gewaschen. Ein wenig verlegen lächelte sie Robert an. »Soll ich Kaffee kochen?«

»Ein Glas Wasser würde genügen.« Robert wollte ihre Gastfreundschaft nicht beleidigen, aber er wusste, dass Kaffee teuer war und deshalb lehnte er ihn ab.

»Wir – das heißt Benedikt und ich – haben über deinen Besuch gestern nachgedacht, Max«, sagte Robert, nachdem er an dem Glas genippt hatte. Das Wasser schmeckte gut. Die Redlichs hatten einen eigenen Brunnen. Wenigstens das, dachte Robert zufrieden, bevor er weitersprach: »Du besitzt drei Parzellen: eine am Hellenkopf, eine am Ikesberg und eine im Herrengrund. Die Helle und den Ikes willst du brachliegen lassen, damit du dort deine Kühe weiden lassen kannst und nicht so weit bis zum Herrengrund treiben musst. Das ist in deiner augenblicklichen Situation sicher eine – wie soll ich sagen – umsichtige Entscheidung. Aber das Land im Herrengrund ist weit entfernt und nicht leicht zu bewirtschaften. Daher ist dort ein ökonomischer Anbau nicht möglich und für dich unrentabel.«

»Das habe ich dir doch schon gesagt«, brummte Max.

»Ich möchte nicht, dass du Züschen verlassen musst«, fuhr Robert unbeirrt weiter. »Wir kennen uns schon viel zu lange, als dass ich das zulassen würde. Deshalb mache ich dir ein Angebot. Genauer gesagt kommt die Idee von Benedikt. Also, mein Sohn, fang an!«

Benedikts Gesicht begann zu glühen. Er hatte zwar schon des Öfteren in der Schule vor einer größeren Anzahl von Menschen geredet, aber die waren alle in seinem Alter und – irgendwie auch dümmer. Aber nun sollte er einem Erwachsenen und dazu noch einem Solstätter einen Vorschlag machen. Er rutschte einige Augenblicke auf dem Stuhl hin und her.

»Es geht – es geht um die Wiesen an der Nuhne«, sagte er leise, um dann forscher zu sprechen: »Es sind vier Weiden. Wir lassen dort unsere Kühe fressen, weil das Gras schnell wächst. Der Boden ist durch die nahe Nuhne gut durchtränkt. Selbst wenn es im Sommer mal heiß wird und das Wasser versiegt, sind die Wiesen grün und saftig. Getreide anbauen können wir dort nicht, weil die Wiesen die meiste Zeit des Jahres im Schatten des Hackelberges liegen.« Er machte eine Pause. Solche Worte hatte er noch nie gewählt. Aber er hatte offenbar die richtigen gefunden, denn Max und Karla Redlich sahen ihn überrascht, aber auch neugierig und wissbegierig an. Nur sein Vater schmunzelte leicht.

»Benedikt ist der Meinung, dass ihr eure Kühe dort weiden lassen könnt«, übernahm Robert wieder das Wort. »Ein paar Tiere mehr oder weniger – was macht das schon aus? Uns würden sie nicht stören. In dem Fall könnt ihr eure Felder am Hellenkopf und auf dem Ikesberg weiter bestellen und gute Erträge erzielen. Für die Bewirtschaftung dieser Felder gebe ich euch zwei oder drei Knechte. Die müssten genügen. Ihr könnt dort Getreide anbauen, Gemüse pflanzen oder was anderes. Was haltet ihr davon?«

Einige Minuten blieb es still. Max war in sich zusammengesunken, sein Blick unverwandt auf den Tisch gerichtet. Schließlich hob er den Kopf. »Ich kann das nicht annehmen.«

»Warum nicht?«

»Ich will keine Almosen. Ich -«

»Das ist kein Almosen«, unterbrach Robert ihn ein wenig barsch. »Natürlich sollst du das nicht umsonst haben.«

Ein sarkastisches Lächeln huschte um Max Redlichs Mund. »Dachte ich mir doch, dass es da einen Haken gibt.«

Robert schüttelte den Kopf. »Keinen Haken, Max«, sagte er

ernst. »Nur eine vernünftige Abmachung. Benedikt!«

Der Junge richtete sich wieder auf. »Von jeder Ernte, die du verkaufst, erhalten wir ein Zehntel. Das erscheint uns nicht zu viel. So haben wir etwas davon und ihr – ihr könnt von dem Rest gut leben.«

Max und Karla Redlich starrten ihn an. In ihren Augen stand Fassungslosigkeit. Karla begann zu weinen.

Um die Peinlichkeit und Verlegenheit nicht noch weiter treiben zu lassen, streckte Robert seine Hand aus. »Abgemacht, Max?«

Der Mann zögerte, doch dann schlug er nach einem tiefen Ausatmen ein. »Machen wir einen Vertrag.«

»Wir brauchen keinen Vertrag«, sagte Robert. »Du sagst mir am Ende eines Jahres, was du eingenommen hast und dann rechnen wir ab. Ich vertraue dir.«

Max schluckte. »Danke, Robert«, brachte er gerade noch heraus.

»Danke nicht mir, danke Benedikt. Es ist seine Idee. Er hat sich das heute Nacht überlegt.«

Max schlug dem Jungen auf die Schulter. »Du bist ein guter Kerl, Benedikt. Aber jetzt, Karla, jetzt hol den Schnaps aus dem Schrank. Darauf müssen wir einen trinken.«

»Ich nicht«, sagte Benedikt schnell und stand auf. »Ich geh schon mal nach draußen, Papa.«

»In Ordnung«, lächelte Robert, lehnte sich zurück und wartete, bis Karla Redlich den Schnaps, drei Gläser und einen Kanten Brot auf den Tisch gestellt hatte.

40

Benedikt hatte Stimmen vor dem Haus gehört und sie als Luise und ihren Bruder Siegfried ausgemacht. Da die Laute jedoch leiser geworden waren, nahm er an, dass die beiden in die Scheune oder in den Stall gegangen waren.

Benedikt entschied sich für den Stall. Zuerst konnte er im dunkleren Licht nichts sehen, dann bemerkte er die beiden Personen im Hintergrund. Sie hockten auf dem mit Stroh bedeckten Boden. Siggi hatte sich an seine Schwester gelehnt. Luise schaute fast angstvoll zu Benedikt auf, der langsam nähertrat.

»Hallo«, sagte er.

»Hallo«, kam es kaum hörbar von Luise zurück. Sie war barfuß, und ihr geblümtes Kleid war schmutzig und sehr eng – eng bis zu den Knien. Er musterte sie einige Augenblicke, bis sie ihre Hände hinter dem Rücken versteckte. Ganz sicher waren auch sie dreckig.

»Was macht ihr hier?«, fragte Benedikt.

Luise zuckte nur mit den Schultern. Siggi wischte seine Hände an seiner kurzen Hose ab und sagte: »Wir warten, bis ihr wieder weg seid.«

»Warum?«, wunderte sich Benedikt. »Wir tun euch doch nichts.«

»So?«, machte Luise verächtlich. »Wir wissen, warum ihr gekommen seid. Wir haben gestern zusammengesessen, Papa, Mama und wir zwei. Wir besprechen alles gemeinsam, auch wenn Siggi noch nichts versteht.«

»Tue ich doch«, begehrte der Junge auf, worauf Luise und Benedikt nicht reagierten.

»Wir werden Züschen verlassen«, sagte Luise traurig.

»Ich will aber nicht weg«, rief Siggi.

»Das musst du auch nicht«, antwortete Benedikt ruhig.

»Setz ihm keine Flausen in den Kopf«, sagte Luise böse. »Die Wahrheit ist immer besser. Wir werden schon damit fertig.«

Benedikt ließ sich neben ihr nieder. Er wollte auf gleicher Höhe mit ihr sein und ihr damit zeigen, dass es keinen Unterschied zwischen den Halbachs und den Redlichs gab.

»Ich sage die Wahrheit, Luise. Geh ins Haus und frag deine Eltern. Wir haben uns geeinigt.«

»Zu welchem Preis?« Luise sah ihn wütend an. »Dein Vater macht nichts umsonst. Das hat er noch nie getan. Was habt ihr ihnen angeboten? Gemüse? Brot? Milch? Oder einfach nur Wasser? «

»Nein«, entgegnete Benedikt härter als beabsichtigt.

»Dann Geld? Na klar, davon habt ihr ja genug.«

»Du bist ungerecht«, sagte nun Siggi. »Es ist doch egal, was wir kriegen. Ich bleibe jedenfalls hier. Nimmst du mich mit zu euch, Benedikt, wenn Papa, Mama und Luise weggehen?«

»Du spinnst«, sagte Luise zu ihrem Bruder.

Benedikt merkte, dass er bei den beiden nicht weiterkam. Sie waren verbittert über ihre Situation, erbost, weil es anderen besserging und niedergeschlagen, weil sie davon gesprochen hatten, Züschen zu verlassen. Er erhob sich. »Es wird alles gut«, sagte er leise. »Geht zu euren Eltern und fragt, was wir beschlossen haben. Dann werdet ihr sehen, dass wir es gut mit euch meinen.«

Und mit einem letzten kurzen Blick auf Luise und Siggi verließ er den Stall.

Benedikt wartete draußen, bis sein Vater erschien. Zusammen gingen sie nach Hause. Sie schwiegen, weil beide über die letzten Stunden nachdachten. Im Haus angekommen, wollte Benedikt in sein Zimmer, aber Robert hielt ihn fest.

»Weißt du, Benedikt, dein Großvater hat alles, was wir besitzen, aufgebaut. Wir müssen sein Andenken hegen und pflegen, und dazu gehört auch, dass wir unseren Besitz behalten oder sogar vergrößern. Andere Bauern müssen sich eben um mehr Arbeit kümmern. Wenn man ihnen den kleinen Finger reicht, nehmen sie gleich die ganze Hand. Bis auf wenige sind alle nur Schmarotzer.«

»Auch Redlichs?«

»Nein.« Robert schüttelte den Kopf. »Max nicht. Er ist ein ehrlicher Mann, sonst hätte ich auf einem Vertrag bestanden. Du musst immer daran denken, Menschen zu helfen, denen man vertrauen kann. Wobei –jedem gengenüber gerecht zu sein, ist unmöglich.« Robert sah seinen Sohn nachdenklich an. »Komm mal mit, Benedikt.«

Robert ging in die Stube. In der Ecke neben dem Fenster stand eine Kommode. Sie war aus stabilem Holz gebaut und schwer. Drei Mann hatten Mühe gehabt, sie an den Ort zu stellen. Die oberste Schublade war verschlossen.

Robert zog einen Schlüssel aus seiner Westentasche und öffnete sie. Vor ihm lag ein dicker Umschlag, aus dem er mehrere Bogen Papier herausnahm.

»Benedikt ...« Seine Stimme zitterte ein wenig. »Hier ist etwas, das sehr wichtig für dich – für euch alle ist. Vielleicht ist es zu früh, vielleicht bist du noch zu jung, um alles zu begreifen. Ich habe dir auf unserem langen Rundgang vor einiger Zeit schon gezeigt, welche Länder uns gehören. Mündlich kann man alles behaupten, aber nur was schriftlich fixiert ist, ist amtlich und ordnungsgemäß. Hier sind wichtige Dokumente, die mit dem Siegel des Amtsgerichtes Medebach versehen sind.« Er schob sie Benedikt hin.

Die Dokumente waren in einer Ausdrucksweise verfasst, die ihm nicht geläufig war.

»Das sind Eigentumsrechte, mein Sohn«, erklärte Robert. Er deutete mit dem Finger abwechselnd auf mehrere Seiten. »Hier, die vier Parzellen an der Nuhne. Da steht, dass sie uns gehören. Die Äcker auf dem Hellenkopf, auf dem Ikesberg und auf der Hardt. Sie sind alle unser Eigentum. Wir, das heißt, dein Großvater, hat sie rechtlich erworben, indem er sie anderen Solstättern abkaufte. Diese Solstätter sind noch alle in Züschen, aber sie haben durch den Verkauf ihre Ländereien verringert.«

»Und wir vergrößert?«, fragte Benedikt.

»Richtig. Die meisten der jetzigen Solstätter wissen nichts davon. Sie haben den Besitz von ihren Vätern übernommen. Viele unserer Länder haben wir an Beilieger verpachtet.«

»Dann wissen die doch, wem die Wiesen und Felder gehören.«

»Nein. Die Verträge wurden über die Gemeinde geregelt. Onkel Ludwigs Vorgänger, Bürgermeister Treben, hat sie mit deinem Großvater aufgesetzt. Seitdem gilt die Gemeinde als Eigentümer, was aber nicht die Wahrheit ist. Ich glaube, selbst Onkel Ludwig weiß nicht, was in diesen Verträgen steht. Du musst sie gut aufbewahren und niemandem etwas davon erzählen. Es sei denn, es gäbe mal Streitereien, was Gott verhüten möge. Aber es ist ein Pfand in deinen Händen, mein Sohn.«

»Warum erzählst du mir das, Papa? Geht es dir nicht gut?«

Robert lächelte. »Mir geht es ausgezeichnet. Ich bin kerngesund. Aber wie ich dir schon auf dem Weg zu den Redlichs sagte, bist du nun in einem Alter, in dem du Verantwortung übernehmen und den Wert einer Maßnahme richtig einschätzen kannst. Das zeigt schon dein Vorschlag, den Redlichs zu helfen. Und außerdem bist du mein Sohn, mein erstgeborener Sohn und legitimer Nachfolger. Du musst die Unterlagen jetzt nicht lesen, du sollst nur wissen, wo sie sich befinden. Hüte sie sorgfältig.«

Robert legte alles wieder in die Umschläge und verstaute sie in dem Schrank, bevor er ihn verschloss. Den Schlüssel steckte er in seine Westentasche. Dann ging er in die Küche. Benedikt folgte ihm langsam. Die vielen Fragen, die ihm auf der Zunge brannten, brachte er nicht heraus.

41

Karla Redlich hatte aus der Not heraus ihre Tochter Luise zu Benedikt ins Bett gelegt. Sie war der Ansicht, dass Kinder bis zu einem Alter von achtzehn Jahren unschuldig blieben. Karla selbst hatte ihren Mann mit vierundzwanzig Jahren kennengelernt. Sie erinnerte sich noch gut an die ersten vorsichtigen Berührungen mit Max. Es war völlig dunkel gewesen, und sie waren fast vollständig bekleidet. Der eheliche Geschlechtsakt hatte keine Lustgefühle bewirkt. Es war nur eine Pflicht für sie, und seit Siegfried geboren war, hatten sie nicht mehr miteinander geschlafen. Sie war froh, dass Max es auch nicht wollte. Beide hatten seitdem das Thema Beischlaf aus ihrem Sprachgebrauch gestrichen. Doch nun, nachdem Bruno Seibert als »Schmutzfink«, wie sie ihn nannte, bekannt geworden war, dachte sie mehr über ihre Tochter nach. Es war ihr klar, dass Luise mit ihren gleichaltrigen Freundinnen hinter vorgehaltener Hand über Brunos »Taten« tuschelte. Wie schnell konnte sie sich dabei verplappern und über die Nacht mit Benedikt reden.

Jetzt plagte sie jedoch das schlechte Gewissen. Karla hatte keine Angst, dass Benedikt etwas erzählen würde. Das traute sie ihm nicht zu. Sie befürchtete nur, dass jemand anders – sie wusste zwar nicht wer, aber manchmal machten Geheimnisse im Dorf die seltsamsten Runden – Luises Erlebnis mit Benedikt ausplauderte, und dass dann ihre Tochter als »leichtes Mädchen« tituliert wurde und keinen Mann abbekam. Deshalb hatte sie beschlossen, ihre Tochter so schnell wie möglich zu verheiraten. Sie hatte auch schon einen Mann im Auge, Franz-Josef, den ältesten Sohn des angesehenen Solstätters Georg Auer.

Georgs Länder waren bei Weitem nicht so groß wie die der beiden Halbachbrüder, aber sein Vermögen konnte sich sehen lassen. Hinzu kam, dass Georg ein gewissenhafter, ruhiger und allzeit beliebter Solstätter war, auch bei den Beiliegern. Und was noch wichtiger war, auch Franz-Josef galt als zuverlässiger Arbeiter und rücksichtsvoller und höflicher junger Mann. Franz-Josef war dreiundzwanzig Jahre alt, demnach über acht Jahre älter als Luise. Aber dieser Altersunterschied konnte nur von Vorteil sein. Franz-Josef Auer würde Luise unter seine Fittiche nehmen und mit seiner Erfahrung das Mädchen in seinem Sinne erziehen.

Dieser Gedanke beruhigte und beflügelte Karla Redlich gleichermaßen, und sie beschloss, mit Luise einfach darüber zu reden.

Sie fand ihre Tochter in der Scheune. Luise hatte, nachdem Benedikt gegangen war, wutentbrannt eine Forke in die Hand genommen und wahllos begonnen, das Stroh und Heu in der Scheune von einer Seite auf die andere zu schaufeln.

»Was machst du da?«, fragte Karla.

Luise hörte in der Arbeit auf. »Nichts.«

Karla seufzte. Das Kind tat Dinge, die sie nicht verstand. Irgendwie hatte sie das Gefühl, dass ihre Tochter ihr entgleiten könnte. Auch aus diesem Grund musste sie schnell handeln.

»Ich muss mit dir reden.«

»Und worüber?«, fragte Luise. Sie betrachtete ihre Mutter misstrauisch.

Karla zögerte. Sie wusste nicht, wie sie beginnen sollte. Sie schaute ihre Tochter von oben bis unten an und schüttelte den Kopf, als sie Luises verschmutztes Kleid bemerkte.

»Du solltest dich nicht immer wie ein Junge benehmen, Luise. Sieh dich nur an. Hast du dich etwa wieder bei den Kühen herumgetrieben? Du bist ein Mädchen. Mädchen halten mehr auf Sauberkeit und Schönheit.«

Luise kniff die Augen zusammen. Was wurde das denn jetzt? »Ich arbeite wie ein Mann«, entgegnete sie. »Da kommt es schon mal vor, dass man dreckig wird. Soll ich etwa mit der Arbeit aufhören?«

Karla schüttelte hastig den Kopf. »Nein, natürlich nicht.« Das fehlte noch. Luise war doch ihre beste Kraft. Noch jedenfalls, bis Robert Halbach zwei seiner Knechte zu ihnen abkommandiert hatte. Und das war auch nötig, denn Karlas Schwester Irene machte von Tag zu Tag mehr schlapp. Bald würde sie nicht mehr mit auf die Felder gehen können.

»Oder brauche ich gar nicht mehr zu arbeiten?«, fragte Luise spöttisch. »Hat Robert Halbach euch alles abgekauft?«

»Nein. Im Gegenteil. Er hat uns die Wiesen an der Nuhne überlassen. Dort werden unsere Kühe weiden, und wir können weiterhin die Felder am Hellenkopf und Ikesberg bewirtschaften.«

Luise verharrte mitten in der Bewegung, dann senkte sie beschämt den Kopf. Also hatte Benedikt doch recht, und sie hatte ihm im Stillen Heuchelei und Falschheit vorgeworfen. Ihr Herz schlug plötzlich hart gegen ihre Rippen. Sie sah ihre Mutter wieder an. Die vertrauten Gesichtszüge zeigten eine Entschlossenheit, die Luise überraschte. »Tut mir leid, Mama. Du wolltest mit mir reden.«

»Sag mal, Kind ...« Karla zögerte. »Du kennst doch Franz-Josef Auer, nicht? «

»Klar.« Wer kannte den nicht? »Ist ihm etwas passiert?«

»Nein, jedenfalls weiß ich nichts davon. Magst du ihn?«

Die Direktheit verwirrte Luise. Sie stützte sich auf die Forke.

»Es ist so, mein Kind. Robert Halbach hilft uns, das ist gut. Aber es ist nur vorübergehend. Irgendwann werden wir wieder auf uns allein gestellt sein. Und dann geht das Elend von vorne los. Deshalb müssen wir vorsorgen.«

»Und wie?«

»Du – du bist in einem Alter, indem sich die Männer des Dorfes für dich interessieren. Du bist hübsch, naja, jedenfalls dann, wenn dein Gesicht nicht gerade mit Dreck beschmiert ist. Und ich weiß, dass Franz-Josef Auer ein Auge auf dich geworfen hat.« Das stimmte zwar nicht, aber in dieser Situation musste Karla ein wenig schummeln.

Luise riss die Augen auf. Entsetzen und geradezu Panik stand mit einem Mal in ihrem Blick. »Das – das meinst du doch nicht im Ernst, Mama.«

»Wieso nicht?«

»Franz-Josef ist zehn Jahre älter als ich.«

»Acht«, warf ihre Mutter ein.

»Pah, dann eben acht. Ich bin fünfzehn. Ich bin noch viel zu jung zum Heiraten.«

»Du kannst damit ja auch noch ein paar Jahre warten«, wich ihre Mutter rasch aus, »vielleicht – bis du achtzehn bist. Aber wir könnten jetzt schon alles in die Wege leiten und -«

»Willst du mich verkuppeln?«

Karlas Gesicht lief rot an. »Sprich nicht so, Kind. Ich – wir wollen nur dein Bestes. Wir machen uns Sorgen um dich.«

Luise wandte sich ab. »Das braucht ihr nicht. Ich bin zwar noch zu jung zum Heiraten, aber alt genug, um meine Vorstellungen durchzusetzen. Und ich habe welche, glaub mir. Aber dabei spielt Franz-Josef Auer keine Rolle.«

»Luise -«

»Nein, Mama. Ich widerspreche dir nicht gern, aber in diesem Fall doch. Ich werde Franz-Josef Auer auf keinen Fall heiraten. Ich kriege einen Mann, sobald ich einen will.«

»Hoffentlich findest du einen, den du mit deinem Benehmen nicht verschreckst«, platzte es aus ihrer Mutter heraus.

Plötzlich blinkten Tränen in Karlas Augen, und Luise bekam Schuldgefühle. Sie wusste doch, dass ihre Mutter es nur gut meinte, und dass sie Geld brauchten, stand auch für Luise fest. Aber musste es denn gleich eine Heirat sein, und dann auch noch mit Franz-Josef Auer? Der Junge war in Ordnung, gut, aber das war auch schon alles. Sie ekelte sich vor ihm. Franz-Josef war zwar lieb und nett, aber sein Gesicht war von Pickeln übersät, und die dicke Nase stand wie eine Speerspitze ab. Hinzu kamen die unendlich vielen Sommersprossen und die dicken Lippen. Nein, sie hatte sich einen anderen Mann in ihrem Leben vorgestellt.

Karlas Blick verschleierte sich etwas, und Luise bereute, so hartherzig ihrer Mutter gegenüber aufgetreten zu sein. Als Mädchen hatte man den Eltern zu gehorchen, zumindest über deren Wünsche nachzudenken.

»Können wir nicht versuchen, zu etwas Wohlstand zu kommen?«, fragte sie leise. »Ich werde noch mehr arbeiten, damit die Felder auf dem Hellenkopf und auf dem Ikesberg so viel abwerfen wie noch nie. Es ist unsere Chance, Mama. Die dürfen wir nicht ungenutzt lassen.«

»Ich fürchte, mein Kind, dass das zu spät sein könnte. Wir sind hoch verschuldet. Wir haben uns von Ludwig Halbach, von Robert Halbach und von Georg Auer Geld geliehen. Wir werden es nie zurückzahlen können. Irgendwann werden sie es aber verlangen. Erst vor Kurzem hat man ein Anwesen in Winterberg verpfändet.«

Luise erschrak. »Soll das heißen, dass wir unseren Hof verlieren?«

»Eines Tages vielleicht. Es sein denn ...«

Sie brach ab, drehte sich um und verließ schnell die Scheune. Mit brennenden Augen sah Luise ihrer Mutter hinterher. Sie wusste seit Jahren, dass es ihr Schicksal war, den Hof und das Eigentum der Familie durch eine Heirat zu retten. So ging es allen Mädchen, deren Eltern am Existenzminimum lebten. Unter ihren Freundinnen wurde seit einiger Zeit von nichts anderem mehr gesprochen. Sie waren alle in einem Alter, in dem sie sich für Jungen interessierten. Aber diejenigen, die dafür infrage kamen, waren viel zu schüchtern, und die dummen Bauernlümmel mit ihrer plumpen Art hatten kein Geschick und kein Fingerspitzengefühl für die Belange eines Mädchens. Nein! Luise hatte eine ganz klare Vorstellung von ihrem zukünftigen Leben.

Sie musste unbedingt mit jemandem über Mutters irrwitzige Idee reden.

42

Sophia Bertram träumte. Dass dabei ihre Geschwister unbeobachtet waren, störte sie nicht. Die drei Kleinen konnten sowieso nicht weit fortlaufen. Der Zaun um den Hof war zu hoch für sie. Sophia war jetzt vierzehn Jahre alt und vor ein paar Monaten mit ihren Freundinnen Luise Redlich und Gundula Holzner aus der Schule entlassen worden. Einen Beruf zu erlernen schien für Sophia und die anderen Mädchen fast unmöglich. Es gab auch niemanden im Dorf, bei dem sie hätten etwas erlernen können. Da war zwar der Schneider, der auch schon mal ein Mädchen zur Hilfe genommen hatte, aber der war unberechenbar und jähzornig. Die Mädchen waren alle von ihm geschlagen worden, und keine hatte es länger als vier Monate ausgehalten.

Die Beschwerden hatten wenig genützt, denn die Eltern der Mädchen glaubten natürlich nur dem Schneider. Er war ein angesehener Bürger. Außerdem waren alle Erwachsenen der Meinung, dass Mädchen an den Herd gehörten und sich auf ihre baldige Heirat und Kinder konzentrieren sollten.

Sophias Hauptaufgabe bestand nun darin, auf ihre drei Geschwister aufzupassen, denn Tante Dorothea war krank geworden und bettlägerig. Sie konnte sich nicht mehr um die Drillinge kümmern. Sophia war über ihre Aufgabe nicht unzufrieden, es gab Schlimmeres.

»Fängst du uns, Sophia?«

Sie schrak zusammen. Die Drillinge standen vor ihr und schauten sie erwartungsvoll an. Als Sophia nickte, rannten sie so schnell über den Hof, dass Sophia kaum mitkam.

»Du kriegst uns nicht«, rief Doris, die Quirligste der Drillinge. »Fang uns doch, fang uns doch.«

»Na warte«, rief Sophia, ergriff sich Josefa, die ihr am nächsten stand. Diese war so überrascht, dass sie die Arme an die Seiten legte und zitternd vor Aufregung stehen blieb. Sophia gab ihr einen freundschaftlichen Klaps, drehte sich um und rannte hinter Doris und Beate her. Sie versteckten sich so flüchtig hinter einem Heustapel, dass ein Zipfel ihrer Kleider deutlich hervor lugte.

Sophia blieb stehen und tat, als würde sie die beiden nicht sehen. Sie legte die Hand über die Augen und wandte sich wie suchend in die entgegengesetzte Richtung. »Ja, wo sind sie denn nur?«, sagte sie laut und deutlich.

Die beiden juchzten vor Freude, weil ihre ältere Schwester sie nicht entdeckt hatte, und kamen hinter dem Heustapel hervor. »Hier sind wir.«

»Ah«, machte Sophia künstlich überrascht. »Ihr habt gewonnen. Ihr seid sehr schlau. Wollt ihr was trinken?«

»Nö«, antwortete Doris. »Ich habe keinen Durst.«

»Ich auch nicht«, ergänzten Beate und Josefa.

Sophia packte Doris und nahm sie huckepack. Die Kleine jauchzte vor Vergnügen.

»Wir wollen auch, wir wollen auch«, riefen Beate und Josefa gleichzeitig.

»Ihr kommt später dran.«

Plötzlich hörte Sophia ein verhaltenes Kichern hinter sich. Als sie sich umdrehte, entdeckte sie Luise Redlich an der Hofeinfahrt.

»Du hast ja eine schöne Beschäftigung«, nickte Luise in Richtung der Drillinge. »Willst du damit dein zukünftiges Leben gestalten?«

Sophia zuckte die Schultern. »Warum nicht? Es gefällt mir.« Sie setzte Doris ab und sagte zu ihren Schwestern: »Geht jetzt ins Haus. Es ist genug für heute. Mama wartet schon mit dem Essen auf euch.«

Die Drei zogen einen Schmollmund, gehorchten aber. Als Sophia mit Luise allein auf dem Hof war, fragte sie: »Gibt es was Besonderes, dass du mich besuchst?«

Luise ließ sich auf die Bank vor dem Haus fallen und rieb sich über die geröteten Waden. Es war mehr eine Verlegenheitsgeste. »Meine Mutter will mich verheiraten.«

»Was?« Sophia riss die Augen auf, dann lachte sie laut. »Du bist doch noch viel zu jung.«

»Das habe ich ihr auch gesagt.«

»Und was hat sie daraufhin erwidert?«

»Ich könnte getrost noch warten, bis ich achtzehn bin, aber ich sollte mich schon mal nach einem Mann umsehen.«

Sophia ließ sich neben ihr nieder. »Wenn eine Mutter so was sagt, dann hat sie bestimmt schon einen Mann ausgesucht. Wer ist es?«

»Franz-Josef Auer.«

Jetzt lachte Sophia zum zweiten Mal und dieses Mal so laut, dass sie erschrocken die Hand vor den Mund schlug. »Das glaube ich nicht.«

»Es ist aber so«, sagte Luise niedergeschlagen. »Ich möchte meinen Eltern nicht wehtun, aber kannst du dir vorstellen, Franz-Josef zu heiraten?«

»Nein, niemals.«

»Mama ist so von der Idee besessen, dass sie keinen anderen vernünftigen Gedanken mehr fassen kann. Was soll ich tun?«

Darauf wusste Sophia keine Antwort. Luise betrachtete sie aus den Augenwinkeln. Sophias dunkles Haar fiel in sanften Locken bis auf ihre Schultern. Ihr Gesicht war wie stets ein wenig gerötet. Sie hatte ein dunkelblaues Kleid an, braune Schuhe und Strümpfe. Luise trug nie Strümpfe, auch jetzt nicht, obwohl es schon kalt war. Strümpfe zog sie nur an, wenn sie auf den Feldern arbeitete.

Natürlich war Luise nicht ohne Grund zu Sophia gekommen. Vor einiger Zeit hatte Sophia gesagt, dass sie mal Benedikt heiraten würde. Das war ein Schock für Luise gewesen, denn sie selbst wollte Benedikt Halbach haben. Einige Male war sie kurz davor, Sophia von ihrer Nacht mit Benedikt zu erzählen. Aber dann hatte die Vernunft gesiegt. Sie musste das Geheimnis für sich behalten – noch jedenfalls.

»Ich habe eine Idee«, sagte Sophia plötzlich.

Luise horchte auf.

»Vielleicht sollten wir für Franz-Josef Auer ein Mädchen finden.«

»Oh! Und wen?«

»Wie wäre es mit Gundula?«

Luise war begeistert. Damit wäre eine weitere Rivalin um die Gunst Benedikts ausgeschaltet. Sie waren ja nicht dumm, sie hatten oft genug von Gundula gehört, wie sie heimlich von Benedikt schwärmte.

»Wenn das gelingen würde, wärst du Franz-Josef los«, ergänzte Sophia.

Und meine Mutter würde einen anderen Jungen ins Spiel bringen, dachte Luise. Aber sie schwieg und nickte.

»Wollen wir zu ihr?«, fragte Sophia.

Luise sah sie überrascht an. »Jetzt?«

»Warum nicht?«

43

Sie schlichen durch die Straßen wie zwei Verschwörerinnen, und als sie darüber sprachen, was sie vorhatten, brachen sie in lautes Lachen aus, das in einem für Mädchen typischen Quieken endete. Einige Arbeiter, die ihnen begegneten, warfen ihnen teils ärgerliche, teils neugierige Blicke zu. Manche sogar begehrliche, denn die beiden sahen schon recht damenhaft aus.

Weit vor dem Haus des Zimmermanns blieben sie überrascht stehen. Mehrere Männer hockten auf den Bänken an der Straße, rauchten, tranken Bier und unterhielten sich angeregt.

Normalerweise machten Mädchen in ihrem Alter um Männer, die Alkohol getrunken hatten und daher leicht geneigt waren, unangemessene Sprüche zu rufen, einen großen Bogen, aber in der Haustür hatten sie Gundula entdeckt, die ihnen zuwinkte. Mutig gingen Luise und Sophia an der Gruppe vorbei. Zu ihrer Überraschung machte niemand eine anzügliche Bemerkung, sie waren alle in ihre Unterhaltung versunken, die ungeheuer wichtig sein musste.

Gundula zog sie ins Haus und nach oben in ihr kleines Zimmer.

»Was ist los bei euch?«, fragte Luise. Sie zitterte ein wenig. Der »Vorbeimarsch« an den Männern, wie sie es nannte, hatte ihr doch zugesetzt.

»Sie halten eine Versammlung ab«, antwortete Gundula.

»Und warum hier?«

»Keine Ahnung. Sie waren plötzlich da.« Gundula schaute nach draußen. »Es sind alles Handwerker und Beilieger.«

»Tatsächlich«, wunderte sich Luise. Sie war neben Gundula ans Fenster getreten. »Die hecken etwas aus.«

»Meinst du?«

»Bestimmt«, nickte Luise heftig. »Man müsste sie belauschen, um es unseren Eltern zu sagen. Wir dürfen nicht zulassen, dass die Beilieger etwas gegen uns Solstätter unternehmen. Das wäre ...« Sie brach abrupt ab und starrte Gundula an, die blass geworden war. »Tut mir leid, Gundi«, murmelte Luise. »Wirklich. Ich wollte nicht, dass du -«

»Sag nichts«, unterbrach Gundula sie. »Ihr seid meine besten Freundinnen, und das wird auch so bleiben. Papa ist Zimmermann. Das ist ein guter Beruf, auch wenn er im Augenblick wenig zu tun hat.« Sie sagte es sehr traurig und wandte sich vom Fenster ab. »Warum seid ihr zu mir gekommen? Es ist schon spät, es wird gleich dunkel.«

Luise und Sophia wechselten einen raschen Blick. Sophia wurde etwas verlegen, aber Luise sagte: »Wir hatten Langeweile und wollten dich besuchen. Sophia hat den ganzen Tag auf ihre Geschwister aufgepasst und brauchte etwas Abwechslung.«

Ihr eigentliches Anliegen war in den Hintergrund gerückt. Sie konnten jetzt unmöglich über Franz-Josef Auer sprechen.

Im Erdgeschoss wurde es laut. Die Männer waren ins Haus gegangen, Bierflaschen wurden zischend geöffnet und ein paar offenherzige Witze erzählt. Die Mädchen bemühten sich, nicht zu lauschen, aber die Stimmen der Männer waren nicht zu überhören.

Die Beilieger, die ihren Haupterwerb nicht in der Landwirtschaft hatten, arbeiteten in anderen, sogenannten Funktionsberufen. Das konnten Küster sein, Polizeidiener, Flurschützer, ja sogar Nachtwächter oder Waldarbeiter. Einige wurden auch Schmied, Schuhmacher oder eben wie Kurt Holzner Zimmerer.

Die in der Landwirtschaft tätigen Männer hatten fast alle Töchter der Solstätter geheiratet, und das Land von der Gemeinde gepachtet. Das glaubten sie jedenfalls. Der Pachtzins war niedrig und die Ernte meistens recht ordentlich. Seit Jahren hatte die Gemeinde keine Erhöhung angeordnet. Nun aber, nach über zwölf Jahren, hielten die Gemeinderatsmitglieder eine mäßige Anhebung für nötig. Dass das auf Anregung Robert Halbachs geschah, wurde nicht öffentlich kundgetan. Robert hatte ja auch nur die Erhöhung zur Diskussion gestellt, worauf sich alle ohne Ausnahme sofort darauf stürzten. Sie hatten schon lange damit geliebäugelt, es nur nicht laut verlauten lassen.

Der Antrag, den Georg Auer dann vorstellte, wurde ohne Gegenstimme angenommen. Man ließ den Pächtern noch eine Zeit von fast einem Vierteljahr, aber mit Beginn des neuen Jahres würde der höhere Zins fällig. Und das wollten die Beilieger nicht so ohne Weiteres hinnehmen. Deshalb hatten sie sich bei Kurt Holzner getroffen. Der Zimmermann war in ihren Augen eine neutrale Person und wohnte außerdem in der Mitte des Dorfes, sodass alle den gleichen Weg zum Treffpunkt hatten.

Wortführer war mal wieder Lorenz Seibert. »Ich sage euch, das ist ein abgekartetes Spiel. Die wollen doch tatsächlich für unsere kargen Felder noch mehr Geld haben. Und wie sollen wir das schaffen? Du, Stiegel, zum Beispiel, musst immer vier Kilometer weit fahren, dann noch mal über einen Kilometer über einen Weg, den man nicht als solchen bezeichnen kann, bis du die erste deiner drei Wiesen erreichst. Und du, Nelle, besitzt nur tiefer gelegenes Land an der Ahre, das nicht selten überschwemmt wird. Und du, und du ...« Dabei zeigte er mit seinem dicken Wurstfinger auf zwei Männer mit dichtem Bart, »... habt Parzellen, die an Steilhängen liegen und wo jeder Spatenhieb mehr Anstrengung kostet, als Gewinn bringt. Zahlen wir nicht schon genug?«

Zustimmendes Gemurmel antwortete ihm.

»Es ist auch gutes Land darunter«, warf jemand ein.

»Ja, natürlich. Bei manchen wenigen mag das stimmen. Was ist, wenn sie dir das Land abnehmen und einen anderen Teil zuweisen?«

»Das können sie nicht.«

»Und ob sie das können. Glaubt mir, sie können das. Wir sind doch auf Almosen angewiesen. Wenn wir nicht bei dem Müller hin und wieder Korn und Hafer von den Solstättern abzweigen könnten, würden wir glatt verrecken.«

»Das ist ganz legitim«, sagte ein stämmiger Beilieger. »Sandner fängt im Herbst die Reste des ungemahlenen Korns und Hafers auf und sammelt es für uns. Sonst würde es einfach nur weggefegt.«

»Wir sollten das den Solstättern sagen«, meinte Franz Stiegel. »Diese Heimlichkeiten mag ich nicht.«

Er hatte tiefliegende Augen, und sein Gesicht war hohlwangig. Wahrscheinlich hatte er seit Tagen wenig gegessen, um genug für seine Kinder zu haben.

Lorenz lachte auf. »Ich wette, dann würden sie uns wegen Diebstahl anzeigen. Ja, hätten wir mehr Nutzungsrechte, würde es uns auch bessergehen. Robert Halbach kann nicht alles bestellen. Auch er kann nur arbeiten. Hast du gesehen, wie viele seiner Weiden brachliegen?«

»Ja«, antwortete Stiegel.

»Er muss aber auch alles haben«, sprach Lorenz weiter. »Immer größer, immer mehr. Der Teufel scheißt auf den größten Haufen.«

Der unverhohlene Hass in seiner Stimme machte den Mädchen in der oberen Etage Angst. Sie sahen sich entsetzt an und waren zu keiner Reaktion fähig. Normalerweise sprach niemand so schlecht über andere. Man war nicht jedermanns Freund, aber auch kein Todfeind. Doch das hier, aus Lorenz Seiberts Mund, hörte sich fast so an.

»Ich glaube, du tust Robert Unrecht«, mischte sich jetzt Gustav Nelle ein. »Eigentlich bin ich mit meinem Leben zufrieden. Seit zwölf Jahren haben wir den gleichen Pachtzins zu zahlen. Irgendwann musste er erhöht werden, das war uns doch klar, oder?«

»Nimm sie nur noch in Schutz«, begehrte Lorenz auf.

»Denkst du nicht an deine Kinder, an Stiegels Töchter?«

»Doch, natürlich, aber ...«

Im Nu sprachen alle durcheinander. Die drei Mädchen saßen immer noch wie versteinert auf ihren Stühlen. Luise fing sich als Erste, aber bevor sie etwas sagen konnte, war es im Erdgeschoss wieder ruhiger geworden.

»Wenn wir kleinen Bauern unsere Erzeugnisse verkaufen wollen«, sagte gerade Lorenz Seibert, »sind wir auf die Handlungsreisenden angewiesen oder selbst tagelang, manchmal über Wochen unterwegs. In dieser Zeit sind unsere Felder verwaist. Keiner bewirtschaftet sie, und unsere Frauen allein können es nicht schaffen. Bei Robert, Ludwig oder einigen anderen Großbauern ist das anders. Sie haben genug Knechte und Tagelöhner, die die Arbeit für sie machen. Das ganze Leben ist ungerecht, sage ich euch. Die Einzigen, die Geld verdienen, sind diejenigen, die Land haben. Ich meine gutes Land. Wir müssen unseren Protest gegen die Erhöhung deutlich machen.«

»Und wie?«

»Wir beschweren uns bei der Regierungsbehörde in Arnsberg.«

»Das wird doch sowieso abgelehnt«, winkte Stiegel ab.

»Wir müssen es jedenfalls versuchen«, sagte Lorenz eindringlich.

Nach weiteren heftigen Diskussionen wurde beschlossen, ein Schreiben an die Regierungsbehörde aufzusetzen. Und damit trat das nächste Problem auf. Wer sollte den Brief verfassen? Wer von ihnen fand die richtigen Worte? Sie konnten zwar fast alle lesen und schreiben, aber auch formulieren?

Ein paar meldeten sich. Sie seien in der Lage, den Protest richtig auszudrücken. Aber Lorenz Seibert und viele andere Beilieger winkten rasch ab. Schließlich übernahm er selbst diese Aufgabe, und alle waren froh darüber.

Die Mädchen wussten nicht, was sie von der Diskussion halten sollten. Ihr erster Gedanke war, den Solstättern und vor allem dem Bürgermeister Ludwig Halbach vom Vorhaben der Beilieger zu erzählen. Luise bestand darauf. Sie hatte gerade erst erfahren, wie Robert Halbach ihrer Familie geholfen hatte, und wollte sich auf diesem Weg revanchieren. Aber Sophia und Gundula hielten sie zurück. Man würde ihnen vorhalten, sich als

Mädchen nur wichtig tun zu wollen. Und wenn ihnen doch jemand glaubte, würden sie nur Unfrieden im Dorf stiften. Also beschlossen sie, zu schweigen.

Lorenz Seibert hatte noch nie mit einer Behörde zu tun gehabt und richtig Angst davor. Aber da er sich nun einmal so weit aus dem Fenster gelehnt hatte, begann er gleich am nächsten Tag, den Antrag auszuarbeiten. Schnell stellte er fest, dass das nicht so einfach war. Tagelang rang er mit sich, Hilfe bei anderen Beiliegern zu holen. Aber er wollte sich nicht bloßstellen.

Nach einer Woche schließlich war der Brief fertig, und Lorenz schickte ihn mit dem Postwagen ab.

Knapp einen Monat später erhielt er Antwort. Zum Glück las Lorenz den Brief zuerst allein. Er wurde blass. Mehrmals musste er durchatmen, und sein Herz raste, als müsse es jeden Augenblick zerspringen.

»Dem Inhalt Ihres Briefes haben wir entnommen, dass Sie als Pächter einer Wiese einen jährlichen Pachtzins zu zahlen haben, der von der Gemeinde festgelegt wird. Das ist rechtens. Den weiteren Inhalt konnten wir leider nicht verstehen, da Sie sich nicht klar und deutlich ausdrücken. Wir nehmen aber an, dass Sie sich über eine Erhöhung der Pacht beklagen. Hierzu müssen wir Ihnen mitteilen, dass der Pachtzins ganz allein von der Gemeinde oder von dem jeweiligen Besitzer – sofern es sich um eine private Verpachtung handelt – festgelegt wird. Wir können daher Ihre Klage nicht annehmen. Im Übrigen weisen wir darauf hin, dass es professionelle Rechtsberater und Schreiber gibt, die Ihnen bei der nächsten Eingabe an die Regierungsbehörden gerne behilflich sind. Hochachtungsvoll ...«

Lorenz Seibert musste sich setzen. Er hätte im Erdboden versinken können. Dieser Brief durfte niemals an die Öffentlichkeit gelangen. Er zerriss ihn in kleine Fetzen.

44

Nach einem heißen Sommer und trockenen Herbst folgte meistens ein kalter und langer Winter. Nicht selten schneite es tagelang ohne Unterbrechung. Der Schnee türmte sich dann meterhoch auf den Wiesen, und das freute die Kinder und ärgerte die Erwachsenen.

Wenn die Temperatur bis minus fünfundzwanzig Grad absank, blieben alle im Haus. Überall war nur ein Zimmer geheizt. Das Holz knisterte in den Öfen, und die Herdplatte glühte. Die einzige Gelegenheit, das Haus zu verlassen, ergab sich an den Sonntagen. Selbst wenn die Glocken der Kirche eingefroren waren, wusste doch jeder, wann die Messe begann. Niemand versäumte den Anfang.

Die Familie Halbach ging meistens in die Frühmesse. Benedikt fand die Geschichten in der Bibel nicht spannend, nur die Gegend, in der sie handelten, interessierten ihn.

Als es wärmer wurde und der Schnee taute, fuhren sie wieder in regelmäßigen Abständen an den Samstagen nach Winterberg. Benedikt konnte diese Tage kaum erwarten.

Er hatte vermutet, dass sich in Winterberg alles um die Planung des neuen Turms auf dem Kahlen Asten drehen würde. Aber so sehr er sich auch umschaute, nirgends war ein Plakat mit der Skizze des Turms zu entdecken. Auch von einer Lotterie war keine Rede mehr. Während sein Vater wieder bei dem Eisenwarenhändler Eduard war, fragte Benedikt einen Gemüsehändler danach, dessen Geschäft für alle günstig an der Waltenbergstraße lag und von vielen Kunden besucht wurde.

»Lotterie?«, antwortete der Mann. »Die kannst du vergessen. Vor sechs Wochen haben sie deswegen auf dem Astenberg ein Volksfest veranstaltet. Sie wollten Lose verkaufen und um Spenden bitten, aber keine Sau ist gekommen. Die waren sich ja nicht mal über das Programm einig. Und das Wetter spielte auch nicht mit. Es hat geregnet wie aus Kübeln, und es war saukalt.«

»Ist das Projekt jetzt gestorben?«

»Davon kannst du ausgehen.«

»Und wie siehst du die Sache?«

Der Mann wiegelte den Kopf. »Ich weiß nicht so recht, was ich davon halten soll. Auf der einen Seite würde ein Turm viele Menschen nach Winterberg locken. Immerhin ist der Kahle Asten der bekannteste Berg des Sauerlandes. Auf der anderen Seite stehen die hohen Kosten.« Er beugte sich vor, und seine Stimme wurde leiser. »Ich habe gehört, dass sie allen Geschäftsleuten höhere Steuern aufbrummen wollen, auch den freien

Händlern und sogar den Bauern. Aber das sind nur Gerüchte, wenn du mich fragst.«

Benedikt ging wieder hinaus. Auf der Hauptstraße war reger Betrieb. Handlungsreisende, Tagelöhner, Viehtransporte, ja sogar Schafe standen im Weg. Etwas abseits hatte ein Wahrsager seinen Stand aufgebaut. Benedikt war versucht, sich die Zukunft vorhersagen zu lassen, ließ es dann aber. Es war besser, man wusste nicht, was einen erwartete. Außerdem glaubte er dem Schwindel sowieso nicht. Vor einem Geschäft für Kleidungsartikel packte ein anderer Gaukler seine Sachen zusammen. Der Mann hatte bemerkt, dass Benedikt ihn beobachtete und lächelte.

»Willst du auch mal Zauberer werden?«

Benedikt schüttelte den Kopf.

»Dann wohl Händler«, nickte der Mann. »Du bist noch jung, mein Freund. Wenn du in das Alter kommst, indem du durch die Gegend reisen kannst, wimmelt es hier nur so von Händlern. In den letzten Jahren hat ihre Zahl rapide zugenommen.«

»Aber sie leben doch gut von ihren Verkäufen«, warf Benedikt ein.

»Sicher, das stimmt. Mit der wachsenden Bevölkerung nimmt auch die Nachfrage nach Waren zu.« Der Gaukler zog seinen Umhang über den Kopf und packte ihn in einen abgewetzten Koffer. Jetzt sah er aus wie jeder gewöhnliche Mann auf der Straße. »Weißt du, in den letzten Jahren erreichte der Handel im Kreis Brilon einen Höhepunkt. Es gibt über 750 Wanderhändler.«

»So viele?«, staunte Benedikt.

»Ja. Und davon allein in Winterberg fast hundertfünfzig.«

»Woher wissen – weißt du das?«

»Ich war selbst mal Händler. Dann hat mir einer das Zaubern beigebracht, und damit kann man mehr verdienen, viel mehr.« Er schloss seinen Koffer und sah Benedikt einen Augenblick lang nachdenklich an. »Mach was aus deinem jungen Leben, mein Freund. Lerne und reise, dann versäumst du nichts und hast vieles gesehen.« Er hob die Hand zum Gruß, packte seinen Koffer und war bald darauf in der Menschenmenge verschwunden.

Durch den strengen Winter und das anschließende Tauwetter waren viele Schindeldächer undicht geworden. Zunächst versuchten die Hauseigentümer, sich selbst zu helfen, aber sie waren keine geübten Handwerker. Bis sich jemand an Kurt Holzner erinnerte. Der Zimmermann hielt sich mit vielen kleinen Ausbesserungsarbeiten über Wasser, doch jetzt sah er seine Chance und griff zu.

Holzners Arbeit florierte. Er stellte mehrere Handlanger ein und wurde wieder der gute, alte Zimmermann. Besonders Ernst Lettmann freute sich darüber. Endlich konnten die Arbeiten an seinem Eisenhammer weitergehen. Aber auch Robert Halbach war begeistert. Zum ersten Mal.

45

Benedikt war jetzt fünfzehn Jahre alt, fast erwachsen, und wenn er nicht auf den Feldern arbeitete, war es für ihn das Schönste, in der Gegend herumzustreifen und sich dabei den Wind um die Nase wehen zu lassen. Manchmal traf er dabei Matthäus, der nun ständig mit seinem Vater und den Schafen unterwegs war.

Hin und wieder nahm Benedikt auch seinen Bruder Johannes mit, doch meistens blieb der in der Kirche. Er war immer noch nicht von seinem Wunsch, Priester zu werden, abzubringen.

Mit Jakob konnte sich Benedikt nicht mehr so gut unterhalten. Er war plump geworden und ein wenig einfältig. Aber das sagte Benedikt ihm natürlich nicht, denn er wollte Jakob nicht beleidigen. Überraschend für Benedikt war die Tatsache, dass Jakob häufig mit Bruno zusammen war. Bruno hatte sein Amt als »Strohdecker« längst aufgegeben und arbeitete entweder auf den Feldern, die sie gepachtet hatten oder als Handlanger beim Schmied, Müller, Schreiner, Zimmermann und Bäcker.

An diesem sonnigen Morgen im Jahre 1868 hatte Benedikt seinem Vater gesagt, dass er die Tagelöhner und Knechte kontrollieren wollte. Er wählte die Strecke an der Kirche vorbei über die Ahre und gelangte bald auf den Weg, der sich unterhalb des Hackelbergs den Hang hinauf schlängelte. Er hatte sich vorgenommen, bis zum Homberg zu gehen.

An der Abzweigung zum Ahretal blieb Benedikt stehen.

Rechts von ihm lag der kleine Bach. Sein Flussbett verlief einige Meter sehr gerade, und das Wasser war nicht tief. Es sah herrlich erfrischend aus, und da es warm war, entschied sich Benedikt spontan, ein Bad zu nehmen. Schnell lief er den Hang hinunter, zog sich nackt aus und sprang in den Bach. Einige Forellen stoben auseinander und flitzten an ihm vorbei. Er legte sich auf den Bauch, und genoss die prickelnde Frische. Benedikt konnte nicht schwimmen. Kaum jemand im Dorf konnte das. Aber in dem flachen Wasser war das auch nicht notwendig. Mit den Händen und Füßen robbte er über den sandigen Boden. Schon war er am Ende der Geraden angekommen und bewegte sich zurück. Die drei bis vier Meter strengten ihn nicht an. Mit den Händen und Füßen wirbelte er Sand und Gestein auf, die das Wasser trübten, aber dennoch fühlte er sich pudelwohl.

Plötzlich hatte er das Gefühl, beobachtet zu werden. Langsam hielt er mit seinen Bewegungen inne, drehte sich auf den Rücken und beobachtete die Umgebung. Und plötzlich traute er seinen Augen nicht. Unterhalb des Weges, halb verborgen hinter einer Buche, stand Gundula Holzner.

Benedikts Herz machte einen Sprung. Einerseits aus Freude, sie zu sehen, andererseits aber auch aus Scham, weil er nackt war. Er konnte nicht aus dem Wasser steigen. Trotz der Kühle um ihn herum begann er, zu schwitzen.

»Hallo Gundi. Wie lange stehst du schon dort?«, rief er.

»Eine Stunde«, rief sie zurück, lachte und schüttelte den Kopf. »Ich bin gerade erst gekommen. Was tust du da? Ist das Wasser nicht zu kalt?«

»Nein, es ist herrlich. Willst du nicht auch reinkommen?«

»Ich habe kein Badezeug dabei.«

»Ich auch nicht.«

»Oh.« Sie schlug eine Hand vor den Mund. Das hatte sie wohl noch gar nicht bemerkt. Die andere Hand hielt sie hinter dem Rücken versteckt.

»Ich möchte raus.«

»Dann komm doch.«

»Aber nur, wenn du dich umdrehst.«

»Warum?«

»Weil ... weil ...« Ihm fiel keine passende Antwort ein. Gundula sah ihn immer noch unverwandt an.

Ganz unverhofft stand er auf. Die wenigen Meter bis zu seiner Kleidung lief er so schnell er konnte. Hinter sich hörte er zuerst einen erschrockenen Ausruf, dann ein leises Kichern. Rasch kleidete er sich an und sah zu Gundula hin. Sie hatte sich die ganze Zeit über nicht von der Stelle gerührt. Sie wich auch jetzt nicht zurück, als Benedikt auf sie zuging.

»Hat es dir gefallen?«

Sie drehte verschämt ihr Gesicht zur Seite. Benedikt deutete auf den Korb, der neben ihr auf dem Boden stand.

»Du hast Holz gesammelt?«, fragte er verwundert.

Gundula nickte kaum merklich.

»Warum kommst du nicht zu uns? Wir geben euch genug, damit ihr heizen oder den Ofen zum Kochen benutzen könnt.«

Sie zuckte nur die Schultern. Benedikt betrachtete sie. Gundula war ein hübsches Mädchen geworden. In den letzten Wochen hatte er sich oft unter einem Vorwand bei Kurt Holzners Baustellen aufgehalten, in der Hoffnung, sie dort zu treffen und zu fragen, ob sie mit ihm nicht einen Spaziergang machen würde. Leider hatte er sie nie angetroffen. Nun aber wollte er die Gelegenheit nutzen. »Lass uns ein wenig durch die Gegend streifen. Ich zeige dir, wo man Holz findet. Ihr könnt es dann in den nächsten Tagen einsammeln.« Es war albern, und er wusste es, aber etwas Besseres fiel ihm nicht ein. Auf jeden Fall hatte er so geschickt von seinem Bad abgelenkt.

Gundula zögerte, dann nickte sie zaghaft.

»Wir lassen den Korb hier stehen und holen ihn nachher wieder ab. Lass uns über den Homberg zur Ahre gehen. Ich wollte schon immer mal mit dir allein sein, Gundi.«

Sie errötete und lief rasch ein paar Meter den Weg hinauf. Benedikt holte sie leicht ein. Dieses Spiel wiederholten sie einige Male. Bald alberten die beiden herum, neckten sich, und wenn Benedikt hinter Gundula herlief, ließ sie sich nur zu gerne einfangen. Sie genoss es, wenn er seine starken Arme um sie legte und sie festhielt.

Der Weg, den sie eingeschlagen hatten, war nicht der kürzeste zur Quelle der Ahre. Er führte unterhalb des Hackelbergs zuerst bergauf, um dann, auf der Höhe, in einen Zickzackpfad zu münden. Die stillen, bunten Wälder und das fröhlich plätschernde Wasser einiger kleiner Quellen bildeten eine Landschaft, die romantisch und verträumt zugleich wirkten.

Sie hoben fast gleichzeitig ihre Köpfe und schauten in den Himmel. »Gibt es ein Gewitter?«, fragte Gundula.

»Nicht bei dem Wetter. Es sind kaum Wolken zu sehen.«

»Aber es hat gedonnert. Ich habe es deutlich gehört.«

Benedikt widersprach nicht. Ihm war auch so, als würde es donnern. Doch dann sah er den Grund. Um eine scharfe Kurve bog ein Pferdewagen. Der Junge, der die Zügel hielt, hieb immer wieder mit der Peitsche auf die Rücken der beiden Pferde.

»Bruno!«, schrie Benedikt entgeistert, als er den Jungen erkannte. »Bruno! Bist du wahnsinnig! Was haben die armen Tiere dir getan?«

Kurz vor Benedikt und Gundula riss Bruno Seibert an den Zügeln. Die Pferde stiegen mit den Vorderbeinen in die Höhe, und einen Moment lang sah es aus, als würden die Hufe Benedikts Kopf treffen. Dann standen die Tiere ruhig.

»Bruno ...« Benedikt konnte vor Wut kaum sprechen.

»Was ist?« Bruno schaute ihn amüsiert an. »Hast du um uns Angst gehabt?«

»Um euch ...?« Jetzt sah Benedikt den zweiten Jungen. Sein Cousin Jakob hatte sich auf den Boden des Wagens gelegt und hob den Kopf. »Hallo Benedikt«, sagte er mit schiefem Lächeln, das ganz im Gegensatz zu seinem angstvollen Blick stand.

»Du hast ihm den Wagen überlassen, Jakob?«

»Den Wagen und die Pferde«, antwortete Bruno hochnäsig. »Jawohl. Da staunst du, was? Ich bin zwar nur ein Beilieger, aber ich kann genauso gut wie ihr mit einem Pferdewagen umgehen.«

»Wir machen ein Wagenrennen«, sagte Jakob etwas lahm.

»Das ist nichts für dich, wie?«, fragte Bruno. Er streckte die Hand aus und zeigte auf Gundula. »Du bist ja lieber mit einem Weib zusammen.«

»Das geht dich nichts an«, stieß Benedikt wütend hervor.

»Natürlich nicht«, lachte Bruno. »Bleib nur bei den Weibern. Sie sind der richtige Umgang für dich. Wo hast du die anderen gelassen? Oder sind sie dir schon zu viel?« Er lachte wieder hämisch. »Lass uns weiterfahren, Jakob.«

Jakob zögerte. »Warum kommst du nicht mit, Benedikt?«

»Ich habe keine Lust.«

»Ich fahre mit«, sagte Gundula unverhofft.

Benedikt war entsetzt. »Kommt nicht infrage.«

»Lass sie doch«, rief Bruno vergnügt. »Das gibt ein Gaudi. Mit einem Mädchen sind wir noch nie gefahren.«

Ehe Benedikt weiter protestieren konnte, war Gundula schon auf den Wagen geklettert.

»Komm da runter«, versuchte er es noch einmal.

»Du hast Angst, wie?«, feixte Bruno. »Natürlich hast du Angst. Ich wusste doch, dass du ein Feigling bist.«

Das ließ sich Benedikt nicht zweimal sagen. Mit schnellen Bewegungen kletterte er auf den Wagen.

»Jetzt zeige ich euch mal, wie schnell wir sind«, rief Bruno sogleich, hob die Peitsche und ließ sie knallend auf den Rücken der Pferde sausen. Die Tiere wieherten laut auf und rannten dann mit einem Ruck los.

Vor ihnen lag der unebene Weg mit seinen vielen Kurven. Zu Benedikts Entsetzen drosselte Bruno das Tempo nicht. Sein Herz schlug ihm bis zum Hals, als der Wagen immer schneller wurde. Der bisher leichte Wind stach plötzlich wie Messerstiche in sein Gesicht. Er wollte Bruno wegstoßen, nach den Zügeln greifen, aber er hatte nur die Wahl, vom Wagen zu fallen oder sich festzuhalten. Entgeistert sah er, dass die Pferde ihren rasenden Lauf nicht mehr stoppen konnten, und Bruno die Kontrolle über den Wagen verloren hatte.

Mit einem raschen Seitenblick erkannte er die plötzliche Panik in Brunos Augen.

Die nächste Kurve kam rasend schnell auf sie zu. Der Wagen streifte einen Baum, und für Sekundenbruchteile hatten sie den Bodenkontakt verloren. Schon schossen sie über den Rand hinaus. Gundula schrie. Bruno wirbelte durch die Luft. Jakob rief nach Benedikt, aber dieser hatte keine Zeit, nach ihm zu sehen, denn er selbst fand plötzlich keinen Halt mehr. Er hörte Holz brechen, und sah aus den Augenwinkeln, dass die Deichsel in zwei Teile zerriss. Im nächsten Moment wurde Benedikt in einem hohen Bogen vom Wagen geschleudert.

Irgendwann kam der Moment, in dem die Leere um Benedikt wich. Er richtete sich langsam auf und betastete seinen Körper. Nichts schien gebrochen zu sein. Außer ein paar blauen Flecken, die sich bald auf seiner Haut zeigen würden, hatte er keine Verletzungen. Einige Meter entfernt lag Jakob. Benedikt robbte zu ihm hin.

»Jakob, du blutest.«

Jakob fasste sich an den Kopf. »Nur eine Schramme«, sagte er, nachdem er seine Hand betrachtet hatte. »Es ist nichts. Und was ist mit dir?«

»Mir geht es gut«, sagte Benedikt. »Wo sind die anderen?«

Sie sahen sich um. Der Wagen war gegen einen Baum geschlagen und völlig auseinandergebrochen. Die Pferde liefen einige Meter weiter planlos hin und her, aber sie waren anscheinend unverletzt. Das defekte Zuggeschirr zogen sie hinter sich her. Dicht neben dem Wagen hockte Bruno. Er beugte sich gerade über etwas am Boden. Dann richtete er sich auf und drehte sich zu Benedikt und Jakob um. Trotz der Entfernung konnte Benedikt das bleiche Gesicht mit den entsetzten Augen erkennen.

»Hierher!«, schrie Bruno. »Benedikt! Jakob! Hierher! Kommt hierher!«

Seine sich überschlagende Stimme ließ Benedikts Blut erstarren.

»Benedikt! Hier!« Über Brunos Gesicht flossen die Tränen. »Hier unten. Benedikt. Sag, dass das nicht wahr ist. Ich bitte dich, Benedikt. Sag, dass das nicht stimmt!«

Mit wenigen Sprüngen war er bei Bruno und blickte auf die Stelle, auf die dieser immer noch deutete. Dort lag Gundula Holzner auf der Seite. Ihre beiden Hände umklammerten die armdicke Stange der Deichsel, als wollte sie sich daran festhalten. Aber das konnte sie nicht mehr, denn der abgebrochene Stiel hatte sich durch Gundulas Körper hindurch gebohrt.

Das Letzte, was Benedikt bemerkte, waren Gundulas gebrochene Augen und das viele Blut, das unter ihrem Körper im Gras versickerte. Dann fiel er um.

46

Zwei Jahre waren seit dem Unglück vergangen. Kurt Holzner hatte Züschen kurz danach mit Hanna verlassen, ohne die angefangenen Arbeiten zu beenden. Alle Überredungskünste waren vergebens gewesen. Einmal sagte Michels, hätten er und Jonathan ihn weit im Norden Preußens getroffen, aber Holzner habe sie nicht erkannt. Ein Häufchen Elend sei er geworden, hatte Michels gesagt, verwahrlost und ein Säufer. Von Hanna wussten sie nichts. Wahrscheinlich war sie in irgendeinem verlausten Heim, oder, was für sie am besten wäre, bei anderen Eltern untergekommen. Das Unglück selbst wurde als tragisch und traurig bezeichnet, und man hatte auch sofort Vergleiche parat. Da war zum Beispiel der Tagelöhner Johannes Rohnau, der sich 1845 aus geistiger Verwirrung an einem Baum aufhängte, oder das schlimme Hochwasser 1854, als zwei Kinder ertranken. Das tröstete etwas.

Bruno war nur noch selten im Dorf zu sehen. Er treibe sich jetzt immer im Wald herum, sagte Hermine Seibert einmal zu Benedikt. Jakob verbrachte seine Zeit von morgens bis abends mit harter Arbeit auf den Feldern.

Der Einzige, der versuchte, Benedikt zu trösten, war Jonathan.

»Man kann seinem Schicksal nicht entrinnen, Benedikt. Auch du nicht. Dein Leben ist von vornherein vorbestimmt.«

»Die gleichen Worte höre ich immer von meiner Mutter, vom Pfarrer und bis vor einigen Jahren auch vom Lehrer. Aber ich glaube das nicht. Ich glaube an gar nichts.«

»Auch nicht an Gott?«

Benedikt schüttelte den Kopf. »Ich kann es nicht mehr. Warum hat er es nicht verhindert? Warum nicht? Gundula hatte niemandem etwas getan.«

»Du hast sie geliebt, nicht?«

»Geliebt?« Er überlegte und lauschte in sich hinein. »Ich weiß nicht, was Liebe ist, Jon. Ich habe sie gemocht und mich immer gefreut, wenn ich mit ihr zusammen war. Ist das Liebe?«

Jonathan lächelte. »Ja, ich denke schon.«

Benedikt war ruhig, fast verschlossen geworden. Er hatte sich doch so sehr geschworen, sich niemals wieder von Bruno oder Jakob zu irgendetwas überreden zu lassen, doch sein Vorsatz war in dem Moment geplatzt, als Gundula auf den Wagen gestiegen war. Er wollte sie nicht allein mit den beiden Leichtsinnigen lassen. Benedikt wusste, dass das eine primitive Ausrede war, und sie half ihm in keiner Weise.

Er erinnerte sich schmerzlich daran, was sein Vater einmal gesagt hatte: »Ein Halbach hätte es verhindern müssen.« Diesmal hatte es sein Vater nicht wiederholt, ihn nur ganz traurig mit einem enttäuschenden Blick angesehen, der ihm durch Mark und Bein gegangen war.

Im Dorf machte man ausschließlich Bruno für den Unfall verantwortlich, was Lorenz Seibert wieder auf die Palme brachte. »Natürlich. Die Halbachs. Denen gehörte doch der Wagen, die haben Bruno zum Rennen regelrecht angestachelt. Die können tun und lassen, was sie wollen. Die haben nie Schuld.«

An einem Abend im Juli 1870 versammelte sich eine große Menschenmenge im Hotel Grafenau. Die Aufregung war nicht zu übersehen, und alles stürmte zum Gasthaus.

»Eine Ratsversammlung?«, fragte einer auf der Straße.

»Glaube ich nicht«, bekam er zur Antwort. »Auch die nicht zum Gemeinderat gehören, gehen zu August.«

Und dann erfuhren sie, was geschehen war. Preußen hatte Frankreich den Krieg erklärt. Natürlich hatte man von den Spannungen zwischen den beiden Staaten gehört. Michels und Jonathan, aber auch andere Handlungsreisende, die durch den Ort zogen, hatten es erzählt. Aber die meisten der Dorfbewohner hatten ihre Berichte kaum wahrgenommen. Berlin war weit weg und Frankreich noch weiter. Auch die Ankündigung vom Krieg hätte diesmal kaum einer registriert, wenn nicht durchgesickert wäre, dass zwei Züschener zum Militärdienst einberufen worden waren.

An diesem Abend gingen die wildesten Gerüchte um, weil alle neugierig waren, aber keiner wusste, wer nach Berlin sollte. Vom Bürgermeister Ludwig Halbach erwarteten sie noch heute Aufklärung.

Ludwig hatte sich auf die Eckbank neben der Theke gestellt und überragte nun alle anderen.

»Leute«, begann er, und sofort wurde es totenstill. »Leute, ihr wisst inzwischen, dass Bismarck dem französischen Kaiser Napoleon III. den Krieg erklärt hat. Bismarck ist nicht mit Napoleons Bedingung einverstanden, dass -«

»Komm zur Sache, Ludwig!«, rief Walter Bertram, worauf er von allen lautstark unterstützt wurde. »Wir wollen gar nicht wissen, warum sie sich die Köpfe einschlagen. Sag uns, wen sie von uns holen, Ludwig!«

»Jawohl!«, riefen mehrere.

Ludwig beugte sich zu Robert Halbach hinunter, hörte kurz zu, was Robert sagte und nickte dann.

Ludwig richtete sich wieder auf. »Also gut, Leute. Ihr habt recht. Was interessiert uns, warum die Politiker Krieg führen. Nur, es ist das erste Mal, dass wir persönlich davon betroffen sind. Ihr könnt mir glauben, dass unser Mitgefühl bei den Eltern der beiden Jungen ist. Es sind Oskar Sandner und Matthäus Roth.«

Die Namen waren noch nicht ganz heraus, als alle Blicke umherfuhren und die beiden suchten. Oskar und Matthäus saßen links unter dem großen Fenster. Neben Oskar hatte sich seine gesamte Familie niedergelassen, bei Matthäus befand sich nur seine Mutter. Die beiden jungen Männer hatten zwar bleiche Gesichter, aber in ihren Augen blitzte auch so etwas wie Abenteuerlust und Entschlossenheit.

Alle riefen durcheinander:

»Warum gerade ihr?«

»Ihr seid doch viel zu jung.«

Ludwig hob die Hand und langsam wurde es wieder ruhiger. »Wir wissen nicht, warum ausgerechnet Oskar und Matthäus zum Militär müssen. Oskar ist dreiundzwanzig, Matthäus achtzehn. Wahrscheinlich sind sie in einem Alter, in dem die preußische Armee Soldaten einzieht, aber wir können froh sein, dass es nicht noch mehr getroffen hat ...«

Wieder gingen seine weiteren Worte im Lärm unter. Einige Male noch versuchte Ludwig, sich Gehör zu verschaffen, aber als es nicht klappte, stieg er von der Eckbank und setzte sich neben Robert.

Benedikt hatte die ganze Zeit an der Eingangstür gelehnt. Sophia stand bei ihm. Sie war keine sehr hübsche Frau geworden, aber sie besaß eine gewisse Ausstrahlung und ein Lachen, das alle ansteckte. Jetzt allerdings war ihr zum Heulen zumute.

Jemand schluchzte laut. Als Benedikt den Kopf hob und zu Matthäus und Oskar hinüberschaute, fiel sein Blick auf die Magd Gerda. Sie saß am Rande der Bank und hatte ihr Gesicht an Oskar Sandners Bruder Ralf gelehnt. Ihre Tränen zeichneten sich als dunkler Fleck auf Ralfs Hemd ab.

»Sie haben Matthäus richtig eingekeilt«, sagte Sophia. »Gehen wir zu ihm.«

Benedikt schüttelte den Kopf. »Zwecklos. Wir könnten doch kein Wort mit ihm wechseln.«

Irgendwann war plötzlich die Spannung vorbei. In wenigen Augenblicken war aus einer schrecklichen Ankündigung ein Dorffest geworden. Das Bier floss in Strömen. Man redete sich die Köpfe heiß, und jeder verurteilte Bismarck, kaum einer verteidigte ihn.

Etwas später konnten Benedikt und Sophia mit Matthäus sprechen. Sie standen eine Zeit lang stumm voreinander und sahen sich in die Augen. Dann umarmten sie sich so fest, als wollten sie sich niemals wieder loslassen.

»Ich dachte, du bist mein Freund«, sagte Benedikt schließlich leise.

»Das bin ich auch.«

»Du hast mir nie erzählt, dass du zur Tauglichkeitsprüfung bestellt warst.«

Matthäus wich seinem Blick aus. »Ich – ich hielt das nicht für so wichtig. Sieh mal Benedikt, jeder preußische Mann ist vom vollendeten siebzehnten Lebensjahr an wehrpflichtig. Ich bin fast ein Jahr älter als du -«

»Bloß neun Monate«, unterbrach ihn Benedikt.

»Aber auf jeden Fall älter. Oskar und ich sind vor einem halben Jahr gemustert worden. Wir sind tauglich. Leider. Sie haben uns geholt, weil schon damals von einer Mobilmachung die Rede war und die Armee, der König und Bismarck vorbereitet sein wollten. Oskar und ich sind der Ersatzreserve 1. Klasse zugewiesen worden.«

»Was heißt das?«

»Die Ersatzreserve dient zur Ergänzung des Heeres für den Fall einer Mobilmachung. Dann müssen wir der Armee unverzüglich zur Verfügung stehen.«

»Aber ihr seid doch gar nicht ausgebildet«, warf Benedikt ein.

»Das geschieht im Schnelldurchgang. Wir sollen ja nicht in vorderster Front kämpfen, sondern den Rückzug bilden, sogenannte Ersatzsoldaten eben.«

»Wann gehst du?«

»Morgen.«

»Schon?« Benedikt war entgeistert. So schnell hatte er nicht damit gerechnet.

»Ja. Oskar und ich haben einen jungen Mann aus Winterberg getroffen. Wir gehen zusammen.«

»Ihr nehmt die Postkutsche?«

»Möglich. Aber wahrscheinlich gehen wir zu Fuß. Wir wollen Geld sparen.«

»Ich gebe dir was.«

Matthäus lächelte schwach. »Das ist nett, aber es ist egal, wie viel wir haben. Wir müssen auf jeden Fall sparen. Wir wissen nicht, was uns in Berlin erwartet. Wir wissen überhaupt nichts. Vielleicht brauchen wir dort jeden Pfennig. Soviel kannst du uns nicht mitgeben. Außerdem würde ich es nicht annehmen, das weißt du.«

Benedikt nickte. »Was glaubst du, wie lange wird der Krieg dauern?«

»Ich habe keine Ahnung.«

»Wie geht es deiner Mutter?«

»Sie weint seit dem Tag, an dem der Einberufungsbescheid angekommen ist.«

»Und dein Vater?«

Matthäus wurde nachdenklich. »Wir haben uns lange unterhalten, einen ganzen Nachmittag und die halbe Nacht darauf. Er hat nicht versucht, den Krieg schönzureden, aber er hat auch keine schrecklichen Bilder heraufbeschworen. Am Ende hat er mir alles Gute gewünscht. An seiner Stimme habe ich allerdings gemerkt, wie es in ihm aussieht. Gegen Morgen ist er sofort mit seinen Schafen losgezogen. Ich weiß, dass er an mich denkt.«

»Ich werde morgen kommen und mich von dir verabschieden, Matthäus.«

»Ich komme mit«, sagte Sophia leise.

»Danke.«

In dieser Nacht schlief Benedikt kaum. Und schon früh am Morgen stand er auf. Auf dem Weg zu Matthäus klopfte er bei Sophia an. Sie war seit Stunden wach. Schweigend gingen sie zu den Roths. Es war sehr ruhig, als sie dort ankamen. Auf ihr lautes Klopfen öffnete Margot Roth die Tür und schaute überrascht auf.

»Benedikt, Sophia, ihr seid es.«

»Ist Matthäus schon wach?«

»Matthäus?« Sie sah ihn an, als würde sie ihn nicht verstehen. »Er ist bereits fort.«

»Seit wann?«

»Er ist heute Nacht gegangen, so gegen zwei Uhr.«

»Aber wir wollten uns doch von ihm verabschieden.«

»So ...?« Ihre Stimme versagte.

Sophia packte Benedikt am Arm. »Komm, gehen wir zurück. Es tut mir leid, Frau Roth. Aber Matthäus kommt wieder. Bestimmt tut er das.«

Benedikt drehte sich abrupt um und ging davon. Seine Schritte waren so schnell, dass Sophia Mühe hatte, ihn einzuholen.

»Es ist besser so, Benedikt«, sagte sie, als sie endlich neben ihm war. »Glaub mir. Matthäus hat gewusst, dass der Abschied schrecklich sein wird. Deshalb ist er heute Nacht gegangen.«

Er antwortete nicht, aber er ging nun langsamer.

»Benedikt?«

»Ja?«

»Gehst du auch nach Berlin?«

Er blieb stehen. »Wie kommst du denn darauf?«

Sophia zuckte die Schultern. »Nur so.«

»Hast du Angst?«

Sie nickte.

»Um mich?«

»Ja.« Sie zögerte. »Benedikt, darf ich dir etwas sagen?«

»Sicher. Du kannst mir alles sagen.«

»Vielleicht ist es nicht der richtige Zeitpunkt, aber weißt du, was meine Oma einmal zu mir gesagt hat? Ich war damals acht Jahre. Sie sagte, ich solle dich heiraten. Mit acht Jahren. Ist das nicht ein Witz gewesen? Als wenn man mit acht Jahren schon ans Heiraten denken würde. Aber ...«

»Ja?«

»Je älter ich wurde, desto öfter dachte ich an diese Worte. Aber dann kam Gundula. Ich glaube, du hättest sie geheiratet. Stimmt`s?«

»Ich weiß es nicht«, wich Benedikt heiser aus. »Ich weiß es wirklich nicht, Sophia.«

47

In der Preußischen Armee wurde die Anzahl der Wehrpflichtigen durch die Heeresgröße bestimmt. Es konnte deshalb vorkommen, dass mehr junge Männer eines Jahrganges verfügbar waren als benötigt wurden. In diesen Fällen wurde ein Losverfahren angewandt, um die Wehrpflichtigen zu bestimmen.

Dies war bei Matthäus Roth und Oskar Sandner der Fall gewesen. Sie waren somit mehr aus Zufall zum Militärdienst herangezogen worden. Bald nach Beginn des Krieges dienten über dreihunderttausend Mann dem preußischen König.

Die Vereidigung erfolgte mit der Hand auf der Fahne. Jeder Bundesstaat hatte eine eigene Eidesformel. Matthäus kannte die von Westfalen nicht, deshalb sagten er und Oskar den Eid, der in Berlin vorgesehen war. Von einem General in prunkvoller Uniform wurden die neuen Rekruten über den Konflikt mit Frankreich informiert.

»Seit dem 19. Juli 1870 befinden wir uns im Kriegszustand gegen den Kaiser der Franzosen, Napoleon III. Sie haben Ihren Eid auf unseren König Wilhelm I., auf unsere Regierung unter Ministerpräsident Otto von Bismarck und auf unser Preußisches Volk geleistet. Der König erwartet Ihren uneingeschränkten Einsatz, notfalls auch Ihr Leben. Sie werden nach einer kurzen Ausbildung zur Unterstützung unserer Bataillone an die Front im Westen gebracht. Dort können Sie Ihre Tapferkeit und Ihren Ehrgeiz beweisen. Gott schütze unseren König Wilhelm I.«

Nach dreimaligen Hoch-Rufen durften die jungen Männer den Platz verlassen und in ihre Baracken gehen. Matthäus und Oskar hatten ihre Lager nebeneinander.

»Uns geht´s gar nicht so schlecht«, meinte Oskar. »Wir haben ein warmes Bett, genug zu essen und zu trinken und brauchen bestimmt nicht in den Krieg. Der wird schnell zu Ende sein.« Oskar verstaute seinen Seesack in dem kleinen Spind. »Weißt du eigentlich, warum wir gegen Frankreich kämpfen?«

»Ja«, antwortete Matthäus. »Der Auslöser ist der Streit um die Nachfolge des spanischen Thronkandidaten. Erbprinz Leopold aus der süddeutschen Hohenzollernlinie kandidierte dafür. Aber Frankreich befürchtete, dass Preußen dann noch mehr Macht in Europa haben würde. Weil die Franzosen protestierten, zog der

Prinz seine Kandidatur zurück. Für unseren König Wilhelm I. war damit die Angelegenheit erledigt, aber nicht für die französische Regierung. Sie wollte Preußen eine weitere diplomatische Niederlage beibringen und verlangten, dass Wilhelm I. auch in Zukunft auf den spanischen Thron verzichtete.«

»So eine Frechheit«, stieß Oskar aus.

Matthäus nickte. »Genau. Unser König lehnte das auch rigoros ab und informierte den Ministerpräsidenten Otto von Bismarck. Der ließ die Emser Depesche – mit der war er über Frankreichs Forderung und König Wilhelm I. Ablehnung informiert worden – in einer Form veröffentlichen, die die Franzosen provozierte. Daraufhin kam es zur Kriegserklärung durch Kaiser Napoleon III.«

»Ich dachte immer, wir hätten angefangen.«

»Nein. Es war Napoleon.«

»Dann werden wir ihm eins auf die Nase braten.«

»Zum Glück kämpfen die verbündeten süddeutschen Staaten Bayern, Württemberg, Baden und Hessen-Darmstadt an unserer Seite. Es ist eine militärische Auseinandersetzung zwischen Frankreich und dem Norddeutschen Bund.«

Oskar legte sich aufs Bett und schloss die Augen. Matthäus beobachtete ihn. Vermutlich dachte er jetzt an die Magd Gerda, mit der er seine Sexspielchen getrieben hatte. Bei dem Gedanken daran wurde Matthäus ganz heiß.

»Was hast du denn jetzt vor?« Oskars Stimme riss ihn aus seinen Gedanken.

»Ich werde mich für drei Jahre verpflichten, als >einjährig Freiwilliger<.«

»Davon habe ich schon gehört.«

»Es handelt sich dabei nicht um Soldaten mit einer einjährigen Dienstzeit, sondern um Wehrpflichtige, die einen höheren Schulabschluss besitzen. Nur sie können Offizier werden. Ich habe mir vorgenommen, diese Laufbahn einzuschlagen. Die Schulbildung hole ich sobald wie möglich nach, notfalls auch nach dem Krieg, um dann für immer in der Armee zu bleiben.«

Was er verschwieg, und was Oskar Sandner nichts anging, war, dass der »einjährig Freiwillige« bei seiner Bewerbung eine Erklärung seines Vormundes beifügen musste. Dieser hatte für die Kosten der Kleidung, Ausrüstung und den Unterhalt aufzukommen. Das waren immerhin über fünfzig Reichstaler, wenn der Rekrut in ein einfaches Jägerbataillon kam und über zweihundert Reichstaler, wenn er in ein Kürassier-Regiment eintreten wollte.

Nach endlosen Diskussionen an dem besagten Nachmittag und in der Nacht hatte sein Vater Viktor Roth schließlich zugestimmt. Er war schweren Herzens bereit, von seinem kargen Lohn als Schäfer die Ausbildung seines Sohnes zu finanzieren. Natürlich hatte ihm Matthäus versprochen, alles zurückzuzahlen, sobald seine Verpflichtung feststand. Bei drei Jahren erhielt man immerhin ein Handgeld von fünfzig Mark, für vier Jahre hundert Mark und nach Ableistung von zwölf Dienstjahren hatten die Soldaten Anspruch auf eine Dienstprämie von eintausend Mark.

Damit konnte Matthäus seinen Eltern ein gutes Leben im Alter ermöglichen. Das hatte er sich fest vorgenommen.

Aber das Leben eines jungen Soldaten in der preußischen Armee war anders, als er es sich vorgestellt hatte. Nach einer kurzen – viel zu kurzen – Ausbildungszeit wurden Oskar und Matthäus in unterschiedliche Bataillone versetzt und an die Front im Westen gekarrt. Sie verloren sich aus den Augen.

Zum ersten Mal war Matthäus zu einem Spähtrupp ausgewählt worden. Neben elf anderen Rekruten lag er in einem ausgetrockneten Flussbett. Zwei Stunden verharrten sie schon dort, ohne dass sich etwas ereignet hätte. Vor etwa zehn Minuten jedoch waren die elf Männer in der Ferne aufgetaucht. Sie waren deutlich zu sehen. Offenbar fühlten sie sich ziemlich sicher. Matthäus schaute zur Seite. Seine Kameraden waren alles »Gemeine«. So nannte man die Mannschaftsdienstgrade der preußischen Armee. Durch den Spähtrupp konnte man schnell zum Gefreiten – oder wenn man tapfer war – zum Obergefreiten befördert werden. Dann würde man an jeder Kragenseite einen kleinen Auszeichnungsknopf erhalten, die Obergefreiten sogar den viel größeren Knopf.

Durch die Reihen schob sich ein anderer Mann. An dem Schulterstück aus mehreren nebeneinanderliegenden Pattschnüren war er als Leutnant gekennzeichnet. Fritz Rottmann wollte unbedingt einen Stern als Oberleutnant. Er war begierig darauf und somit ein Draufgänger.

»Wir müssen schießen«, raunte er dem neben ihm hockenden Soldaten zu. »Wir haben keine andere Wahl.«

Als Waffen hatten sie nur den Karabiner und einen kurzen Dolch. Sie mussten beweglich sein, deshalb waren Säbel und Bajonett im Lager geblieben.

Matthäus packte sein Gewehr fester. Über den Lauf sah er die Franzosen aufrecht anmarschiert kommen, so, als hätten sie nichts zu befürchten.

»Auf mein Zeichen schießen wir«, sagte Rottmann.

Bleibt stehen, dachte Matthäus. Um Himmelswillen kommt nicht näher! Er wollte nicht auf Menschen schießen.

»Achtung ...!«

Bleibt stehen!

»Jetzt!«

Das Gewehrfeuer um ihn herum ließ ihn fast taub werden. Er hatte noch nie auf einen Menschen geschossen. In der Kaserne hatten sie zwar den Umgang mit dem Karabiner gelernt, aber nur blind in die Wälder gefeuert oder auf Übungsscheiben. In Sekundenbruchteile gingen ihm die unmöglichsten Gedanken durch den Kopf.

Er oder ich!

Matthäus drückte ab.

Er sah, wie der Mann zusammenzuckte, die Arme hochwarf und das Gewehr verlor. Drei, vier andere Soldaten an seiner Seite fielen ebenfalls wie vom Blitz getroffen zu Boden. Sofort flüchteten die anderen in wilder Panik zurück und ließen ihre Kameraden liegen.

Einige »Gemeine« hoben ihre Köpfe.

»Runter!«, donnerte Rottmann.

Es war viel zu gefährlich, sich jetzt schon zu erheben. Niemand wusste, wie weit sich die Franzosen zurückgezogen hatten. Die Minuten schlichen dahin. Im Hintergrund lag ein kleiner Wald und dort lauerte wahrscheinlich der Tod.

Eine weitere halbe Stunde verstrich.

»Ich brauche Freiwillige«, sagte Leutnant Rottmann. »Wir müssen ihnen die Papiere abnehmen, damit wir wissen, zu welchem Bataillon sie gehören.«

Als sich niemand meldete, hob Matthäus den Arm. Er hatte

noch nie eine derartige Aufgabe übernommen und von anderen Kameraden gehört, dass sie unangenehm war. Aber der Drang, dem einen Soldaten nahe zu kommen, den er erschossen hatte, war zu groß.

Geduckt, das Gewehr in Vorhalteposition folgte er mit vier anderen Soldaten dem Leutnant. Unablässig beobachteten sie den Waldrand, von dem sie jeden Augenblick Schüsse erwarteten. Sie erreichten den ersten Franzosen, den zweiten und den dritten. Alle waren tot.

»Nehmt die Papiere und die Waffen«, sagte Rottmann.

Matthäus Roths ganze Aufmerksamkeit war auf die Gestalt gerichtet, die er vor einiger Zeit im Visier seines Gewehres gehabt hatte. Der Mann lag weiter abseits als die vier anderen. Matthäus erreichte ihn. Seine Hand tastete zur Schulter des Toten, um ihn auf den Rücken zu drehen.

Im nächsten Moment packte er in eine dickflüssige, klebrige Blutspur.

Matthäus schluckte. Sekundenlang starrte er in das spitze Gesicht mit den erloschenen Augen und den nach unten gezogenen Mundwinkeln, die den Schmerz der letzten Minuten ausdrückten.

Langsam öffnete er die Jacke des Toten und griff in die Innentasche. Wenig später hatte er ein Messer, den Karabiner und die Erkennungsmarke an sich genommen.

48

Matthäus Roth hatte lange unter dem Ereignis zu leiden. Er schlief schlecht, aß wenig und träumte nachts von dem toten Franzosen. Die Belobigung, die sie alle für ihre Tat erhielten, erfüllte ihn nicht mit Stolz.

Wenig später bekam Matthäus Durchfall und hohes Fieber und lag mehrere Tage im Lazarett, zusammen mit anderen Kranken und Verwundeten. In dieser Zeit verlor er ziemlich viel Gewicht. Fast jeden Nachmittag schlief er und wachte gerade rechtzeitig auf, um mit Einbruch der Dunkelheit zu erleben, wie drei Betten weiter ein Mann starb. Andere Soldaten kamen und gingen – entweder wurden sie gesund oder starben.

Als es ihm wieder besserging, hörte er, dass die französischen Armeen besiegt und Napoleon III. gefangen genommen worden waren. Ein junger Offizier brachte die Neuigkeit ins Lazarett, dass der Krieg wohl vorbei sei. Matthäus freute sich. Endlich konnte er nun mit seiner Schulbildung beginnen.

Aber wie viele, so hatte auch er sich geirrt. In Frankreich bildete sich die »Dritte Republik«, die den Krieg gegen Preußen fortführte.

Matthäus wurde zur 2. Armee unter Prinz Friedrich Karl von Preußen abkommandiert. Es dauerte nicht lange, bis er Männern begegnete, die am 4. August 1870 bei Weißenburg, zwei Tage später bei Wörth und am selben Tag bei Spichern gekämpft hatten und dabei weit nach Frankreich eingedrungen waren. Mit ihnen war Matthäus nun ununterbrochen im Gelände und übte Landemanöver. Er versuchte, die Manöver ernst zu nehmen, aber die älteren Soldaten kamen verkatert oder gelangweilt zu den Übungen und ihre gleichgültige Einstellung wirkte sich auf die anderen aus. Manchmal trank er ein Bier und einen Gin mit.

Am 1. Dezember rückten sie aus. Morgens um 3.20 Uhr hörte Matthäus, als er schon wach in der Koje lag, das Kommando: »Alle Mann auf Gefechtsstation.«

In drei Gruppen wurden sie von einem Oberleutnant instruiert. Sie würden wieder nach Frankreich geschickt. Die »Dritte Republik« mache Schwierigkeiten. Aber es würde nicht lange dauern.

»Frankreich verfügt nach unseren Informationen noch über mehr als zwei Millionen wehrfähige Männer«, schloss er seine Rede. »Zudem genießt die neue Regierung in der Bevölkerung ein weit höheres Ansehen als die einstigen kaiserlichen. Die Menschen stehen hinter ihren Soldaten. Leider gibt es auch viele irreguläre französische Truppen, die einen Guerillakrieg führen. Dem müssen wir entschlossen entgegentreten. Und dafür hat man Sie ausgewählt.«

Sie wurden mit der Eisenbahn bis etwa vierzig Kilometer vor Paris gebracht. Die Schneeschuhe und die passenden Schuhe dazu wurden von reichen Kaufleuten gespendet. Dazu gab es warme Winterkleidung, denn die nächsten Tage sollten sehr kalt werden.

Die Belagerung von Paris dauerte zu diesem Zeitpunkt schon

über zwei Monate. Eines Tages, kurz nach Beginn des neuen Jahres 1871, lagen sie in einem Stellungsgraben. Die gesamte Kompanie bestand aus fast dreißig »Gemeinen«. Sie waren müde, denn die letzte Nacht hatten sie gewacht, weil fast jede halbe Stunde ein neuer Angriff einer dieser irregulären Truppen stattgefunden hatte.

Matthäus döste, auch die neben ihm hockenden Kameraden hatten die Augen geschlossen. Plötzlich dröhnte ein unbekanntes lautes Geräusch in seinen Ohren. Als er den Kopf drehte, sah er gerade noch, wie eine schwere Granate nur dreißig Meter von ihm einschlug. Ein Kamerad fluchte. »Mist«, stieß er aus. »Das war knapp. So eine verdammte Scheiße. Wir sollten ihnen einen in den Arsch blasen.« Er spuckte aus.

Durch den Unterstand robbte sich ihr Oberleutnant auf sie zu. »In circa fünfhundert Metern stehen zwei Häuser«, sagte er. »Einer unserer Späher hat sie ausgemacht. Wir dürfen nicht zulassen, dass die Franzosen sich dort verschanzen. Dann sehen wir alt aus, dann sind sie uns so nah wie noch niemals zuvor. Wir müssen die Häuser anstecken. Drei Soldaten kommen mit.« Er zeigte auf Matthäus und zwei ältere Männer. »Sie folgen mir.«

Mit größter Vorsicht erreichten sie die Häuser. Zu ihrer Überraschung waren sie bewohnt. Es waren zwei Familien, die mit dem Krieg nichts zu tun haben wollten und nur Ruhe und Frieden herbeisehnten. Sie fielen auf die Knie und redeten mit sich überschlagender Stimme auf die Soldaten ein.

»Was sagen sie?«, fragte der Oberleutnant einen der älteren Soldaten, einen glatzköpfigen Mann von fast vierzig Jahren. »Sie können doch Französisch.«

»Ein wenig nur«, antwortete er. »Wenn ich sie richtig verstehe, dann bitten sie uns, ihre Häuser zu verschonen.«

Der Oberleutnant kaute einen Moment lang auf seiner Unterlippe. »Das können wir nicht. Sagen Sie ihnen, dass wir ihnen Zeit geben, ihre Habe auf Schlitten oder Wagen zu verladen. Dann können sie in das nächste Dorf ziehen.«

Die Ehepaare zogen sich enttäuscht und deprimiert zurück. Kurz, nachdem sie gegangen waren, wurden die Häuser angezündet. Bald brannten sie lichterloh, und der Trupp rückte wieder ab.

Auf halber Strecke ließ der Oberleutnant plötzlich anhalten.

Er streckte den Arm aus und deutete zur linken Seite hin. Hinter einer kleinen Gruppe von Bäumen stand ein weiteres Haus. Es verschmolz fast mit dem dunklen Hintergrund und war erst jetzt, als die Morgendämmerung heraufzog, zu sehen.

»Ebenfalls anzünden!«, befahl der Oberleutnant.

Der Glatzköpfige, sein gleichaltriger bärtiger Kollege und Matthäus schlichen hinter ihm her zu dem Haus. Sie hatten es noch nicht ganz erreicht, als sie plötzlich Rufe hörten.

»Helft mir! Ich bin verwundet.«

Sie blieben abrupt stehen. »Ein Deutscher?«, fragte der Bärtige.

»Oder eine Falle«, antwortete der Oberleutnant.

Sie waren mehr als einmal hereingelegt worden und immer unbeschadet davongekommen. Sie wollten das Glück nicht überstrapazieren. Dennoch ...

Der Glatzköpfige huschte näher, der Bärtige folgte ihm geduckt. Das Haus war eher eine Scheune, mit undichtem Dach und schiefen Fenstern. Auf das Nicken des Glatzköpfigen sprang der Bärtige in die Scheune.

Mit angehaltenem Atem warteten die anderen. Es dauerte fast fünf Minuten, bis der Bärtige wieder herauskam. Auf seinen Schultern trug er einen fremden Mann.

»Es ist ein Preuße«, rief er dem Oberleutnant zu. »Er ist halb erfroren. Noch eine Nacht in der Scheune hätte er nicht überlebt.«

Der Verwundete weinte und lachte abwechselnd. Er konnte sein Glück nicht fassen. »Meine Einheit hat in der vorletzten Nacht einen Stoßtrupp unternommen. Dabei sind wir auf eine Gruppe Illegaler gestoßen. Sie haben sofort das Feuer eröffnet. Alle sind gefallen. Sie haben wohl geglaubt, auch ich sei tot. Als sie fort waren, habe ich mich zu dieser Scheune geschleppt. Ihr könnt euch gar nicht vorstellen, wie glücklich ich bin. Das werde ich euch mein Leben lang nicht vergessen.«

Der Oberleutnant gab Befehl, sich zurückzuziehen. Matthäus ging als Letzter. Immer wieder schaute er sich um, aber am gegenüberliegenden Waldrand war nichts auszumachen.

Sie waren noch keine zweihundert Meter von der Scheune entfernt, als Matthäus sich gerade nach hinten drehte, um die Gegend zu beobachten. Den Schlag in der Schulter spürte er zunächst kaum. Erstaunt öffnete er den Mund, dann kam der Schmerz. Den entsetzten Schrei seiner unmittelbar vor ihm gehenden Kameraden hörte er nicht mehr. Er war schon bewusstlos, als er auf die Erde schlug.

49

Durch die von Nordwest nach Südost führende, strategisch wichtige Straße zogen die im Norden von Westfalen stationierten preußischen Soldaten durch Züschen in Richtung Hessen und weiter nach Süddeutschland.

Es war ungewöhnlich mild geworden. Die Straße war vom Tauwetter aufgeweicht, und die Wagen der Soldaten kamen nur langsam voran. Deshalb blieben sie manchmal im Gasthaus Grafenau, um eine Pause einzulegen und sich zu betrinken.

Im Gasthaus saßen vier Soldaten. An dem Auszeichnungsknopf mit dem preußischen Adler an jeder Kragenseite konnte man erkennen, dass sie Gefreite der preußischen Armee waren. Einer von ihnen war sogar Obergefreiter. Er trug den größeren Auszeichnungsknopf.

Die Waffen der vier Soldaten – Degen, Säbel und Karabiner – hatten sie neben sich in eine Ecke gestellt.

Niemand wusste, wo ihr Gruppenführer sich befand. Die vier Soldaten hatten bereits glasige Augen, und bei jedem saß eine Magd auf dem Schoß.

»Noch eine Runde«, rief ein pockennarbiger Soldat.

August Grafenau brachte die Biere. Sie wurden ihm aus der Hand gerissen und zur Hälfte auf einen Zug geleert, wobei das meiste an beiden Mundwinkel herablief.

»He, was ist das?«, stieß plötzlich einer der Soldaten aus. Alle horchten auf und blickten nach draußen. Dort überquerte ein junges Mädchen mit blonden Zöpfen gerade die Straße. »Ich glaube, ich werde verrückt. Habt ihr so was Hübsches schon mal gesehen?«

Er sprang auf, stieß dabei zwei Biere und einen Stuhl um und lief hinaus. Im Nu hatte er Eva eingeholt. Sie war vollkommen überrascht, als sie hart am Arm gefasst wurde. Sie drehte den Kopf und starrte in ein lüsternes Gesicht und auf einen Mund, aus dem dünnes Bier rann. Angewidert wandte sie sich ab.

»Schöne Maid, lass dich anschauen.«

Die anderen drei waren hinzugekommen, hatten sich neben ihren Kumpanen gestellt und betrachteten Eva mit ungenierten Blicken. Einer versuchte, sie anzufassen, aber sie wich geschickt aus. Der Angreifer torkelte, weil er sich nicht mehr auf den Beinen halten konnte und fiel in den Staub.

Vom Gastraum aus sahen Jonathan und Michels dem Schauspiel draußen zu. Irgendwo in der Brust spürte Jonathan plötzlich einen Stich, und sein Gesicht verkniff sich.

»Bleib hier«, sagte Michels schnell, aber Jonathan hörte nicht auf ihn. Er lief nach draußen. Ganz freundlich sagte er zu den Soldaten: »Würdet ihr bitte die junge Dame in Ruhe lassen.«

»Hä?« Die Vier drehten sich um und stierten ihn an, als hätten sie nicht richtig gehört. »Was willst du, Kuhtreiber? Hau ab.«

Jonathan ließ sich nicht provozieren. »Ich hatte euch gebeten, die junge Dame in Ruhe zu lassen. Sie – sie ist meine Braut.«

Einen Moment lang war es still. Die Vier mussten erst mit ihren benebelten Köpfen die Worte Jonathans verdauen.

»Deine Braut?«

»Ja, wir sind verlobt und werden in Kürze heiraten. Es gibt viele andere Mädchen hier, die nicht gebunden sind und gerne in eurer Gesellschaft wären. Ihr wisst, was euer König mit euch macht, wenn er erfährt, dass ihr ein vergebenes Mädchen unsittlich angesprochen habt.«

Jonathan bluffte. Er wusste nicht genau, welche Moralvorstellungen bei den Soldaten des Preußischen Heeres herrschten, aber er sah sofort, dass er ins Schwarze getroffen hatte. Die vier Männer waren zwar betrunken, aber dennoch wichen sie von Eva zurück. Schließlich spuckte einer von ihnen in den Staub.

»Na gut, wenn du meinst.« Und im Aufjohlen seiner Kumpane griff er eine der Mägde, die ihnen nach draußen gefolgt waren und zog sie ins Gasthaus hinein.

Jonathan und Eva standen sich einige Augenblicke schweigend gegenüber. Sie sahen sich nicht an.

»Danke«, sagte Eva schließlich ganz leise und noch einmal: »Vielen Dank, Jon.«

»Entschuldige«, murmelte er, ohne den Kopf zu heben. »Aber ich wollte nur nicht, dass diese Kerle dich so anstieren.«

Er verzog verlegen die Mundwinkel.

Jonathans Gesicht glühte. Er war erschrocken über sein Handeln, über seine Worte, die ihm herausgerutscht waren, und die er nun bereute. Wie konnte er es wagen, zu behaupten, dass Eva seine Braut war. Was sollte sie jetzt nur von ihm denken?

Als sie sich nicht rührte, drehte er sich zur Gaststätte um. »Tja, dann will ich mal wieder zu Michels gehen.«

»Jon.« Ihre Stimme hielt ihn auf. »Du hast mich nie beachtet, Jon«, sagte sie leise. »In all der Zeit, in der ihr auf unserem Hof übernachtet habt, hast du mich kaum angesehen.«

»Aber das stimmt doch gar nicht, Eva«, begehrte er auf.

»Doch. Ich habe es jedenfalls nie bemerkt.«

»Vielleicht, ja, aber – versteh doch – ich bin nur ein einfacher Handlungsreisender und du bist die Tochter des reichsten Mannes des Dorfes. Wie konnte ich es wagen ...«

Eva ging nahe an ihn heran und hielt ihm den Mund zu. »Du redest Unsinn, lieber Jonathan. Hast du das ernst gemeint?«

Er wusste sofort, was sie meinte. »Es tut mir leid. Ich hätte es nicht sagen dürfen«, murmelte er kaum hörbar.

»Doch, Jonathan«, erwiderte Eva fest. »Endlich hast du den Mut dazu gehabt.«

Sie betrachtete den hochgewachsenen Mann, der plötzlich wie ein Schuljunge aussah, der aber in seiner Verlegenheit so liebebedürftig wirkte, dass ihr ganz warm wurde. Wie sehr hatte sie sich nach solchen Worten von ihm gesehnt, und endlich, endlich hatte er sie ausgesprochen.

Jonathan schaute Eva nicht an. »Du bist mir nicht böse?«

»Nein, im Gegenteil«, sagte sie einfach nur. In ihren Augen spiegelte sich eine Freude und Liebe, dass Jonathan sie spontan in den Arm nahm und auf der Straße vor allen Leuten lange und zärtlich küsste.

50

Robert Halbach war zuerst fassungslos, als Jonathan Thoma um Evas Hand anhielt. Er hatte es nicht für möglich gehalten, dass seine jüngste Tochter als Erste heiraten würde, und schon gar nicht hatte er damit gerechnet, dass ein einfacher Handlungsreisender ihr Mann werden wollte. Aber Robert mochte Jonathan. Deshalb willigte er nach einer Bedenkzeit – die er gar nicht benötigte und nur aus Anstandsgründen vorgab – in die Hochzeit ein.

Zwei Tage vor der Hochzeit kam Helene zu Eva. Sie war ein wenig verlegen, doch dann raffte sie ihren ganzen Mut zusammen und sagte: »Durch eure Heirat hat Lutz den Mut gefunden, mir einen Antrag zu machen.«

»Aber das ist doch großartig.«

»Nicht wahr. Und dann – dann kam mir die Idee. Hast du was dagegen, wenn wir, Lutz und ich, uns an deinem Hochzeitstag verloben? Wir wollen dir nicht die Freude nehmen, im Mittelpunkt zu stehen. Wir machen es einfach heimlich.« Helene kicherte. »Mama und Papa wissen noch nichts davon. Wir sagen einfach, wenn fast alles vorbei ist, dass wir uns verlobt haben.«

Helene hielt den Atem an. Doch als Eva sie spontan umarmte, löste sich die Anspannung in ihr. »Du bist einverstanden?«

»Aber ja«, rief Eva. »Normalerweise müsstest du sogar vor mir heiraten, weil du die Ältere bist. Das wird ein Fest, das man so schnell nicht vergisst.«

Drei Tage lang ließ Robert den Hof auf Vordermann bringen. An der Scheune wurden Girlanden aufgehängt, die Haustür mit einem Lorbeerkranz umrahmt und die Fenster mit Blumen geschmückt. Im Gasthaus Grafenau ließ er den Gemeindesaal reservieren.

Elisabeth, Magdalena, Helene und Tante Lydia nähten das Brautkleid. Als Eva es zum ersten Mal anprobierte, standen die Frauen fast andächtig im Zimmer. Magdalena schluchzte.

»Was ist denn?« Eva sah sie erschrocken an.

»Gar nichts.« Magdalena umarmte ihre Schwester, wobei sie tunlichst darauf achtete, dass nichts vom Kleid zerdrückt wurde. »Aber du bist so schön, Eva. Ach, wie ich dich beneide.«

Am Tag der Hochzeit war das halbe Dorf versammelt und stand Spalier, als Jonathan und Eva nach der Trauung mit einem Pferdewagen von der Kirche zum Gasthaus Grafenau gebracht wurden.

Alle Solstätter des Dorfes wurden zur Feier erwartet. Einen Moment lang hatte Robert Halbach daran gedacht, auch die Beilieger Nelle und Stiegel einzuladen, dann aber den Gedanken schnell wieder verworfen. Er wollte keinen Unfrieden im Dorf durch eine einseitige Entscheidung stiften.

Als sich am späten Abend die Ersten für den Heimweg rüsteten und bevor der siebenjährige Paul ins Bett musste, wurde Helenes und Lutz Saalfelds Verlobung bekannt gegeben. Elisabeth Halbach zauberte eine goldene Kette aus ihrer Tasche und legte sie ihrer zweitältesten Tochter um den Hals. Helene war sprachlos.

»Woher hast du gewusst, dass wir uns verloben wollen?«

»Mama weiß alles«, schmunzelte Magdalena.

»Dann weißt du auch, dass wir nach Witten ziehen?«, fragte Eva, die neben ihren Schwestern stand.

Elisabeth nickte leicht.

»Ach, Mama, dir kann man nichts verheimlichen.« Eva umarmte ihre Mutter.

»Was wollt ihr denn in Witten?«, fragte Benedikt entsetzt. »So weit von uns entfernt?«

»Witten ist Jonathans Heimat. Er hat mir erzählt, dass er dort eine Wirtschaft pachten kann. Eine gute, noch viel besser als diese hier, mit edlen Zimmern und teurem Essen.«

»Das ist das Richtige für dich«, nickte Benedikt. Dabei versuchte er, einen freudigen Ausdruck auf sein Gesicht zu zaubern, was ihm aber gründlich misslang.

»Ich werde euch alle vermissen«, sagte Eva mit erstickter Stimme. Sie drehte sich schnell um und lief zu Jonathan, der ihr zärtlich einen Arm um die Schultern legte und sie an sich zog.

Am nächsten Morgen reisten sie ab. Jonathan verabschiedete sich zuerst von Michels.

»Tut mir leid, alter Kumpel.«

Michels klopfte ihm auf die Schulter. »Mach dir keine Gedanken, Jon. Mir war schon lange klar, dass es mal so kommen würde. Wir waren ein gutes Gespann, das Beste unter der Sonne des Himmels.«

Sie begleiteten die beiden zur Postkutsche.

»Ich komme dich besuchen, Eva«, rief Benedikt, als sie schon in der Kutsche saßen.

»Ich auch«, riefen Helene und Johannes.

»Ich bringe die beiden mit und Mama und Papa und Magdalena auch. Alle, wenn sie wollen.«

Sie winkten der Kutsche lange nach. Benedikt lief sogar noch einige Meter hinter ihr her. Dann blieb er stehen. Eva, seine liebe Schwester ... Wann würde er sie wohl wiedersehen?

51

Hell. Dunkel. Dunkel. Hell. Er wusste nicht, ob es daran lag, dass er die Augen öffnete und schloss, oder daran, dass jemand die Vorhänge auf und zu zog. Wenn das Letzte der Fall war, dann war er schon mehrere Tage hier. Morgens wurden die Vorhänge aufgezogen, abends wieder geschlossen. Das wäre jedenfalls der übliche Rhythmus. Vielleicht lag es aber auch an seinem Zustand, und er fantasierte.

Matthäus glaubte, sein gesamter Rücken würde in Flammen stehen. Er lag auf dem Bauch, den Kopf halb zur Seite gedreht, damit er nicht am eigenen Kissen erstickte. Die Schmerzen machten ihn wahnsinnig. Er biss die Zähne so fest aufeinander, dass sie knirschten. Mit zusammengepresstem Mund wollte er sich aufrichten, aber seine Kraft reichte nicht. Mit einem qualvollen Ächzen fiel er zurück. Er hörte noch eine helle Stimme, die vor Schreck wie verzerrt klang, dann wurde er wieder bewusstlos.

Matthäus öffnete erneut die Augen. Er hatte Angst, dass die Schmerzen, die er noch so deutlich in Erinnerung hatte, wieder auftreten würden. Langsam drehte er den Kopf von rechts nach links und wieder zurück. Nichts tat ihm weh. Nur sein Nacken und seine Schultern fühlten sich an, als gehörten sie ihm nicht. Neben sich hörte er ein Stöhnen, einige Schreie und Seufzer und zwischendurch weinte auch jemand. Im ersten Impuls wollte er sehen, wo er war, ließ es jedoch dann, denn er fürchtete sich vor dem Anblick.

Wieder schlief er ein.

Als er das nächste Mal erwachte, war sein Bett neu bezogen, ohne dass er es bemerkt hatte. Aus Berichten seiner Kameraden wusste Matthäus, dass in einem Lazarett das Bettzeug erst nach Wochen gewechselt wurde, es sei denn, alles war von Blut, Eiter oder Exkrementen besudelt worden. Er hoffte so sehr, dass das bei ihm nicht der Fall gewesen war.

Diesmal schaffte er es, den Kopf soweit zu heben, dass er sich umschauen konnte. Er lag in einem Saal mit mindestens dreißig anderen Verwundeten.

»Bleiben Sie liegen«, hörte er eine weibliche Stimme hinter sich.

Eine Hand drückte ihn auf das Bett zurück. Die Berührung war beruhigend. Wenn die Person seinen Rücken anfasste, konnte es nicht so schlimm mit seiner Verwundung sein.

»Haben Sie Hunger?«

Matthäus wollte antworten, brachte aber kein Wort heraus. Plötzlich wurde er von kräftigen Händen hochgehoben. Zwei Sanitäter drehten ihn vorsichtig herum. Einer von ihnen legte ein Kissen an das Kopfende, dann wurde er behutsam dagegen gelehnt. Die ganze Zeit über wagte er nicht zu atmen, in der Annahme, vor Qual aufschreien zu müssen.

»Haben Sie Schmerzen?« Das war wieder die weibliche Stimme.

Er schüttelte kaum sichtbar den Kopf. Jetzt trat sie neben ihn an sein Bett.

Sie war jung, vielleicht Anfang zwanzig, dunkelblond mit halblangem Haar, das unter einer weißen Haube hervorlugte. Matthäus schätzte sie auf etwa eins fünfundsechzig. Ihr Gesicht war schmal und blass, ein Teint, der in letzter Zeit nicht viel im Sonnenlicht gewesen war. Sie hatte grüne Augen, eine schmale Nase und ein weiches und schlankes Kinn. Ihr Mund, mit dem sie ihm nun aufmunternd zulächelte, war leicht geöffnet und gab eine Reihe makelloser weißer Zähne frei.

»Ich bin Schwester Anita«, sagte sie leise.

»Wo bin ich ...?«

Das war nicht seine Stimme. Sie klang fremd, belegt und kratzig. Matthäus schluckte und räusperte sich mehrmals.

Sie antwortete nicht. Sie legte ein ungehobeltes Brett auf seine Oberschenkel und stellte einen Teller Suppe darauf.

»Versuchen Sie, zu essen. Es ist eine gute Suppe. Die Beste, die wir hier haben. Sie wird Ihnen Kraft geben.«

Schwester Anita lächelte ihm noch einmal zu und ging zu einem Bett, das drei Reihen von ihm entfernt stand. Dort lag ein Mann, dessen Kopf und Beine bandagiert waren. Sie erneuerte seinen Kopfverband flink und geschickt.

Gehorsam löffelte Matthäus seine Suppe aus. Danach war er mit seiner Kraft am Ende. Er erinnerte sich an die Hebamme Hermine Seibert aus Züschen, die bei einer Krankheit immer wieder betonte, dass Schlaf das beste Heilmittel sei. Zwei Sanitäter halfen ihm, sich wieder auf den Bauch zu legen, und sogleich schlief er ein.

Als er erwachte, ging draußen ein dichter Regenschauer nieder. Die Dachrinnen konnten die Wassermassen nicht fassen. In kleinen Bächen rann der Regen die Scheiben herunter.

Das Stöhnen im Raum hatte nachgelassen. Hin und wieder vernahm Matthäus ein »Ah« oder ein erschrockenes »Nein«, aber er konnte die Richtung, aus der diese Laute kamen, nicht ausmachen.

Außer Schwester Anita waren noch drei andere Schwestern und zwei Sanitäter für die Versorgung der Verletzten zuständig. Sie alle waren freundlich und hilfsbereit und scheuten sich vor keiner Arbeit.

Matthäus schlief nur auf dem Bauch, obwohl die Schmerzen im Rücken fast völlig verschwunden waren. Hin und wieder spürte er ein Ziehen, dann ein Pochen und nach weiteren Tagen ein Jucken. Das hielt er für ein gutes Zeichen.

Fast täglich wurden neue Soldaten eingeliefert, aber die waren selbst mit ihren Verwundungen noch tapfer und unterdrückten jeden Schmerzenslaut.

Der Aufenthalt in einem Lazarett war für Matthäus nicht neu. Vor einigen Wochen hatte er bereits mehrere Tage in einem Krankenbett verbracht. Aber diesmal war es anders. Damals war er nicht verwundet gewesen. Er lag jetzt mehrere Stunden am Tag wach und dachte darüber nach, was passiert war. Die Erinnerung war lückenhaft. Er wusste nur noch, dass er einen Schlag im Rücken verspürte und dann zu Boden fiel.

Wenn eine andere Schwester als Anita ihn versorgte, war Matthäus enttäuscht und traurig. Die Nähe Anitas war für ihn wohltuend, und bald war sie ihm so vertraut, als kenne er sie schon seit Monaten.

Eines Morgens erschien Schwester Anita mit einem stattlichen Mann in einem weißen Kittel.

»Doktor Kreising«, stellte er sich vor.

Der Arzt lächelte zwar, aber man sah ihm seine Überarbeitung deutlich an. Seine Augen waren gerötet, sein Gesicht grau-weiß, und die Haut um Mund und Nase mit tiefen Falten durch-furcht. Er gab Matthäus die Hand.

»Wie geht es Ihnen?«

»Besser«, sagte Matthäus. Endlich war seine Stimme wieder klar und gehörte zu ihm.

»Das ist schön. Erinnern Sie sich, was geschehen ist?«

Matthäus nickte. »Wir waren auf einem Patrouillengang. Ich ging als Letzter und sicherte nach hinten. Dabei muss es mich erwischt haben.«

»So haben es auch Ihre Kameraden geschildert«, antwortete der Arzt. »Einer von ihnen hat Sie zuerst versorgt. Mit einem Dreiecktuch, so wie es in der Vorschrift steht, hat er eine Schlinge um Ihre Schulter gebunden und Sie dann über zwei Kilometer getragen.«

Bei ihrer Ausbildung hatte der Unteroffizier stets einen gewissen Friedrich von Esmarch zitiert, der auf die große Bedeutung des Dreiecktuches hingewiesen hatte. Von Esmarch zauberte aus einem Dreiecktuch und einer Sicherheitsnadel die einfachsten aber effektivsten Wickel und Bandagen. Sie hatten damit alle möglichen Verbände stundenlang geübt, bis jeder Handgriff in Fleisch und Blut übergegangen war und sie sogar fähig waren, bei kleineren Verletzungen für sich selbst zu sorgen.

»Sie hatten einen Schulterschuss«, sagte der Arzt. »Die Kugel ist quer durch den hinteren Schultermuskel gegangen und seitlich wieder herausgetreten. Sie müssen sich im richtigen Moment zur Seite gedreht haben. Das ist Ihr Glück gewesen. Sonst wäre die Kugel durch ihren Körper mitten ins Herz gedrungen. Sie hatten einen großen Schutzengel.«

»Wie lange muss ich hierbleiben?«

Doktor Kreising wiegelte den Kopf. »Ein paar Tage werden es noch sein. Danach können Sie nach Hause. Wo wohnen Sie?«

»In Züschen, eh, das ist im Sauerland. Ich weiß nicht, ob -«

»Ich kenne das Sauerland«, lächelte Kreising. »Eine weite Fahrt von Berlin bis dorthin.«

»Berlin? «, fragte Matthäus verwirrt.

Kreising sah Schwester Anita an. »Haben Sie ihm nicht gesagt, wo wir hier sind?«

»Nein.«

»Tja, dann wird es nicht so einfach für Sie sein, in Ihr Heimatdorf zurückzukommen. Lassen Sie sich etwas einfallen. Ein bisschen Zeit haben Sie ja noch.«

Und nach einem weiteren Händedruck begab sich Doktor Kreising zum nächsten Verwundeten.

Matthäus ließ sich wieder zurückfallen. Im Raum roch es wie immer nach Desinfektionsmitteln. In der Zeit, die er schon hier war, hatte er sich daran gewöhnt. Dennoch war er froh, als er zwei Tage später nach draußen in den Garten durfte.

Es war ein wolkenverhangener Tag. Zu seinem Bedauern begleitete ihn einer der Sanitäter und nicht Schwester Anita ins Freie.

Über einen kiesbedeckten Weg gingen sie langsam etwa hundert Meter bis zu einer Bank. Matthäus setzte sich und blickte über einen kleinen See. Der Sanitäter ließ sich neben ihm nieder und zündete sich eine Zigarette an.

Sie sprachen kein Wort. Worüber auch? Es gab kaum ein anderes Gesprächsthema als den Krieg, und darüber wollte niemand mehr reden.

Matthäus gingen so viele Gedanken durch den Kopf, dass ihm schwindelig wurde. Er hatte keine blasse Ahnung, wie er nach Hause kommen sollte. Geld hatte er nicht mehr, seine Börse war ihm während der Fahrt entweder gestohlen worden oder verloren gegangen. Beides kam auf dasselbe heraus.

»Hallo«, sagte plötzlich jemand neben ihm. »Da sind Sie ja.«

Er drehte den Kopf. Schwester Anita strahlte ihn an. »Darf ich mich zu Ihnen setzen?« Sie wartete die Antwort gar nicht ab, sondern sagte zu dem Sanitäter: »Sie können jetzt gehen. Ich übernehme die Betreuung.«

Matthäus konnte sein Glück nicht fassen. Er betrachtete sie und plötzlich wurde sein Herz von großer Zuneigung erfüllt. Ein Schauer rieselte seinen Rücken hinab. Schnell senkte er den Kopf. Schwester Anita errötete. Offenbar hatte sie in seinem Blick einen Ausdruck erkannt, der sie verwirrte, aber auch glücklich machte.

Eine große Verlegenheit breitete sich zwischen ihnen aus. Um etwas zu sagen und weil es ihm schon lange auf der Zunge brannte, fragte Matthäus: »Wieso bin ich hier in Berlin?«

Schwester Anita war froh, ein Thema gefunden zu haben und antwortete: »Die meisten verwundeten Soldaten wurden in den ersten Wochen des Krieges mit dem Lazarettzug nach Karlsruhe gebracht. Dort liegt das größte Krankenhaus. Aber die Gegend war zu unsicher. Die süddeutschen Staaten kämpften noch immer an der Seite Napoleons. Deshalb wurden viele Züge nach Berlin umgeleitet. Haben Sie keine Erinnerung mehr an den Transport?«

Matthäus schüttelte den Kopf.

Sie drehte sich zum Haus um. Matthäus folgte ihrem Blick. »Das Lazarett besteht aus fünfundzwanzig Baracken und den Räumen für die Verwaltung sowie einer kleinen Kapelle. In einem anderen Teil sind die Schlafräume für das Personal, ein Vorratsraum sowie ein Esszimmer für die Ärzte. Dort, im Anbau liegt der Operationssaal.« Sie seufzte. »Sie können sich nicht vorstellen, wie viele Schmerzen dort erlitten, wie viele Tränen dort geflossen sind.«

»Oh doch, das kann ich«, antwortete Matthäus leise. »Wie lange sind Sie schon hier?«

»Seit Beginn des Krieges.«

»Sie sind eine gute Krankenschwester.«

Anita antwortete nicht sofort. »Ich möchte Medizin studieren«, murmelte sie schließlich.

Matthäus schaute sie überrascht an. »Als Frau? Ist denn so etwas möglich?«

Sie lächelte etwas verlegen und rieb die Hände ineinander. »Ich muss die Dozenten und Professoren der Universitäten natürlich mit schlagkräftigen Argumenten überzeugen. Ich denke, dass ich einige habe. Sehen Sie, Dorothea Erxleben war 1754 die erste Frau, die promovierte. Auf Befehl des preußischen Königs wurde sie an der Universität Halle zugelassen. Sie bestand ihre Prüfung mit Auszeichnung. Marianne Theodore von Heidenreich erhielt 1817 in Gießen den Doktortitel. Es gibt noch viele andere Beispiele. Warum soll ich also nicht zugelassen werden?«

»Da haben Sie völlig recht«, nickte Matthäus, dem die Unterhaltung inzwischen großen Spaß machte. Endlich hatte er mal ein Thema über Bildung und nicht nur über Schafhaltung und Kuhherden.

»Dorothea Erxleben wurde nur siebenundvierzig Jahre alt.

Bereits in jungen Jahren interessierte sie sich für die Naturwissenschaften und lernte Latein. Ihr Vater wies sie in die Heilkunst ein. Er nahm sie zu den Kranken mit und ließ sich später auch von ihr in seiner Praxis vertreten. Ihre Erfolge als Ärztin riefen aber auch Neider auf den Plan. Ärzte der Stadt bezichtigten sie als Kurpfuscherin.«

Matthäus schüttelte den Kopf über so einen Unsinn. »Unglaublich.«

»Nicht wahr«, nickte Anita. »Deshalb möchte ich vorbereitet sein. Doktor Kreising gibt mir hier eine gute Grundlage. Allerdings ...«

»Ja?«

»Ich möchte nicht so arbeiten müssen wie er. Doktor Kreising steht bis zu vierzehn Stunden täglich am Operationstisch. Irgendwann fällt er um.«

Sie stand unverhofft auf und trat hinter ihn. »Ich möchte mir Ihre Wunde noch einmal ansehen.« Aus ihrem kleinen Handgepäck, das sie ständig bei sich trug, holte sie neues Verbandmaterial heraus. Dann löste sie seinen Verband.

»Das sieht doch sehr gut aus«, sagte sie zufrieden. »Zum Glück ist die Kugel ausgetreten. Ansonsten hätte man sie in Ihrem Körper gelassen.«

Matthäus öffnete fassungslos den Mund. »Wie bitte?«

Schwester Anita machte den letzten Knoten an seiner Schulter und trat wieder vor ihn.

»Eine Kugel aus dem Körper zu holen ist gefährlich. Bei manchen Verletzungen ist es sehr schwierig, sie ohne eine weitere Beschädigung anderer Organe zu entfernen. Deshalb ist man der Auffassung, die Kugel im Körper eines Verletzten zu lassen. Gerade die Rückenpartie ist sehr empfindlich. Nicht wenige haben eine Operation mit einer Lähmung bezahlt.«

»Das ist ein Scherz, oder?«

Sie schüttelte den Kopf. »Leider nicht. Das sind die neuesten medizinischen Erkenntnisse.«

Matthäus kniff die Augen zusammen. »Und was halten Sie davon?«

Sie wandte sich ab. »Ich bin keine Ärztin. Ich darf keine eigene Meinung haben.«

Sie setzte sich wieder auf die Bank und schaute traurig zu

Boden. In diesem Moment kam sie ihm so schutzbedürftig vor, so allein. Er hätte sie am liebsten in den Arm genommen und gedrückt. Aber er hätte dazu keine Kraft gehabt.

»Erzählen Sie doch mal aus Ihrem Leben«, sagte sie plötzlich. Matthäus zuckte etwas zusammen. Dann lächelte er. »Was möchten Sie hören?«

»Nun ja, alles. Sie stammen aus dem Sauerland -«

»Hochsauerland.«

»Ist das etwas Anderes?«

»Oh ja. Das Hochsauerland beginnt kurz vor Winterberg. Im Winter haben wir viel Schnee. Es ist kalt, manchmal kommen wir nicht aus unseren Häusern. Die Sommer sind kurz, vielleicht zwei Monate, manchmal auch drei. Das Dorf Züschen liegt sieben Kilometer von Winterberg entfernt. Es ist ein schöner Ort, mit lieben Menschen ...«

Er brach ab und sah verträumt zu Boden. Anita betrachtete ihn mit gefurchter Stirn.

»Sie vermissen die Menschen dort, nicht?«

Matthäus nickte. »Ja. Ich vermisse meine Eltern, meine Freunde, alles. Mein Vater ist Schäfer, meine Mutter putzt und näht für andere Familien. Sie haben lange nichts von mir gehört. Und dann ist da noch Benedikt, Benedikt Halbach. Er ist der beste Freund, den man sich vorstellen kann.«

Anita legte ihm eine Hand auf den Arm. »Sie werden alle bald wiedersehen.«

Matthäus hob den Kopf. »Ich möchte gar nicht zurück.«

»Aber Sie haben doch gerade gesagt, dass -«

»Ich weiß. Aber ich möchte etwas aus meinem Leben machen. Ich will kein Schäfer werden wie mein Vater, kein Bauer, kein Handwerker. Ich möchte studieren. Das kann ich in Züschen nicht. Außerdem fehlt mir die Schulbildung, deshalb überlege ich, mich für drei Jahre als Soldat zu verpflichten.«

»Dann beabsichtigen Sie, hier in Berlin zu bleiben?«

»Ich denke, dass ich hier die besten Voraussetzungen habe.«

»Sie werden kaum eine Bleibe finden«, meinte Anita nach einigem Nachdenken. »Ich verstehe Ihren Wunsch, aber es wird schwer. Preußen ist im Begriff, sich aufzulösen und zu einem Kaiserreich zu werden. Erst vor Kurzem hat mein Vater davon gesprochen. Und er muss es wissen.«

»Was ist Ihr Vater denn von Beruf?«

»Major in der Preußischen Armee. Wenn König Wilhelm von Preußen zum Kaiser Deutschlands ausgerufen wird, was der Kanzler Otto von Bismarck möchte, dann wird er befördert. Vielleicht kann ich ihn mal fragen, ob er eine Lösung weiß.«

»Das würden Sie tun?«, fragte Matthäus verblüfft.

Als Antwort lächelte sie nur verlegen.

Schwester Anita stand auf.

»Sie müssen zurück.«

Sie fasste seinen Arm mit beiden Händen und führte ihn sicher über den Kiesweg in Richtung des Lazaretts. An der Tür wurde er von einem Sanitäter übernommen und zu seinem Bett gebracht.

Matthäus wusste sofort, dass der Mann, der mit forschen Schritten den Lazarettsaal betrat, der Vater von Schwester Anita war. Er trug eine Majoruniform mit vier Tapferkeitsabzeichen an seinen Uniformaufschlägen.

Die Schulterstücke, die sogenannten Epauletten, hatten schmale Fransen – das typische Zeichen eines Majors.

Er stellte sich als Waldemar Ebersbach vor, griff nach einem der einfachen Metallstühle und setzte sich an Matthäus´ Bett. Mit seinen grünbraunen Augen betrachtete er Matthäus Roth einige Zeit lang.

»Sie sind das also, von dem mir meine Tochter vorgeschwärmt hat«, bemerkte er trocken, mit einer etwas zu rauen Stimme.

Matthäus spürte, wie er rot wurde. Vorgeschwärmt! Was sollte denn das? Welch ein Glück, dass Schwester Anita nicht anwesend war. Aber jetzt wusste er endlich, wie sie mit Nachnamen hieß.

»Ich bin Major des 3. Kavalleriebattalions«, sagte Ebersbach. »Mehrere meiner Soldaten sind im Kampf verwundet. Sie wurden von Doktor Kreising versorgt und liegen nun in diesem Lazarett. Ich halte es für meine Pflicht, die Verwundeten zu besuchen. Leider bin ich nicht eher dazu gekommen.« Er wischte sich über die Stirn. Plötzlich sah er sehr erschöpft aus. »Die Kampfhandlungen nähern sich dem Ende. Mein Regiment wurde zurückbeordert, um sich – wie soll ich sagen – zu erholen.«

Er taxierte Matthäus mit einem prüfenden Blick. »Ich erzähle Ihnen das, damit Sie wissen, warum ich hier bin. Normalerweise suche ich keine mir fremden Soldaten auf, aber meine Tochter bat mich, zu Ihnen zu gehen.« Er zögerte abermals. Matthäus wusste nicht, was er antworten sollte.

»Meine Tochter sagte, dass Sie sich bei der Armee verpflichten und später studieren wollen?«

Matthäus nickte. »Welche Voraussetzungen brauche ich dafür?«

Der Major zuckte die Schultern. »Ein gutes Schulzeugnis wäre nicht schlecht. Haben Sie so etwas?«

»Nicht bei mir. Aber ich könnte es mir schicken lassen. Die Noten waren recht gut.«

Jetzt lächelte Major Ebersbach zum ersten Mal. »Schön. Das hört sich gut an. Als Soldat hätten Sie Zugang zu einer Kadettenschule. In Groß-Lichterfelde entsteht gerade ein größerer Gebäudekomplex. Man beabsichtigt, dort auch Männer aus anderen Bundesstaaten zuzulassen. Die Ausbildung wird allerdings nicht leicht sein, aber Sie würden zu einer Elite des neuen Deutschen Kaiserreiches erzogen. Ihre Verpflichtung beträgt vier Jahre. Solange benötigen Sie auch, um den Abschluss der Kadettenschule zu erreichen. Danach – nun, danach können Sie immer noch entscheiden, welche Laufbahn Sie einschlagen wollen.«

Matthäus konnte nur nicken, zu sprechen war er unfähig. Alles kam ihm wie ein Traum vor, aus dem er jeden Augenblick aufwachen würde.

Der Major richtete sich wieder auf. »Damit wir uns richtig verstehen, junger Mann. Ich tue das nur, um meiner Tochter einen Gefallen zu erweisen. Sie würde mir sonst ewige Vorwürfe machen und niemals wieder mit mir sprechen. Das hat sie jedenfalls gesagt, und ich glaube ihr jedes Wort. Wenn Sie einverstanden sind, will ich sehen, was ich machen kann.«

Major Waldemar Ebersbach stand auf. Er gab Matthäus nicht die Hand, er grüßte nur zackig, machte auf dem Absatz kehrt und ging hinaus. Noch lange, nachdem Major Waldemar Ebersbach gegangen war, starrte Matthäus auf die Ausgangstür am Ende des Saals.

Schwester Anita sah er in den nächsten Tagen nicht mehr. Sie habe Urlaub, hieß es. Als Matthäus schließlich entlassen wurde, erhielt er einen Zettel zugesteckt, auf dem die Anschrift eines Zimmers stand, das er für wenig Geld mieten könnte. Er hatte nicht die geringste Ahnung, woher er das Geld für die Wohnung nehmen sollte, aber dennoch wandte er sich frohen Mutes an die angegebene Adresse.

52

Der Krieg war beendet, obwohl es noch keinen Friedensvertrag gab. Der preußische König Wilhelm I. wurde im Spiegelsaal des Schlosses zu Versailles vor über hundert preußischen Offizieren von König Ludwig II. von Bayern im Namen der deutschen Fürsten zum Kaiser ausgerufen, und Deutschland wurde somit zu einem Kaiserreich. Aber wo blieben Matthäus Roth und Oskar Sandner?

Margot Roth, Matthäus´ Mutter, wusste nichts Genaues. Sie hatte sich während des Krieges abgeschottet, während Viktor Roth auch im Winter mit seiner Schafherde durch die Berge gezogen war. Benedikt traf den Schäfer auf dem Hellenkopf.

»Matthäus kommt nicht wieder«, sagte Viktor.

»Was ist passiert?«, fragte Benedikt.

»Du brauchst keine Angst zu haben. Matthäus geht es gut. Im Januar wurde er bei einem Einsatz verwundet. Zum Glück war es nur ein Schulterschuss. Matthäus ist schon wieder auf den Beinen. Im Lazarett hat er einen Major kennengelernt, der ihm in Berlin die Aufnahme zu einer Kadettenschule verschafft hat. Ich habe ihm seine Zeugnisse geschickt und alles Gute gewünscht. Auch eine kleine Wohnung hat Matthäus bekommen. Bei der Schwester des Majors. Die Miete verdient er sich mit Gelegenheitsarbeiten. Er schreibt, dass es davon in Berlin genug gibt. Du solltest dich darüber freuen, Benedikt. Matthäus weiß genau, was er will.«

»Das wusste er schon immer«, sagte Benedikt leise. Matthäus, dachte er. Du hast deinen Traum fast verwirklicht. Benedikt gönnte es seinem Freund, auch wenn er ihn mehr vermisste, als er geahnt hatte, und er sprach abends, wenn er nicht schlafen konnte, häufig mit ihm. Dann tröstete Benedikt sich mit dem

Gedanken, dass Matthäus zufrieden war.

Oskar Sandner hatte im Süden Deutschlands, in Bayern, seine große Liebe gefunden. Sein Bruder Ralf heiratete schon bald die Magd Gerda.

Alles lief wieder in gewohnten Bahnen. Für Elisabeth Halbach stand schon lange fest, dass Lutz Saalfeld einmal ihr Schwiegersohn werden würde. Sie hatte sogar heimlich darauf gewartet, dass er noch vor Jonathan bei Eva um die Hand Helenes anhalten würde. Es freute Elisabeth sehr, dass ihre unscheinbare Tochter einen solch netten Mann bekommen würde, der noch dazu ein genialer Handwerker war.

Ihre Hochzeit war nicht weniger pompös als die von Eva und Jonathan. Lutz und Helene bezogen eine kleine Wohnung oberhalb der Schreinerei. Aber da Lutz jeden Tag bis abends schwer arbeitete, war es Helene nach getaner Hausarbeit langweilig, und so kam sie häufig zu ihrem Elternhaus. Außerdem sehnte sie sich in den ersten Wochen nach der behaglichen und gewohnten Umgebung. Das sagte sie natürlich niemandem. Einmal hörte Benedikt, wie seine Mutter sie fragte, ob sie glücklich sei, und Helene hatte geantwortet: »Ja, sehr. Lutz trägt mich auf Händen und erfüllt mir jeden Wunsch.«

Es klang zu hoch, zu schnell, als dass Benedikt daran glauben mochte.

Die Wohnung war klein. Ein Zimmer mit einer Kochnische und einer Schlafcouch, dazu ein runder Tisch mit zwei Holzstühlen. Das Bad war auf dem Gang und musste sich mit drei anderen Familien geteilt werden. Wenn Eva nachts die Toilette aufsuchte, hatte sie immer Angst, im Dunkeln zu stolpern. Sie war oft schweißgebadet, wenn sie wieder neben Jonathan im Bett lag.

Als Miete zahlten sie zwölf Mark, das waren vier Taler. Die Vermieterin rechnete immer noch in der älteren Währung mit ihnen ab. Es war die achte Wohnung gewesen, um die sie sich bemüht hatten. Bis dahin hatten sie in billigen Herbergen übernachtet. Es gab zu wenig Wohnungen, die sie sich leisten konnten. Eva und Jonathan waren zufrieden mit ihrer Wahl.

Die Vermieterin war eine gutmütige Frau, die von Evas Schönheit und ihrem goldgelben Haar begeistert war. »Deshalb habe ich Ihnen die Wohnung gegeben«, sagte sie.

Sie erzählte gerne und sprach fast nur von der glorreichen Vergangenheit. Dabei ließ sie sich in großartigen Ausschmückungen aus. Zuerst waren diese Unterhaltungen für Eva ein willkommener Anlass, nicht zu oft an ihre Familie zu denken, aber inzwischen nervten sie die Reden. Manchmal hatte Eva den Eindruck, als merke die Frau ihre Ungeduld, denn dann sagte sie immer: »Ich bin viel allein. Deswegen freue ich mich über jede Gesellschaft.«

Die Vermieterin legte großen Wert auf Sauberkeit. Gleich am ersten Tag hatte Eva die Wohnung von morgens bis abends gründlich geputzt, und auch sonst hielt sie ihren Teil der Treppe peinlich sauber.

Jonathan war bisher zweimal bei dem Gasthaus gewesen, das sie pachten wollten. Aber immer war es verschlossen. Von einem Nachbarn erfuhr er, dass der Inhaber im Krankenhaus lag. In welchem, konnte der Mann nicht sagen.

»Wir müssen uns gedulden, liebste Eva.« Er betrachtete sie mit sorgenvollem Blick. »Du hast Heimweh, nicht?«

Eva nickte traurig. »Ein bisschen schon.«

»Wenn wir erst das Gasthaus gepachtet haben, wird das anders. Dann können wir uns vor Arbeit kaum retten, und du hast keine Zeit mehr, an zu Hause zu denken.«

»Ja, das glaube ich auch.«

»Wir werden das Haus komplett umrüsten, mit Gästezimmern und einem modernen Schankraum.«

»Haben wir denn das Geld dafür?«, fragte Eva zweifelnd.

»Wenn wir sparsam sind, wird es klappen.«

Bald zeigte Jonathan ihr seine alte Heimat, das inzwischen verfallene Haus, in dem er mit seiner Mutter gelebt hatte.

»Du hast nie von deinen Eltern geredet«, sagte Eva leise. »Gehörte das Haus euch?«

»Nein. Meiner Tante. Sie wollte es meinen Eltern vererben. Als mein Vater in einer Bergwerksmine ums Leben kam, setzte sie sofort meine Mutter als Alleinerbin ein. Dann starben beide im Abstand von wenigen Wochen.« Er rieb sich durch die Augen. »Die Zeit damals war sehr schwer für mich. Ich war noch so jung, gerade mal sechzehn Jahre alt. Ich hatte kein Geld, nur das Haus. Was sollte ich tun? Arbeit gab es kaum, also habe ich das Haus einem Metzger verkauft. Ich bin sicher, er hat mich übers Ohr gehauen, aber das wusste ich damals nicht. Ich sah nur das Geld und die Gelegenheit, einige Zeit damit auszukommen. Arbeit, so dachte ich, würde ich schnell finden. Doch dann kam alles anders.«

»Du bist Michels begegnet?«

»Noch nicht. Bald war das Geld verbraucht. Ich bat den Metzger, mich als Hilfsjungen einzustellen. Er lachte mich nur aus und zeigte mir seine Auftragsbücher. Ich verstand nicht viel davon, aber ich sah nur rote Zahlen. Wenige Wochen später war sein Geschäft zu.«

»Und das Haus?«

»Du siehst ja, was daraus geworden ist. Eine Ruine. Irgendwann wird die Stadt es abreißen lassen.«

Er zog Eva weiter.

Bald standen sie vor dem Gasthaus, das einmal ihres werden würde. Es war ein stattliches Gebäude, dreistöckig, mit gotischen Fenstern im ersten und zweiten Stock.

»Der Besitzer heißt Clemens Kronenberg«, sagte Jonathan. »Die meiste Einrichtung können wir lassen, wie sie ist. Sieh nur die Eingangstür. Sie ist aus stabilem Holz mit Scheiben in der Mitte. So etwas gibt es selten. Oder die Fenster. Die sehen noch gut aus. Wenn wir genug Geld beisammenhaben, lassen wir neue Fenster einbauen.«

Seine Euphorie steckte an. Eva war ganz begeistert. Auf dem Weg zurück zu ihrer Wohnung malte sie in den schönsten Farben aus, wie sie das Gasthaus einrichten wollte. Jonathan schmunzelte, als er ihr glühendes Gesicht bemerkte. Endlich war sie soweit, Züschen ein wenig zu vergessen.

In den nächsten Tagen hatte Jonathan das Glück, seine alten Lieferanten zu treffen. So konnte er Kleingeräte wie Schnürsenkel, Haushaltssiebe, Löffel, Messer und viele andere Dinge erstehen und sie in der Nähe gut verkaufen. Einige Male sprach er mit Eva darüber, gemeinsam mit ihr ins Münsterland über ihre alten Routen zu fahren. Aber sie lehnte ab. Deshalb verwarf er den Gedanken schnell. Er wollte Eva nicht alleine lassen.

Dass der Handel nur eine Notlösung war, wussten sie beide. Aber vom Besitzer des Gasthauses hatten sie immer noch nichts gehört.

Eines Tages sagte Eva: »Vielleicht sollten wir nach Züschen zurückkehren. Dort hätten wir alles, was wir brauchen. Ein sicheres Zuhause, du könntest einen Beruf ergreifen, und -«

»Nein«, unterbrach Jonathan sie heftig.

»Aber warum nicht«, fuhr Eva auf. »Du brauchst dich nicht vor Papa zu schämen.«

»Ich will keine Almosen.«

»Das sind sie doch auch nicht. Versteh doch, Jonathan ...«

Er ließ sie nicht ausreden. Er ging einfach aus dem Zimmer nach draußen, um seine Wut zu unterdrücken. Es war ihr erster Streit in ihrer noch so jungen Ehe. Einen ganzen Tag lang sprachen sie kein Wort mehr miteinander.

Eva kränkelte. Sie fühlte sich jeden Tag schlapper. Sie hatte keine Gebrechen, es lag an dem Umstand, so weit von zu Hause entfernt zu sein und an Jonathan, der keine Anstalten machte, ihr entgegen zu kommen.

Erst als er eines Abends nach Hause kam, und über das ganze Gesicht strahlte, besserte sich schlagartig ihre Laune.

»Ich habe Frau Kronenberg getroffen. Clemens wird übermorgen aus dem Krankenhaus entlassen. Er hatte eine Lungenentzündung, die völlig ausgeheilt ist. Du wirst sehen, dann haben wir unser Ziel erreicht.«

In dieser Nacht liebten sie sich wie nie zuvor.

53

Die Sonne schien, und es war warm in Witten. Jonathan hatte vier Tage gewartet. Er wollte Clemens ein wenig Zeit lassen, damit er sich nach seiner Krankheit erholen konnte. Gegen elf Uhr erreichte er das Gasthaus. Alles sah ruhig aus. Natürlich hatte Clemens Kronenberg die Gaststätte so schnell nach seiner Genesung noch nicht wieder geöffnet.

Jonathan klopfte an die Tür.

Niemand öffnete.

Er sah sich nach einem Klopfer um. Da er keinen fand, schlug er leicht gegen die Scheibe. Dann noch einmal fester, als er merkte, dass sie doch sehr stabil war. Plötzlich hörte er Schritte, ein Schlüssel wurde im Schloss herumgedreht und langsam öffnete sich die Tür. Der unangenehme Geruch nach gekochtem Kohl und einem länger nicht gereinigten Katzenklo strömte ihm entgegen.

Ein gebrechlicher, hagerer Mann stand vor Jonathan. Strähnige, graue Haare fielen ihm ungepflegt bis auf die Schultern. Die Augen lagen in tiefen Höhlen und schimmerten fiebrig. Über seine eingefallenen Wangenknochen zog sich die Haut wie Pergament und ließ die Narbe auf seiner linken Wange wie Stacheldraht aussehen.

Mein Gott, dachte Jonathan erschrocken. Was muss die Krankheit ihm zugesetzt haben. So hatte er Clemens Kronenberg nicht in Erinnerung.

»Ja?«

Auch die Stimme kam wie ein Hauch. Früher war sie stark und kräftig wie ein Bär gewesen.

»Erkennst du mich nicht mehr, Clemens? Ich bin´s, Jonathan Thoma.«

Clemens trat einen Schritt näher heran, kniff die Augen zusammen und stützte sich dabei auf seinen Stock. »Jaja, sicher, natürlich erkenne ich dich.«

Na endlich. »Darf ich hereinkommen?«

Clemens zögerte. Dann trat er langsam zur Seite und öffnete die Tür. Mit schlurfenden Schritten ging er vor Jonathan her in einen Raum, der einmal der Gastraum gewesen war. Jonathan blieb stehen. Erschüttert blickte er sich um.

Auf der ehemals blitzenden Theke stand ein verrostetes Bierfass. Der Fußboden sah aus, als habe ihn jemand mit Nagelschuhen malträtiert. Die Stühle lagen auf den Tischen, die Vorhänge hingen halb aus ihren Halterungen.

Clemens setzte sich. »Mach es dir bequem, Jonathan. Wenn man überhaupt noch davon sprechen kann.« Sein rechtes Auge zuckte unerwartet.

»Was ist denn passiert?«, fragte Jonathan bestürzt. Er nahm einen Stuhl vom Tisch. »Du warst einige Wochen im Krankenhaus, aber in dieser Zeit kann das Gasthaus doch nicht so heruntergekommen sein.«

Clemens lachte. Es war mehr ein Krächzen, das aus seinem zahnlosen Mund kam. Er zögerte mit der Antwort, sah auf die Tischplatte und kaute auf der Unterlippe.

»Da hast du recht, mein Lieber«, sagte Clemens schließlich leise. »Dieses Gasthaus gibt es seit fast einem Jahr nicht mehr. Die Gäste blieben aus. Ich weiß nicht genau, warum. Vielleicht hatten sie keine Arbeit und somit kein Geld. Auf jeden Fall deckten die Einnahmen nicht mehr die Kosten. Dann wurde ich krank. Ich habe die Lungenentzündung verschleppt, habe geglaubt, alles sei nicht so schlimm. Aber das war ein Irrtum. Ich kann von Glück sagen, dass ich den Krankenhausaufenthalt überlebt habe.«

Clemens machte eine lange Pause. Das Reden strengte ihn sehr an. Schweißperlen zeichneten sich auf seiner Stirn ab. Er schloss die Augen und fuhr sich mit den Fingerspitzen über die Nasenwurzel.

Jonathan sah sich wieder um. Der Anblick brach ihm das Herz.

»Du brauchst die Gaststätte nicht zu übernehmen«, sagte Clemens leise. »Wir wohnen hier nur noch, weil wir keine andere Unterkunft haben.«

Jonathan fuhr auf. »Ja, glaubst du, ich breche mein Wort? Ich werde das hier wiederaufbauen. Du wirst sehen, in ein paar Wochen sieht alles wie neu aus. Ich habe lange darauf gewartet.«

Clemens verzog den Mund. Jonathan war nicht klar, ob er sich über ihn lustig machte oder ob es ein zufriedenes Lächeln war.

»Wie du willst«, war alles, was er sagte.

Wenig später stand Jonathan wieder auf der Straße. Er ging nicht sofort zu seiner Wohnung, er hatte über so vieles nachzudenken. Alles wirbelte ihm im Kopf herum. Und ganz besonders beschäftigte ihn die Frage, wie er das seiner jungen Frau Eva beibringen sollte.

Als er mit forschen Schritten losging, hatte er eine Entscheidung getroffen.

54

Endlich wurde es Frühling. In den Gärten überzog sich das triste Grau mit bunten Blumen. Die Wiesen wurden grün, das Gras wuchs, und auch die Bäume erhielten ihre neuen Blätter. Das

Dorf bekam wieder Farbe.

Luise Redlich und Sophia Bertram hatten sich seit Gundula Holzners Unfall noch enger zusammengeschlossen. Sie verbrachten nun fast jede freie Minute miteinander. Seit sie sich erwachsen fühlten, spazierten sie jeden Sonntag nach dem Gottesdienst durch das Dorf. Dabei zeigten sie ab und zu der Öffentlichkeit ihre neuen, selbst geschneiderten Kleider, auf die sie sehr stolz waren.

Sophia wurde immer noch erbärmlich zumute, wenn sie an das Unglück dachte. Eine Zeit lang hatte sie sich sogar schuldig gefühlt. Denn sie hatte an dem Tag vorgehabt, mit Gundula Holz zu sammeln. Sie wäre ganz sicher auf den Wagen gestiegen, nur um Benedikt zu imponieren. Dann läge sie möglicherweise auch auf dem Friedhof.

Die anerkennenden Blicke der jungen Männer registrierte sie kaum, und sie war froh, als Luise nach weniger als einer halben Stunde nach Hause wollte.

»Ich will heute was Besonderes kochen«, sagte sie. »Das habe ich Mama, Papa und vor allem Siggi versprochen.«

»Das machst du doch jeden Tag«, wunderte sich Sophia.

»Ja. Aber heute hat Siggi Geburtstag. Er wird elf und fühlt sich jetzt erwachsen. Er will auf keinen Fall mehr Siggi gerufen werden.« Sie konnte sich ein Lächeln nicht verkneifen. »Warum er das ausgerechnet mit elf Jahren will, begreife ich nicht. Er ist doch noch ein Kind.«

»Das waren wir in dem Alter nicht mehr«, warf Sophia ein.

»Nein, wahrhaftig nicht«, antwortete Luise.

Sophia warf ihr einen Seitenblick zu. Luise war eine richtige Frau mit einer vollendeten Figur geworden, um die Sophia ihre Freundin beneidete.

»Euch geht es sehr gut, nicht?«

Luise nickte. »Wir können nicht klagen.«

An der Ecke, wo ihre Wege sich trennten, verabschiedeten sie sich. Luise verzögerte kurz ihren Schritt und überlegte einen Moment, ob sie Sophia zum Essen einladen sollte. Aber dann verwarf sie den Gedanken. Sophias Eltern waren ebenfalls nicht mehr so arm wie noch vor einigen Jahren. Walter Bertram hatte erst vor Kurzem ein weiteres Pferd gekauft und einen Wagen beim Stellmacher Hauborn in Auftrag gegeben.

Während Luises Bruder Siegfried jeden Tag die Kühe auf die Wiesen an der Nuhne trieb und sie dort meistens bis zum Abend hütete, hatte Luise die Hauptarbeit endgültig übernommen. Und sie machte das gern. Siegfried maulte zwar häufig, dass er auch für schwere Arbeiten alt genug sei oder einen Wagen mit voller Ernte lenken könnte, aber seine Eltern ließen das nicht zu. Zu tief saß bei allen noch der Schock von Gundula Holzners Unfall.

Obwohl Luise täglich in langen Wollröcken und in Hemden herumlief, war sie ein Mädchen mit heimlichen Fantasien und Träumen. Dass dabei vor allem Benedikt Halbach eine große Rolle spielte, war ihr nicht unangenehm. Von einer eventuellen Heirat mit Franz-Josef Auer war keine Rede mehr. Ihre Mutter hatte nie wieder davon angefangen.

Durch die Bepflanzung ihrer Felder auf dem Hellenkopf und am Ikesberg konnten die Redlichs nun endlich reichlich Gemüse nach Winterberg oder Hallenberg transportieren. Gerade der Handel mit den beiden Kleinstädten lief sehr gut. Sie bauten viel Kohl an und hatten damit offenbar eine Goldgrube entdeckt.

Luise lenkte den voll beladenen Wagen durch die Serpentinen nach Winterberg hinauf. Zu ihrem robusten Holzfällerhemd trug sie eine Reithose aus abgewetztem Leder und Stiefel. Neben ihr saß Sophia. Sie brauchte zu Hause nicht so hart zu arbeiten und fuhr häufig mit. Dass Sophia ihre Freundin dabei im Auge behalten wollte, verschwieg sie. Jetzt, da Gundula als Rivalin um die Gunst Benedikt Halbachs auf tragische Weise ausgeschieden war, wollte sie ihn nicht an Luise verlieren. Auch Sophia trug Stiefel, die Luise ihr geliehen hatte. Sophia traute sich jedoch nicht, ihre langen Arbeitskleider gegen eine Hose zu tauschen, obwohl sie sah, dass es sich damit viel bequemer reisen ließ.

Sophia deutete auf Luises Reithose. »Ist die neu? Ich habe sie jedenfalls noch nie bei dir gesehen?«

»Die hat mir ein Händler geschenkt.«

Sophia runzelte erstaunt die Stirn. »Einfach so? Die Hausierer sind doch auch nicht gerade reich.«

»Natürlich nicht«, antwortete Luise. »Der Kerl wollte was von mir. Er hat geglaubt, ich würde eine heimliche Liebesstunde mit ihm verbringen.« Sie lachte auf. »Aber er hat sich getäuscht.«

»Dann hast du sie ihm geklaut?«

Luise wiegelte mit den Schultern. »So würde ich es nicht nennen. Ich habe sie mir genommen, weil er sie mir versprochen hatte. Das fand ich nur gerecht.«

»Und dieser Mann? Was hat er daraufhin gemacht?«

»Er hat mir gedroht, mich als Schlampe im ganzen Dorf unmöglich zu machen.«

»Nein!« Sophia schlug entsetzt eine Hand vor den Mund.

Luise verzog den Mund zu einem schmalen Strich. »Ich habe ihm gesagt, dass ich dann allen erzählen würde, dass er mich vergewaltigen wollte. Man hätte ihn aus dem Dorf gejagt.«

»Das war sehr mutig von dir.«

»Pah. Ich lass mir doch nichts gefallen«, antwortete Luise trotzig.

Andere Pferdewagen kamen ihnen entgegen, teils in rasendem Galopp, wenn ein junger Mann der Lenker war, die meisten jedoch in mäßigem Trab. Die jungen Männer grüßten die Mädchen freundlich, was vor allem Luise genoss.

Sophia sah wieder zu ihrer Freundin. »Sag mal, Luise, hast du – ich meine, hast du schon Erfahrung mit Männern?«

Luise drehte ihr überrascht den Kopf zu. »Warum willst du das wissen?«

»Na ja, was man so hört, ist nicht gerade ermutigend.«

»Das ist Unsinn.«

»Dann weißt du mehr davon, wie es – ehm – wie es mit einem Mann ist?« Sophias Stimme klang mit einem Mal ganz aufgeregt.

Luise schmunzelte. »Ich muss dich enttäuschen, ich habe noch keine Erfahrung, aber ich habe oft den älteren Frauen zugehört und auch denjenigen, die gerade jung verheiratet waren. Es muss wehtun, wenn ein Mann sein Glied in die Scheide einführt, und auch wenn das Jungfernhäutchen durchbrochen wird. Das muss sogar schlimm sein. Jedenfalls sagen es manche der Frauen.«

Sophia bekam eine leichte Gänsehaut, weil Luise so ganz selbstverständlich über einen Geschlechtsverkehr sprach, ohne rot zu werden. »Und wie soll man das ändern?«

Luise zuckte die Schultern. »Keine Ahnung. Vielleicht –

wenn man die Scheide anfeuchtet, mit Spucke oder so. Das könnte schon reichen.«

Sophia ließ sich enttäuscht zurücksinken. Es war also nicht angenehm, Sex zu haben, dabei hatte sie so oft daran gedacht und nachts vor Erregung kaum schlafen können.

Luise legte ihr eine Hand auf den Arm. »Vermutlich ist alles nur Gerede. Wenn du jemanden willst, so richtig willst, dann ist es auch schön, dann muss es schön sein.«

»Glaubst du wirklich?«

»Ja.«

»Wenn man doch jemanden fragen könnte«, seufzte Sophia, »dann wäre alles viel einfacher.«

Luise lachte auf. »Die älteren Frauen würden sich eher auf die Zunge beißen, als ein Wort darüber zu verlieren. Aber sieh sie dir doch mal an, die Frauen. Fast alle haben sechs oder acht Kinder. Meinst du etwa, die bringt der Storch? Die treiben es jede Nacht im Bett.«

Sophias Gänsehaut verstärkte sich. Luise bemerkte es nicht.

»Ich wette, dass sie es dabei dunkel haben. Ich würde das nicht machen.«

»Was?«, fragte Sophia.

»Im Dunkeln. Ich will dem Mann ins Gesicht sehen, will in seine Augen blicken und ihm dabei sagen, dass ich ihn liebe. Eine Ehe ohne Liebe kommt bei mir sowieso nicht infrage.«

»Bei mir auch nicht«, sagte Sophia.

»Mein Gott«, meinte Luise, »wenn unsere Eltern wüssten, worüber wir uns Gedanken machen.«

»Das dürfen sie nie erfahren«, entfuhr es Sophia.

Den weiteren Weg legten sie schweigend zurück. In Winterberg luden sie gemeinsam das Gemüse bei fünf verschiedenen Geschäften ab. Luise steckte das Geld ein und fuhr den leeren Wagen in eine Seitenstraße.

»Jetzt sehen wir uns mal die Stadt an«, sagte sie, während sie die Zügel festband und abstieg. »Kommst du?«

Mit etwas Beklemmung stieg Sophia vom Wagen. Sie fühlte sich unbehaglich. Noch nie war sie allein in dieser Stadt gewesen, geschweige denn durch die Straßen geschlendert. Aber Luise war schon vorausgegangen, und Sophia blieb nichts Anderes übrig, als ihr zu folgen, wollte sie nicht alleine bleiben.

Luise schien viele junge Männer aus Winterberg zu kennen. Sie waren höflich, hatten gute Manieren und behandelten die beiden Damen formvollendet. Luise stellte Sophia jedem vor, aber die behielt kaum einen der Namen. Sie war viel zu aufgeregt.

»Na, hat dir einer gefallen?«, fragte Luise, als sie wieder auf dem Pferdewagen saßen.

Sophias Gesicht war gerötet. »Die sind wirklich sehr nett.«

»Nicht wahr. Ich wette, einige werden bald in Züschen auftauchen und nach dir Ausschau halten.«

»Warum denn das?«, fragte Sophia.

»Um bei deinen Eltern um deine Hand anzuhalten.«

Um ein Haar hätte Sophia einen bestürzten Schrei ausgestoßen. Das war das Letzte, was sie wollte. Hatte Luise etwa die Absicht, sie zu verkuppeln? Natürlich! Genau das war der Grund, warum Luise sie durch Winterberg geschleppt hatte. Sie wollte einen Mann für Sophia aussuchen, damit der Weg für sie selbst frei war – frei für Benedikt Halbach?

Sophia spürte ihr Herz plötzlich hart gegen die Brust schlagen, und automatisch rutschte sie einige Zentimeter von Luise fort. Aus den Augenwinkeln beobachtete sie ihre Freundin. War sie das überhaupt noch? Sophia war sich nicht mehr sicher.

Ich muss etwas unternehmen, dachte sie. Irgendetwas! Ich muss Luise zuvorkommen.

55

Der Gemeindesaal im Gasthaus Grafenau war an diesem Herbsttag des Jahres 1872 voll besetzt. An den Tischen saßen die Solstätter. Von den Beiliegern hatten nur noch wenige einen Sitzplatz ergattert. Die meisten standen an der Theke mit einem Glas Bier vor sich. Lorenz Seibert lehnte mit dem Rücken an der Wand. Er redete ununterbrochen auf seine Nachbarn ein. Dabei unterstützte er seine Worte gestenreich mit seiner rechten Hand, während er in seiner linken das halbvolle Glas hielt.

»Ich sage euch, gegen die Solstätter werden wir wieder nicht ankommen.«

»Wieso?«, fragte Gustav Nelle, der ihm am nächsten stand.

»Sie werden meinen Antrag ablehnen. Ihr werdet sehen.«

Das Gespräch verstummte, als Ludwig Halbach, Georg Auer, Max Redlich und Robert Halbach den Raum betraten. Diese Männer bildeten den Gemeindevorstand. Er bestand immer aus vier Solstätternbauern, meistens aus den größten und reichsten Bauern des Dorfes. Max Redlich war zwar nicht der viertgrößte Bauer, aber er war von allen anderen Solstättern gewählt worden.

»Liebe Mitbürger«, begann der Bürgermeister Ludwig Halbach. »Wir haben heute eine Gemeindeversammlung einberufen, weil wir über zwei Punkte beraten und abstimmen müssen.« Er nahm einen Bogen Papier in die Hand und blickte kurz darauf. »Ich habe hier einen Antrag des Beiliegers Lorenz Seibert vorliegen. Bitte trag dein Anliegen vor.«

Lorenz nahm noch einmal einen raschen Schluck aus seinem Bierglas, dann rückte er sich die Hose zurecht. Es gefiel ihm, dass ihn alle ansahen. Er hatte den anderen Beiliegern nur kurz von der Ablehnung der Bezirksregierung berichtet, und sie hatten zu seinem Glück darauf verzichtet, den Brief zu sehen. Außerdem war jedem von vornherein klar gewesen, dass sie mit ihrem Protest nicht durchkommen würden. Nun aber versuchte Lorenz Seibert einen zweiten, und wie er meinte, gemäßigten Anlauf.

»Seit Jahren plagen wir Beilieger uns mit der Bestellung unserer Ländereien. Was haben wir bisher erreicht? Mehr als wenig. Fast alle müssen wir als Handlungsreisende dazu verdienen, um unsere Familien zu ernähren.«

Ein paar zustimmende Ausrufe wurden laut.

»Ich finde es ungerecht, dass die Solstätter die besten Länder haben und wir mit mittelmäßigen bis schlechten abgespeist werden sollen. Ihr habt den Pachtzins erhöht, und wir haben ihn zähneknirschend hingenommen, aber -«

»Komm zur Sache, Lorenz«, rief einer.

»Gut. Ich bin der Meinung, dass wir Beilieger ein Recht auf mehr Land haben sollten. Die Gemeinde lässt das meiste brachliegen. Warum gibt man uns nicht die Gelegenheit, diese brachliegenden Weiden und Wiesen zu bestellen?«

»Da ist was dran«, rief wieder jemand.

Lorenz reckte sich, sodass seine wuchtige Gestalt noch größer wirkte. »Grundbesitz ist das Wichtigste im Leben«, fuhr er fort. »Und deshalb stelle ich den Antrag, dass den Beiliegern mehr Land von der Gemeinde übertragen wird, und zwar kostenfrei.«

Als Lorenz endete, blieb es einige Sekunden still. Dann redeten alle durcheinander, bis Ludwig Halbach mit einem Holzstiel kräftig auf den Tisch klopfte. Die Gemüter beruhigten sich.

Ludwig Halbach sah zu Max Redlich hinunter, der die Hand erhoben hatte. Auf Ludwigs Wink hin stand Max auf.

»Ihr alle wisst, dass es auch mir als einem der Solstätter nicht sehr gut ging. Auch die Bestellung meiner Ländereien fiel mir schwer.«

»Du lässt dir doch von Robert helfen«, rief Lorenz.

»Das stimmt«, sagte Max ruhig. »Aber ich zahle ihm auch eine Entschädigung dafür, und zwar den zehnten Teil meiner Ernte.«

Damit hatten die Beilieger nicht gerechnet. Es verschlug ihnen regelrecht die Sprache.

»Ich finde das nur gerecht. Wenn ihr damit einverstanden seid, den zehnten Teil eurer Ernte an uns Solstätter oder die Gemeinde abzugeben, sind wir bereit, über deinen Antrag nachzudenken.«

»Kommt nicht infrage.« Lorenz Seiberts Gesicht lief rot an.

»Du bist vor Jahren aus Berlin gekommen, Lorenz«, sagte Ludwig Halbach in versöhnlichem Ton. »Du hast Hermine geheiratet und wir haben dich in unserer Mitte aufgenommen. Die Gemeinde hat dir Land zur Verfügung gestellt. Es ist nicht so schlecht wie du glaubst. Du bist kein Bauer, deine Kenntnisse für Landwirtschaft sind nicht so gut, weil du aus einer Großstadt kommst. Wir alle haben oft angeboten, dir zu helfen, aber das ließ dein Stolz offenbar nicht zu. Im Grunde hast du dir alles selbst zuzuschreiben. Das soll kein Vorwurf sein, Lorenz, nur eine Klarstellung. Dass wir Solstätter und die Gemeinde einen Pachtzins für das Land verlangen, das wir euch zur Bewirtschaftung übergeben haben, ist nur natürlich.«

»Aber die Felder liegen weit außerhalb. Eine gute Ernte ist dort doch kaum möglich. Ihr entscheidet wohl alles hier, wie?«

»Wenn es dir nicht passt, dann bewirb dich doch selbst als Bürgermeister«, rief jemand.

»Ihr wisst genau, dass das nicht geht«, antwortete Ludwig. Er bemühte sich um Ruhe.

Seit der Landgemeindeordnung für Westfalen vom 19.3.1856 war das Bürgerrecht wieder auf die Meistbeerbten beschränkt. Sie besaßen das aktive und passive Wahlrecht und bestimmten somit den Vorstand der Gemeindeversammlung. Alle anderen Einwohner eines Ortes hatten keinerlei Einfluss auf Entscheidungen der Gemeindevertretung. Sie durften sogar nur an Versammlungen teilnehmen, wenn dies von der Gemeindeversammlung so beschlossen worden war.

»Jeder Solstätter hat sein Erbe von seinen Vätern und Großvätern übernommen«, sagte Max Redlich wieder, »oder von seinen Geschwistern, die es nicht wollten oder gekauft, weil er gerade Geld hatte. Wir können uns nicht über die Gesetze hinwegsetzen. Die Berechtigungen sind an die Solstätte gebunden. Und das bedeutet, dass wir über die verpachteten Ländereien abstimmen können.«

»Natürlich«, schrie Lorenz. Er hatte sich wieder gefangen. Seine kleinen Augen waren gerötet, sein Gesicht schweißnass. »Ihr verdient euch dumm und dämlich. Ihr habt Knechte und könnt euch Tagelöhner leisten.«

»Soll ich das Erbe meines Vaters zum Fenster hinauswerfen?«, mischte sich nun zum ersten Mal Robert Halbach ein. »Soll ich mich schämen, weil er mir viele Länder hinterlassen hat?«

»Nein, natürlich nicht.« Über Lorenz´ Lippen lief Bier, in seinen Mundwinkeln hing dünner, weißer Speichel. Er spuckte einfach auf den Boden und verrieb mit seinen klobigen Stiefeln den Speichel auf den rauen Holzbohlen.

»Wir zahlen die meisten Steuern«, sagte Robert Halbach eiskalt. »Also haben wir auch die meisten Rechte. Außerdem – was beklagt ihr euch. Ihr Beilieger seid zu ansehnlichem Wohlstand gekommen.« Und zu einem Bruder gewandt: »Schluss jetzt, Ludwig. Kommen wir zur Sache.«

»Wir stimmen nun über den Antrag von Lorenz Seibert ab. Ich erwähne noch einmal, dass die anwesenden Beilieger nicht stimmberechtigt sind. Wer von den Solstättern für Seiberts Antrag ist, der möge den Arm heben.«

Robert Halbach nickte zufrieden. Lorenz fluchte. Wie zu

erwarten war, hatte niemand für ihn gestimmt. Er warf zwei-
unddreißig Pfennige für seine vier Biere auf den Tisch, drehte
sich auf dem Absatz um und marschierte ohne ein Wort hinaus.

Ludwig ergriff wieder das Wort.

»Wir kommen nun zu unserem zweiten Punkt. Wie ihr sicher
wisst, ist unser Dorf in den letzten Jahren erheblich größer geworden. Allein in den vergangenen drei Jahren wuchs die Ein-
wohnerzahl von 715 auf nahezu 800. Das liegt an den vielen
Geburten und daran, dass immer mehr Handlungsreisende oder
Tagelöhner in Züschen bleiben. Wir freuen uns natürlich, wenn
die Menschen unseren Ort lieben und hierbleiben möchten, aber
dadurch entstehen auch Probleme.«

»Zum Beispiel?«, fragte jemand.

»Wir als Gemeindevertreter fühlen uns für alle Menschen
verantwortlich«, fuhr Ludwig fort. »Und dazu gehört auch, dass
wir für alle eine Bleibe schaffen. Wir sind verpflichtet, Häuser zu
bauen. Bitte, Herr Förster!«

Alle Hälse reckten sich nach dem jungen Förster, der bisher
unscheinbar auf einem Stuhl gesessen hatte.

»Ich kann es kurz machen«, sagte er zur Freude der meisten
Anwesenden, die sehnsüchtig auf die Sauferei nach solchen
Gemeindeversammlungen warteten. »Seit Jahrzehnten ist die
Nutzung der Wälder des Sauerlandes größtenteils plan- und
regellos. Große Mengen Wald wurden einfach abgeholzt, um
Brennholz zu haben, um Geräte und Werkzeuge herzustellen
und um Waren für den Handel zu erzeugen. Das war bisher
nicht schlimm, denn die Bevölkerung eines Dorfes änderte sich
nur unwesentlich. Aber jetzt ist, wie Ludwig schon sagte, eine
andere Situation eingetreten. Und deshalb müssen wir neue
Wälder anpflanzen.«

»Wie soll das geschehen?«, fragte Walter Bertram.

»Ihr kennt die Heideflächen am Freien Stuhl. Sie sind Folgen
des wilden Abholzens. Sie sollen neu aufgeforstet werden. Und
zwar mit Fichten.«

»Fichten?«

»Ja.« Der Förster nickte. »Fichten wachsen schnell und sind
ideales Holz für Häuser. In wenigen Jahren haben wir keinen
Mangel mehr und können für jede Familie ein Haus bauen, und
zum anderen ermöglicht der einfache Anbau von Fichten eine

großflächige Wiederbewaldung.«

»Gute Idee«, rief Gustav Nelle.

Nun meldete sich Georg Auer zum ersten Mal zu Wort. Er war ein ruhiger Mann, mit einer markanten Stimme und stets um einen Ausgleich bemüht. »Von den über viertausend Morgen Land der Gemeinde liegen etwa zwei- bis dreitausend brach. Dieses Land ist wirtschaftlich ungeeignet. Nicht, dass jemand auf die Idee kommt, dieses Land den Beiliegern zu geben. Es lohnt sich nicht. Im Übrigen würden sie es auch gar nicht haben wollen. Also: Auf diesen zweitausend brachliegenden Weiden sollen die Fichten angepflanzt werden. Nicht alles, versteht sich. Soviel Pflanzentriebe haben wir nicht. Aber einen Teil. Und für jeden geschlagenen Baum müssen zwei neue gepflanzt werden.«

»Das lässt sich hören«, riefen einige.

Andere klopften zustimmend auf den Tisch.

»Einen Teil meines Landes hinter dem Freien Stuhl werde ich ebenfalls für die Bepflanzung zur Verfügung stellen«, sagte Robert Halbach. »Das Land liegt seit Jahren brach. Warum soll es nicht für die Allgemeinheit genutzt werden?«

Noch einmal erklangen zustimmende Rufe.

Ludwig und Robert wechselten einen zufriedenen Blick. Dann ließ Ludwig zur Sicherheit noch unter den Solstättern, von denen niemand dagegen war, abstimmen. Damit war die Gemeindeversammlung beendet.

56

Im Frühjahr 1873 begann man mit der Pflanzung der neuen Fichten. Im Abstand von zwei Schritten wurden die Triebe in den Boden gesteckt. Bis auf die kleinen Kinder und älteren Frauen halfen alle mit. Selbst Lorenz Seibert hatte sich nicht ausgeschlossen. Er wusste, dass er sonst nur noch mehr zum Außenseiter werden würde. Auch sein Sohn Bruno war dabei. Als er nach Monaten zum ersten Mal wieder im Dorf auftauchte, wurde kurz über sein Wagenrennen geredet. Die Geschichte war lange her und ohnehin nicht mehr zu ändern. Wo Bruno gewesen war, konnte nur spekuliert werden, denn er schwieg beharrlich. Nur einmal verriet er sich bei Jakob, indem er erwähnte, dass es im Norden Deutschlands sehr schön sei und es dort sehr viele hübsche Mädchen geben würde. Mehr war aber nicht aus ihm herauszulocken.

Die meisten der Beilieger und Tagelöhner halfen bei der Bepflanzung nur, weil es Freibier und kostenloses Essen gab. Dieses Fest ließ sich niemand entgehen. August Grafenau stiftete jeden Tag ein kleines Fass Bier. Das war sein Anteil an der Arbeit, denn er konnte sein Gasthaus nicht verlassen.

Die jungen Männer zwischen achtzehn und zwanzig Jahren waren unermüdlich dabei, die Triebe in den Boden zu stecken. Besonders Jakob erwies sich jetzt als guter zukünftiger Bauer. Er trank mit den Erwachsenen, machte mit ihnen Witze und sagte selbst lockere Sprüche, die den Frauen in seiner näheren Umgebung die Schamröte ins Gesicht schießen ließ.

Benedikt hatte mit siebzehn Jahren mal Bier und Schnaps getrunken. Es war ihm so schlecht davon geworden, dass er sich geschworen hatte, niemals wieder Alkohol anzurühren. Und bisher hielt er sich daran.

In den Pausen suchte man nach Abwechslung. Johannes hatte an einer alten Buche große Blätter befestigt. In der Hand hielt er einen selbst geschnitzten Bogen und schlanke Pfeile aus Haselnusszweigen. Neben ihm stand Siegfried Redlich. Er wollte Johannes gerade einen Pfeil reichen, als Benedikt näherkam.

»Lass mich mal«, sagte er zu seinem Bruder. Johannes überließ ihm sofort den Bogen, und Siegfried reichte ihm einen Pfeil.

Benedikt stand etwa drei Meter von dem großen Blatt entfernt. Sorgfältig spannte er die Sehne, die sein Vater vor einigen Tagen aus einem geschlachteten Rind herausgeschnitten hatte. Der Bogen lag ihm ruhig in der Hand, ein kurzer Ruck, und der Holzpfeil schoss wie an der Schnur gezogen ins Ziel.

»Ins Schwarze«, jubelte Siegfried.

»Scheiße«, brummte Bruno mit schon schwerer Zunge. Er hielt ein Bier in der Hand.

Jakob knurrte etwas Unverständliches. Er wollte den Bogen nehmen und zum Ausgangspunkt gehen, als Luise Redlich plötzlich auftauchte.

»Darf ich auch mal?«

Jakob sah sie überrascht an. »Du?«

Sie nickte. Bisher hatten die Mädchen in den Pausen züchtig

bei ihren Müttern gesessen, Brote geschmiert und Wurst und Fleisch für die Männer zurechtgelegt. Es war ganz und gar ungewöhnlich, dass sich ein Mädchen an den Spielen der Jungen beteiligte.

»Hau ab«, lallte Bruno.

»Mädchen können wir nicht gebrauchen«, sagte Jakob.

»Wartet mal.«

Benedikt stellte sich vor Luise. »Du glaubst also wirklich, dass du mit uns mithalten kannst?«, fragte er.

»Ja. Das kann ich.«

»Meine Schwester ist besser als ihr«, rief Siegfried übermütig, worauf er nur Gelächter erntete.

»Niemals«, schrie Jakob.

Benedikt betrachtete Luise eingehend. Sie hatte ein einfaches, graues Baumwollhemd an, das ihr bis über die Hüften fiel. Ihre Haare waren zwar staubverschmutzt, aber dennoch hatte sie etwas Anziehendes an sich. Benedikts Augen blieben an Luises Brüste hängen. Da war es wieder. Seit sie in seinem Bett gelegen hatte, bekam er immer dieses seltsame Gefühl, wenn er an sie dachte. Benedikt begann zu schwitzen. Luise bemerkte es, lächelte und Benedikt lächelte gequält zurück. Im Stillen beschloss er, sie heute Abend nach Hause zu bringen. Allein.

»Was ist los, Benedikt?«, fragte Jakob.

Benedikt schüttelte wie benommen den Kopf. »Nichts, nichts. Ich – ich überlegte gerade noch.«

»Und zu welchem Ergebnis bist du gekommen?«, wollte Bruno höhnisch wissen.

Benedikt warf ihm nur einen knappen Blick zu. »Wenn sie dich schlägt, Bruno, darf sie mitmachen.«

Die Jungen fingen an zu johlen. Sie foppten Bruno, der mit verkniffenem Mund auf die von Benedikt festgelegte Distanz von neun Metern ging. Die Erwachsenen hatten inzwischen bemerkt, dass bei den jungen Männern etwas Unvorhergesehenes vor sich ging. Einige hatten sich erhoben und betrachteten interessiert das Geschehen. Es war allen schnell klar, dass es dort zu einem Wettschießen kommen würde.

Bruno begann. Er nahm sich Zeit. Seine Hand war ruhig und besonnen, sein Bogen spannte sich, und der Pfeil schoss auf das Ziel zu. Johannes und Siegfried liefen zum Baum.

»Er hat die Zwölf angekratzt«, riefen beide gleichzeitig.

Bruno sah Luise geringschätzig an und ging erhobenen Hauptes zur Seite.

Siegfried flüsterte Luise etwas ins Ohr. Sie lächelte und nickte. Luise nahm den Bogen in die Hand und spannte ihn. Dabei musste sie sich ins Hohlkreuz legen. Ihr Baumwollhemd war von der Hitze feucht geworden und legte sich eng über ihre volle Brust. Sie ließ die Rindersehne los, der Pfeil flog nach vorn, und alle sahen, dass er genau in der Zwölf landete. Einen Moment lang blieb es still, dann klatschte Siegfried als erster, Jakob fiel mit ein und schließlich applaudierten alle.

»He Luise, wo hast du das gelernt?«, rief einer der Tagelöhner. »Wärst mal besser ein Junge geworden, wie?«

»Aber nicht mit den großen Titten.«

Alles grölte, bis auf die Frauen. Es gehörte sich nicht, dass sie in die raue Sprache der Männer einfielen. Sie senkten verschämt den Blick und passten auf, dass ihre Töchter nicht zu viel hörten. Aber die hatten sich in der Gewalt. Helene, Sophia und drei andere Mädchen in ihrem Alter, die in der Nähe standen, kicherten hinter vorgehaltener Hand und warfen den älteren Frauen dann erschrocken sorgenvolle Blicke zu, aber die hatten anscheinend genug mit sich selbst zu tun.

Ein junger Tagelöhner kam auf Luise zu. Er war schon stark angetrunken, lallte und versuchte, sie zu begrapschen. Luise stieß ihn von sich, sodass er stolperte und zu Boden stürzte. Die Männer grölten wieder. Der Tagelöhner erhob sich prustend und versuchte es aufs Neue.

Aber er hatte nicht mit Benedikt Halbach gerechnet. Der stand unversehens vor ihm.

»Verschwinde«, herrschte Benedikt den Mann an.

Dieser glotzte ihn wie ein störrischer Esel verständnislos an. »Hä?«

»Du sollst abhauen. Luise will mit dir nichts zu tun haben.«

Einen Moment stutzte er, dann grinste er. »Du willst sie wohl selbst, wie?« Er drehte sich nach den anderen um. »Habt ihr gehört, Benedikt will Luise vögeln. Der junge Spund hat -«

Er kam nicht weiter. Der Schlag riss ihn von den Beinen. Er krachte auf den harten Boden und überschlug sich. Einen Moment blieb er benommen liegen, dann wischte er sich mit dem

Handrücken über den Mund, aus dem ein dünner Blutfaden rann.

Die anderen waren stumm geworden, und alle starrten den zusammengeschlagenen Tagelöhner an. Der Mann rappelte sich auf und wollte auf Benedikt losgehen. Aber dessen Augen funkelten wie wild. Er hatte noch nie jemanden geschlagen, und er war wütender über sich selbst als über den plumpen Angriff des Tagelöhners. Doch dieser deutete Benedikts Gesichtsausdruck und seine zu allem entschlossene Mimik falsch. Schließlich zuckte er die Schultern, drehte sich um und torkelte zu den anderen zurück, die ihn mit anzüglichen Bemerkungen empfingen. Einer gab ihm ein neues Bier, und dann gingen sie wieder ans Feuer und setzten sich auf den Boden.

Plötzlich stand Robert neben Benedikt. Benedikt hatte ihn nicht kommen sehen. Sein Vater legte ihm eine Hand auf die Schulter.

»Du hast richtig gehandelt, Benedikt. Ich bin stolz auf dich. Der Tagelöhner wird heute noch entlassen.«

»Lass ihn«, sagte Benedikt. »Er ist betrunken.«

»Dürfen Betrunkene machen, was sie wollen? Du bist zu weich, mein Sohn. Umso bemerkenswerter ist, dass du Luise geholfen hast. Sie sollte sich bei dir bedanken. Wo ist sie eigentlich?«

Er drehte sich suchend um. Luise stand unter einem Baum. Sie hatte sich eine Decke umgeworfen.

»Danke, Benedikt«, sagte sie leise. Dann drehte sie sich um und rannte in den Wald.

Max Redlich und Karla hatten von alledem nichts mitbekommen. Sie kamen zusammen mit Walter Bertram und Karl von der Arbeit zurück, als alles vorbei war. Sie hatten am anderen Ende der Heidefläche ihre Triebe gesetzt, und waren zu erschöpft, um etwas von der Spannung zu bemerken. Und da der Vorfall schnell vergessen war, hielt es niemand für nötig, ihnen etwas darüber zu erzählen.

Bald waren nur noch die Frauen und Kinder nüchtern. Sie mussten ihre Männer stützen und hatten genug zu tun, als sich Gedanken über einen betrunkenen Tagelöhner und Benedikt Halbach zu machen. Außerdem – Luise war selbst schuld. Warum hatte sie sich auch so aufreizend in Pose geworfen?

Der Abend kam schnell. Die Feuer wurden gelöscht, und man machte sich auf zur Heimfahrt. Benedikt sah sich nach Luise um.

»Wo sind eigentlich Redlichs?«, fragte er seinen Vater so beiläufig wie möglich.

»Schon lange fort. Sie waren erschöpft, hatten zu viel gearbeitet.«

Schade, dachte Benedikt.

»Komm, steig auf den Wagen«, rief Robert.

Benedikt zögerte. »Nee, nee. Ich möchte zu Fuß gehen.« Er benötigte Zeit, um über alles nachdenken zu können. Und das konnte er am besten bei einem langen Spaziergang.

»Na gut, wie du willst.«

Die Pferdewagen fuhren knarrend und ratternd einer hinter dem anderen davon. Die Musik auf einem der Wagen wurde leiser, und bald war sie nur noch wie das Summen einer Biene zu hören. Benedikt war allein. Die Ruhe, die plötzlich herrschte, war erholsam nach den vergangenen lauten und harten Tagen.

Das Geräusch neben sich registrierte er erst, als sie schon neben ihm stand.

»Was machst du denn noch hier?«

»Ich habe gehört, dass du zu Fuß gehen willst«, sagte Sophia.

»Und?«

»Ich gehe mit.«

Schon wollte Benedikt heftig protestieren, aber er konnte sie nicht allein im Wald zurücklassen. Und plötzlich gefiel ihm sogar der Gedanke, mit ihr durch die dunklen Wälder, über einsame Wege und unebene Wiesen zu laufen. Er ging los.

»Benedikt?«

»Ja?«

»Warum bist du eigentlich so abweisend zu mir?«

»Bin ich das?«

»Ja. Was habe ich dir getan?«

Er blieb stehen. Ihr Gesicht war in der Dunkelheit nur undeutlich zu sehen.

»Wie kommst du denn darauf?«

»Ich bin neunzehn, Benedikt.«

»Und?« Er sah sie verständnislos an. »Was willst du damit sagen?«

»Ich bin kein kleines Mädchen mehr. Ich habe dich beobachtet. Du – du hast Luise gemustert wie – wie ... ach, ich weiß nicht, wie. Auf jeden Fall war es ziemlich peinlich.«

»Was meinst du denn?« Er verstand sie immer noch nicht.

»Du hast nur ihren Busen angestarrt. Hast du eigentlich auch schon mal mich so angesehen?«

Benedikt konnte es nicht fassen. So hatte Sophia noch nie gesprochen. Bisher hatte er sie für schüchtern und prüde gehalten, aber nun ...? Mit einer spontanen Geste zog er sie an sich, und diese Berührung hatte Folgen. Ihre Brust drückte sich gegen seine. Er spürte ihren Busen, der für ihn überraschend größer und fester war, als er angenommen hatte. Mechanisch, wie im Trance, griff er unter ihre Jacke. Sophia stöhnte leise auf. Benedikt zögerte, versuchte, in ihrem Gesicht etwas zu erkennen, aber es war zu dunkel. Er hörte nur ihr schweres Atmen, als er langsam, so wie er es bei Luise getan hatte, über ihre Brust strich.

Mit einem Ruck riss er ihr das Leibchen hoch. Ihre Haut war weich, ihre Brustwarzen deutlich zu spüren. Er knetete ihre Brüste, hörte ihr Stöhnen, glaubte, es seien Lustschreie, aber er war sich nicht sicher. Genauso gut konnten es Schmerzensschreie sein. Aber er hörte nicht auf. Er sah plötzlich Luise vor sich, und seine Erregung wuchs. Seine Hände glitten zwischen Sophias Beine. Zu seiner Überraschung wich sie nicht zurück.

Sie rollten ins Gras. Schnell befeuchtete Sophia ihre Schamlippen. Sie wollte, dass Benedikt in sie eindringen konnte, ohne dass es wehtat. Sie bereute nur, dass es dunkel war, dass sie seinen Gesichtsausdruck nicht sehen konnte. Dabei wollte sie ihm doch sagen, wie sehr sie ihn liebte. Als er ihr das Höschen herunterzog, verharrte sie regungslos vor Schreck. Und auch Benedikt verhielt sich mehr als ungeschickt, denn er hatte noch nie mit einem Mädchen geschlafen. Er spürte sofort, dass es ihm nicht gelang, sein Glied in Sophias Scheide zu stoßen. Sie schrie leise auf, verkrampfte sich von einem Moment zum anderen – und dann war die Stimmung dahin.

Benedikt rollte sich zur Seite und blieb auf dem Rücken im Gras liegen. Er war entsetzt. Entsetzt über sich selbst. Wie dumm hatte er sich nur angestellt? Dabei war er doch so erregt gewesen wie noch nie, und dennoch war es ihm nicht gelungen, mit Sophia den ersten Geschlechtsverkehr seines Lebens auszuüben.

Verdammt, dachte Benedikt. Verdammt! Verdammt!

Neben sich hörte er Sophias leises Schluchzen.

»Da siehst du es.« Seine Stimme war heiser und kaum zu verstehen. Er stand auf. »Wir passen nicht zusammen.«

Für einen Moment glaubte Benedikt, sie nicken zu sehen, aber er war sich nicht sicher.

Nur gut, dass es dunkel ist, dachten beide.

Den restlichen Weg liefen sie fast. Beide achteten darauf, dass sie genügend Abstand hielten. Nur nicht den anderen berühren müssen. Am Ortseingang trennten sie sich, ohne ein weiteres Wort miteinander zu reden.

An der Straßenecke drehte sie sich um. Auch Benedikt war stehen geblieben. Sie konnten sich kaum erkennen, nur ihre Schatten hoben sich etwas von den helleren Hauswänden ab, aber beide sahen, dass der andere zaghaft die Hand hob. Kurz darauf war jeder allein.

In dieser Nacht schlief Benedikt sehr unruhig. Und trotzdem entging ihm, was im Haus passierte. Als er am nächsten Morgen aufstand, fing ihn Magdalena auf der Treppe ab.

»Benedikt ...« Ihre Augen waren gerötet. »Mama ist heute Nacht gestorben.«

57

Die Arbeit konnte den Schmerz betäuben, ihn aber nicht vergessen lassen. Elisabeth Halbachs Herz hatte ganz einfach aufgehört, zu schlagen. Nun war vielen klar, warum sie an dem Tag der ersten Bepflanzung nicht mitgehen wollte, nun hatten alle schon Tage und Wochen vorher Anzeichen einer möglichen Krankheit bei ihr gesehen.

Sophia war untröstlich. »Benedikt, ich ...« Sie konnte kaum sprechen.

»Was ist passiert?«

»Ja, denkst du denn nicht an den Abend vor dem Tod deiner Mutter?«

Er schüttelte den Kopf.

»Du hast kein Gefühl«, jammerte sie. »Wir lagen auf der Wiese und deine Mutter rang vermutlich da schon mit dem Tod.«

Darüber hatte Benedikt noch gar nicht nachgedacht. »Hör auf!« Er hielt sich die Ohren zu. Musste sie alles noch schlimmer machen?

Robert Halbach und Benedikt arbeiteten von nun an jeden Tag von morgens bis abends. Nur an den Wochenenden blieben sie im Haus. Das waren die Tage, in denen ihnen so richtig bewusstwurde, dass Robert die Ehefrau und den Kindern die Mutter fehlte. Johannes war sehr introvertiert und verschanzte sich mehr und mehr in seinem Zimmer, das er seit einigen Jahren für sich allein hatte. Trost suchte und fand er in der Kirche, vor allem bei den Messen, in denen er dem Pastor eifrig assistierte. Auf Anraten seines Vaters hatte er eine Bäckerlehre begonnen, die er nur unlustig aber brav ausübte.

Magdalena half Helene über die trübseligen Tage hinweg, denn gerade Helene war sehr auf ihre Mutter fixiert gewesen. Magdalena war die Stärkste von allen. Sie zeigte nie ihren Kummer vor den Geschwistern oder ihrem Vater. Nur wenn sie alleine war, konnte sie die Tränen oft nicht zurückhalten. Paul vermisste seine Mutter am meisten. Er war nun neun Jahre alt, aufmüpfig und aggressiv. Er gehorchte seiner ältesten Schwester nicht, nur von seinem Vater und ab und zu von Benedikt ließ er sich etwas sagen. Aber die waren ja tagsüber kaum im Haus. In einem kleinen Schuppen konnte er sich stundenlang mit Latten und Hölzern beschäftigen, die er zu Regalen oder Tischen zusammenhämmerte, um sie dann wieder aus Wut über den Verlust der Mutter zu zerstören.

Von Eva kamen anfangs viele Briefe. Zuerst voller Wehmut und Trauer über den Tod ihrer Mutter, dann ein bisschen über ihre Arbeit und schließlich blieben die Briefe ganz aus.

Einen Monat später kam Michels von seinen Handlungsreisen zurück. Er war alt geworden, grau sein Gesicht, erloschen sein Blick und gekrümmt sein Rücken. Man sah ihm seine fast siebzig Jahre deutlicher denn je an. Seit er allein reiste, gingen seine Geschäfte schlecht. Immer wieder musste er erleben, dass andere Handlungsreisende schneller gewesen waren und ihm gute Kunden weggeschnappt hatten. Er war hauptsächlich im Ruhrgebiet gewesen. Michels hatte keine guten Nachrichten.

»Jonathan arbeitet bei einem Stellmacher als Handlanger«, sagte er leise, nachdem er einen Schluck Wein getrunken hatte. Sie saßen um den runden Tisch in der Küche. Robert Halbach hatte Michels mit Tabak versorgt, Magdalena wie immer gekocht, und Benedikt und Johannes lauschten den Berichten des Handlungsreisenden. Paul wackelte auf seinem Stuhl hin und her, worauf er von seinem Vater mehrere warnende Blicke einfing, und als diese nichts nützen, gab es eine Ohrfeige. Danach verhielt Paul sich still.

»Es ist eine mühsame Arbeit«, sagte Michels.

»Was ist denn aus Jonathans Idee von der eigenen Gaststätte geworden?«, fragte Robert.

»Zehn Monate haben sie das Gasthaus bewirtschaftet«, antwortete Michels. »Sie haben geschuftet bis zum Umfallen, alles neugestaltet, liebevoll und mit so vielen Ideen. Dann ging nichts mehr. Keine Gäste, kein Einkommen. Außerdem mussten sie die Schulden des Inhabers übernehmen. Davon wussten sie natürlich nichts, er hatte es ihnen verheimlicht. Tja, und deshalb mussten sie ihren Traum aufgeben.«

»Und warum sind sie nicht zu uns zurückgekommen?«, fragte Magdalena.

»Du kennst sie doch«, antwortete Michels. »Sie sind zu stolz, um zu betteln. Sie haben mit diesem Gedanken gespielt, aber ...«

Er hielt inne.

»Was war dann?«, fragte Benedikt.

»Eva wurde schwanger.«

»Ja«, rief Magdalena aufgeregt. »Das hat sie uns geschrieben. Erzähl doch! Erzähl! Das Baby müsste längst geboren sein. Was ist es denn? Ein Junge? Ein Mädchen?«

Das Gesicht des alten Handelsmannes wirkte mit einem Mal noch eingefallener. Magdalena ahnte Schreckliches.

»Sie hat das Baby verloren«, kam es auch schon über Michels Lippen. Die Bestürzung in den Augen der anderen Personen ließ ihn mehrere Minuten lang stocken. »Eva war im dritten Monat, als plötzlich Blutungen auftraten. Es war kein Arzt zu finden, der ohne vorherige Bezahlung die Behandlung übernehmen wollte. Und als sich endlich eine alte Frau erbarmte, sich um Eva zu kümmern, war es zu spät. Mit seinem letzten

ersparten Geld hat Jonathan dann doch noch einen Arzt aufgetrieben, der Eva versorgte. Dieser sagte ihnen jedoch, dass es
ratsam sei, keine Kinder mehr zu bekommen.«

Magdalena stieß einen heiseren entsetzten Schrei aus. Robert
saß wie erstarrt, und auch die beiden Jungen wirkten für Mo-
mente wie Statuen.

»Kurz darauf fing Jonathan bei diesem Stellmacher an. Sie
wollten zu euch kommen, aber Jon kann seinen Arbeitsplatz
nicht verlassen, und für Eva ist die Reise allein noch zu anstrengend. Jon würde man sofort entlassen, wenn er nur einen Tag
fehlt.«

»Wir müssen zu ihnen«, sagte Robert.

Michels schüttelte den Kopf. »Das wollen sie nicht. Sie haben
es mir ausdrücklich gesagt.« Seine Stimme sank noch mehr her-
ab. »Ich vermute, ihr sollt nicht sehen, wie es ihnen geht. Wenn
ihr sie nicht beschämen wollt, dann wartet, bis sie sich melden.«

Eine Weile blieb es still in der Küche. Paul wurde unruhig. Er
hatte zwar alles verstanden, aber dennoch nicht so richtig begriffen, um was es ging. Die Probleme der Welt kannte er nicht.
Benedikt gab ihm einen kurzen Wink, dass er die Küche verlassen dürfe, und wie ein Wiesel huschte er hinaus.

Robert goss Wein nach. Auch Johannes, der bisher kaum
Alkohol trank, genehmigte sich einen Schluck.

In den nächsten Stunden berieten sie, was zu tun sei. Sie kamen zu dem Schluss, Eva und Jonathan erst mal einen langen
Brief zu schreiben. Gleich am Abend fingen sie damit an. Benedikt übernahm die Schreibarbeit. In seiner schönsten Schrift
berichtete er, was sie von Michels gehört hatten. Sie drückten ihr
größtes Bedauern über den Verlust des Kindes aus, machten
ihnen Trost und gaben ihnen Hoffnung für die Zukunft.

Eine Stunde später zerriss Benedikt vor aller Augen den Brief
und begann von Neuem. Diesmal erwähnte er Michels mit keinem Wort, berichtete nur über alles, was sich ereignet hatte.
Auch dieser Brief wurde wieder vernichtet.

Schließlich schrieben sie am nächsten Morgen im dritten
Versuch, dass sie von Michels unterrichtet worden wären, dass
sie sich Sorgen machten und dass sie jederzeit zu Hause willkommen seien. Sie selbst brauchten nur die Entscheidung zu
treffen. Dieser Brief wurde ein paar Tage später mit der Post-

kutsche abgeschickt.

Von Jonathan und Eva kam die Antwort einige Wochen später. Sie sollten sich keine Sorgen machen, schrieb Eva. Es ginge ihnen besser, als Michels gesagt hätte. Bald, sehr bald würden sie nach Züschen kommen und sie besuchen.

Während Magdalena vor Freude einen halben Tag lang weinte, glaubte Benedikt kein Wort von dem, was Eva schrieb.

58

Seit dem Erlebnis mit Sophia hielt Benedikt Distanz zu Frauen. Die Blamage zerrte an seinem Selbstbewusstsein, und er konnte Sophia nicht mal mehr in die Augen blicken. Auch Luise Redlich ging er tunlichst aus dem Weg. Er war ihr einmal begegnet und hatte ihren merkwürdigen Blick gesehen, mit dem sie ihn taxierte. Sollte Sophia etwas erzählt haben? Auszuschließen war es nicht.

Benedikt war ein stattlicher junger Mann von zwanzig Jahren geworden, mit einem ebenmäßigen Gesicht, schmalem Mund und einem kantigen Kinn, auf dem inzwischen ein dünner Bart wuchs.

Im Frühjahr des Jahres 1874 fuhr Benedikt mit einem Zweispänner über die Hauptstraße. Er hatte Saatgut geladen und war in Gedanken bei den Arbeiten, die in wenigen Tagen auf ihn zukommen würden. Als er um die Kurve kurz vor dem Gasthaus Grafenau bog, riss er plötzlich hart an den Zügeln. Die Pferde blieben mit einem lauten Wiehern stehen. Die Frau, die die Straße überquerte, stieß einen erschrockenen Schrei aus, machte ein paar unbeholfene Schritte zur Seite und fiel auf die Knie.

Schnell sprang Benedikt vom Bock, lief auf die gestürzte Person zu und beugte sich zu ihr hinunter. Schon wollte er zu einer saftigen Schimpfkanonade ausholen, als seine Worte ihm im Hals stecken blieben. Vor ihm hockte ein junges Mädchen. Sie hatte langes, dunkelblondes Haar und blaugrün schimmernde Augen, die ihn verängstigt und fassungslos anblickten. Ihre Nase war schmal und fein in einem ovalen ebenmäßigen Gesicht. Noch nie hatte Benedikt ein schöneres Mädchen gesehen – abgesehen von seiner Schwester Eva natürlich.

»Das wäre fast schiefgegangen«, sagte er, nachdem er wieder Worte gefunden hatte.

Er ergriff ihre Handgelenke und atmete erleichtert auf, als sie aufstand und aufhörte zu zittern.

»Danke«, sagte sie.

»Bist du verletzt?« Er kam gar nicht auf die Idee, Abstand zu wahren. Er war es gewohnt, alle mit du anzureden.

»Nein.«

»Ich heiße Benedikt Halbach.«

»Katharina«, antwortete sie leise. »Katharina Meinard.«

Er betrachtete sie einen Moment. Die Farbe kehrte allmählich in ihr Gesicht zurück. Auch der Ausdruck in ihren Augen veränderte sich langsam von erschrocken und schockiert zu glühend und funkelnd wie Sterne. Benedikt musste den Kopf senken. Ein Schauer lief über seinen Rücken, so sehr berührte ihn ihr Blick. Schließlich fragte er, nur um etwas zu sagen und die Verlegenheit, die zwischen ihnen stand, zu verwischen:

»Wie alt bist du?«

»Achtzehn, und du?«

»Zwanzig. In ein paar Tagen werde ich einundzwanzig. Was machst du hier in Züschen? Wo wohnst du?«

»Wir wohnen noch in Winterberg im Hotel. Mein Vater will den Eisenhammer am Ortsrand übernehmen.«

»Den Eisenhammer?«, fragte Benedikt erstaunt. »Ich wusste gar nicht, dass On-, eh, Ernst Lettmann den Eisenhammer aufgeben will.«

»Wir haben es von einem Händler gehört.«

»Michels?«

Sie furchte die Stirn. »Michels? Wer ist das?«

»Ein Handlungsreisender, der oft hier übernachtet. War er allein?«

Sie schüttelte den Kopf. »Nein, es waren fünf andere dabei.«

»Dann kann es Michels nicht gewesen sein. Der schließt sich niemandem mehr an.«

»Vielleicht hat er es bei jemandem erwähnt und der hat es weitererzählt und so weiter.« Sie lachte. Es war ein glockenhelles Lachen, das ansteckend wirkte. Benedikt lachte mit.

»Mein Vater hatte schon sehr viele Berufe. Aber er meint,

jetzt sei es an der Zeit, Schmied oder etwas Ähnliches zu werden. Die Industrie sei weit fortgeschritten, und damit könnte man viel Geld verdienen. Er sagt, dass man im Sauerland bald auch eine Eisenbahnlinie bauen wird, und das wäre gut fürs Geschäft.«

Benedikt kniff die Augen zusammen. Da war schon wieder die Rede von der Eisenbahn. Nicht nur Michels und Jonathan hatten sie erwähnt, auch die vielen anderen Handlungsreisenden erzählten in letzter Zeit immer mehr davon.

»Wohnst du schon lange hier?«, fragte Katharina.

»Ja, schon immer.«

»Immer?«

»Mein Vater wohnt hier, mein Großvater und mein Urgroßvater wohnten in Züschen. Wo kommt ihr her?«

Sie zögerte. »Wir stammen eigentlich aus Kassel, aber wir waren bis vor zwei Jahren in Laoure. Das ist ein kleines Dorf hinter der Grenze in Frankreich.«

»Seid ihr durch den Krieg vertrieben worden?«

Sie nickte. »Alle Deutschen mussten Frankreich verlassen. Sie haben uns rausgejagt, einfach so. Die Hunde haben sie hinter uns her gehetzt. Wir waren froh, als wir die Grenze erreicht hatten.«

»Und dann?«

»Wir sind einfach drauflosgefahren. In der letzten Zeit hat uns Papa mit Gelegenheitsarbeiten über Wasser gehalten.« Katharina sah die Straße hinauf. »Ich muss weiter. Mein Vater kommt gleich und holt mich am Gasthaus ab. Er musste noch mit eurem Bürgermeister und dem Besitzer des Eisenhammers sprechen. Kennst du die beiden?«

»Das kann man wohl sagen. Beide sind meine Onkel.«

»Nein.«

»Doch. Der Bürgermeister ist mein richtiger Onkel und der Eisenhammer mein angeheirateter Onkel.«

Sie kniff belustigt die Augen zusammen. »Dann gehört hier wohl alles deiner Familie.«

»Nein, natürlich nicht, aber sehr viel.«

»Oh. Na ja, vielleicht sehen wir uns bald wieder.«

»Das hoffe ich doch sehr«, antwortete Benedikt.

Er wartete, bis sie im Gasthaus Grafenau verschwunden war,

stieg wieder auf den Bock und lenkte den Zweispänner langsam bis zum Ortsausgang.

Er traf Ernst Lettmann an seinem Arbeitsplatz. Onkel Lettmann war allein.

»Benedikt«, rief er erstaunt. »Ich bin gerade erst zurückgekommen. Was kann ich für dich tun? Dein Vater hat vorgestern die neuen Geräte abgeholt.«

»Ich weiß.«

»Braucht ihr schon wieder welche?«

Benedikt trat zu ihm. »Du hast mir nie gesagt, dass du den Eisenhammer aufgeben willst.«

Lettmann sah ihn lange an. »Hat es dir dein Vater nicht erzählt? Ich habe vorgestern mit ihm darüber gesprochen.«

»Er hat es mit keinem Wort erwähnt. Du hast ihn also vor vollendete Tatsachen gestellt. Dabei weißt du es doch schon seit Wochen, wenn nicht seit Monaten, oder?«

Lettmann nickte leicht. »So etwas kann man nicht übers Knie brechen, Benedikt. Wie hast du es erfahren?«

»Ich habe die Tochter des neuen Eisenhammers getroffen.«

»Ist sie hübsch?«

»Weich nicht aus, Onkel Lettmann.« Benedikt sah sich um. »Wo sind Markus und Fritz?«

»Markus ist in Medebach bei einem Schmied untergekommen, Fritz in Brilon.«

»Warum so weit weg?«

»Keine Ahnung. Vielleicht wollten sie hier mal raus. Außerdem hatten die anderen Schmiede hier keine freien Stellen.«

Benedikt betrachtete die Gegenstände, die im Raum umherlagen. Einige waren fertig, andere noch in Arbeit. Es waren wie immer gute Geräte.

»Du lässt uns also im Stich«, stellte er sachlich fest.

Ernst Lettmann legte die Sichel, an der er gerade feilte, zur Seite. Ganz langsam drehte er sich zu seinem Neffen um. »Du darfst das nicht einmal denken, Benedikt. Ich würde euch nie im Stich lassen, auch wenn dein Vater nicht immer gut auf mich zu sprechen ist. Nein, nein, streite es nicht ab. Ich weiß es, seit ich deine Tante Adelheid geheiratet habe. Und ich weiß auch, dass er nur zu mir kam, weil ich die besten Geräte herstellte.« Er lächelte mit schmalen Lippen. »So ist das nun einmal. Er hat das nie erwähnt, und ich bin ihm deswegen nicht böse. Ich habe dir und deinem Vater doch schon vor Jahren gesagt, dass ich den Eisenhammer mal aufgeben werde. Erinnerst du dich nicht?«

»Doch, aber ich habe es nicht geglaubt.«

»Es ist aber so. Ich kann nicht mehr, Benedikt, nein, das ist nicht das richtige Wort. Ich will nicht mehr. Ich bin alt, Benedikt. Ich werde bald sechzig. Diese Arbeit hier laugt einen aus. Wenn ich morgens aufstehe, fühle ich mich wie hundert. Alle Muskeln schmerzen. Erst nach Stunden kann ich aufrecht stehen. Ich habe diese Arbeit gerne gemacht, aber nun ist Schluss, muss Schluss sein.«

»Aber – was willst du denn tun? Du kannst doch nicht in einem Lehnsstuhl sitzen, Pfeife rauchen und Däumchen drehen.«

Lettmann lachte auf. »Genau das werde ich aber machen. Nein, nicht immer. Ich habe mir alles genau überlegt, Benedikt. Ich bin früher viel gewandert, ich liebe die Natur. Das soll mein Hobby werden. Ich werde Tiere beobachten und vielleicht sogar etwas darüber schreiben.«

Benedikt konnte es nicht fassen. So kannte er seinen angeheirateten Onkel gar nicht.

»Und wenn der neue Eisenhammer mal meine Hilfe braucht, bin ich zur Stelle«, fuhr Lettmann fort. »Du siehst, ich habe an alles gedacht.«

Er nahm die Sichel wieder in die Hand, betrachtete sie eingehend und begann dann, die Schneide mit einem Schleifstein zu bearbeiten.

Benedikt sah ihm dabei einige Minuten zu. Dann verabschiedete er sich. Draußen wurde ihm bewusst, dass er gar nicht traurig über Onkel Lettmanns Entscheidung war. Immerhin hatte er dadurch ein wunderschönes Mädchen kennengelernt. Bei dem Gedanken an Katharina Meinard schlug sein Herz unverhofft schneller.

59

Wenn eine fremde Familie in ein Dorf ins Hochsauerland zog, war es üblich, dass viele Einwohner am Straßenrand versammelt waren. Teils aus Neugier, teils aus Hilfsbereitschaft. Die Neugier war dabei stets am größten.

Nicht anders war es, als die Meinards an einem Montag eintrafen. Die Menschen standen so dicht, dass die drei Pferdewagen Mühe hatten, eine Lücke zu finden.

Sie waren zu viert. Heinrich Meinard, seine Frau Josefine, Katharina und ihr Bruder Adrian. Heinrich Meinard war groß, fast zwei Meter und mit einem muskulösen Oberkörper. Über sein breites Gesicht spannte sich eine braungebrannte Haut, die fast völlig ohne Falten war. Josefine Meinard hatte kurze, hellblonde Haare. Sie wirkte angespannt, aber auf ihren Lippen lag ein erwartungsvolles Lächeln. Adrian war etwa zwölf Jahre alt, mit großen runden Augen, aus denen er scheu und fast ängstlich auf die Menschen blickte. Als sie vom Wagen stiegen, machte niemand Anstalten, ihnen zu helfen. Erst als Ernst Lettmann aus dem Eisenhammer heraustrat und die erstbeste Kiste anhob, kam Bewegung in die Menschenmenge.

Für Benedikt war es selbstverständlich, den Meinards beim Einräumen zu helfen, allein schon, um dann in der Nähe von Katharina zu sein. Er schnappte sich einen großen Stoffballen, schulterte ihn und ging auf den Eingang zu, wo Ernst Lettmann und Heinrich Meinard standen. »Endlich«, hörte Benedikt seinen Onkel sagen. »Ich habe lange auf euch gewartet. Gab es Zwischenfälle?«

»In Köln wurden wir von einem ehrgeizigen Passbeamten aufgehalten«, knurrte Meinard. Seine tiefe Stimme war sehr angenehm. »Den haben die Stempel aus Frankreich gestört. Er hat uns einen ganzen Tag festgehalten.«

Lettmann nickte grimmig. »Komm herein. Das ist übrigens mein Neffe Benedikt Halbach.«

Benedikt stellte den Stoffballen in den Flur und drückte die ausgestreckte Hand, die Heinrich Meinard ihm reichte. »Du bist das also«, sagte er freundlich. »Meine Tochter Katharina hat mir von dem Beinaheunfall berichtet. Wo ist sie denn überhaupt?«

Er schaute sich suchend um, aber sie war in dem Gedränge nicht zu sehen.

»Ich habe nicht damit gerechnet, dass wir so offen empfangen würden«, lächelte Meinard. Man sah ihm an, dass er sich darüber freute. Offenbar war er überzeugt, hier in Züschen willkommen zu sein.

Im Eingang lagen Eisenräder, Hacken, Pflüge und Ketten wahllos durcheinander.

»Ich bin in letzter Zeit nicht dazu gekommen, etwas aufzuräumen«, sagte Lettmann entschuldigend. »Seit meine Gehilfen woanders Arbeit gefunden haben, bin ich allein. Und ich habe noch viele Aufträge. Die gehen jetzt an dich, Heinrich.«

»Das ist gut. Dann habe ich wenigstens gleich etwas zu tun.«

»Dort ist der Wassergraben.« Lettmann streckte den Arm aus. »Du musst ihn dir mit dem Müller teilen. Aber das dürfte kein Problem sein. Bisher sind wir beide gut miteinander ausgekommen.«

Meinard blickte lange auf den Graben. Dann nickte er anerkennend. »Nicht schlecht. Wirklich! Damit kann man gut arbeiten.«

Lettmann führte Meinard in den Arbeitsraum, und Benedikt ging zurück zur Straße. Er hatte nicht vor, den Ausführungen seines Onkels zuzuhören.

Draußen hatte sich inzwischen die Menge noch vergrößert. Die meisten waren Söhne von Beiliegern. Er sah Josef Stiegel, Wilhelm Nelle und Arno Bruhner, die sich mit schweren Kisten abmühten. Auch Franz-Josef und Gustav Auer erblickte er, ebenso Luise und Sophia. Aber wo blieb sein Vater? Benedikt konnte ihn nicht entdecken. Auch Onkel Ludwig war nirgends zu sehen.

Sie hatten kurz, nachdem Benedikt bei Lettmann gewesen war, eine erregte Diskussion geführt, die sogar zum Streit ausgeartet war, bis Magdalena einschritt und für Ruhe sorgte. Benedikt hatte Lettmann automatisch verteidigt und versucht, seinem Vater dessen Argumente klar zu machen. Aber Robert konnte nicht verstehen, dass jemand, der einen guten Beruf und genug zu arbeiten hatte, alles aufgeben wollte.

Am Rande des steinigen Weges, der in das Eisenhammergebäude hineinführte, standen Benedikts Schwester Magdalena und Tante Lydia. Beide hielten einen Korb, den sie mit einem Tuch abgedeckt hatten.

»Es ist bei uns so üblich, Neuankömmlinge mit kleinen Geschenken zu überraschen«, sagte Lydia zu Josefine Meinard.

Sie nahm das Tuch fort. Aus der Ferne sah Benedikt zwei

Würste, ein dickes Brot und Eier.

»Danke«, sagte Josefine Meinard. Sie war sichtlich gerührt.

»Eine weite Reise haben Sie hinter sich«, sagte Lydia. »Bewundernswert. So etwas würde ich mir nie zutrauen.«

Josefine Meinard war sehr taktvoll. Mit keinem Wort erwähnte sie Lydias ungeheure Leibesfülle. Sie legte eine Hand auf Lydias Arm und sagte: »Sie würden es auch schaffen. Man kann vieles, wenn man will.«

Magdalena hatte Schinken, Obst und Gemüse mitgebracht. »Ich hätte Ihnen gerne noch eine Suppe gekocht, aber die wäre jetzt kalt.«

Josefine brachte vor Ergriffenheit kein Wort heraus. Sie trat einen Schritt zur Seite, um den Helfern nicht im Wege zu stehen.

»So trifft man sich wieder.«

Benedikt drehte sich um. Katharina strahlte ihn mit ihren blaugrünen Augen an. Automatisch hob er die Hand, um sie zu berühren, als neben ihr Sophia und Luise auftauchten.

»Hallo, Benedikt«, sagte Luise. Sie lächelte gequält. Offenbar hatte sie seine plumpe Bewegung zu Katharina bemerkt. »Wir haben Katharina einen Spiegel und eine Haarspange mitgebracht. Als Willkommensgeschenk. So etwas macht man doch, nicht? Naja, so etwas Ähnliches jedenfalls. Was hast du der Familie Meinard denn gegeben?«

Benedikt biss sich verlegen auf die Unterlippe.

»Wir haben alles, was wir brauchen«, sagte Katharina schnell und zog die beiden jungen Frauen ins Haus. »Kommt mit. Ich will euch alles zeigen.«

Benedikt blieb dicht hinter ihnen.

Sie gingen durch den Flur in die Küche. Lettmann hatte offenbar wie ein Einsiedler gelebt, stets aus derselben Tasse getrunken und vom selben Teller gegessen. Die beiden Utensilien sahen aus, als wären sie lange nicht gespült worden. Neben der Küche befand sich ein weiterer Raum mit einem durchgelegenen Bett.

»Hier werden wir schlafen«, sagte Katharina.

»Was?«, machte Luise entsetzt.

»Willst du nicht bei mir wohnen, bis alles eingeräumt ist?«, fragte Sophia. »Ich habe Platz genug.«

»Ich auch«, warf Luise ein.

»Aber du hast Siegfried.«

»Und du deine Schwestern.«

»Hört auf zu streiten.« Katharina schüttelte den Kopf. »Ich bleibe hier. Wir haben bisher immer alles gemeinsam gemacht. Ich werde meine Eltern nicht allein lassen. Wenn wir alles in Ordnung gebracht haben, schlafe ich gerne mal bei euch. Vorher aber nicht.«

In der Tür erschien Adrian. »Da bist du ja«, sagte er sichtlich erleichtert zu seiner Schwester. In der Hand hielt er ein aus Pappe zusammengeklebtes Gebilde. Benedikt deutete darauf. »Was ist denn das?«

Adrian zögerte. Es sah aus, als wollte er den Gegenstand hinter seinem Rücken verstecken, aber dann streckte er langsam die Arme aus und hielt ihn Benedikt hin. »Es ist der Ulmer Dom. Ich habe ihn aus Pappe selbst gebaut.« Obwohl er eigentlich stolz darauf sein sollte, blieb seine Stimme genauso blass wie sein Gesicht. Er wirkte auch viel jünger und zarter als die anderen Jungen in seinem Alter.

Benedikt betrachtete das Werk genauer. Man musste schon ein wenig Fantasie haben, um daraus eine Kirche erkennen zu können, aber da er den Jungen nicht beleidigen wollte, nickte er zustimmend.

»Das ist ein wunderschönes Stück«, sagte er. »Du bist ein richtiges Genie.«

Adrians Gesicht strahlte.

Im Eingang erklangen mit einem Mal laute Stimmen und wuchtige Schritte und schon tauchten Jakob und Bruno auf. Beide trugen eine schwere Kiste. Dass Jakob half, war für Benedikt nicht ungewöhnlich, aber dass Bruno mit anpackte, machte ihn sprachlos. Bis er Brunos Blick bemerkte, mit dem er Katharina taxierte. Benedikt glaubte gar, so etwas wie Begierde in den Augen des Beiliegerjungen zu erkennen.

Bruno ließ die Kiste plötzlich fallen, machte einen unverhofften Schritt zurück und rempelte Adrian an. Der war darauf nicht vorbereitet. Er schwankte und suchte nach einem Halt. Dabei entglitt ihm das Kirchenmodell aus Pappe. Die Spitze brach ab und fiel unter einen Tisch. Adrian verzog weinerlich das Gesicht.

»He, du Jammerlappen«, rief Bruno. »Warum stehst du mir im Weg?«

»Das ist mein Bruder Adrian«, sagte Katharina.

»Du ungehobelter Kerl«, stieß Benedikt wütend aus. »Kannst du nicht aufpassen?«

»Ich? Was habe ich denn gemacht?«

»Siehst du es nicht? Du hast seine Kirche zerbrochen. Du bist und bleibst ein Tölpel. Kannst du dich nicht mal dafür entschuldigen?«

»Kirche?« Bruno lachte auf. »Das soll eine Kirche sein? Sieht eher aus wie eine Hundehütte. Mach also nicht so ein Theater und spiel dich nicht so auf. Komm Jakob, lass uns die nächste Kiste holen.«

Und schon ging er davon. Jakob folgte ihm sofort, aber er sah Benedikt mit einem entschuldigenden Blick an.

Benedikt hob das Pappmodell auf und reichte es Adrian. »Geh am besten damit nach draußen, wo Platz ist und dich niemand stört.«

Adrian schlich betrübt mit seiner Modellkirche aus dem Eisenhammer hinaus.

»Es kommt selten vor, dass jemand für Adrian Partei ergreift«, sagte Katharina leise. »Er ist ein Außenseiter, ein Sonderling, aber ein lieber Mensch.«

Sophia und Luise riefen nach ihr, und Katharina ging zu ihnen in die Küche.

Vor dem Haus hatte sich die Menschenmenge zum größten Teil aufgelöst. Man hatte die Neuen kennengelernt und das war's. Alles Weitere würde seinen geregelten Gang gehen.

Seitlich neben dem Eisenhammer standen Adrian, Johannes und Siegfried. Adrian hielt die Trümmer der Kirche hoch und zeigte sie gerade den beiden.

»Ich helfe dir beim Reparieren«, sagte Johannes und legte Adrian beruhigend eine Hand auf die Schulter.

60

Die beiden Jungen hatten sich angefreundet, obwohl sie fast drei Jahre Altersunterschied trennte. Johannes war erwachsen geworden und viel vernünftiger als Adrian. Endlich hatte er jemanden, den er beschützen konnte, der ihm vertraute und der sich über das Zusammensein freute. Ihre Freundschaft hatte noch einen weiteren wichtigen Grund: Sie wollten beide Priester werden. Adrian hatte es Johannes gesagt, als dieser seine Modellkirche bewunderte.

»Wenn es nach meinem Vater ginge, würde ich Schmied werden«, sagte Adrian.

»Aber dazu bist du doch gar nicht geeignet.«

»Siehst du. Du sagst es auch. Genau wie Mama und Katharina. Nur Papa ist anderer Meinung. Er meint, meine Muskeln wachsen noch.«

Johannes wurde nachdenklich. »Unsere Väter wissen oft gar nicht, was für uns gut ist«, sagte er leise. »Mein Vater hätte am liebsten, wenn ich Bauer würde. Da ich das nicht will, hat er mich zu einem Bäcker in die Lehre geschickt. Bäcker und Bauer«, machte Johannes verächtlich. »Das passt doch gar nicht zusammen.«

Er reichte Adrian vorsichtig die abgefallene Spitze, die dieser mit ruhiger Hand anklebte. »Ich habe hundert Kirchen gesehen. Mindestens, eher noch mehr, aber diese ist die Schönste.«

»Du magst Kirchen, nicht?«, fragte Johannes.

»Hmm.«

Adrian sah sich kurz um, als wolle er sich vergewissern, dass sie auch wirklich allein waren. »Ich würde gern mal zu eurem Pastor gehen.«

»Warum tust du es nicht?«

»Ich trau mich nicht. Wenn Papa es sieht, schlägt er mich.« Er hielt inne und sah Johannes an. »Gehst du mit mir zum Pastor? Wenn du dabei bist, dann kann ich sagen, du wolltet mir die Gegend zeigen, die Berge und so.«

Johannes nickte. »Das ist gut. Der Pastor wird sich freuen, wenn er uns sieht. Die Berge rund um Züschen zeige ich dir auch. Dann hast du nicht gelogen und keine Sünde begangen.«

Sie trafen sich wenige Tage später an der Sonneborn in Sichtweite von Johannes´ Elternhaus. Adrian war beeindruckt. »So ein Haus möchte ich auch mal haben«, sagte Adrian leise.

»Aber euer Wohnhaus am Eisenhammer ist doch fast genauso groß«, erwiderte Johannes erstaunt.

»Schon, aber es ist alt und baufällig – sagt mein Vater jedenfalls. Das Dach ist undicht. Es regnet herein.«

»Hm«, machte Johannes. »Wir haben im Augenblick keinen Zimmermann oder Dachdecker im Dorf. Kann das dein Vater nicht selbst erledigen? Er ist doch auch ein Handwerker, nicht? Das hat er jedenfalls Onkel Lettmann gegenüber behauptet.«

»Papa kann alles, naja, das Meiste jedenfalls. Vielleicht kriegt er auch das Dach wieder hin.«

Sie stiefelten los. Nach wenigen Metern holte sie Siegfried Redlich ein. Adrian strahlte. Die beiden waren im selben Alter und würden auch bald in der Schule nebeneinandersitzen. Siegfried war ein Einsiedler im Dorf geworden, zum Teil aus eigener Schuld. Er suchte nicht die Gesellschaft Gleichaltriger, sondern verbrachte bisher die Tage lieber allein, indem er sich in die Scheune oder den Stall zurückzog und das Vieh versorgte. Nur zu Adrian hatte er offenbar einen besonderen Draht entwickelt.

»Willst du mitkommen? Wir gehen zur Kirche.«

Siegfried blieb stehen. Er besuchte sehr unregelmäßig die heilige Messe und hatte sich deswegen schon oft Schimpfe des Pastors anhören müssen. Deshalb war er nicht darauf erpicht, dem Pastor zu begegnen. Aber die Gegenwart Adrian Meinards war für ihn wichtiger, und so schloss er sich den beiden Jungen an.

Auf dem großen Kirchplatz blieben sie stehen. Adrian legte den Kopf in den Nacken und fixierte den Turm. »Müsste ungefähr vierzig Meter hoch sein. Seht ihr die Fenster? Die Bögen sind nicht rund, sie laufen alle spitz zu. Das nennt man gotische Bauweise.«

Johannes staunte. »Woher weißt du das?«

»Hat mir ein Mönch erklärt. Wenn die Bögen rund sind, nennt man es romanische Bauweise. Der Turm steht im Westen. Wetten, dass der Altar im Osten ist?«

»Stimmt.«

»Man vermutet, dass alle Altare im Osten stehen. Die Sonne soll, wenn sie aufgeht, zuerst den Altar bescheinen. Hat der Mönch auch erwähnt. Ich glaube aber, da hat er gelogen. Wie alt ist die Kirche?«

Johannes zuckte die Schultern. »Keine Ahnung. Ich weiß nur, dass sie vor einigen Jahren renoviert wurde.«

»Vor fast siebzehn Jahren«, sagte eine Stimme hinter ihnen.

Sie drehten sich um und schauten in das Gesicht von Pastor Huhnold. Sie hatten seine Schritte gar nicht gehört, so sehr waren sie in die Betrachtung des Turms und die Erklärung Adrians versunken.

»Es ist sehr interessant, euch zuzuhören.«

»Wie lange stehen Sie schon hier?«, fragte Johannes.

»Ein paar Minuten. Lange genug aber, um deine spannenden Ansichten zu hören. Du bist der Sohn des neuen Eisenhammers?«

Adrian nickte.

»Wie heißt du?«

»Adrian. Adrian Meinard.«

»Er will Priester werden«, sagte Johannes. «Wie ich.«

Der Pastor lächelte. »Das ist schön. Und damit ihr euch nichts Falsches merkt, möchte ich euch die Wahrheit über die Kirche erzählen. Kommt! Gehen wir hinein.«

Sie hatten noch nie die Kirche betreten, wenn sie vollkommen leer war, und obwohl sie leise auftraten, gaben ihre Schritte jedes Mal einen nachhallenden Ton wieder. Die Wände waren bis auf zwei Kreuze an jeder Seite kahl. Das Holz der Bänke strahlte einen muffigen Geruch aus. Siegfried war aber wohl der Einzige, den dies störte. Die beiden anderen Jungen und der Pastor schritten ehrfürchtig weiter nach vorn. In etwa der Mitte des Ganges blieb Huhnold stehen. Ganz kurz verharrte er zum Gebet, dann breitete er die Hände aus, sah zuerst zur Decke und schließlich zu den Seitenwänden.

»Es war der 2. September 1857«, begann er so laut, dass seine Stimme von allen Seiten widerhallte. »An diesem Tag wurde diese neue Kirche von Conrad Bischof von Paderborn höchstpersönlich eingeweiht. Vier Jahre hatte man an der Kirche gebaut. Viele Kubikmeter Stein waren aus der alten Kirche abgebrochen worden und mit neuen Steinen aus Züschener Steinbrüchen entstanden das stattliche Kirchengebäude und der schlanke Turm. Er ist übrigens genau sechsunddreißig Meter hoch, Adrian.«

»Sie sagten aus der alten Kirche. Stand denn hier vorher auch eine?«

»Natürlich. Schon seit mehreren Jahrhunderten, aber diese

hält bis in alle Ewigkeit. Dein Vater, Johannes, hat uns damals sehr geholfen. Er stellte uns für die Bauzeit seine größte Scheune als Ersatzkirche ab. Es war eine große Einschränkung für deinen Vater. Heu- und Strohvorräte mussten in andere, kleinere und weit abgelegene Scheunen untergebracht werden. Ein Entgegenkommen, das nicht selbstverständlich war.«

Er ging weiter bis zum Altar. Kurz davor blieb er abermals stehen, machte einen tiefen Knicks und bekreuzigte sich. Johannes und Adrian taten es ihm nach und warteten, bis Pastor Huhnold sich wiederaufgerichtet hatte. Siegfried hielt sich im Hintergrund und deutete nur einen Knicks an. Er beobachtete die Personen vor sich aufmerksam. Der Pastor benahm sich wie jemand, der in seinem Haus heimisch war und sich wohlfühlte. Johannes hatte die Hände gefaltet und Adrian konnte seinen Blick nicht von dem Hochaltar lösen. Wie gebannt starrte er darauf und schien seine Umwelt vergessen zu haben, bis Johannes ihn anstupste und mit einem knappen Kopfnicken zum Pastor hindeutete. Huhnold trat näher an den Altar heran.

»Teile dieses Hochaltars stammen noch aus der Zeit zwischen 1721 und 1726. Vor sechzehn Jahren wurde er total renoviert. Oben und links und rechts seht ihr Abbildungen von Aposteln. Sie sind nicht genau zu benennen, sie sollen für alle Jünger Jesu stehen. In der Mitte aber erblickt ihr die Enthauptung Johannes des Täufers. Nach ihm wurde unsere Kirche ernannt. Ihr kennt die Geschichte von Johannes dem Täufer?«

Johannes und Siegfried nickten schnell. Sie hatten keine Lust, vom Pastor einen Vortrag über eine Bibelszene zu hören. Sie wussten, dass Huhnold sich stets darüber lange und ausführlich ausließ. In der Schule hatten sie damit reichlich Bekanntschaft gemacht. Außerdem kannte Johannes die ganze Geschichte auswendig. Schließlich war er nach dem Schutzpatron der Kirche benannt worden.

»Kann ich von der Kirche und vom Altar ein Modell bauen?«, fragte Adrian.

»Modell?« Der Pfarrer sah ihn verständnislos an.

»Aus Pappe. Ich habe schon eins vom Ulmer Dom.«

»So? Darf ich das mal sehen?«

»Ja. Ich bringe es Ihnen vorbei.«

»Prima.«

»Vielleicht lasse ich Johannes die Kirche bauen«, sagte Adrian.

Johannes strahlte.

»Kannst du denn so etwas?«, fragte der Pastor.

»Noch nicht«, antwortete Johannes. »Aber ich lerne es. Alles kann man lernen. Sagt Benedikt.«

»So, sagt er das.« Der Pastor schmunzelte und wandte sich wieder an Adrian. »Wenn du mit dem Bast-, eh, Bauen anfängst, kannst du jederzeit in die Kirche kommen. Die Tür steht immer offen.«

»Danke.«

»So, jetzt muss ich mich um meine Schäfchen kümmern. Ich habe noch drei Krankenbesuche und einen Geburtstag vor mir. Es war schön, euch etwas zu erklären. Ich denke, wir sehen uns alle am Sonntag in der Kirche, nicht wahr?«

Sie nickten brav, auch Siegfried. Dann gingen sie zügig aber nicht zu schnell aus der Kirche hinaus. Pastor Huhnold blickte mit einem glücklichen Gesichtsausdruck hinter ihnen her.

Sie sprachen kein Wort, bis sie die Straße unterhalb der Kirche wieder erreicht hatten.

»Geht ihr mit mir, wenn ich anfange zu bauen?«

»Auf jeden Fall«, sagte Johannes.

»Nein«, sagte Siegfried.

Adrian sah noch einmal zur Kirche zurück. Der Hügel, auf dem sie stand, kam ihm höher und größer vor als jemals zuvor. Die Spitze des Turms schien den Himmel zu berühren. Langsam senkte er den Kopf und folgte den beiden Jungen. Er war so in Gedanken versunken, dass er die Person, die aus Richtung Ahretal kam, zu spät bemerkte.

»Sieh mal einer an«, grinste Bruno Seibert. »Unser Weichling. He, du Knirps, suchst du Schutz bei diesen Muttersöhnchen?«

Johannes nahm seinen ganzen Mut zusammen. »Lass uns in Ruhe, Bruno. Ich erzähl es sonst Benedikt.«

Allein die Erwähnung dieses Namens ließ Bruno die Zornesröte ins Gesicht schießen. Aber er schwieg wenigstens.

Johannes zog Adrian mit sich. »Bruno ist ein ungehobelter Kerl. Er sucht immer und überall Streit«, sagte er außer Hörweite von Bruno.

Adrian hatte die Zähne aufeinandergepresst. »Irgendwann

zeige ich es ihm noch. Du wirst schon sehen. Irgendwann.«

Da sie bei seinem Elternhaus vorbeimussten, zog Johannes die beiden mit hinein. In der Küche roch es nach frischem Kuchen.

Johannes wies darauf. »Sieht sehr gut aus. Dürfen wir?«

»Natürlich«, antwortete Magdalena.

Johannes und Siegfried griffen begeistert zu.

»Adrian.« Johannes drehte sich nach ihm um. »Komm her, der Kuchen schmeckt sehr gut.«

»Mag nicht.«

»Was ist los?«, fragte Magdalena. »Bist du krank?«

»Nein. Ich habe nur keinen Hunger. Ich – ich muss sowieso gehen. Mama und Papa warten bestimmt schon auf mich. Es ist spät geworden.«

»Treffen wir uns morgen wieder?«, fragte Johannes. »Dann können wir einen Plan machen.«

»Plan?«, fragte Magdalena misstrauisch. »Was denn für einen Plan? Habt ihr etwas vor?«

Johannes lächelte verschmitzt. »Nicht, was du denkst. Wir wollen von der Kirche ein Modell aus Pappe basteln. Adrian, Siegfried und ich. Wir -«

»Ich nicht«, sagte Siegfried schnell.

»Na schön, dann du nicht. Aber wir beiden. Adrian ...? Wo ist er?«, fragte Johannes verwundert.

Sie sausten zum Fenster. Adrian Meinard lief gerade an der Sonneborn entlang in Richtung des Eisenhammers. Nein, er lief nicht, er rannte, als wäre der Teufel hinter ihm her.

»Was hat er denn?«, fragte Magdalena.

Johannes antwortete nicht. Er biss sich auf die Unterlippe, und er hoffte, dass Adrian rechtzeitig den Eisenhammer erreichen würde, bevor ihn Bruno Seibert, der an der Hauptstraße aufgetaucht war, einholte.

61

Die »Dicke Linde« war ein vertrauter Begriff für alle Dorfbewohner. Niemand wusste, wie alt der Baum auf dem Weg zum Ikesberg war. Man schätzte ihn auf über dreihundert Jahre.

Wenn jemand einen Treffpunkt für einen Spaziergang ausmachte, sagte er häufig »wir treffen uns an der Dicken Linde«. Auch Benedikt und Katharina hatten sich an diesem Tag dort verabredet.

Katharina lehnte mit dem Rücken an dem Stamm und blickte ihm mit leuchtenden Augen entgegen. Benedikt eilte auf sie zu, ergriff ihre Hände und war nahe daran, sie zu küssen. Aber er beherrschte sich, denn so etwas tat man nicht, wenn man sich kaum kannte.

»Hallo.«

»Hallo«, murmelte sie zurück. Sie wischte ihre schwitzenden Hände an ihrem einfarbigen Kleid ab. Um ihre Verlegenheit zu überbrücken, deutete sie zur Krone der Linde.

»Ein prachtvoller Baum.«

»Ja, das ist er. Als Schulkinder haben wir oft einen Spaziergang hierher gemacht. Ich glaube gar, der Baum ist neben der Kirche das Wahrzeichen Züschens.«

Katharina stieß sich vom Stamm ab und lief den Weg hinauf. Benedikt folgte ihr. Doch unvermittelt hatte er Angst. Angst davor, dass dieser Spaziergang ähnlich enden könnte wie der mit Gundula Holzner. Auch mit ihr war er durch die Gegend gestreift. Sie hatten gelacht und sich geneckt, und dann war der schlimme Unfall passiert. Benedikt schüttelte sich. Aber es fiel ihm schwer, die Erinnerung daran zu verdrängen.

Sie gingen langsamer. Katharina hielt manchmal die Augen geschlossen und drehte ihr Gesicht in die Sonne, die hell und warm von einem klaren Himmel schien.

»Wie in Frankreich«, sagte sie. »Fast genauso warm.«

»Wie ist das Leben dort?«, wollte Benedikt wissen.

Sie überlegte kurz. »Ungewöhnlich, einfach anders als hier.«

»Wieso?«

»Das ist schwer zu erklären. Bis sich die Konflikte zuspitzten, waren die Franzosen sehr nett und immer hilfsbereit. Sie genießen vor allem das Essen. Abends sitzen sie stundenlang beim Menü und Rotwein. Und sie lieben ihre Kinder. Es gibt für sie nichts Schöneres, als einen Haufen Kinder zu haben.«

»Wie bei uns.«

»Was?«

Benedikt schmunzelte. »Hier hat jede Familie sechs bis acht

Kinder, naja fast jede Familie.« Er dachte dabei an Bertrams, Redlichs und natürlich auch an seinen Onkel.

»Was hast du in Frankreich gemacht?«

»Zuerst war ich lange in der Schule, bis ich fünfzehn war. Dann kam der Konflikt und wir mussten weg. Es – es war wie eine Flucht.«

»Dann sprichst du Französisch?«

Sie nickte. »Ja, natürlich. Deutsch habe ich zu Hause gelernt. Im Haus haben wir nur Deutsch gesprochen.«

»Ça va?«, sagte Benedikt.

Katharina blieb stehen. Verwundert schaute sie ihn an. »Du kannst Französisch?«

»Un petit peu.«

»Woher – ich meine, wieso sprichst du Französisch?«

Er wurde richtig verlegen. »Das ist schon alles, was ich kann. Ich habe dir doch von dem Handlungsreisenden Michels erzählt. Er hat uns, meinen Schwestern, meinem Bruder und mir ein bisschen Unterricht gegeben.« Benedikt schlug sich gegen die Stirn. »Vielleicht sollte ich damit wieder anfangen. Wie wär´s, könntest du mich nicht unterrichten?«

Sie schüttelte den Kopf. »Ich bin nicht die richtige Lehrerin dafür. So etwas kann ich nicht.«

»Schade.«

Mit einem Mal schritt Benedikt schneller voran. »Ich möchte dir etwas zeigen.«

Der Weg führte sie in einer Linkskurve hinauf auf den Südhang des Ikesberges. Von hier aus konnten sie über die Häuser des Dorfes in die Täler von Nuhne, Ahre und Sonneborn blicken. Katharina war überwältigt. Solch einen schönen Ausblick hatte sie nicht erwartet. Aber das war es nicht, was Benedikt ihr zeigen wollte.

Bald erreichten sie die Höhe, auf der sich zwei Fahrwege und zwei Feldwege kreuzten. Benedikt deutete nach Nordwesten.

»Dies ist die Landstraße nach Winterberg«, erklärte er. »In entgegengesetzter Richtung kommt man nach Hallenberg und weiter bis nach Hessen. Über diese Straße – man sagte früher Avenue – reisten im Siebenjährigen Krieg die französischen Armeen.«

»Du willst mich auf den Arm nehmen.«

»Ganz und gar nicht«, antwortete Benedikt. Er ging weiter, bog um eine Hecke und blieb so plötzlich stehen, dass Katharina gegen seinen Rücken prallte. Vor ihnen stand ein fast drei Meter hohes Kreuz aus dicken Balken.

»Das ist das Franzosenkreuz«, sagte Benedikt fast ehrfürchtig. »Der Überlieferung nach soll hier ein Bursche im Siebenjährigen Krieg seinen französischen Offizier erschlagen haben. Man vermutet aber, dass das Kreuz viel älter ist und sogar bis in die fränkische Zeit Karls des Großen, also um 800, zurückgeht. Demnach müsste es eigentlich Frankenkreuz heißen, aber Franzosenkreuz hat sich im Dorf eingeprägt.«

Er deutete wieder auf den breiteren Weg. »Das war im Mittelalter die Verbindung zwischen Frankfurt und dem Ruhrgebiet. Aber es war nicht sehr einfach, Kriegsgerät oder Essen mit Pferdewagen oder Ochsenwagen über die Berge zu transportieren. Der Siebenjährige Krieg war eine harte Zeit.«

»Habt ihr davon in Züschen etwas mitbekommen?«

»Das weiß ich nicht. Es gibt viele Gerüchte, aber du weißt doch, dass jede Erzählung immer wieder ausgeschmückt wird. Man darf nicht alles glauben.«

»Dann auch das nicht von dem Franzosenkreuz?«, fragte Katharina schelmisch.

Benedikt blieb ernst. »Das ist eine historische Überlieferung. Nur ob es Franzosenkreuz oder Frankenkreuz heißt, ist nicht genau erklärt.«

Er löste sich von der Betrachtung des Kreuzes und schaute stattdessen zu Katharina. Sie war vollkommen in Gedanken versunken und hingerissen von dem Franzosenkreuz. Benedikt trat hinter sie, legte die Arme um ihren Körper und drehte sie zu sich herum. Sie sagte kein Wort, sie hielt die Augen nur geschlossen, als habe sie Angst vor dem, was gleich geschehen würde. Benedikt streifte mit seinem Mund ihre Wangen, spürte ihren Atem wie eine zärtliche Liebkosung auf seiner Haut. Er beugte sich vor und küsste sie auf den Mund. Ihre Lippen öffneten sich. Sie waren weich und begierig und ...

Mit einem Mal schob sie ihn von sich. Benedikt war so überrascht, dass er taumelte und fast gestürzt wäre.

»Nicht, Benedikt«, flüsterte sie. »Wir dürfen das nicht. Ich möchte es nicht – noch nicht.«

Katharina lief rasch auf den Weg bis zum Rand des Waldes, von wo aus man wieder einen wunderschönen Blick über das Dorf hatte. Unterhalb des Waldes lagen fruchtbare Äcker und saftige Wiesen.

»Gehören die euch auch?« Es war eine Ablenkungsfrage, das war ihm sofort klar.

»Wie kommst du jetzt darauf?«

Sie zuckte kaum merklich die Achseln. »Nur so. Ihr seid doch reich, oder? Sophia hat es mir gesagt.«

»Ihr trefft euch?«

»Sicher, warum nicht. Wir sind Freundinnen.«

Benedikt schloss die Augen. Das fehlte gerade noch, dachte er.

»Ich möchte gehen«, sagte Katharina plötzlich.

»Aber warum? Es ist doch schön hier, oder?«

»Ja.« Sie nickte. »Aber dennoch. Lass uns gehen. Ich war schon viel zu lange mit dir zusammen.«

»Fürchtest du dich vor dem Gerede im Dorf?«

Sie nickte.

»Daraus darfst du dir nichts machen. Die Leute reden immer. Sie sind alle nur neidisch. Außerdem ist es sowieso schon zu spät, den Gerüchten zu entgehen. Jeder weiß, dass ich oft bei euch bin.«

Katharina seufzte. Das hatte er nicht zu betonen brauchen. Sie wusste es, sie war schon mehrmals darauf angesprochen worden.

Plötzlich war die fast zärtliche Verbundenheit zwischen ihnen zerrissen. Schweigend gingen sie zurück. Als sie den Eisenhammer erreichten, wollte Benedikt Katharina umarmen, aber sie wich ihm aus.

»Nicht«, flüsterte sie, drehte sich um und rannte ins Haus.

Er sah ihr nach, bis sie verschwunden war, dann ging er den langen Weg die Hauptstraße hinauf. Als er nach Hause kam, waren nur Magdalena und Paul anwesend. Paul saß auf der Bank neben dem Ofen. Er hob kaum den Kopf, als Benedikt eintrat. Magdalena hatte einen wütenden Gesichtsausdruck aufgesetzt. Benedikt schmunzelte.

»Na, hast du Magdalena wieder geärgert, Paul?«

»Ich habe nichts getan«, antwortete der Junge trotzig. »Wo

warst du denn so lange?«

»Unterwegs«, sagte Benedikt ausweichend.

Draußen quiekten ein paar Schweine, und Paul rannte hinaus. Benedikt setzte sich. »Wo ist Papa?«

Magdalena drehte sich nicht vom Herd herum. »Er hat auf dich gewartet.«

Der Vorwurf in ihrer Stimme traf ihn sehr. Benedikt presste die Lippen zusammen. Es fiel ihm wieder ein, dass er zusammen mit Vater nach Winterberg sollte.

»Karl ist mit ihm gefahren.«

Benedikt griff nach einem Stück trockenen Brotes und biss hinein. »Was wollte Papa eigentlich in Winterberg?«

»Weißt du das denn nicht? Er braucht eine neue Sichel, zwei Äxte und ein Kettenglied.«

Benedikt legte das angebissene Brot auf den Tisch zurück. »Dafür fährt er nach Winterberg? Nicht zu Heinrich Meinard?«

Magdalena schwieg.

»So ist das also«, nickte Benedikt. »Er will nicht zu Meinard, wie? Er fährt ganz bewusst zu einem anderen Eisenhammer. Warum macht er das?«

»Das musst du ihn schon selbst fragen, Benedikt.«

Aber an diesem Tag sah Benedikt seinen Vater nicht mehr, und am nächsten Morgen hatte sich sein Zorn verflogen. Es brachte nichts, wenn er seinen Vater zur Rede stellte.

62

An den neuen Eisenhammer hatte man sich rasch gewöhnt. Heinrich Meinard arbeitete von früh bis spät und beendete die Aufträge, die liegen geblieben waren, zur vollsten Zufriedenheit der Züschener Solstätter. Wenn er keine neuen Geräte herstellte, reparierte Heinrich das Dach des Eisenhammers oder des Wohnhauses. Beide hatten es nötig. Sogar sonntags arbeitete er, während seine Frau und Kinder in die Kirche gingen. Mit dem Müller Sandner kam Heinrich Meinard gut zurecht. Die beiden übernahmen einfach die bisherige Regelung mit dem Wassergraben, die Lettmann mit Sandner getroffen hatte.

Josefine Meinard und ihr Mann Heinrich merkten schnell,

was mit Benedikt und Katharina los war. Zuerst sahen sie es gern, wenn die beiden zusammen waren, aber je mehr Wochen vergingen, desto nachdenklicher wurde Heinrich Meinard.

»Weiß dein Vater, dass du oft bei uns bist?«, fragte er Benedikt.

»Nein.«

»Soso, du sagst also nicht, wo du deine Zeit verbringst.«

»Ich bin alt genug, Herr Meinard. Natürlich sage ich zu Hause meistens, wohin ich gehe, mit wem ich zusammen bin, aber -«

»Dass du zu uns kommst, aber nicht«, unterbrach ihn Heinrich.

Benedikt wurde verlegen. »Er hat es mir nicht verboten.«

»Natürlich nicht. Dazu ist er zu klug.«

»Möchten Sie, dass ich nicht mehr komme?«

Heinrich Meinard schüttelte bedächtig den Kopf. »Du bist bei uns immer willkommen.«

Er drehte sich um und widmete sich wieder seiner Arbeit. Benedikt sah ihm eine Weile dabei zu. Die Worte Heinrich Meinards hatten ihn nachdenklich gemacht. Natürlich war er entschlossen, sich von seinem Vater nichts mehr sagen zu lassen, aber den häuslichen Frieden durch sein Verhalten zu stören, behagte ihm ganz und gar nicht.

Er war sich über seine Gefühle nicht im Klaren. Diese Zuneigung, die er für Katharina verspürte, hatte er weder bei Sophia noch bei Luise empfunden, und auch nicht bei Gundula. Mit Matthäus oder Jonathan hätte er darüber sprechen können, aber beide waren weit weg. Von Matthäus hatte er seit dem Krieg nichts mehr gehört. Selbst seine Eltern wussten nicht genau, wie es ihm ging und was er beruflich machte. Im letzten halben Jahr war nur ein nichtssagender Brief von ihm gekommen.

Obwohl Benedikts Vater gegen die Verbindung zu Katharina war, trafen sie sich fast jeden Tag.

An diesem Nachmittag fand er Katharina im Garten hinter dem Eisenhammer. Es war das erste Mal, dass er sie dort hantieren sah. Sie rupfte Möhren und stach einige Salatköpfe aus dem Boden. Als sie ihn hörte, erhob sie sich und drehte sich herum. Ihr strahlendes Lächeln erlosch, als sie in sein Gesicht blickte.

»Du wirkst so bedrückt, Benedikt. Ist etwas passiert?«

Zuerst wollte er den Kopf schütteln, aber dann sagte er: »Mein Vater sieht es nicht gern, wenn ich bei dir bin.«

»Ich habe es gewusst, Benedikt. Nein, nicht gewusst, sondern geahnt. Wir alle haben es geahnt. Weißt du, Benedikt, wir sind nur Zugereiste, wir gehören nicht in eure Dorfgemeinschaft.«

»Wie kommst du denn darauf?«

»Ich spüre es. Wir alle spüren es. Papa ist sehr unglücklich.«

»Er liebt doch seine Arbeit.«

»Das ist es ja gerade. Er weiß überhaupt nicht mehr, was er tun soll. Einmal habe ich gehört, wie er zu Mama sagte, dass es besser wäre, wieder abzureisen. Er hat auch schon eine Idee.«

»Welche?«

»Überall werden Eisenbahnbauer gesucht und gute Schmiede. Er könnte da eine Menge Geld verdienen.«

»Katharina. Bitte, sag nicht so etwas. Ihr dürft nicht abreisen. Nicht jetzt, da ich dich kennengelernt habe.«

»Wir reisen auch nicht ab.«

»Vielleicht ergibt sich alles von selbst«, murmelte Benedikt. »Mein Vater ist nur nervös gewesen. Er hat den Tod meiner Mutter noch immer nicht überwunden. Gib ihm ein bisschen Zeit. Ich möchte dich nicht verlieren.«

Sie legte die Möhren und die Salatköpfe in einen Korb und klemmte ihn sich unter den Arm. Dabei wandte sie ihm ihren Rücken zu.

»Weißt du, dass ich mir richtig schäbig vorkomme?«, sagte sie leise. »Ich habe eben erst eine Freundin gefunden und jetzt ist mir, als würde ich sie betrügen.«

»Sophia?«

Sie nickte.

»Sie hat gesagt, dass sie dich heiraten würde, dass ihre Eltern und deine Eltern das so abgesprochen haben.«

Er riss sie heftiger als beabsichtigt an den Oberarmen herum und zog sie eng an sich, dass sie ihm ins Gesicht blicken musste.

»Ich heirate, wen ich will«, stieß er trotzig heraus.

»Benedikt bitte, du darfst ihr nicht böse sein. Sie meint es nicht so und – sie hat dich wirklich gern.«

»Aber ich ...« Erst jetzt wurde ihm bewusst, worüber sie gerade redeten. Auch Katharina war verlegen geworden. Er ließ ihre Arme los, und sie machte schnell ein paar Schritte zur Seite, als würde seine Nähe sie erdrücken.

»Es ist besser, wenn wir uns eine Zeit lang nicht sehen«, sagte sie mit erstickter Stimme.

Er nickte, ganz gegen seinen Willen, und stand da wie ein begossener Pudel, mit hängenden Armen und nach vorn geneigten Schultern. Als sie nichts mehr sagte, ging er langsam durch den Garten zur Straße. Er bemerkte nicht, dass Heinrich Meinard und seine Frau Josefine besorgt hinter ihm hersahen. Seine Haltung war die eines alten Mannes, und genauso fühlte er sich in diesem Moment.

Am Abend saßen sie an dem gedeckten Tisch. Magdalena hatte wie fast jeden Abend eine Suppe gekocht und Brot gebacken. Es roch köstlich und alle griffen herzhaft zu.

»Adrian und ich haben dem Pastor Adrians Modell vom Ulmer Dom gezeigt«, sagte Johannes plötzlich mit vollem Mund. »Er war sehr beeindruckt. Er hat sogar einen Moment lang überlegt, das Meisterstück, wie er es nannte, in der Kirche aufzustellen.«

»Das fehlte gerade noch«, brummte sein Vater zornig.

»Er hat es auch sein gelassen. Pastor Huhnold meint, das könnte ein Affront gegenüber den alteingesessenen Bürgern sein, wenn er ein fremdes Kirchenmodell zeigen würde.«

»Recht hat er«, sagte Robert.

Benedikt legte den Löffel zur Seite. »Du warst vor ein paar Tagen in Winterberg, Papa?«

»Ja.« Die Antwort kam sehr einsilbig.

»Bei Hofringer?«

»Genau.«

»Warum gehst du zu einem fremden Eisenhammer, warum nicht zu Meinard? Was hast du gegen ihn, Papa?«

Robert hob nicht einmal den Kopf. »Hofringer ist nicht fremd. Ich kenne ihn seit Jahren.«

»Natürlich«, sagte Benedikt sarkastisch. »Wir kennen ja fast jeden in Winterberg. Du hast ihn noch nie aufgesucht, wenn du ein neues Eisenrad oder ein anderes Gerät brauchtest. Du bist zu Onkel Lettmann gegangen, auch wenn du ihn nicht mochtest, aber du wusstest, dass er die besten Geräte herstellt. Heinrich Meinard ist nicht schlechter. Er ist ein guter Eisenhammer.«

Alle anderen Bauern aus Züschen lassen ihre neuen Eisenräder bei Meinard machen, nur du nicht.«

Robert winkte barsch ab. »Ich bin dir keine Rechenschaft schuldig.« Er hob seine Stimme. »Übrigens möchte ich, dass du nicht so oft bei Meinards bist.«

»Du verbietest es mir?«, fragte Benedikt.

»Nein. Ich bitte dich darum.« Robert stand auf, und ohne auf eine Antwort zu warten, verließ er die Küche.

Benedikt sah hinter ihm her, Johannes hatte betreten den Kopf gesenkt. »Was ist los mit ihm? Magdalena, kannst du mir eine Antwort darauf geben?«

Seine Schwester seufzte. »Ich vermute, Papa wollte den Eisenhammer selbst übernehmen und weiter verpachten. Es ärgert ihn, dass Onkel Lettmann schon einen Nachfolger gefunden hatte.«

Benedikt blickte fassungslos auf die Tür, durch die sein Vater verschwunden war. Er konnte es nicht begreifen. Nur weil man nicht alles bekam, stieß man die Menschen vor den Kopf. Vater, Vater, dachte Benedikt. Wie soll ich das Heinrich Meinard nur erklären?

»Du sollst aber auch wissen, dass ich deine Beziehung zu Katharina unterstütze, Benedikt«, sprach Magdalena weiter. »Ich freue mich, wenn du mit ihr zusammen bist.«

Benedikt wusste, warum. Katharina hatte ihn in den letzten Wochen immer wieder mit in die Kirche geschleppt. Hatte er vorher nur sonntags die Messe besucht, so war er, seit er Katharina kannte, sogar manchmal mitten in der Woche beim Gottesdienst gewesen. Selbst der Pastor hatte Benedikt mehrmals erstaunt angesehen.

Johannes stand auf. »Ich geh in mein Zimmer«, sagte er und verschwand hastig. Nur Paul schien die angespannte Stimmung nicht zu spüren. Er aß ruhig weiter.

Warum verbietet Vater Johannes nicht den Umgang mit Adrian Meinard, dachte Benedikt. Warum lässt er zu, dass Johannes den ganzen Tag mit Adrian verbringt? In seiner ersten Enttäuschung wollte Benedikt zu seinem Vater gehen und ihm diese Worte an den Kopf schleudern, aber als er in seinem Zimmer war, dachte er bereits völlig anders darüber. Johannes war seit der Freundschaft mit Adrian ein anderer Mensch geworden:

aufgeschlossen, gesprächig und stets guter Dinge. Deshalb durfte Benedikt seinem Bruder den Kontakt zu Adrian Meinard nicht zerstören.

63

Johannes Halbach war ein hochgewachsener junger Mann, mit feinen Gesichtszügen und schmalen Händen, die nicht zum Zupacken geeignet waren. Dennoch half er auf dem Hof mit, so gut er konnte. Auch die Bäckerlehre absolvierte er gleichgültig und mit stupider Gelassenheit.

Johannes ging regelmäßig zur Beichte, obwohl er nicht sündigte. Er fluchte nicht, log nicht, stritt sich nicht mit seinen Geschwistern oder Gleichaltrigen, gab keine Widerworte und hatte auch keine sündigen Gedanken. Selbst als er in die Pubertät kam, konnte er die unkeuschen Gefühle mühelos verdrängen.

Johannes war es wichtig, sein Versprechen zu halten und mit Adrian in die Berge zu gehen, um ihm die Größe Züschens und auch den Besitz seines Vaters zu zeigen. Sie trafen sich stets, nachdem Johannes seine Arbeit beim Bäcker getan hatte.

Nahe des Freien Stuhls lag das Gelände, das Robert Halbach weder für Ackerbau noch für sein Vieh gebrauchen konnte. So war es ihm leichtgefallen, die Fläche im Rahmen der Neubepflanzung mit Fichten zur Verfügung zu stellen. Die Bäume waren bereits um fast zwanzig Zentimeter gewachsen, sahen sehr gesund aus und würden auch einmal das Dorf mit Baummaterial versorgen.

Etwa siebzig Meter daneben hatte ein Köhler seinen Meiler aufgebaut. Er hieß Hermann Lenzen, war von gedrungener Statur, trug einen dichten Bart, der mit weißen Fäden durchzogen war. Stets hielt er eine Krummpfeife in seinen Mundwinkeln. Lenzen war dreiundsechzig Jahre alt und ein gutmütiger Mann. Während der Zeit des Kohlens lebte er in einer modernen Hütte unter Buchen und Birken. Es gab unzählige Köhler, was vor allem daran lag, dass Holzreichtum, Holzkohlebedarf und Wasser wichtige Grundvoraussetzungen für eine lukrative Holzwirtschaft waren. Züschen war gesegnet mit Waldbeständen.

Für eine erfolgreiche Köhlertätigkeit jedoch war vor allen

Dingen Buchenholz erforderlich. Das war der beliebteste Baum eines jeden Köhlers. Deshalb war auch niemand von ihnen erfreut, als die Gemeinde den Fichtenanbau beschloss. Aber sie hatten keine Chance, sich dagegen zu wehren.

Lenzen war nicht überrascht, die drei Jungen an diesem warmen Tag auf sich zukommen zu sehen. Siegfried Redlich war wie üblich mit dabei. Während er und Johannes ohne Scheu auf den Köhler zugingen, blieb Adrian in einiger Entfernung stehen. Er hatte noch nie einen Köhlermeiler gesehen, aber er zeigte sich sehr interessiert. Der Priesterberuf rückte für einen Moment in den Hintergrund.

Lenzen nickte ihm freundlich zu, und Adrian kam heran. Der Geruch des Kohlens hing dem Köhler in jeder Faser seiner Kleidung. Er trug eine robuste grauschwarze Hose, ein Baumwollhemd und eine speckige, schwarze Weste. Auf seinem Haupt thronte ein schwarzer Schlapphut. Lenzen zog einige Male kräftig an seiner Krummpfeife und blies den dichten Rauch seitlich aus. Vor ihm über einem Holzfeuer hing auf einem primitiven Gestell ein Topf.

»Wollt ihr mitessen?«, fragte er. »Ich habe gerade erst Hülsenfrüchte mit Speck aufgesetzt. Es dauert allerdings noch etwas, bis sie gar sind.«

Siegfried schüttelte den Kopf, Adrian verzog angeekelt den Mund, nur Johannes nickte.

Lenzen lachte. »Das ist nicht nach eurem Geschmack, wie? Ich habe auch Kartoffeln gebraten.«

Er deutete auf eine Feuerstelle ein paar Meter weiter. Auf einer Fläche von zwei mal zwei Metern lag glühende Holzkohle. Sie war etwa fünf Zentimeter hoch aufgeschichtet. Dünne Rauchfäden stiegen von der Stelle auf und vollführten im warmen Lüftchen einen kleinen, dezenten Tanz.

»Da sind Kartoffeln drin?«, fragte Adrian entgeistert.

»Seit einer Viertelstunde. Sie garen langsam, ungefähr noch mal so lange.«

»Und dann?«

»Dann werden sie gegessen.«

»Igitt«, machte Adrian.

Lenzen schmunzelte. Johannes und Siegfried lachten. Die beiden kannten das.

»Das ist Adrian Meinard«, sagte Johannes zu dem Köhler.

»Ich weiß«, nickte dieser.

»Woher ...?«

»Ich lebe zwar abseits der Zivilisation, aber dass wir einen neuen Eisenhammer bekommen haben, ist auch bis hier oben hin durchgesickert. Was hat euch denn in diese Wildnis getrieben?«

»Ich zeige Adrian die Berge und ...«

Er brach ab. Der Köhler nickte. Er hatte verstanden. Johannes wollte dem Jungen auch die Wiesen, Felder und Wälder seines Vaters zeigen. Das war ganz selbstverständlich für den Sohn eines wohlhabenden Solstätters.

»Benedikt hat mir immer so viel von Ihnen erzählt«, sagte Johannes. »Deshalb wollte ich Sie aufsuchen und mit Adrian bekanntmachen.«

»Benedikt? Ja, der war oft bei mir, als er in eurem Alter war. Jetzt ist er wohl zu alt, um mich zu besuchen.«

»Nee«, schüttelte Johannes den Kopf. »Er hat nur viel Arbeit. Papa schafft es allein nicht mehr, und die Knechte und Tagelöhner arbeiten ihm nicht sorgfältig genug.«

»Tja, so ist Benedikt«, schmunzelte Lenzen und zog wieder an seiner Pfeife. »Und du«, wandte er sich an Adrian, »hast du dich in Züschen schon eingewöhnt?«

Der Junge nickte etwas zu eifrig, als dass er Lenzen täuschen könnte. »Ich habe zwei Freunde gefunden, die mir alles zeigen und es mir leichtmachen.«

»Das ist gut«, murmelte der Köhler.

Er stand auf und ging zu der Holzkohlenglut. Dort ergriff er einen langen Stock, der abseits der Feuerstelle gelegen hatte, und schob die Glut auseinander. Dunkle, fast schwarze Kartoffeln kamen zum Vorschein. Er bückte sich, nahm sie in die Hand und drückte sie. Wenn er zufrieden mit dem Ergebnis war, warf er sie in eine kleine Kiste, wenn nicht, kamen sie zurück in die Glut. Schließlich hatte er etwa dreißig Kartoffeln herausgefischt.

»Wollen Sie die alle essen?«, fragte Johannes.

»Nein. Ich habe gewusst, dass ihr kommt.« Er lachte. »Das war ein Scherz. Ich mache immer so viele, weil oft andere Köhler auf einen Sprung vorbeikommen und mit mir essen. Hin und wieder gehe ich auch zu ihnen. Es ist eine gegenseitige Hilfe.«

Er nahm die Kartoffeln in die Hand und brach sie in der Mitte durch. Aus einer Blechdose holte der Köhler Butter und Speck, aus einer anderen Dose eine Zwiebelsoße. Von allem legte er eine gehörige Portion auf die eine Hälfte der Kartoffel und biss hinein. Adrian sah fassungslos zu.

»Köstlich«, sagte Lenzen mit vollem Mund. »Greift zu.«

Johannes und Siegfried ließen sich das nicht zweimal sagen, nur Adrian zögerte immer noch. Schließlich begann er vorsichtig, eine Kartoffel zu schälen. Aber es gelang ihm nicht.

»Wir essen die Kartoffel mit Schale«, erklärte Lenzen.

»Aber die ist doch total verbrannt.«

»Das macht nichts. Dieses Kartoffelbraten ist eine Züschener Tradition. So etwas gibt es nirgend woanders.«

»Das glaube ich gern«, sagte Adrian, biss in die Kartoffel und kaute mit vollen Backen darauf herum. Dann schluckte er sie unter den neugierigen Blicken der anderen herunter.

»Das schmeckt«, stieß er aus. »Wirklich. Das hätte ich nicht gedacht. Das muss ich unbedingt Mama und Papa erzählen.«

»Tu das«, sagte Lenzen erfreut. Er nahm den gusseisernen Topf mit der Suppe von der Feuerstelle und stellte ihn auf die Erde. Der Henkel war heiß, die dicke Suppe blubberte. Es roch erstaunlich gut, nur Adrian rümpfte die Nase. Lenzen holte vier Holzschalen aus seiner Hütte, tauchte einen Löffel in den Topf und füllte damit die Schalen. Einen davon hielt er Adrian hin. »Hülsenfrüchte mit Speck. Das ist meine Lieblingsmahlzeit.«

»Davon werden Sie satt?«, wunderte sich Adrian.

»Aber natürlich. So ein Topf reicht meistens für mehrere Tage. Ich habe keine Zeit, mir jeden Tag neues Essen zu machen. Der Meiler muss stets im Auge behalten werden. Probiert ruhig.«

Bald aßen sie mit gesundem Appetit. Dass dabei ihre Hände schwarz und ihre Lippen dreckig geworden waren, störte niemanden. Satt und zufrieden ließen sie sich ins Gras fallen.

Siegfried rülpste. »Entschuldigung«, sagte er verlegen.

Niemand nahm es ihm übel.

Johannes sah zum Meiler hin. Der Geruch von glühendem Holz drang den Jungs schon seit Langem in die Nase.

»Der Holzhaufen sieht sehr gut aus«, bemerkte er.

Lenzen nickte. »Für den Meiler habe ich eine ganze Woche

gebraucht. Er besteht aus mehreren Schichten Holz und vier Weidenkränzen. Der Innenraum, der Kamin, ist im Durchmesser etwa zwei Meter.«

»Müssen Sie den vor dem Winter wieder abreißen?«, fragte Siegfried.

Lenzen schüttelte den Kopf. »Nein. Aber es kann sein, dass er vom Schnee oder vom Wild beschädigt wird. Dann brauche ich einige Tage, um ihn wieder so herzurichten, wie er jetzt ist.«

Er stand auf, ging auf den Meiler zu und nahm einen Schlegel. Damit schlug er kräftig auf die außenliegende Erdschicht. Sofort stieg feiner, farbiger Rauch durch den Abzug in der Spitze ins Freie. Wie eine durchsichtige Fahne wehte er einige Minuten über den Wipfeln der Bäume, dann hatte ihn die Luft aufgesaugt.

»Warum schlagen Sie darauf?«, wollte Adrian wissen.

»Im Innern des Meilers hat das Verkohlen des Holzes angefangen«, erklärte Lenzen. »Das Holz brennt nicht, es schwelt nur. Damit auch die äußere Schicht des Meilers mit dem Feuer in Berührung kommt, muss ich dauernd beischlagen.«

»Und wie lange brennt ein solcher Meiler?«, fragte Adrian.

»Eine Woche, manchmal auch zwei. Das liegt am Holz. Dieser Meiler brennt bestimmt zwei Wochen. Ich habe mir damit sehr viel Mühe gegeben.«

Adrian legte einen Finger an das Kinn. »Können wir nicht einen zweiten Meiler bauen?«

»Au ja«, rief Siegfried sofort.

»Ich habe so etwas noch nie gesehen«, sagte Adrian.

Lenzen zögerte, aber als er die begierigen Gesichter der Jungen sah, nickte er.

»Gut. Aber ihr müsst mir dabei helfen.«

»Natürlich«, riefen sie wie aus einem Munde.

»Zuerst brauchen wir drei lange Stangen. Wir müssen sie aufrichten und in etwa anderthalb Metern Höhe einen geflochtenen Weidenkranz darumlegen.«

»Den Weidekranz flechte ich«, rief Johannes.

»Wunderbar«, nickte Lenzen. »Drüben stehen viele Weiden. Also los.«

In der nächsten Zeit arbeiteten die Jungs schnell und gewissenhaft, und Lenzen konnte sich ein zufriedenes Nicken nicht verkneifen. Am meisten wunderte er sich über Adrian Meinard. Der Junge war so begeistert bei der Sache, dass Lenzen seinen Entschluss, einen zweiten Meiler zu bauen, nicht bereute.

Siegfried hielt die drei gegeneinander aufgestellten Stangen fest, um die Adrian den geflochtenen Kranz legte. Lenzen und Johannes stellten die verschiedenen Holzscheite aus Birke, Buche und Erle aufrecht an die Seiten.

»Das sieht schon gut aus«, meinte Lenzen. Er schaute durch eine kleine Öffnung in die Mitte des Meilers. Er war kleiner als üblich, aber das störte ihn nicht. Es sollte ohnehin nur eine Demonstration für die Jungen darstellen.

»Wir brauchen Laub, Gras und noch etwas Reiserholz«, sagte er. »Dann können wir anfangen.«

»Schon?«, fragte Johannes. »Muss der Meiler nicht noch mit einer dicken Erdschicht bedeckt werden?«

»Normalerweise schon«, sagte Lenzen. »Aber diesmal genügt es uns.«

Johannes, Siegfried und Adrian rannten in den Wald. Plötzlich erklangen von dort laute Stimmen.

»Kannst du nicht aufpassen?« Das war ohne Zweifel Bruno Seibert. Lenzen erkannte ihn sogleich. Seit Bruno für den Förster arbeitete, war er oft in der Nähe des Köhlers.

Eine andere, leisere Stimme antwortete.

»Mach, dass du fortkommst.« Wieder Bruno.

Hermann Lenzen hastete zum Wald. Als er die Tannen erreichte, sah er, dass Bruno einen armdicken Ast in der Hand hielt und ausholte. Jeden Moment würde er Adrian damit schlagen.

»Halt!«, schrie Lenzen.

Bruno wirbelte herum. Einige Sekundenbruchteile schwebte der Ast noch über seinem Kopf, dann ließ er die erhobenen Hände sinken. In den weit aufgerissenen Augen erlosch das Glitzern, das Lenzen erschreckte und bestürzte. Bruno stieß die Hand aus und zeigte auf Adrian. »Er hat mir einen Zweig vor die Beine geworfen. Ich wäre fast gestolpert. Ich wette, er hat es mit Absicht getan.«

»Nein ...!«, wehrte Adrian ab. »Ich habe ihn gar nicht gesehen. Er tauchte ganz plötzlich auf.«

»Blödsinn.« Bruno war kaum zu halten. »Ich bin seit Stunden

hier im Wald und arbeite. Ich habe euer Gerede mitbekommen.«
Er grinste schmierig zu Adrian. »Als wenn du einen Meiler bau-
en könntest. Du kannst doch gar nichts, du Zwerg. Ohne die
anderen bist du ein armseliger Wurm.«

»Bruno, was soll das?«, herrschte Lenzen ihn an. »Was hat dir
Adrian getan?«

»Getan?« Bruno warf den Ast auf den Boden. »Die Familie
passt einfach nicht nach Züschen. Das ist es. Seine eingebildete
Schwester glaubt, sie sei etwas Besseres.«

Er machte mit der linken Hand eine provozierende Bewegung zu Adrian hin, als ob er sagen wollte, na komm schon und
hol dir eine Tracht Prügel ab. Dann spuckte er aus, drehte sich
um und ging wortlos davon.

Die anderen blickten betroffen hinter ihm her.

»Ich – ich hatte richtig Angst«, stotterte Adrian. »Eines Tages
– eines Tages werde ich es ihm noch zeigen. Das verspreche ich
euch. Ich werde Bruno zeigen, dass ich doch etwas kann.«

Plötzlich hatte niemand mehr Lust, den Meiler weiter zu bau-
en.

64

In den nächsten Tagen trauten sich die drei Jungen nur noch zu
Hermann Lenzen, wenn sie wussten, dass Bruno Seibert in einem entfernten Waldgebiet arbeitete. Inzwischen hatte der Köhler erfahren, dass Adrian genau wie Johannes Priester werden
wollte.

»Ein angesehener Beruf«, meinte er an diesem Morgen, als
die Jungen neben seinem Meiler saßen. Es war immer noch ungewöhnlich heiß für das Hochsauerland. Seit Wochen hatte es
nicht mehr geregnet. »Was sag ich da, es ist eine Berufung. So
etwas muss man von hier drinnen wollen.« Lenzen schlug sich
an die Brust. »Ich hoffe nur, dass ihr gerechte Priester werdet
und euren Glauben wahrheitsgetreu verbreitet.«

»Wie meinen Sie denn das?«, fragte Johannes etwas verwirrt.

»Nun ...« Der Köhler paffte an seiner Krummpfeife. »Es sind
in den vergangenen Jahrhunderten viele Verbrechen im Namen
der Kirche begangen worden. Ich will euch damit nicht belasten.

Ihr seid jung, habt eurer ganzes Leben noch vor euch. Ihr werdet eure Erfahrungen schon machen.«

Hermann Lenzen hatte nicht vor, die Jungen auf die Zeit der Ketzerei, der Inquisition und der Kreuzzüge hinzuweisen. Das war Aufgabe der Kirche und der Schule.

Er strich sich den Bart zurecht, zog einige Male tief an seiner Krummpfeife und sagte: »Ich möchte euch eine Geschichte erzählen. Sie handelt von zwei ganz unterschiedlichen Jungen. Nennen wir sie Markus und David. Markus war ein schöner junger Mann, der wegen seines Aussehens von allen beneidet wurde. David war eher unscheinbar, etwas dick und behäbig, mit fettigem Haar und Pickeln im Gesicht. Er wurde von Markus stets gehänselt, aber David ließ sich nicht provozieren. Er hatte einen festen Halt, und das war sein Glaube an Gott. Unerschütterlich hielt er daran fest, auch als Markus ihm einzureden versuchte, dass es keinen Gott gäbe.«

»Wie konnte der so etwas behaupten?«, warf Adrian erbost ein.

»Warte«, sagte Lenzen, »die Geschichte ist noch lange nicht zu Ende. Nun – was niemand ahnte, war, dass David ein guter Schwimmer war. Er sprang sogar von einem Abhang mit einem Kopfsprung in einen Baggersee.«

»Oh«, machte Johannes und spürte eine Gänsehaut auf seinem Rücken. »Das hat er gewagt?«

»Und nicht nur einmal«, nickte Lenzen. »Als Markus merkte, dass David damit immer öfter die Aufmerksamkeit der Mädchen auf sich zog, wollte er es ihm gleichtun. Aber Markus war noch nie in einen Baggersee gesprungen. Er musste also unbedingt heimlich üben.

Tage vergingen, bis er endlich eines Nachts zu dem See schlich. Er schlotterte vor Angst, als er auf dem hohen Abhang stand. Er öffnete die Arme, so, wie er es bei David gesehen hatte. In diesem Moment lugte für kurze Zeit der Mond hinter den Wolken hervor, und Markus konnte die Wasseroberfläche sehen. Und genau auf dem Wasserspiegel stand Jesus Christus mit ausgebreiteten Armen. Jesus schien ihm etwas zuzurufen. Markus hörte ihn ganz deutlich sagen: Spring nicht, Markus, spring nicht!

Aber es war nicht Jesus, der das rief, sondern ein Jagdaufseher, der gerade von seinem Hochsitz nach Hause kam und den Jungen gesehen hatte. Spring nicht, rief er noch einmal. Weißt du denn nicht, dass der See fast völlig ausgetrocknet ist?«

Lenzen machte eine Pause. Seine Stimme war immer leiser geworden. Aus den Augenwinkeln beobachtete er die drei Jungen. Johannes hatte die Beine angezogen und die Arme um die Knie verschränkt. Adrian hielt die Augen geschlossen. Nur an Siegfried schien alles abzuprallen. Sein Gesichtsausdruck wirkte zwar interessiert, aber sonst war keine Regung an ihm zu sehen.

»Er – er hätte sich das Genick gebrochen?«, fragte Johannes kaum hörbar.

»Ja, Markus hätte keine Chance gehabt. Seit diesem Tag glaubte er an Gott, und David und er wurden Freunde.«

»Aber ...«, machte Adrian. »Wie konnte er Jesus denn sehen? Ich glaube an ihn, aber dass er jemandem erscheint, ist doch unmöglich, oder?«

Lenzen zog wieder an seiner Pfeife. »Als Markus seine Arme ausbreitete, um zu springen, sah er für einen kurzen Moment seinen eigenen Schatten auf der Wasseroberfläche, und das sah aus wie Jesus Christus am Kreuz.«

Adrian schluckte, Johannes kaute auf seiner Unterlippe. »Jesus hat ihm den Jagdaufseher geschickt, stimmt´s? Das hat Gott getan. Also gibt es ihn doch.«

»Ja«, bestätigte Lenzen. »Gott gibt es wirklich. Man muss nur an ihn glauben.«

»Wir werden mal gute Priester sein«, sagte Adrian Meinard mit fester Stimme, und Johannes nickte eifrig.

Im Hause Halbach blieb niemandem verborgen, dass sich Johannes mit Adrian Meinard und Siegfried Redlich oft bei dem Köhler Lenzen aufhielt. Johannes hatte von der Begegnung mit Bruno Seibert erzählt. Er war noch Stunden danach empört darüber, wie Bruno den armen Adrian behandelt hatte.

»Fast hätte ich mich vergessen und Bruno geschlagen«, sagte Johannes aufgeregt.

Diese Äußerung bereitete seinem Vater Sorgen. So etwas hatte sein Sohn noch nie von sich gegeben. Robert kannte die Unberechenbarkeit des Beiliegerjungen. Deshalb bat er Benedikt, sich einmal bei Lenzen umzuhören und besonders auf

Bruno zu achten.

Benedikt versprach es ihm.

Schon zwei Tage später war er bei Hermann Lenzen.

»Eine nette Überraschung, dich zu sehen«, sagte der Köhler. »Früher warst du öfter bei mir.«

»Da trug ich noch keine Verantwortung.«

»Geht es deinem Vater nicht gut?«

»Papa? Doch, der macht immer noch einen fidelen Eindruck. Aber auch er wird älter.«

»Tja, das werden wir alle«, meinte Lenzen und zog wieder einige Male kräftig an seiner Pfeife.

Sie setzten sich. Benedikt sah sich um. Seit seinem letzten Besuch bei Lenzen hatte sich einiges verändert. Die Hütte des Köhlers war größer, moderner und aus stabilem Stammholz mit richtigen Fenstern gebaut. Im Inneren, in das Benedikt durch die offenstehende Tür blicken konnte, standen ein schmales Bett, ein Tisch und zwei Stühle.

»Ich habe es richtig gemütlich hier«, sagte Lenzen, der seinem Blick gefolgt war. »Das habe ich deinem Vater zu verdanken. Er hat mir erlaubt, diese Hütte zu bauen. Früher musste ich fast immer im Freien schlafen.«

»Das hat Papa getan?«, wunderte sich Benedikt.

»Ja.« Lenzen schmunzelte. »Da hättest du nicht von ihm erwartet, wie?«

»Nein«, antwortete Benedikt ehrlich.

»Warum bist du wirklich gekommen?«

»Johannes hat uns von der Begegnung mit Bruno Seibert erzählt.«

Der Köhler winkte sofort ab. »Ach, das war nur ein Jungenstreit. Nichts weiter. Bruno ist irgendwie sauer auf Adrian Meinard.«

»Ja, das weiß ich.«

»So? Dann weißt du auch, dass er eigentlich Adrians Schwester Katharina meint.«

Benedikt riss die Augen auf. »Wie soll ich das verstehen?«

»Ich denke, Bruno ist bei ihr abgeblitzt, und das kann er nicht ertragen. Deshalb ist er so böse auf die neue Eisenhammerfamilie.«

Benedikt lächelte grimmig. »Dieser Bastard«, murmelte er.

»Das gibt sich wieder, glaube mir.«

Hoffentlich, dachte Benedikt. Er beschloss aber, Katharina bei nächster Gelegenheit zu fragen, was zwischen ihr und Bruno vorgefallen war.

Er schaute zu der neuen Fichtenschonung hin. Die Spitzen der kleinen Bäumchen wippten im leichten Wind.

Benedikt deutete auf den neuen Meiler. »Ist der von den Jungen gebaut worden?«

»Ja. Er dient nur als Demonstration und wird nicht funktionieren. Sobald die Jungen wieder Lust dazu haben, machen wir weiter.«

Sie unterhielten sich noch ein wenig über die Schafhaltung und die zu trockene Jahreszeit, und bald darauf verabschiedete sich Benedikt. Nur eine knappe Stunde später tauchten die drei Jungen schon wieder am Freien Stuhl auf. Diesmal bauten sie den Meiler zu Ende.

65

Luise Redlich hatte mit großer Bestürzung erkannt, dass Benedikt Halbach vermutlich für sie in weite Ferne gerückt war. Man hätte blind sein müssen, um nicht zu sehen, dass er und Katharina Meinard sehr vertraut miteinander waren, wenn nicht mehr. Aber das wollte Luise nicht wahrhaben. Sie war nicht gewillt, so einfach aufzugeben. Auch wenn Sophia Bertram sich ebenfalls immer noch als Konkurrentin erwies. Sophia hatte direkt Wahnvorstellungen und sprach bei jeder Gelegenheit davon, dass sie Benedikt Halbach heiraten würde.

Luise verstand Sophias Zuversicht nicht, aber sie redete sie ihr auch nicht aus. Zuviel Geplapper um Benedikt würde ihn nur noch interessanter machen. Luise wollte Sophia in Sicherheit wiegen, um dann im richtigen Moment zuzuschlagen. Auch mit Katharina Meinard würde sie fertig werden. Eine Taktik hatte sie sich zwar noch nicht zurechtgelegt, aber ihr würde schon etwas einfallen. Dabei mochte sie Katharina Meinard. Sie waren sich von Anfang an sympathisch gewesen, und erst, als Luise merkte, wie es um Katharina und Benedikt stand, hatte sie die Beziehung auf Distanz gehalten.

Luise trat aus der Tür hinaus auf den Vorhof. Wieder hatte sie ihre Reithose und ein Holzfällerhemd angezogen. Aus dem Stall hörte sie lautes Grunzen. Seit einiger Zeit hatte sich ihr Vater neben dem Gemüsehandel der Schweinezucht verschrieben. Fleisch wurde immer gebraucht, hatte er gesagt und binnen kürzester Zeit sechs Viecher herangezüchtet. Montags wurden die Schweine zu einer Hude in die nahen Wälder getrieben und von einem Schweinehirten in Empfang genommen. Der Schweinehirt war im Hochsauerland eine feste Einrichtung. Unter dünnen Buchen, deren Stämme fast drei Meter hoch völlig kahl waren, wühlten die Schweine dann in der Erde. Hier fanden sie alles, was sie brauchten: Eicheln, Buchecker, Wurzeln, Knollen und Insekten. Es war für die Tiere ein richtiges Schlaraffenland.

Dieses Mal musste Luise die Tiere zum Sammelpunkt treiben. Siegfried hatte sich den Fuß verstaucht und konnte kaum auftreten.

Als sie den Homberg mit ihren sechs Schweinen erreichte, war sie schweißnass. Die Viecher hatten einfach nicht hören wollen. Immer wieder waren sie ausgebüxt. Es hatte eine Stunde gedauert, bis sie endlich ans Ziel gekommen war.

Luise setzte sich ins Gras. Vorsorglich hatte sie etwas zu trinken mitgenommen. Sie holte die Flasche aus ihrem Beutel und machte einen kräftigen Schluck.

Mit einem Mal hörte Luise hinter sich ein Geräusch. Sie fuhr herum. Vor ihr standen Jakob und Bruno. Beide hatten ihre Hemdsärmel bis zu den Ellenbogen hochgekrempelt. Ihre behaarten Unterarme und ihre Hände waren verschmutzt, und sie rochen förmlich nach schwerer Waldarbeit. Die beiden feixten fröhlich, offenbar hatten sie Luise schon länger beobachtet.

»Was macht ihr denn hier?«, fragte sie, nachdem sie sich von dem ersten Schreck erholt hatte.

Bruno druckste herum. Er sah rasch zu Jakob und sagte dann: »Wir haben eine Wölfin mit ihrem Jungen gesehen.«

»Du spinnst«, lachte Luise.

Jakob schüttelte den Kopf. »Bruno sagt die Wahrheit. Er hat ihre Spuren entdeckt.«

»Woher kennst du dich damit aus?«, fragte Luise spöttisch.

Bruno war überhaupt nicht beleidigt. »Seit ich für den Förster arbeite, habe ich gelernt, wie man Spuren liest. Die Höhle ist gar nicht weit entfernt. Ich habe Jakob geholt, weil der in der Nähe arbeitete.«

»Wir wollen sie nur beobachten«, sagte Jakob. »Willst du mit?«

Luise überlegte. Das wäre eine willkommene Abwechslung. »Warum nicht.« Sie stand rasch auf, schlug sich den Staub von der Reithose und folgte den beiden Jungen in die Büsche.

»Wir müssen die Wölfin unbedingt finden«, sagte Bruno, »sonst reißt sie womöglich ein Schwein.«

Vor ihnen lag ein schmaler Aufstieg. Bruno ging geduckt voran. Der Hang war steil und der Boden felsig. Es dauerte nicht lange, bis er stehen blieb und sich auf den Boden legte. Mit einer Handbewegung bedeutete er den beiden, es ihm gleichzutun. Dann kroch er wieder ein Stück bergauf bis zu einem verkrüppelten Strauch.

»Vor ungefähr einem halben Jahr habe ich in der Junkern Ahre schon mal einen Wolf gesehen«, flüsterte er. »Vielleicht ist es derselbe wie damals.«

»Glaubst du, du würdest das erkennen?«, fragte Luise leise.

Bruno zuckte die Schultern.

Der Busch vor ihnen bot genug Deckung. Bruno hob leicht den Kopf. »Dort vorn ist die Höhle.«

Luise schob sich an Bruno vorbei und blieb etwa einen halben Meter von ihm entfernt auf dem Bauch liegen. Grinsend sah Bruno, wie sich ihr hübsches Hinterteil vor ihm hin und her bewegte. Er hörte Jakobs schweren Atem hinter sich und zwinkerte ihm zu. Dann streckte er den Arm aus und legte die Hand auf Luises Pobacken.

Luise erstarrte. Einen Moment lang wusste sie nicht, wie ihr geschah. Im nächsten Augenblick fuhr sie wie eine Furie herum.

»Ihr verfluchten Arschlöcher«, schrie sie, wobei ihre Augen wie Blitze funkelten. »Ihr habt mich reingelegt, verdammt. Es gibt gar keine Wölfin.«

Bruno und Jakob wälzten sich vor Vergnügen auf dem Boden.

»Komm, sei nicht so empfindlich«, rief Bruno. »Wir können es uns doch gemütlich machen.« Er wollte ihr an die Brust greifen, doch Luise war schneller. Sie schlug seine Hand so fest zurück, dass sie gegen einen Ast prallte. Bruno schrie vor Schmerzen auf.

»Das könnte euch so passen.«

Sie wollte an ihnen vorbei, aber Jakob stellte ihr ein Bein, und sie rollte den steilen Abhang hinunter, den sie eben erst emporgestiegen waren. Sie prallte mit der Hüfte gegen einen Stein, stieß sich den Ellenbogen an einem Baumstumpf und schnitt sich die Wange an spitzen Ästen auf. Aber sie ignorierte die Schmerzen. Auf dem Hosenboden rutschte sie weiter und rannte dann die letzten Schritte, bis sie aus dem Wald heraus war und die freie Fläche wieder erreicht hatte.

Hinter ihr tauchten Bruno und Jakob auf. Jakob murmelte so etwas wie eine Entschuldigung, die Luise aber nicht verstand. Sie war viel zu aufgewühlt, um den beiden zuzuhören. Nur fort, war ihr einziger Gedanke.

In diesem Moment sah sie Benedikt auf dem unebenen Weg unterhalb des Hanges. Er saß auf einem Zweispänner und blickte entgeistert zu den Dreien hin.

»Benedikt ...«, rief Luise heiser.

Er starrte auf ihr zerzaustes Haar, ihre staubbedeckten Reithosen und ihren hochroten Kopf. Plötzlich stockte Luise der Atem. Ihre Gedanken rasten zickzack, denn sie sah ihm an, was er dachte. Ganz deutlich. Sie konnte in seinem Blick die unausgesprochene Frage lesen wie in einem Buch: Du hast dich mit Jakob und Bruno eingelassen?

Aber das stimmt nicht, wollte sie rufen. Doch ihre Kehle war wie zugeschnürt.

Ein schwerer Ring legte sich um Luises Brust, der sie zu erdrücken schien. Sie wollte auf ihn zulaufen, ihm alles erklären, aber er machte nur eine kurze, eigentlich kaum sichtbare Abwehrbewegung. Dabei sah er sie nicht mehr an. Aber das war auch nicht nötig. Sie konnte sagen, was sie wollte, er würde ihr niemals glauben.

Und sie hatte noch etwas in seinem Blick gesehen, das sie bis in ihr Innerstes aufwühlen ließ: Sie hatte ihn für immer verloren.

Ohne ein Wort verschwand sie im Unterholz, rannte zu dem Weg, der steil ins Dorf führte. Dabei hatte sie nur den hoffnungsvollen Gedanken, sie würde stolpern und sich den Hals brechen, oder noch besser wäre es, wenn sie sich gleich den

Hang hinunterwerfen würde. Aber dazu fehlte ihr der Mut. Sie brauchte sich nicht mehr zu überlegen, wie sie Katharina und Sophia überlisten konnte. Ihr Plan war innerhalb weniger Minuten wie eine Seifenblase geplatzt.

Luise Redlich brach von heute auf morgen jeden Kontakt ab. Ihre Eltern Max und Karla waren völlig verstört, als sie wenige Tage später die Postkutsche bestieg. Sie sagte nicht, wohin sie wollte und warum sie fortging. Die einzigen, die es ahnten, waren Jakob und Bruno, vielleicht auch noch Benedikt.

66

Benedikt hatte die dunklen Vorhänge nur halb zugezogen, sodass der Mond in sein Zimmer scheinen konnte, wenn die dünne Wolkendecke für kurze Zeit aufriss. Seit ein paar Tagen überlegte er sorgfältig, was er mit Katharina über Bruno Seibert sprechen wollte. Manchmal glaubte er, es sei besser, zu schweigen, dann wieder nagte in ihm die Eifersucht, obwohl er sicher war, dass es dafür keinen Grund gab.

Luise Redlich hatte ihn sehr enttäuscht. Alles hätte er ihr zugetraut, aber nicht das. Sie war nun für Benedikt ein Mädchen, das sich mit jedem einließ. Es gab keinen Zweifel, und nur, weil er zufällig wieder beim Köhler Lenzen gewesen war, um seinen Bruder und dessen Freunde im Auge zu behalten, hatte er davon Wind bekommen. Ihre Abreise war für ihn nur eine logische Konsequenz gewesen.

Am Morgen war Benedikt schon früh auf und trat ans Fenster. Während der Nacht hatte er es offengelassen. Der Wind, der aufgekommen war, brachte etwas Frische ins Zimmer. Ein Vogel schrie in den nahen Bäumen, ein anderer antwortete. Von Zeit zu Zeit drang aus den Ställen das Grunzen der Schweine und Brüllen der Kühe.

Benedikt stützte sich auf die Ellenbogen und sah hinaus. Auf dem Hof vor dem Haus entstand langsam Leben. Die Knechte, die immer früh auf den Beinen waren, liefen in den Stall, um das Vieh zu versorgen.

Benedikt entdeckte Paul. Der Junge kam mit einem großen

Eimer aus dem Haus. Er war viel zu schwer, aber Paul ließ ihn sich von Karl nicht abnehmen. Benedikt schmunzelte. Sein kleiner Bruder konnte bereits gut zupacken.

Er ging hinunter in die Küche. Johannes saß am Tisch, Magdalena stand am Herd. In der Pfanne brutzelten ein paar Eier.

»Du bist spät dran«, sagte Benedikt erstaunt. »Musst du nicht zum Bäcker?«

Johannes kaute auf seinem Brötchen. »Heute habe ich frei. Deshalb will ich gleich zu Adrian. Wir wollen das ausnutzen und uns früher treffen.«

»Was treibt ihr denn so den ganzen Tag?«

»Ach, nichts Besonderes. Wir streifen durch die Gegend und sind oft beim Pastor in der Kirche. Heute bestimmt Adrian, was wir machen. Das ist ja das Schöne. Jeder denkt sich für jeden neuen Tag eine Überraschung aus.«

»Aha«, machte Benedikt halb belustigt. »Dann viel Spaß.«

Johannes trank seine Tasse Milch aus und lief hinaus. Benedikt sah ihm nach. »Die Jungen haben immer neue Flausen im Kopf. Aber sie verstehen sich. Und das ist das Wichtigste. Schläft Papa noch?«

Seine Schwester nickte schweigend.

Benedikt sah sie forschend an. »Was ist los? Geht es Papa nicht gut?«

Magdalena drehte sich zu ihm um. »Wie kommst du darauf?«

»Es ist nur ein Gefühl. Papa steht sonst immer recht früh auf.«

Magdalena seufzte. »Er ist alt geworden, Benedikt. Aber er will es einfach nicht wahrhaben. Immer muss er mit allen mithalten. Er kann doch seine Jugend nicht zurückholen. Deswegen bin ich froh, dass er noch schläft.«

»Ja«, nickte Benedikt. »Das ist gut. Ich repariere gleich eine Deichsel und fahre danach zur Helle.«

Er ging hinaus. Aus dem Stall hörte er laute Stimmen. Karl schimpfte mal wieder mit einem Tagelöhner. Benedikt betrat den Schuppen, in dem die beschädigte Deichsel lag. Ein Kettenglied war gerissen, aber sie hatten immer Ersatzteile vorrätig. Obwohl die Reparatur nicht schwierig war, beschäftigte sich Benedikt etwa zwei Stunden lang mit der Arbeit. Dann war er zufrieden. Wenn er es nicht geschafft hätte, wäre er zu Heinrich Meinard gefahren. Eigentlich sollten wir ihn immer unterstützen, dachte Benedikt. Ganz gleich, wie groß oder klein die Reparaturen auch sind.

Er horchte zum Haus. Durch das offene Küchenfenster konnte er die Stimmen seines Vaters und Magdalenas hören. Sein Vater klang wie immer, rau aber herzlich.

Benedikt erneuerte noch zwei Besenstiele. Danach trat er auf den Hof hinaus, um einen Pferdewagen einzuspannen, mit dem er zur Helle fahren wollte. Aus der Scheune kam ihm Karl entgegen. Der alte Knecht deutete zum Hackelberg. »Sieh mal zum Himmel, Benedikt«, sagte er nervös.

Benedikt hob den Kopf. Dichte Schwaden hingen über den Tannen.

»Das ist kein Nebel«, meinte Karl. »Für die Jahreszeit ist es zwar nicht ungewöhnlich, dass Nebel aufzieht, aber bei den warmen Temperaturen zurzeit untypisch.«

»Was willst du damit sagen?«

»Irgendwo im Wald brennt es.«

Benedikt ließ das Pferdegeschirr fallen und lief sofort durch die Gasse neben dem Haus hinauf bis zum Kirchplatz. Von dort hatte er einen guten Ausblick. Der gesamte Himmel vom Hackelberg bis zum Homberg war in dunklen Rauch gehüllt.

In Windeseile war Benedikt zurück. Sein Vater saß in der Küche am Tisch und streifte sich gerade die breiten Hosenträger über.

»Der Wald brennt«, rief Benedikt noch in der Tür. »Es könnte auf dem Homberg oder noch weiter westlich sein, vielleicht am Freien Stuhl.«

Es dauerte keine zehn Sekunden, bis Robert begriffen hatte. Er sprang ans Fenster.

»Verdammt!«, fluchte er. »Das sieht böse aus. Karl«, rief er dem Knecht zu. »Mach einen Wagen fertig. Johannes! Wo steckt denn der Junge schon wieder?« Robert ergriff sich Paul, der gerade in die Küche kam. »Lauf zu Onkel Ludwig und Walter Bertram und auch noch zu Georg Auer. Sie sollen sofort Richtung Homberg fahren. Dort kann man sehen, wo es brennt. Sie sollen alle mitbringen, die sie auftreiben können. Los, los, es ist keine Zeit zu verlieren.«

Er hastete hinaus, Benedikt folgte ihm. Karl hatte schon Tagelöhner aufgetrieben, die Hacken und Schaufeln in den Händen hielten. Auf Roberts Zeichen sprangen sie auf den Pferdewagen. Karl ließ die Peitsche knallen, und in kürzester Zeit erreichten sie den Homberg. Von dort aus sahen sie das Feuer.

»Es brennt am Freien Stuhl«, rief ihnen Georg Auer zu, der mit seinen Söhnen auf einem Zweispänner saß und sie eingeholt hatte.

Sie benötigten noch etwa zehn Minuten bis zum Freien Stuhl. Dann sahen sie die Bescherung.

Die kleinen neuen Fichten, kaum höher als einen halben Meter, standen in Flammen. Das Stroh, das man zum Schutz gegen Unkraut zwischen die Triebe gelegt hatte, war durch die Trockenheit hilflos dem Feuer ausgeliefert. Auch der Mischwald neben den Fichten brannte lichterloh. Es knackte und knisterte, und Holzspäne spritzten in alle Richtungen. Die Hitze war unerträglich. Inzwischen waren weitere Männer mit ihren Pferdewagen erschienen.

»Wie konnte denn das passieren?«, schrie Robert Halbach dem Nächststehenden zu. Der Mann hatte natürlich keine Ahnung und zuckte die Schultern.

»Fragen wir den Köhler. Der hat seinen Meiler dort drüben.«

Der Meiler, auf den der Mann zeigte, stand unversehrt auf der breiten Wiese. Aber dicht bei den Fichten lag ein verkohlter Holzhaufen.

»Was ist das?«, rief Robert.

»Das war auch ein Meiler«, antwortete Benedikt. »Die Jungen hatten ihn zusammen mit Lenzen gebaut.«

»Der steht doch viel zu nah am Wald. Verdammt noch mal! Das muss Lenzen doch wissen. Wie kann man denn so etwas tun? Wo ist er überhaupt?«

»Keine Ahnung.« Benedikt sah sich um. »Hat jemand den Köhler gesehen?«

»Hier bin ich.«

Hermann Lenzen kam angerannt. Sein Gesicht war schwarz, seine Augen tränten, die Haut auf seinen Händen, die eine Schaufel umklammerten, hatte Brandwunden. Es stank nach verbranntem Fleisch.

»Was ist passiert?«, schrie Robert ihn an.

Lenzen rang nach Atem.

»Ich bin im Langeloh gewesen, um Buchenholz zu holen. Dort hat der Förster abholzen lassen. Das ist eine willkommene Gelegenheit für uns Köhler. Ich war nur eine halbe Stunde fort, vielleicht vierzig Minuten. Als ich wiederkam, brannte der kleine Meiler.« Er war völlig außer sich. »Ich verstehe das nicht. Ich habe ihn doch nur zur Demonstration aufgebaut. Ich wollte den Jungen einen Gefallen tun. Der wäre nie zum Kohlen geeignet gewesen. Er muss sich von außen entzündet haben.«

»Von selbst?«, fragte Robert.

»Das ist wohl kaum möglich«, erwiderte Lenzen leise.

Sie sahen sich betroffen an.

»Jemand hat den Meiler angesteckt!«, sagte Robert ungläubig. Es war keine Frage, sondern eine Feststellung. »Wann waren die Jungs zuletzt hier?«

»Gestern Nachmittag«, sagte Lenzen.

»War etwas ungewöhnlich?

»Nein. Es war wie immer. Die Drei haben den Meiler weiter-bearbeitet und sich gefreut, dass er so schön geworden war, wie sie meinten. Allerdings ... gegen fünf Uhr tauchte Bruno Seibert auf. Er hat sich wie immer über den Meiler und über die Jungs lustig gemacht. Er hat getönt, dass das Ding, wie er sich aus-drückte, niemals funktionieren würde, dass ich sie reingelegt hätte. Ich versuchte, die Jungs zu beruhigen, ihnen zu erklären, warum der Meiler kleiner als alle anderen sei. Sie haben gar nicht zugehört, die haben sich wahnsinnig aufgeregt über Bruno. Be-sonders Adrian war außer sich. So hatte ich ihn noch nie erlebt.«

Benedikt sah seinen Cousin Jakob und lief zu ihm. »Hast du Bruno gesehen?«

Jakob schüttelte den Kopf. Er schwitzte wie jeder andere Helfer.

»Bruno ist gestern Abend mit dem Förster ins Hessenland gefahren«, sagte ein Knecht. »Sie sollen dort ein Mittel gegen Borkenkäfer haben. Das wollen sie sich ansehen.«

Gottseidank, dachte Benedikt erleichtert. Er hätte Bruno durchaus zugetraut, dass er den Meiler aus Wut anzündet, doch dann wäre der Kerl für immer im Dorf erledigt gewesen.

Benedikt gesellte sich zu seinem Vater und Hermann Lenzen, die mit anderen Helfern wie die Besessenen einen breiten Graben schaufelten, der dem Brand den Weg abschneiden sollte. Alles ging Hand in Hand, wie ein eingespieltes Team, obwohl so eine Katastrophe zum Glück zum ersten Mal aufgetreten war. Auch andere Köhler, die in der Nähe ihre Köhlermeilen betrieben, waren zur Hilfe gekommen.

Schließlich hatten sie eine zwei Meter breite Senke ausgehoben, die das Feuer in Grenzen hielt. Alle warfen sich erschöpft und nach Atem ringend auf den Boden. Doch niemand war ohne Blessuren davongekommen. Benedikt sah in schmutzige Gesichter mit weißen Augen, auf schwarze Hände und zerrissene Hosen und Hemden. Irgendjemand brachte Bier. Robert setzte sich neben Ludwig auf einen halb verkohlten Stamm, nahm eine Flasche und trank sie in einem Zug aus.

Das Feuer griff nahezu nach allem Brennbaren: Ästen, Reisig, Blättern, die verdorrt durch die sengende Sonne der letzten Tage ein willkommenes Opfer der Flammen waren.

Als das Feuer endlich nachließ, stand Robert Halbach auf und stellte sich an den Rand des Grabens. Regungslos starrte er erschüttert auf die verbrannte Fläche. Die gesamte Fichtenschonung, für die er sein Land zur Verfügung gestellt hatte, war mit einem Schlag vernichtet worden.

Plötzlich drehte sich Robert Halbach um und ging auf den Köhler zu.

»Was ist nur in dich gefahren, Lenzen?«, sagte er mit vor Zorn zitternder Stimme. »Wie kannst du nur so leichtsinnig sein, und einen Meiler so nahe an den Wald bauen. Bist du verrückt geworden?«

»Ich sagte doch, dass er nicht –«

Robert ließ ihn nicht ausreden. »Durch deine Leichtsinnigkeit hast du alles zerstört. Ich habe dich für einen gewissenhaften und umsichtigen Köhler gehalten. Du hättest voraussehen müssen, was passieren kann. Sag mir doch nur einen vernünftigen Grund, warum du gegen alle Köhlergesetze verstoßen hast?«

Der Köhler senkte den Kopf.

Robert Halbach ließ ihn stehen und stakste zu seinem Pferdewagen. Schwerfällig stieg er auf und wartete, bis Benedikt neben ihm saß.

Plötzlich erklangen in dem Wald auf der linken Seite laute Stimmen und Flüche. Die dunklen und gesunden Tannen dort waren durch die freie Fläche des Freien Stuhls vor dem Feuer geschützt gewesen und somit unbehelligt geblieben. Alle drehten sich neugierig um. Zwei Knechte tauchten unter den Bäumen auf. In ihrer Mitte führten sie einen jungen Mann, eher noch ein Kind. Panik stand in seinen aufgerissenen Augen, seine ganze Gestalt zitterte, Tränen rannen über seine Wangen und verschmierten den Russ auf dem bleichen Gesicht.

Benedikt sprang vom Wagen und lief auf ihn zu. »Adrian ...«, stammelte er. »Was machst du hier?«

Der Junge öffnete den Mund, um etwas zu sagen, aber der Anblick der verwüsteten und verbrannten Fläche ließ ihn verstummen.

Und plötzlich verstand Benedikt alles. »Du ...?«, stieß er erschüttert aus. »Du warst das? Du hast den Meiler angesteckt?«

Als Adrian kaum merklich nickte, wusste Benedikt: Das ist das Ende der Meinards in Züschen.

67

Das Dorf wirkte wie paralysiert. Eine gespenstische Ruhe lag in den Straßen und Gassen. Selbst die Hunde schienen vergessen zu haben, wie man bellte. Das Feuer war schlimmer als alles, was bisher im Dorf passiert war. Niemand sagte das zwar laut, aber jeder dachte es, denn fast alle hatten gehofft, von den neuen Fichten irgendwann einmal ein Haus zu sehr günstigen Bedingungen bauen zu können.

Auf dem Freien Stuhl hielten die jüngeren Männer Wache, löschten einige Schwelbrände und räumten auf. Erst jetzt konnte man den gesamten Schaden erkennen. Auch die ersten Baumreihen hinter den neu gepflanzten Fichten waren verbrannt, viele weitere Bäume angesengt und nicht mehr zu gebrauchen. Nach zwei Tagen kam der große Regen und mit ihm endlich die ersehnte Abkühlung. Das Feuer war gelöscht, und man tröstete sich damit, dass niemand ernsthaft zu Schaden gekommen war.

Die ganze Familie Meinard hatte sich abgeschottet. Türen und Fenster waren verriegelt, im Erdgeschoss sogar tagsüber die Fensterläden geschlossen. Aber Benedikt musste Katharina unbedingt sprechen. Er bat Sophia um Hilfe.

»Du bist doch ihre Freundin«, sagte er eindringlich zu ihr. »Ihr seht euch bestimmt heimlich. Niemand kann tagelang ohne menschlichen Kontakt bleiben.«

»Du willst, dass ich zu Katharina gehe und einen Treffpunkt mit dir vereinbare?« Sophia war fassungslos. Wusste er denn nicht, dass sie ihn genauso liebte wie Katharina, ja vermutlich sogar noch mehr?

»Ja, bitte Sophia. Auch wenn es dir schwerfällt.«

Katharina war nicht zu sehen, als Benedikt am dritten Tag nach der Katastrophe die »Dicke Linde« erreichte. Er setzte sich auf die alten Bretter, die neben dem Baum lagen. Rufen oder nach Katharina zu suchen war zwecklos. Er konnte nur hoffen, dass sie kommen würde. Sie hatte es Sophia versprochen.

Benedikt lehnte seinen Kopf gegen den Stamm der Linde. Hinter den abgemähten Roggenfeldern und trockenen, fast braunen Wiesen standen die schönsten Tannen des Dorfes. Sie waren dunkelgrün von der Spitze bis fast zum Boden.

Er drehte den Kopf etwas, sodass er hinüber zu der Bergkette im Süden blicken konnte. Die Mittagssonne blendete ihn, und er schloss die Augen.

»Benedikt!«

Die leise Stimme war kaum zu hören. Er fuhr ruckartig auf. Katharina stand halb hinter einem einzelnen Busch, als fürchte sie sich vor ihm. Mit zwei, drei Schritten war er bei ihr. Ihr Gesicht war schmal und blass, ihre sonst so strahlenden Augen wirkten stumpf und feucht.

»Katharina ...«, murmelte er. Sie schien ihm so zerbrechlich wie nie zuvor. Er ergriff ihre Arme und spürte, dass ihre Schultern zuckten.

»Wie schön, dass du gekommen bist.«

Sie antwortete nicht.

»Was ist los bei euch? Warum habt ihr alles verbarrikadiert?«

Sie sah ihn erstaunt an. »Das verstehst du nicht?«

»Doch«, sagte er leise. »Ein bisschen schon. Aber das ist keine Lösung.«

»Was denn? Weißt du etwas Besseres?«

Benedikt schüttelte den Kopf. Er hatte seit zwei Tagen darüber nachgedacht, wie er den Meinards helfen konnte. Wenn er zu Hause nur den Namen oder das Wort Eisenhammer in den Mund nahm, brüllte ihn sein Vater an, er solle schweigen. So wütend hatte Benedikt ihn lange nicht gesehen.

»Hier hat alles mit uns begonnen«, sagte Katharina plötzlich. »Und jetzt wird es hier auch enden.«

»Katharina!« Benedikt war entsetzt. »So darfst du nicht reden.«

»Aber stimmt es denn nicht? Wir werden Züschen verlassen. Es ist nur noch eine Frage von Tagen. Papa erhält keine Aufträge mehr, wir können nicht mal mehr etwas zu essen kaufen, ohne dass man uns mit bösen Blicken taxiert.«

»So schlimm ist es?«, fragte Benedikt sacht.

Katharina nickte schwach. Ihre Augen verschleierten sich plötzlich, dann kullerten die ersten Tränen. Er nahm sie in den Arm, und sie ließ es zu. Dennoch hatte er den Eindruck, dass sie weiter von ihm entfernt war als der Mond von der Erde.

»Ich werde jeden Abend zu Gott beten, dass wir uns wiedersehen, Benedikt«, sagte sie leise, das Gesicht an seine Brust gepresst.

Er schwieg.

»Ich weiß, dass du nicht an ihn glaubst.«

»Ich glaube an ihn«, sagte Benedikt.

Sie schüttelte den Kopf. »Nein, ich weiß es. Du hast es mir doch selbst gesagt. Aber dennoch bist du ein guter Mensch und das wird Gott anerkennen. Vielleicht ist es eine Prüfung Gottes, ob unsere Liebe anhält.«

»Prüfung?«

»Warum nicht.«

»So sehr glaubst du an ihn?«

Sie nickte und löste sich von ihm.

»Dann hat Gott also Adrians Hand geführt, als er den Meiler ansteckte?«, fragte er mit hängen Schultern. »Dann hat er ganz bewusst gewollt, dass du, dass ihr alle Züschen verlasst? War es auch eine Prüfung, was er meinem Vater, was er mir und meinen Geschwistern angetan hat, als er Mama sterben ließ? Wen wollte er prüfen, Katharina? Und warum?«

»Ach, Benedikt«, murmelte sie nur.

Die Zweige über ihnen schlugen plötzlich hin und her. Benedikt sah hinauf zu dem Wipfel der Linde. Der Wind hatte zugenommen, es sah nach weiterem Regen aus.

»Wir haben Angst«, sagte Katharina.

»Wovor?«

»Vor den Menschen im Dorf und – und vor allem vor deinem Vater.«

»Das braucht ihr nicht.«

»Du klingst nicht sehr überzeugend, Benedikt.«

Er sah hinüber zum Hackelberg und dann zum Homberg.

»Wann reist ihr ab?«, fragte Benedikt.

»Papa meint, je eher desto besser.«

Er streckte ihr seine Hand entgegen. »Komm! Wir gehen zu den Arbeitern am Freien Stuhl. Ich werde dir zeigen, dass deine Angst unbegründet ist.«

Es roch immer noch verbrannt, als sie den Freien Stuhl erreichten.

Benedikt blickte zu den Männern hin, die die letzten Spuren des Feuers beseitigten. Solstätter und Beilieger arbeiteten Hand in Hand. Alle Differenzen rückten in weite Ferne. Im Hintergrund werkelte der Förster. Dicht bei ihm schuftete Bruno Seibert, auch sein Vater Lorenz packte mit an. Seitlich von ihnen, nur wenige Schritte vom Wald entfernt, lagen verkohlte Holzstücke.

»Das war der Meiler, den Lenzen mit den Jungen gebaut hatte«, sagte Benedikt zu Katharina. »Er war nur eine Fassade. Er hätte nicht zum Kohlen getaugt. Das hat Bruno Seibert sofort erkannt. Aber statt den Mund zu halten, provozierte er die Jungen, ganz besonders deinen Bruder Adrian. Er sagte, dass Adrian außer seinen Pappkirchen nichts Richtiges machen könne. Bruno hat ihn geärgert, wo er nur konnte. Bruno konnte es nicht ertragen, von dir abgewiesen zu werden.«

»Er war so fies zu mir, er hat solch schlimme Worte gesagt. Ich habe mich richtig vor ihm geekelt.«

»Ja, das glaube ich. Jetzt arbeitet er hier fast ohne Pause, um sich in ein rechtes Licht zu rücken.«

»Seit dem Feuer spricht Adrian kein Wort. Mama und Papa sind total verzweifelt. Sie wollen wissen, warum und wie er es getan hat, aber er sagt nichts. Du hast mit ihm zuerst geredet, Benedikt. Was hat er gesagt? Konnte Johannes ihn nicht aufhalten oder Siegfried? Die Drei machen doch alles gemeinsam.«

Benedikt verzog gequält den Mund. »Ich habe Johannes gefragt, warum er nicht eingeschritten ist. Er sagt, dass Siegfried
auf halber Strecke umgekehrt war, weil ihm sein verstauchter
Fuß wehtat. Johannes wollte ihn nicht allein zurückgehen lassen.
Er habe Adrian gebeten, mitzukommen, aber der bestand darauf, den Köhler zu besuchen. Lenzen war jedoch im Langeloh,
um Buchenholz zu holen. Einen Meiler in Gang zu setzen, ist
nicht so einfach. Fast jeder aus dem Dorf weiß, wie das geht.
Adrian wollte Bruno beweisen, dass er doch etwas kann.«

Benedikt hielt kurz inne. »Er zündete eine kleine Fackel an
und wollte sie in den Meiler halten. Aber ehe er sich versah, fing
der Meiler von außen Feuer. Vielleicht wäre alles gut gegangen,
aber nicht bei der Trockenheit. Schon nach wenigen Minuten
hatte ein Windstoß ein paar Funken ins Dickicht getragen. Ehe
Adrian überhaupt reagieren konnte, stand der ganze Wald in
Flammen.«

»Alles wächst doch wieder nach. Ich will Adrian nicht vertei-
digen, aber muss man ihn deswegen verstoßen? Muss man uns
behandeln wie Aussätzige?«

Benedikt rang um Fassung. »Sieh mal, Katharina! Der Freie
Stuhl war eine noch größere Heidefläche als du jetzt sehen
kannst. Mein Vater, Onkel Ludwig und viele andere haben vor
einem Jahr damit begonnen, die Fläche mit neuen Fichten zu
bepflanzen. Damit sollte eine großflächige Bewaldung geschaf-
fen werden. Man wollte genug Bauholz zur Verfügung haben,
um die Wohnbedingungen im Ort zu verbessern. Jetzt ist die
Arbeit völlig umsonst gewesen. Kannst du darum die Reaktion
meines Vaters nicht verstehen, Katharina?«

»Ich weiß nicht«, antwortete sie leise.

Eine Zeit lang schwiegen sie und schauten über die verbrannte Fläche. Benedikt entdeckte seinen Vater etwas abseits der
Männer. Sein schlohweißes Haar war deutlich sichtbar.

»Benedikt!« Jetzt hatte Robert seinen Sohn wahrgenommen.
»Komm, fass mit an!« Er beachtete Katharina nicht.

»Geh, Benedikt«, sagte Katharina leise.

Zögernd ging er auf seinen Vater zu. Robert zeigte auf einen
Baum, der zur Seite gerollt werden sollte. Unter dem Stamm
versteckt lagen drei kleine Fichten.

»Sie brauchen Luft«, sagte sein Vater. »Der Stamm ist schwerer, als wir gedacht haben. Wir müssen retten, was zu retten ist.«

Er sah flüchtig zu Katharina hinüber und brummte etwas, das Benedikt nicht verstehen konnte.

Roberts Stirn und seine Wangen waren vom Schweiß und von der Hitze nass, seine schmalen Augen dunkler als sonst und seine Augen leicht gerötet.

»Du siehst müde aus, Papa.«

Etwas Besseres fiel Benedikt nicht ein.

»Ich bin auch müde«, antwortete sein Vater. »Seit Tagen bin ich fast ununterbrochen auf den Beinen.«

Er nahm die Schaufel und stützte sich darauf. Dabei ließ er den linken Arm etwas hängen.

»Was ist mit deinem Arm?«, fragte Benedikt.

»Nichts.«

»Papa ...«

»Es ist nichts. Ich sagte es doch. Schmerzt ein bisschen. Kein Wunder bei der vielen Arbeit.«

Ein Arbeiter kam mit einem Pferdewagen, auf dem schon mehrere Männer saßen. Sie waren erschöpft, ihre Gesichter staubbedeckt und ihre Kleidung verdreckt.

»Steig auf, Benedikt«, sagte Robert. »Wir fahren nach Hause.«

Benedikt rührte sich nicht.

»Was ist?«

»Nehmen wir Katharina mit?«

»Nein!«

Benedikts Blick huschte zu Katharina und dann wieder zu seinem Vater. Benedikt schüttelte den Kopf, und versuchte zu verstehen. Seinem Vater konnte es doch nicht gleichgültig sein, dass Katharina völlig allein auf dem Freien Stuhl zurückblieb. Aber seine Hoffnung verschwand, als er in das Gesicht seines Vaters blickte. Robert Miene war trotzig und wütend.

»Benedikt, bitte!« Katharina stand plötzlich neben ihm. »Bitte, steig auf!«, sagte sie noch einmal leise.

Zögernd gehorchte er. Als der Pferdewagen anfuhr, stand Katharina einsam auf der großen, verbrannten Fläche des Freien Stuhls. Benedikt bekam nicht mehr mit, wie sie der plötzlich gähnenden Leere den Rücken zukehrte und schnell auf den steilen Weg lief, der ins Dorf führte.

68

Auf Anweisung des Bürgermeisters Ludwig Halbach musste Hermann Lenzen seine Hütte verlassen. Dass Robert Halbach hinter dieser Anordnung steckte, war klar. Aber kaum jemand war dagegen. Der Köhler hatte gegen das ungeschriebene Gesetz der Köhlerei verstoßen, dass man zwischen Meiler und Wald mindestens fünfzig Meter Abstand halten sollte. Deshalb musste er bestraft werden. Wie das geschehen sollte, darüber war man sich noch nicht im Klaren. Bis zur endgültigen Klärung durfte Lenzen in der Scheune des Solstätters Georg Auer wohnen.

Die Entscheidung war schnell getroffen. Die Gemeinde und Robert Halbach verzichteten darauf, Hermann Lenzen anzuzeigen, obwohl das ohne Zweifel legitim gewesen wäre. Die Gemeinde hatte etwa zwei Drittel der gesamten Fichten verloren, Robert ein Drittel.

»Im Frühjahr wirst du die verbrannten Fichten durch neue Keimlinge ersetzen«, sagte Robert. Er hatte sich ganz selbstverständlich zum Sprecher gemacht. »Du ganz allein.« Er machte eine knappe Handbewegung durch die Scheune. »Hier kannst du natürlich nicht für immer bleiben. Wir werden dir etwas Neues zuweisen, sobald wir eine geeignete Wohnung gefunden haben.«

Mit jedem Tag, den der Köhler in der Scheune verbrachte, wirkte er älter. Er sprach kaum mit jemandem oder gab nur einsilbige Antworten.

Benedikt bereitete das Verhalten des Köhlers große Sorgen. Am Abend, als alle schliefen, schlich er sich zur Scheune. Er wollte nicht, dass sein Vater etwas merkte, und deshalb war er sehr vorsichtig und achtete darauf, dass ihn niemand sah. Die schwere Holztür quietschte leicht, als er sie öffnete. Einige Minuten blieb Benedikt stehen, bis er sich an das diffuse Licht gewöhnt hatte. Dann sah er Lenzen. Er lag auf einer dicken Strohunterlage im Hintergrund des Stalles und war wach.

Zögernd ging Benedikt näher. Lenzen sagte nichts. Die Krummpfeife steckte in seinem Mundwinkel, aber sie brannte nicht. Einen Moment lang suchte Benedikt nach den richtigen Worten, dann fragte er: »Ist es auf dem Stroh nicht unbequem?«

»Es ist weicher als die Unterlagen, auf denen ich den größten

Teil meines Lebens geschlafen habe«, antwortete Lenzen langsam. Er deutete auf den kleinen Korb, den Benedikt mitgebracht hatte. »Was ist das?«

»Frische Lebensmittel. Milch, Käse, Butter, Brot und Wurst.«

»Warum tust du das? Dein Vater lässt mich nicht verhungern. Und wenn er davon erfährt, bekommst du Ärger.«

»Na wenn schon.«

Lenzen nahm den Korb, schlug das Tuch zurück und schaute hinein. »Das ist lieb von dir, Benedikt.«

Er stellte den Korb neben sein Lager.

»Weißt du, Benedikt«, sagte Lenzen. »Eigentlich habe ich noch Glück. Dein Vater hätte mich auch anzeigen können. Wenn die Keimlinge gesetzt sind, kann ich gehen, wohin ich will und werde mir irgendwo im Sauerland eine neue Meilerstelle suchen.«

»Dann bleibst du nicht hier?«

Lenzen schüttelte den Kopf. »Nein, das kann ich wohl nicht.«

»Aber solange du hier bist, komme ich so oft es geht.«

»Schön«, sagte Lenzen nur, und diese Einsilbigkeit war es, die Benedikt weitere Kopfschmerzen bereitete.

Einen Tag später fanden sie ihn. Stroh und Heu auf seinem Lager waren frisch. Die Decke aus dunklem, gemusterten Stoff lag sorgfältig gefaltet auf dem Boden. Die speckige Mütze saß akkurat auf dem Kopf. Die Krummpfeife steckte in einem Gestell neben dem Lager.

Der Köhler Hermann Lenzen war tot.

An der Wand hinter Lenzens Lager hatte Georg Auer mehrere Querbalken angebracht. Auf dem ersten Blick sah es so aus, als würde der Köhler an dieser Wand lehnen. Doch beim genaueren Hinsehen sah man den Strick, der in einer Höhe von knapp zweieinhalb Metern an einem dieser Balken hing, und dessen Ende um Lenzens Hals geschlungen war. Hermann Lenzen hatte sich das Leben genommen. Der Strick war gerade so lang, dass seine Beine wenige Zentimeter über dem Boden schwebten.

Es gäbe keine Spuren von Gewaltanwendung, resümierte der Bürgermeister Ludwig Halbach in einer eilig einberufenen Gemeindeversammlung. Alle waren bestürzt und sich einig, dass es ein grausamer Tod gewesen sein musste.

Ludwig Halbach meldete den Fall bei der Polizei in Brilon. Die schickte eine Abordnung, die nach Begutachtung aller Berichte auch zu dem abschließenden Urteil kam, dass es sich eindeutig um Suizid handelte. Hermann Lenzen sei schnell bewusstlos gewesen, diagnostizierte der Polizeimediziner. Er habe nicht mehr viel gemerkt. Man glaubte dieser offiziellen Version.

69

Die Räder des Zweispänners versanken im aufwirbelnden Staub, als Benedikt auf die Pferde einschlug und sie zu höherem Tempo antrieb. Vor zehn Minuten war Jakob gekommen.

»Ich glaube, Meinards verlassen Züschen noch heute«, hatte er gesagt. »Vor dem Eisenhammer stehen mehrere Pferdewagen. Ein Teil ist schon beladen.«

Benedikt hatte keine Sekunde gezögert, war zum Stall gelaufen und hatte den erstbesten Wagen eingespannt.

Die Straße wirkte wie mit Puder überzogen. Der Staub setzte sich beißend in Mund und Nase, aber Benedikt ließ die Pferde nicht langsamer laufen. Jakob hockte neben ihm.

Am Gasthaus Grafenau blieben einige Menschen stehen und starrten überrascht aber auch verständnislos hinterher.

»He, kannst du nicht langsamer fahren«, rief jemand. Ein anderer sagte: »Das ist doch Benedikt Halbach. Seit wann quält er die Tiere denn so?«

Benedikt reagierte nicht. Vor dem Eisenhammer hielt er an.

Fremde Männer trugen Kisten und vollbepackte Taschen aus dem Haus und luden sie auf bereitstehende Wagen. Vier Hunde liefen spielerisch zwischen den Beinen der eingespannten Pferde herum. Die Pferde stupsten mit ihren Nüstern nach ihnen, aber die Hunde wichen immer wieder geschickt aus. Auf der Ladefläche der Wagen standen zwei kräftige Männer, die Holzkisten, Kartons und Körbe annahmen und verstauten.

»Wer seid ihr?«, fragte Jakob einen der Fremden.

»Wir gehören zu den Eisenbahnbauern«, kam die Antwort. »Wir sind eine ganze Kolonne, können aber immer noch mehr Männer gebrauchen, vor allem Schmiede.«

Benedikt sprang ab und warf Jakob die Zügel zu. Ein weiterer ihm unbekannter Mann kam aus dem Haus. Er hatte eine breite, eingedrückte Nase, die ihm wahrscheinlich von einem anderen Mann einmal eingeschlagen worden war. Er bekam nur schwer Luft und atmete pfeifend ein und aus. Dabei zuckte sein rechtes Augenlid nervös.

»Wer sind Sie?«, fragte Benedikt.

Der Mann betrachtete Benedikt mit gefurchter Stirn. »Ich weiß zwar nicht, was dich das angeht. Aber mein Name ist Richard. Einfach nur Richard. Ich bin der Vormann.«

Benedikt zeigte auf die Kiste, die Richard trug. »Was ist das?«

Der Vormann grinste. »Neugierig bist du nicht, wie? Wir holen schon mal einige Sachen der Meinards ab. In den nächsten Tagen kommen sie nach.«

»Und wohin?«

»Nach Württemberg. Junger Mann, jetzt reicht es. Wenn du mehr wissen willst, frag die Meinards selbst.« Und schon war Richard an Benedikt vorbei.

Benedikt ging in den Eisenhammer hinein. Hinter der Tür am Ende des langen Ganges war ein lautes Quietschen und Knarren zu hören. Bevor Benedikt darauf zugehen konnte, legte sich ihm eine Hand von hinten auf die Schulter. Er fuhr herum.

Josefine Meinards Gesicht zeigte Spuren von Tränen, ihre Hände zitterten.

»Katharina ist nicht hier, Benedikt«, sagte sie laut, um die Geräusche zu übertönen.

»Wo ist sie?«

»Ich weiß es nicht.«

Sie trat zur Seite, um einen älteren Mann vorbeizulassen. Er trug ein verrostetes Eisenrad auf seinen Schultern und ging auf die Tür am Ende des Ganges zu. Das Quietschen und Knarren wurde unerträglich laut, als er sie öffnete. Heinrich Meinard stand an einem Amboss und schaute jetzt kurz herüber.

»Was willst du, Benedikt?« Nicht die Worte, sondern vielmehr der kalte Ton in seiner Stimme ließ Benedikt zusammenzucken. »Warum bist du gekommen? Hat dich dein Vater geschickt? Sollst du ihm berichten, wie es in mir aussieht?«

»Mich hat niemand geschickt«, sagte Benedikt mühsam beherrscht. »Warum gehen Sie?«

Er sah Benedikt an, als habe er nicht richtig gehört. »Das fragst du? Ausgerechnet du?«

»Ja, Sie wissen, wie sehr ich Katharina mag, wie sehr wir uns mögen. Und dann reißen Sie sie aus meinem Leben. Warum?«

Heinrich Meinard hob den Hammer und ließ ihn einige Male kräftig auf den Amboss fallen. Dann wandte er sich an den Arbeiter. »Mach die Tür zu, Leo!«

Der Mann gehorchte.

Einige Augenblicke stand Benedikt perplex vor der geschlossenen Tür.

»Du darfst es ihm nicht übelnehmen.« Josefine Meinard stand noch immer neben ihm. »Ich habe versucht, ihn zu überreden, dass wir hierbleiben, aber du kennst ihn doch! Wenn er sich etwas in den Kopf gesetzt hat, dann tut er es auch.«

»Aber warum, Frau Meinard? Gut, Adrian hat einen Fehler gemacht, aber den kann man wiedergutmachen. Mein Vater ist im Moment verärgert. Geben Sie ihm doch Zeit. Papa ist ein gutmütiger Mensch. Wenn sich der erste Zorn gelegt hat, kann man mit ihm über alles reden. Sie dürfen nicht weglaufen.«

Josefine Meinard knetete ihre Finger. Sie sah sehr unglücklich aus. »Wir laufen nicht weg, Benedikt. Das ist es doch gar nicht. Heinrich hat schon lange davon gesprochen, sich woanders niederzulassen. Die unglückliche Angelegenheit hat seine Entscheidung doch nur beschleunigt. Wir fühlen uns hier immer noch als Außenseiter. Wir gehören nicht zur Dorfgemeinschaft, werden nie dazugehören. Sieh dir nur deinen Vater an, Benedikt. Er hat uns noch nie einen Auftrag gegeben. Dabei wissen wir von Ernst Lettmann, dass er nur zu ihm gekommen ist. Jeder im Dorf kann bezeugen, dass Heinrich keine schlechten Geräte macht. Manche sagen sogar, sie seien besser als die von Lettmann.«

Josefine schniefte, dann lächelte sie zaghaft. »Das mag übertrieben sein, aber es ist schön, so etwas zu hören. Heinrich meint, dass er bei den Eisenbahnern besser aufgehoben ist und mehr verdienen kann. Überall in Deutschland werden Eisenbahnschienen verlegt, hat man ihm gesagt. Vielleicht sogar auch einmal nach Züschen. Die Industrie ist auf dem Vormarsch, allen voran die Eisenbahn. Bald gibt es Maschinen, von denen wir heute noch träumen.«

Benedikt nickte. Erst vor einigen Wochen hatte er von Michels gehört, dass bereits jetzt, Ende 1874, über zehntausend Kilometer Eisenbahnschienen verlegt worden waren.

»Dann werden Katharina und ich uns wohl nie wiedersehen«, murmelte er heiser.

»So was darfst du nicht denken. Du bist doch erst einundzwanzig und Katharina neunzehn. Vielleicht seht ihr euch eher wieder, als du denkst.«

»Das ist ein schwacher Trost, Frau Meinard.«

Sie seufzte kurz. »Ja, das stimmt. Ich sag dir Bescheid, sobald ich weiß, wo wir bleiben, Benedikt. In Ordnung?«

»Danke, Frau Meinard.«

Jakob saß bereits auf dem Kutschbock, als Benedikt aus dem Eisenhammer kam.

»Hast du Katharina gesprochen?«, fragte er.

»Nein.«

»Adrian?«

»Auch nicht.«

»Dafür warst du aber lange im Haus.«

»Ich habe noch mit Frau Meinard geredet«, sagte Benedikt.

Auf der Ladefläche eines großen Pferdewagens entdeckte er Richard.

»Macht zu, Männer«, hörte Benedikt die raue Stimme des Vormanns. »Ich will noch vor Sonnenuntergang aus diesem Dorf raus. Hier wird man ja vor Einsamkeit noch verrückt.«

Jakob sah über seine Schulter zurück. »Der hat keine Ahnung, Benedikt. Der weiß nicht, wie schön es hier ist.«

Ein Pferdewagen kam ihnen entgegen.

»Wo willst du hin?«, rief Jakob, als sie auf gleicher Höhe waren.

»Zur Mühle«, antwortete der Mann.

»Hast du schon gehört, dass Meinards abhauen wollen?«

»Nein.«

In diesem Moment waren sie an ihm vorüber.

»Jakob«, sagte Benedikt wütend. »Wenn du das noch einmal machst, kannst du zu Fuß gehen.«

Er sah Benedikt verständnislos an. »Aber warum. Es wird doch sowieso bald jeder wissen, was los ist.«

»Jetzt ja. Aber sie werden nicht einfach abhauen, sie werden aus Züschen regelrecht davongejagt. Das ist ein gewaltiger Unterschied.«

70

Sie verschwanden über Nacht. Niemand war dabei, als Richard zum zweiten Mal kam und sie abholte. Am nächsten Morgen war der Eisenhammer ein Gespensterhaus, tot und verlassen.

Benedikt war sehr verschlossen geworden. Er schottete sich geradezu ab, und nicht mal sein Cousin Jakob konnte ihn zu irgendeiner Festlichkeit überreden. Sogar seinen Geburtstag musste Jakob zum ersten Mal ohne Benedikt feiern.

Tage sprach Benedikt zu niemandem ein Wort. Magdalena beobachtete ihren Bruder sorgenvoll. Sie hatte Angst um ihn. Manchmal glaubte sie gar, er würde sich aus Liebeskummer etwas antun. Wenn sie dieses Gefühl hatte, blieb sie während der Nacht in der Stube und ruhte auf der harten Bank, damit sie bereitstand, wenn Benedikt aus seinem Zimmer kommen und einen unüberlegten Schritt tun würde.

Benedikt dachte jeden Tag mit Wehmut an Katharina. Die Trauer überwältigte ihn manchmal, und er fühlte sich unsäglich einsam. Die schmerzvolle Erinnerung an Katharina quälte ihn. Da waren die ersten zaghaften Kontakte, wie sie ihm erlaubt hatte, sie an sich zu ziehen, wie sie geschaudert hatte, wie ihre Stimme rau geworden war, als er ihr Haar berührte, wie ...

Es war schrecklich!

Nachts, wenn die Schlaflosigkeit seine Widerstandskräfte schwächte, machte er sich manchmal Sorgen, dass ihm alles entgleiten könnte. Zum ersten Mal seit Langem wusste er nicht, was ihn am nächsten Morgen erwartete.

Er konnte sich jedoch nicht ewig seinem Kummer hingeben. Früher oder später musste er sein junges Leben wieder in den Griff bekommen.

Zu seiner Überraschung fand er Trost in der Bibel. Er glaubte nicht an Gott. Zuviel Schreckliches hatte »Er« hinterlassen, als dass Benedikt fromm leben konnte. Die Bibel war ihm mehr aus Zufall in die Hände gefallen. Johannes hatte sie vermutlich in Benedikts Zimmer liegen lassen. Benedikt hatte sie schon mehrmals gelesen. Nicht, weil er die Geschichten darin so interessant fand, sondern weil er sich immer wieder fragte, wie dieses fremde Land Israel wohl aussehen würde. Ende Januar 1875, an einem kalten Tag, kam Johannes zu ihm in die Stube.

»Störe ich dich, Benedikt?« Er blieb in der Tür stehen.

»Nein.«

Johannes kam näher und blickte auf das Buch in Benedikts Hand. »Ist das meine Bibel? Ich habe sie schon vermisst. Wo war sie denn?«

»In meinem Schlafzimmer«, antwortete Benedikt. »Ich dachte, du hättest sie für mich dort liegen lassen. Tut mir leid, dass ich sie dir nicht zurückgegeben habe.«

»Das macht nichts.« Johannes winkte ab. »Sind das nicht tolle Geschichten?« Sein Gesicht glühte plötzlich vor Begeisterung. Er ergriff die Bibel und blätterte hastig darin herum. »Hier! Und hier! Das musst du alles lesen, das ist -«

»Langsam, langsam. Es genügt, wenn du alles kennst. Bist du gekommen, um mit mir über die Bibel zu reden?«

»Nein.« Johannes setzte sich auf die Couch. »Es – es geht um Lenzen, um seinen Meiler, den wir gebaut haben, und den Adrian angesteckt hat.«

»Das ist lange her.«

»Ich weiß. Ich wollte auch schon viel früher mit dir darüber reden, aber mir fehlte der Mut.« Johannes druckste herum und knetete seine Hände. Sein Gesicht war plötzlich bleich wie der Schnee draußen. Er sah seinen Bruder nicht an, als er weitersprach: »Adrian hatte etwas angedeutet.«

»Was meinst du damit?«

»Er hat – wie soll ich es sagen – so mit den Zähnen gefletscht. Ja, genauso. Er meinte, er wolle es diesem Bruno mal richtig zeigen. Benedikt, ich konnte doch nicht ahnen, was er vorhatte. Siegfried hatte große Schmerzen. Er hatte seinen Fuß zu stark belastet. Ich konnte ihn nicht allein lassen.«

»Nein, natürlich nicht«, sagte Benedikt, immer noch nicht begreifend, was Johannes ihm mitteilen wollte.

»Ich musste mich entscheiden«, flüsterte Johannes mit kaum wahrnehmbarer Stimme. »Einen von beiden musste ich allein lassen. Aber danach – danach habe ich mir große Vorwürfe gemacht. Ich hätte es verhindern können, verstehst du?«

Benedikt sagte nichts.

»Ich habe es Papa gleich am selben Tag erzählt. Ich weiß doch noch, was er dir einmal gesagt hat: Ein Halbach muss vorausblickend handeln, ein Halbach hätte es vorhersehen müssen. Erinnerst du dich an diese Worte?«

Und ob. Wie hätte Benedikt sie jemals vergessen können.

»Papa wollte jedoch nichts davon hören. Er hat mir befohlen, diese Gedanken an Schuld zu vergessen, ein für alle Mal hat er gesagt. Ich habe es sogar gebeichtet. Pastor Huhnold meinte auch, ich habe nichts Unrechtes begangen, und als ich ihn bat, mir doch die Absolution zu geben, hat er es auch getan. Aber ich fühle mich immer noch schuldig. Was soll ich tun?«

»Was meinst du?«

»Jetzt kann ich kein Priester mehr werden, nicht wahr?«

Benedikt sah ihn erstaunt an. »Das ist es, was dich bedrückt?«

Johannes nickte. »Wäre ich bei Adrian geblieben, hätte ich das Feuer verhindern können, und auch Lenzens Tod. Ich mache mir solche Vorwürfe. Seit Wochen kann ich kaum schlafen.«

Benedikt stand auf, setzte sich neben seinen Bruder und nahm ihn in den Arm. »Du hast keine Schuld, mein lieber Bruder. Man kann nicht jedem helfen. Man muss sich im Leben immer entscheiden, und das hast du getan. Du hast ja niemanden im Stich gelassen, und du kannst selbstverständlich Priester werden.«

Johannes hob ihm sein tränennasses Gesicht entgegen. »Wirklich?«

»Ja, ganz bestimmt.«

»Danke, Benedikt.« Johannes konnte kaum sprechen. »Das war es, was ich von dir hören wollte. Ich danke dir.«

Als Johannes die Stube wieder verlassen hatte, ging Benedikt langsam und nachdenklich im Raum hin und her. Sein Vater stellte wie so oft seine eigenen Regeln auf. Was ihm nicht passte, durfte nicht sein, und wenn etwas schieflief, suchte er den Fehler bei anderen. So einfach war das. Und damit war er bisher immer durchgekommen.

Aber Benedikt wollte das ändern. Er war nicht mehr der kleine Junge, der sich unter dem Blick des Vaters duckte und alles schluckte. Er war bald zweiundzwanzig Jahre alt und bereit,

Verantwortung zu übernehmen. Auch jetzt konnte er nicht einfach zur Tagesordnung übergehen. Er musste mit seinem Vater reden, solange die Gedanken noch frisch waren.

Er verließ sein Zimmer. Als habe Magdalena schon auf ihn gewartet, stand sie plötzlich vor ihm.

»Benedikt?« Sie sprach sehr leise. »Ich komme gerade von Papa.«

»Was ist los?«

»Ich mache mir Sorgen um ihn. Es geht ihm nicht gut.«

»Was soll das heißen?«

»Er liegt die meiste Zeit im Bett.«

»Seit wann?«

»Seit Tagen schon. Hast du ihn denn nicht vermisst?«

Benedikt schüttelte den Kopf. Seitdem sein Vater Katharina am Freien Stuhl so einfach hatte stehen lassen, gingen sie sich aus dem Weg. Benedikt frühstückte früh, wenn außer Magdalena noch niemand wach war, und aß spät abends, wenn alle bereits gegessen hatten.

»Ich habe ihn beobachtet, Benedikt. Erst konnte er den Arm nicht bewegen, dann zog er das Bein beim Gehen nach.«

»Warum hast du nicht Hermine Seibert geholt?«

»Papa hat es mir verboten. Aber seit gestern kann er nicht mehr sprechen und sich nicht bewegen. Er liegt nur noch apathisch im Bett. Ich kann nicht gegen seinen Willen handeln.«

Sie schickten Karl nach Winterberg zum Arzt.

Der Arzt traf eine Stunde später ein. Er horchte Roberts Brust ab, tastete nach seinem Puls und hob erst das rechte, dann das linke Augenlid in die Höhe. Dabei sagte er kein Wort. Da Robert Halbach den Mund halb geöffnet hatte, versuchte der Arzt mehrmals, ihn mit der Hand zu verschließen. Aber immer wieder klaffte er auf.

»Legen Sie seinen Kopf höher«, empfahl er Magdalena. »Der Nackenmuskel ist überdehnt und der Unterkiefer kann das nicht ausgleichen. Ich möchte nicht, dass sich nachts Fliegen und Mücken in seinen Mund setzen.«

Magdalena holte ein dickes Kissen und legte es ihrem Vater unter den Kopf. Sein Mund schloss sich sofort.

Der Arzt beugte sich ganz dicht über Robert und lauschte. Als er sich wieder erhob, sagte er: »Er atmet normal und gleichmäßig. Vielleicht schafft er es. Geben Sie ihm Essigwasser zu trinken. Essig verdünnt das Blut, und das ist wichtig.«

Als Pastor Huhnold von dieser Maßnahme erfuhr, erschrak er zuerst, dann jedoch nickte er eifrig. »Genauso war es bei unserem Herrn Jesus Christus. Wir sind immer entrüstet, wenn wir hören, dass man ihm am Kreuz einen Schwamm mit Essig reichte. Aber das war Absicht. Man wollte ihm etwas Gutes tun und seine Schmerzen lindern.«

Das war alles leichter gesagt als getan. Robert Halbach konnte nicht mehr schlucken. Anna Bertram kam auf die Idee, ihm mit einer Spritze Flüssigkeit einzutröpfeln.

»Willst du das machen?«, fragte Magdalena entsetzt. »Eine Spritze ist spitz. Papa braucht sich doch nur plötzlich zu bewegen und wir stechen ihn. Nein, nein, ich werde ihm ganz vorsichtig mit einem Wattebausch Flüssigkeit einträufeln.«

Helene löste sich mit Magdalena bei der Wache am Bett ihres Vaters ab. Sein Zustand veränderte sich nicht. Und das hielten beide für ein gutes Zeichen.

71

Fast jeder im Dorf nahm Anteil an Robert Halbachs Schicksal. Eine Krankheit wünschte man niemandem und eine Attacke, wie sie Robert erlitten hatte, bedeutete fast immer ein schnelles Ende.

Ludwig Halbach lief herum wie ein verwirrtes Kind. Erst jetzt merkte er, wie sehr er von seinem Bruder Robert abhängig war. Wenn es etwas zu entscheiden gab, hatte er stets Robert um Rat gefragt. Nun war das wohl für immer vorbei. Manchmal saß Ludwig an Roberts Bett und sprach mit ihm. Niemand wusste ja, ob er nicht doch etwas verstehen würde. Vielleicht — und das war Ludwigs große Hoffnung — würde sein Bruder plötzlich auf seine Fragen antworten. Sehr oft saß Benedikt neben ihm und hörte seinem Onkel zu. Benedikt wurde klar, welchen Einfluss sein Vater im Dorf gehabt hatte.

Die Endgültigkeit, ihn zu verlieren, trieb Benedikt für kurze Zeit fast in den Wahnsinn. Er hatte doch noch so viel mit ihm zu besprechen gehabt. Es konnte nicht sein, dass dieser kraftvolle Mann plötzlich nicht mehr da sein sollte.

Gleich am nächsten Tag nahm Benedikt die schwarze Weste, die sein Vater fast ständig trug, aus dem Schrank. In einer der Taschen steckte der Schlüssel für die Kommode in der Stube. Benedikt löste ihn von der Kette und steckte ihn ein. Noch in derselben Nacht schloss er die oberste Schublade der Kommode auf und nahm den Umschlag heraus, den ihm sein Vater vor vielen Jahren gezeigt hatte. Bald war er in den Text so vertieft, dass er die Zeit vergaß. Es war unfassbar, was er erfuhr. Sein Vater hatte damals noch untertrieben, als er erzählte, welche Länder und Wälder ihnen gehörten. Benedikt wurde ganz schwindelig. Fast ein Drittel des gesamten Landbestandes von Züschen gehörte Robert Halbach. Das meiste war an Beilieger, ein Teil sogar an andere Solstätter verpachtet.

Das durfte niemand erfahren!

Aber wie sollte er das geheim halten? Wenn sein Vater starb, musste doch alles auf ihn – Benedikt – überschrieben werden.

Gütiger Himmel, dachte er. Das wird nie gut gehen, das wird nicht nur Neid im Dorf erzeugen, sondern auch Streit bis hin zu Handgreiflichkeiten.

In dieser Nacht fand er keine Ruhe mehr.

Tante Lydia half Magdalena bei der Hausarbeit, und diese war ihr dafür sehr dankbar. Der zehnjährige Paul schlich die ganze Zeit um Tante Lydia herum, und wenn sie ihn von Zeit zu Zeit in den Arm nahm, kuschelte er sich ganz eng an ihre Brust. Für Paul war Tante Lydia Ersatzmutter und Ersatzvater zugleich. Johannes betete jeden Tag in der Kirche für seinen Vater, manchmal auch zusammen mit Pastor Huhnold. Zweimal war sogar Siegfried Redlich mit in der Kirche.

Walter Bertram, seine Frau Anna und Sophia kamen regelmäßig zu den Halbachs. Seit Katharina Meinards Abreise hatte Benedikt nicht mehr mit Sophia gesprochen. An einem Abend standen sie sich plötzlich in der Küche gegenüber. Sophia trank einen Tee.

»Kann ich auch einen Tee bekommen?«, fragte Benedikt.

»Klar. Es ist genug da.« Als sie die Tasse herüberreichte, berührten sich ihre Hände. Sofort wollte Sophia sie zurückziehen, aber Benedikt war schneller. Er hielt sie fest.

»Es tut mir leid.« Das war alles, was er sagte.

Sie löste entschlossen ihre Hände von seinen, drehte ihm den Rücken zu und machte sich am Herd zu schaffen. »Du hast Katharina sehr geliebt, nicht wahr?«, flüsterte sie.

Benedikt antwortete nicht sogleich. Erst nach einigen Minuten sagte er: »Es ist vorbei.«

Sie schüttelte den Kopf. »Das glaube ich nicht. Du solltest dich mal anschauen. Du siehst aus wie ein Gespenst.«

»Das liegt an Papa«, sagte Benedikt leise. »Ich mache mir Sorgen, dass ich das alles hier nicht schaffe. Die Verantwortung ist zu groß für mich.«

»Du hast Karl und viele Knechte.«

»Ja, das stimmt.« Er stand auf und ging zur Tür. »Lass uns ein anderes Mal darüber reden, ja?«

Sophia nickte nur schwach. Sie drehte sich erst wieder um, als die Tür hinter ihm ins Schloss fiel.

Benedikt setzte sich draußen auf die Bank vor dem Haus. Er hatte Sophia in der Küche lange betrachtet. Ihre mädchenhaften Züge waren einer fraulichen Anziehungskraft gewichen. Ihr etwas zu rundes Gesicht strahlte Ruhe und Geborgenheit aus.

Benedikt dachte an den Abend, als er mit Sophia den ersten Geschlechtsverkehr versucht hatte. Er schämte sich plötzlich. Wie sehr musste er sie beleidigt oder gedemütigt haben. Das hatte sie nicht verdient.

Er sah zum Küchenfenster. Durch die Scheibe konnte er Sophias Gestalt schemenhaft erkennen. Sie stand immer noch am Herd. Er wünschte sich plötzlich, dass sie sich zu ihm auf die Bank setzte, seinen Sorgen zuhörte und ihm Trost und Zuversicht spendete. Dabei benötigte Sophia doch selbst Hilfe, mehr noch als er. Es gab keinen Mann, der ihr den Hof machte, niemanden, für den sie sich interessierte. Er konnte sich Sophia als gute Ehefrau und Mutter vorstellen. Benedikt war erstaunt, als er sich bei diesen Gedanken ertappte.

Ich werde morgen mit ihr über alles reden, beschloss er. Und plötzlich sah die Welt um ihn herum viel heller aus. Er lächelte sogar, obwohl er das eigentlich nicht sollte. Sein Vater war schwer erkrankt, vermutlich würde er die nächsten Tage nicht überleben.

Der Morgen brach gerade an, als jemand an seine Schlafzimmertür pochte.

»Benedikt?« Es war Helene.

Er stand auf und öffnete die Tür. Seine Schwester sah ihn aus übernächtigten und geröteten Augen an.

»Du solltest hinunter zu Papa kommen. Magdalena glaubt, dass es zu Ende geht.« Ihre Stimme erstickte in einem lauten Schluchzen. Benedikt drückte sie fest an sich und wiegelte sie eine ganze Zeit lang im Arm.

»Ich komme sofort«, sagte er rau.

Wenig später ging er die Treppe hinunter. Am Ende stand Magdalena. Sie wirkte erstaunlich gefasst.

»Warte«, sagte sie leise. »Ich weiß nicht, ob Papa uns noch hören kann, aber wenn du ihm noch etwas Wichtiges sagen willst, dann tue es jetzt.«

Er sah sie überrascht an. »Wie kommst du darauf, dass ich ihm etwas Wichtiges sagen will?«

Magdalena hob die Augenbrauen. »Du kennst doch Papas Wunsch, Benedikt.«

»Er möchte, dass ich den Hof übernehme.«

»Den meine ich nicht, Benedikt. Ich denke an Sophia. Du weißt, dass er sich immer gewünscht hat, dass ihr beide einmal heiratet. Was spricht dagegen? Sie ist ein nettes Mädchen, sie liebt dich, und du – du magst sie doch sicher auch, oder? Genügt das nicht für eine Ehe? Denk mal darüber nach, Benedikt. Sprich zu ihm, auch wenn du keine Antwort von Papa erhältst.«

Wieso kam sie jetzt auf einmal darauf zu sprechen, fragte sich Benedikt. Konnte sie Gedanken lesen? Oder war ihm anzusehen, was er dachte und fühlte?

Sie ließen noch einmal den Arzt kommen. Benedikt bestand darauf, seinen Vater ins Krankenhaus nach Brilon zu bringen, aber auf Anraten des Arztes ließ er es schließlich sein. Sein Vater würde den Transport nicht überstehen.

Magdalena rief Onkel Ludwig zu sich. Johannes wurde zu Walter Bertram geschickt. Die beiden Familien standen am Krankenbett, als Robert Halbach am 29. Januar 1875 starb. Sein letzter Wunsch wurde ihm erfüllt.

Nach Ende des Trauerjahres, im Frühjahr 1876, heirateten Benedikt Halbach und Sophia Bertram.

NACHWORT

Es gibt unzählige Personen, denen ich zu Dank verpflichtet bin. Sie alle an dieser Stelle aufzuzählen, wäre unmöglich, denn ich habe über dreißig Jahre recherchiert, geschrieben, den Text beiseitegelegt und neu begonnen. Die meisten meiner Informanten leben heute leider nicht mehr.

Wer sich für die Historie des Dorfes interessiert, dem lege ich das Buch »Kunde und Urkunde eines sauerländischen Dorfes, 750 Jahre Züschen, Herausgeber Walter Peis« ganz besonders ans Herz. Die historischen Daten des Romans sind daraus entnommen worden.

Auch die Broschüre »Die Nuhne«, herausgegeben vom Förderverein für Kultur, Denkmalpflege und Naturschutz Züschen« ist von historischer Bedeutung.

Ein ganz besonderer liebevoller Dank gilt der Person, die ungenannt bleiben möchte, die aber das Manuskript über zehn Mal gelesen hat, mich kritisierte, aber auch ermunterte, wenn ich eine Schreibblockade hatte.

Ein Roman ist immer auch eine fiktive Geschichte. Genau das soll dieses Werk auch sein. Basierend auf dem Leben des Landwirtes Philipp K. wurde die Chronologie der Ereignisse hier und da etwas abgewandelt. Das war notwendig, um dem Fluss der Geschichte Leben einzuhauchen und den Inhalt interessant zu halten. Außerdem wurden die historischen Ereignisse in einen Sinnzusammenhang gebracht und die Namen der Beteiligten verändert. Als Schriftsteller habe ich mir die Freiheit genommen, aus dem breiten Repertoire der Fantasie das Denkbare aufzuschreiben.

Ich überlasse es Ihnen, zu entscheiden, welcher Teil Wahrheit ist und welcher Fiktion.

Phillip Kordes

Lesen Sie auch die Kriminalromane von Phillip Kordes

Ein Mord erschüttert die ruhige Fassade des kleinen Dorfes Züschen bei Winterberg im Hochsauerland. Wer kann die Tat begangen haben, und wo liegt das Motiv?

Hauptkommissar Dorstmann erhält unerwartet Hilfe des ehemaligen Kriminalkommissars Johannes Falke, der hier geboren und aufgewachsen ist. Es gelingt ihm, ein Geflecht aus Neid, Missgunst und Bestechung mit dem Mord in Zusammenhang zu bringen. Doch Falke beschleicht ein furchtbarer Verdacht.

© Phillip Kordes

Über frühlingsgrünen Wiesen kreist ein Windvogel am Himmel – ein friedlicher Anblick. Doch wie passt der Tote in diese Idylle? Wem stand Kurt Lamberg, der Lagerist der Windvögelfirma Rohloff, im Weg?

Kommissar Johannes Falke ist zurück. Mit Feingefühl und Kombinationsgeschick setzt er sich auf die Spur eines skrupellosen Mörders. Seine Ermittlungen führen ihn quer durch das Sauerland. Doch gerade, als Falke glaubt, den Fall gelöst zu haben, geschieht ein weiterer Mord:

© Phillip Kordes.

Hauptkommissar Gordon Emanuel Rattke ist 43 Jahre alt. Seit einigen Jahren leitet er das Kommissariat 9 der Mordkommission in Dortmund. Zwei Morde halten die Kriminalpolizei von Dortmund in Atem. Rattke muss beide Fälle bearbeiten. Eine Spur führt über das Ruhrgebiet hinaus bis ins tiefste Sauerland. Schon bald muss Rattke erkennen, dass er einem Phantom nachjagt, das sich jahrelang hinter einer Maske versteckt hat.

© Phillip Kordes

Hauptkommissar Rattke spielt mit dem Gedanken, aus dem Polizeidienst auszusteigen. Doch die Arbeit holt ihn wieder ein, als eine junge Frau erdrosselt aufgefunden wird. Bei der Suche nach dem Mörder entspinnt sich ein Netz von Intrigen und unkontrollierter Lust. Rattkes ganze Konzentration ist gefordert, denn der Täter hat sein nächstes Opfer bereits im Visier.

© Phillip Kordes

Alle Thriller sind als ebook und als Taschenbuch bei amazon.de zu beziehen.

Kurzgeschichten von *Phillip Kordes*

Alle Bücher sind als ebook und als Taschenbuch bei amazon.de zu beziehen.

© Phillip Kordes.

www.ingramcontent.com/pod-product-compliance
Lightning Source LLC
Chambersburg PA
CBHW020640030726
47498CB00002B/295